Dies ist das tote Land
Dies ist Kaktusland
Hier sind die Bilder aus Stein errichtet,
zu denen die Hand eines Toten betet.

T.S. Eliot, *The Hollow Men*

Das Salz ist die Seele der Wüste.

Sprichwort aus der Sahara

Muss ein Volk erst verschwinden,
bis wir merken, dass es existiert?

Mano Dayak,
Freiheitskämpfer und Schriftsteller
(gestorben 1995)

EINS

Als Kind hatte ich einen Wigwam im Garten: eine Höhle aus dünner gelber Baumwolle über ein Bambusgestell gespannt und mit Pflöcken im Rasen verankert. Jedes Mal, wenn meine Eltern sich stritten, flüchtete ich mich dorthin. Ich lag auf dem Bauch, steckte mir die Finger in die Ohren und starrte so angestrengt auf die roten Tiere, mit denen die Borte bedruckt war, dass sie nach einer Weile anfingen zu tanzen oder zu laufen, bis ich nicht mehr in meinem Garten war, sondern weit draußen in der Prärie. Dort trug ich ein mit Fransen besetztes Gewand aus Hirschleder und Federn im Haar, wie die tapferen Krieger in den Filmen, die ich jeden Samstagvormittag im Kino an der Ecke sah.

Schon früh saß ich lieber draußen in meinem kleinen Zelt als im Haus. Das Zelt war meine Welt. Es war so groß wie meine Phantasie, und die war grenzenlos. Das Haus dagegen fühlte sich trotz seiner Pracht und georgianischen Weitläufigkeit eng und erdrückend an. Es war mit allem möglichen *Kram* vollgestellt, und dazu kam die Verbitterung meiner Eltern. Beide waren Archäologen, Liebhaber der Vergangenheit, und hatten sich mit Schachteln voller vergilbter Papiere, uralten Artefakten und verstaubten Objekten umgeben, fragilen, halb zerbröselten Hülsen verlorener Zivilisationen. Ich habe nie verstanden, warum sie beschlossen hatten, mich zu bekommen. Selbst das ruhigste Baby, das wohl erzogenste Kleinkind und die fleißigste Schülerin hätte die künstliche, museumsähnliche Stille gestört, in die sie sich gehüllt hatten. In diesem Haus lebten sie abgeschieden vom Rest der Welt, in einer Seifenblase, in der die Staubkörnchen so lautlos in der Luft schwebten wie der künstliche Schnee in einer Schneekugel. Ich war kein Kind, das in ein solches Leben passte, sondern ein wildes Ding, laut, unordentlich und aufmüpfig. Ich beteiligte mich lieber an den rauen Spielen der Jungs als den öden, verschlüsselten Unterhaltungen der anderen Mädchen. Ich hatte Puppen, doch meistens fiel mir nichts Besseres ein, als ihnen den Kopf abzuschlagen oder sie zu skalpieren. Manchmal vergrub ich sie im Garten und vergaß, wo. Ich machte mir nichts daraus, modische Outfits für die grotesk dünnen rosa Plastikpuppen mit ihren insektenhaften Figuren und messingblondem Haar zu entwerfen, für die die anderen Mädchen so schwärmten. Nicht mal um meine eigenen Klamotten machte ich mir große Gedanken. Lieber beschäftigte ich mich mit Wurfgeschossen oder Katapulten aus Lehm und jagte meinen Spielkameraden hinterher, bis ich vor lauter Lachen Seitenstechen bekam, baute mir Verstecke und lief halb nackt herum, sogar im Winter.

»Du kleiner Wildfang!«, schimpfte meine Mutter und versetzte mir einen Klaps aufs Hinterteil. »Zieh dir um Himmels willen etwas an, Isabelle«, fuhr sie mit der ganzen Strenge fort, die ihr scharfer französischer Akzent zuließ, als glaubte sie, dass sie mich zwingen könnte, mich zivilisiert zu benehmen, indem sie mich mit der Uraltversion meines altmodischen Vornamens ansprach. Doch das funktionierte so gut wie nie.

Meine Freunde nannten mich Izzy: Es entsprach meinem chaotischen Temperament, immer in Bewegung, immer laut, was für eine Strafe!

Im Garten hinter dem Haus spielten meine Freunde und ich Cowboy und Indianer, Zulus, König Arthur und Robin Hood, bewaffnet mit Bambusstöcken, die wir aus dem Gemüsebeet klauten und zu Schwertern, Spießen und phantasievollen Pfeilen und Bogen umfunktionierten. Bei Robin Hood bestand ich darauf, einer von seinen Gesetzlosen zu sein oder sogar der Sheriff von Nottingham: alles, bloß nicht Maid Marian. In sämtlichen Versionen der Legende, die ich kannte, tat Maid Marian nicht viel mehr, als sich gefangen nehmen und/oder retten zu lassen, und damit hatte ich nichts am Hut. Mir lag nichts daran, die Gefangene zu spielen, die in Ohnmacht fiel; ich war ein Rabauke und wollte lieber kämpfen und mit Stöcken auf andere losgehen. Das war Ende der Sechziger- und Anfang der Siebzigerjahre: Girlpower hatte Maid Marian, Guinevere, Arwen oder die anderen angepassten Heldinnen aus den Legenden noch nicht zu resoluten, tatkräftigen Draufgängerinnen verwandelt. Außerdem war ich im Vergleich mit meinen attraktiven blassen Freundinnen viel zu hässlich, um die Heldin zu spielen. Es machte mir nichts aus: Ich war gern hässlich. Ich hatte dichtes schwarzes Haar, Dreck unter den Fingernägeln und Hornhaut an den Füßen, und genauso wollte ich es. Ich heulte, wenn meine Mutter mich zwang, ein Bad zu nehmen, wenn sie mich mit Wright's Coal Tar Soap bearbeitete oder versuchte, mein verfilztes Haar zu kämmen. Wenn wir Gäste hatten, was gelegentlich vorkam, musste sie sie warnen: »Achtet nicht auf das Geschrei. Das ist nur Isabelle; sie kann es nicht ausstehen, wenn man ihr das Haar wäscht.«

Dreißig Jahre später hätte kein Mensch mich wiedererkannt.

An dem Tag, als ich zum Notar ging, um den Brief in Empfang zu nehmen, den mein Vater mir hinterlassen hatte, trug ich ein klassisches Armani-Kostüm und hochhackige Schuhe von Prada. Mein widerspenstiges Haar war zu einem schulterlangen Bob geschnitten, mein Make-up diskret und fachmännisch aufgetragen. Der Dreck unter den Nägeln war unter einer praktischen, gerade geschnittenen French Manicure verschwunden. Das Komische war, dass ich mich jetzt auf eine Art präsentierte, die meine Mutter rückhaltlos gebilligt hätte, wäre sie noch am Leben gewesen. Es war schwer, die beiden miteinander zu verbinden, selbst für mich, die jeden Schritt des langen Weges zwischen dem schmuddligen Wildfang von einst und der sorgfältig aufgemachten Geschäftsfrau von heute zurückgelegt hatte.

Der Brief, den mein Vater für mich hinterlegt hatte, war kurz und kryptisch; kein Wunder, er war immer kurz angebunden und kryptisch gewesen.

Meine liebe Isabelle,
ich weiß, dass ich eine große Enttäuschung für dich war, nicht nur als Vater, sondern auch als Mann. Ich bitte dich nicht um Vergebung, nicht einmal um Verständnis. Was ich getan habe, war falsch: Ich wusste es schon damals, so wie ich es heute weiß. Eine falsche Entscheidung führt zur nächsten und übernächsten; eine Kette von Ereignissen schließlich zur Katastrophe. Hinter dieser Katastrophe verbirgt sich eine Geschichte, aber ich werde nicht derjenige sein, der sie erzählt. Sie ist ein Geheimnis, dem du selbst auf die Spur kommen musst, denn es gehört dir, und ich will es nicht für dich interpretieren oder es dir verderben, wie ich alles andere verdorben habe. So hinterlasse ich dir das Haus und noch etwas anderes. Auf dem Dachboden wirst du eine Kiste mit deinem Namen finden. Darin befindet sich etwas, das du als »Wegmarke« für dein Leben bezeichnen könntest. Ich weiß, dass du dich immer unwohl in der Welt gefühlt hast, in der du aufgewachsen bist, und muss zumindest die Hälfte der Schuld daran auf mich nehmen, aber vielleicht hast du dich unterdessen damit abgefunden. Falls es so ist, vergiss diesen Brief. Lass die Kiste verschlossen. Verkauf das Haus und alles, was sich darin befindet. Weck keine schlafenden Hunde.

Gehe in Frieden, Isabelle, und mit meiner Liebe. So wenig sie auch taugen mag.

Anthony Treslove-Fawcett

Das alles las ich in einer Kanzlei in Holborn, in Anwesenheit des Notars und seines Kollegen, die mich neugierig beobachteten, knapp zehn Minuten zu Fuß entfernt von dem Büro, in dem ich als gut bezahlte Steuerberaterin angestellt war. Außerdem enthielt der Umschlag einen Satz sämtlicher Hausschlüssel an einem abgegriffenen ledernen Schlüsselanhänger.

»Alles in Ordnung?«, fragte der Notar munter. Komische Frage an jemanden, dessen Vater gestorben war, aber vielleicht hatte er keine Ahnung davon, dass ich meinen Vater dreißig Jahre lang so gut wie gar nicht gesehen hatte, nicht persönlich jedenfalls.

Ich zitterte dermaßen, dass ich kaum ein Wort herausbrachte. »Ja, vielen Dank«, antwortete ich nur und stopfte unbeholfen Brief und Schlüssel in meine Handtasche. Dann riss ich mich zusammen und schenkte ihm ein so strahlendes Lächeln, dass selbst die blinde Justitia geblendet gewesen wäre.

Der ältere Kollege versuchte, sich die Enttäuschung darüber, dass ich den Inhalt für mich behielt, nicht anmerken zu lassen. Er reichte mir eine Mappe mit Unterlagen und begann, sehr schnell zu reden.

Mittlerweile wollte ich nur noch raus. Ich brauchte die Sonne, ich brauchte frische Luft. Ich spürte, wie mich die Wände des Büros mit ihren überquellenden Regalen und massiven Aktenschränken erdrückten. Worte wie »Erbschein«, »gesperrte Konten« und »Rechtsweg« hallten durch meinen Hinterkopf wie das nervtötende Summen von Fliegen. Noch während er sprach, riss ich die Tür auf, trat in den Gang hinaus und floh die Treppe hinunter.

Als mein Vater uns verließ, war ich vierzehn. Ich hatte keine einzige Träne vergossen. Ich betrachtete sein Verschwinden mit gemischten Gefühlen: Einerseits hasste ich ihn, weil er sich aus dem Staub gemacht hatte und uns im Stich gelassen hatte, andererseits packte mich von Zeit zu Zeit auch Trauer um den

Vater, der er mir gelegentlich gewesen war. Zugleich war ich unendlich erleichtert, dass er nicht mehr da war. Es machte das Leben einfacher, allerdings auch kälter und ärmer. Meine Mutter ließ sich den Kummer, den sein Verschwinden ausgelöst haben muss, nicht anmerken. Sie war keine besonders gefühlsbetonte Frau, und ich verstand sie nicht: Sie blieb mein ganzes Leben lang ein Rätsel. Mein Vater schien aufgrund seines explosiven Temperaments und seiner cholerischen Gemütsart mehr Ähnlichkeit mit mir gehabt zu haben, doch meine Mutter war kalt wie Eis, frostig, höflich und nur an der Fassade interessiert, die man der Welt zeigte. In puncto Kindererziehung machte sie es sich zur Aufgabe, meine Fortschritte in der Schule, mein Äußeres und meine Manieren zu überwachen. Sie fand offen zur Schau getragene Gefühle vulgär; wahrscheinlich war ich mit meiner Unbändigkeit und meinen Wutanfällen eine schreckliche Enttäuschung für sie. Sie behandelte mich mit einer Art kühler Ungeduld, einer unterdrückten Verzweiflung, und wiederholte ihre Ermahnungen und Tadel ein ums andere Mal, als wäre ich ein Birnbaum am Spalier, der unablässig gestutzt werden muss, damit er den korrekten Vorgaben entsprechend wachsen kann. Einen Großteil meines Lebens hatte ich geglaubt, dass alle Mütter so sind.

Doch eines Tages, als ich aus der Schule kam, war die Atmosphäre im Haus verändert, irgendetwas Bedrohliches lag in der Luft, als braute sich im Innern ein Gewitter zusammen. Meine Mutter saß im halbdunklen Salon; die Vorhänge waren zugezogen. »Alles in Ordnung mit dir?«, fragte ich plötzlich zu Tode erschrocken bei der Vorstellung, ich könnte noch ein Elternteil verlieren.

Ich zog die Vorhänge auf. Das Licht des späten Nachmittags raubte ihrem Gesicht die harten Konturen und verwandelte es in eine weiße Kabuki-Maske, die fremd und verstörend auf mich wirkte. Einen Moment lang saß diese gesichtslose Frau da und starrte mich an, als wäre ich eine Fremde. Dann sagte sie:

»Alles war wunderbar zwischen uns, bis du gekommen bist. Als ich dich zum ersten Mal auf den Arm nahm, war mir klar, dass du alles zerstören würdest.« Sie hielt inne. »Manchmal weiß man so etwas einfach. Ich hatte ihm gesagt, dass ich keine Kinder haben wollte, aber er war wild entschlossen.« Sie fixierte mich mit ihren dunklen Augen, und ich war entsetzt über die stille Bosheit, die ich darin erkannte.

Lange Augenblicke verstrichen; mein Herz schlug wild. Dann lächelte sie und fing an, sich über den Rhododendron im Garten auszulassen.

Am nächsten Tag war sie so wie immer und schnalzte missbilligend mit der Zunge, als sie mich begutachtete: Ich war am Abend zuvor in der Schuluniform eingeschlafen. Sie wollte, dass ich sie auszog, damit sie schnell noch mit dem Bügeleisen drübergehen konnte, doch ich war schon zur Tür hinaus. Seit diesem Tag lebte ich mit dem bangen Gefühl, über einen gefrorenen See zu gehen, mit der Panik, ich könnte durch das dünne Eis brechen und in der trüben Dunkelheit versinken, die ich darunter erspäht hatte. Selbstverständlich wusste niemand von unserer seltsamen, gespannten Beziehung: Wem konnte man davon erzählen, und was gab es zu sagen? Nachdem sich ein Elternteil verabschiedet hatte und ich in steter Angst vor der erschreckenden Kälte des anderen lebte, begriff ich, dass ich auf mich allein gestellt war. Während die Jahre vergingen, konzentrierte ich mich darauf, selbstständig zu werden, nicht nur in finanzieller Hinsicht, sondern auch in allen anderen entscheidenden Bereichen. Um mich vor den Bedürfnissen, Wünschen und Schmerzen zu schützen, existierte ich in einer Blase, in die niemand eindringen konnte.

Doch als ich an diesem Abend am Küchentisch saß und den Brief meines Vaters noch einmal las, wusste ich, dass diese Blase jetzt zerplatzen würde.

Vergiss diesen Brief. Lass die Kiste verschlossen. Verkauf das Haus und alles, was sich darin befindet. Weck keine schlafenden Hunde …

Hat es je einen Abschiedsbrief gegeben, der so eindeutig darauf abzielte, den Empfänger zu quälen? Was meinte er bloß mit »schlafenden Hunden«? Der Satz ging mir nicht aus dem Kopf. Aber er erfüllte mich auch mit einer mysteriösen, tiefen Aufregung. Mein Leben war so geregelt und langweilig – und plötzlich hatte ich das Gefühl, dass sich etwas ändern würde.

Am nächsten Morgen im Fitnessstudio rannte ich entschlossen eine Stunde lang, machte Kniebeugen und stemmte Gewichte. Dann duschte ich, schlüpfte in ein Chanelkostüm und war genau zehn Minuten vor neun in meinem Büro, so wie an jedem Arbeitstag. Ich schaltete den Computer ein, studierte meinen Terminkalender und machte mir eine Liste mit Aufgaben für den Tag.

Ich hatte in allen Bereichen meines Lebens nach Sicherheit getrachtet, getreu dem alten Motto von Benjamin Franklin, dass nichts im Leben sicher ist, abgesehen von Tod und Steuern. Da ich mich mit dem Beruf eines Bestattungsunternehmers nicht anfreunden konnte, hatte ich mich für das andere entschieden. Als Steuerberaterin eines Großkonzerns folgte mein Arbeitstag einer klaren Routine. An den meisten Abenden verließ ich das Büro um halb sieben, nahm die U-Bahn und den Zug nach Hause, machte mir etwas Einfaches zu essen, las ein Buch, sah mir die Nachrichten im Fernsehen an und ging allein ins Bett, vor elf. Hin und wieder traf ich mich in der Stadt mit einer Freundin. Manchmal fuhr ich zu einer der Kletterwände von Westway oder Castle und kletterte wie ein Teufel: die einzige Konzession an die verlorene Izzy in mir. Und das war mein Leben.

Ich hatte alle Verbindungen zu dem Mädchen gekappt, das ich einmal gewesen war. Außer zu Eve.

Eve kannte ich, seit ich dreizehn war und sie mit ihrem Vater in die Umgebung gezogen war. Eve war all das, was ich nicht war: hübsch, lustig und kultivierter als wir Übrigen, die damit beschäftigt waren, sich Sicherheitsnadeln durch die Ohren zu stecken und – reichlich spät – bei der Revolution der Punks mitzumischen. Eve trug authentische Bondagehosen von Westwood und zerrissene T-Shirts dazu, die an der Taille kunstvoll verschnürt waren. Dazu das löwenzahnblonde Haar – sie sah aus wie Debbie Harry. Alle liebten Eve, sie aber hatte aus irgendeinem Grund mich als Freundin auserkoren, und jetzt war sie die Erste, die an diesem ersten Samstagmorgen vom Brief meines Vaters erfuhr, der in meinem Leben eingeschlagen war wie eine Bombe.

»Kannst du rüberkommen? Ich brauche moralische Unterstützung.«

Sie lachte am anderen Ende der Leitung. »Dafür brauchst du mich bestimmt nicht! Gib mir eine halbe Stunde Zeit, und ich komme mit unmoralischer Unterstützung. Macht viel mehr Spaß!«

Sie hatte mich auf die Beerdigung begleitet und sich die Augen ausgeweint, während ich die ganze Zeit mit versteinertem Gesicht danebengestanden hatte. Jeder, der mich nicht kannte, hatte sie für Anthonys Tochter gehalten. »Er war so nett, dein Dad«, sagte sie jetzt und drehte die Kaffeetasse in der Hand. »Weißt du noch, wie Tim Fleming mir das Herz gebrochen hat?«

Tim Fleming war siebzehn gewesen, wir dreizehn, er war verrufen, langhaarig und trug eine Lederjacke. Wer sich mit ihm einließ, musste mit allem rechnen, und genau das hatte Eve gewollt und auch bekommen. Ich grinste. »Wer könnte das vergessen?«

»Dein Vater hat mir seinen Blick zugeworfen – du weißt schon …«, sie neigte den Kopf zur Seite und musterte mich mit einem glänzenden Auge. Es war die groteske Übertreibung seines spöttischen Ausdrucks, aber merkwürdig treffend – »… und gesagt: ›Ein hübsches Ding wie du ist viel zu gut für einen solchen Deppen.‹ Es war so lustig, ein solcher Ausdruck und dazu dieser unglaublich vornehme Akzent, den er draufhatte. Ich fing an zu lachen. Und genau das sagte ich Tim, als ich ihn das nächste Mal sah, weißt du noch? ›Ich bin viel zu gut für einen Depp wie dich!‹«

Ich erinnerte mich, wie Eve an diesem Samstagmittag zu dem Kebab-Imbiss marschiert war, wo Tim Fleming mit seinen Freunden herumlungerte, und ihm diese Worte entgegengeschleudert hatte. Ihr blondes Haar flatterte wie eine Fahne im Wind. Sie war mir so klug und trotzig erschienen, und ich war stolz auf sie gewesen. Doch das Bild, das ich von meinem Vater hatte, wenn ich mich an ihn erinnerte, war ein ganz anderes.

Sie las den Brief, runzelte konzentriert die Stirn und las ihn dann noch einmal. »Irre«, sagte sie schließlich und gab ihn mir zurück. »Eine Kiste auf dem Dachboden, Junge, Junge. Glaubst du, dass die halb verschimmelte Leiche deiner Mutter drinliegen könnte? Vielleicht ist sie ja gar nicht in Frankreich gestorben.« Sie zog eine grässliche Grimasse und sah mich an. Der Eyeliner unter ihrem linken Auge war verschmiert. Am liebsten hätte ich die Hand ausgestreckt und es weggewischt, nicht aus einem unterdrückten erotischen Verlangen heraus, nur wegen meines Sauberkeitsfimmels.

»O doch, sie ist nach Frankreich zurückgegangen.«

Sobald ich auszog, um zur Uni zu gehen, hatte meine Mutter ihren Anteil an dem Haus für eine astronomische Summe an meinen Vater verkauft und war nach Frankreich zurückgekehrt, als wäre sie jetzt aller Verantwortung für mich entbunden. Ich hatte nicht einmal mitbekommen, dass sie noch Kontakt hatten. Ein oder zwei Mal hatte ich sie besucht, bevor sie starb, und jedes Mal war sie so distanziert und höflich gewesen wie eine flüchtige Bekannte. Doch jedes Mal hatte ich auch unruhige dunkle Schatten gespürt, die unter dem gefassten Äußeren lauerten, und gewusst, dass sie mit Zähnen und einer gewaltigen zerstörerischen Kraft ausgestattet wären, falls sie je an die Oberfläche kämen. Vermutlich war es eine Erleichterung für uns beide, als ich beschloss, meine Besuche einzustellen.

Eve legte mir tröstend die Hand auf den Arm. »Wie geht es dir mit alledem?«

»Keine Ahnung.«

Das stimmte.

»Ach komm, Iz. Ich bin es, das emotionale Wrack Eve. Bei mir brauchst du dich nicht so zugeknöpft zu geben.«

»Ehrlich gesagt, war es ein ziemlicher Schock, als er starb. Als ich ihn das letzte Mal im Fernsehen sah, wirkte er ganz okay. Aber das Geld aus dem Verkauf des Hauses kann ich gut gebrauchen.«

Einen Augenblick lang sah sie entsetzt aus. Dann schenkte sie mir das strahlende, gezwungene Lächeln, mit dem man einen Dreijährigen belohnt, der gerade versehentlich – oder auch nicht – auf einen Frosch getreten ist. »Wahrscheinlich stehst du noch unter Schock. Manche Leute begreifen sofort, was für ungeheure Folgen der Tod haben kann, bei anderen dauert es einfach länger. Die Trauer setzt erst später ein.«

»Ganz ehrlich, Eve: Das glaube ich nicht. Er ist aus meinem Leben verschwunden, als ich vierzehn war. Dieser verdammte Brief ist sein erster Versuch, Kontakt zu mir aufzunehmen. Was für Gefühle soll man denn für einen Vater haben, der einem so etwas angetan hat? Ganz egal, wie reich er ist.«

Mein Vater war möglicherweise als reicher Mann gestorben, war es aber keineswegs von Haus aus gewesen. Mit Archäologie lässt sich kein Vermögen verdienen. Er hatte eine echte Leidenschaft für längst vergangene Zeiten, nachdem er die moderne Welt als durch und durch verdorben abgeschrieben hatte – nicht verwunderlich für einen jungen Mann, der unmittelbar nach dem Zweiten Weltkrieg erwachsen geworden war, mit allen Schrecken und Grausamkeiten, die die Befreiung offenbarte. Als er meine Mutter in den Fünfzigerjahren bei einer Grabung in Ägypten kennen lernte, hatte er keinen Cent in der Tasche gehabt. Sie hingegen stammte aus einer aristokratischen französischen Familie mit einem eleganten Haus im ersten Pariser Arrondissement und einem kleinen Schloss in Lot. Zusammen reisten sie durch die ganze Welt, von einer antiken Anlage zur anderen. Sie besuchten die frei gelegte Ziggurat in Dur-Untash und schlossen sich für eine Weile Kelsos Grabung in Bethel an. Sie besichtigten die mit Gipsmasse überzogenen Schädel, die man bei Jericho gefunden hatte, und staunten über die rosenrote Stadt Petra. Sie sahen Imhoteps Stufenpyramide und die Totenstadt Saqqara, schlenderten durch die römischen Ruinen von Volubilis und besuchten die antike Hauptstadt Abalessa des Hoggar-Gebietes. Sie waren, wie sie mir immer wieder erzählten, akademische Nomaden, ständig auf den Spuren der Erkenntnis. Und dann kam ich und machte ihrer lustvollen Suche ein Ende.

Mein Vater fand Arbeit als Researcher, gerade als das neue Medium Fernsehen aufkam. Innerhalb kürzester Zeit planten britische Familien ihren Abend um den Fernseher herum. Wenig später sorgte ein glücklicher Zufall dafür, dass er für einen ausgefallenen Moderator einspringen und dessen einstündige Dokumentation präsentieren durfte. Er machte seine Sache gut; das Publikum akzeptierte ihn und seine leicht altmodische Ausstrahlung als Gelehrter auf Anhieb. Er war attraktiv, aber nicht auffallend, ein Mann, den Frauen gern beobachteten und dem Männer zuhörten. Wenn er über seine Lieblingsthemen sprach, war seine Begeisterung geradezu ansteckend. Er war der David Attenborough der Archäologie; er machte Geschichte spannend, und die Briten hatten schon immer ein Faible für Geschichte; schließlich erhoben sie Anspruch auf große Teile davon. Auf dem Bildschirm strahlte er Jovialität aus und freute sich wie ein Kind, wenn er andere mit seiner Leidenschaft anstecken konnte. Ich erinnere mich an eine Sendung, in der er einen Kurator des Britischen Museums entsetzte, als er den Sutton-Hoo-Helm aufsetzte und ihn dann nicht mehr abnehmen konnte. Antike Menschen waren viel kleiner als wir, stotterte er, während er sich gleichzeitig bemühte, ihn wieder loszubekommen, und das dunkle Haar nach allen Seiten abstand. Für solche Ausrutscher liebten ihn die Zuschauer; sie machten ihn menschlich und fassbar und brachten ihnen wie von selbst die Themen seiner Sendungen näher. Es war äußerst verstörend, ihn auch nach seinem Tod weiter im Fernsehen zu sehen, als wäre nichts geschehen. Das Schlimmste daran war, dass man nie wusste, wo er als Nächstes auftauchen würde: Er war eine öffentliche Institution, ein nationales Kulturgut. Es war nicht schwer, historische oder archäologische Programme zu umgehen, aber der nächste Sender zeigte einen Spendenaufruf für irgendein gottverlassenes Kaff in Afrika, und plötzlich tauchte er auf dem Bildschirm auf, fuhr sich durch das immer wirrere Haar und rief leidenschaftlich dazu auf, den Menschen zu helfen.

»Komm«, sagte Eve, sprang auf und griff nach ihrer Handtasche. »Wir fahren zum Haus.« Als sie mein Gesicht sah, setzte sie schnell hinzu: »Wir könnten eine Aufstellung des Inventars machen als Vorbereitung für den Verkauf. Instruktionen für den Makler, Zeug, das entsorgt werden muss, so was in der Art. Irgendwann musst du es ohnehin tun, warum nicht gleich, solange ich da bin? Ein bisschen moralische Unterstützung, weißt du noch?«

Ich starrte an ihrer Schulter vorbei in den regennassen Hof, wo sich zwei Katzen anfauchten, eine auf der Mauer, die andere auf dem Dach des Schuppens. Die auf dem Dach hatte die Ohren angelegt, die getigerte auf der Mauer sah aus, als würde sie jeden Moment springen. Ich trat rasch ans Fenster und klopfte gegen die Scheibe. Beide Katzen wandten mir den Kopf zu, ihre gelben Augen funkelten feindselig. Dann stand die auf dem Dach auf, streckte erst die Hinter-, dann die Vorderbeine und sprang mit einem sauberen Satz hinunter in den Innenhof. Die Katze auf der Mauer fing gleichgültig an, sich die Pfoten zu putzen. Menschen: Was wissen sie schon?

In diesem Augenblick fiel mir der Kater ein, den wir in meiner Jugend gehabt hatten. Max, Abkürzung für Doktor Maximus Ibn Arabi, ein geschmeidiges Tier mit riesigen Ohren und einem glänzenden sandfarbenen Fell, ähnlich wie bei einem Wüstenfuchs. Er hatte gern ausgestreckt in meinem Sandkasten am Ende des Gartens gelegen und in die Sonne geblinzelt, als hätte er sich in einer winzigen, aber endlosen Wüste niedergelassen. Als ich acht war, hatte ich meinen Vater gefragt, warum unser Kater einen so seltsamen Namen hatte. Die Katzen meiner Freunde hatten simple Namen wie Blackie, Spot oder Socks. »Das ist nicht einmal sein wirklicher Name«, hatte er mir feierlich erklärt, als vertraute er mir ein lange verborgenes Geheimnis der Welt an. »Und er ist auch kein schlichter Kater. Er ist die Reinkarnation eines antiken Gelehrten, und sein wirklicher Name ist Abū abd-Allah Muhammad ibn-Ali ibn Muhammad ibn al-Arabi al-Hatimi al-TTaa'i. Deshalb nennen wir ihn Max.« Was mich keineswegs schlauer machte. Doch jedes Mal, wenn der Kater mich ansah, hatte ich das Gefühl, dass er mich durch einen Schleier jahrhundertealten Wissens betrachtete. Andere Kinder hätten sich von einer solchen Vorstellung vielleicht ins Bockshorn jagen lassen; ich aber war fasziniert. Ich legte mich Nase an Nase mit Max in den Garten, um zu sehen, ob seine Weisheit auf mich überspringen würde, von einer Spezies zur anderen. Ich hatte nicht nur diesen Kater, sondern auch das Gefühl von Magie, Versprechen und Möglichkeiten vergessen, die er für das Kind, das ich gewesen war, dargestellt hatte.

Als ich mich jetzt daran erinnerte, hatte ich das Gefühl, ein ganz anderer Mensch zu sein als diese naive, vertrauensvolle Achtjährige, doch vielleicht wartete ihr Schatten darauf, sich unter dem Dach meines kindlichen Zuhauses wieder mit mir zu vereinigen. »Na schön«, sagte ich und traf eine Entscheidung, die sich enorm wichtig anfühlte. »Gehen wir.«

ZWEI

Wir nahmen meinen Wagen. Wenn ich bei anderen mitfuhr, was selten genug war, schwebte mein rechter Fuß ständig über einer imaginären Bremse, und ich musste die Zähne zusammenbeißen, um den Fahrer nicht anzuschreien: »Pass doch auf!« Oder: »Es ist rot!« Ich beobachtete die anderen Verkehrsteilnehmer im Rückspiegel und nahm aus dem Augenwinkel jede ihrer Bewegungen vorweg. Es juckte mich in den Fingern, den Gang zu wechseln oder nach dem Steuer zu greifen. Ich war alles andere als ein entspannter Beifahrer.

Bei Hammersmith überquerten wir den Fluss, quälten uns durch den verstopften Kreisverkehr und überholten auf der A40 Richtung West End im Schneckentempo dahinschleichende Wochenendausflügler in ihren Familienlimousinen. Als wir bei Regent's Park eine Abkürzung durch die Seitenstraßen nahmen, stießen wir auf zwei Männer, die dabei waren, ein Kamel in etwas hineinzubugsieren, das aussah wie ein besserer Pferdeanhänger. Oder holten sie es heraus, um es zum Zoo zu bringen? Schwer zu sagen. Das Kamel sah aus, als wäre es mit seiner Geduld am Ende. Es hatte seine breiten gepolsterten Füße auf die hölzerne Rampe gestemmt und bewegte sich weder vor noch zurück. Kurz bevor wir an der Ecke in die Gloucester Street einbogen, warf ich einen Blick in den Rückspiegel, und es stand immer noch da, unbeweglich wie eine Statue.

Zwanzig Minuten später gelangten wir zu dem Haus, nachdem wir auch den Stau in Hampstead Village hinter uns gebracht hatten. Ich war nicht mehr hier gewesen, seit ich mit achtzehn mein Elternhaus verlassen hatte. Damals lag mein

Glaube an eine gütige Welt in einem Scherbenhaufen, und ich besaß nicht mehr als die hundert Pfund, die ich aus dem Arbeitszimmer meiner Mutter hatte mitgehen lassen, um mich über Wasser zu halten, bis mein Antrag auf ein Stipendium bewilligt war. »Gib mir ein paar Minuten, okay?«, bat ich Eve und ließ sie allein im Wagen zurück, den ich in der Einfahrt geparkt hatte.

Das Haus betrachtete mich flüchtig durch seine geschlossenen Läden. Falls es mich erkannte, ließ es sich nichts anmerken. Doch ich erinnerte mich an alles: das Muster der Kletterpflanze, die sich bis zum Giebel hinaufrankte, die Blätter, die sich im Herbst rot verfärbten, fleckig und schließlich kränklich gelb wurden, bevor sie wie jedes Jahr abfielen und den Rasen im Garten übersäten. Ich erinnerte mich an den Rhododendron, dessen ineinander verschlungene Äste die Höhlen meiner Kindheit verbargen, und die glatten Stellen auf dem Schieferpfad, der zur Vordertür führte und von unzähligen Füßen abgetreten worden war. Es war ein Haus aus der Zeit von King George, und seine Ausmaße gefielen der erwachsenen Frau, die es jetzt betrachtete. Als Kind hatte ich es als unermesslich groß empfunden; jetzt wirkte es stattlich, aber nicht übertrieben verschwenderisch, beeindruckend, aber nicht pompös, als wäre es im Lauf der Zeit irgendwie geschrumpft. Ich betrachtete es nüchtern und wusste, dass ich es verkaufen würde. Ich wollte nicht einmal einen Fuß hineinsetzen. Zu viele Erinnerungen warteten dort auf mich, nicht nur in der Kiste auf dem Dachboden.

Daher folgte ich dem Pfad, der um das Haus herumführte, und starrte auf die vertraute Umgebung, kaum atmend, als könnte jede Bewegung, das kleinste Geräusch die zarten Schatten verscheuchen, die sich noch dort hielten. Ich hatte das Gefühl, wenn ich an der Wand der dichten Eibenhecke vorbeischlüpfte, würde ich mein sechsjähriges Ich überraschen, barfuß und sonnengebräunt, das Haar zu zwei unordentlichen

Squaw-Zöpfen geflochten, das triumphierend seinen neuesten Fund schwenkte – einen teilnahmslosen Wurm oder eine Kröte, die ich kurzerhand aus dem Steingarten gebuddelt hatte. Oder dass ich, wenn ich die Augen schloss, das Johlen und Schreien unserer kleinen Bande hören könnte, als wir mit Spritzpistolen zwischen den Blumenbeeten hintereinander herjagten. Doch das einzige Geräusch, das ich hörte, war der Warnruf einer Amsel oben in der Zeder, melodisch und schrill.

Ich ging weiter in meine Vergangenheit hinein.

Da war der Teich, wo ich stundenlang auf dem Bauch gelegen und das träge Hin und Her des Zierkarpfens in der trüben Tiefe beobachtet hatte; jetzt war die Oberfläche mit Unkraut bedeckt und mit Winden und Rispengras überwachsen. Da war der Steingarten, heute kaum mehr als ein zufälliger, von Efeu, Brennnesseln und Löwenzahn überwucherter Steinhaufen. Mein Vater war kein Gärtner gewesen, nicht einmal in seiner Jugend. Meine Mutter war diejenige, die die Natur auf Abstand gehalten hatte, bewaffnet mit langen Baumscheren, einer Gartenschere und ihren Gartenhandschuhen, wie ein mittelalterlicher Ritter, der gegen einen kleinen, aber lästigen Drachen zu Felde zieht. Es war unübersehbar, dass sich seit Jahren niemand um den Garten gekümmert hatte. Als ich durch das hohe Gras streifte, erwartete ich halbwegs, auf die Reste meines alten Wigwams zu stoßen – Fetzen von ausgebleichtem gelbem Stoff, die von skelettartigen Stangen flatterten wie bei einem Geisterschiff, meinen alten Flickenteppich und die Spielsachen noch da verstreut, wo ich sie plötzlich und unter mysteriösen Umständen hatte liegen lassen. Ich ging bis zu der Stelle, wo er all die Jahre gestanden hatte, doch nicht einmal der verräterisch frische braune Fleck, den er hinterlassen hatte, wenn man ihn abbaute und für den Winter verpackte, war zu sehen. Vielleicht hatte er nie existiert, genauso wenig wie das lachende Kind mit den hellen Augen.

Finstere Wolken hatten sich am Himmel zusammengezogen, und während ich noch dastand, fing es an zu regnen. Ich vergrub meine Hände tief in den Manteltaschen und stapfte zurück zu Eve.

»Also los«, sagte ich. »Gehen wir rein.«

Ich vermied das Thema Dachboden so lange wie möglich, obwohl mir nicht entging, dass Eve jedes Mal, wenn wir durch die Halle mit ihrem prächtig geschwungenen Treppengeländer gingen, einen Blick nach oben warf. Drei Stunden später hatten wir ein überschlägiges Inventar des Hauses aufgestellt, wobei wir uns auf die Möbel, die Gemälde und die wertvollen Artefakte konzentrierten, die meine Eltern in der ganzen Welt gesammelt hatten. Ich konnte mich nicht dazu überwinden, das ehemalige Schlafzimmer meiner Eltern zu betreten. Mein eigenes Zimmer befand sich ganz am Ende des Gangs. Vorsichtig öffnete ich die Tür.

Es war wie ein Sprung in die Vergangenheit. Alles war genauso, wie ich es vor Jahren verlassen hatte, nur war es jetzt mit einer Staubschicht bedeckt und mehr oder weniger vergilbt. An den Wänden hingen Poster von Crass, The Slits oder The Rezillos, zornige Musik für ein zorniges Mädchen, im Schrank ein Haufen Klamotten, die heute in der schäbigen Umgebung von Camden bestimmt wieder hochmodern waren. Ich zog die Tür hinter mir zu. Das war eine Ära meines Lebens, zu der ich nie zurückkehren wollte, das Kapitel eines Buches, das ich für immer schließen wollte.

Draußen im Flur sah ich, dass Eve die Leiter zum Dachboden heruntergezogen hatte.

»Du weißt, dass es sein muss«, sagte sie leise.

Sie hatte Recht, und ich wusste es. Ich kam nicht drumherum. Und so stieg ich hinauf.

Ich habe von Leuten gehört, die eine krankhafte Angst vor Dachböden haben. Es gibt unzählige Geschichten von Geistern und verrückten Wesen, die in den verborgenen, dunklen Nischen unserer Häuser lauern: alles psychologische Symbole für das Ich und das Andere, die Furcht vor der Schattenseite unserer Persönlichkeiten, vor dem irrationalen Teil der Welt, den wir nicht verstehen und vor dem wir uns deshalb fürchten. Es war jedoch nicht der Dachboden, der meine Hand auf der Leiter zittern ließ. Ich fürchtete mich nicht vor Gespenstern per se. In der Schule hatte ich die anderen Kinder mit Geschichten von rachsüchtigen Geistern und lebenden Toten in Angst und Schrecken versetzt. Keine Ahnung, woher ich solche Geschichten hatte; ich wusste nur, dass ich als Kind offenbar eine makabre Phantasie und starke Nerven gehabt hatte. Als der Terrier von nebenan überfahren wurde und ich sah, wie sich seine Eingeweide dicken weißen Würmern gleich über den Asphalt ergossen, war ich nicht heulend weggelaufen, sondern fasziniert daneben stehen geblieben. Wer hätte gedacht, dass der Körper eines Hundes solche Sachen enthielt? Meine nächste Gespenstergeschichte schmückte ich mit ähnlich abscheulichen Details aus, und Katie Knox musste sich in einen Rosenbusch übergeben. Doch seitdem hatte ich sehr viel Zeit damit verbracht, meine hyperaktive Phantasie zu verdrängen und in eine Zwangsjacke zu stecken, um in der Welt von Steuerberatern und ähnlichen Erwachsenen zu bestehen. Und während ich in die von Spinnweben überzogene Dunkelheit hinaufstieg, fürchtete ich eher um meine Seele als um Leib und Leben.

Am Ende der Leiter tastete ich nach der Taschenlampe, die mein Vater immer rechts von der Luke aufbewahrt hatte; und da war sie, genau da, wo sie immer gewesen war. Die Erinnerung an das letzte Mal hier oben regte sich am Rand meines Bewusstseins, und ich drängte es zurück in den dunklen Winkel, aus dem es gekommen war. Ich knipste die Taschenlampe an, und der Lichtkegel glitt durch den Dachboden. Kisten. Überall Kisten.

Was hatte ich erwartet? Eine einzelne Kiste inmitten einer großen Leere, die auf mich wartete?

Ich kletterte über den Rand der Leiter und ging über die Holzdielen, auf der Suche nach der mit meinem Namen. Eins kann ich zugunsten meines Vaters sagen: Er war gut organisiert. Vermutlich hatte ich diesen Zug von ihm geerbt. Während ich seine Ordnung bewunderte und die sauber beschrifteten Schildchen überflog, mit denen er die Kisten versehen hatte, fragte ich mich, ob er gewusst hatte, dass er sterben würde, und wenn ja, seit wann. Es gab Kisten voller Bücher, nach Themen geordnet. Kisten mit Schuhen, Kisten mit archäologischen Unterlagen, Kisten mit alten Zeitungen.

Schließlich fand ich sie, nachdem ich sie wahrscheinlich schon zwei oder drei Mal übersehen hatte: Sie war viel kleiner, als ich aus unerfindlichen Gründen erwartet hatte; vielleicht wegen Eves gruseliger Bemerkung über die sterblichen Überreste meiner Mutter. Ich hockte mich daneben. »Isabelle« stand in der auffälligen schrägen Handschrift meines Vaters darauf. Das Schildchen war vergilbt, so alt war es, die Tinte verblasst. Wie lange hatte die Kiste wohl schon hier gestanden? Sie war sorgfältig mit Klebeband verschlossen worden, sodass ich sie nicht an Ort und Stelle aufreißen, den Inhalt auskippen und mich dann einfach wieder aus dem Staub machen konnte. Ich hob sie hoch. Sie war leicht, etwas löste sich im Innern und rutschte leise rumpelnd auf die andere Seite der Kiste.

Was um Himmels willen konnte ein solches Geräusch verursachen? Ich starrte auf die Kiste, als könnte sie einen Schädel oder eine mumifizierte Hand enthalten. »Reiß dich zusammen, Iz«, wies ich mich selbst zurecht und klemmte mir das Ding unter den Arm. Es war schwer, die Leiter mit einer Hand hinabzuklettern, aber ich schaffte es ohne Zwischenfälle. Eve beäugte die Kiste neugierig. »Na los, mach sie auf.«

Ich schüttelte den Kopf. »Nicht jetzt. Und nicht hier.«

DREI

London umfasst ein großes Gebiet; es hat eine Ausdehnung von mehr als sechshundert Quadratmeilen. In diesen Raum quetschen sich annähernd acht Millionen Menschen, zusammengepfercht in viktorianischen und edwardianischen Reihenhäusern. Sie stapeln sich in Mietskasernen aus den Siebzigerjahren, in modernen Wolkenkratzern aus Stahl und Glas und bevölkern endlose Vororte. In den vergangenen zwanzig Jahren hatte ich Wohnungen in ganz London gekauft und wieder abgestoßen, immer in Bewegung, immer Richtung Westen. Nie blieb ich lange an einem Ort, ein oder zwei Jahre war ich vernarrt in eine neue Wohnung, dann kam die alte Rastlosigkeit wieder, und ich fühlte mich unbehaglich. Egal, wo ich gerade lebte, egal, wie attraktiv die Gegend war, wie nett die Nachbarn waren, nie hatte ich das Gefühl, dazuzugehören. Jedes Mal, wenn mich die Wanderlust erneut überkam, ertappte ich mich dabei, wie ich die Auslage eines Maklers studierte, und wusste, dass es Zeit war, die Zelte abzubrechen und weiterzuziehen. Ich hatte Glück: Der Immobilienmarkt bewegte sich mit mir, sowohl vorwärts als auch aufwärts. Im Verlauf dieses Prozesses schaffte ich es von einem Loch in Nunhead mit Schimmel im Bad über ein Ein-Zimmer-Apartment in Brockley, elegantere Zwei- und Drei-Zimmer-Wohnungen in renovierten viktorianischen Altbauten in Battersea und Wandworth bis zu einer Remise in einer abgelegenen Seitenstraße von Chelsea und landete schließlich in einem stattlichen Anwesen im äußersten Südwesten der Stadt, etwa so weit entfernt vom Haus meiner Eltern, wie es nur möglich war, ohne London verlassen zu müssen.

Weniger als vierzig Minuten, nachdem wir Hampstead hinter uns gelassen hatten, waren wir wieder in Barnes: von einem überteuerten Mittelschicht-Dorf zum anderen. Beide Viertel stanken nach Geld, altem und neuem, und als ich den Mercedes in die Einfahrt lenkte, hasste ich ein paar grässliche Sekunden lang meine eigene Version meines Elternhauses fast genauso wie früher das Original.

Eve gegenüber erwähnte ich nichts davon; sie hätte es nicht verstanden, selbst wenn ich es hätte ausdrücken können. Eve liebte materielle Dinge, liebte sie aus dem Bauch heraus, auf sinnliche Art, als könnten sie die Leere in ihrem Leben füllen, die durch die Abwesenheit eines Mannes und eigener Kinder entstanden war. Sie war zwei Mal verheiratet gewesen, hatte aber keine Kinder bekommen können. Manchmal fragte ich mich, ob auch ich einen Teil der Leere füllte, denn sie konnte ziemlich ruppig mit mir sein, wenn ich etwas langsamer reagierte, als es ihr passte – als spielte sie die Mutter, die sie verloren hatte, und ich das Kind, das sie nie gehabt hatte.

Ich räumte den Tisch ab und stellte die Kiste darauf. Sie wirkte absurd und völlig fehl am Platz zwischen all den Flächen aus glänzendem Stahl und poliertem Granit in der Küche: ein Stück Müll, von der Straße aufgelesen. Ich fuhr mit einem scharfen Messer über den zugeklebten Schlitz und sah, wie Papier und Klebeband sich lösten. »Isa«, sagte es auf einer Seite des Schnitts, und »belle« auf der anderen.

Eve und ich beugten uns darüber. Zuallererst sahen wir nur eine Menge altes Papier. Ich nahm es vorsichtig heraus, es wirkte so zart, als könnte es in meinen Händen zerfallen. Das erste Blatt war klein und blassgrün – meine Mutter hätte »eau de Nil« dazu gesagt. Es war mehrfach zusammengefaltet. Auf einer Seite entdeckte ich ein paar seltsam wirkende Kritzeleien, unmöglich zu entziffern, weil die Tinte so alt war. Ich drehte es um und fand einen undeutlichen Briefkopf. Irgendetwas »*Maroc…*« Was immer da gestanden hatte, es hatte sich in dem

Knick aufgelöst. Dem Äußeren nach hätte es eine Art offizielles Dokument sein können, denn ich fand ein paar Worte, die gedruckt waren. Ich entzifferte »*provi…*« und dann ein Wort, das mit »*begir*« begann. Doch was auch immer sonst noch da geschrieben oder gedruckt gewesen sein mochte, hatte sich mit der Zeit verflüchtigt und im Innern der Kiste in Luft aufgelöst. Einen Moment lang schoss mir der Gedanke durch den Kopf, dass ich die Information hatte entwischen lassen, als ich die Kiste öffnete, dass sie irgendwie in der Luft um uns schwebte, unsichtbar, aber voller Bedeutung. Blödsinn! Ich reichte das grüne Blatt an Eve weiter. »Keine große Hilfe.«

Sie drehte es um, hielt es ins Licht und untersuchte es mit zusammengekniffenen Augen. »*Maroc*, das heißt doch Marokko auf Französisch, oder?«, sagte sie nach einer Weile. »Und ist das hier eine Briefmarke?«

In der unteren Ecke gab es ein kleines Rechteck, das aussah, als wäre es geprägt. Es zeigte ein verblichenes Bild, doch selbst unter der hellsten Halogenbirne konnten wir nicht erkennen, was es war. Ich legte es zur Seite. Als Nächstes kam ein Bündel getippter Blätter, bräunlich an den Rändern, offensichtlich mit einer mechanischen Schreibmaschine geschrieben, denn es tauchten immer wieder dieselben Buchstaben mit denselben fehlenden Serifen und verfärbten Lücken auf; hin und wieder hatte ein Punkt sogar ein Loch in das Papier gebohrt. Mein Vater hatte immer mächtig auf die Tasten gehauen.

»*Notizen zu der Grabstätte bei Abalessa*«, lautete die Überschrift. Ich überflog die Seite mit gerunzelter Stirn, nahm einige Sätze auf, »*wirrer Haufen von Steinen, auch bekannt als* redjem« und »*häufig in der Sahara gefunden werden*«. Am Ende der ersten Seite fiel mir das Wort »*Skelett*« ins Auge. Zögernd las ich weiter, drehte die Seite um und trug Eve vor: »*Den Zeugen zufolge war das Skelett der Wüstenkönigin mit Fragmenten roten Leders bedeckt, das mit Blattgold verziert war. Sie lag mit angewinkelten Knien auf den zerfallenen Resten eines hölzernen Bettes, das von geflochtenen Streifen aus gefärbtem Leder und Stoff gehalten wurde. Ihr Haar war mit einem weißen Schleier und drei Pfauenfedern bedeckt; Smaragde schmückten ihre Ohren, neun goldene Armreifen den einen und acht silberne den anderen Arm. Um Knöchel, Hals und Taille lagen Geschmeide und Ketten aus Karneol, Achat und Amazonit …*« Ich übersprang ein paar Absätze und fuhr dann fort: »*Die Professoren Maurice Reygasse und Gautiers vom Ethnografischen Museum glauben, dass diese Anlage die sterblichen Überreste der legendären Königin Tin Hinan enthielt.*«

»Wow!«, sagte Eve. »Ist ja irre.« Sie schloss die Augen. »Man kann die Wüste beinahe riechen, findest du nicht? Schätze und eine sagenhafte Wüstenkönigin. Klingt wie *Indiana Jones und der Tempel des Todes!* Aber was hat das jetzt mit dir zu tun?«

Ich zuckte die Achseln und hatte ein mulmiges Gefühl. »Keine Ahnung. Dem Ton der Notizen nach scheint es nicht einmal so, als hätte Dad selbst die Anlage frei gelegt.« Ich schob die Blätter zur Seite: Es kam mir vor, als bewegte ich mich rückwärts in der Zeit, als ich die ausgestanzten Os sah und spürte, wie die Tasten der Schreibmaschine ihren Abdruck auf der Rückseite des Blatts hinterlassen hatten. Es war eine Art Botschaft für mich – eine Botschaft aus dem Jenseits, von der Königin der Sahara und von meinem Vater. Die Haut in meinem Nacken prickelte, als sträubte sich dort jedes Haar einzeln.

Das letzte Objekt in der Kiste war offensichtlich das Ding, das verrutscht war, als ich sie auf dem Dachboden hochgehoben hatte. Es war ein Beutel aus Baumwolle, unzählige Male mit einem Band umwickelt. Er lag schwer in meiner Hand, schwerer, als ich erwartet hatte. Plötzlich durchfuhr ein Stromstoß meinen Arm, als hätte mir jemand eine Art Elektroschock versetzt.

»Glaubst du, dass es aus der Grabstätte ist?«, fragte Eve eifrig.

Mittlerweile zitterte ich, ob vor Aufregung oder Angst, hätte ich nicht sagen können. »Ich finde das keine gute Idee«, entgegnete ich, ließ den Beutel wieder in die Kiste fallen und stopfte das Papier hinterher. Ich klappte den aufgeschlitzten Deckel zu und legte das Messer drauf, damit er nicht wieder aufsprang. »Das ist mir alles zu schräg und zu abgründig. Und typisch für meinen Vater. Ich weiß noch, wie er eines Tages im Fernsehen sagte: ›Man muss Kinder zu Neugier erziehen. Serviert man ihnen eine Lektion auf dem Präsentierteller, lassen sie ihn stehen, weil sie sich nach etwas Verbotenem sehnen. Ermöglicht man ihnen aber mithilfe von ein, zwei gut platzierten Hinweisen, sich selbst zu suchen, wofür sie sich interessieren, lernen sie etwas fürs Leben.‹ Okay, ich jedenfalls hasse es, mit solchen Hinweisen gefüttert zu werden. Sie legen es nur darauf an, mich anzulocken und zu quälen, aber dazu habe ich keine Lust. ›Weck keine schlafenden Hunde‹, hat er in seinem Brief geschrieben; vielleicht sollte ich mich daran halten.«

»Es wird dich nur noch mehr quälen, wenn du es nicht aufmachst.«

Ich wusste, dass sie Recht hatte. Daher kämpfte ich gegen meine irrationalen Ängste an, holte tief Luft, nahm das Messer wieder weg und fischte den Beutel heraus. Rasch, ehe ich es mir anders überlegen konnte, wickelte ich die Kordel ab und kippte den Inhalt aus. Dann starrten wir beide auf das Ding, das ich in der Hand hielt.

Es war ein massiver Klumpen Silber, am oberen Ende etwa siebzig, am Sockel gut hundertzwanzig Millimeter breit, alles in allem etwa zwölf Quadratzentimeter groß. Das Mittelteil war mit runden Verzierungen aus rotem Glas oder einem durchsichtigen Edelstein besetzt, die Ränder waren mit obskuren Gravuren verziert. Das Ganze hing an einem geknüpften Lederband. Ich hielt es daran fest und ließ es über meine Hand baumeln, hin und her wie ein Pendel. Die roten Steine reflektierten das Licht wie Rubine. Vor dem Rahmen meiner modernen Küche wirkte es unglaublich fremd und exotisch.

»Oh, Izzy«, hauchte Eve mit großen staunenden Augen. »Es ist so … unwirklich.«

Sein Gewicht und seine Masse ließen es in meinen Augen ziemlich wirklich erscheinen, aber was um Himmels willen war es?

Eve nahm es mir ab und inspizierte es sorgfältig. Aus unerfindlichen Gründen fühlte ich mich ohne es plötzlich seltsam unwirklich.

»Ich glaube, es ist eine Halskette«, sagte sie nach einer Weile. »Aber es sieht ziemlich primitiv aus!« Sie kräuselte die Nase. »Mein Stil ist es nicht, und deiner auch nicht, Schätzchen!«

Es stimmte; nichts konnte weiter entfernt sein von dem, was sie als meinen Stil bezeichnete, als dieses kuriose Objekt. Ich griff nach dem Beutel. Ein Stück Papier lugte aus der Öffnung. Ich zog es ganz heraus und erkannte die saubere Druckschrift meines Vaters. »Amulett, Zeitangabe und Herkunft unbekannt, möglicherweise Tuareg, Silber, Karneol, Glas, Leder.« Mir lief ein Schauer über den Rücken. Hatte dieses Ding zu den Grabbeigaben der Königin gehört, die mein Vater in seiner archäologischen Abhandlung erwähnt hatte? Ich verstaute es in dem Beutel und betrachtete die Wölbung unter dem Stoff. Hektisch legte ich es wieder in die Kiste, als fürchtete ich, das Ding könnte beißen. Was hatte ich mir da ins Haus geholt? Am liebsten wäre ich rausgelaufen, hätte ein Loch im Hof gebuddelt und es erneut vergraben, zusammen mit den Unterlagen, die mein Vater mir hinterlassen hatte.

In dieser Nacht hatte ich zum ersten Mal seit Jahren wieder einen Traum.

Durch den schmalen Schlitz in meinem Schleier sehe ich Palmen, und mein Herz macht einen Sprung. Ich habe die Wüste durchquert und überlebt. *Alhemdulillah*.

Die anderen Mitglieder der Karawane schreiten ruhig vor

mir her; ihre blauen Gewänder sind von Sand und Staub verschmutzt, die Schleier sind eng ums Gesicht gezogen, gegen den Wind, der die feine Farbschicht vom Sattel meines Großvaters gescheuert und die Lastenbündel von den Rücken unserer Tiere gerissen hat.

Als ich blinzele, wischt eine Gazellenherde vorbei; ihre strahlend weißen Hinterteile blitzen immer wieder zwischen den roten Granitfelsen auf. Beim nächsten Blinzeln sind wir in einem breiten Tal am Fuß einer tiefen Schlucht, wo mich etwas beobachtet. Ein Löwe, größer als jeder Löwe, den man sich vorstellen kann, sieht von der Klippe herab. Ich schreie auf vor Angst.

Als ich wieder hinschaue, wird mir klar, dass es sich um ein natürliches Phänomen handelt. Viele Kamele hoch ist es von Gottes eigener Hand in den rosaroten Fels geritzt und erhält eine Perspektive durch vereinzelte Lehmhäuser auf den Hängen darunter und den winzigen Figuren der schwarz gewandeten Frauen, die sich um die terrassenförmig angelegten Felder kümmern. Eine besonders Mutige nähert sich Suleiman und fragt, was wir mitgebracht haben. Als er »Salz und Hirse« antwortet, wirkt sie enttäuscht. Sie ist so alt wie meine Großmutter, ihre Augen sind mit *khol* umrandet. »Keinen Schmuck?«, fragt sie. »Kein Gold?«

Die Tage des Goldes und der Sklaven sind Vergangenheit. Jetzt sind die Zeiten härter.

Als wir die Stadt in der Oase betreten, ruft der Muezzin zum *adhan*. Wir führen die Kamele zur Karawanserei, und einige der Männer gehen in die Moschee; ich aber will den Markt sehen.

Im *souq* bearbeiten Kunsthandwerker Eisen über einem offenen Feuer. Ich mache einen weiten Bogen um sie: Die *inadan* verkehren mit Geistern. Alte Männer sitzen auf Decken und verkaufen Pyramiden von Gewürzen, Gemüse und – Wunder über Wunder – *babouches* aus Leder, so gelb wie die Sonne.

Plötzlich stelle ich mir vor, wie sie an meinen Füßen aussähen: ein prächtiger Anblick. Solche Schuhe würden Manta sicher beeindrucken. Meine Hand fährt zu dem silbernen Amulett, um den Handel vorzuschlagen.

Wie von Zauberhand gelenkt steht in diesem Augenblick Azelouane neben mir. »Was hast du vor? Dieses Amulett ist hundert *babouches* wert, ach, was rede ich, tausend! Und was soll dich dann vor den bösen Kräften der Kel Asuf beschützen?«

Doch als mein Blick nach unten schweift, habe ich gelbe *babouches* an den Füßen. Sie kneifen; zu neu, zu eng, dafür sehe ich aus wie ein Kaiser.

Jetzt ist es Nacht, und wir sitzen in unsere Decken gehüllt um ein Feuer. Ibrahim erklärt mir: »Gott hat die Wüste geschaffen, damit er einen Ort hat, an dem er sich ausruhen kann. Doch dann änderte er seine Meinung. Deshalb rief er den Südwind, den Nordwind und alle anderen Winde zu sich und befahl ihnen, zu einem einzigen zu werden, und sie gehorchten. Dann nahm er eine Hand voll dieser luftigen Mischung, und es entstand das Kamel – zum Preise Gottes, zur Verwirrung seiner Feinde und zum Nutzen des Menschen. Seine Beine schmückte er mit Barmherzigkeit, auf seinen Rücken legte er Sättel, an seine Flanken heftete er Reichtümer, und an seinem Schwanz befestigte er Glück. Die Wüste und das Kamel sind Gottes Gaben an die Menschen.«

»*Allahu akbar*«, sage ich, weil ich weiß, dass ihm das gefällt.

»Gott ist groß.« Er zögert und beugt sich dann zu mir. »Diejenigen, die in der Großen Wüste geboren wurden, können niemals frei sein, ganz gleich, wie weit sie reisen, egal, wohin sie gehen. Die Geister sind immer mit ihnen, Wesen, die diese Welt bewohnten, bevor es die Zeit gab, Felsen oder Sand. Hüte dich vor den Kel Asuf. Zieh deinen Schleier hoch. Sorg dafür, dass Mund und Nase bedeckt sind. Sie lieben die Körperöffnungen der Menschen, sind immer auf der Suche nach einem Eingang. Wenn du Wasser lassen musst, benutze dein Gewand wie ein Zelt. Wenn du dich erleichtern musst, pass auf, dass du eine Stelle aussuchst, wo der Sand unberührt ist.

Du wirst ihre Spuren entdecken, wenn du genau hinsiehst. Zwischen den Dünen kannst du gelegentlich beobachten, wie sich der Sand spiralförmig in die Luft erhebt, ohne dass es einen erkennbaren Grund dafür gibt. Wo sich die *sif* wie Schlangen riffeln, kannst du sehen, wo ihre Klauen den Boden berührt haben. Halte Ausschau nach den wechselnden Winkeln von Sonnenschatten und Mondschatten, nach Strudeln und Wellen, nach den vollkommenen kleinen Kreisen, die vom Wind niedergedrückte Grashalme auf der Oberfläche zeichnen. Überall hinterlassen sie ihre Spuren. Bewahre das Amulett jederzeit in deiner Nähe auf, es wird dich vor Schaden schützen. Und vergiss niemals, dass die Wüste deine Heimat ist.«

Noch vor dem Morgengrauen wachte ich auf. Mein Mund fühlte sich seltsam trocken und sandig an, und in meiner Nase hing ein starker moschusartiger Geruch. So blieb ich eine Weile liegen und genoss den Luxus meines weichen, kühlen Londoner Betts, doch hatte ich das hartnäckige Gefühl, dass trotz der seidenen Steppdecke und der hochwertigen Laken aus ägyptischer Baumwolle, unter denen ich lag, irgendwo im Raum eine stinkende Kamelhaardecke lauerte.

VIER

Ich muss noch einmal eingeschlafen sein, denn als ich das nächste Mal auf die Uhr sah, war es schon nach zehn: unerhört für meine wohl geordnete Welt. Ich trank zwei Gläser Wasser, stellte Kaffee auf und sprintete die Straße hinunter, um mir eine *Sunday Times* zu besorgen, doch als ich zurückkam, merkte ich, dass ich nicht einmal lang genug still sitzen konnte, um auch nur den halben Leitartikel zu lesen. Ich hatte das Gefühl, von einer grenzenlosen Unrast erfüllt zu sein, die mich antrieb: Ich wollte mich bewegen, laufen und springen, strecken und klettern.

Ich rief Eve an. »Komm, wir fahren raus nach Westway.«

Hätte es die geografische Möglichkeit gegeben, hätte ich mir eine Klippe am Meer oder eine felsige Anhöhe im Moor ausgesucht, irgendeinen urwüchsigen Ort, wo ich von einem Felsrand hängen oder eine sonnenüberflutete Steinplatte hinaufkraxeln und vor Freude über die gähnenden Abgründe unter mir lachen könnte; doch die nächstgelegene Möglichkeit zum wilden Klettern war mehrere Autostunden entfernt, deshalb musste eine halbe Stunde Fahrtzeit zur Kletterwand von Westway genügen.

Während ich auf Eve wartete, durchforstete ich das Internet nach dem Wort »Amulett«. Das Etymologische Wörterbuch bot mir folgende Erklärung:

> 1447, *amalettys*, aus L. amuletum (Plinius) »mit Zauberkräften versehener Anhänger oder Kette gegen Bannsprüche, Krankheit etc.«, Herkunft unsicher, vielleicht

im Zusammenhang mit *amoliri* »abwenden, wegtragen, entfernen«. In England erst wieder 1601 belegt; die Verwendung im 15. Jahrhundert kam möglicherweise über das mittelalterliche Französisch zu Stande.

Ich runzelte die Stirn über den Eintrag, fühlte mich jedoch keinen Deut klüger. Vielleicht war die Kette gar kein archäologischer Fund. Vielleicht war es etwas, das in der Familie meiner verstorbenen Mutter weitervererbt worden war, obwohl ich mir nicht vorstellen konnte, dass meine kleine elegante Maman je ein solches Schmuckstück getragen hatte oder mit ihrem kühlen Pragmatismus Zuflucht im Aberglauben gesucht hätte.

Eigentlich hatte ich auch »Tin Hinan« und »Abalessa« suchen wollen, doch ich konnte einfach nicht so lange still sitzen; ich musste mich bewegen, ein Ventil für die gewaltigen Energien finden, die mich überwältigt hatten. Am Ende sprang ich in den Wagen und gabelte Eve an der Straßenecke auf.

Die Kletterwand war voll, überall hingen Menschen an Seilen wie gestrandete Spinnen, Kids, die ihre Geburtstagsfeier unter professioneller Leitung an der Übungswand abhielten, sich vor Aufregung und Angst die Zunge aus dem Hals schrien; Einzelkämpfer und Boulderer, die sich ernst und eifrig den Problemen im hinteren Teil der Halle widmeten. Ein Hauch von Kalk hing in der Luft und breitete sich innerhalb von Minuten in der Lunge aus. Ich erinnerte mich noch an die Zeit, als das Ganze eine schäbige Anlage unter freiem Himmel gewesen war: eine Kletterwand als Basis und ein paar große Betonplatten, übersät mit Griffen, von wo man den vorbeirasenden Verkehr auf der Überführung der A40 beobachten konnte. Ganz oben war man auf Augenhöhe mit den Autofahrern gewesen. Inzwischen hatte sie sich zu einer hochmodernen Kletterschule gemausert, deren fünfzehn Meter hohen Wände aus weißem durchscheinendem Polyurethan wie eine Zirkusmanege unter der schlecht beleuchteten Überführung verankert waren, was den Routen im Innern eine Anmutung von echter Höhe gab: Man hatte das Gefühl von Gefahr. Ich hatte es nie leiden können, herumkommandiert zu werden, schon gar nicht von den Kerlen im Kletterclub der Uni, die an der Wand gern das große Wort führten, mit ihrer überlegenen Kraft und Schulterkonstruktion prahlten, uns schwachen Frauen Anweisungen zubrüllten, wenn wir die Griffe nicht erreichten, die sie uns zeigten, oder wie Affen angeberisch und stillos herumhampelten. Nachdem ein paar von uns ihre Seiltechnik verfeinert hatten, stahlen wir Frauen uns davon, um unsere bessere Balance und ausgeklügelte Fußtechnik an einigen schwierigeren Platten auszuprobieren. Ross Myhill, der schlimmste Chauvinist in der Gruppe, kletterte durch einen leichten Spalt im gleichen Felsen nach oben und pinkelte in voller Absicht auf das Stück Platte vor uns, wie ein Hund, der sein Territorium markiert. Seitdem sind wir nie wieder mit Männern geklettert.

Jetzt sah ich zu, wie Eve sich an der Wand entlanghangelte. Sie hatte eine gute Technik, die Füße einer Tänzerin, und bewegte sich geschickt, umging die Ausbuchtungen und Vorsprünge mit einem Untergriff oder indem sie sich mit den Zehen festhakte. Ich folgte ihr, schneller und stärker vom Gewichtheben und Zirkeltraining im Fitnessstudio, und hatte sie bald eingeholt. Als ich die Wand drei Mal hintereinander bewältigt hatte, waren meine Unterarme hart wie Holz.

Eve zog eine Braue hoch. »Zu viel überschüssige Energie oder was?«

»So könnte man es auch nennen.« Ich strotzte vor Kraft; ich hätte Bäume ausreißen können. Mittlerweile waren wir aufgewärmt, daher streiften wir unsere Sicherheitsgurte über, holten das Seil und kämpften uns durch ein halbes Dutzend unterschiedlich schwerer Routen, klickten uns in die in-situ-

Haken ein und seilten uns mit angespannten Muskeln und dem Gefühl einer locker geschafften Leistung von ganz oben ab.

Es machte mir Spaß, an Kletterwänden zu trainieren. Mir gefiel die unglaubliche Künstlichkeit, die Reduzierung eines Abenteuers unter freiem Himmel auf eine Art Brettspiel mit farbigen Griffen, die präzise mit französischen technischen Abstufungen, Regeln und Protokollen bezeichnet waren, und all das in einer kontrollierten Umgebung. Bergsteigen in der wirklichen Welt erforderte eine Menge Voraussetzungen: Erfahrung, Risikobereitschaft und Einschätzungsvermögen, vor allem aber absolutes Vertrauen zu seinem Kletterpartner. Letzteres war immer der größte Stolperstein für mich gewesen: Wie konnte ich mein Leben in die Hand eines anderen menschlichen Wesens legen? Auch an einer Kletterwand muss man seinem Partner zutrauen können, das Seil zu halten und einen nicht fallen zu lassen, doch selbst wenn er einen Augenblick lang nicht aufpasste, wäre es mit all den Aufsehern und Crashpads ringsum einigermaßen schwierig, sich umzubringen.

In einer Pause ging ich los, um kalte Getränke und ein paar stärkende Energieriegel zu kaufen. Als ich zurückkam, sah ich Eves blonden Kopf über eine Zeitschrift gebeugt, die irgendwer auf dem Tisch hatte liegen lassen. »Schau dir diesen Artikel an: Es geht um eine Gegend, die sie als neues Kletterparadies bezeichnen. Sehr entspannt, lässig, das Wetter muss toll sein, und die Berge sehen großartig aus. Guck mal hier die Steilwand, eine phantastische 5A-Linie führt direkt an ihr hoch. Sie heißt das ›Gesicht des Löwen‹ oder so ähnlich.«

Mein Blick fiel auf das doppelseitige Foto in der Zeitschrift. Der Felsen hatte genau dieselbe rosarote Farbe wie die Landschaft, die ich in meinem Traum gesehen hatte, und hier war auch die Klippe, die sich vor den Händlern der Karawane aufgetürmt hatte. Die zerklüfteten Züge waren so deutlich zu erkennen wie die eines Disneylöwen. Einen Moment kam es mir vor, als geriete meine Welt aus den Fugen. Ich hatte den Duft von Safran in der Nase, meine Haut fühlte sich heiß und staubig an. Dann wurde mir ein merkwürdiger Rhythmus in meinem Kopf bewusst, wie ein langsamer, dumpfer Trommelschlag, und einen Moment lang rauschte das Blut so laut in meinen Ohren, dass es klang wie ein Meer oder der Wind über den Sanddünen, ein Säuseln, das zu einem Tosen anwuchs, und dann folgte ein vollkommen unsinniges Wort, wieder und wieder: *Lallawa*, *Lallawa*, *Lallawa* ...

Ich blinzelte und schüttelte den Kopf. Eve starrte mich an. »Alles in Ordnung?«

»Was? Ich ...«

Stirnrunzelnd konzentrierte ich mich erneut auf das Foto. Es ist nur ein Berg, sagte ich mir, irgendein Berg auf der Welt, den sich jemand als Motiv für einen Artikel über Bergsteigen ausgesucht hatte. Was verstörte mich daran nur so?

»Er liegt in Afrika«, sagte Eve. »Im Südwesten von Marokko, um genau zu sein, eine Tagesreise entfernt von der Sahara.«

Ich starrte sie kurz an, dann wandte ich mich wieder dem Foto zu. Von der Mitte meines Rückgrats stieg ein Prickeln langsam zum Nacken auf und ergriff schließlich den ganzen Kopf. »Marokko?«, wiederholte ich, und es fühlte sich an, als käme meine Stimme von einem anderen Kontinent. Marokko, Land des Goldes und der Gewürze und vielleicht der Ausgangspunkt für die »Geschichte«, die mein Vater in seinem Brief erwähnt hatte. Die Idee war verlockend, ja, berauschend, und plötzlich packte mich eine Woge von Zuversicht, die alle Zweifel hinwegfegte.

»Nichts wie hin«, sagte ich und überraschte mich selbst ebenso wie sie. »Fahren wir dahin, Eve. Wir könnten Ferien machen, bergsteigen und vielleicht sogar einen Ausflug in die Wüste schaffen. Ich nehme das Amulett mit, wir könnten ein bisschen nachforschen und mehr darüber herauskriegen ...«

»Was ist bloß in dich gefahren?« Eve riss die Augen auf.

»Weiß ich auch nicht.« Mein Grinsen verblasste. Ich war verwirrt, überwältigt von der Macht einer Idee, die – das ahnte ich – nicht meine eigene war. »Ich weiß nicht einmal, ob ich wirklich mehr über das Amulett erfahren will. Und ich hatte noch nie den leisesten Wunsch, nach Afrika zu fahren.« Die ersten Anzeichen von Kopfschmerz machten sich in meinem Schädel bemerkbar. Es kam mir vor, als versuchten zwei entgegengesetzte Kräfte, ihn auseinanderzureißen.

Auf dem Rückweg überfiel mich ein ausgewachsener Migräneanfall, einschließlich kleiner Sonnenexplosionen und innerer Neonblitze. Irgendwie schaffte ich es nach Hause, als wäre der Wagen auf Autopilot gestellt. In der Küche schenkte ich mir ein Glas Wasser ein und wollte damit ins Badezimmer gehen, um ein Schmerzmittel zu nehmen. Doch da, mitten auf dem Tisch, stand die Kiste, genauso wie ich sie verlassen hatte. Aus irgendeinem Grund stellte ich das Glas ab und griff nach dem Beutel. Das Amulett glitt heraus und schmiegte sich in meine Hand. Seine Stabilität hatte etwas Beruhigendes, es lag in meiner Hand, als sei es für sie gemacht.

Im nächsten Moment hatte ich es mir umgehängt. Es lag schwer auf meinem Brustkorb, fühlte sich aber nicht unangenehm an. Wenn ich blinzelte, war es so, als hätten sich die Neonblitze in silberne Gazellen verwandelt, die an meinen Lidern vorbeiflackerten. Ich ging auf die Suche nach dem Schmerzmittel.

Im Badezimmer schaltete ich statt der Deckenleuchte versehentlich nur die Lampen für den Spiegel an. Ihr helles Licht beleuchtete mein Gesicht und ließ den Rest des Badezimmers im Schatten verschwinden. Ich hatte diesen seltsamen Effekt nie richtig schätzen gelernt – bis jetzt. Es sah aus, als hätte man mich ausgeschnitten und irgendwo anders hingeklebt, auf einen anderen Hintergrund. Mein Gesicht und die Augen leuchteten über dem dunkelblauen T-Shirt, das ich trug, und genauso war es mit dem Amulett. Zusammen waren wir hyperreal, der Rest der Welt war dunkel und verschwommen.

Normalerweise trug ich dezenten, niemals auffälligen Schmuck. Ich hatte noch nie etwas besessen, das ein so deutliches Statement abgab wie das Amulett. Aber es stand mir. Das sah ich jetzt. Etwas Mächtiges ging von den klaren Linien aus, etwas Unnachgiebiges und Einzigartiges umgab seine unverhohlen ethnische Ausstrahlung. Zum ersten Mal, seit ich zurückdenken kann, war ich zufrieden mit meinem Spiegelbild. Ich sah aus wie ein anderes Ich: außergewöhnlich und selbstbewusst.

Meine Mutter hatte mir eine etwas dunklere Hautfarbe vererbt. Unter den blassen gold- und rosafarbenen Prinzessinnen auf der Privatschule, in der ich die Jahre zwischen elf und sechzehn verbringen musste, den heikelsten Entwicklungsjahren überhaupt, hatte ich immer das Gefühl gehabt, eine Fremde zu sein. Sie zogen mich wegen meiner Andersartigkeit auf, machten sich über den weichen dunklen Flaum auf meinen Armen oder das dicke schwarze Haar lustig. Ich hasste sie dafür, und bald begann ich auch mich selbst zu hassen. Meine Brüste wuchsen schneller als die meiner Altersgenossinnen, ebenso das haarige dunkle Dreieck zwischen meinen Beinen. Ich fing an, mich beim Umziehen in eine Ecke des Umkleideraums zurückzuziehen und den anderen den Rücken zuzukehren. Ich war die Letzte auf dem Hockeyplatz und die Letzte in der Dusche. Ich gewöhnte mir das Essen ab und freute mich, als meine weiblichen Kurven dahinschwanden. Lange merkte niemand etwas davon, bis auf Eve, und sie hielt Schlankheit eher für einen Ausdruck der Mode als ein Problem. Dann fiel mir eines Tages in der Küche auf, dass mich jemand musterte, und als ich mich umdrehte, stand mein Vater da.

»Du bist dünner geworden.«

Ich nickte unverbindlich. Diese Frage wollte ich nun wirklich nicht mit ihm erörtern.

»Du solltest aufpassen, weißt du. Hagere Frauen …« – er verzog das Gesicht – »… sind nicht besonders attraktiv. Und du bist so ein schönes Mädchen. Eine junge Frau. Du brauchst dich nicht des Körpers zu schämen, den der liebe Gott dir geschenkt hat.«

Ich war verdattert. Niemand hatte mich je als »schön« bezeichnet, und es war mit Sicherheit nicht das, was ich selbst von mir dachte. Aber es war ein Wort, dem man nicht trauen kann, wenn es vom eigenen Vater kommt. Finden nicht alle Eltern ihre Kinder schön?

Jetzt hob ich die Hand zum Gesicht und sah, wie mein Spiegelbild dasselbe tat. Schön. Ich hatte mich nicht mal attraktiv gefunden, schon lange nicht mehr, und doch erzählte mir die Reflexion etwas anderes. Im Spiegel strahlte ich. Es war das Amulett, das diesen Effekt auslöste. Es erfüllte mich mit seinem eigenen Licht.

Wie ich den Rest des Tages verbrachte, weiß ich nicht mehr. Vielleicht sah ich fern; vielleicht kam die Migräne mit voller Wucht zurück. Aber ich erinnere mich daran, dass Blitze einer anderen Landschaft an mir vorbeizogen, wenn ich die Augen schloss. Einmal sah ich deutlich und klar wie eine Halluzination das Gesicht einer jungen Frau mit kühnen schwarzen Augen vor mir, die mich am Arm berührte, als hätte sie mir etwas zu sagen und ich schenkte ihr nicht die gebührende Aufmerksamkeit. Sie murmelte meinen Namen, wieder und wieder.

Nur war es nicht mein Name, den sie murmelte. Das Wort war fremd, unvertraut, wie ein ganz und gar sinnloses Wort, eine Silbe, die so oft wiederholt wurde, dass es nur noch absurd war. Ich gab mir Mühe, es besser zu verstehen, und es war, als spräche jemand zu mir, erzählte mir eine Geschichte, die ich nicht richtig begriff …

FÜNF

Hoch über einem Tal in den Bergen saß eine junge Frau unter einem Baum und blickte auf die Landschaft. Sie hatte ein apartes Gesicht, stark und unverwechselbar, mit langer gerader Nase, kühnen schwarzen Augen und einem entschlossenen Kinn. Niemand hatte sie je als hübsch bezeichnet oder sie mit feinen Dingen in Verbindung gebracht – Mondlicht zum Beispiel, hauchdünner Gaze oder den winzigen eleganten Singvögeln, die durch die Abenddämmerung schossen. Die Männer, die – erfolglos – versucht hatten, ihr den Hof zu machen, sprachen in unbeholfenen Versen von wilden Kamelen und den großen Winden der Wüste: elementaren Dingen, über die sie keinerlei Kontrolle erwarten konnten. Sie bemühten sich, ebenfalls vergeblich, einen Reim für ihren Namen – Mariata – zu finden; sie wiederum beantwortete ihre Aufmerksamkeiten mit Versen, die rau wie ein Sandsturm waren, und so ließen sie sich bald nicht mehr blicken.

Seit einiger Zeit schon hatte sie ganz still dagesessen und ins Leere geschaut, als konzentrierte sie sich mit aller Macht auf etwas außerhalb ihrer Reichweite. Der Baum stand auf dem Kamm eines felsigen Gipfels. Am Horizont erhob sich der Bazgan wie ein gewaltiger Schatten, von ihm hatte der Stamm, bei dem sie jetzt lebte, seinen Namen. In dieser Höhe war die Luft kühl und duftete nach wildem Thymian und Lavendel, doch selbst hier oben spürte man die Gegenwart der Wüste, die sich jenseits der Berge ausbreitete.

Ein langer Augenblick verging in dieser Andacht, dann bückte sich die junge Frau und malte ein Zeichen in den sandigen Boden zu ihren Füßen. Dabei setzte sich eine Fliege auf ihre Wange, und im nächsten Moment waren es Hunderte, ein schillernder Schwarm von Fliegen. Sie verscheuchte sie.

»Gott verfluche alle Fliegen auf der Welt!« Wozu waren diese Dinger mit ihrem sinnlosen Hin und Her und dem nervtötenden Summen gut? Und so viele, Tausende überall: auf dem Essen, den Tieren, den Babys. Wäre Gott eine Frau, gäbe es keine Fliegen, so viel stand fest. Um ein Haar hörte sie die Stimme ihrer Mutter, die sie dafür ausschalt: *Mariata, so etwas darfst du nicht sagen, hab ein bisschen Respekt!*

Doch ihre Mutter war tot und sie selbst eine Fremde im Haus der Schwester ihres Vaters. Sie seufzte und konzentrierte sich wieder auf das Gedicht, das sie zu schreiben versuchte. Ein Bild ging ihr nicht aus dem Kopf, doch gerade als sie anfing, es in Worte zu fassen, hörte sie Geräusche. Herrje! Sie zog sich tiefer in die Schatten zurück. Wenn man sie unterbrach, würde sich das Gedicht auflösen wie Spucke auf einem heißen Stein. Sarid würde sie bezahlen, wenn es gut war, und wenn der Wanderschmied wiederkam, könnte sie sich die Ohrringe kaufen, die sie sich in den Kopf gesetzt hatte. Es war ihr erster Auftrag; wenn sie ihre Sache gut machte, würden weitere folgen. Zwar war es erniedrigend, für Bezahlung zu arbeiten, doch zu ihrem großen Kummer war sie jetzt von der Mildtätigkeit anderer abhängig. Ihre Tante Dassine und die anderen Frauen der Kel Bazgan behandelten sie ohne jeden Respekt, geschweige denn mit der Hochachtung, die jemandem mit ihrer Herkunft gebührte. Sie erwarteten sogar, dass sie eigenhändig die Ziegen molk – sie an den Köpfen zusammenband und an den Zitzen zog! Allein die Vorstellung war widerlich. Jeder wusste, dass eine solche Aufgabe allein den Händen der *iklan* vorbehalten war. Doch trotz der mangelnden Ehrerbietung vonseiten der anderen wünschte Mariata jetzt, sich nicht so weit von ihrem Stamm entfernt zu haben.

Sie unterdrückte ihr heftiges Keuchen. Wahrscheinlich war

es bloß eine Ziegenherde, aber es gab auch Banditen in der Gegend, die nachts Kamele oder Ziegen stahlen, und vor Kurzem hatten sie von grausamen Überfällen auf Dörfer gehört; ein paar Beduinen waren ermordet worden, als sie auf ihren Feldern gearbeitet hatten. Und nun war sie hier, allein und weit weg von ihrem Lager.

Ein Zweig knackte, und im nächsten Moment erschien eine Gestalt in ihrem Blickfeld: ein Mann, dessen Schleier lose auf der Brust hing. Allein dieses Detail verriet ihr, dass er ohne Begleitung war und auch nicht erwartete, auf jemanden zu treffen. Aber noch etwas beruhigte sie: An der lässigen Art, den Schleier zu tragen, und der Kopfhaltung des Mannes erkannte sie, dass er kein Bandit war, sondern Rhossi, der Neffe des Anführers. Nur Rhossi war so überheblich, dass er glaubte, immun gegen die Geister zu sein.

Bei dem Gedanken an ihn fing ihre Haut an zu brennen. Rhossi hatte ein Auge auf sie geworfen, seit ihr Vater sie in die Obhut des Bazgan-Stammes gegeben hatte. Immer wenn sie das Lager durchquerte, mit den anderen Mädchen tanzte, um die Schritte für die Hochzeitstänze einzuüben, oder des Nachts am Feuer saß, hatte sie seinen Blick gespürt.

Doch jetzt sah er nicht sie an, sondern betrachtete aufmerksam den Boden und berührte etwas mit der Spitze seiner Sandale. Vielleicht würde er einfach weitergehen. Dann beobachtete sie, wie er niederkniete und das trockene Gras inspizierte, das sie beim Gehen niedergedrückt hatte. Anschließend hob er den Kopf, drehte sich zu ihr um und lächelte.

»Ist es gemütlich da im Schatten, Mariata ult Yemma?«

Sie sah seine glänzenden Augen, die auf sie gerichtet waren. »Dem Himmel sei Dank, alles ist in Ordnung, Rhossi ag Bahedi«, sagte sie und zog den Zipfel des Kopftuchs vor den unteren Teil des Gesichts. Darüber funkelten ihre Augen ihn böse an; sie war wütend, dass er sie entdeckt hatte.

Er grinste. Seine Zähne waren scharf und standen ein wenig voneinander ab. Die anderen Mädchen hielten ihn für gut aussehend und machten ihm schöne Augen, doch Mariata fand, dass sein Gesicht an einen Schakal erinnerte, schmal und schlau, und dass sein Blick berechnend und kalt war, selbst wenn sein Mund lächelte.

»Geht es dir gut, Mariata?«

»Ja, mir geht es gut. Und dir?«

»Mit Gottes Segen auch, *insha'allah*.« Er küsste seine Handflächen, legte sie erst auf sein Gesicht und berührte dann die Brust, gleich über dem Herzen, ohne den Blick von ihren Augen abzuwenden. Diese Geste war der Inbegriff von Höflichkeit und Frömmigkeit, aber irgendwie gelang es ihm, sie beinahe obszön erscheinen zu lassen.

Mariata sah ihn zornig an. »Bist du ein Mann, Rhossi ag Bahedi?«

Er zügelte sich. »Selbstverständlich!«

»Ich habe gehört, dass nur kleine Jungs und Spitzbuben sich unverschleiert zeigen. Welches von beidem trifft auf dich zu?«

Rhossi grinste noch breiter. »Ich verschleiere mich nur in Gegenwart von Respektspersonen, Tukalinden.«

Tukalinden, »kleine Prinzessin«. Das war der Name, den manche Stammesangehörige – solche, die ihre Herkunft respektierten – sich für sie angewöhnt hatten, denn die Abstammung ihrer Mutter ließ sich über deren Tochter Tamerwelt geradewegs auf Tin Hinan zurückverfolgen. Doch in Rhossis Schakalmaul trieften diese Worte vor Sarkasmus.

Mariata stand auf. Selbst das Mahlen von Hirse und sogar das Melken der Ziegen oder Sammeln von Dung für das Feuer waren besser, als Zeit mit dem Neffen des Anführers zu vertun. Sie wollte an ihm vorbei, doch er packte sie an der Schulter. Seine Finger gruben sich schmerzhaft in den Muskel.

»Und was ist das da im Sand, Mariata?« Mit dem großen Zeh berührte er die Symbole, die sie gemalt hatte, als sie versuchte, ein Gedicht zu entwerfen; ein Wort hier und da, um die Bilder in ihrem Gedächtnis zu verankern, darunter *yar*, der Kreis, der von einer Linie durchzogen ist, *yagh*, das oben geschlossene Kreuz, und *yaz*, das Symbol für Freiheit und Mann. Er betrachtete sie mit zusammengekniffenen Augen. »Bist du eine Hexe?« Sein Griff verstärkte sich. »Sind das vielleicht Zaubersprüche?«

Idiot. Er konnte nicht einmal lesen. Dabei hatte er schon sechs- oder siebenundzwanzig Lenze auf dem Buckel. Fast ein alter Mann. Hätte er lesen können, hätte er Kiiars Namen erkannt und auch den von Sarid – dem Paar, das im nächsten Monat getraut werden sollte. Er hätte die Schriftzeichen für Palme und Weizen, für Vogel und Wasser erkannt. Ihr Hochzeitsgedicht beschrieb die Braut bislang folgendermaßen:

Ihre Haut erinnert an Palmen
Ein Weizenfeld, eine blühende Akazie.
Ihre Zöpfe sind wie die Schwingen eines Vogels
Ihr schimmerndes Haar glänzt wie Butter:
Sonne und Mond spiegeln sich darin.
Ihre Augen sind rund wie ein Ring im Wasser
Wenn ein Stein hineinfällt.

Doch mit alledem konnte Rhossi nichts anfangen. Er hatte sich sein ganzes Leben lang nur dafür interessiert, wie man mit dem Schwert umgeht und sein Pferd tänzeln lässt, um vor den Mädchen anzugeben, aber niemals lesen und schreiben gelernt. Für ihn waren diese Symbole nichts weiter als geheimnisvolle Zeichen; er nahm sie nicht als Sprache wahr, er verstand sie nicht im Geringsten, und das, was er nicht verstand, machte ihm Angst. Er wusste, dass Frauen, die solche Symbole verwendeten, sie für Zaubersprüche benutzten. Die meisten waren harmlos, jedoch nicht alle. Daher ließ sie ihn in dem Glauben; geschah ihm recht für seine Ignoranz. Außerdem würde er sie vielleicht in Ruhe lassen, wenn er glaubte, dass sie sich mit Magie auskannte.

»Vielleicht.«

Mit Genugtuung sah sie, wie Rhossi sein Amulett berührte, um den bösen Blick abzuwenden. Dann stampfte er mit einem Mal hektisch auf den Symbolen herum.

Mariata schrie auf und wollte ihn daran hindern, doch er stieß sie zur Seite, sodass sie gegen einen Baum prallte. »Ich werde keine Hexen in meinem Stamm dulden!«, schrie er und trat frischen Sand über die Symbole, bis eins nach dem anderen gelöscht war.

Das Gedicht war verschwunden. Mariata wusste genau, dass sie es niemals ganz wieder zusammenbekommen würde. Hätte sie zaubern können, hätte sie es in diesem Augenblick getan: Sie hätte Rhossi Dämonen auf den Hals gehetzt und die Kel Asuf gerufen, um ihm den Verstand zu rauben. Am liebsten hätte sie ihn angespuckt oder verletzt, aber sie hatte gesehen, wie grausam er seine Sklaven auspeitschte. Wütend sprang sie auf und klopfte sich den Staub vom Gewand. »*Deinem* Stamm?«

»Das wird er bald sein.« Sein Onkel Moussa ag Iba hatte eine schmerzhafte Wucherung in den Eingeweiden, die immer weiter wuchs, ganz gleich, welche Mittel er dagegen nahm. In der Tradition ihres Volkes würde die Führung des Stammes an den Sohn seiner Schwester übergehen.

»Hast du den ganzen Weg gemacht, um mir das zu erzählen?«

»Natürlich nicht. Wie hätte ich wissen können, dass du hier draußen bist, um Zaubersprüche zu schmieden?«

»Aber du bist mir gefolgt, stimmt's?«

Rhossis Augen verengten sich, doch er sagte nichts. Stattdessen ergriff er eine ihrer Hände, drehte ihr den Arm um und drückte ihn gegen ihre Schulterblätter, womit er sie dicht an sich heranhob. Sein Gesicht war dem ihren so nah, dass es verschwamm und sie seinen heißen Atem auf der Haut spürte. Sie konnte beinahe die Geister fühlen, die aus ihm herausströmten, ihre Glut, ihren Wahn. Dann war sein Mund auf dem ihren. Sie presste die Lippen aufeinander und fing an, sich ernsthaft zu wehren, um ihm zu entkommen, doch er lachte nur.

»Wenn ich dich küssen will, werde ich es tun. Und wenn ich *amenokal* bin, werden alle Völker des Aïr mir gehorchen. Die Mädchen werden sich darum reißen, meine dritte oder vierte Frau zu werden oder gar meine Sklavinnen! Hältst du dich etwa für etwas Besseres als sie?« Er schob sie auf Armeslänge von sich weg und betrachtete sie. Dann beugte er sich zu ihr, und sein Gesicht verfinsterte sich. »Oder sogar für etwas Besseres als *mich*?« Die Antwort konnte er in ihren Augen lesen. Sie waren furchtlos, kühn und dunkel. Und in diesem Moment erkannte sie, dass er sie ebenso hasste, wie er sie begehrte. »Du wirst lernen müssen, dass du damit auf dem Holzweg bist!« Er packte sie am Haar und wickelte eine seidige schwarze Strähne um seine Hand. »Du tust so vornehm, setzt den Kindern deine dummen Flausen in den Kopf, prahlst mit deiner Familie und hältst uns die Kel Taitok vor, als wären wir nichts weiter als ein schmutziger Vasallenstamm. Es wird Zeit, dass man dir eine Lektion erteilt.« Und dann griff er ihr mit der freien Hand brutal zwischen die Beine und fing an, ihr Gewand hochzuschieben.

Mariata war außer sich vor Wut. Eine Frau ohne ihre Einwilligung zu berühren, war tabu: streng verboten, ein Verbrechen, das mit Verbannung oder sogar Tod geahndet wurde.

Unten im Tal erklang das Heulen eines wilden Hundes, in das ein zweiter, dritter und vierter einstimmten. Irgendetwas hatte sie aufgeschreckt: Normalerweise lagen sie wie dürre gelbe Kadaver in unordentlichen Haufen irgendwo im Schatten der Trockenmauern, mit denen die Terrassen geschützt waren, während die *harratin* auf der anderen Seite den Boden bearbeiteten, Unkraut jäteten und die Felder bewässerten. Das Heulen schwebte noch einen Augenblick über dem Tal wie ein Geier, getragen von warmen Luftströmungen, und verebbte schließlich.

Doch diese Störung hatte Rhossi zur Besinnung gebracht.

Er richtete sich auf, stieß Mariata von sich und ging zum Kamm des Hügels, wo er die Hand über die Augen hob, um zu sehen, was die Aufmerksamkeit der Hunde geweckt hatte. In gebührendem Abstand stellte sich auch Mariata an eine Stelle, wo sie ins Tal hinabsehen konnte, doch mehr als eine Gestalt, die den Pfad bergauf kam, war dort nicht zu sehen. Die Gestalt entpuppte sich allmählich als eine Frau mit schwarzem Kopftuch und einem langen, zusammengeflickten blauen Gewand. Ihr Kopf war gesenkt und der Rücken gebeugt, als trüge sie die Last der ganzen Welt auf den Schultern. Mariata erkannte sie nicht, aber da sie erst seit ein paar Wochen beim Stamm der Bazgan lebte, war das auch nicht weiter verwunderlich.

Rhossi hingegen starrte die Frau an, als hätte er einen Geist vor sich. Mariata sah, wie er hastig den Schleier um das Gesicht wickelte, bis nur noch ein schmaler Schlitz blieb, durch den seine Augen glänzten. Er wirkte verängstigt.

Als hätte die Bewegung sie angezogen, sah die Frau kurz auf, und Mariata erkannte überrascht, dass sie alt war, ihr Gesicht voller Falten und die Haut so dunkel wie Akazienholz. Sie wirkte traurig und erschöpft, als hätten mächtige Kräfte sie zu dieser beschwerlichen Reise über den steilen, felsigen Pfad in das Territorium eines anderen Stammes hinauf angetrieben. War es Hunger, der sie hierher geführt hatte?, fragte sich Mariata. Oder brachte sie Nachrichten? Fremde hatten gewöhnlich eine Geschichte zu erzählen.

Als wäre es die natürlichste Reaktion auf der Welt, hob Rhossi einen Stein auf und schleuderte ihn voller Verachtung hinab. Er traf die Fremde mit voller Wucht. Sie schrie auf, verlor das Gleichgewicht auf dem losen Geröll des Pfads und stürzte. Im nächsten Augenblick rannte Rhossi davon und ließ Mariata wie erstarrt zurück. Sie sah hinunter zu der verletzten Frau und fühlte sich allein durch ihre Anwesenheit wie seine Komplizin.

Als die Frau nicht aufstand, schüttelte Mariata ihre Erstarrung ab und kletterte durch das Dickicht, die Dornen und die Felsen zu ihr hinunter. Mittlerweile versuchte die alte Frau stöhnend, sich aufzurichten. »*Salaam aleikum*«, grüßte Mariata sie. Friede sei mit dir.

»*Aleikum salaam*«, antwortete die Alte. Auch mit dir sei Friede. Ihre Stimme war rau wie die einer Krähe.

Eine klauenähnliche Hand griff nach Mariatas Gewand, fand ihre Schulter und begann, sich hochzuziehen. Die junge Frau half ihr beim Aufsetzen. Das Kopftuch war heruntergerutscht und enthüllte ein Gewirr von dunklen Zöpfen, die kompliziert geflochten und mit Streifen von gefärbtem Leder, Perlen und Muscheln verknüpft waren. Hier und da glänzten helle Silberfäden; kein Schmuck, sondern ein Zeichen von Alter. Die Augen, die forschend Mariatas Gesicht betrachteten, strahlten in einem dunklen Braun ohne jeden Schleier von grauem Star. Zwar hatte die Sonne sie mit unzähligen tiefen Runzeln umgeben, doch schien die Besucherin letzten Endes nicht ganz so alt, wie sie geglaubt hatte.

»Ist alles in Ordnung?«, fragte Mariata.

»Danke, mir geht es gut.« Doch als sie den Arm bewegte, fuhr sie vor Schmerz zusammen, und inzwischen sickerte auch Blut durch ihr Gewand, da, wo der Stein sie getroffen hatte.

»Du blutest ja. Lass mich mal sehen.«

Als Mariata die Hand ausstreckte, um die Wunde zu inspizieren, fasste die Alte sie am Kinn und betrachtete eindringlich ihr Gesicht. »Du bist nicht von hier.« Es war eine Feststellung, keine Frage.

»Ich komme aus dem Hoggar.«

Die Frau nickte und machte eine respektvolle altmodische Geste, die heute, da die Menschen anfingen, die alten Sitten und die alten Hierarchien zu vergessen, kaum noch jemand kannte. »Ich heiße Rahma ult Jouma, und du musst die Tochter von Yemma ult Tofenat sein.« Ihre Augen glänzten. »Ich bin acht Tage zu Fuß gegangen, um dich zu finden.«

Mariata war verblüfft. »Warum hast du das getan?«

»Ich hatte die Ehre, deine Großmutter zu kennen. Sie war eine Frau mit außergewöhnlichen Fähigkeiten.«

Ihre Großmutter war bereits vor Jahren gestorben. Sie erinnerte sich schemenhaft an eine hohe Gestalt, sehr imposant, geschmückt mit Silber und ziemlich einschüchternd, mit durchdringenden Augen und einer scharfen Adlernase.

»Was für Fähigkeiten?«

»Deine Großmutter sprach mit den Geistern.«

Mariatas Augen weiteten sich. »Wirklich?«

»Sie konnte wunderbar mit Worten umgehen und Dämonen austreiben, und ich brauche jemanden, der das auch kann. Mein Sohn liegt im Sterben. Jemand hat ihn mit dem bösen Blick angesehen: Er ist von Geistern besessen. Alle Medizinfrauen und Kräuterhexen im Adagh haben ihn aufgesucht, sämtliche Marabouts und Korangelehrten, ebenso die *bokayes* und sogar ein wandernder Zauberer aus Timbuktu. Doch niemand war im Stande, ihm zu helfen. Die Kel Asuf haben ihn fest im Griff, und sie scheren sich weder um den Koran noch um Pflanzenmedizin. Wir brauchen einen Spezialisten, und deshalb habe ich den weiten Weg auf mich genommen, um dich zu finden.«

»Ich fürchte, ich habe keinen Funken Magie in mir«, gab Mariata zurück. Insgeheim aber war sie geschmeichelt. Es gefiel ihr, dass man sie von den Bazgan-Frauen unterschied. »Ich kann dir nicht helfen – ich bin keine Heilerin, sondern eine Dichterin.«

Rahma ult Jouma verzog das Gesicht. »Nun, ich kann es nicht ändern. Ich weiß nur, dass der Name deiner Großmutter auftauchte, als ich die Knochen warf.«

»Ich bin nicht meine Großmutter.«

»Du bist die Letzte aus ihrem Geschlecht. Die Macht des Schöpfers wurde stets durch die Frauen deiner Familie weitergegeben.«

Mariata fragte sich, ob die Fremde vielleicht eine arme, von der Sonne verwirrte Bettlerin war, eine *baggara*. Die Wüste forderte Tribut von vielen, die in und um ihre glühend heißen Grenzen lebten. Sie stand auf und trat einen Schritt zur Seite. »Hör zu, es tut mir leid. Ich kann dir nicht helfen, ich habe keine magischen Kräfte.«

Rahma packte sie am Arm. »Ich bin einen weiten Weg gekommen, um dich zu finden.«

»Tut mir leid.« Sie versuchte, sich zu befreien, doch die alte Frau wollte sie nicht loslassen. »Außerdem kann ich mir beim besten Willen nicht erklären, woher du wusstest, dass ich hier bin.«

»Ein Wanderschmied kam durch unser Dorf und erzählte uns von einer Iboglan-Frau, die unter den Bazgan lebte, eine sehr gebieterische Person, schmal und *asfar*. Sie hatte ihm aufgetragen, ein Paar Ohrringe mit dem Symbol des Hasen für sie zu machen. Nur eine Frau aus Tamerwelts Clan würde um solch ein Zeichen bitten.«

Die Schmiede verbreiteten Nachrichten, aber auch eine Menge Klatsch und Tratsch. Es war eine schlüssige Erklärung. Mariatas Hand fuhr zum Gesicht. Es stimmte, dass ihre Haut ein wenig heller war als die der Frauen aus den südlicheren Stämmen, und der Hase war das Tier, zu dem sie und die Frauen ihrer Familie eine besondere Beziehung hatten.

»Der Schmied berichtete, dass ihr Vater sie nach dem Tod der Mutter in die Obhut der Bazgan übergeben hatte. Und dass der Neffe des Anführers ein Auge auf sie geworfen hätte, sie aber seine Avancen nicht beachtete.« Und hier spuckte die alte Frau in den Sand. Ihre Spucke war rot von Blut: Sie musste sich bei dem Sturz auf die Zunge gebissen haben.

Mariata wandte unbehaglich den Blick ab. »Und woher wusstest du, dass ich hier oben bin, so weit entfernt vom Lager?«

»Ich traf ein Mädchen, das Ziegen hütete und mir sagte, wo du bist.«

Das musste Naima gewesen sein. Mariata hatte auf dem Weg hierher ein Stück Brot mit ihr geteilt, und die Hirtin hatte ihr ein paar wilde Feigen geschenkt. Anscheinend hatte sich alles gegen sie verschworen. »Sie war die Einzige, die wusste, wo ich bin.«

»Abgesehen von dem Mann, der mich mit dem Stein beworfen hat.«

Mariata nickte verlegen.

»Vielleicht der Sohn von Bahedi, Moussas Bruder?«

»Rhossi, ja. Woher weißt du das?« Man konnte einen Mann aus einem bestimmten Stamm von dem aus einem anderen daran unterscheiden, wie er seinen Schleier trug; eine zusätzliche Schicht, ein höherer Aufbau, ein längeres Ende – aber einen einzelnen Menschen aus einem anderen Stamm aus solcher Entfernung erkennen? Das war sicher nicht möglich.

»Ich habe ihn an seinen Taten erkannt. Er ist ein Feigling. In dieser Hinsicht schlägt er ganz nach den anderen Männern in seiner Familie.«

Hätte ein Mann so über die Familie des *amenokal* gesprochen, hätte er seine Worte mit dem Schwert verteidigen müssen. Es war gut, dass sie allein waren, obwohl Mariata gehört hatte, dass der Wind Beleidigungen gelegentlich den Betreffenden zutrug. So setzten sich alte Stammesfehden fort.

»Dann kennst du seine Familie?«

Rahmas Ausdruck wurde wachsam. »So könnte man es ausdrücken. Komm, wir haben keine Zeit zu verlieren. Es ist ein weiter Weg zurück zu meinem Dorf.«

Mariata lachte. »Ich komme nicht mit dir. Außerdem bist du gar nicht in der Verfassung für eine solche Reise. Du siehst aus, als hättest du seit Tagen nichts gegessen oder getrunken. Jetzt bist du auch noch verletzt, und sieh nur, deine Füße bluten.«

Rahma blickte an sich herab; es stimmte, das abgetragene, verstaubte Leder ihrer Sandalen war blutbefleckt.

»Komm mit zu unserem Lager, und ich sorge dafür, dass du

zu essen und zu trinken bekommst und auch ein Lager für die Nacht. Vielleicht kann dich morgen einer der Männer in dein Dorf zurückbringen.«

Die Frau spuckte aus. »Niemals wieder werde ich einen Fuß auf das Land der Kel Bazgan setzen. Nur unter größten Zweifeln bin ich hierhergekommen.«

Mariata seufzte. Was für ein Dilemma. Sie konnte unmöglich eine Frau allein zurücklassen, die so weit gekommen war, um sie zu finden, und dabei auch noch verletzt worden war. »Dann komm wenigstens mit zu den *harratin*; sie werden sich um dich kümmern.«

Rahma ult Jouma lächelte. »Wie diplomatisch! Du bist genau wie deine Großmutter.« Damit tätschelte sie Mariatas Hand.

Unten im Tal hatten die *harratin*, die die Gärten und Felder der Stammesanführer bearbeiteten, ein kleines Dorf mit runden Hütten aus Schilf, Lehm und Stein errichtet. Hier lebten sie das ganze Jahr über, während die Stammesangehörigen ihr traditionelles Nomadenleben führten und auf den uralten Routen in der Sahara von einer Oase zur anderen zogen. Während der Erntezeit kehrten sie zurück, um den Ertrag ihrer Investition einzusammeln, von dem die *harratin* ein Fünftel für ihre Arbeit behalten durften. Obwohl sie an Moussa ag Ibas Aufseher gewohnt waren, die regelmäßig kamen, um den Fortschritt der Winterernte zu begutachten, war der Anblick zweier Frauen aus einem Wüstenstamm ohne Begleitung so ungewöhnlich, dass selbst die Kinder aufhörten zu spielen und sie anstarrten. Eine Gruppe von alten *harratin*-Frauen stand im Kreis und bearbeitete das Getreide im Mörser mit einem Stößel. Ihre schwarze Haut war grau von dem umherfliegenden Staub, und das schlaffe Fleisch an ihren Oberarmen zitterte bei jedem Stoß. Als sie Mariata und Rahma sahen, erstarrten sie mitten in der Bewegung. Zwei jüngere Frauen, die vor einem hohen, aufrecht stehenden Webrahmen saßen und an einem Teppich arbeiteten, spähten neugierig durch das Gitter von Fäden; ihre ernsten dunklen Gesichter wurden von der bunten Wolle in Streifen unterteilt. Selbst die alten Männer unterbrachen ihre Korbflechterei. Doch niemand sprach ein Wort.

Am Ende rappelte sich einer der Männer umständlich auf und kam mit erhobenem Kopf und wachsamen Augen auf sie zu. Er trug ein geflicktes Gewand und sah nicht aus wie ein Vorarbeiter, trotz seines Anflugs von Autorität. Er grüßte, wie es dem Brauch entsprach, und blickte die Besucher erwartungsvoll an.

Mariata erklärte, dass Rahma einen Heiler und etwas zu essen und zu trinken brauchte. »Im Augenblick habe ich nichts, um euch zu bezahlen, doch später komme ich wieder und bringe euch etwas mit, ein wenig Silber …«

Der Alte lachte. »Was sollen wir mit Silber? Bitte den *amenokal*, dass er mein Volk etwas mehr schont; das wäre der beste Lohn, den du uns anbieten könntest.«

»Ich glaube nicht, dass der *amenokal* weiß, was ›schonen‹ bedeutet«, sagte Rahma.

Der Alte wirkte erstaunt, sagte jedoch nichts.

»Ich bin nicht in der Lage, mich beim *amenokal* für euch zu verwenden«, sagte Mariata ruhig. »Aber ich werde euch Tee und Reis bringen.«

Der Mann legte die Hand auf die Brust und verneigte sich. »Danke, das wäre sehr freundlich.«

Mariata wandte sich an Rahma. »Ich komme morgen wieder, um nach dir zu sehen.«

»Bitte tu das, wir müssen uns beeilen.«

»Ich werde nicht mit dir gehen.«

Die alte Frau kniff die Augen zusammen. »Oh, ich glaube doch. Sieh dich um. Kannst du deine Augen davor verschließen, was hier passiert?«

Mariata war verwirrt. »Was meinst du?« Es war ein ganz normales *harratin*-Dorf, schäbig und armselig.

»Schau hin. Schau genau hin. Siehst du nicht, dass sie verhungern?«

Zum ersten Mal im Leben achtete Mariata auf Einzelheiten im Leben der *harratin*. Die Kinder hatten riesige Augen, aufgeblähte Bäuche, spindeldürre Arme und Beine. Die Erwachsenen wirkten so erschöpft, als schufteten sie sich zu Tode. Die bunten Muster ihrer Gewänder waren wie Hohn neben den stumpfen Augen, eingefallenen Wangen und verzweifelten Gesichtern.

Rahma deutete auf den Teppich, den die Frauen webten. »Selbst den werden Moussas Leute mitnehmen. Man gibt ihnen nur die Wolle und die Muster, dann verkaufen die Kel Bazgan sie mit Gewinn, und die *harratin* bekommen praktisch nichts für ihre Arbeit.« Sie trat zu den alten Frauen, richtete ein paar Worte in ihrer Sprache an sie, und sie antworteten ihr. Schließlich gab sie Mariata ein Zeichen, näher zu kommen. »Siehst du das? Sie haben nur das verdorbene Getreide, um Mehl zu machen, die Ähren, die sie aus der Spreu sammeln konnten: nicht einmal das Fünftel, das ihnen vertraglich zugesichert wurde. Und schau dir die Kinder an, die da drüben spielen ...«

Zwischen den Hütten hockten zwei hellhäutige Kleinkinder im Schlamm, während ein paar ältere an der Wand einer Hütte lehnten und sie teilnahmslos beobachteten.

Mariata nickte. Rahma schnalzte mit der Zunge. »Sehen diese Kleinen aus wie echte *harratin*? Ich finde nicht: Ihre Haut ist zu hell. Ich glaube eher, dass der junge Rhossi überall seinen Samen verstreut hat. Das erste Kind ist Resultat einer Vergewaltigung, sagen sie, das zweite Mädchen hatte genügend vom ersten gelernt, um etwas für sich herauszuschlagen.«

Auf dem Weg zurück zum Lager kam Mariata erneut an Naima und der Ziegenherde des Stammes vorbei. Zum ersten Mal fiel ihr auf, wie viele Tiere es waren, schwarze und braune, scheckige und gefleckte, weiße und rötliche. Alle drängten sich unter den Bäumen des Tals und fraßen jedes Blättchen ab, das sie erwischen konnten. In den Ausläufern des Lagers kam sie an einer Schafherde vorbei, die weiblichen Tiere waren angepflockt, die Lämmer liefen frei herum, da sie sich nie weit von ihren Müttern entfernten. Sie waren dick und lebhaft, und es waren so viele, dass Mariata sie nicht zählen konnte. Jetzt kamen die Zelte ins Blickfeld, und daneben standen die kostbaren Kamele – die kräftigen Maghrabis und die langhaarigen Berabish-Kamele, die kleineren grauen Adrars und die Mehari, legendäre weiße Tiere aus dem Tibesti-Hochland des Tschad. Die Mehari waren ein großer Luxus, teures Spielzeug für reiche Männer, die sie nur selten für das benutzten, wofür sie gezüchtet wurden, nämlich um sich rasch durch das Innere der Wüste zu bewegen und andere Stämme oder Karawanen zu überfallen. Stattdessen veranstalteten sie Rennen und schlossen Wetten auf das Ergebnis ab. Sie wusste, dass zwei der großen weißen Tiere mit den hochmütigen Gesichtern und ihrer launischen Art Rhossi gehörten.

Die niedrigen, aus Leder gemachten Zelte der Kel Bazgan sahen von außen aus wie schlichte, bescheidene Behausungen, doch im Innern hüteten die Frauen ihre Schätze: bunte Teppiche, weiche Schaffelle, holzgeschnitzte Stühle und Betten, Kästen mit Silberschmuck, wollene Gewänder, Pantoffeln und Sandalen, die mit Messing verziert waren, herrlich gefärbte, mit Fransen besetzte Ledertaschen. Im nach Osten gelegenen Teil der Frauenzelte lagerten ihre Männer ihre kostbarsten Güter: Schwerter, die drei Jahrhunderte zuvor aus Toledostahl geschmiedet und von einer Generation an die nächste weitergegeben worden waren, *tcherots* und *gris-gris*, dicke Armreifen aus Silber und reich geschmückte Sättel. Es gab Kisten mit Reis, Säcke mit Hirse oder Mehl, Gefäße mit Öl oder Oliven, Schalen mit Gewürzen, die von den Märkten im Norden stammten. Die Frauen waren füllig, die Kinder dick. Selbst die

Hunde waren wohl genährt. Nur die Armen waren dünn. Der Bazgan-Stamm genoss vielleicht nicht den legendären Ruf der Kel Taitok, trotzdem war es ein wohlhabender Clan. Als Mariata sich umsah, kam es ihr vor, als sähe sie alles zum ersten Mal, und zum ersten Mal war sie beschämt. Sie hatte nie einen Gedanken an den Gegensatz zwischen dem Leben ihres Volks und dem der *harratin* verschwendet, von denen sie abhängig waren. Sie hatte ihre jeweilige Situation stets als natürliche Ordnung der Dinge angesehen. Sie waren die Adligen und die *harratin* die Untergebenen, die man für ihre Dienstleistungen bezahlte. Dass sie keinesfalls gut oder auch nur angemessen entlohnt wurden, war ihr nie in den Sinn gekommen.

Als sie an diesem Abend mit den anderen Frauen am Feuer saß und würziges Lammfleisch mit duftendem Fladenbrot aß, das die Sklaven am gleichen Nachmittag zubereitet hatten, fiel ihr plötzlich auf, dass sie im Dorf der *harratin* kein Vieh gesehen hatte.

»Ist dir nicht gut, Mariata?«, fragte ihre Tante Dassine. Sie hatte nicht nur scharfe Augen, sondern auch eine scharfe Zunge.

»Mir ist der Appetit vergangen«, gab Mariata ein wenig steif zurück.

Yallawa, die neben Dassine saß, starrte Mariata kühl an und sagte dann, an ihre Nachbarin gewandt: »Die Kel Taitok essen nur das zarteste Gazellenfleisch; offensichtlich schmeckt das einfache Lammfleisch unserer königlichen Verwandten nicht.«

Mariata schob den Teller mit dem Rest der Mahlzeit von sich. »Ich habe keinen Hunger, obwohl ich heute viele Menschen gesehen habe, bei denen es ganz anders war.«

Neugierige Blicke wandten sich ihr zu. »Meinst du vielleicht Bettler?«, fragte Dassine.

»Ich meine eure eigenen *harratin*«, antwortete Mariata knapp. »Die Bäuche der Kinder sind aufgebläht vor Hunger. Selbst die Erwachsenen sind ausgemergelt.«

Ein allgemeines Raunen erhob sich. Mariata verstand nur hier und da ein Wort, doch die Blicke der Frauen waren feindselig. Am Schluss sagte Yallawa: »Das ist kein Thema für ungebildete junge Frauen.« Sie warf Mariata einen eisigen Blick zu. »Und es ist ganz besonders ungehörig für eine ungebildete junge Frau, die von der Barmherzigkeit anderer abhängig ist, eine solch dumme und ungebetene Meinung zu äußern.«

»Ich kann nichts dafür, dass meine Mutter tot und mein Vater mit einer Karawane unterwegs ist! Ich hätte es mir kaum freiwillig ausgesucht, hierherzukommen, hätte ich die Wahl gehabt.«

Dassine beugte sich zu Mariata vor. »Als mein Bruder deine Mutter zur Frau nahm, haben die Kel Taitok diejenigen von uns, die den weiten Weg auf sich genommen hatten, um an der Hochzeit teilzunehmen, wie Vasallen behandelt, die gekommen waren, um ihnen Tribut zu zollen. Die Frauen lachten hinter vorgehaltener Hand über unsere dunkle Haut und spotteten über unsere besten Kleider, unseren Schmuck und die Art, wie unsere Männer den Schleier tragen. Du kannst dir von mir aus einbilden, was du willst, und mit deiner vornehmen Herkunft protzen; mich interessiert deine Abstammung nicht. Du kannst von Glück reden, dass du hübsch genug bist, um die Aufmerksamkeit von Moussas stattlichem Sohn auf dich zu lenken. Diese Verbindung wird zumindest deiner Arroganz einen Dämpfer versetzen.«

Mariata stand auf und ging ohne ein Wort davon, unfähig zu einer höflichen Antwort.

Auf dem Weg zu den Zelten machte sie um das Feuer der Männer einen weiten Bogen, trotzdem sah sie aus dem Augenwinkel, wie Rhossi ag Bahedi sich aus der Gruppe löste. Sie beschleunigte ihren Schritt, doch bald hatte er sie eingeholt und stand mit blitzenden Augen vor ihr.

»Komm mit.«

»Freiwillig gehe ich nirgendwo mit dir hin.«

»Du solltest lieber tun, was ich sage, wenn du weißt, was gut für dich ist.«

»Seit wann hat ein Mann das Recht, einer Frau Vorschriften zu machen?«

»Du wirst es bereuen, wenn du es nicht tust.«

»Ich bin sicher, dass ich es bereuen würde, wenn ich es täte.«

Er packte sie am Arm. »Ich kann nur hoffen, dass du niemandem etwas gesagt hast, was du nicht hättest sagen sollen.«

»Ich weiß nicht, was du meinst.«

Er schüttelte sie leicht. »Du weißt ganz genau, was ich meine.«

»Oh, du meinst, ich könnte überall herumerzählen, wie tapfer du eine schutzlose alte Frau mit Steinen beworfen hast?«

»Ist sie tot?«, fragte er, ein wenig zu hastig.

Mariata musterte ihn neugierig. »Warum sorgt sich der Erbe des erhabenen Anführers so sehr um das Schicksal einer armen *baggara*?«

Rhossi kniff die Augen zusammen. »Eine *baggara*, ja, mehr ist sie nicht. Aber hat sie es überlebt? Sag es mir, los, oder …«

»Zu meiner großen Freude kann ich dir mitteilen, dass sich dein Gewissen nicht mit ihrem Tod belasten muss.«

Rhossi ließ sie los und trat einen Schritt zurück. »Ich bin sehr froh, das zu hören.« Es klang nicht aufrichtig. »Wo ist sie jetzt?«

Mariata zögerte. »Sie ging ihrer Wege«, sagte sie schließlich und sah die Erleichterung in seinem Gesicht. »Und jetzt muss ich weiter.« Sie gähnte demonstrativ. »Die Ereignisse von heute haben mich erschöpft.«

»Ich bringe dich bis zum Zelt deiner Tante.«

Mariata lachte. »Ich brauche niemanden, der mich auf dieser kurzen Strecke beschützt.«

»Trotzdem.« Er nahm sie am Ellbogen und führte sie weg von den Feuern. »Erwähne diese Frau niemandem gegenüber, hast du verstanden?«

»Wer ist sie denn, wenn du so darauf bedacht bist, dass niemand von ihr erfährt?«

Er reckte das Kinn. »Niemand von Bedeutung.«

Mariata blieb vor Dassines Zelt stehen. »Gute Nacht, Rhossi.« Sie machte sich von ihm los und bückte sich, um durch den Eingang zu schlüpfen. Im Innern des Zeltes zündete sie die Kerze in der Laterne an und kniete nieder, um ihr Bett zu machen. Die bestickte Decke, die über dem Rahmen lag, hatte sie mitgebracht: Sie stammte aus dem Süden von Marokko, und Mariata liebte sie. Reihen von roten Kamelen schmückten sie in einem geometrischen Muster, das man nur verstand, wenn man abstrahieren konnte. Sie marschierten über einen Hintergrund aus Gold; in den Ecken bildeten stilisierte Blüten sternenförmige Muster wie das Mosaik, das sie einmal in Tamanrassett gesehen hatte. Diese Decke erinnerte sie mehr als alles andere an ihr Zuhause. Übereilt waren sie aufgebrochen. »Nimm nur mit, was du tragen kannst«, hatte ihr Vater sie schroff angewiesen. »Deine Tante Dassine hat alles, was du brauchst, und ich will nicht, dass die Karawane dadurch aufgehalten wird, dass sie dein Hab und Gut durch die Wüste schleppen muss.«

Sie hatte ein Dutzend feiner Gewänder, Stiefel für den Winter, mit Edelsteinen besetzte Sandalen und Gürtel, Unmengen von bunten Kopftüchern und Schals, ihre Schaffelle und das schöne Ziegenleder zurückgelassen, das ihre Mutter für sie aufgehoben hatte, damit sie sich ihr eigenes Zelt machen konnte, wenn sie heiratete. Alles, was sie mitgebracht hatte, war in der hölzernen Kiste enthalten, die jetzt neben ihrem Bett stand: ihr Schmuck, Kosmetika, ein kleines Messer und ein Gewand zum Wechseln. Die Kleider, die sie am Leib trug, und diese Bettdecke waren ihr einziger Besitz auf der Welt, zumindest hier. Sie fuhr mit der Hand über die Stickerei, erfüllt von Heimweh und Einsamkeit.

»Sehr hübsch.«

Sie drehte sich um, doch bevor sie schreien konnte, legte sich eine Hand auf ihren Mund. Sie roch den Gestank von Lammfett und den Rauch des Feuers.

»Wen willst du rufen? Dein Vater und deine Brüder befinden sich am anderen Ende der Sahara und beladen ihre Kamele mit Salzkegeln; sie sind nichts weiter als gewöhnliche Händler. Deine Tante? Sie kann deinen Anblick nicht ausstehen – deine Cousinen, Ana und Nofa? Sie sind beide seit Jahren hinter mir her, dabei habe ich nicht das geringste Interesse an ihnen – sie sind bloß fette blöde Kühe. Die Männer leben in Furcht vor meinem Onkel, und ich bin sein designierter Nachfolger. Du bist eine Fremde, Mariata, ich hingegen bin der Erbe des Stammesführers. Niemand wird die Hand gegen mich erheben. Und wessen Wort werden die Leute später mehr Glauben schenken?«

Rhossi drückte ihren Kopf nach unten auf das Bett, während er sich auf sie wälzte und mit seinem Gewicht fast erdrückte. Sie konnte nicht schreien, sie bekam kaum Luft. Als Nächstes spürte sie den kalten Luftzug auf den nackten Schenkeln und eine Hand, die versuchte, ihre Beine zu spreizen. Seine Fingernägel gruben sich in das zarte Fleisch. »Hör auf zu zappeln«, sagte er. »Es wird dir Spaß machen. So ist es bei allen, wenn sie sich einmal an die Idee gewöhnt haben. Jetzt halt endlich still, verdammt noch mal!«

Ihr wütendes Geschrei wurde von den Kissen und Decken erstickt.

»Mach dir keine Sorgen um das Baby. Du brauchst es nicht zu töten – du wirst meine Frau sein. Du hast keine Schande zu befürchten.«

Irgendwann lockerte sich sein Griff, und in diesem Moment wurde Mariata von einem Geist erfüllt, einem rachsüchtigen, tobenden Etwas, das mit übernatürlichen Kräften ausgestattet war. Ein animalisches Geräusch kam aus ihrer Kehle, rau und guttural, als sie sich unter ihm wand und hin und her warf.

Plötzlich war ihr rechter Arm frei, sie holte ohne nachzudenken mit dem Ellbogen aus und traf Rhossi auf den Mund. Das war das Ende.

Mariata sprang auf und zog das Gewand wieder bis zu den Fußknöcheln hinab. Aus der Schatztruhe neben dem Bett nahm sie den kleinen Dolch und hielt ihn vor die Brust, bereit, zuzustechen.

Rhossis Augen weiteten sich. Seine Hand löste sich blutverschmiert vom Mund, und er starrte sie an, als gehörte sie jemand anderem. Als er ausspuckte, fiel ein Zahn auf die herrliche Bettdecke und befleckte sie mit einem anderen Rot. Er blickte ungläubig darauf und sah dann wieder Mariata an. Ein kleines Wimmern entfuhr ihm, schließlich brach er in Tränen aus, rappelte sich ungestüm auf und rannte hinaus.

Mariata starrte ihm nach. Im nächsten Augenblick ging sie durch das Zelt und sammelte methodisch alles zusammen, was sie brauchen würde.

Eine Stunde später erreichte sie das Dorf der *harratin*.

»Erzähle niemandem, dass du Rahma oder mich gesehen hast«, schärfte sie dem Anführer sorgfältig ein. »Und sorg dafür, dass auch alle anderen im Dorf, auch die Kinder, dasselbe sagen. Sie werden dich bestrafen, wenn sie erfahren, dass du uns geholfen hast.«

Sie gab ihm Reis, Mehl und Tee, den sie aus Dassines Zelt gestohlen hatte. Dann nahm sie Rahma am Arm und führte sie hinaus. Zwei der edlen weißen Meharis, die einmal Rhossi ag Bahedi gehört hatten, standen geduldig im Licht eines Dreiviertelmondes und warteten auf sie.

SECHS

Hatte ich vergessen, das Amulett abzunehmen, als ich an diesem Abend zu Bett gegangen war? Man konnte es sich kaum vorstellen, massiv, wie es war. Doch als ich am nächsten Morgen aufwachte, lag es um meinen Hals.

Ich schwang die Beine aus dem Bett und hatte das Gefühl, an zwei Orten gleichzeitig, aber in keinem von beiden ganz präsent zu sein. Und als ich die Vorhänge aufzog, kam mir die hereinflutende Londoner Sonne matt vor, als hätte jemand eine Hundert-Watt-Birne gegen eine Energiesparlampe ausgetauscht.

In der U-Bahn auf dem Weg zur Arbeit wurde mir zum ersten Mal seit Jahren bewusst, dass Millionen Tonnen von Stein und Erde, Kanalisationsrohren und Gebäuden auf dem Tunnel lasteten, den wir im rasenden Tempo passierten. In dem Versuch, mich von dieser unbehaglichen Vorstellung abzulenken, ließ ich den Blick durchs Abteil schweifen. Reklame für Ferien in Ägypten, eine Reihe von Kamelen, die sich vor Dünen und Pyramiden abzeichneten, billige Flüge nach Marrakesch … Eine Gruppe ausländischer Frauen stieg in Knightsbridge zu und schwankte im Rhythmus des Zuges, nur ihre mit *khol* umrandeten Augen waren im Schlitz der *niqabs* sichtbar. Eine von ihnen betrachtete mich unverhohlen und sagte etwas zu ihren Gefährtinnen, woraufhin mich alle anstarrten.

Ungerührt griff ich nach dem *Guardian*, den jemand hatte liegen lassen, und schlug ihn aufs Geratewohl auf. Unter der Rubrik *Nachrichten aus aller Welt* fiel mir eine Meldung ins Auge: »Vier Geiseln, Angestellte des französischen Atomkonzerns Areva, sind von einer Splittergruppe der Nigrischen Bewegung für Gerechtigkeit, sogenannten Freiheitskämpfern der Tuareg, entführt worden.« *Tuareg*: An diesem Wort blieb mein Auge hängen. Es war fremd, unbekannt und doch irgendwie vertraut. Ich hatte das Gefühl, dass es mir vor Kurzem schon einmal begegnet war und dass es eine gewichtige Bedeutung hatte, doch ich war nicht im Stande, die dazugehörigen Verbindungen aus meiner verschwommenen Erinnerung abzurufen. »Ein Sprecher der Gruppe erklärte, die vier gefangen genommenen Geiseln seien bei guter Gesundheit und würden im Aïr-Gebirge festgehalten, der Konfliktzone in Niger.« Mit unerwarteter Lebhaftigkeit erinnerte ich mich plötzlich daran, wie meine Mutter mir von den gewaltigen Uranvorkommen erzählt hatte, die man in der französischen Kolonie Niger gefunden hatte, eine Entdeckung, die es Frankreich ermöglicht hatte, zur Atommacht zu werden. Ach ja, Niger. Im Geiste hörte ich ihren schmelzenden Akzent, der mit den langen fremden Silben spielte: Nie-djehr. Mein Großvater mütterlicherseits hatte einen Großteil seines ansehnlichen Vermögens dort und in anderen Teilen französischer Kolonien mit dem Abbau von Uran verdient. Oder, wie ich es ihm einmal anlässlich einer wütenden Auseinandersetzung als Teenager an den Kopf geworfen hatte, mit der »Plünderung afrikanischer Ressourcen«. Mein jugendlicher politischer Eifer war bald einer nach innen gewandten persönlichen Angst gewichen und dann dem verstohlenen, vorsichtigen Konservatismus, der mich durch meine Ausbildung getragen und bis zu meiner angenehmen Karriere begleitet hatte. Nach einem kurzen beschämten Schauer las ich weiter.

»Wo unsere Familien einst ihr Vieh und ihre Kamele weiden ließen, breitet sich heute nur noch eine weite industrielle Wüste aus. Niemand hat uns um Erlaubnis gebeten, niemand uns entschädigt. Man hat unser Land gestohlen, man hat unser Vieh und das Erbe unserer Kinder geraubt. Unser Volk ist hilflos. Den Geiseln wird kein Leid geschehen: Wir wollen nur deutlich machen, worum es uns geht, damit die Welt uns zuhört. Wir wollen weder eure Atombomben noch eure Minen. Unser einziger Wunsch ist es, frei im Land unserer Vorfahren zu leben.«

Der Artikel endete mit einer Erinnerung daran, wie der britische Premier Tony Blair 2002 in seinem später als »dodgy dossier« bezeichneten Irak-Report behauptet hatte, dass Saddam Hussein versucht hätte, große Mengen Uran von Niger zu kaufen, um »Massenvernichtungswaffen« herzustellen. Es war das Hauptargument für den Präventivschlag gegen den Irak gewesen. Daneben prangte eine kleine, ziemlich undeutliche Landkarte der Region, die ich stirnrunzelnd studierte. Ein komisches Gefühl breitete sich in meinem Hinterkopf aus. Als ich mich nicht länger auf die winzige Schrift der Ortsangaben konzentrieren konnte, blätterte ich weiter zum Feuilleton und stieß, als wäre es absichtlich dort platziert worden, um mich zu verfolgen, auf ein Foto von verschleierten Männern, deren Turbane genauso kompliziert und umständlich gewickelt waren wie die der Männer, die meine Träume bevölkerten. »*Wüstenblues stößt auf Gold*«, lautete die Schlagzeile. Bei dem Artikel handelte es sich um die überaus positive Besprechung der neuen CD einer Band von Tuareg-Musikern, die unter dem Namen Tinariwen auftraten.

Tuareg. Jetzt wusste ich wieder, wo mir das Wort begegnet war. In der Erklärung meines Vaters über die mögliche Herkunft des Amuletts.

Meine Haut prickelte von Kopf bis Fuß.

Den ganzen Tag hatte ich ein leichtes Murmeln im Kopf, als führte irgendwer ein langes Gespräch mit einem Teil von mir, zu dem ich keinen Zugang hatte, in einem anderen Raum, hinter mir, knapp außer Hörweite, in einer fremden Sprache. Manchmal ertappte ich mich dabei, wie ich über einer Zahlenreihe brütete, als stünden die Ziffern in Hieroglyphen oder in punischer Schrift vor mir. Ich konnte mir einfach keinen Reim darauf machen.

Zuhause setzte ich mich an den Laptop und suchte Flüge nach Marokko. Es war Jahre her, dass ich das letzte Mal im Ausland gewesen war. Angst vorm Fliegen war einer der Gründe, aber ich hatte auch niemanden gehabt, den ich hätte mitnehmen können. Eve war erst seit Kurzem geschieden. Und Afrika, das dauerte doch ewig, oder?

Es ist näher, als du denkst.

Es kam mir vor, als wäre die Stimme jetzt außerhalb von mir, irgendwo im Raum. Ich schüttelte den Kopf und wandte mich wieder der Suche nach den besten Flügen zu. Als ich damit fertig war, öffnete ich die Kiste und nahm die getippten Blätter meines Vaters heraus.

Notizen zu der Grabstätte bei Abalessa
Abalessa (Breitengrad 22° 43' 60 N, Längengrad: 6° 1' 0, Höhe 1000 m) liegt beinahe im Zentrum der großen Wüste. Terrain zerklüftet und felsig. Als die Anlage 1925 von Byron Khun de Prorok entdeckt wurde, hätte er sie leicht übersehen können, denn sie schien nichts weiter als ein wirrer Haufen von Steinen, auch bekannt als redjem, *wie sie häufig in der Sahara gefunden werden. Die erste Ausgrabung förderte ein großes Monument von dreißig Meter Länge und fünfundzwanzig Meter Breite zu Tage. Beim Bau waren uralte Techniken zum Errichten von Trockenmauern zur Verwendung gekommen; die Steine waren mit großer Sorgfalt ausgesucht und platziert worden. Die Unregelmäßigkeit der Struktur und die Grobheit des Stils und des Mauerwerks verweisen eher auf berberische als römische Ursprünge, wie anfänglich vermutet worden war (vgl. spätere Anmerkungen).*

Im Innern der mächtigen Anlage befinden sich ein Vorraum und mehrere Kammern; in der größten wurde das Grab gefunden.

Den Zeugen zufolge war das Skelett der Wüstenkönigin mit Fragmenten roten Leders bedeckt, das mit Blattgold verziert war. Sie lag mit angewinkelten Knien auf den zerfallenen Resten eines hölzernen Bettes, das von geflochtenen Streifen aus gefärbtem Leder und Stoff gehalten wurde. Ihr Haar war mit einem weißen Schleier und drei Pfauenfedern bedeckt; Smaragde schmückten ihre Ohren, neun goldene Armreifen den einen und acht silberne den anderen Arm. Um Knöchel, Hals und Taille lagen Geschmeide und Ketten aus Karneol, Achat und Amazonit.

Aus diesen Einzelheiten ergab sich, dass die Leiche die einer Frau von vornehmer Abstammung war. Die Professoren Maurice Reygasse und Gautiers vom Ethnografischen Museum glauben, dass diese Anlage die sterblichen Überreste der legendären Königin Tin Hinan enthielt.

Tin Hinan (wörtl. »Die aus den Zelten«) ist die legendäre Begründerin und spirituelle Lehrerin des Wüstenvolks, das sich Kel Tagelmust (»Volk der Verschleierten«) oder Kel Tamaschek (»Die Tamaschek Sprechenden«) nennen. Die Araber bezeichnen sie als Tuareg. Es ist ein arabischer Begriff und bedeutet nach Meinung von Experten so viel wie »von Gott ausgestoßen«, denn dieses Nomadenvolk setzte im achten Jahrhundert der islamischen Invasion heftigen Widerstand entgegen. Ihrer Mythologie zufolge stammte Tin Hinan aus der Berberregion des Tafilalet im Süden Marokkos und wanderte allein oder in einer anderen Version der Legende mit einer einzigen Dienerin tausend Meilen durch die Wüste bis zum Hoggar, auch Ahaggar genannt, wo sie ihren Stamm gründete. Sie erhielt den Titel Tamenokalt (m. Amenokal, f. mit dem berberischen ›t‹ am Anfang und am Ende) und ist selbst bei modernen Stammesvölkern bis heute als »unser aller Mutter« bekannt. Adlige Tuareg behaupten, ihre Abstammung direkt auf sie zurückführen zu können.

Unter den Grabbeigaben in der Anlage fand Prorok eine

hölzerne Schale, die gemeinhin für Kamelmilch benutzt wird, mit dem Abdruck einer Goldmünze, die den Kopf des Kaisers Konstantin (337-340 n. Chr.) zeigt. Die Art der Bestattung steht nicht im Einklang mit moslemischen Bestattungsriten (der Islam wurde erst etwa im achten Jahrhundert von Osten aus in diese Gegend eingeführt). Es fand sich auch eine perfekt erhaltene römische Lampe aus Ton, die stark benutzt und von Rauch geschwärzt war. Experten haben den Stil der Lampe auf einen Zeitraum zwischen dem dritten und vierten Jahrhundert datiert. Aus all diesen Details lässt sich mit einiger Gewissheit schließen, dass die Grabstätte aus dem vierten Jahrhundert n. Chr. stammt und mit Sicherheit in die Zeit des späteren Römischen Reichs fällt.

Das Amulett, das wir in der Anlage fanden, hat Ähnlichkeit mit den tcherots, *die von männlichen und weiblichen Tuareg gleichermaßen als Talismane getragen werden, um böse Geister abzuwehren. Warum es von den Archäologen im Jahr 1925 und denen, die ihnen in den Dreißiger- und Fünfzigerjahren folgten, übersehen wurde, vermag ich nicht zu sagen. Wir entdeckten es innerhalb des Vorraums, wo es an der Oberfläche lag. Nichts wies darauf hin, dass es vergraben gewesen war. Außerdem enthält es Inschriften aus der Adagh-Region, und die roten Karneolverzierungen sind jünger als die, die in der Grabstätte gefunden wurden. Auf der Felswand über der Fundstelle entdeckten wir eine Inschrift, die ich weiter unten kopiert habe; allerdings war niemand im Stande, sie zu entziffern, und so bleibt die Herkunft des Objekts ein Geheimnis.*

Es folgte eine Reihe von seltsam anmutenden Symbolen, die er mit blauer Tinte eingefügt hatte.

Ich nahm das Amulett ab und betrachtete es feierlich. Hielt ich in meiner Hand die Grabbeigabe einer legendären Königin, oder reichte das Geheimnis noch tiefer?

SIEBEN

In ihrer Eile, Rhossi ag Bahedis Lager zu entkommen, hatte Mariata nur einen Sattel zur Koppel der Kamele mitnehmen können. Auch ihn hatte sie aus ihrer Heimat im Ahaggar mitgebracht. Es war ein wundervolles Exemplar, das von ihrer Urgroßmutter stammte, aus Leder und geschnitztem Holz bestand und mit Applikationen aus Messing und Kupfernägeln verziert war. Dieser Sattel vermittelte ihr das Gefühl der Prinzessin, für die sie sich hielt. Eigentlich wollte sie ihn der älteren Frau nicht anbieten, doch aus Höflichkeit zwang sie sich dazu.

Rahma warf einen Blick auf den Sattel und lachte. »Glaubst du etwa, ich würde ein solch sperriges Ding brauchen?« Sie schnalzte mit der Zunge, bis das Mehari niederkniete, setzte eine Sandale in das Seil, mit dem es angebunden gewesen war, schwang ein Bein über seinen Hals und machte es sich auf dem Widerrist vor dem Höcker bequem. Ein Bein hatte sie unter sich gezogen, an Stelle des Sattels. Dann sah sie hinab und begegnete Mariatas flüchtigem, bewunderndem Blick. »Mein Vater hatte nur Töchter; in schlimmen Zeiten musste ich die Karawane begleiten.«

Mariata betrachtete zweifelnd ihr Mehari. Sie war vom Ahaggar bis zum Aïr gekommen, doch die meiste Zeit hatte sie in einer Sänfte verbracht, wie es einer Frau ihres Standes gebührte.

»Zieh seinen Kopf herunter«, wies Rahma sie an. Als Mariata ihr folgte, kniete das gut trainierte Tier nieder. »Streif die Schuhe ab und nimm sie in den Schoß. Wenn du die rechte Seite seines Halses tätschelst, geht es nach links, und umgekehrt. Leg die Fußsohlen gegen die Wölbung des Halses, damit du seine Bewegung spüren kannst. Damit kannst du es ebenso lenken wie mit den Zügeln. Um es in Gang zu setzen, gib ihm einen Klaps auf den Höcker – nicht zu stark, sonst geht es durch – oder vergrab die Fersen in seinem Hals oder beides. Wenn du anhalten willst, ziehst du am Halfter. Und wenn es niederknien soll, versetzt du ihm einen kräftigen Schlag auf den Hinterkopf und zischst es an. Fertig?«

Mariata zupfte am Halfter des Kamels, doch es gab nur ein leises Grunzen von sich. »Wie treibt man es noch mal an?«

Sie ritten die ganze Nacht durch steile, von Flüssen ausgehöhlte Schluchten und felsige Hohlwege, immer Richtung Nordwest. Der Mond schien von einem wolkenlosen Himmel und tauchte alles in silbernes Licht. Ein Schakal heulte, und sein Gefährte antwortete, ihre Rufe hingen zitternd über den Hügeln, und Mariata erschauerte bis ins Mark.

Bei jedem nächtlichen Geräusch wandte sie den Kopf und hielt Ausschau nach möglichen Verfolgern, doch es war niemand zu sehen. Das Bazgan-Gebirge türmte sich zerklüftet und eindrucksvoll hinter ihnen auf; vor sich in der Tiefe erkannten sie Wasserläufe, die sich durch die Steppe südwärts schlängelten; manche schimmerten im Mondlicht, andere waren offensichtlich ausgetrocknet.

»Da unten liegt Agadez, das Tor zur Ténéré«, erklärte Rahma und schwenkte die Hand, »einen halben Tagesritt entfernt.«

Die Ténéré: »die Leere« in ihrer Sprache, oder auch einfach »die Wüste«, über tausend Meilen nichts als Stein und Sand. Selbst in diesem Moment waren Mariatas Vater und Brüder dort unterwegs, auf einer alten Handelsstraße zwischen Fezzan, Ägypten und dem alten Songhai-Reich. Jahrhundertelang hatten Karawanen Gold und Elfenbein, Baumwolle, Leder und Sklaven durch die Ténéré zu den großen Zivilisationen an beiden Enden der Route transportiert, doch diese friedlichen Zeiten waren vorbei: Heutzutage blieb den Teilnehmern einer Karawane nichts anderes übrig, als getrocknetes Gemüse und Säcke mit Hirse gegen Salzkegel und jeden mageren Profit einzutauschen, den sie herausschlagen konnten, nachdem sie hart mit den Kanuri, die die Minen führten, hatten feilschen müssen und auch die Männer bezahlt hatten, deren Territorium sie passierten und aus deren Brunnen sie Wasser schöpften. Manchmal wurden die Händler überfallen, manchmal wurden ganze Karawanen von Sandstürmen oder trügerischem Treibsand – *fesh-fesh* – verschluckt und die Knochen erst Jahre später gefunden. Manchmal aber entdeckte man auch nie wieder eine Spur von ihnen.

»Werden wir in die Ténéré eindringen?«, fragte Mariata. Die Vorstellung erfüllte sie mit einer Mischung aus Aufregung und Unruhe. In diesem Moment, während ihr Körper im ungewohnten Rhythmus des Kamels hin und her schwankte, wurde ihr zum ersten Mal bewusst, dass sie nicht die geringste Ahnung hatte, wohin sie unterwegs waren. Alles, was sie wusste, stammte von Rahma: dass sie acht Tage zu Fuß gelaufen war, um sie zu finden. Rahma lachte leise. »Um Himmels willen, nein.«

Mehr sagte sie nicht, und so ritten sie schweigend weiter. Sie verließen die Hochebene des Aïr und ritten durch die breiten *oueds* abwärts, bis sie die Talsohle erreichten – mit Muscheln gefüllte, ausgetrocknete Flussbetten, in denen die Kamele es leichter hatten. Unter ihren großen Fußsohlen hörte man lose Steinchen knirschen. Als die Sonne über den Hügeln hinter ihnen aufging, warf sie lange rote Streifen über die Landschaft und setzte die Akazien in Flammen. Aber von Rhossi war noch immer nichts zu sehen.

Das Land ging allmählich in eine flache Ebene über. Rahma spornte ihr Kamel an, und sofort beschleunigte es seine Gangart. Sie sah sich zu Mariata um. »Komm schon!«, drängte sie.

»Sie werden uns garantiert verfolgen, denn die Kamele, die du ihnen gestohlen hast, sind wertvoll. Wir müssen so viel Vorsprung wie nur möglich gewinnen.«

Mariata klopfte dem Kamel nervös auf den Höcker, doch es schwang nur den großen weißen Kopf herum und starrte sie mit seinen großen trägen Augen an. Es wirkte gelangweilt und unendlich erhaben zugleich. »Bitte«, bettelte sie und bohrte ihm die Fersen ins Fell, »lauf ein bisschen schneller!«

Einen Tag und länger war die Welt grün und grau, eine endlose Folge von Vegetation und Stein, doch fast unmerklich ging das Grün in Braun über, und bald bestand die Vegetation nur noch aus Gestrüpp und vertrocknetem Gras. Sie überquerten eine offene Fläche, die aus kaum mehr als nacktem Fels und pechschwarzem Geröll bestand, hin und wieder unterbrochen von Dornensträuchern, Tigerbusch und vereinzelten Tamarisken, wenn der Grundwasserspiegel hoch genug war. Am nächsten Tag folgte der Sand, eine Düne nach der anderen, hellbraun und vom Wind geformt.

Mariata betrachtete die Linie, an der Sand und Himmel in einem schimmernden Dunstschleier ineinander übergingen, und spürte, wie ihre Seele davontrieb, als würde auch sie dorthin flüchten. Ein köstlicher Friede breitete sich in ihr aus, entspannte ihre Muskeln, beruhigte ihre Knochen. »Schön«, flüsterte sie. »Das ist wunderschön.«

Rahma lächelte. »Aber wie alles, was schön ist, ziemlich gefährlich, wenn man es nicht mit dem Respekt behandelt, den es verdient.«

»Und diesen ganzen Weg bist du zu Fuß gelaufen?«

»Ja.«

Mariata schüttelte verwundert den Kopf. »Du musst deinen Sohn sehr lieben.«

»Das tue ich.«

»Erzähl mir von ihm. Ist er hübsch? Ist er vornehm, ein Dichter? Trägt er Blau? Ist seine Haut vom Indigo seines

Schleiers gefärbt? Kennt er die Wüstenpfade? Oder ist er ein Krieger mit einem berühmten Schwert, dessen Namen er ruft, wenn er es in der Schlacht schwingt?«

Die ältere Frau schnalzte mit der Zunge. »Ihr jungen Dinger seid doch alle gleich: albern und romantisch. Und die Jungen sind genauso schlimm, nein schlimmer, mit ihren Träumen von Krieg und Dummheiten. Im Moment kann ich dir nur sagen, dass er mit dem Tod ringt. Stirbt er, wirst du nicht mehr wissen müssen; überlebt er, kannst du ihn ja selbst fragen.«

Mariata war enttäuscht. »Willst du mir nicht mal seinen Namen verraten?«

»Er heißt Amastan.«

»Ich meine den vollen Namen.«

Rahma seufzte. »So viele Fragen.«

»Wenn ich eine Wüste durchqueren muss, sollte ich wenigstens erfahren, für wen ich das tue.«

Die alte Frau sah schweigend über das Land. Sie hatte die Augen zusammengekniffen, um sich gegen das blendende Licht zu schützen. Nach einer Weile sagte sie: »Er heißt Amastan ag Moussa.«

»Wie Moussa ag Iba, der *amenokal*, Anführer der Stammesgruppen aus dem Aïr?«

»Zum Glück kommt er nicht nach seinem Vater.«

»Dann ist er also sein Sohn?«

Die alte Frau versetzte ihrem Kamel einen festen Schlag auf den Hinterkopf und zischte laut. Gehorsam blieb es stehen und kniete nieder. Sie glitt von seinem Rücken.

»Und Rhossis Cousin?«, drängte Mariata.

»Glaub nicht, du könntest meinen Amastan danach beurteilen, was du von dem anderen weißt. Bevor mein Sohn geboren wurde, war Rhossi Moussas größte Freude gewesen. Rhossi hatte nur einen Wunsch zu äußern brauchen, und schon wurde er erfüllt. Ein hübscher Anhänger, das beste Stück Fleisch, ein Holzschwert. Doch Amastan war Moussas Erstgeborener und

Erbe. Vom ersten Augenblick an vergötterte er ihn, und das machte Rhossi verrückt vor Eifersucht. Als mein Sohn größer wurde, entdeckte ich immer wieder Schrammen und blaue Flecken an ihm, die nicht vom einfachen Spielen stammen konnten, und einmal kam er mit eindeutigen Würgemalen am Hals zu mir, als hätte jemand versucht, ihn umzubringen. Er hat nie ein Wort gegen Rhossi gesagt, aber eine Mutter weiß sofort Bescheid.«

»Bist du deshalb weggegangen?«

Rahma presste die Lippen aufeinander. »Jetzt müssen wir zu Fuß weiter«, sagte sie.

»Zu Fuß?« Mariata war entsetzt.

»Die Kamele brauchen ein wenig Ruhe.« Die Alte nahm einen langen Schluck aus dem Wasserschlauch und reichte ihn Mariata. Dann wickelte sie sich das Kopftuch wie den *tagelmust* eines Mannes um das Gesicht. Schließlich ergriff sie das Halfter und schritt kerzengerade voran.

Mariata fiel beim Absteigen halb vom Rücken des Kamels herunter und folgte ihrem Beispiel. Sie wand sich das dunkle Kopftuch um das Gesicht, bis nur noch ihre Augen sichtbar waren. Da sie es nicht gewohnt war, einen Schleier zu tragen, fand sie ihn unbequem und erstickend, doch sobald der erste Windhauch von den Dünen aufkam, verstand sie, wozu er gut war. Die winzigen Körner scheuerten ihre Haut auf und brannten in ihren Augen. Heißer Sand verbrannte die Fußsohlen durch die dünnen Sandalen; ihr Körper bewegte sich steif und unbeholfen nach den vielen Stunden auf dem Rücken des Kamels.

Trotz ihres Alters und Rhossis Attacke bewegte sich Rahma so leicht, als marschierte sie jeden Tag so. Mariata fand, dass sie wie ein Mann ging, wie ein Karawanenführer oder ein Jäger, und konnte sich eines Anflugs von Bewunderung für diese harte, entschlossene Frau nicht erwehren. Als der Wind stärker wurde, wechselte Rahma zum Schutz auf die andere Seite ihres

Kamels, und wieder folgte Mariata ihrem Beispiel. So marschierten sie, bis die Sonne im Zenit stand, und noch immer gab es keinen Hinweis darauf, dass sie verfolgt wurden.

Mariata ging so lange, bis sie nicht mehr konnte, und dann noch ein kleines Stück weiter. Sie ging wie in Trance, wie im Traum, ihre Beine bewegten sich mechanisch, der Arm war über das geflochtene Halfter mit dem Kamel verbunden; sie ging, bis sie die Härten, die sie zu Beginn des Tages noch wütend gemacht hatten, gar nicht mehr spürte. Befreit von den Anforderungen des Körpers, schweiften ihre Gedanken in alle Richtungen. Warum unternahm sie diese Reise mit einer Frau, die sie kaum kannte, und unter solch bizarren Umständen? War das Leben innerhalb des Stammes wirklich so schrecklich? Hätte sie gerufen, wäre ihr mit Sicherheit jemand zu Hilfe gekommen, egal, was Rhossi behauptet hatte. Der Schutz der Frau war ihrem Volk heilig: Frauen wurden mehr als alles andere respektiert. Ihre Angst vor Moussas Neffen hatte ihr den Verstand geraubt und sie dazu getrieben, verrückte Entscheidungen zu treffen. Doch dann erinnerte sie sich wieder an die hungernden *harratin* und die Wutanfälle des Anführers, über dessen bevorstehenden Tod die Leute bereits tuschelten. Wenn er starb, würde Rhossi sein Erbe antreten, und niemand könnte sie vor ihm beschützen. Er hatte sogar versucht, den Sohn des *amenokal* zu erwürgen!

Sie dachte darüber nach. Egal, was zwischen Rahma und Moussa geschehen war, es musste etwas Ernstes gewesen sein. Dass ein *amenokal* sich von seiner Frau scheiden lässt oder sie von ihm, war ungewöhnlich. Sie witterte einen Skandal.

All diese Gedanken schwirrten ihr durch den Kopf wie Motten im Licht. Manchmal verschwanden sie im Dunkeln, manchmal fingen sie Feuer und jagten im Zickzack hin und her.

Schließlich drehte sich Rahma zu ihr um und sagte etwas, das sie nicht verstand.

Mariata sah auf. Vor ihnen waberten Palmen im Dunst der Hitze. War das eine Fata Morgana? Sie hatte gehört, dass die Wüste einem die Sinne verwirrt, vor allem, wenn man sich hier nicht besonders auskannte.

»Oase«, sagte Rahma jetzt etwas deutlicher. »Die Oase von Doum. Wir haben jetzt mehr als die Hälfte unseres Weges hinter uns.«

Sie ließen die Kamele trinken, dann legte sich Rahma in den Schatten, um auszuruhen. Mariata tauchte die Füße ins kalte Wasser der *guelta* und sah, wie sich die Dattelpalmen und der strahlende Himmel darin spiegelten. Was für ein Friede! Sie hatte noch nie eine solch tiefe innere Ruhe empfunden. Es hatte immer das Kommen und Gehen der Familie und Nachbarn gegeben, das Lärmen der Kinder, Ziegen und Hunde, das endlose Einerlei der täglichen Pflichten. Sie war Mariata ult Yemma gewesen, Tochter von Fatima, Tochter von Ousman, Schwester, Cousine und Stammesangehörige. Später war sie Dassines Nichte geworden, eine Außenseiterin aus dem Stamm der Taitok, die sich plötzlich im Volk der Bazgan wiederfand, aus ihrer Heimat zu Fremden vertrieben, und weil die Kel Bazgan Fremde waren, schien es so viele zu geben, deren Namen, Erbe und Geschichten sie nicht kannte. Sie alle drängten sich im Lager, redeten und riefen durcheinander und gingen Geschäften nach, von denen sie nichts wusste. Doch jetzt, in diesem Moment, zählten nur sie selbst, die schlafende Rahma, eine Frau, der sie erst einen Tag zuvor begegnet war und mit der sie weder Stammesloyalität noch Familienzugehörigkeit verband, und die Wüste, wunderschön, ruhig und unvergänglich.

Dieser Moment der Freiheit, des perfekten Seins blähte sich in ihrem Innern auf, bis sie sich einbildete, in der vergoldeten Luft davonzuschweben wie ein hauchzartes Samenkorn …

Sie hatte keine Ahnung, wie viel Zeit vergangen war, wurde jedoch von einem lauten Knall ganz in der Nähe jäh aus ihrer Träumerei gerissen.

Im gleichen Augenblick war Rahma auf den Beinen wie eine Katze, die selbst im Schlaf ein Auge offen hält. »Auf dein Kamel, Mariata! Los, mach schnell!«

»Warum?«

»Keine Zeit für Fragen. Rasch!«

Mariata rannte los, löste die Fußfesseln ihres Mehari und stand dann mit dem Halfter in der Hand unschlüssig da.

»Steig auf, na los! Versteck dich in den Dünen da drüben und warte auf mich; dort ist der Sand zu tief für sie. Los!«

»Aber was ist mit dir?«

»Tu, was ich dir sage, Mädchen, oder wir sind alle beide tot.«

Schließlich gelang es Mariata, ihr Kamel zum Hinknien zu bewegen. Kaum war sie aufgestiegen, lief es los, als wüsste es genau, was von ihm erwartet wurde. Sie versetzte ihm einen Klaps auf den Höcker, und der Sand stob unter seinen großen gepolsterten Füßen auf. Die Dünen türmten sich vor ihr auf, riesige weiche Sandhügel. Sie lenkte das Tier zwischen die beiden größten und brachte es mit schierer Willenskraft dazu, den einen zu überqueren und auf der anderen Seite wieder herunterzusteigen. Dann ließ sie sich in den Sand fallen, ohne zu warten, dass es niederkniete, und kroch zurück, um über den Kamm zu lugen. Die Oase schien meilenweit entfernt zu sein, viel weiter als die kurze Distanz, die sie soeben zurückgelegt hatte, und einen Augenblick lang konnte sie Rahma und ihr Kamel nicht sehen. Panik stieg in ihr auf, verzweifelt suchte sie die Landschaft ab. Wenn sie Rahma verlor, war sie auch verloren. Doch dann gewahrte sie plötzlich eine Bewegung aus dem Augenwinkel …

Es war Rahma, extrem weit rechts von ihr, in vollem Galopp. Die ungelenken Gliedmaßen des Tiers überschlugen sich förmlich. Mariata beobachtete, wie sie Kurs auf den östlichen Ausläufer der langen Düne nahm, auf der sie lag, und dann verschwand.

Jetzt folgte ein ganz anderes Geräusch, ein raues Brummen,

leise und tief. Ein Gefährt näherte sich mit hoher Geschwindigkeit der Oase – ein Jeep mit mehreren dunkel gekleideten Männern, die auf der Ladefläche saßen. Ihre Gewehrläufe zeigten in den Himmel. Mariata erstarrte. Hatte Rhossi etwa wegen der Kamele die Behörden alarmiert? Oder um sie zum Stamm zurückzubringen? Bei dem Gedanken drehte sich ihr Magen um.

Unmöglich, dass er die Polizei eingeschaltet hatte. Ihr Volk lebte jenseits von nationalen Grenzen und Gesetzen, und so war es seit tausend Jahren gewesen. Mariata war in diesem Augenblick gefangen und wartete darauf, dass etwas geschah, irgendetwas ihr Schicksal entschied. Mach, dass sie mich nicht sehen, murmelte sie lautlos und korrigierte sich dann schnell: Mach, dass sie *uns* nicht sehen. Mach, dass sie weiterfahren, ohne uns zu finden …

Mehrere Herzschläge lang war alles still, und sie hörte nur das Rauschen des Bluts in den Ohren. Selbst das Kamel schien zu verstehen, dass es leise sein musste: Es hatte sich auf die kühle Seite der Düne gelagert, wo die Sonne noch nicht hindrang, und starrte mit erhobenem Kopf durch die langen Wimpern ins Leere, während sich die seltsame transparente Membran des dritten Augenlids hin und her schob, um die Sandkörner zu vertreiben.

Der Jeep tauchte mit hohem Tempo wieder aus der Oase auf und raste ein paar hundert Meter über die viel benutzte Piste Richtung Osten. Dann scherte er plötzlich an der Stelle aus, wo wenige Minuten zuvor Rahma auf ihrem Kamel abgebogen war. Mariata stockte der Atem, und gleich danach hämmerte ihr Herz, als wollte es ihren Brustkasten sprengen. Sie sah, wie der Jeep die Düne emporfuhr, dann aber im weicheren und tieferen Sand versank. Zwei Männer mit geschulterten Gewehren sprangen von der Ladefläche und fingen an, die Gegend abzusuchen. Sie beobachtete, wie sie die Oberfläche berührten, lebhaft diskutierten und dann weiter zum Kamm kletterten, während ihre Gefährten versuchten, den Wagen aus dem Sand zu schieben. Die beiden Männer trugen westlichen Kleidungsstil und Hosen statt Gewänder; auf den Köpfen saßen keine Turbane, sondern Schirmmützen. Sie sehen aus wie Spinnen, dachte Mariata, dünn und dunkel, schnell und gefährlich, als sie sich jetzt die Düne hinaufkämpften. Bald verbarg die Welle aus Sand ihren weiteren Weg.

Was sollte sie machen? Auf ihr Kamel springen und fliehen, bevor sie sie entdeckten, oder warten und hoffen, dass sie weiterfuhren? Gerade hatte sie entschieden, dass sie das Kamel erneut besteigen und ihr Glück wagen würde, als sie ein Zischen hörte. Instinktiv fuhr Mariata hoch: Der Biss einer Hornviper konnte tödlich sein.

»Duck dich!«

Es war Rahma, die ihr Kamel an einem Tuchstreifen festhielt, den sie ihm um den Kiefer gebunden hatte.

Gehorsam ließ sich Mariata wieder in den heißen Sand fallen. »Wer ist das?«, flüsterte sie.

»Soldaten.«

»Soldaten? Was für welche?«

»Soldaten gibt es jetzt überall. Auf dieser Seite« – sie deutete nach links – »liegt das neuerdings unabhängige Mali, auf der anderen« – sie zeigte nach rechts – »Niger. Im Norden Algerien. In dieser Gegend wimmelt es von Soldaten. Man hat kostbare Rohstoffe unter dem Sand gefunden, die sich sämtliche Regierungen aneignen wollen. Sie reißen der Erde die Eingeweide aus dem Leib, zerstören unser angestammtes Land und schießen, wenn wir ihnen in die Quere kommen.« Sie zog einen zweiten Tuchfetzen aus der Tasche und wickelte ihn um den Kiefer von Mariatas Kamel. Es würde das Tier nicht zum Schweigen bringen, aber sein kehliges Brüllen ersticken, mit dem es ihre Gegenwart verraten könnte. »Wenn dir also dein Leben lieb ist, folge mir, so schnell du kannst.«

Sie führte Mariata den Hang hinab, wobei sie darauf achtete, immer den geschwungenen Kamm der Düne zwischen dem potenziellen Blickfeld der beiden Soldaten und sich selbst zu halten, und verwischte mit einem Palmwedel die Spuren ihrer Schritte. Einen Fährtenleser der Nomaden würde sie damit nicht täuschen können, doch aus der Ferne würde die Düne relativ unberührt wirken.

Sie liefen durch den weichen Sand in ein tiefes Tal zwischen den Dünen hinab, dann führte Rahma sie zu einer anderen Kreuzung, wo sich auf beiden Seiten Dünen erhoben.

Dort reichte sie Mariata ihr Halfter. »Warte hier.«

Und damit war sie schon wieder weg und kämpfte sich eine hohe Düne hinauf, um nach ihren Verfolgern zu sehen. Mariata zog die Knie bis zur Brust hoch. Bewaffnete Männer. Feinde. Bislang hatte sie die Möglichkeit eines Feindes nie ernsthaft in Erwägung gezogen, eines Menschen also, der sie tatsächlich umbringen wollte. Gewiss, es gab Stammesfehden, Zweikämpfe und Überfälle, doch das waren Männerangelegenheiten. Niemand bedrohte eine Frau mit Gewalt, nur Rhossi. Doch nicht einmal er jagte ihr so viel Angst ein wie diese anonymen, völlig gleich gekleideten Männer. Zum ersten Mal, seit sie die Wüste betreten hatten, empfand sie echte Angst.

ACHT

Die langen Schatten fielen bereits schräg über das Tal, als Rahma wieder auftauchte. Gereizt schritt sie einher, ihre Füße wirbelten Sandwolken auf. Sie sah aus wie einer der Geister aus der Wildnis selbst; ihr Gewand war über und über mit Staub bedeckt, und ihre Augen leuchteten vor Wut. Mariata zog die Knie noch höher an die Brust. »Haben sie dich angegriffen?«, fragte sie ängstlich. »Bist du verletzt?«

Die Alte würdigte sie kaum eines Blickes und sagte nur: »Steig auf dein Kamel.« Dann band sie ihr eigenes los und schwang sich geschickt auf seinen Rücken.

»Sind sie weg?«, fragte Mariata, nachdem sie ihre Gefährtin eingeholt hatte, doch Rahma antwortete nur mit einem knappen »Ja«, presste dann die Lippen aufeinander und blickte starr vor sich hin. Doch ihre Gedanken zeichneten ein Muster aus tiefen Falten auf ihre Stirn.

Mariata versuchte noch mehrere Male, das Gespräch auf das Thema Soldaten zu lenken, während sie eine Düne nach der anderen und schließlich eine riesige sandige Ebene überquerten, aber die alte Frau hielt sich an ihren eigenen Ratschlag und sprach an den nächsten beiden Tagen so gut wie kein Wort. Als die Sonne am Ende des dritten Tages nach Verlassen der Oase langsam am westlichen Horizont versank, verschluckte sie alles Rot aus der Landschaft und ließ sie violett und kühl zurück.

Der aufgehende Mond tauchte den Sand in Licht und überzog die vereinzelten Dornensträucher mit einem gespenstischen Silber. Mariata hatte noch nie eine solche Landschaft gesehen: Sie wirkte endlos, unbarmherzig, und trotzdem ritten sie weiter. Je flacher der Boden, umso fester wurde er, kleine Büschel von Vegetation lugten aus dem zunehmenden Geröll. In einer Gegend, die von gewaltigen, frei stehenden Gesteinsbrocken gezeichnet war, ließ Rahma ihr Kamel anhalten.

»Hier machen wir Rast bis zum Morgengrauen«, erklärte sie. »Nachts können wir nicht bis in das Gebirge vordringen, denn die Geister unserer Vorfahren sind bei Mondschein besonders rachsüchtig.«

Selbst die wohlwollendsten Geister veränderten ihre Natur, wenn die Nacht anbrach. Mariata murmelte einen Zauberspruch, um solch gefährliche Einflüsse abzuwehren, und starrte angestrengt in die schattigen Hügel. Sie hätte nicht zu sagen vermocht, was Nacht und was Land war. Nichts deutete auf ein Lager in der Finsternis hin, weder Feuer noch Laternen. Sie sah nur Felsen ringsum, als hätte sich ein Riese beim Spielen mit seinen Klötzchen plötzlich gelangweilt.

»Das ist ein alter magischer Ort, voller *baraka*«, sagte Rahma leise. »Hier werden uns keine Geister belästigen.«

Die Felsen waren gewaltig, doch für Mariata sahen sie weder magisch noch Glück bringend aus. Erschöpft schloss sie die Augen. Jeder Muskel schmerzte, jedes einzelne Haar am Kopf tat weh. Sie hatte gehofft, sich im Schutz eines Zelts ausruhen zu können, sie wollte ihren Kopf auf ein Kissen betten, sich mit einem Laken zudecken und schlafen, schlafen, schlafen. Sie war so müde, dass sie schwankte und die Hand nach dem nächsten Felsbrocken ausstreckte, um Halt zu finden. Die Hitze des Tages hatte ihn verlassen; jetzt fühlte er sich vollkommen kalt und rau an, rau und kalt, und dennoch irgendwie lebendig …

Plötzlich huschte eine rasche Folge von Bildern durch ihren Kopf – eine Frau, deren Tränen das Indigoblau ihres Gewandes dunkel färbten, ein Kind mit einem runden Kopf, das nach dem Rockzipfel seiner Mutter griff, das Aufblitzen eines durch die Luft fliegenden Schwerts; silberner Glanz im Blau. Ein in Windeln gewickeltes Baby mit großen dunklen Augen, das hilflos im Sand lag. Der nackte Körper eines Mannes, der sich hob und senkte; die Wölbung seines Hinterns vom flackernden Licht einer Kerze beleuchtet. Schockiert riss sie die Augen auf.

»Was ist?«, fragte Rahma scharf und fasste sie am Arm. »Hast du etwas gesehen?«

Seltsam beschämt machte Mariata sich los. »Nein, nichts. Ich bin nur müde.«

Sie nahm die Decke von ihrem Kamel und legte sich auf den harten Boden, konnte jedoch nicht einschlafen. Die Welt bewegte sich in ihr, als marschierte sie immer noch. Ihr Kopf drehte sich. Ein Schwall von Bildern rauschte auf sie zu – Männer mit Gewehren über der Schulter, Rhossis lüsternes Gesicht ganz dicht vor ihr, ein Skelett, an dem sie in der Wüste vorbeigekommen waren, die Knochen von Aasgeiern abgefressen und von der Sonne ausgebleicht; halb verhungerte Kinder, eine weinende Frau – bis ihr schlecht war vor Angst. Als sie sich aufsetzte, um wieder einen klaren Kopf zu bekommen, hatte sie nur noch einen Gedanken: Sie war allein auf der Welt, ihrer Gnade ausgeliefert, ohne jeden Schutz außer dem einer fremden verrückten Frau. Die Sterne schienen vom Himmel, unbewegt von ihrem Schicksal. Tränen des Selbstmitleids brannten in ihren Augen, und in diesem Moment hörte sie die Stimme.

Erinnere dich, wer du bist, Mariata. Gedenke deines Erbes. Du trägst uns alle in dir: Wir sind immer bei dir, bis zurück zu unser aller Mutter. Erinnere dich, wer du bist, und verzweifle nicht …

In dieser Nacht träumte Mariata. Sie war wieder im Hoggar. Seine zerklüfteten Hügel erhoben sich in den strahlend blauen Himmel. Sie saß in der Sonne und sah zu, wie ihre Mutter Azaz' Haar zu Zöpfen flocht. Als sie ihren Bruder das letzte Mal gesehen hatte, war er groß und schmal gewesen, fast ein Mann mit seinem Gewand und dem blauen Schleier, doch im Traum war er noch ein kleiner Junge mit fröhlichen Augen und einer breiten Lücke zwischen den Vorderzähnen. Jetzt fiel ihr wieder ein, wie sie im Kreis um die alten Frauen herumgelaufen waren und Geschichten erfunden hatten, um einer Bestrafung zu entgehen, wenn einer von ihnen sich schlecht benommen hatte. Baye, die Kleinste, krabbelte nackt im Sand herum. Mutter ist so schön, dachte Mariata, als sie ihre raschen, geschickten Hände bewunderte und sah, wie die Sonne über ihre sanft geschwungenen Wangenknochen fiel. Wie lange sie diese stille Szene beobachtete, wusste sie nicht. Sie befand sich in der Traumzeit. Über Yemmas Kopf zogen hohe Wolken vorbei, die Sonne stieg am Himmel auf und wieder ab, auf und ab, als sie Bayes erste Zöpfe flocht und um die große, stetig wachsende Wölbung ihres Bauchs herumgreifen musste. Dann fiel ein Schatten über sie. Sie sah auf und lächelte, und die Zeit stand still. Was für ein Lächeln! Mariata hätte es den ganzen Tag und die ganze Nacht ansehen können. So viel Liebe lag darin, so viel Glück. Einen Moment lang fragte sie sich, was es wohl gewesen sein mochte, was ihrer Mutter dieses selige Lächeln entlockt hatte, und dann sah sie sich selbst neben ihrem hochgewachsenen Vater entlanggehen, in der Hand einen Korb mit Feigen, jenen Früchten, die ihre Mutter in dieser, der letzten Schwangerschaft so gern gegessen hatte. Und sie wusste, wie sie es immer gewusst hatte, dass ihre Mutter sie liebte, dass sie sie nicht freiwillig in dieser Welt zurückgelassen hatte, sondern auf sie aufpasste, so wie immer.

Als die ersten Sonnenstrahlen über Mariatas Gesicht fielen, hatte sie im ersten Augenblick vergessen, wo sie war, fühlte sich aber ausgeruht und ruhig. Sie streckte sich, ohne dass ihre Gelenke knackten oder protestierten. Als sie aufstand, zitterten ihre Füße nicht, die Muskeln waren gelockert. Vielleicht lag es daran, was Rahma über die Steine gesagt hatte: dass sie unsichtbare Kräfte enthielten. Sie faltete die Decke zusammen und ging los, um einen davon genauer zu untersuchen.

Drei Viertel des gewaltigen Felsbrockens lagen im Schatten. Sie ging einmal ganz herum und staunte über seine monumentale Größe und den kühlen Schatten, den er warf. Nur die östliche Seite war von der aufgehenden Sonne hell beleuchtet. Auf der Oberfläche waren eingemeißelte Buchstaben und Symbole in der alten Sprache ihres Volks zu sehen, die sich vom Fuß bis fast zur Spitze in fünf Metern Höhe schlängelten. Sie verrenkte sich den Hals.

»Heute haben wir Majid beerdigt, einen tapferen Krieger, Ehemann von Tata und Vater von Rhissa, Elaga und Houna«, verkündete eine Inschrift.

Eine zweite lautete schlicht: »Sarid liebt Dinbiden, die ihn nicht liebt.«

Eine dritte bildete den Anfang eines Gedichts: *»Asshet nannana shin ded Moussa, tishenan n ejil-di du-nedwa«*, las sie laut vor. *Töchter unserer Zelte, Töchter Moussas, denkt an den Abend unseres Aufbruchs …*

Eine weitere, die erst nach oben und dann nach rechts führte, entzifferte sie zuerst als »Liebe ist ewig, das Leben nicht«. Doch dann ging ihr auf, dass man es auch anders lesen konnte: »Ewige Liebe ist seltener als das Leben.« Sie runzelte die Stirn, nein, sie konnte sich nicht entscheiden, welches die korrekte Bedeutung war. Es gab sogar noch eine Möglichkeit: »Wo Liebe ist, da lass dich nieder.«

»Poetisch, nicht?«

Mariata drehte sich um und entdeckte Rahma neben sich.

»Wer hat diese Inschriften gemacht, Leute aus deinem Dorf?«

Die alte Frau lachte. »Einige stammen von den Kel Nad, dem Volk der Vergangenheit. Niemand weiß, wie alt sie sind. Sie waren schon immer da, soweit die Ältesten sich zurückbesinnen können, und noch vor der Erinnerung ihrer Eltern und Großeltern.«

Mariata runzelte die Stirn. »Aber sie scheinen so … neu.« Es war ein unpassender Begriff, besonders wenn man sich für eine Dichterin hielt. Was sie meinte, waren die in den Inschriften zum Ausdruck gebrachten Gefühle – es waren dieselben, die auch ihr eigenes Volk verspürte, jeden Tag.

»Die Vergangenheit umgibt uns Tag für Tag«, erklärte Rahma. »Und die Menschen sind im Wesentlichen alle gleich, egal, ob sie vor Urzeiten gelebt haben oder heute.« An diesem Morgen wirkte sie fröhlicher, vielleicht, weil sie mit der Nachfahrin ihrer aller Stammmutter nach Hause zurückkehren würde.

Mariata jedoch machte der Gedanke an das, was von ihr erwartet wurde, allmählich nervös. Die Kel Bazgan zu verlassen, war nicht schwer gewesen. Sie hatte es getan, ohne einen Gedanken an die Zukunft zu verschwenden, und seitdem hatte die Durchquerung der Wüste ihr den Kopf größtenteils leer gefegt. Sie versuchte, nicht daran zu denken. Die Menschen sind im Wesentlichen alle gleich, sagte sie sich. Nichts, wovor man Angst haben musste.

Schließlich erreichten sie das Dorf. Die alte Frau begrüßte umständlich die vielen Nachbarn, die aus den Zelten kamen, um sie willkommen zu heißen. »Es geht mir gut«, erklärte sie auf alle Anfragen. »Dem Himmel sei Dank, es geht mir gut.« Dann erkundigte sie sich mit größter Höflichkeit nach den Familien der anderen und den Neuigkeiten und hörte sich geduldig die Antworten an, obwohl sie immer gleich waren: Mir geht es gut, meiner Frau geht es gut, meinen Söhnen geht es gut, meinen Töchtern geht es gut, Allah sei Dank. Am Ende wandte sie sich um und stellte ihnen Mariata vor: »Mariata ult Yemma ult Tofenat, Tochter der Kel Taitok, die aus dem Aïr-Gebirge und von den Kel Bazgan, bei denen sie lebte, zu uns gekommen ist. Sie hat mit mir die Tamesna durchquert, um meinem Sohn die Geister auszutreiben, von denen er besessen ist.«

Als sie ihren Sohn erwähnte, wich die anfängliche Bewunderung für die vornehme Herkunft und die lange Reise, die Mariata auf sich genommen hatte, rasch verschlossenen Gesichtern. Es entging ihr nicht, doch alle waren höflich und wünschten ihr alles Gute und dass Gottes Segen sie vor den bösen Geistern schützen möge, denen sie vielleicht begegnen würde.

Rahma wechselte einige Worte mit einer kleinen dunkelhäutigen Frau, die eine hellrote Kopfbedeckung trug, woraufhin diese loslief und wenige Augenblicke später mit einer Schale Reis und Milch zurückkehrte. »Um die Hitze zu mildern«, sagte sie. Rahma nickte zustimmend und nahm ihr die Schale ab. Mariata warf mit knurrendem Magen einen sehnsüchtigen Blick darauf, aber Rahma sagte, an die andere Frau gewandt: »Wir müssen versuchen, ihn wieder in ein gewisses Gleichgewicht zurückzubringen.« Es sah so aus, als müsste das Frühstück warten, bis sie den Patienten gesehen hatten.

Sie kamen an einem Gehege vorbei, wo Hühner im Sand scharrten und nach Käfern pickten. Mariata war überrascht: Nomaden hielten normalerweise keine Hühner, denn die Tiere konnten in der Wüste weder gehen noch fliegen, und die Kamele und Esel waren immer reichlich beladen, auch ohne zusätzliche Hühnerkäfige. Außerdem hatte sie bemerkt, dass es eine Reihe von festen Lehmhütten im Lager verstreut gab, einige konnten sich sogar selbst angepflanzter Vegetation rühmen: ein Feigenbaum hier, ein paar Tomatensträucher da.

»Treibt dein Volk keinen Handel mehr?«, fragte sie neugierig.

»Einige tun es. Es gibt immer noch Männer, die mit den Karawanen ziehen, aber vor zwei Jahren haben wir eine ganze Karawane an die Wüste verloren, und im letzten Jahr hat eine Seuche mehrere Kamele hinweggerafft. Infolge von Armut und Rastlosigkeit haben viele unserer *harratin* und Sklaven uns verlassen und sind in die Städte gezogen. Die neue Regierung bestärkt sie noch darin: Das Leben ist hart und wird immer härter. Unser Volk braucht junge Männer wie Amastan heute mehr als jemals in unserer Geschichte zuvor. Ohne ihn und andere wie ihn sind wir dazu verdammt, sinnlos dahinzuvegetieren.«

Mariata war entsetzt. »Aber wir sind die Herren der Wüste, nicht die armen Fellachen.«

»Unser stolzes Erbe wird keinerlei Bedeutung mehr haben, wenn es so weitergeht wie jetzt.«

Der letzte Dorfbewohner, dem sie begegneten, war eine Gestalt mit einem locker gewickelten *tagelmust*, der zu ihrem Schrecken die untere Hälfte des Gesichts frei ließ, einer Haut so schwarz wie Kohle und schweren silbernen Ohrringen, die beide Ohrläppchen in die Länge zogen. Dieser seltsame Mensch ergriff jetzt Mariatas Hände und hielt sie fest. Mariata erklärte sich den Mangel an Zurückhaltung mit der Tatsache, dass er eindeutig nicht dem Volk der Verschleierten angehören konnte, und zwang sich, ihre Hände nicht zurückzuziehen. Aber sie hätte es ohnehin nicht gekonnt, selbst wenn sie es gewollt hätte, denn der Griff des Fremden war bemerkenswert fest. »Ah, die weit gereiste Tochter des Hoggars. Willkommen, willkommen im Teggart.« Seine Stimme war so hoch wie die eines Knaben, und als er die Hand, die er hielt, an eine Brust presste, fühlte sich diese merkwürdig weich und weiblich an. Jetzt war Mariata vollends verwirrt.

»Danke«, sagte sie, nickte höflich und versuchte vergeblich, die Hände frei zu bekommen.

»Hör zu, Kleines, die Geister nehmen vielerlei Gestalt an. Lass dich nicht von der düsteren Schönheit der Kel Asuf verführen. Ich sehe etwas Wildes in dir, und Wildheit zieht Wildheit an. Ich hoffe, dass du deinen Kopf beisammenhast.«

Mit diesen verwirrenden Worten ließ die seltsame Person endlich Mariatas Hände los und ging ihres Weges.

Mariata starrte ihr nach. »Was meint sie? Ist sie überhaupt eine sie?«

»Tana?«, lächelte Rahma. »Wir haben kein Wort für das, was Tana ist. Ich habe gehört, wie Fremde sie als Mannweib bezeichneten, aber das wird ihr nicht gerecht. Gott hat sie doppelt gesegnet, sagen wir es so. In ihr herrscht eine vollkommene Symmetrie zwischen den Geschlechtern, und sie ist eine höchst bemerkenswerte Person. Manchmal weiß sie mehr als andere Menschen. Sie war die Tochter unseres Schmieds, als das Dorf noch reich genug war, um einen eigenen Schmied zu haben. Nach seinem Tod ist sie bei uns geblieben und hat die Aufgaben eines *enad* übernommen.«

Die *inadan* waren Schmiede und Meister mystischer Rituale: Ein beim Stamm lebender Schmied stand den Zeremonien vor, tötete die Ziegen, die als Opfergabe bestimmt waren, herrschte über das Feuer und bearbeitete Dinge aus Eisen, die kein Kel Tagelmust gefahrlos berühren konnte, ganz zu schweigen von einer Frau.

»Kann sie Amastan nicht heilen?«

»Sie hat ihn ein Mal nach seiner Rückkehr aufgesucht, seitdem kommt sie nicht mehr in seine Nähe.«

Mariata dachte schweigend darüber nach. Nach einer Weile fragte sie: »Und was meinte sie mit dem Kopf beisammen haben?«

»Das sagen wir manchmal über Schüler der Medizin, wenn sie ihre Ausbildung beendet und ihr Wissen vervollständigt haben.«

Mariata spürte einen erneuten Anflug von Angst. »Aber ich habe überhaupt keine medizinische Ausbildung! Ich habe nie etwas gelernt!«

»Es gibt Dinge, die man nicht lernen kann. Gaben von oben, Fähigkeiten, die man im Blut hat.« Rahma nahm sie am Arm, als fürchtete sie, Mariata könnte davonlaufen. Die junge Frau geriet in Panik. War Rahmas Sohn wahnsinnig? Würde er mit Schaum vor dem Mund toben wie ein tollwütiger Hund oder um sich schlagen? Aber sie hatte auch Angst, dass er ganz normal aussehen könnte, bis auf die tanzenden Geister in den Augen. Sie fürchtete, dass sie nichts ausrichten könnte und sie trotz ihrer vornehmen Herkunft letzten Endes nur eine ganz gewöhnliche junge Frau war. Und das war die Möglichkeit, vor der sie sich am meisten fürchtete.

Hinter den letzten Zelten, Hütten und Gehegen gab es einen Hain mit Olivenbäumen. Dort war auf einem steinigen Terrain zwischen zwei Tamarisken eine behelfsmäßige Unterkunft errichtet worden. Sie bestand aus kaum mehr als ein paar Decken und alten Getreidesäcken, die über die Äste gespannt waren. Im Schatten darunter erkannte Mariata die Gestalt eines Mannes. Er trug ein schwarzes Gewand und einen eng ums Gesicht geschlungenen *tagelmust*, der nur einen schmalen Streifen des Gesichts sichtbar ließ, einen Schlitz, durch den unheilvoll zwei schwarze Augen funkelten.

Der Mann saß mit untergeschlagenen Beinen auf dem Boden, reglos, die Hände im Schoß verkrampft. Er bewegte sich auch dann nicht, als sie näher kamen, und machte keinerlei Anstalten, sie zu begrüßen. Er reagierte nicht einmal, als Rahma sich neben ihn hockte und ihm eine Hand auf die Wange legte.

»Gesegnet seist du, Amastan, mein Sohn. Du siehst besser aus als bei meiner Abreise, ja, bestimmt. Iss trotzdem ein wenig Reis mit Milch, um das Feuer in dir zu besänftigen.«

Sie stellte die Schale auf den Boden neben einen unberührten Teller mit Brot und Datteln. Er würdigte sie keines Blickes.

»Und sieh mal, ich habe noch etwas mitgebracht, eine Besucherin von weit her. Mariata ult Yemma ult Tofenat von den Kel Taitok, sie ist eine direkte Nachfahrin von Tin Hinan und hat die Tamesna durchquert, um dich zu sehen. Willst du nicht aufstehen und sie begrüßen, wie es dem Hausherrn ziemt, damit sich der Gast wohlfühlt?«

Mariata spürte, wie Rahma versuchte, ihrem Sohn Mut zu machen, denn dies war kein Haus, und er war eindeutig nicht einmal Herr über seinen eigenen Verstand. Sie musterte das

Wenige, was sie hinter dem schmalen Schlitz des Schleiers erkennen konnte, sah aber nur schön geschwungene Brauen und Krähenfüße in den äußeren Winkeln der Augen, die sich blass von der dunklen Haut des ausdruckslosen Gesichts abhoben. Jetzt, aus der Nähe, sah er überhaupt nicht erschreckend aus, stellte sie zu ihrer Erleichterung fest und fing gerade an, sich zu beruhigen, als er unsicher vom Boden aufsah und sein Blick an ihrem Gesicht hängen blieb.

Es heißt, eine von Jägern in die Enge getriebene Gazelle bleibe oftmals wie gelähmt stehen, obwohl sie ihren Verfolgern mit einem Sprung entkommen könnte. So fühlte sich Mariata jetzt, als Amastan ihr in die Augen sah: wie gelähmt, bis ins Mark erschrocken und außer Stande, sich zu retten.

Sie schaute in die ausdrucksvollsten Augen, die sie je gesehen hatte. Schmal, mandelförmig, die Augen eines Dichters, nicht eines Kriegers oder Soldaten. Sein bohrender Blick war so tief und dunkel wie das Wasser am Grund eines Brunnens: das letzte Wasser im Jahr, bevor der Brunnen austrocknet und die Lebewesen, die von ihm abhängig sind, verdursten.

Mariatas Herz schlug schneller. Sie spürte, wie die Muskeln in ihren Beinen zuckten, als wollten sie, ohne sie zu fragen, ihren Körper davontragen. Trotzdem blieb sie wie angewurzelt stehen.

Dann war der Moment verflogen. Mit einem Mal füllten sich Amastans Augen mit Tränen, sie liefen ihm über die Wangen, ohne dass er sie beachtete. Es war schockierend, einen Mann weinen zu sehen. Männer verbargen ihre Gefühle; das war Teil des *asshak*, ihres Kodexes von Stolz und Anstand. Mariata hatte noch nie gesehen, dass ein Mann solche Gefühle offenbarte, und merkte, wie ihm ihr Herz entgegenflog.

Manche Frauen können der Versuchung nicht widerstehen, etwas Zerstörtes wieder herzurichten; sie fühlen sich dafür verantwortlich, die Welt in Ordnung zu halten – selbst wenn es nur um kleine Dinge geht, wie schmutzige Wäsche zu waschen, ein Zelt zu fegen oder einen löchrigen Korb zu flicken. Mariata hatte sich nie für eine solche Frau gehalten. Doch jetzt stand sie vor einem Mann, den das Leben gespalten hatte, und sie sehnte sich danach, die beiden Hälften wieder zusammenzusetzen.

»Wie lange ist er schon so?«, fragte Mariata, als sie mit Rahma zum Dorf zurückging. Je größer die Entfernung zwischen ihr und dem besessenen Mann wurde, umso mehr beruhigte sich ihr Herzschlag, dennoch spürte sie seine Präsenz, als wären sie durch ein Band aneinandergefesselt, das sich bei jedem Schritt spannte.

Rahma antwortete eine Weile lang nicht. Schließlich kamen sie zu einem Felsen. Sie setzte sich und wandte ihr Gesicht der Sonne zu, sodass Mariata auf ihren Wangen die Spuren der getrockneten Tränen sehen konnte. »Sein Kamel brachte ihn wieder, als hätte es den Weg nach Hause gekannt, obwohl er seit mehr als einem Jahr nicht hier gewesen war. Er saß zusammengesunken auf seinem Rücken wie in Trance. Er hatte keine Ahnung, wo er war: Seine Augen standen offen, aber er erkannte nicht einmal seine Mutter. Er war über und über mit Blut verschmiert. Ich dachte …«, ihre Stimme stockte, »er wäre tot … oder zumindest tödlich verwundet. Sein Schwert war verschwunden; es hatte meinem Bruder gehört, seinem *anet ma* und vorher dessen *anet ma*. Niemals hätte er sich freiwillig von diesem Schwert getrennt. Es war der Inbegriff all dessen, worauf er stolz war. Er hatte nichts bei sich, weder Nahrung noch Wasser. Wie er überlebt hat, ist mir ein Rätsel. Die Geister müssen ihn beschützt haben, weil sie noch etwas mit ihm vorhaben.

Das Einzige, was er noch behalten hatte, umklammerte er mit der rechten Hand. Wir versuchten, seine Finger aufzubiegen, doch er wehrte sich wie ein wildes Tier. Er hält es heute noch fest. Ich bin sicher, dass wir ihn retten können, wenn es uns gelingt, es ihm abzunehmen. Die Kel Asuf ziehen ihre Macht daraus, das steht fest. Wir haben alles versucht, Medizinfrauen haben ihm einschläfernde Kräuter gebraut, aber er rührte sie nicht an. Die *enad* sang den Gesang des Windes, und wir schlugen die Trommeln, um ihm im Tanz die Geister auszutreiben, alles umsonst. Die *marabouts* haben vor ihm gebetet und Koranverse an seine Gewänder geheftet. Ich hätte ihnen gleich sagen können, dass sie nichts bewirken würden. Er hat sich die Kleider vom Leib gerissen und ist nackt herumgelaufen! Der Magier aus Timbuktu hat rings um sein Zelt Fetische und Zauber ausgelegt, die er aus dem Süden mitgebracht hatte. Amastan hat alles ignoriert und sich mit der rechten Hand unter dem Körper zum Schlafen gelegt. Jeder, der versucht, seine Hand zu öffnen, bekommt es mit der geballten Wut der wilden Geister in seinem Innern zu tun. So ist es jetzt seit drei Monaten oder mehr, aber sehr lange hält er es nicht mehr aus.«

Mariata biss sich auf die Unterlippe. »Ich würde ihm gern helfen, aber ich weiß nicht, wie.«

Rahma drehte sich zu ihr um. »Er hat geweint, als er dich sah, Mariata. Das war die erste Gefühlsregung, die er in all der Zeit gezeigt hat.« Seufzend stand sie auf und wirkte plötzlich erschöpft. »Als kleiner Junge liebte Amastan die Dichtung«, fuhr sie fort. »Er machte eigene Verse und Lieder, er bezauberte die Mädchen im Dorf mit seinem Talent. Sie wollten ihn alle heiraten, er aber sagte immer, dass er sich erst binden wollte, wenn er zum *Arbre de Ténéré* gegangen war, das Meer gesehen und den Schnee berührt hatte, der in den höchsten Bergen fällt.«

Mariata lächelte. Solche romantischen Vorstellungen waren ganz nach ihrem Geschmack. »Und was hat er davon erreicht?«

»Alles. Anschließend verlobte er sich mit einem Mädchen aus dem N'Fughas-Gebirge. Er war dorthin geritten, um sie zu holen und sie mir und seiner Großmutter vorzustellen, bevor sie heirateten. Meine Mutter war zu alt und zu krank für eine solche Reise, weißt du. Sie starb, noch bevor er zurückkam. Das war vermutlich ein Segen.«

Mariata spürte einen schmerzlichen Stich in der Brust. Er war verlobt? Sie sagte sich, dass es sie nichts anging, wenn ein Mann, den sie überhaupt nicht kannte, jemandem versprochen war; trotzdem war sie enttäuscht. »Wo ist sie denn, seine Geliebte?«

Rahma wandte den Blick ab. »Ich weiß es nicht. Niemand weiß es. Sie ist wie vom Erdboden verschluckt. Aber hör nicht auf den Tratsch der Leute, ich bitte dich.« Noch ehe Mariata sich diese merkwürdige Bitte erklären konnte, fuhr die Alte hastig fort: »Worte sind der mächtigste Zauber von allen. Deine Großmutter wusste das. Die Macht der Worte hat deine Familie seit der Zeit unserer aller Mutter begleitet; wie sonst hätte sie andere überreden können, ihr in die Wüste zu folgen und unser Volk zu begründen? Sie war nur ein ganz gewöhnliches Mädchen – nicht älter als du –, ein junges Mädchen aus einem staubigen kleinen Dorf im Süden von Marokko. Und doch hatte sie eine solche Kraft in sich, dass sie ihr sicheres, geordnetes Zuhause aufgab und ein neues Leben in der Wildnis begann. Um das zu schaffen, muss sie Kontakt zu den Kel Asuf gehabt haben, eine von ihnen geworden sein oder sie zumindest auf ihre Seite gebracht haben, denn sie haben ihr geholfen, unser Volk zu prägen. Ihre Kraft hat sie über die weibliche Linie weitergegeben, wie alles Wertvolle, also wird sie auch in dir sein. Daran muss ich glauben, sonst werden wir Amastan für immer verlieren. Wirst du ihm helfen? Bei ihm sitzen, ihm Geschichten erzählen, Gedichte und Zauber für ihn machen? Besänftige die Geister und bring sie auf deine Seite. Versuch ihn dazu zu überreden, dieses Ding in seiner Hand loszulassen. Willst du das tun?«

»Ich kann es versuchen«, sagte Mariata, obwohl ihr davor graute. Amastan war blutverschmiert und ohne seine Braut ins Dorf zurückgekehrt. Sie sollte nicht auf den Tratsch der Leute hören. Doch plötzlich kam ihr eine alte Legende aus dem Aïr in den Sinn, die sie häufig des Nachts am Feuer gehört hatte: die Blutige Hochzeit von Iferouane. Eines Tages war zur Begeisterung der Mädchen ein gut aussehender, reich gekleideter Fremder in das Dorf gekommen und hatte sich im Lauf der nächsten Wochen das hübscheste auserwählt und ihm mit schönen Worten den Hof gemacht. Als die Eltern ihr Einverständnis gaben, hatten sie Hochzeit gefeiert. In der ersten Nacht der Feierlichkeiten jedoch war im Zelt der Frischvermählten ein großer Tumult und lautes Klagen der jungen Braut zu hören gewesen. Die Alten hatten den Kopf geschüttelt: Es war unbesonnen vom Bräutigam, schon in der ersten Nacht darauf zu drängen, dass sie ihm zu Willen war. Ein Kind, das in einer Mondnacht gezeugt wurde, war sein Leben lang verflucht. Das konnte zu keinem guten Ende führen. Und tatsächlich, als eine der alten Frauen am nächsten Morgen kam, um dem Paar das Frühstück zu bringen, erwartete sie ein entsetzlicher Anblick: ein Zelt voller Blut, Haar und Knochen, die Brautleute aber waren verschwunden. Die Brüder der Braut fanden die Spur eines großen Raubtiers und folgten ihr zu einer Höhle in den Bergen, wo sie es nach einem erbitterten Kampf töteten. In seinem Magen fanden sie die Reste ihrer Schwester, doch der Bräutigam blieb verschwunden. Schließlich kamen sie darauf, dass der gut aussehende Fremde ein Formwandler gewesen sein musste, ein Geist der Wildnis, dessen wahre Gestalt sich erst in der Hochzeitsnacht offenbart hatte.

Unwillkürlich fragte sie sich: War Amastan ebenfalls ein solches Ungeheuer? Hatte er, von *djenoun* besessen, seine Geliebte getötet? Sie wollte es gar nicht wissen, trotzdem musste sie es herausfinden.

Rahma nahm sie mit zu ihrem Zelt. Es war wunderschön, aus mehr als hundert Ziegenfellen gemacht.

»Ich habe es mitgebracht, als ich mich von Moussa ag Iba scheiden ließ«, sagte sie, noch bevor Mariata fragen konnte. »Das Zelt, den zwölfjährigen Amastan und einen alten Esel, der schon längst tot ist. Der verdammte *marabout* hat entschieden, dass ich meinen Brautpreis zurückgeben musste, obwohl ich das Recht hatte, ihn zu behalten. Er erklärte, es sei Gottes Strafe, ich müsse hinnehmen, dass Moussa sich eine zweite Frau suchte, denn es sei nicht recht, dass ich mich wegen einer solchen Lappalie von ihm scheiden ließe. Ich zeigte ihm die blauen Flecken auf meinen Armen und Beinen, doch er grinste nur und erklärte, hin und wieder müssten Männer ihre Frauen schlagen, um ihnen Anstand beizubringen. Ich musste auf alte Methoden zurückgreifen. Der *marabout* ist inzwischen tot, und Moussa hat große Schmerzen im Unterleib, wie man mir zugetragen hat.«

Mariata starrte sie an: »Du hast ihn verhext?«

»Ich habe sie alle beide verflucht. Aber Moussa war immer ein starker Mann. Er hat lange durchgehalten.«

Mariata erschauerte innerlich. »Wenn du die Geister beeinflussen kannst, warum kannst du dann nicht auch Amastan heilen?«

Rahma lächelte bitter. »Es gibt so etwas wie ausgleichende Gerechtigkeit. Ich glaube, das ist die Art der Geister, es mir beizubringen.«

In der nächsten Zeit zog Mariata jeden Tag für eine Weile ein weißes Gewand und eine Kopfbedeckung an, die sie von Tana ausgeliehen hatte. Es sollte Glück bringen und ein Gegengewicht zu der Düsterkeit bilden, die Amastan beherrschte. Dann setzte sie sich neben ihn, dachte sich zuerst still ein Gedicht aus und trug es ihm dann laut vor. Er schien nichts gegen ihre Anwesenheit zu haben. Tatsächlich sah es so aus, als nähme er nicht die geringste Notiz von ihr. Es gab weder Tränen, atemberaubende Blicke noch irgendeinen Hinweis auf die Geister, die von ihm Besitz ergriffen hatten. Falls er ihre Gedichte und Geschichten verstand, so reagierte er nicht darauf, und nach einer Weile fand sie seine Gegenwart erholsam, ja, sogar inspirierend. Es dauerte nicht lange, und sie verfasste einige der besten Gedichte ihres Lebens, mit komplizierten Akrostichen, deren Zeilen sie mit reiner Magie tränkte. Manche zeichnete sie mit einem Stock in den Sand, doch die meisten behielt sie im Kopf. Keins schien eine Wirkung auf den Patienten zu haben.

Tag für Tag nahm sie das unberührte Essen wieder mit, das sie am Tag zuvor gebracht hatte. Wie konnte er leben, ohne zu essen? Er musste sich von anderen Stoffen ernähren, von etwas Unnatürlichem, vielleicht sogar Gottlosem. Dann entdeckte sie eines Tages, dass die Schale umgekippt und die Milch in der Erde versickert war. Das war ein Tabubruch und ein sicheres Zeichen dafür, dass hier Geister ihr Unwesen trieben. In der Hoffnung, die bösen Einflüsse abzuwehren, zeichnete sie einen Kreis von Zauberformeln um die Schale.

Ein paar Tage später setzte ihre Periode ein. Ein *marabout* hätte sie in ihr Zelt verbannt, aber Rahma lachte nur. »Jetzt bist du am stärksten: Blut ist mächtiger als die Kräfte der Geister.« Und wirklich, als sie Amastan an diesem Tag seine tägliche Schale Reis mit Milch hinstellte, hob er sie auf und aß. Aber er tat es mit den Fingern der linken Hand, abscheulich.

Die ganze Zeit über hielt er die rechte geschlossen, und wenn sie sie betrachtete, fiel ihr auf, dass die Knöchel weiß hervortraten, als verkrampfte er sie unter ihrem Blick noch mehr.

Inspiriert von den uralten Inschriften auf dem Felsen, wo Rahma und sie in der Nacht vor ihrer Ankunft im Dorf Rast gemacht hatten, verfasste Mariata eines Tages folgendes Gedicht, das sie laut rezitierte.

Töchter unserer Zelte, Töchter Moussas
Denkt an den Abend unseres Aufbruchs

Die Sättel der Frauen liegen auf den Kamelen bereit
Jetzt kommen sie, prächtig in ihren Gewändern
Darunter Amina mit glänzenden Augen
Und Houna mit einem neuen Tuch um den Kopf
Die schöne Manta, frisch wie eine junge Palme …

»Nein!«

Amastans Schrei war ohrenbetäubend, herzzerreißend. Mariata sprang auf, zu Tode erschrocken beim Anblick des von einem entsetzlichen Gefühlsausbruch verzerrten Gesichts. Halbwegs erwartete sie, Reißzähne aus seinem Mund, Krallen an seinen Händen oder ein Fell auf seiner Haut wachsen zu sehen, doch nachdem er diesen einen wilden Schrei ausgestoßen hatte, sackte er erschöpft in sich zusammen. Im gleichen Moment öffnete er die rechte Faust, und sie erhaschte einen kurzen Blick auf das Objekt darin.

»Manta, o Manta«, flüsterte er. Zumindest glaubte Mariata das gehört zu haben. Die Augen schlossen sich vor Schmerz, und er presste das Ding in seiner Hand an die Stirn.

Es war ein Amulett, wie sie jetzt sah, ein massives viereckiges Ding mit einem erhabenen Mittelteil, verziert mit Steinen aus Karneol und eingeritzten Mustern. Etwas war darauf eingetrocknet wie Rost.

NEUN

Ich hatte noch eine Menge Urlaubstage gut; seit mehr als drei Jahren hatte ich mein Kontingent nicht ausgeschöpft. Leicht nervös ging ich zu meinem Vorgesetzten und bat um sechs Wochen Urlaub, drei davon unbezahlt. Zu meiner Schande benutzte ich den Tod meines Vaters als Ausrede: Ich hätte so viel mit dem Verkauf des Hauses zu tun, und anschließend bräuchte ich dringend Erholung.

Richard willigte so bereitwillig ein, dass ich mich fast gekränkt fühlte.

Ich hatte Schuldgefühle. Doch dann warf ich einen Blick auf die Kiste und spürte, wie die Aufregung in meinem Innern zunahm. Ich würde nach Afrika fliegen und dem folgen, was mein Vater als »Wegmarke« für mein Leben bezeichnet hatte: Ich würde das Amulett wieder zu dem Kontinent zurückbringen, von dem es gekommen war, und die schlafenden Hunde wecken. Ich hatte im Atlas nach Abalessa gesucht und einen winzigen Ort ganz im Süden von Algerien gefunden. Marokko, Algerien, Tafraout, Abalessa. Auf der Karte des gewaltigen dunklen Kontinents schien die Entfernung zwischen diesen Orten nicht allzu beeindruckend. Eve und ich hatten drei Wochen, in denen wir die Sahara Richtung Süden auf einem Road Trip erforschen konnten, der alle anderen Road Trips in den Schatten stellen würde.

Ich fieberte dem Aufbruch entgegen, aber ich war genauso nervös wie früher vor einer wichtigen Prüfung. Ich wollte, dass es losging, damit ich mir nicht länger den Kopf darüber zerbrechen musste, wollte diese Erfahrung endlich hinter mich bringen, statt sie zu einem schlimmeren Albtraum zu machen, als unbedingt nötig war. In Wahrheit wollte ich nichts anderes, als endlich aufhören zu grübeln.

Ich konzentrierte meine gesamte aufgestaute Energie auf den Verkauf des Hauses und schlug mich mit Unmengen von Formalitäten und Dokumenten herum, die die neue Gesetzgebung verlangte. Ich ließ sämtliche Sammlerstücke schätzen und auf Auktionen versteigern; dann kam eine Entrümplungsfirma und nahm den Rest mit. Ich beauftragte eine Maklerin und hörte mir ihre Klagen über den Zustand des Immobilienmarkts an. Sie sprach von der Notwendigkeit, dem Haus einen »modernen Anstrich« zu verpassen, um die »richtigen« Käufer anzulocken, Möbel und Topfpflanzen zu mieten und künstliche Kaffee- und Frischbrot-Aromen zu versprühen, bevor jemand zur Besichtigung kam. »Gibt es einen Duft nach frischgeschnittenem Gras im Sommer, den wir im Garten versprühen können?«, fragte ich sarkastisch, als wir im Nieselregen standen und das verfilzte Brombeerdickicht betrachteten, das einst eine Seite des Gemüsebeets begrenzt hatte. Ich sah, wie sie über meinen Vorschlag nachdachte. »Keine schlechte Idee«, sagte sie nachdenklich, zog ihr Notizbuch aus der Tasche und machte sich einen Vermerk, ohne meinen ungläubigen Blick zur Kenntnis zu nehmen.

Am Tag der Reise schreckte ich um fünf Uhr morgens schweißgebadet aus dem Schlaf. Man hatte mich in der sengenden Wüstensonne allein gelassen, und ich war zu schwach gewesen, um mich zum Wasser zu schleppen, das in der Ferne schimmerte. Mit klopfendem Herzen fuhr ich im Bett hoch. Woher kam dieser Albtraum? War er Ausdruck meiner Angst vor dem Fliegen oder etwas, das noch weniger erklärbar war? Ich versuchte, beide Möglichkeiten zu vergessen, und als ich das Amulett und die übrigen Objekte aus der Kiste mit dem Pass in der Handtasche verstaut hatte, wich die Angst einer deutlichen Vorfreude.

Wie es aussah, waren wir nicht die einzigen Bergsteiger, die nach Marokko wollten. In der Schlange beim Check-in in Gatwick waren unter den sonnenhungrigen Touristen und Familien mit quengelnden Kindern auch vier oder fünf Teams mit Klettersäcken, Seiltaschen und sogar ein oder zwei Bouldermatten. Die meisten Kletterer waren Mitte zwanzig und erschienen mir entsetzlich jung mit ihren zerlöcherten Fat-Face-Jeans und bunten Fleecejacken; die Mädchen hatten helle Dreadlocks, die Jungs trugen Lederarmbänder. Wir bugsierten unseren Gepäckwagen in die Schlange, und natürlich knallte Eves Sack laut scheppernd herunter. Sie hatte ihre gesamte Ausrüstung hineingequetscht: Das Ding wog eine Tonne. Als sie ihn wieder auf den Wagen zu hieven versuchte, kam ihr ein junger Mann zu Hilfe und wuchtete ihn mühelos an seinen Platz, bevor er sich umdrehte und grinste. Er hatte ein breites freundliches Gesicht, sandfarbenes Haar und eine leichte Sehschwäche, doch die Kombination war irgendwie hinreißend. »Hi, ich heiße Jez«, sagte er mit einem breiten Sheffield-Akzent. »Wir sahen euch kommen und dachten: Bergsteiger! Das war sofort klar. Man sieht's an der Art, wie ihr euch bewegt. Stimmt's, Miles?«

Sein Kumpel war ein oder zwei Jahre älter und eine Spur mehr auf Zack. Er nickte zurückhaltend, als wollte er sich nicht wirklich mit uns unterhalten. »Die Rucksäcke waren ein bisschen verräterisch.«

Jez fand offensichtlich Gefallen an Eve. »Wollt ihr nach Tafraout?«

Eve grinste, und man konnte sehen, dass er hin und weg war, und auch, warum. »Klar. Und ihr?«

»Na sicher. In dieser Jahreszeit ist das der beste Platz zum Klettern und außerdem nicht so anstrengend wie andere Orte in Marokko.«

»Na ja, vergiss nicht die Teppichhändler«, erinnerte Miles ihn. »Sie wollten uns unbedingt in ihre Läden locken. Die ganze Straße sind sie hinter uns hergelaufen!«

Jez lachte. »Ja, als Tuareg verkleidet. Dabei waren sie genauso wenig Tuareg wie du oder ich. Trotzdem war es ein schöner Teppich. Ich habe ihn in mein Zimmer gelegt: Erinnert mich jeden Tag an Marokko.«

Sie waren angenehme Begleiter. Wir saßen in einem Café in der Abflughalle und erzählten uns gegenseitig Geschichten von unseren schönsten Klettertouren, den besten Steilhängen, Abenteuern, die wir gehabt hatten oder denen wir entkommen waren, Stürze, die uns beinahe umgehauen hätten. Im Handumdrehen war es Zeit, an Bord zu gehen, und ich hatte gar keine Gelegenheit gehabt, mich mit meiner Flugangst zu beschäftigen.

Ein normaler Kurzstreckenflug kann für einen erfahrenen Reisenden, der keine Angst davor hat, in einer Wolke aus brennendem Flugbenzin vom Himmel zu stürzen, im Nu vorbei sein, doch für die, denen solche Bilder wie eine Endlosschleife durch den Kopf gehen, wird Zeit zu einer quälend subjektiven Sache. Das kleinste Rumpeln scheint eine Ewigkeit zu dauern, und egal, was Airlines dazu meinen, ein Passagier mit echter Flugangst lässt sich auch von den gnadenlosen Angeboten für Alkohol oder zollfreie Waren nicht ablenken. »Ehrlich«, sagte Eve, als sie meine weiß hervorstechenden Knöchel sah, weil ich unentwegt die Fäuste ballte und wieder dehnte, »wie du seelenruhig eine nicht gesicherte 5C-Platte hochklettern und trotzdem solche Angst in einem Flugzeug haben kannst, ist mir schleierhaft. Hier, lies den Bergführer, das bringt dich auf andere Gedanken.«

Wie Jez und Miles gesagt hatten, gab es in der Umgebung von Tafraout Unmengen von Gipfeln und Routen, die nur darauf warteten, begangen zu werden. Ich lenkte mich damit ab, dass ich im Führer blätterte und mögliche Ziele aussuchte, doch nach einer Weile stieß ich erneut auf den Berg namens Assgaour oder »Kopf des Löwen« mit seinem seltsamen, an eine Ikone erinnernden Gesicht. Die Route über die Nase des

Löwen war ein Muss, das spürte ich bis ins Mark. Der Löwe sah mich geradezu herausfordernd an: ein Ritus für den Übergang ins Herz von Afrika. Ich berührte das Amulett in meiner Tasche, und die Furcht nahm ab. Als ich kurz vor Agadir hörte, wie surrend die Landeklappen ausgefahren wurden, dachte ich nicht gleich an freien Fall und Feuerbälle, sondern steckte den Bergführer ruhig in meine Reisetasche und verkrampfte mich kein bisschen, nicht einmal, als die Reifen auf der Piste aufsetzten.

Am Flughafen standen offenbar alle anderen Mietwagen bereit, nur unserer fehlte. Von den langen Einreiseformalitäten verwirrt, standen wir vor dem Flughafengebäude in der grellen Sonne, während Eve die Nummer wählte, die sie auf die Rückseite ihres Tagebuchs gekritzelt hatte. Man hörte eine Reihe von lauten Piepstönen, aber kein Klingeln, und sie musste mehrmals mit Vorwahlnummern experimentieren, bis sie es schließlich schaffte, jemanden an die Strippe zu bekommen und in ihrem gebrochenen Französisch zu erklären, dass unser Wagen nicht erschienen war. Als die Frau am anderen Ende antwortete, verzog sie genervt das Gesicht. »*Plus lentement!*«, rief sie und drückte mir das Telefon in die Hand. Im Verlauf eines langen, verwickelten Gesprächs stellte sich heraus, dass Eve den Wagen für Mitternacht statt für Mittag bestellt hatte, als sie ihn von England aus telefonisch gebucht hatte. *Midi, minuit.* Ich seufzte. Eve fand es zum Totlachen, doch am nächsten Mietwagenschalter wurde uns klar, dass es bis zum Abend keinen Wagen geben würde. Eve sah mich erschrocken und zerknirscht an, als ich ihr diese nicht gerade ermutigende Neuigkeit verkündete.

»Hey, Girls!«

Ein silberblauer Peugeot 206 hatte vor uns angehalten. Miles saß am Steuer, Jez ließ die Scheibe herunter und grinste uns an.

»Steigt ein!«

Ich winkte ab. »Nein, wirklich, es ist alles in Ordnung. Wir haben einen Wagen, es dauert nur noch ein bisschen, bis er kommt.« Ein bisschen ... acht Stunden mindestens.

Jez war ausgestiegen und verstaute Eves Rucksack mit einigen Schwierigkeiten in dem bereits überfüllten Kofferraum, während Eve auf dem Rücksitz Platz nahm.

»Hey!«, rief ich ihr zu. »Wir brauchen unseren eigenen Wagen für die Sahara, verstehst du.«

Sie warf einen Blick über die Schulter. »Wir können auch in Tafraout einen mieten.«

Ich zuckte die Achseln, entschuldigte mich bei der Frau am Mietwagenschalter und quetschte mich zu Eve in das Durcheinander von Rucksäcken im hinteren Teil des kleinen Wagens.

»Könnte ein bisschen eng werden«, meinte Miles zögernd, und es klang, als wäre er nicht gerade begeistert von der Aussicht, uns am Hals zu haben. Doch als wir durch eine kleine Stadt kamen, die von jeder nur erdenklichen Art von Fahrzeugen verstopft war, Bussen, Autos, Motorrädern, Fahrrädern, Eselskarren, die alle mit unterschiedlicher Geschwindigkeit unberechenbaren Routen folgten, zwischen Hunderten von Fußgängern, die an den ungeeignetsten Stellen die Fahrbahn überqueren wollten oder sogar mitten auf der Straße stehen blieben, um mit den Fahrern oder Besitzern der Eselskarren ein Schwätzchen zu halten, taute auch er auf. Wir sahen Männer mit langen Gewändern und unverwechselbaren Gesichtern: walnussbraune Haut voller Runzeln und Fältchen; wir sahen verschleierte Frauen, Babys mit pastellfarbigen Strampelanzügen, Mädchen mit weißen Schulkitteln oder Jeans und bunten Kopftüchern. Gehupt wurde unaufhörlich, Leute riefen durcheinander, lachten, pfiffen, Esel schrien. Arabische Musik plärrte aus einem verrosteten Mercedes, der uns gefährlich nah von rechts überholte. Die schrille Stimme einer Sängerin fädelte sich heiser durch den Rhythmus der Trommeln.

Wir fuhren an Reihen von kleinen Läden vorbei, die alles

Mögliche verkauften – Lebensmittel und Farben, Werkzeug und Eisenwaren, Brot und Teppiche, Matratzen, zusammengerollte Strohmatten, weiße Gartenmöbel aus Plastik oder Autoreifen, die draußen vor der Tür aufgestapelt waren. Ein Geschäft verkaufte offenbar nur blau lackierte Schubkarren. Als ich mich umdrehte, um die anderen auf diese Kuriosität aufmerksam zu machen, entdeckte ich auf der gegenüberliegenden Straßenseite ein Maultier, das einen langen Karren mit der ausgeschlachteten, aufs Notwendigste reduzierten Karosserie eines alten Dacia zog. Auf der Motorhaube saß ein Mann und hielt die Zügel, hinter ihm im Innern des Wagens thronten drei in schwarze Gewänder gehüllte, verschleierte Frauen. Es hätte mich nicht gewundert, wenn sie der Menge in aller Form zugewunken und dabei lange weiße Handschuhe offenbart hätten wie die Queen.

»Guckt mal!«, rief ich, aber Miles hatte den Blick auf die Straße vor sich geheftet und versuchte, den unzähligen Hindernissen auf unserem Weg auszuweichen, und Eve und Jez waren in eine hitzige Debatte über eine Band verstrickt, von der ich noch nie gehört hatte. Als sie endlich den Blick voneinander lösten, waren das hybride Gefährt und seine Passagiere bereits außer Sichtweite. Jetzt fuhren wir an einer Reihe von städtischen Gebäuden vorbei, einem Schilderhaus, bewacht von bewaffneten Männern in Uniform, und den langen ockerfarbenen Wällen einer Festung, die es schaffte, alt und modern gleichzeitig zu wirken.

Danach rauschte die offene Landschaft an uns vorbei: riesige Anbauflächen mit Früchten, die unter Polytunneln und Netzen zum Schutz gegen Vögel heranreiften, Felder mit Chilipflanzen und Bananenstauden, Olivenhaine, Orangen- und Zitronenbäume, Palmen mit schweren Trauben von Datteln. Die Landschaft öffnete sich, wurde trockener und rötlich. Eine Gruppe von Frauen in purpurroten, gelben und schwarzen Gewändern hob sich lebhaft vor dem staubigen Orange der Erde ab, die sie bearbeiteten. Kaktusfeigen, Kakteen und Dornhecken bildeten natürliche Grenzen zwischen den Feldern, wo Hirten im Schatten vereinzelter Bäume saßen und zusahen, wie ihre hageren Schafe und schwarzhaarigen Ziegen nach Wasser suchten. Ein gespenstischer Landstrich, in dem alles – Bäume, Steine und Felder – mit weißem Staub bedeckt war, markierte den Übergang zwischen Küste und Hochland: Gleich nach dem Hinweis auf den Atlas-Steinbruch, wo ein gewaltiger Hügel aus weißem Stein auf beiden Seiten weggefressen worden war, als hätten zwei Riesen versucht, sich den Braten zu teilen, bogen wir von der Hauptstraße ab und begannen den langen Aufstieg zu den dunstigen blauen Felsen am Horizont.

Im ersten und zweiten Gang kämpfte sich der Peugeot durch eine Reihe von schmalen Serpentinen bergan. Die Sicht war so atemberaubend und das Potenzial für eine Katastrophe so groß, dass zuletzt keiner mehr etwas herausbekam, bis auf einzelne knappe Bemerkungen über die Schwindel erregende Bergwand, die rechts von uns steil abfiel. »Wie zum Teufel sollen hier zwei Wagen aneinander vorbei?«, fragte Eve entsetzt, und schon raste ein hoher, ungleichmäßig beladener Lastwagen um die Ecke, mit Glücksbringern geschmückt und mit grässlichen Szenen von Palmen und Kamelen bemalt. Schnell hatten wir raus, dass man dem Gegenverkehr am besten seitlich zum Hang hin auswich, wollte man keinen Frontalzusammenstoß mit jemandem riskieren, der mehr auf sein Glück als einen umsichtigen Fahrstil vertraute. Ich saß auf dem Rücksitz und trat mit voller Wucht auf eine Phantombremse.

»Oh, das war knapp!« Jez drehte sich um und warf uns einen Blick zu.

Mein Leben lag in Miles' Hand. Ich versuchte mich von dieser Vorstellung, die mich mit Skepsis erfüllte, abzulenken, indem ich mich darauf konzentrierte, die Umgebung mit der Landkarte in Einklang zu bringen, die ich bei Stanfords in Covent Garden gekauft hatte. Sie war in Marokko gedruckt worden und hatte keinerlei Ähnlichkeit mit den Generalstabskarten, an die ich sonst gewöhnt war. Der Maßstab stimmte nicht, die Farben waren anders, die Straßen kaum zu erkennen, und manche Berbernamen so exotisch, dass ich mir nicht einmal ansatzweise vorstellen konnte, wie sie wohl klangen – Imi Mqourn, Ida Ougnidif oder Tizg Zaouine. Nach einer Weile wirkten die karge Romantik der Landschaft und der Luxus, sich auf ihre zerklüfteten Silhouetten, verwitterten Gebirgsmassive, mit Steinmauern abgegrenzte Terrassen und ausgetrockneten Flussbetten konzentrieren zu können, statt auf die Straße zu achten, verlockend und beruhigend zugleich. Ich hatte nicht erwartet, dass Marokko auf seine raue, wilde Art so schön war: ganz anders als die weichen grünen Kurven und Flächen der englischen Landschaft. Die Menschen, die hier leben, sind bestimmt auch so, dachte ich schließlich, anders geht es nicht, wenn man an einem solchen Ort überleben will.

Wir überquerten den Pass Tizi-n-Tarakatine, als die Sonne ihren trägen Abstieg zum Horizont begann, doch die Luft war klar und die blauen Schatten scharf umrissen, während wir die kurvenreiche Straße entlangfuhren, die durch den Gebirgspass führte. Dann bogen wir um die Ecke und sahen das Tal der Ammeln vor uns: Mir stockte der Atem. Es schlängelte sich auf den Horizont und die gewaltige Wand des Jebel-el-Kest-Gebirges zu, die sich über seiner rechten Flanke auftürmte.

»Seht ihr den Steilhang da drüben?«, rief Jez uns über die Schulter zu und zeigte auf eine Felswand. Ich folgte der Linie seines Fingers: Selbst auf den ersten Blick war sie kolossal.

»Da gibt es eine klassische Joe-Brown-5B-Route, die mittendurch nach oben führt, deshalb heißt sie bei den Bergsteigern ›Middle Ground‹. Super: steil und lang mit einer imposanten offenen Position.«

Ich grinste. Seine Begeisterung war ansteckend, und es war typisch, dass der hemdsärmelige Bergsteiger aus Yorkshire, zweifellos einer von Jez' Helden, zwischen all den unaussprechlichen exotischen Namen der Berber einer Route einen solch prosaischen Namen verpasst hatte. Als wir durch das Tal fuhren, hellte sich selbst Miles' Stimmung auf, und er zeigte uns andere Routen, die sie zusammen schon gegangen waren oder noch gehen wollten: Große Flocke, Alte Freunde, Der weiße Turm, Schwarze Rille, Schwarzader, Große Platte und Agonie Arete. Bis ganz ans Ende des Tals erhoben sich die roten Wände über uns. Bei der Vorstellung, sie zu besteigen, juckte es mir in den Händen, und dann wiederum brach mir der Schweiß aus, denn allein die Länge der Routen faszinierte und verunsicherte mich abwechselnd. Manche sahen aus, als wären sie dreihundert Meter hoch oder noch mehr. An so etwas hatte ich mich noch nie herangetraut, all meine Erfahrung hatte ich an britischen Hängen gewonnen, und die meistens mit Einseillängen. Klettern über mehrere Seillängen hinweg hatte bestenfalls hundert Meter kornischen Granit bei angenehmem Sonnenschein bedeutet, während das Meer gegen den Fuß der Klippen rauschte und man sich am Eiswagen auf dem Parkplatz eine Erfrischung kaufen konnte, wenn man fertig war. Hier musste man vom Morgengrauen bis zur Abenddämmerung unter der afrikanischen Sonne klettern, auf ungewohntem Boden, in einem Land, in dem es weder Rettungsdienste noch einfache Abstiegsrouten gab, und mit Sicherheit kein Eiswagen auf dem Gipfel wartete. Ich warf Eve einen Blick zu, um zu sehen, wie sie auf diese gewaltigen Felsmassive reagierte, doch sie hatte weniger Erfahrung im Bergsteigen als ich und schien noch gar nicht wahrgenommen zu haben, auf welchen Schwierigkeitsgrad wir zusteuerten. Angesichts ihrer mangelnden Erfahrung würde ich alle Entscheidungen treffen und wohl in den meisten Fällen auch die Führungsrolle übernehmen müssen. Plötzlich packte mich Todesangst bei der Vorstellung, in einer solchen Umgebung mit ihr allein auf Klettertour zu gehen. Zwar hatte ich gern das Heft in der Hand, aber die Last der Verantwortung erschien mir plötzlich erdrückend. Vielleicht war es gar nicht so schlecht, dass wir die Jungs in der Nähe hatten: Sie kannten die Berge und die Umgebung, vielleicht konnten wir sogar zu viert klettern, bis ich mir ein Bild von der Lage gemacht hatte.

Meine Nerven lagen immer noch blank, als wir das Ende des Tals erreichten und Jez sich grinsend zu uns umwandte. »Seht ihr den da?«, sagte er und deutete durch die Windschutzscheibe auf den höchsten Berg weit und breit. »Da nehmen wir euch morgen mit hin! Ihr werdet begeistert sein, was, Miles?«

Der warf einen spöttischen Blick über die Schulter. »Betrachtet es als Begrüßungsgeschenk: eine Klettertour unter der Führung von Experten. Dafür könnt ihr uns anschließend zum Abendessen einladen.«

»Jawohl, und zwar die ganze Woche.« Jez zwinkerte uns zu, oder war das nur ein Symptom seiner Sehschwäche? »Ein klasse Einstieg, mit Wahnsinnsaussicht. Wir lassen den Wagen in Assgaour stehen, gehen durch die Ruinen des alten Dorfs, und dann nehmen wir einen der Ziegenpfade bis zum Hang. Man braucht ein paar Stunden, es sei denn, man rennt, so wie wir letztes Jahr. Fahr mal rechts ran, Miles, zeig den Frettchen das Kaninchen.«

Miles parkte den Wagen an einer ungepflasterten Abzweigung. Froh, uns nach drei Stunden Fahrt die Beine vertreten zu können, stiegen wir aus. Wegen der Klimaanlage im Wagen kam mir die Luft jetzt umso heißer und trockener vor, und sie roch muffig, erdig und würzig zugleich. Ich schloss die Augen und sog den Geruch ein, denn er war anders als alles, was ich von England kannte. Trotzdem kam er mir irgendwie vertraut vor.

»So unheimlich ist er aber nun auch wieder nicht, oder?« Eine Hand legte sich auf meine Schulter, und ich fuhr zusammen. Miles musterte mich aufmerksam. Er hatte leuchtend blaue Augen, was mir aus unerfindlichen Gründen sonderbar vorkam. Zwei oder drei Sekunden starrte ich ihn an wie einen

Außerirdischen, bis er unbehaglich den Blick abwandte und zu Jez hinübersah, der Eve die diversen Etappen erläuterte.

»Sorry, nein, ich war nur gerade ganz woanders«, gab ich zurück.

»Es ist eine schwierige Route, wie die meisten hier. Dreihundert Meter. Im Führer steht 5A, aber das ist leicht übertrieben. Man muss ein bisschen improvisieren – na, du weißt schon, man sucht sich einen Halt, und wenn er einem nicht gefällt, versucht man einen anderen.«

Wir grinsten beide, und der komische Moment war vorbei. »Guck mal«, sagte er. »Verrückt, was? Es ist wie ein Comic. Manche Leute können es ums Verrecken nicht sehen, und ich muss zugeben, es ist leichter, wenn die Sonne voll draufscheint. Aber wenn man es einmal gesehen hast, kann man es nie wieder übersehen – genau wie bei den Magic-Eye-Bildern.«

Ich sah genau hin. Die dunkelrote Wand der Schlucht erhob sich über einem Dorf aus verstreuten Lehmhäusern in verschiedenen Abstufungen von Rosa und Terrakotta und ließ die kleine weiße Moschee und die Bäume winzig erscheinen. Gewaltige pyramidenförmige Felsformationen schienen übereinandergeschichtet zu sein; ihre gezackten Ränder lagen in indigoblauen Schatten. Die Dimensionen waren schwer einzuschätzen: auf alle Fälle gewaltig. Mithilfe von Miles' Anweisungen folgte ich der Linie einer enormen Rinne auf der rechten Seite des höchsten Gipfels nach oben. Es dauerte einen Augenblick, bis ich sah, was er meinte, aber dann konnte ich den Blick nicht mehr abwenden. Da! Zwei tief im Schatten liegende Augen, eine lange Nase und eine runde Schnauze: ein Löwenkopf, *der* Löwenkopf. Es war bizarr, unverkennbar. Mein Herz schlug schneller. Ich schloss die Augen, doch dann schob sich über das Bild des Löwen plötzlich das stolze Gesicht eines jungen Mannes mit schwarzen eindringlichen Augen …

ZEHN

Tafraout wimmelte von Männern mit schwarzen Augen, doch kein Augenpaar ähnelte dem, das ich in meinen Träumereien »gesehen« hatte. Kein Zweifel, die dort lebenden Berber sind schöne Menschen, mit kräftigen Wangenknochen, markanten Zügen und geschmeidigen Körpern. Ich sah, wie sie in ihren staubigen Gewändern durch die Stadt spazierten, redeten und rauchten, über Witze lachten … und manchmal Händchen hielten.

»Das macht man hier so«, sagte Miles und deutete mit dem Kinn auf zwei ältere Herren mit Burnus und gelben *babouches*, die Hand in Hand an uns vorbeikamen.

»Stimmt, wir waren ein bisschen irritiert, als wir das erste Mal herkamen«, setzte Jez hinzu. »Wir dachten, sie wären alle Schwuchteln oder so was.«

Eve platzte los. »Sehr vorurteilsfrei von euch. Ich jedenfalls finde es süß. Es ist gut, wenn Männer ihre Gefühle zeigen oder sich in aller Öffentlichkeit liebevoll geben können. Ich glaube, die Welt wäre erheblich besser dran, wenn alle Hand in Hand herumlaufen würden.«

Jez warf Miles einen Blick zu und hob eine Braue. »Wie wär's mit einem kleinen Bummel?«

»Ich hätte nichts dagegen …«

Und schon schlenderten sie Hand in Hand die Straße entlang, wobei sie das Spiel für ihr Publikum noch übertrieben. Zuerst waren die Menschen verwirrt, doch dann grinsten sie. Ein paar Jungs mit Mannschaftshemden von Manchester United, die vor dem Café, wo wir saßen, Fußball gespielt hatten, zeigten mit dem Finger auf sie und lachten, dann folgten sie ihnen die Straße entlang und imitierten ihren Gang mit einer geradezu unheimlichen Präzision.

»Ich bin nicht ganz sicher, wer hier wen auf den Arm nimmt«, sagte ich zu Eve, heilfroh, dass niemand Anstoß an dem Gealber nahm.

Die ersten Eindrücke der Stadt waren eine angenehme Überraschung gewesen. Ich wusste nicht, was mich in dem Ort erwartete, in dem wir wohnen würden, trotz der vielen Fotos, die ich von der Umgebung und den Bergwänden gesehen hatte. Vielleicht ein halb zerfallenes Lehmhüttendorf wie diejenigen, die wir unter dem Löwenkopf gesehen hatten, kurios und irgendwie nicht von dieser Welt, aber das meiste, was wir von Tafraout zu sehen bekamen, war modern: eine Reihe niedriger Gebäude zu beiden Seiten der Hauptstraße mit kleinen Geschäften oder Cafés im Erdgeschoss, drei Moscheen und ein Hotel im Kasbah-Stil auf einem Felshügel. Wir waren bei Sonnenuntergang angekommen, als nicht viele Frauen in den Straßen zu sehen waren. »Wahrscheinlich sind sie alle zuhause und kochen für ihre Männer, wie es sich für brave Ehefrauen gehört«, meinte Eve, aber ich war nicht so sicher. Die wenigen, die uns bisher begegnet waren, hatten auf den Feldern gearbeitet oder waren auf dem Weg nach Hause gewesen, von Kopf bis Fuß in die traditionellen schwarzen Gewänder der Gegend gehüllt, die so arrangiert waren, dass so viel wie möglich von den aufwändig bestickten Säumen zu sehen war. Sie trugen rote Ledersandalen und hatten riesige Bündel von Grünzeug auf dem Rücken, vermutlich Futter für ihre Tiere. In dieser Umgebung Vieh zu halten, musste anstrengend und schwierig sein. Die einzige Vegetation, die ich auf dem Weg hierher gesehen hatte, bestand aus Kakteen, Palmen in einem ausgetrockneten Flussbett und ein paar knorrigen Bäumen, die ich nicht kannte, die sich aber in regelmäßigen, weit auseinanderliegenden Abständen in der orangeroten Landschaft verteilten. Ich konnte mir lebhaft das komplexe unterirdische Wurzelsystem dieser Bäume vorstellen, das sich auf der verzweifelten Suche nach Wasser in alle Richtungen verzweigte. Trotz des modernen Anstrichs – Apotheken, Autos und Satellitenschüsseln – war dies eindeutig eine Region, die an die Wüste grenzte, steinig, trocken und staubig. Es war bestimmt nicht leicht, hier zu überleben. Ich hatte in meinem Führer gelesen, dass die Männer aus der Gegend den größten Teil des Jahres in anderen Städten von Marokko arbeiteten, wo sie die Tugenden der Berber – Gewitztheit, Entschlossenheit und eine überaus hoch entwickelte Arbeitsethik – erfolgreich in kleinen Unternehmen in Casablanca und Marrakesch einbrachten und Geld nach Hause schickten, um ihre Familien zu unterstützen. Der Löwe, den wir hoch über dem Tal gesehen hatten, wachte, so hieß es, in ihrer Abwesenheit über Frauen, Kinder und Alte, und tatsächlich war mir aufgefallen, dass die Mehrheit der Männer im Straßenbild entweder Greise oder Jugendliche waren. In einer solchen Gemeinschaft mussten Frauen ziemlich zäh und selbstständig sein.

Jetzt beobachtete ich, wie zwei die Straße entlangkamen und zusammen einen riesigen Korb mit Gemüse vom Markt trugen – jede an einem Henkel. Sie machten kurz Halt, um ein paar Männer zu begrüßen, die vor einer Bäckerei standen. Einer der jungen Männer ergriff die Hand der älteren Frau und küsste sie, dann ließ er sie wieder los und berührte seine Brust. Es war eine Geste aus dem Mittelalter, ein Hauch von uralter Ritterlichkeit. Ich ertappte mich bei einem breiten Grinsen. Nun kamen die beiden Frauen miteinander schwatzend auf uns zu. Wenige Schritte von uns entfernt hielt die Ältere inne, als spürte sie meinen Blick auf sich, und zog dann hastig mit der freien Hand den Schleier über ihr Gesicht, um Mund und Nase zu bedecken. Die andere folgte ihrem Beispiel. Danach beschleunigten sie ihren Schritt und gingen mit abgewandten Gesichtern an uns vorbei. Ich war auf seltsame Weise enttäuscht von dieser Reaktion, die mich offensichtlich als Touristin charakterisierte, als Eindringling in ihre Welt. Was natürlich stimmte.

Bei den Männern schien eine Verbrüderung über die Grenzen der Kultur hinweg einfacher zu sein. Am Ende der Straße spielten Jez und Miles inzwischen mit ihren Imitatoren Fußball, und es machten sogar einige ältere Männer mit. Alle lachten, rannten, schrien durcheinander und bewegten sich mit einer Unbeschwertheit und Begeisterung, wie sie eigentlich nur Kindern eigen ist.

»Fußball«, seufzte Eve. »Die universelle Sprache.«

So saßen wir friedlich vor unserem Kaffee und sahen zu, wie die Welt an uns vorüberzog. Auf der anderen Straßenseite räkelten sich zwei Katzen – tigerartig gestreifte Exemplare mit scharfen gelben Augen und langen Beinen – im Schatten der Markise eines Friseurs. Ein paar Schritte entfernt lag eine große Hündin auf der Seite und säugte drei Welpen. Wenn die Leute aus dem Geschäft kamen, machten sie einen großen Schritt über sie hinweg, obwohl ich irgendwo gelesen hatte, dass Moslems keine Hunde mögen, weil sie als unrein gelten. Es war alles sehr locker: Ich spürte, wie ich mich immer mehr entspannte und die kleine, gut verborgene Isabelle in meinem Innern mehr und mehr zum Vorschein kam.

An diesem Abend wollten wir in einem kleinen Restaurant essen, das Miles bei seinem ersten Besuch hier entdeckt hatte, und stellten fest, dass außer uns noch mindestens drei andere Bergsteigerteams in unserem Hotel wohnten. Einige hatten bereits die Bar aufgesucht, denn das war der einzige Ort, an dem man Alkohol bekam, und waren ein wenig beschwipst. Kichernd und lärmend stolperten wir schließlich im Dunkeln eine schmale Gasse entlang, die auf beiden Seiten von alten Lehmhäusern gesäumt war. Der Eingang zum Restaurant war mit einer kunstvoll gearbeiteten Laterne erleuchtet und von

Hibiskus und Bougainvillea umrahmt. Auf der Mauer prangte eine riesige grinsende Sonne in bunten Primärfarben. Miles klopfte an die Tür, die wenige Augenblicke später von einem hochgewachsenen Mann geöffnet wurde. Er trug das blaue Gewand der Berber und einen roten Turban. Seine dunklen Augen funkelten, als er den Blick über uns schweifen ließ: ein Dutzend Ausländer in zerlöcherten Jeans und Fleecejacken, die nach Bier stanken, die Frauen mit schamlos offenem Haar. Ich fragte mich, was er von uns halten mochte. Wir waren laut, schmutzig und respektlos, allesamt Ungläubige, doch da umarmte er bereits Jez und Miles, die es irgendwie schafften, die ganze Gruppe einzubeziehen, und winkte uns alle herein.

»Mein Haus, euer Haus!«, erklärte er in holprigem Englisch, und wir stapften hinein, zogen pflichtschuldigst Stiefel und Sportschuhe aus und setzten uns auf Schemel und Kissen um mehrere niedrige runde Tischchen. Das Kerzenlicht flackerte über die Stuckdecken und glänzenden Brokatstoffe, während wir uns den Bauch mit würzigen Linsen und Fladenbrot vollschlugen, einer sensationellen Lamm-*tajine* mit Pflaumen und Mandeln oder köstlich duftendem Couscous mit Huhn und verschiedenen Gemüsesorten, das mit einer dunkelroten Sauce übergossen war. Wir schnappten ehrfürchtig nach Luft und bettelten um das Rezept.

Der Restaurantbesitzer legte den Finger an die Nase. »Das ist ein Familiengeheimnis«, erklärte er. »Es enthält über zwanzig verschiedene Gewürze. Wenn ich sage, wie es geht, habt ihr keinen Grund, wiederzukommen. Der Zauber wäre dahin. Aber ein bisschen Magie ist wichtig im Leben, nicht wahr?«

Damit sammelte er unsere leeren Teller ein und kehrte mit wallendem Gewand in seine Küche zurück.

Eve und ich sahen uns an und zogen die Brauen hoch. »Er hat was, oder?«

»Sehr beeindruckend«, nickte ich nachdenklich. Im Verhalten der Menschen, denen wir in den wenigen Stunden in diesem Land begegnet waren, lag etwas Eigenständiges, Selbstbewusstes und Lässiges, das auf jemanden wie mich, die an die übertrieben herablassende Art der Londoner Männer gewöhnt war, an eine Rivalität, hinter der sie tief sitzende Unsicherheit und Misstrauen gegenüber anderen verbargen, sehr anziehend wirkte.

»Macht euch keine Hoffnungen«, sagte Jez, der uns belustigt beobachtete, als wir uns den Hals verrenkten, um einen Blick in die Küche zu werfen. »Jemand ist euch zuvorgekommen. Wir haben seine Frau letztes Jahr kennen gelernt.«

Wie nicht anders zu erwarten, drehte sich das Gespräch ums Klettern und die Pläne für den nächsten Tag. Es war eine bunte Mischung, die sich da zusammengefunden hatte, sowohl vom Alter als auch von Fähigkeiten und Ambitionen her. Außer uns gab es noch drei Frauen, eine schon über fünfzig, die beiden anderen – Jess und Helen – jünger und sehr viel freizügiger gekleidet als angebracht, Jez, Miles und noch fünf weitere Männer: zwei mittleren Alters und drei junge Hitzköpfe, die damit protzten, welche neuen Routen sie hier erschließen würden. »Massenhaft unberührte Felswände«, sagte der Blonde. »Dutzende von Routen, die nur darauf warten, entdeckt zu werden.« Er sprach, als gehörte er zum Stoßtrupp einer Eroberungsarmee, die bereit ist, sämtliche Jungfrauen einer Stadt zu vergewaltigen.

Jetzt beugte sich Helen zu Jez herüber und klimperte mit den Wimpern. »Klingt alles ein bisschen hart hier. Das Klettern, meine ich. Jess und ich haben gerade überlegt, ob ihr beide uns morgen Früh mitnehmen würdet, als Führer sozusagen, weil ihr schon mal hier wart. Ihr könntet uns eine Art Einführung geben.« Dann gab sie zu, dass sie noch nie unter freiem Himmel geklettert war.

In Miles' Gesicht spiegelte sich blankes Entsetzen, doch Jez war netter. »Sorry, Girls, würden wir gern machen, aber morgen nehmen wir schon Eve und Iz mit. Ihr solltet es erst mal mit Bouldering in den Granitfelsen versuchen; es gibt sogar mehrere mit Griffen, an denen ihr üben könnt – technisch anspruchsvoll, aber ungefährlich.«

Helen warf mir einen typisch weiblichen Blick zu, der vor Eifersucht nur so sprühte. Ich zuckte die Achseln, nicht mein Bier, Schätzchen, Eve dagegen genoss jeden Augenblick. »Ja, wir haben uns den Löwenkopf vorgenommen«, sagte sie und legte Jez besitzergreifend die Hand auf den Schenkel. Ich sah, wie sein Gesicht erstarrte, während er versuchte, sich nichts anmerken zu lassen.

Irgendwer hatte dann doch Mitleid mit ihnen, ein alter Mann mit einem blassen, traurigen Gesicht und Brille, der mit seiner Frau – der mit dem kurzen grauen Haar – und seinem Schwager hier war. »Wir klettern morgen nur oberhalb von Oumsnat«, sagte er zu Helen. »Dort gibt es eine Einseillängenwand mit vielen Anfängerrouten, da könnt ihr gern mitkommen.«

Ich sah schon, dass Helen nicht kampflos aufgeben würde, doch zum Glück wurde unsere Unterhaltung von dem Restaurantbesitzer unterbrochen, der mit einem großen Tablett zurückkam, auf dem eine silberne Teekanne und ein Dutzend Gläser standen. Ihm folgte eine blonde Frau in Jeans und *djellaba*, die uns grinsend musterte und unsere Überraschung beim Anblick einer Europäerin hier in einer Berberküche sichtlich genoss. Er goss den Pfefferminztee aus übertriebener Höhe so schwungvoll in die verzierten kleinen Gläser, dass sich Schaum darin bildete. Dann bot sie uns diese zusammen mit ein paar wunderbaren Mandelkeksen an. Als sie zu mir kam, hielt sie inne und beugte sich vor.

»Wie schön! Hast du das hier gekauft?«

Ich hatte ganz vergessen, dass ich mein Amulett trug. Die Bergsteiger waren viel zu sehr mit ihrem Sport beschäftigt, als dass sie sich dafür interessiert hätten. Ich strich mit dem Finger über die Oberfläche, und plötzlich fühlte es sich warm an, als hätte es die Hitze der Kerzen und des Essens in den roten Steinen gespeichert.

»Äh, nein. Es war … ein Geschenk.«

»Weißt du mehr darüber?«

»Ein bisschen«, sagte ich vorsichtig.

»Ich finde, es sieht aus wie ein Moack«, grinste Jez. »Was meinst du, Miles?«

Miles verzog gleichgültig das Gesicht. »Wer klettert heute noch mit Moacks? Altes Schrottzeug.«

»Mein Dad hat mir seins geschenkt. Der beste Runner, den ich je hatte.«

Die Frau des Restaurantbesitzers grinste. »Ich glaube kaum, dass dieses Amulett aus Sheffield stammt«, sagte sie, seinen Akzent ganz richtig einordnend. »Es sieht aus, als käme es aus der Wüste oder wäre zumindest von den Arbeiten der Wüstenstämme beeinflusst. Tafraout liegt auf der uralten Handelsroute aus der Sahara nach Taroudant und zur Küste. Der Schmuck, der hier gefertigt wird, ist stark vom Süden geprägt.«

»Aus der Wüste? Bist du sicher?«

Sie lachte. »Sorry, nein, nicht wirklich. Ich bin keine Expertin. Aber du solltest mal ein bisschen herumfragen. Mhamid verkauft ganz ähnliche Ketten an seinem Stand im *souq*. Houcine auch. Du könntest sie fragen, wenn du mehr darüber wissen willst.«

In diesem Moment erschien ihr Mann hinter ihr und musterte mich mit seinen funkelnd schwarzen Augen. »Du musst mit Taïb sprechen. Meinem Cousin. Er kennt sich aus mit Antiquitäten, macht Geschäfte in Paris, aber im Moment macht er *vacances* in Tafraout. Ich kann ein Treffen arrangieren, wenn du willst.«

»Nein danke, das ist sehr nett, aber nicht nötig«, sagte ich verwirrt. Er zuckte die Achseln und schenkte weiter seinen Tee ein. Ich spürte, wie die Leute mich ansahen, spürte das *Gewicht* ihrer Blicke auf mir, sie zerrten an mir und an der Schnur. Ich nahm einen hastigen Schluck und schloss die Augen. Panik erhob sich wie eine schwarze Woge, schlimmer, als ich sie je bei einer Klettertour erlebt hatte, schlimmer noch als damals, als ich auf halbem Weg den Bubble Memory hinauf zwischen bröckligen Kalksteinplatten und unzuverlässigen Griffen feststeckte und mein einziger scheinbar intakter Runner seinen Geist aufgegeben hatte. Mir wurde erst heiß, dann kalt, und mein Herz schlug wie verrückt. Die Galle kam mir hoch. Ich schluckte sie wieder herunter und zwang mich, gleichmäßig zu atmen. *Verschwinde*, erklärte ich der Panik entschieden. Verzieh dich wieder in die verborgenen Winkel meines Hinterkopfs, wo ich alles aufbewahre, was nicht an die Öffentlichkeit gehört. Ich schloss die Hand um das Amulett und spürte es im Takt meines Pulses schlagen, von Sekunde zu Sekunde langsamer. Als ich die Augen wieder aufschlug, merkte ich, dass mich niemand beachtete, nicht einmal Eve. Sie am wenigsten: Sie hing an Jez' Lippen, ihr ganzer Körper strebte ihm entgegen, mit offenem Mund und dermaßen leidenschaftlich blitzenden Augen, dass ich den Blick abwenden musste. Es kam mir vor, als hätte ich sie nackt und schweißgebadet in flagranti überrascht. Ich war auf obskure Weise beschämt und abgestoßen, als wäre ich verantwortlich für sie. Rasch versteckte ich das Amulett unter dem Pullover und versuchte mühsam, mich wieder an der Unterhaltung zu beteiligen.

In dieser Nacht schlief ich schlecht und wurde mehrmals geweckt, entweder vom traurigen Heulen der Hunde oder dem Muezzin, der kurz vor Anbruch der Dämmerung zum Gebet rief. Ich lag in meinem schmalen Bett und horchte auf Eves gleichmäßigen Atem am anderen Ende des Zimmers. Traumfetzen flackerten quälend am Rand meines Bewusstseins auf, entglitten mir jedoch immer wieder, egal, wie angestrengt ich versuchte, sie zusammenzusetzen. In mir war das Gefühl einer vagen Bedrohung, als wäre etwas Grässliches knapp außerhalb meiner Sichtweite geschehen, etwas, das eine Bedeutung für mein Schicksal hatte: eine Warnung, eine Vorahnung.

ELF

Mariata saß im Fersensitz unter einem Palmendach etwas entfernt vom Lager und sah zu, wie die *enad* geschickt ein Stück Eisen über die Flamme hielt. Es war so heiß, dass es im Innern weiß zu glühen schien. Der Hammer hob und senkte sich in einem Rhythmus, der sie fast in den Schlaf wiegte. Der Prozess hatte etwas Ursprüngliches, das sie faszinierte, aber gleichzeitig abschreckte, wenn sie ehrlich war, und dasselbe galt auch für die *enad*. Obwohl sie seit vielen Wochen in ihrem neuen Zuhause lebte, und trotz der Tatsache, dass sie fast jeden Tag zur Schmiede kam, um sie bei der Arbeit zu beobachten, wusste sie immer noch nicht, was sie von dieser Person mit den großen Händen und den unleugbar weiblichen Brüsten, dem losen Schleier und der Männerkleidung halten sollte. Für eine Frau war es tabu, auf diese Weise Metall über dem Feuer zu bearbeiten, genauso tabu, wie herzukommen und ihr zuzusehen. Aber Tana war keine gewöhnliche Frau, und Mariata war es auch nicht. Irgendetwas an der *enad* und ihrem Handwerk berührte eine Saite in ihrem Innern. Sah sie in der Art, wie Tana Eisen und Silber formte, indem sie es mit kritischem Blick unermüdlich bearbeitete, über Mängel schimpfte und so lange auf das Metall einhämmerte, bis es sich ihrem Willen fügte, eine Parallele zu ihrer eigenen Arbeit als Dichterin? Oder war es so, dass sie sich mit dieser seltsamen Person identifizierte, die mit einem Fuß innerhalb und mit dem anderen außerhalb des Stammes stand? War es möglich, dass sie nach den langen Stunden an Amastans Seite das Bedürfnis empfand, die Nähe einer verwandten Seele zu suchen, die ebenfalls mit den Geistern kommunizierte und verstehen könnte, welche Anstrengung ihr eine solche Aufgabe abverlangte? Vielleicht glaubte sie auch, die eingesperrten Geister im Feuer der *enad* erlösen zu können. Auf alle Fälle erwies sich das Metall, das Tana im Moment bearbeitete, als besonders widerspenstig. Sie packte es mit ihrer feinen Zange und sah es mit zusammengekniffenen Augen an. Das Licht des Feuers warf einen roten Glanz auf die Flächen ihres entschlossenen Gesichts. Es war ein Schlüssel, etwa so groß wie die Spanne einer Hand, über die ganze Länge hinweg mit Ritzen und Aussparungen versehen. Wenn er fertig war, würde er in das kompliziert gearbeitete Schloss passen, das Tana am Tag zuvor gemacht hatte und das für die große Holztruhe bestimmt war, in der der Stammesanführer seine Schätze aufbewahrte. Jetzt hielt sie ihn vor ihre Augen und blinzelte Mariata durch den offenen Ring am Ende an, Symbol für die Welt. Auf der anderen Seite endete der Schlüssel in einer Sichel, die den grenzenlosen Himmel darstellte. »Hat er schon irgendetwas zu dir gesagt?«

Mariata spürte, wie sie errötete. Sie senkte den Blick auf die Münze, mit der sie gespielt hatte, eine aus einem Haufen von verschiedenen Silberstücken, die die Schmiedin beim nächsten entsprechenden Auftrag zu einem Schmuckstück verarbeiten würde. »Als ich ihm heute Morgen seinen Brei brachte, hat er gesprochen.« Sie verschwieg jedoch, dass diese ersten Worte, die er direkt an sie gerichtet hatte – denn die unkontrollierten Ausbrüche von Wut oder Angst, die sie gelegentlich mit einem Ausdruck in ihren Gedichten oder einer Geste auslöste und aus irgendeinem dunklen Winkel seiner Erinnerung zu kommen schienen, sie jedes Mal zu Tode erschreckten und in die Flucht jagten, konnte man nicht mitzählen –, von einer leichten Berührung ihres Handrückens begleitet gewesen waren, die sie wie ein Blitz bis ins Mark getroffen hatte.

Tanas ruhiges Gesicht zeigte keine Reaktion. »Bist du sicher, dass es Amastan war, der gesprochen hat, oder waren es die Geister in ihm?«

Wütend drehte Mariata die Münze um und konzentrierte sich darauf. Erst nach mehreren Sekunden ging ihr auf, dass das, was sie betrachtete, kein willkürliches Arrangement von Linien und Gravuren war, sondern ein Muster, eine Darstellung von Dingen, die in die Welt gehörten, aber nicht auf totes Metall. Bilder auf Teppichen und Tüchern waren etwas anderes. Stoffe stammten von lebenden Wesen, aus der Wolle von Schafen und Kamelen, oder der Baumwolle aus den Pflanzen, die am Fluss wuchsen. Bilder auf Metall hingegen, da stimmte etwas nicht. Sie drehte die Münze um, hielt sie gerade, drehte sie erneut um. Auf einer Seite sah man einen grimmigen Vogel mit zwei Köpfen und ausgebreiteten Schwingen, dessen ursprüngliches Gefieder sich auffächerte wie Finger, auf der anderen das Profil einer ziemlich dicken geschlechtslosen Gestalt. Ihr Kopf war mit einer Reihe seltsamer Symbole bekränzt, die sich um den Rand der Münze zogen. »Wer ist das?«, fragte sie und hielt die Münze in die Höhe. »Ist es ein Mann oder eine Frau?«

Tanas Augen verengten sich. »Ist das so wichtig?«

Mariata hatte noch nie die naturgetreue Darstellung eines Menschen oder einer anderen lebenden Kreatur gesehen. Anhänger der neuen Religion behaupteten, es sei ketzerisch und respektlos, Allahs Werk zu imitieren. Selbst die Symbole, die sie in ihre gewebten Teppiche einarbeiteten, waren übermäßig stilisiert: Dreiecke standen für Kamele, Diamanten für Vieh, gestrichelte Linien für Frösche und die wiederum für Fruchtbarkeit. Sie hatte gewiss noch nie etwas so detailliert wiedergegeben gesehen, dass man die Locken im Haar oder den Fall einer Robe über die Schulter erkennen konnte. Aufmerksam musterte sie die Silbermünze. Die Zeichen rings um die Kante hatten nichts mit Tifinagh zu tun, trotzdem war sie überzeugt, dass sie eine Art Sprache darstellten. Woher sie das wusste, hätte sie nicht zu sagen vermocht; es war kaum mehr als ein Anflug von Wiedererkennen. »Vielleicht. Ich war neugierig. Ich wollte es einfach wissen.«

Das Lächeln der *enad* wurde breiter, obgleich ihre Augen kühl blieben. »Alle wollen das wissen. ›Ist es ein Mann oder eine Frau?‹ Das ist die Frage, die ich immer wieder spüre; sie lauert auf ihrer Zunge wie eine Biene, die vor lauter Wichtigkeit summt. Wie können wir das wissen? Sollen wir des Nachts in ihr Zelt kriechen und sie beim Entkleiden beobachten, um zu sehen, welche Organe sie besitzt? Sollen wir sie in der Menge anrempeln, sie durch die Gewänder betasten und so tun, als hätten wir sie nur zufällig gestreift?«

Mariata war bestürzt. »Das tut mir leid, so etwas habe ich nicht gemeint. Ich wollte nur wissen, warum ein Mensch auf dieser Münze abgebildet ist und wer es sein könnte.«

»Die Münze ist ein Taler, und der Name der abgebildeten Frau Maria Theresia. Sie war eine große Königin. Die Münze wurde während ihrer Herrschaft im achtzehnten Jahrhundert der christlichen Zeitrechnung geprägt.«

»Ich habe noch nie von ihr gehört.«

Tana lachte, ihre schweren silbernen Ohrringe schaukelten hin und her und blitzten im Licht des Feuers. »Ah, das Kind aus Tin Hinans Geschlecht glaubt also, es gäbe nur eine große Königin, wie? Es ist dir vielleicht neu, Mariata aus dem Hoggar, aber es gibt viele Königinnen auf der Welt und viele Länder abgesehen von denen, die du kennst. Sie war eine Königin – mehr als eine Königin: eine Kaiserin – ja, Kaiserin des Heiligen Römischen Reiches Deutscher Nation, Königin von Ungarn, Böhmen, Kroatien und Slawonien, Erzherzogin von Österreich, Herzogin von Parma und Piacenza, Großherzogin der Toskana, Mutter von Marie Antoinette, der Gemahlin des französischen Königs Ludwig XVI., die von ihrem eigenen Volk enthauptet wurde.«

Von all diesen Ländern kannte Mariata nur Frankreich. Die fremden Namen sagten ihr nichts; beim letzten Detail aber warf sie Tana einen entsetzten Blick zu. »Man hat ihr den Kopf abgeschlagen?«

»Mit einer Guillotine: einem großen scharfen Messer, das man mithilfe von Seilen blitzschnell herablassen kann.« Tanas Hand sauste so schwer nieder, dass Mariata vor Schreck zusammenfuhr.

Ob man sehen konnte, wo der Kopf abgetrennt worden war? Sie starrte erneut auf die Münze: War da etwa eine schwache Linie zu erkennen? »Doch wenn Körper und Seele im Tod getrennt werden, findet die Seele niemals Ruhe. Die Kel Asuf fangen sie und machen sie zu einer der ihren, eine aus dem Volk der Wildnis.« Ein schlimmeres Schicksal gab es nicht auf der Welt. Mariata schauderte allein bei der Vorstellung, dass der Tochter einer Königin ein so grausiges Ende beschieden sein konnte. Fast hätte sie die kalte Klinge in ihrem eigenen Genick gespürt …

»Das waren grausame Menschen.« Tana legte den Kopf schief und sann darüber nach. »Die Welt ist voller grausamer Menschen, und darüber sind die Kel Asuf sehr zufrieden.«

»Woher weißt du das alles?«

»Glaubst du etwa, ich hätte mein ganzes Leben hier verbracht? Ich bin weit herumgekommen, weiter, als du dir vorstellen kannst.«

»Ich glaubte, hier wäre deine Heimat?«

»Die *inadan* waren immer unterwegs. Wir sind die Nachrichtenbringer und Boten der Kel Tamaschek, aber auch Schmiede und Handwerker. Wir bewahren das Wissen der Stämme, und wir wissen Dinge, die sie nicht einmal selbst wissen wollen.«

Mariata hatte keine Ahnung, was sie von dieser letzten Erklärung halten sollte, und fragte stattdessen: »Dann kennst du auch die Salzstraße?«

Tana griff nach einer Feile und fuhr damit über ein Stück raue Kante des Schlüssels. »Sowohl aus eigener Erfahrung als auch im übertragenen Sinne.« Sie verzog den Mund zu einem schiefen Grinsen. »Mein Vater war ein Wanderschmied, der häufig Karawanen begleitete, und meine Mutter eine Sklavin aus seinem Stamm. Zu Anfang behandelten sie mich wie einen Jungen. Vielleicht kannten sie mein Geheimnis nicht einmal. Meine Mutter hielt mich stets verhüllt und bezeichnete mich als ihren Sohn. Wer würde das Wort einer Mutter anzweifeln? Ich lernte mein Handwerk von meinem Vater und ging auch mit ihm auf Wanderschaft. Mit der *azalay* habe ich den Djouf überquert, Salz aus Tawdenni zum Adagh und zum Aïr und sogar in deine Heimat im Hoggar gebracht. Dann aber setzte die Menstruation ein, und meine Brüste entwickelten sich.«

Mariata beugte sich vor und hörte fasziniert zu. »Und was hast du gemacht?«

»Anfangs habe ich mir alte Lumpen zwischen die Beine gebunden und nur gepinkelt, wenn ich unbeobachtet war. Ich habe niemanden meinen Körper sehen lassen. Das war nicht schwer. In der Wüste wäscht oder entkleidet man sich nicht. Aber dann habe ich mich in ein Mitglied der Karawane verliebt.«

»Hast du es ihm gesagt?«

Die Feile raspelte und raspelte. »Was, dass ich ihn liebte? Oder dass ich ›nicht wie andere Männer war‹?« Sie hielt inne. »Oder auch wie andere Frauen, wenn wir schon dabei sind. Nein, keins von beiden, obwohl ich ihn dermaßen anhimmelte, dass er mir abends aus dem Weg ging. Während dieser langen Reise glaubte ich, an der Liebe zu sterben, nicht an Hitze oder Durst, obgleich die Sonne auf mich niederbrannte wie Feuer und wir nie genügend Wasser hatten. Wenn er mit den anderen Männern lachte und verstummte, als ich vorbeiging, weinte ich innerlich. Dann kamen wir in sein Dorf, und er erklärte, dass er seine Cousine heiraten würde. Ich ging hinaus in die Wüste, streckte mich im Sand aus und bat Allah, mir den Tod zu schicken. *Baghi n'mout*, sagte ich. Ich bin bereit: Meine Stunde ist gekommen. Doch Allah wollte mich nicht, und so bin ich immer noch hier und auf meine Art glücklich. Ich habe meinen Platz in der Welt akzeptiert und auch, dass ich niemals verheiratet sein werde. Trotzdem sollst du wissen, dass ich weiß, was es heißt, einen Mann zu lieben.«

Mariata kam sich vor wie eine der bunten Glasscherben, die Tana in ihre Werke einarbeitete: vollkommen durchsichtig vor ihrem scharfen Auge. Ihr Herz begann sehr schnell zu schlagen, sie spürte ihren Puls um die Münze, die sie immer noch fest umklammerte.

Tana legte Feile und Schlüssel zu Boden. »Eine so flammende Liebe ist niemals gut, mein Kind. Die Wüste liegt außerhalb von dir: Warum willst du sie in dich hineinholen?«

»Er braucht jemanden, der ihn liebt«, sagte Mariata mit abgewandtem Blick.

»Seine Mutter liebt ihn mehr als jeder andere«, gab Tana streng zurück.

»Sie hat die Tamesna durchquert, um mich zu finden, weil sie glaubte, dass ich ihm helfen kann. Ich muss ihm helfen, ich muss! Und es wird ihm besser gehen, das weiß ich.«

»Du bist noch jung, und die Jugend hört nicht auf die Alten, insbesondere, wenn es um Herzensangelegenheiten geht.« Tana schüttelte den Kopf. »Bestimmt hast du die Gerüchte gehört. Nun, ich bin kein großer Freund davon; der Himmel weiß, wie oft ich selbst in meinem langen Leben zum Gegenstand von Gerüchten geworden bin. Trotzdem will ich dir sagen, dass du dich vor Amastan hüten musst, mein Kind. Er trägt den Hauch des Todes in sich. Er riecht nicht wie ein glücklicher Mensch oder einer, der seinen Nächsten Glück bringt.«

Mariata sträubten sich die Haare.

»Frag dich mal, warum die Geister ihn verfolgen«, fuhr die *enad* fort. »Quälen sie ihn wegen des Lebens, das er vielleicht anderen genommen hat, oder dem, das er ihnen noch nehmen wird?«

Mariata starrte sie betroffen an. Sie konnte nicht glauben, dass er ein Mörder sein sollte; das war einfach nicht möglich. »Er ist von Geistern besessen, das stimmt. Sie dringen in seine Träume ein. Aber das ist nicht seine Schuld«, sagte sie entschieden. »Sie versammeln sich um das Ding in seiner rechten Hand.«

»Hast du gesehen, was es ist?«

»Ein Amulett. Mit getrocknetem Blut befleckt.«

Die *enad* zischte leise durch die Zähne. Oder war es nur ein plötzliches Aufflammen des Feuers gewesen? Dann sagte sie: »Als er herkam, schlug er ganz nach seinem Vater, seine Zunge war so scharf wie die einer Viper, und er hatte eine Menge Wut in sich. Manchmal ist es schwer, seinen ersten Eindruck von jemandem abzuschütteln.« Sie rappelte sich auf und ging hinüber zu der Schmiede. »Aber ich hätte ihm helfen sollen, als er mit dem Amulett zu mir kam. Alles im Leben hat Konsequenzen; manchmal verfolgt es einen noch sehr viel später.«

Aus einem schlichten Lederkasten nahm Tana einen kleinen Beutel an einer schwarzen Schnur und legte ihn Mariata um den Hals. Er roch unangenehm und muffig, und als sie sich den Hals verrenkte, um ihn zu begutachten, glaubte sie in seinem Innern so etwas wie eine Hühnerkralle zu erkennen, abgesehen von allerlei anderen, weniger identifizierbaren Dingen.

»Dieses *gris-gris* wird dich vor dem beschützen, was wir versuchen wollen«, erklärte Tana. »Aber ich vertraue darauf, dass du niemandem erzählst, was du heute sehen wirst. Es ist schon schwer genug, ein *enad* zu sein, der nicht ganz ein Mann ist, da will ich mir nicht obendrein noch den Vorwurf einer Zauberin aufladen.«

Mariata riss die Augen auf. »Du bist eine Zauberin?«

»Nicht wirklich, mein Kind, nein. Ich kann Dinge vorhersehen; hin und wieder unterhalte ich mich mit den Geistern. Doch es gibt einige in diesem Stamm, die nach einem

Grund suchen könnten, mich zu vertreiben, obwohl ich nur ein schwaches Geschöpf bin.«

Die hochgewachsene Gestalt kam Mariata beim besten Willen nicht gerade schwach vor. Ihre Arme, die Hände und ihre ganze Figur waren vom Schwingen des Hammers gestählt, und die feurigen goldbraunen Augen hoben sich hell von der kohlschwarzen Haut ab.

»Komm, gehen wir deinen Amastan besuchen, und ich sehe zu, was ich tun kann.«

Als Amastan sie kommen sah, schlug er seinen Schleier vor das Gesicht und drückte sich gegen die Wand seiner Unterkunft. Mariata kam er vor wie ein Hund, der sich vor Schlägen fürchtet. Während sie näher kamen, wandte er den Blick nicht von Tanas Gesicht ab.

»Amastan ag Moussa. Es ist Zeit, das Amulett aufzugeben.« Damit ging die Schmiedin direkt auf ihn zu und streckte gebieterisch die Hand aus.

Amastans Augen weiteten sich dermaßen, dass man das Weiße um die dunklen Pupillen sah. Dann presste er die Hand an die Brust und hielt gleichzeitig mit der linken Hand den Schleier vor das Gesicht wie einen Schild, mit dem er sich schützte. So verharrten beide reglos einige Sekunden lang. Dann stimmte Tana einen Gesang in einer Sprache an, die Mariata nicht verstand, obgleich sie Amastans Name immer wieder zwischen den ungewohnten Worten des Singsangs erkannte. Schließlich zog Tana ein Stück Silber an einer langen Schnur unter ihrem Gewand hervor und schwang es vor ihm hin und her. Mariata sah, wie sein Blick von einer Seite zur anderen schweifte, gefangen in der Bewegung des Pendels.

Das ging so lange, dass Mariata ganz schwindlig wurde. Schließlich hörte sie, wie der melodische Gesang abrupt abbrach und Tana laut und vernehmlich sagte: »Es ist das Amulett, das dich gefangen hält, Amastan ag Moussa. Du musst nur loslassen. Die Geister im Innern müssen befreit werden. Es ist für sie genauso grausam wie für dich, sie auf diese Weise gefangen zu halten. Ich werde dich nicht bitten, das Amulett mir zu überlassen, denn ich weiß, dass du mich fürchtest, so wie die Geister, die du beschützt. Aber vielleicht willst du es jemandem geben, dessen Herz offen für dich ist.« Damit winkte sie Mariata näher. »Gib das Amulett auf, Amastan ag Moussa. Gib es Mariata ult Yemma, einer Tochter aus dem Geschlecht Tin Hinans. Leg das Amulett in ihre Hand. Na los.«

Mehrere Herzschläge lang war die Luft zwischen ihnen still und schwer. Dann öffnete Amastan wie im Traum die Finger der rechten Hand und streckte ihr den Talisman entgegen.

Ohne die Bewegung des Pendels zu ändern oder den Blick von ihm abzuwenden, sagte Tana leise: »Nimm es, Mariata. Nimm es ihm ab, na los, mach schon. Die bösen Geister können dir nichts anhaben, das verspreche ich dir, aber nur du kannst es tun. Zwischen euch beiden besteht ein Band des Vertrauens.«

Mariata zögerte. Was, wenn die Geister aus dem Amulett ausbrachen und in sie fuhren? Würden sie ihr ein Leben lang zusetzen? Würde sie verrückt werden, eine Ausgestoßene sein, dazu verdammt, außerhalb der Gesellschaft zu leben, in einem schäbigen Unterstand wie diesem, wie ein räudiger Hund? Sie schüttelte diese Gedanken ab: Es lag in ihrer Hand, Amastan zu retten. Tana hatte es gesagt, und trotz ihrer eigentümlichen Art glaubte sie ihr, wenn sie sagte, dass es so war. Sie ging vor ihm in die Hocke und griff nach dem Amulett. Es hing an einer langen Schnur mit glänzenden schwarzen Perlen. Einen Augenblick lang spürte sie, wie es in ihrer Hand pulsierte, als übertrüge es die Macht, die es enthielt, von Amastan auf sie; dann brach die Verbindung ab.

Amastans entrückter Blick glitt von Tanas Pendel zu Mariata. Sie sah, wie er die Stirn runzelte und auf seine leere Hand blickte, wo der Abdruck des Amuletts noch tief eingegraben war. Das Stirnrunzeln verstärkte sich. Dann hob er den Kopf wieder und richtete seinen Blick auf Mariata, ohne Tana zu beachten. Er senkte den Kopf, bis die junge Frau Tanas Sicht versperrte, nahm die andere Hand vom Gesicht und ließ den Schleier fallen. Mariata starrte ihn an. Zum zweiten Mal in ihrem Leben sah sie das nackte Gesicht eines erwachsenen Mannes, doch Amastans Geste offenbarte seine Verletzlichkeit und war ein Geschenk an sie, ganz anders als Rhossis arroganter Tabubruch. Auch sonst hatte er keine große Ähnlichkeit mit seinem Cousin: Seine Züge waren feiner, und die Wangen über dem Stoppelbart schimmerten mattblau. Er war ein Mann, der weit herumgekommen war, den Wüstenwinden ausgesetzt. Das pudrige Indigoblau des *tagelmust*, der ihn schützte, hatte seine Haut verfärbt. Er senkte den Kopf, fuhr sich mit der Hand über die ungewohnten Bartstoppeln und zog langsam und bedächtig den Schleier wieder um sein Gesicht. »Würdest du meine Mutter bitten, mir mein Rasierzeug und eine Schale mit Wasser zu bringen, damit ich sehen kann, wer ich jetzt bin?«, sagte er nach einer Weile. »Du kannst ihr versprechen, dass ich das Messer nicht dazu verwenden werde, mir den Hals aufzuschlitzen.«

An diesem Tag kehrte Amastan zu seinem Stamm zurück, obwohl er meistens für sich blieb und nur wenige Worte mit den anderen Männern wechselte. Anfänglich gingen die Leute ihm aus dem Weg und warfen ihm schiefe Blicke zu, wenn sie glaubten, er sähe es nicht. Seine Mutter behandelte ihn wie einen genesenden Kranken, brachte ihm besonderes Essen und hob ihre Fleischration für ihn auf. Sie war sehr zufrieden mit Mariata, der sie Amastans wundersame Heilung zuschrieb. Mariata selbst wusste nicht, was sie sagen sollte; sie konnte Rahma nicht einmal erzählen, was Tana getan hatte – denn sie hatte nicht wirklich verstanden, ob sie eine seltsame Magie benutzt hatte, die Geister von selbst verschwunden waren, Amastan wieder zu Verstand gekommen war, weil er das Amulett aufgegeben hatte oder er einfach aus irgendeinem Grund von sich aus beschlossen hatte, die beunruhigend lange Phase der Verzweiflung zu beenden. Und so lächelte sie nur und sagte, wie froh sie darüber sei, dass es Amastan wieder gut ging und sie dazu hatte beitragen können.

»Du kannst so lange bei uns bleiben, wie du willst«, sagte Rahma, als hätte Mariata die Wahl. »Ich betrachte dich als meine eigene Tochter.«

»Das ist sehr großzügig«, bedankte sich Mariata, doch sie konnte der alten Frau nicht in die Augen sehen, weil sie nun wusste, dass ihr nicht daran lag, Amastans Schwester zu werden. Unter ihrem Gewand trug sie das vom Blut rein gewaschene Amulett auf der Haut.

ZWÖLF

Die albtraumhaften Fetzen, die meinen Schlaf in der ersten Nacht in Tafraout gestört hatten, verfolgten mich auch auf dem zweistündigen Marsch durch das spektakuläre felsige Terrain zum Fuß des Löwenkopfs. Während der nächsten vier Stunden, in denen wir in zwei Teams – Miles und ich, gefolgt von Jez und Eve – Stück für Stück die dreihundert Meter der Route hinaufkletterten, bewegte ich mich vorsichtiger als sonst. Die ganze Zeit über ließen mich die verstörenden Bilder nicht los. Ich setzte die Füße übertrieben vorsichtig, überprüfte gewissenhaft jeden Griff, bevor ich mein Gewicht verlagerte, sicherte jeden Standpunkt vorschriftsmäßig ab und überprüfte Knoten und Gurtschnallen mit geradezu neurotischer Pingeligkeit. Natürlich trieb ich den ungeduldigen Miles damit zur Weißglut. Es wurde schnell deutlich, dass er lieber mit Jez allein geklettert wäre, schnell und alpin. Dabei hatte er noch Glück: Zumindest leistete ich meinen Beitrag, wechselte mich beim Vorsteigen mit ihm ab und erledigte meine Pflichten einigermaßen zuverlässig. Eve, die Langsamste und Unerfahrenste von uns, konnte nicht ein einziges Mal die Führung übernehmen, was zur Folge hatte, dass Jez in allen Etappen die Verantwortung trug. Dazu gehörte das nervtötende Einholen der Seile auf dem Standplatz, die sich unweigerlich verhedderten, was weitere Verzögerungen mit sich brachte. Miles hatte schon die letzten beiden Etappen über leise vor sich hin geflucht, obwohl die Sonne herrlich war und die Kletterpartie größtenteils glatt und sogar elegant verlief. Doch als wir den schwierigsten Quergang unter einem breiten unbesteigbaren

Vorsprung erreichten, eine lange, quer verlaufende Trasse aus lockerem Gestein, dessen Oberfläche aufgrund der Hitze und Kälte, denen es ausgesetzt war, in dünnen Schichten absplitterte, hangelte er sich im Eiltempo seitlich daran entlang, ohne anzuhalten und mich abzusichern, damit ich folgen konnte. Wütend ließ ich das Seil immer weiter abrollen. Lange Quergänge wie diese sind gleichermaßen gefährlich für den Vor- wie für den Nachsteiger. Stürzt man an einem vertikalen Hang, hat man das Seil immer über sich, sodass man schlimmstenfalls ein paar Meter fällt; an einem Querhang jedoch pendelt man von der Stelle des Absturzes bis zu dem Punkt, an dem der Vorsteiger seinen Standpunkt gewählt hat, und von da, wo ich stand, war das jetzt gute zwanzig Meter entfernt. Ohne es verhindern zu können, warf ich einen Blick nach unten, was ich normalerweise ohne große Angst tun kann, und sah, dass die Traverse tief unterhöhlt war und ich eine gähnende Leere unter mir hätte, während ich sie passierte, einen Abgrund von mehreren hundert Metern. Jedenfalls vermutete ich das; die genauen Dimensionen waren unmöglich einzuschätzen. Alles, was ich da unten erkennen konnte, waren die winzigen grünen Punkte der Bäume vor dem orange-rosa Gestein und ein paar schwarze Pünktchen darunter, wie Ameisen, wahrscheinlich Ziegen. Ich sah mich um, doch Miles war bereits außer Sichtweite. Mittlerweile hatte er den Vorsprung über uns erklommen, und das Seil hing jetzt still. Ich schaute nach links. Weit unter mir konnte ich das blaue Stirnband von Jez erkennen, das hin und her tanzte, als er sich den Hang emporkämpfte. Von Eve konnte ich wegen der Krümmung der Wand nichts sehen. Die Versuchung, zu warten, bis Jez es zu meinem kleinen Vorsprung geschafft hatte, wurde immer größer. Ich fand es kalt, dunkel und einsam im Schatten des Überhangs, es war nervenaufreibend, selbst unter besten Bedingungen, und erst recht, wenn man wusste, was vor einem lag. Aber nach ein paar Minuten ruckten die Seile drei Mal: das Zeichen, dass Miles einen sicheren Platz gefunden und seinen Ankerpunkt installiert hatte. Ich nahm die Vorsteigerseile aus der Acht und sah, wie sie sich über den Felsvorsprung ringelten, bis sie gespannt waren und an meinem Gurt zogen. *Ruck ruck ruck*. Das nächste Signal: dass er mich gesichert hatte. Mit zitternden Händen entfernte ich den Karabiner, mit dem ich unseren Standpunkt gesichert hatte, und zog meinerseits an dem Seil. *Ich bin bereit*. Dann berührte ich das Amulett, das ich als Glücksbringer an der Rückseite meines Klettergurts befestigt hatte, und betrat den Quergang. Schon bei den ersten beiden Bewegungen fühlte ich mich extrem gefährdet. Ich war jetzt die gesamte Seillänge von ihm entfernt: Eine falsche Bewegung, und ich würde über die Wand des Berges pendeln, ein Sturz, bei dem ich bestenfalls mit Schrammen an Gesicht und Händen davonkäme und schlimmstenfalls Miles mit in den Abgrund risse. Das Zittern in meinen Händen ging auf die Muskeln in den Unterarmen und dann auch auf die Schenkel und Knie über. Ich balancierte auf einem zentimeterbreiten brüchigen Felsen, ohne jeden Halt, beide Hände an den Quarzit gepresst. Riskant, gelinde gesagt. *Reiß dich zusammen, Izzy*, sagte ich mir entschlossen. *Reiß dich verdammt noch mal zusammen. Du hängst an einem Seil und wirst nicht sterben.*

Aber vielleicht doch …

Ich machte eine weitere Seitwärtsbewegung, dicht an die Wand gepresst. Immer noch keine anständigen Griffe. Noch ein Schritt, ich klemmte den Zeh in einen Spalt. Ein winziges Stück Stein löste sich unter dem Druck und hüpfte den Fels hinab. Ich hörte es aufprallen, *klick klick klick*, und dann nichts mehr, als es in den Abgrund stürzte. Das Zittern verstärkte sich.

Du sollst dich zusammenreißen, Izzy; es ist doch bloß ein 5A.

Ich blickte hinab, platzierte den linken Fuß, so gut es ging, tastete mit dem rechten weiter und streckte mich nach rechts. Tja, da war nichts, oder nicht viel. Aber nicht viel musste genügen. Mein ganzer Körper zitterte vor Entschlossenheit, als ich mich darauf vorbereitete, das Gewicht zu verlagern. Dann sah ich die Seile. Eine große Schlaufe baumelte zwischen mir und meinem unsichtbaren Vorsteiger: Miles, der sich langweilte und ärgerlich war, holte sie nicht so schnell ein, wie er sollte. Ich rief »Mach zu!« nach oben, doch das Wort fiel wie zuvor der Stein einfach ins Leere. Ein zu straff gespanntes Seil würde mich ohnehin nur aus dem Gleichgewicht bringen, sagte ich mir. Scheiß drauf. Ich holte tief Luft, um mich zu beruhigen, und verlagerte mein Gewicht nach rechts …

Ein ziegelsteingroßes Stück Quarzit löste sich unter dem Fuß, und schon flog ich, taumelte wieder und wieder gegen die Wand, zu schnell, um zu schreien oder auch nur den Schmerz zu registrieren, als ich mit dem Knöchel hier, der Wange dort, Nase, Hüfte, Knie und Stirn hart aufprallte, und wieder der Knöchel … Ein körperloser Schrei erklang, scharf und halluzinatorisch, von irgendwo weit unter mir – oder kam er aus meinem eigenen Kopf? Ich hätte es nicht sagen können. Ich erwartete den freien Fall in die Tiefe, während die Felswand an mir vorbeiglitt, doch dann endete der Sturz mit einem Ruck, der mir beinahe die Hüfte herausgerissen hätte. Ich hing seitlich in den Seilen und sah am Berg hinab. Wie seltsam. Hätten die Seile mich gehalten, müsste ich entweder die Felswand vor der Nase haben oder den Horizont, aber keinesfalls in dieser seltsamen Position seitlich herunterhängen. Ich schaute nach oben. Die beiden Seile, grellrosa und blau, lagen schlaff auf dem dunkelroten Quarzit, unbewegt von meinem Schicksal. Ich hatte Angst, mich zu bewegen, und wagte kaum zu atmen. Es waren also nicht die Seile, die mich hielten, sondern mein Gurt. Vielleicht hatte sich eine der Materialschlaufen an einem Zacken im Felsen verhakt. Erneut flammte Panik auf: Materialschlaufen sind nicht dafür gemacht, einen plötzlichen Ruck abzufangen. Jeden Moment würde das, was mich hielt, abbrechen, ich würde die Wand hinabstürzen, und das war's dann.

Langsam drehte ich den Kopf, um zu sehen, was mich abgestoppt hatte. Meine Sicht war verschwommen, in meinem Schädel hallten noch die Stöße wider, die er abbekommen hatte. Ein paar benommene Sekunden lang traute ich meinen Augen nicht. Es war unmöglich, es war nicht zu glauben, aber es sah so aus, als hätte sich das Amulett in einer Ritze verfangen, und ich hing jetzt an seinem kleinen Lederband, das ich mit einem Minikarabiner an der Materialschlaufe befestigt hatte. Ungläubig starrte ich auf diese unvorstellbare Mischung von Ursache, Wirkung und schierem, unheimlichem Glück. Dann verrenkte ich mich krampfhaft, um Hände und Füße wieder auf die Wand zu bringen und diesen fragilen Berührungspunkt von meinem Gewicht zu entlasten. Ein anständiger Vorsprung für die Füße, ein Griff. Gott sei Dank! Und gerade als ich aufatmete, riss das Lederband, an dem das Amulett befestigt war. Ich lehnte die Stirn an den Felsen, mein Herz raste dermaßen, dass es sich anfühlte, als wollte es mich aus meinem gefährlichen Halt am Berg herauskatapultieren.

Die Gefahr brachte meinen außer Rand und Band geratenen Verstand wieder zur Ruhe. Rasch fummelte ich eine Acht in einen Felsspalt, führte eine Schlinge durch meine Materialschlaufe und wieder zurück, klemmte sie fest und verschloss den Karabiner. Das verschaffte mir den Mut, erneut das Amulett zu betrachten. Da war es, an der breitesten Stelle im Felsen verkeilt, die Sonne spiegelte sich in seinem Silber. Es sah geradezu zufrieden aus, so, als wäre es nur für diesen Augenblick bestimmt gewesen. Doch die Wucht des Sturzes hatte es verformt, es war verbogen und verbeult. Wahrscheinlich würde ich es nie mehr herauskriegen und es als Opfergabe zurücklassen müssen, als Dankeschön an den Löwenkopf, der wieder einmal einer Frau seinen legendären Schutz hatte angedeihen lassen. Aber als ich den Arm ausstreckte und zum Abschied mit den Fingern über die äußere Kante strich, löste es sich und fiel mir in die Hand.

Zitternd steckte ich es in eine Tasche meiner Kletterhose

und zog sorgfältig den Reißverschluss zu. Dann verdrängte ich entschlossen meine Furcht, entfernte das Sicherungsgerät und kletterte zu Miles hinauf. Mein Herz flatterte wie das eines gefangenen Vogels. Aufwärtszuklettern war viel leichter als seitwärts, obwohl Teile meines Körpers vor Schmerz brannten. Als ich über dem Felsvorsprung auftauchte, wo er seinen Standpunkt hatte, war er immer noch dabei, das Seil einzuholen. »Nur die Ruhe«, sagte er, »ich komme ja kaum nach.« Schnaufend und keuchend klemmte er mich ein und sah mich dann zum ersten Mal von oben bis unten an.

»Liebe Güte, was ist denn mit dir passiert?«

Ich legte eine Hand aufs Gesicht und fühlte Blut. Plötzlich bemerkte ich, dass mein Körper überall heftig schmerzte.

»Ahh ...« Ich brachte kein Wort heraus. Ich senkte den Blick, mein Kopf pulsierte vor Anstrengung. Blut sickerte am Knie durch den Stoff der Hose, doch ich wusste instinktiv, dass dies nicht meine schlimmste Wunde war, obwohl die Kniescheibe höllisch wehtat. Jetzt, da der Adrenalinstoß vom Sturz und der verzweifelten Anstrengung, die Sicherheit des Standplatzes zu erreichen, nachließ, spürte ich einen dumpfen, Unheil verkündenden Schmerz im linken Fußgelenk. Vorsichtig zog ich das Hosenbein hoch, um den Schaden zu untersuchen. Das Gelenk war geschwollen, das Fleisch wölbte sich auf groteske Art über den Rand des Kletterschuhs. Plötzlich merkte ich, dass es mein Gewicht nicht mehr tragen konnte, und hatte das Gefühl, mich übergeben zu müssen.

Jetzt sah Miles mich entsetzt an. »Meine Güte, was hast du gemacht? Wie zum Teufel bist du so den Hang hochgeklettert? Kannst du es bewegen?« Er starrte auf das verletzte Gelenk, machte jedoch keinerlei Anstrengung, es genauer unter die Lupe zu nehmen. Stattdessen sah ich, wie sein Blick am Berg hinab über die lange zerklüftete Fläche der Wand unter uns schweifte, und wusste, dass er sich im Geiste bereits die Schwierigkeiten des Abstiegs mit einer verletzten Frau im

Schlepptau ausmalte. Dann fuhr er sich mit der Hand über das Gesicht, eine eindeutige Geste. *So* habe ich mir das nicht vorgestellt, besagte sie.

»Ich werde es verbinden«, sagte ich rasch. Ich war sauer auf mich selbst, ich hätte mich von Anfang an nicht auf diese lächerliche Situation einlassen, mich in die Hand eines Fremden begeben dürfen. »Ich verbinde es und ziehe die Wanderstiefel an, um es zu stützen.«

Miles zupfte an seiner Unterlippe. »Weiß nicht, ob das eine gute Idee ist.« Er schien komplett hilflos. Dann überprüfte er nochmals seine Haken und stieg über eine Felsplatte bis zu einer Stelle, von der er sehen konnte, wie weit das andere Team gekommen war. Da, wo er von Anfang an einen Standplatz hätte installieren sollen, dachte ich wütend, um seinen Partner im Auge behalten zu können. Doch Vorwürfe brachten nichts; ich war selbst schuld an meinem Sturz – ich hatte nicht geprüft, wie sicher mein Stand war, bevor ich das Gewicht verlagerte, obwohl ich bis zu diesem schicksalhaften Augenblick so vorsichtig gewesen war. Beim Klettern lernt man schnell, die Verantwortung für seine eigenen Fehler zu übernehmen und mit den Konsequenzen zu leben. Das war eins der Dinge, die mir beim Sport am meisten gefielen: Ursache und Wirkung waren klar definiert, so wie das Leben es auch hätte sein sollen, aber selten war.

Miles kam zurück und wirkte erleichtert. »Jez wird in ein paar Minuten hier sein.« Dann setzte er sich, mit gesenktem Kopf, um jeden Blickkontakt zu vermeiden, und begann, seine Ausrüstung neu aufzuwickeln. Kein weiteres Wort fiel zwischen uns.

Die Zeit verging bleiern. Etwa eine Viertelstunde später lugte Jez' Kopf mit dem blauen Stirnband über den Felsvorsprung. Er grinste von einem Ohr zum anderen, offensichtlich genoss er das Brennen der marokkanischen Sonne auf dem Rücken, die Berührung des warmen Steins, den leeren Abgrund unter den Füßen und seine eigene Wendigkeit. Doch als er sah, in welchem Zustand ich mich befand, verging ihm das Lachen. »Verdammt, Izzy, was hast du denn angestellt?«

Ich wartete, bis er es sich auf dem Standplatz bequem gemacht hatte, bevor ich ihm eine sorgfältig geschönte Version der Ereignisse lieferte. Es hatte keinen Zweck, Miles' unzureichende Sicherung, seine Ungeduld oder die fehlende Kommunikation zwischen uns zu erwähnen. Jez nahm das Stirnband ab, befeuchtete es mit Wasser aus seiner Flasche und beugte sich vor, um mein Gesicht zu säubern. Ich schob seine Hand weg, nahm ihm das Tuch ab und tupfte damit über meine Nase.

»Nichts gebrochen?«

Ich schüttelte den Kopf.

»Es ist das Fußgelenk«, sagte Miles ausdruckslos und starrte weiter über die Landschaft. Wären wir auf dem Everest, dachte ich bei mir, hätte er mich meinem Schicksal überlassen. Jeder für sich. Doch Jez war anders. Fachmännisch betastete er das geschwollene, mit Flüssigkeit gefüllte Gelenk, und ich versuchte, nicht zusammenzuzucken, allerdings ohne großen Erfolg. »Kannst du es bewegen?« Ich konnte nicht; allein der Versuch entlockte mir ein Stöhnen. »Mist, verdammter, ich glaube, es ist hin, Izzy.« Noch während ich ihn entsetzt ansah, blinzelte er mir zu, um mich zu beruhigen. »Nur ein Fachausdruck. Jetzt lehn dich einfach zurück und überlass den Rest dem Doktor.« Mit einer raschen Bewegung riss er sein Stirnband auseinander, verknotete die Enden und hatte das Gelenk in kürzester Zeit fachmännisch ruhiggestellt.

»Ich wollte meine Wanderschuhe anziehen, um es noch mehr zu stabilisieren.«

Jez warf mir einen skeptischen Blick zu. »Ich fürchte, du kriegst sie dann später nicht mehr ab. Lass mal sehen.« Ein paar Minuten später hatte er mir den 5.10 abgestreift, ihn mithilfe der Zugschlaufe an meinem Klettergurt befestigt und die Schnürsenkel des Salomon-Kletterstiefels so weit gelockert, dass er über meinen ruinierten Knöchel passen würde. Dann schnürte er ihn so fest zu, wie es ging, ohne dass ich das Bewusstsein verlor. Als er sah, wie mir das Blut aus dem Gesicht wich, klopfte er mir liebevoll auf die Schulter. »Wir kriegen dich schon runter, mach dir keine Sorgen.«

»Es tut mir wirklich leid«, sagte ich, obwohl es mir schwerfiel. »Das ist nicht gerade der beste Start für eure Kletterferien. Ich hoffe, ihr glaubt nicht an böse Omen.«

Miles sagte gar nichts. Jez zuckte die Achseln. »Unfälle kommen beim Klettern nun mal vor. Deshalb mögen wir es so, was, Miles?« Er gab ein Stück Seil aus, knüpfte eine Endacht hinein und befestigte es an seinem Gurt, dann kletterte er wieder nach unten zu einer Stelle, wo er einen Stand in Sichtweite von Eve sichern konnte. Ich sah zu, wie er ihr mit erhobenem Daumen ein Zeichen gab, und fragte mich, wie sie mit dem Quergang zurechtkommen würde, doch als ihr Kopf endlich über dem Vorsprung sichtbar wurde, mit vor Konzentration und Panik aufgerissenen Augen, erkannte ich, dass ihre Materialschlaufen mit Runnern behängt waren: Unübersehbar hatte Jez die gesamte Route für sie gesichert. Die beiden wechselten ein paar leise Worte, die ich nicht ganz verstehen konnte, dann kam Eve zu unserem Vorsprung getappt und clippte sich ein.

»Liebe Güte, Izzy, das tut mir so leid. Jez sagt, er glaubt, dass der Knöchel gebrochen ist.«

Es war nicht das, was ich hören wollte. Mist. Jetzt saß ich wirklich in der Klemme. Ich rang mir ein Grinsen ab. »Kann sein. Nicht schlecht, so haben wir wenigstens mal die Möglichkeit, unsere Rettungstechnik zu üben, wie?«

Miles hängte auch Jez ein, und dann ging er mit seinen Haken und Schlingen und einem wild entschlossenen Gesicht Richtung Kamm. Etwas später kam er auf allen vieren über die Platte wieder zurück. »Okay«, sagte er. »Wir bringen dich über diesen Abschnitt, und dann haben wir genügend Seil, um dich vom Rand aus bis in den oberen Teil der Schlucht abzulassen, schätze ich. Anschließend kann Eve sich abseilen, um bei dir zu bleiben, bis Miles und ich hier alles eingesammelt und die letzte Etappe geschafft haben. Anschließend kommen wir nach und treffen euch da, einverstanden?«

»Ich bin okay«, sagte ich fest. »Wenn ihr mich bis zur Schlucht bringt, schaffe ich es auch runter zum Wagen, und wenn ich eine Woche auf dem Hintern robben muss. Bleib bei ihnen, Eve, lass dir den Gipfel nicht entgehen. Mach dir keine Sorgen um mich.«

Sie sah erschrocken aus. »Das kann ich nicht. Ich lasse dich nicht allein.«

»Ehrlich, ich möchte lieber allein damit klarkommen, statt allen den Tag zu verderben, okay?«, sagte ich und klang erheblich mutiger, als ich war.

Das Einrichten der Seile schien eine Ewigkeit zu dauern. Niemand wollte mich etwas tun lassen. Von einer Sekunde auf die andere war ich von einer erfahrenen Kletterin zu einer Kranken geworden, einer Belastung, die man über den Rand der Route abseilen musste. Innerlich kochte ich vor Wut und versuchte, nicht daran zu denken, was vor mir lag, die Abseilaktion, die Suche nach einem Arzt. Wenn der Knöchel wirklich gebrochen war, konnte ich mir den Rest des Urlaubs abschminken; ich wäre nutzlos, gelangweilt, eine Last für die anderen.

Halb hüpfend, halb schlitternd schaffte ich es bis zum anderen Ende der Platte und warf einen Blick über den Rand. Es war ein weiter Weg bis unten. Ich hoffte, dass die sechzig Meter Seillänge reichen würden, aber es war unmöglich, genau zu sehen, wo sie von hier aus landen würden, denn die Wand des Berges verlief unregelmäßig, wölbte sich vor und dann wieder zurück. Die einzige Methode, es herauszufinden, war, sich abzuseilen. Ich lehnte mich gegen den heißen Felsen und merkte, wie mir der Schweiß ausbrach, als ich sah, wie Jez die Enden verknotete. Ich glaube, ihm ging es ähnlich. Schließlich rollte er das Seil fachmännisch auf und warf es ins Leere. Wir hielten beide den Atem an und horchten auf das Geräusch des Aufpralls, doch alles, was wir im entscheidenden Moment hörten, war das Meckern einer Ziege. Jez grinste mir zu. »Au Mann, das klingt, als hätte ich gerade unser Abendessen erlegt.« Er reichte mir die Bandschlingen vom Stand. »Eins verstehe ich nicht«, sagte er leise. »Wieso bist du nicht bis ganz unten gefallen? Ich habe gesehen, dass Miles die Traverse nicht gesichert hatte.«

Ich wollte ihm nichts von dem Amulett sagen. Was da passiert war, erschien jetzt irreal, zu unglaublich, um tatsächlich wahr zu sein. »Mein Gurt«, antwortete ich schließlich. »Er hat sich irgendwo am Felsen verfangen.«

Er pfiff leise durch die Zähne. »Du hast Glück, dass du noch lebst.«

Ich wollte wirklich nicht weiter darüber reden. Ich spürte einen pochenden Schmerz im Kopf, und die Stiche im Gelenk pulsierten bis hinauf in den Schenkel, bis ins Mark. Mal war mir schwindlig, als würde ich jeden Moment in Ohnmacht fallen, dann wieder war ich völlig klar im Kopf, ein brodelndes Bündel von Nerven und Blut, das gegen den Felsen schlug. »Also los«, sagte ich forsch, »bringen wir es hinter uns.«

»Such dir ein schattiges Plätzchen und warte auf uns. Es wird nicht länger dauern als eine Stunde.« Er beugte sich über mich und überprüfte meine Gurtschnallen, die Abseilacht und die Karabinerschrauben. »Ich passe schon auf Eve auf«, sagte er plötzlich.

»Eve kann selbst auf sich aufpassen.«

»Klar, ich weiß. Selbstständige, moderne Frau und so weiter. Trotzdem, es ist gut; ich mag sie wirklich.« Der stumpfe Blick war plötzlich scharf, als konzentrierte sich sein ganzes Ich auf meine Antwort. Was erwartete er – meinen Segen etwa?

Ich brachte ein Grinsen zu Stande. »Na, dann viel Glück.«

Ich manövrierte mich bis zum Rand und überließ mein Gewicht den Seilen. Vor dem Abseilen hatte mir schon immer gegraust – dieser erste Schritt ins Nichts erinnerte mich an den Narren im Tarot. Man musste auf sein Glück und einen anständigen Bohrhaken vertrauen. Doch als es erst einmal losging, war es halb so schlimm. Die ersten zwanzig Meter, wo der Kontakt mit dem Berg noch möglich war, hüpfte ich im Stil einer Spezialeinheit abwärts, dann aber hing ich in der klaren Luft wie eine Spinne an ihrem seidenen Faden.

Stück für Stück glitt ich tiefer, versuchte, die Seilbremse nicht überzustrapazieren, und suchte die Umgebung nach einem guten Landeplatz ab. Ich konnte die Enden der Seile vor den hellen Farben des Bodens nicht richtig erkennen, doch dann ging mir plötzlich auf, warum. Sie hingen frei etwa fünf Meter über dem Boden. Genau an dieser Stelle fiel die Schlucht ab: Es sah aus wie das ausgetrocknete Bett eines Wasserfalls. In meinem Kopf begann es zu pochen, dann drehte sich alles um mich herum. Ob ich eine Gehirnerschütterung hatte? Das hätte mir gerade noch gefehlt. Verdammt. Ich hatte keine Möglichkeit, mich das letzte Stück einfach fallen zu lassen, nicht mit einem verletzten Knöchel. Ich knüpfte einen Knoten in die Seile und hängte sie in meinen Gurt, damit ich anhalten und nachdenken konnte. Jez würde mich nicht sehen können, weil ich jetzt unter der Wölbung der Bergwand verschwunden war. Ich blickte nach unten. Ob ich mich etwas weiter die Schlucht hinaufschwingen könnte? Ich glaubte nicht; wahrscheinlich wäre es ein Schuss nach hinten und würde mich gegen die Felswand schleudern …

»Hoi!«

Eine Stimme, irgendwo unter mir. Ich drehte mich um und sah hinab. Zwei Gestalten in der Tracht der Einheimischen, umgeben von Dutzenden Ziegen und ein paar mageren Schafen. Daneben ein dunkelbrauner Esel, der mit Packtaschen beladen war. Der Mann, der gerufen hatte, schirmte seine Augen gegen die grelle Sonne ab und rief erneut etwas in einer

Sprache, die ich nicht verstand. Dann aber hörte ich es ganz deutlich: »*Voulez-vous de l'aide*?«

Nun ja, das wollte ich, aber was konnte er tun? Immerhin baumelte ich an einem Seil. »*Oui, merci!*«, rief ich zurück, hauptsächlich aus Höflichkeit.

Der Mann kam weiter die Schlucht heraufgeklettert und rief auf Französisch: »Sehen Sie den Vorsprung dort?« Er deutete auf eine Stelle über ihm im Fels, und als ich hinabsah, konnte ich etwa zehn Meter unter mir ein breites Sims mit einer dahinterliegenden Höhle erkennen. Vielleicht würde mich das Seil genau bis dahin bringen können, doch hier war die Steinwand nach innen gewölbt, und mich auf das Sims zu schwingen, würde schwierig, trotzdem rief ich »ja« nach unten. Der Mann rannte zu seinem Esel zurück, wühlte in den Taschen und kam einen Moment später mit einem kurzen Stück Seil zurück, das mit einem Stein beschwert war. Dann streifte er sein Gewand ab, unter dem er Jeans und T-Shirt trug, und kletterte mit dem Seil über der Schulter geschickt wie ein Affe die Felswand empor, zu dem Sims. Als er mir grinsend das Gesicht zuwandte, sah ich, dass er tatsächlich ein Berber war, trotz seines eleganten Französisch. Unter dem schmuddligen weißen Turban auf seinem Kopf erkannte ich die walnussbraune Haut, die scharf gezeichneten Wangenknochen und die blitzenden schwarzen Augen aus der Gegend. »Schaffen Sie es noch ein bisschen tiefer?«

Ich öffnete den Knoten in den Seilen und ließ mich weiter ab, dann wickelte ich sie mir als Bremse ums Bein, damit ich zumindest eine Hand frei hatte. Adrenalin und die Notwendigkeit, mich zu konzentrieren, verbannten den Schmerz und das Gefühl der Benommenheit, als er mir das Seil zuwarf und ich es mühelos auffing. Es war ein Strick aus altem blauem Thermoplast, dessen abgewetzte, verblichene Nylonfasern sich rau anfühlten.

»Ich ziehe Sie auf das Sims.«

Und dann bugsierte er mich mithilfe des Stricks zu sich heran, bis die verknoteten Enden meiner Seile in seiner Reichweite waren. So gesichert, ließ ich mich die wenigen Meter verbleibendes Seil ab, bis ich mit einem Fuß auf dem Sims stand. »Gebrochener Knöchel«, sagte ich und deutete auf den linken Fuß. *Cheville cassé*. »Glaube ich.«

Sein Gesicht wurde ganz ernst, dann rief er etwas in seiner eigenen Sprache hinab zu der anderen Gestalt. Es war, wie ich jetzt erkannte, eine Frau mit einem blauen, im Nacken verknoteten Kopftuch. »Meine Schwester bringt den Esel über den alten Ziegenpfad hier hoch«, erklärte er und deutete auf eine Stelle, wo das Sims hinter einem großen Baum verschwand. Es war, als wüchse er direkt aus der Felswand.

Der Schmerz und die Erleichterung waren so stark, dass ich nur nicken konnte. Mit zitternden Fingern befreite ich mich von den Seilen, zog noch einmal kräftig, um Jez zu signalisieren, dass ich unten angekommen war, und sah zu, wie sie auf magische Art entschwebten und schließlich ganz verschwanden.

Kurz danach muss ich das Bewusstsein verloren haben, denn ich kann mich nicht daran erinnern, wie die Frau kam, wie sie mir den Rucksack abnahmen oder mich auf den Esel hievten. Auch an den Ziegenpfad, der durch den Felsen in die Schlucht führte, habe ich keine Erinnerung. Alles, was ich von der anschließenden Strecke behalten habe, kommt bruchstückhaft, wie Schnappschüsse oder Einzelbilder eines Films: ein Kaktus mit leuchtend weißen Blüten, eine Eidechse, die mit einer schnellen Bewegung ihres gescheckten Schwanzes in einem schattigen Spalt verschwand, ein Zicklein, das ganz dicht vor mir stand und mich mit hungrigen gelben Augen neugierig musterte. Der rosarote Berg mit seinen unermesslichen Platten und Pfeilern, Felsen und Schluchtwänden, grau und grün durchsetzt, mit Streifen von Licht und Schatten. Winzige Schnecken mit weißen Häusern wie kleine Kiesel aus Quarz;

flache dunkelrote Blüten Amethysten gleich, das ruhige Murmeln meiner Begleiter, die sich vor dem hohen Meckern der Ziegen leise unterhielten. Ich spürte, wie die brütende Präsenz des Berges, der mich gebrochen hatte, sich entfernte, und dann verlor ich erneut das Bewusstsein.

DREIZEHN

Im Verlauf der folgenden Wochen nahm der Stamm Amastan auf seine höfliche, zurückhaltende Art nach und nach wieder in seine kleine Gemeinschaft auf und akzeptierte zumindest äußerlich, dass er sich von einer langen mysteriösen Krankheit erholt hatte. Am Ende der Genesungsphase erwähnte niemand mehr Natur oder Ursache seines ursprünglichen Leidens, und es wurde auch nicht über das Schicksal seiner Liebsten getuschelt, die er in den Bergen zurückgelassen hatte. Er war wieder ganz der Alte: Die Geister hatten ihn verlassen, das Mädchen aus dem Hoggar hatte sie vertrieben, und alle waren stolz, Mariata zu den ihren zählen zu dürfen. Sie wiederum entdeckte, dass sie von den anderen Frauen akzeptiert und ermuntert wurde, ihren Platz unter ihnen einzunehmen. Nach der Enttäuschung bei den Kel Bazgan war es erleichternd, mit einem gewissen Maß an Akzeptanz behandelt zu werden; noch angenehmer war allerdings die Tatsache, dass man ihre Herkunft achtete. Hier machte niemand Witze über sie oder nannte sie verächtlich Tukalinden – kleine Prinzessin. Sie wusste zwar, dass Tana der eigentliche Katalysator für Amastans Rückkehr in die Welt der Lebenden gewesen war, doch es gefiel ihr ganz gut, wenn alle seine Heilung ihr zuschrieben. Die älteren Frauen schenkten ihr Datteln und hörten sich mit aufrichtigem Interesse ihre Gedichte an; sie holten ihre Trommeln und machten Musik zu ihren Worten, in die alle einstimmten. Die Mütter drängten sie, ihren Kleinen Tifinagh beizubringen, und die unverheirateten jungen Mädchen kamen immer häufiger zu ihr, um sich Papierstreifen für ihre Amulette schreiben zu lassen. Die Gläubigen baten um Verse aus dem Koran, die ihnen Glück bringen sollten, die Abergläubischen dagegen suchten Liebeszauber und Sprüche, um sich vor dem *tehot*, dem bösen Blick, zu schützen. Zum Dank hatten sie ihre eigenen Ratschläge für sie.

»Du solltest heiraten und hier bei uns bleiben«, sagte Khadija.

»Sei nicht albern«, schalt Nofa. »Mariata ist Kel Taitok: Warum sollte sie sich dazu herablassen, einen Kel Teggart zu heiraten?«

Daraufhin nickten viele, doch Yehali widersprach heftig: »Unsere Männer sind genauso gut wie die aus dem Hoggar! Alle sind groß, attraktiv und an den Widrigkeiten des Lebens gewachsen. Sie haben ihnen Stärke und Reife geschenkt.«

»Viel zu viel Reife, falls du auf Ibrahim anspielst!«, sagte jemand, und alle lachten. »Aber sein Bruder Abdallah ist ein guter Mann und Akli ein prima Kumpel. Sie muss überhaupt nicht heiraten, wenn sie ihre Abstammung nicht beflecken will.«

»Aber sie will doch bestimmt tanzen!«

»Nun ja, wenn du tanzen willst, ist Kheddou der Richtige.«

»Er tanzt zu gern«, sagte Nofa, und alle hielten ihr Kopftuch vor den Mund und prusteten los. Plötzlich begriff Mariata, dass sie den Ausdruck »tanzen« für etwas ganz anderes benutzten, und merkte, dass sie errötete.

»Ah, wir haben alle schon mal mit Kheddou getanzt«, nickte Jouma. »Er ist ein hervorragender Tänzer. Aber wenn du dich mit ihm amüsieren willst, musst du dich beeilen, denn im nächsten Monat wird er Leïla heiraten.«

»Arme Leïla! Mit ihm wird sie alle Hände voll zu tun haben«, sagte Nofa gespielt ernst, doch alle verstanden die doppelte Bedeutung und schütteten sich aus vor Lachen.

Mariata schüttelte nur grinsend den Kopf. Sie waren eine unflätige Bande, diese Frauen der Kel Teggart. Sie rackerten sich ab, denn ohne Sklaven oder *harratin* für die tägliche Arbeit gab es nicht viel Muße, aber wenn sie sich amüsierten, dann aus vollem Herzen.

Jouma seufzte. »Es stimmt, es ist nicht gerade einfach, hier einen guten Mann zu finden. Wir haben viele Männer auf der Salzstraße verloren, und andere sind in die Berge gegangen. Es gibt einfach nicht genügend.«

»Was ist mit Bazou?«

»Zu dick.«

»Makhammad?«

»Zu fromm.«

»Azelouane?«

»Zu alt.«

»Was ist mit Amastan ag Moussa«, schlug jemand vor. »Immerhin ist er der Sohn eines *amenokal*. Er würde Mariatas Abstammung nicht beflecken.«

Es folgte eine Pause, als wögen die Mädchen ihre Worte ab, bevor sie sie aussprachen. Nach einer Weile sagte Yehali: »Er sieht wirklich sehr gut aus, der Sohn von Rahma. Er hat wunderschöne Hände.« Jetzt stimmten alle in den Lobgesang ein.

»Er ist der beste Dichter weit und breit. In dem Jahr, bevor die Heuschrecken kamen, hat er alle Mitbewerber beim *ahal* geschlagen.«

»Und tanzen kann er auch – nein, richtig tanzen; sei nicht so vulgär, Nofa, sonst erschreckst du Mariata noch. Er hat sehr feine Füße und springt so hoch wie eine Gazelle.«

»Beim Kamelrennen ist er allen anderen überlegen.«

»Er kann ein Schwert schwingen.«

»Und schießen!«

»Er ist weit herumgekommen.«

Aus alledem lernte Mariata, dass Amastan, bevor er »weggegangen war«, wie die Mädchen es ausdrückten, ein gern gesehener Gast in der Ansiedlung gewesen war, der auf seinen alljährlichen Handelsreisen hin und wieder vorbeikam, um seine Familie zu besuchen, und den Mädchen kleine Geschenke mitbrachte. Er war beliebt gewesen und von allen bewundert worden, ein Mann, den die Mädchen gern geheiratet hätten. Sie waren traurig gewesen, als sie von einer fremden Braut hörten. Aber dann ... Jouma wechselte das Thema. »Nun ja, vielleicht doch lieber nicht Amastan. Er ist ein Pechvogel, und in dieser Zeit brauchen wir eher Männer, die Glück haben, was meinst du, Nofa?«

»Glück und Geld«, nickte Nofa. »Mindestens fünf Kamele.«

»Zehn.«

Mariata ließ sich von ihren Albereien einhüllen wie von einer Wolke. Die Lobgesänge auf Amastan waren nicht nötig gewesen, um ihr Interesse an ihm zu wecken, denn in Wirklichkeit dachte sie an nichts anderes. Aber es war aufschlussreich, dass die anderen nicht bemerkt hatten, welche Aufmerksamkeit er ihr in den letzten Wochen entgegengebracht hatte, und dafür war sie dankbar. Jeden Abend bei Sonnenuntergang holte er sie ab, dann gingen sie ein wenig spazieren und unterhielten sich; einmal hatte er sogar ihre Hand genommen und sie mit den Lippen gestreift. Wenn er sie ansah, hatte sie das Gefühl, dass sein Blick sie verbrannte. Es war kein angenehmes Gefühl, aber trotzdem sehnte sie sich danach, und der Tag war erst dann gut, wenn er damit endete, dass Amastan von seinem Platz am Feuer der Männer herüberschaute zu den Frauen an ihrem eigenen Feuer, wo sie saß.

Und weil sie ein Teil seiner Gemeinde war, ertappte sie sich dabei, sich einem Leben anzupassen, das sie zuvor als unter ihrer Würde empfunden hatte. Sie gewöhnte sich an den ruhigen täglichen Rhythmus, stand jeden Morgen in der Dämmerung auf, um beim Ziegenmelken zu helfen, und wenn sie anschließend die Tiere zum Grasen führte, blieb sie mit den anderen Frauen im Lager, um Getreide zu stampfen, das tägliche *tagella* zu backen, ihrem Klatsch und Tratsch zuzuhören und sie mit ihren Gedichten zu unterhalten. Endlos bereiteten sie Kannen mit grünem Tee zu. Vielleicht war es die Schlichtheit und Nützlichkeit der neuen Routine, die ihr dieses ungewohnte Gefühl von Frieden schenkte.

Trotzdem ging sie jeden Morgen, bevor sie mit den Ziegen loszog oder ihren anderen Pflichten nachging, zum höchsten Aussichtspunkt außerhalb des Dorfs und suchte im Osten nach Hinweisen darauf, dass Rhossi ag Bahedi ihr gefolgt war, um sie und seine Kamele ins Aïr zurückzuholen. Eines Tages jedoch wurde ihr bewusst, dass volle fünf Monde gekommen und gegangen waren, seit sie von den Kel Bazgan geflohen war. Wenn er bis jetzt ihr Verschwinden nicht mit seiner verhassten Tante in Verbindung gebracht oder die *harratin* dazu bewogen hatte, preiszugeben, was sie wussten, war es ziemlich unwahrscheinlich, dass er plötzlich im Teggart auftauchte. Rahma hatte die beiden auffälligen weißen *mehari* zum weit im Norden gelegenen Kamelmarkt von Goulemine bringen lassen. Dort hatte man diskret ihre Bazgan-Brandzeichen verändert und sie anschließend zu einem sehr guten Preis verkauft. Später hatte sie Mariata das ganze Geld aus dem Verkauf gegeben, keine unbedeutende Summe, auch nachdem die Händler ihren Anteil kassiert hatten. Rahma hatte nicht einmal eine kleine Kommission dafür nehmen wollen, dass sie den Verkauf arrangiert hatte. »Du bist jetzt eine alleinstehende Frau, und ich weiß aus eigener Erfahrung, wie schwer es für eine Frau ohne Familie und ohne Geld ist. Du könntest einen Teil davon in eine Karawane investieren, wenn die *azalay* das nächste Mal aufbricht, oder es Amastan anvertrauen, wenn er wieder loszieht.«

Mariata hielt das für nicht sehr wahrscheinlich. In ihren Gesprächen mit Rahmas Sohn während der letzten Wochen hatte er wenig Interesse gezeigt, auf die alte Salzstraße zurückzukehren. Nicht, dass sie ernste Angelegenheiten besprochen hätten: Sobald sie ein heikles Thema anschnitt, zog er sich in sein Schweigen zurück. Doch als sie an diesem Abend zusammen am Fluss entlangschlenderten, sprach sie ihn erneut darauf an.

»Ich habe genügend alte Handelsrouten im Leben gesehen«, sagte er. Seine leise Stimme bildete einen Kontrapunkt zu dem schrillen, kampfeslustigen und brünstigen Gesang der Frösche. »Ich werde sie nie wieder betreten.«

»Erzähl mir, was du gesehen hast«, bettelte Mariata mit glänzenden Augen. »Deine Mutter hat gesagt, du hättest geschworen, zum *Arbre du Ténéré* zu gehen, das Meer zu sehen und den Schnee auf den höchsten Bergen zu berühren, und dass du all das geschafft hast.«

In Amastans Augen spiegelte sich das Leuchten der untergehenden Sonne, doch der Rest seines Gesichts war hinter dem vorgeschriebenen Schleier verborgen, sodass Mariata seinen Ausdruck nicht sehen konnte. Er setzte sich auf einen Felsbrocken und sprach, als hätte er ein Publikum vor sich. Dabei drehte er einen vertrockneten Oleanderzweig hin und her, als helfe ihm die ständige Wiederholung, seine Erinnerungen zu ordnen. Mit einem Mal fiel ihr der Geschichtenerzähler ein, der sie einmal zuhause im Hoggar besucht hatte. Er hatte einen Beutel mit Kieselsteinen dabeigehabt, und jeder gehörte zu einer anderen Geschichte. Er hatte den Beutel geöffnet, sodass die Frauen sich die Geschichte aussuchen konnten, die sie hören wollten. Mit derselben Autorität sprach auch Amastan.

»Ich habe die Wüste aus Stein, die Wüste aus Fels und die Wüste aus Sand durchquert, zu Fuß und auf dem Kamel die alten Straßen bereist. Ich habe die Sonne wie Feuer über dem Meer aus Dünen aufgehen sehen und wie die Nacht die Welt aller Farben beraubte, bis alles gespenstisch grau war, während über uns die Sterne funkelten wie die Juwelen der Huris. Ich habe Indigo aus den Färbereien in Kano transportiert, Hirse und Datteln aus und nach Ingal und Ghat. Ich habe die Goldmärkte des Tafilalet gesehen und den Hohen Atlas überquert, wo ich eine reinweiße Substanz fand, die Schnee genannt wird und trotz ihrer Kälte wie Feuer auf der Haut brennt. In der ruhmreichen Stadt Marrakesch ging ich über den Platz in ihrer Mitte und lauschte dem Lärm der tanzenden Jungen, der Schlangenbeschwörer, sprechenden Vögel und zahllosen Zauberer, Weissager und Scharlatane. In Agadir habe ich den leuchtend blauen Ozean gesehen, der wie die unendlichen Dünen unter den Liebkosungen des Windes wogt. Ich bin den Pfaden durch die Berge des Anti-Atlas von den befestigten Mauern Taroudants bis zum mächtigen Jebel el Kest gefolgt und weiter hinab in die herrliche Oase von Tafraout …

Und als wir auf dem Weg zu den Salinen in Bilma und im Kaouar-Tal in Niger die Große Leere durchquerten, sah ich auch den berühmten *Arbre du Ténéré*: eine einzelne Akazie, die wie ein uralter Wachtposten inmitten der grausamsten Wüste der Welt steht. Unsere *azalay* umringte sie und erwies ihr Respekt, wie es die Karawanen seit Hunderten von Jahren tun: Blind und dornig überlebt sie, allein und unerschrocken in der sengenden Hitze der Wüste, als Talisman für das Überleben unseres Volks. Es heißt, wenn dieser Baum stirbt, wird auch das Volk der Verschleierten sterben. Ich wollte ihn sehen, nur ein einziges Mal, um mich zu vergewissern, dass er noch lebt. Aber das ist jetzt fünf lange Jahre her, und nach dem, was ich seitdem gesehen habe, fürchte ich, dass er stirbt oder sogar schon gestorben ist.«

Der Zweig zerbrach zwischen seinen Fingern, und selbst die Frösche verstummten bei dem vernehmlichen Knacken. Amastan saß da und starrte ins Leere, als sähe er vor dem weiten, sich langsam errötenden Himmel die düsterste Zukunft voraus.

Mariata seufzte entrückt. »Wenn ich ein Mann wäre, würde ich mein Leben auf dem Rücken eines Kamels verbringen und von einem Wunder zum anderen reisen.«

Amastan schnaubte verächtlich und kam wieder in die Gegenwart zurück. »Ach, du kleiner Wandervogel, was hast du bloß für romantische Vorstellungen von der Welt! Ich habe gelernt, Worte zu wirbeln wie ein Derwisch, ich kann Menschen verzaubern und die Realität verschleiern. Man hört Dichter nicht oft von den Problemen erzählen, wenn es darum geht, einen vom Sand verschütteten Brunnen auszugraben oder vom Gestank nach verwesten Leichen und Scheiße, die auf seinem Grund gefunden werden, vom ekelhaften Geschmack brackigen Wassers, das man trinken muss, um am Leben zu bleiben, den elenden Magenkrämpfen, die einen nicht mehr loslassen, oder Haut, die sich anfühlt wie von fliegendem Sand gegerbtes Leder. Manchmal tut der Hintern so weh, dass es leichter ist, zu laufen, als zu reiten, obwohl der heiße Sand einem Löcher in die Sohlen der Sandalen brennt. Niemand verfasst Gesänge darüber, dass selbst in der tiefsten Wildnis Ungeziefer das Brot befällt oder die Streifen von getrocknetem Ziegenfleisch so hart werden, dass man sich die Zähne daran ausbeißt, weil es kein Wasser zum Einweichen gibt und der Speichel längst versiegt ist. Niemand macht Verse darüber, dass die Zunge anschwillt, bis man das Gefühl hat, der Mund sei mit Watte gefüllt, oder wie Angst und Durst einen dazu verleiten, jedem Fremden mit Hass und Misstrauen zu begegnen. Und kein Mensch verliert ein Wort über Skorpione, Hornvipern, Schakale oder Banditen. Ich glaube wirklich nicht, dass junge Mädchen etwas auf einer *azalay* verloren haben.«

»Du unterschätzt mich«, protestierte Mariata.

»Meinst du? Hast du nie den Spruch gehört, dass weder Frauen noch Ziegen ausdauernd genug sind, um die Wüste zu durchqueren?«

»Aha, und was glaubst du wohl, wie ich hergekommen bin?«, gab Mariata zurück und tappte mitten hinein in seine Falle. »Vergiss nicht, dass ich im Hoggar zur Welt kam und schon bis zum Aïr-Gebirge gereist war, bevor ich die Tamesna durchquerte und die *djenoun* bat, dich in Ruhe zu lassen! Und vergiss vor allem nicht, dass ich in gerader Linie von unser aller Mutter abstamme, die tausend Meilen in die Wüste hineinging, um unser Volk zu gründen!« Am Ende dieser Tirade waren ihre Wangen erhitzt und ihre Fäuste geballt.

Amastan war entzückt; sie erkannte es an den Fältchen um seine Augen. Plötzlich streckte er den Arm aus und pflückte eine leuchtend rote Oleanderblüte aus dem großen Busch hinter ihnen, beugte sich vor und steckte sie ihr hinters Ohr – eine Geste, die so ungewohnt intim war, dass sich Mariatas Wangen noch einen Hauch dunkler färbten als die Blüte. Als er wieder sprach, war seine Stimme sanft. »Als Tin Hinan ihre lange Reise unternahm, ging es durch eine Graslandschaft, die der Wind niederdrückte, wo Akazien ihre schattigen Schirme ausbreiteten und Herden von Antilopen und Gazellen grasten. Damals war es keine Wüste, sondern ein Paradies.«

Mariata starrte ihn an. »Wie ist das möglich? Die Wüste ist ewig. Die Wüste ist das feurige Herz der Welt, der Ursprung, in dem alles Leben begann. Das weiß jedes Kind. Selbst die *djenoun* stammen von dort, es sind Wesen aus Hitze und Flammen, Geister des Feuers. Wie können sie aus der Savanne kommen?«

»Ich könnte dich zu den Höhlen in den Tassili n'Ajjer mitnehmen und dir Felszeichnungen der Kel Nad zeigen, dem Volk der Vergangenheit. Sie stammen von Jägern, die Bilder von Tieren in den Stein ritzten – Antilopen und Gazellen, gestreifte Pferde und Giraffen, Kreaturen der Savanne und des Flachlands –, und die Alten glauben, dass diese Bilder aus der Zeit vor unser aller Mutter stammen.«

Mariata hatte den Kopf abgewandt. Das wollte sie nicht hören. »Sie haben diese Szenen geträumt«, sagte sie verächtlich. »Ich habe solche Bilder selbst in den Höhlen meiner Heimat gesehen. Ich habe die Weiße Dame von Inawanghat gesehen, die den Mond mit einem Strom von Sternen zwischen ihren Hörnern auf dem Kopf trägt und Samenkörnern, die in ihrem Bauch schimmern und aus ihren Händen rieseln. Ist das etwa auch ein Bild, das dem Leben nachempfunden ist?«

»Ah, jetzt hast du mich mit der Logik einer Frau in die Enge getrieben. Vielleicht hast du letzten Endes doch nicht das Herz einer Dichterin.«

»Zumindest habe ich ein Herz«, gab sie waghalsig zurück.

Amastan sprang hastig auf und lief ein paar Schritte von ihr weg, doch dann änderte er seine Meinung, machte auf dem Absatz kehrt und kam steifbeinig wieder zurück. »Sag so etwas nie wieder«, herrschte er sie wütend an. »Niemals.« Damit klaubte er die Blüte aus ihrem Haar und warf sie in den Staub, dann zerstampfte er sie unerwartet zornig und verschwand in der zunehmenden Dämmerung.

Am nächsten Abend kam er nicht, am übernächsten auch nicht, und sie weinte sich in den Schlaf. Am dritten Morgen stand sie noch vor dem Sonnenaufgang auf, molk die Ziegen, brachte ihnen die Zicklein zurück und führte die Herde zum Fluss, wo sie weiden konnte. Dort legte sie Flusskiesel auf ihre heißen, geschwollenen Lider, bis die Rötung verschwand und sie nicht länger aussah wie ein Frosch.

»Es tut mir leid.«

Sie fuhr herum. Amastan löste sich von einem Baumstamm, ein Schatten, der aus einem anderen Schatten heraustrat. Sein Schleier war hochgezogen: Er sah aus wie ein Baum, nein, größer. Er sah so groß aus wie der Himmel. Seine glänzenden Augen waren mit *khol* umrandet.

»Hast du nicht geschlafen?«

Mariata schüttelte den Kopf; eine andere Antwort traute sie sich nicht zu.

»Ich auch nicht. Der Schlaf verschafft mir nicht den Trost, den andere darin finden.« Er verstummte und dachte einen Augenblick nach. Dann sagte er: »Ich bin nicht gut für dich. Ich bin für keine Frau gut. Deshalb will ich dich nicht länger belästigen.«

Sie starrte ihn bestürzt an. »Warum sagst du so etwas? Ich bin gern mit dir zusammen. Ich hatte … gehofft …« Jetzt wagte sie nicht, auszusprechen, was ihr Herz bewegte.

»Hoffe lieber nicht, Mariata, es ist zu gefährlich.«

»Gefährlich?«

Er wandte sich von ihr ab. Als er sie erneut ansah, glaubte sie den Wahnsinn in seinen Augen wiederzuerkennen, und als er den Mund öffnete, fürchtete sie schon, er könnte schreien, doch alles, was er sagte, war so leise, dass sie ihn kaum verstand. »Ich habe ein Herz, aber es ist gebrochen.«

Er denkt immer noch an seine tote Geliebte, schoss es Mariata durch den Kopf, und der Schmerz durchfuhr sie wie ein Stich. »Was meinst du damit?«, flüsterte sie voller Angst.

Amastan ließ sich neben ihr nieder. »Ich wünschte, die Welt wäre anders, Mariata. Ich wünschte, ich könnte die Vergangenheit auslöschen.« Er hielt inne, warf ihr einen Blick zu und sah dann schnell wieder weg. »Ich wünschte, ich könnte noch einmal neu anfangen. Mir eine Frau nehmen, Kinder haben, glücklich sein.« Es war fast ein Flüstern. »Aber das geht nicht.«

»Das geht nicht?«, wiederholte sie.

»Für mich ist die Welt nicht mehr das, was sie vor einem Jahr war, und ich bin auch nicht mehr derselbe.«

Das Schweigen senkte sich schwer wie Blei zwischen sie, und in diesem Augenblick erhob sich die Sonne über den Horizont und überflutete sie mit ihrem Licht. Der Fluss zu ihren Füßen war rot wie Blut. »Die Welt ist nie dieselbe«, sagte Mariata leise. »Alles verändert sich, und wir müssen mithalten. Es gibt einen Fluss, der in der Nähe unseres Winterlagers durch die Felsen fließt. Als ich klein war, legte ich eine Reihe von Steinen neben seinem Bett aus, und als wir im nächsten Jahr in das Lager zurückkehrten, suchte ich danach, aber sie waren verschwunden. Daher legte ich eine neue Reihe aus, und im folgenden Jahr waren auch diese Kiesel verschwunden. Ich suchte sie, denn ich glaubte, dass mir jemand einen Streich spielte, fand jedoch keine Spur. Am Ende begriff ich, dass sich das Flussbett seitwärts verschob, nicht viel, eine Hand breit vielleicht pro Jahr. Doch ich wusste, dass der Fluss ein ganz anderer sein würde, wenn ich ihn als alte Frau erneut betrachten würde. Nichts auf dieser Welt bleibt, wie es ist, Amastan, und weil die Welt um uns herum sich ständig ändert, verändern wir uns mit ihr. Wir sind morgen nicht mehr dieselben wie heute, weil unsere Erfahrungen uns verändern, und deshalb bin ich auch nicht mehr das naive Kind, das den Hoggar verlassen hat.« Der Blick, den sie ihm zuwarf, sprach Bände, doch er wandte sich ab.

»Das mag sein«, antwortete er. »Aber was ich gesehen habe … getan habe … hat mich zu sehr verändert.« Er zögerte einen langen, sehr langen Augenblick. »Was ich dir jetzt erzählen werde, wollte ich eigentlich für immer für mich behalten. Es ist kein Stoff für Gedichte oder Lieder. Aber ich habe es jetzt lange genug mit mir herumgetragen, und ich schulde dir Ehrlichkeit.« Er holte tief Luft und atmete langsam wieder aus. »Die letzte Frau, die ich geliebt habe, starb, und zwar auf schreckliche Art.«

Das ist es, dachte Mariata. Jetzt wird er mir erzählen, wie er sie getötet hat, und dann weiß ich, was für ein Ungeheuer er ist. Am liebsten wäre sie weggelaufen, aber sie musste es wissen, und deshalb blieb sie.

»Ihr Tod lastet schwer auf meiner Seele«, begann er und bestätigte ihre schlimmsten Befürchtungen, doch die Geschichte, die er ihr nun stockend und unter größten Qualen erzählte, war ganz anders als das, was sie erwartet hatte.

Er hatte Manta kennen gelernt, als er noch als halber Junge mit einer Karawane durch ihr Dorf gekommen war. Sie hatte großen Eindruck auf ihn gemacht, weil sie nicht so schüchtern wie die anderen Mädchen war und ihn geküsst hatte, bevor er wieder aufgebrochen war. Diese Berührung ihrer Lippen hatte ihn während der langen Wintermonate, als er durch die Wüste reiste, nicht mehr losgelassen. Er kaufte ihr Geschenke mit dem Geld, das er verdiente, und endlich, bei seinem dritten Besuch hatte sie versprochen, ihn zu heiraten. Er hatte ihr ein Amulett geschenkt, um ihre Verlobung zu besiegeln.

»Es sollte sie beschützen.«

Mariata spürte das schwere Stück Silber auf der Haut. Ihre Hand hob sich, um es durch den dünnen Baumwollstoff zu berühren

»Du trägst es.«

Sie fuhr schuldbewusst zusammen und spürte seinen Blick auf sich.

»Ich will es nicht zurück: Es bringt Unglück. Aber du solltest es auch nicht tragen; seiner letzten Besitzerin hat es kein Glück gebracht.«

Mariata zog das Amulett aus dem Ausschnitt und über den Kopf. Es lag in ihrer Hand, die Sonne spiegelte sich in den schwarzen Perlen der Schnur, und beide starrten es an. »Ich liebe es«, sagte sie leise. »Wie kann es Unglück bringen? Schau nur, es trägt die Symbole für *tefok*, die Sonne, hier, und hier auch.« Sie strich mit dem Finger über die Steine aus Karneol. »Rot ist eine Glücksfarbe.«

Amastan verzog das Gesicht. »Mach es auf«, sagte er.

Mariata untersuchte den Talisman, drehte ihn hin und her. Sie steckte einen Fingernagel in die Kante am oberen und unteren Ende, doch das Amulett war stabil, nichts ließ sich bewegen. Sie betastete die Steine und drückte auf das erhabene Mittelteil, nichts. Erneut drehte sie das ganze Amulett um und suchte auf der Rückseite nach einer Öffnung, aber offensichtlich wollte es sein Geheimnis nicht preisgeben. »Wie denn?«

Amastan umfasste das Mittelteil mit Daumen und Zeigefinger und schob es zur Seite.

Mariata entdeckte ein verborgenes Fach … und sonst nichts. Sie sah auf und merkte, dass Amastan sich nicht geregt hatte: Sein Gesicht war ganz dicht vor ihr, sie spürte die Wärme seines Atems. »Es ist leer«, sagte sie.

»Ich ging zur *enad* – zu Tana – und bat sie um einen schützenden Zauber, den Manta bei sich tragen könnte. Doch Tana … sie sah etwas, als sie das Amulett berührte. Sie wusste …

etwas. Sie versuchte, mir das Amulett wegzunehmen, und behauptete, der böse Blick habe es berührt. Ich war zornig. Ich riss es ihr aus der Hand und beschimpfte sie, bevor ich wieder ging. Eigentlich wollte ich einen *marabout* aufsuchen, um stattdessen einen Koranvers zu kaufen, aber das habe ich dann nicht mehr geschafft. Ich weiß nicht, was mich davon abhielt: Aberglaube vielleicht. Oder Stolz. Ich dachte, das Geschenk an sich wäre genug: Meine Liebe würde sie beschützen.« Er schüttelte den Kopf. »Ich weiß nicht, was ich dachte. Sie hat sich so darüber gefreut. Es ist sehr alt und aus feinstem Silber. Sie hat es die ganze Zeit getragen, bis …«

»Bis?« Was auch immer jetzt kommen würde, sie würde es anhören müssen.

Amastan ließ sich Zeit. Sie hörte seinen Atem, erst stoßweise, dann langsamer, als er sich beruhigte. »In dieser neuen Regierung, die sich unabhängig nennt, sitzen lauter Männer aus dem Süden, wo man uns am meisten hasst. Sie werfen uns vor, dass wir ihre Vorfahren versklavt und ihre Leute misshandelt haben. Das ist ihre Rechtfertigung dafür, dass sie uns verfolgen. Bestimmte Elemente innerhalb der Regierung bekämpfen uns, indem sie willkürlich Grenzen ziehen und unsere Leute daran hindern, sie ohne die von ihnen geforderten Papiere zu überschreiten. Doch was haben die Tuareg mit Grenzen und Papieren zu schaffen? Wir haben überall Handel getrieben, von der Sahelzone bis ans Meer. Nur weil sie russische Gewehre und westliche Uniformen tragen, maßen sie sich an, uns ›unzivilisiert‹ und ›barbarisch‹ zu nennen und uns ihre Art zu leben aufzuzwingen? Für wen halten sie sich? Sie haben uns immer gehasst, weil wir frei sind und sie arm, weil wir uns weigern, in ihren Städten zu leben, uns ihren Regeln zu unterwerfen und uns von ihren Grenzen aufhalten zu lassen. Was sie tun, nennen sie ›Gesetz‹, doch es ist nichts anderes als Mord und Unterdrückung. Sie sind Feiglinge!« Er schlug mit der Faust auf einen Felsbrocken. »Jeder Widerstand dient ihnen als Vorwand, um alte Männer oder unbewaffnete Frauen und Kinder anzugreifen.«

Seine Stimme erstickte, Mariata warf ihm einen Blick von der Seite zu und sah Tränen in seinen Augen.

Manta lebte in einem Dorf im Norden, erzählte er. Sie hatte ihm von Zwischenfällen erzählt, hauptsächlich belanglosen Streitereien. Durch den Wechsel der Regierung und den Abzug der Franzosen ermutigt, hatten die Songhai-Dorfbewohner alles geraubt, was ihnen über den Weg lief, und sei es noch so ärmlich: Vieh, Lebensmittel, Decken, sogar Kochgeschirr. Die Tuareg wandten sich an die Obrigkeit, doch niemand reagierte. Gerüchte von Ungerechtigkeiten und Attacken machten die Runde. Die jungen Männer, die entweder auf der Salzstraße unterwegs oder auf der Jagd waren, kamen nach Hause und fanden ihre Lager geschändet, ihre Mütter und Geliebten beleidigt oder beraubt, doch eine offizielle Verurteilung blieb aus. Überall wurde es schlimmer. Menschen wurden verschleppt, um »verhört« zu werden. Uralte Feindschaften brachen wieder aus, Brunnen wurden vergiftet, Ernten zerstört.

Die jungen Männer in den Stämmen versuchten Widerstand zu leisten, aber es fehlte an einer gemeinsamen Strategie, einer Koordination der Kräfte. Es kam zu einer Reihe von kleineren Vergeltungsmaßnahmen gegen die Grausamkeiten, denen ihr Volk ausgesetzt war, und all das schien die Situation bloß zu verschlimmern. Trotzdem war es besser, als gar nichts zu tun. Amastan hatte sich einer Widerstandsgruppe in den Bergen von N'Fughas angeschlossen. »Wir folgten dem Beispiel Kaocens, des Helden der ersten Erhebung, und kämpften wie Schakale, nicht wie Löwen. Wir griffen an und flohen, richteten so viel Schaden an, wie wir nur konnten.« Er hielt inne und seufzte tief. Dann fuhr er sich mit der Hand über das Gesicht. Eines Tages hörten sie von militärischen Einfällen in abgelegenen Regionen südlich des Ortes, in dem Manta lebte. Die Gerüchte waren beunruhigend: Frauen wurden vergewaltigt, um die viel gerühmten Stammbäume der Tuareg zu beflecken. Tuareg-Kinder wurden mit Gewalt in die Städte entführt. Er hatte versucht, andere Krieger zum Mitkommen zu bewegen, doch sie hatten ihre eigenen Probleme, und so war er allein losgezogen.

»Ich wollte sie aus der Gefahrenzone holen und hierher bringen.« Er schloss die Augen. Der Himmel über ihnen war durchsichtig und gnadenlos blau. Mariata hatte das Gefühl, dass er auf sie herabstürzen könnte, wenn sie auch nur einen Ton von sich gab.

Schließlich sprach Amastan weiter. Seine monotone Stimme verbarg die unterdrückten Gefühle, der Blick war auf einen fixen Punkt im Fluss gerichtet. »Ich ritt die ganze Nacht durch die Ausläufer der Berge und fuhr bei jedem Geräusch zusammen. Noch nie im Leben hatte ich so viel Angst gehabt. Als mein Kamel einen Vogel aufstörte, der im Gebüsch geschlafen hatte, ergriff mich Panik. Jeder Schatten schien von Drohungen erfüllt. Die Landschaft, die mir nach jahrelangen Reisen bei Tag und bei Nacht vertraut geworden war, sah aus wie eine andere Welt, bevölkert von *afrit*, Dämonen und den rachsüchtigen Geistern der Toten. Ich roch das Dorf, noch ehe ich ankam. Diesen seltsamen Geruch kann ich dir kaum beschreiben, er ist einfach unvorstellbar. Ich kann dir nur eins sagen: Wenn du ihn so wie ich gerochen hättest, würdest du ihn nie vergessen können. Er wird mich in meinem ganzen Leben nicht mehr loslassen. Er machte sogar mein Kamel nervös: Es wollte nicht weiter. Es schleifte die Füße durch den Sand und wurde bockig. Sein Brüllen zerriss die Nacht. Ich musste ihm meinen ganzen Willen aufzwingen, um es zum Weitergehen zu bewegen. Obwohl es Nacht war, konnte ich eine Wolke in der Luft sehen, dicken schwarzen Rauch mit einem schmutzigen Beigeschmack, der meine Zunge wie mit Fett überzog. Kein Geräusch drang aus dem Lager – keine Hunde bellten, keine Ziegen meckerten, niemand saß am Feuer. Ich glaubte schon, dass sie das Lager vielleicht aufgegeben hatten, um sich tiefer in die Berge zurückzuziehen …

Doch als ich näher kam, roch ich Benzin. Das verhieß nichts Gutes. Was sollten Tuareg mit Benzin anfangen? Es war ein fremder Geruch. Meine Sinne waren aufs Höchste angespannt. Am liebsten wäre ich umgekehrt. Aber das konnte ich nicht, und ich wusste es.

Am Eingang zum Dorf war ein Hügel aus Steinen aufgehäuft worden. Ich wäre, ohne einen Gedanken daran zu verschwenden, vorbeigeritten, doch plötzlich war das Mondlicht zu hell. Es waren Köpfe, die dort aufgehäuft waren, keine Steine! Der Schock war so groß, dass ich aus dem Sattel rutschte: Ich fiel zu Boden und blieb dort bewusstlos liegen, bis die Sonne aufging.

Es waren vierunddreißig Köpfe, um genau zu sein. Ich habe sie alle gezählt. Vierunddreißig Menschen, deren Geister in alle Ewigkeit keine Ruhe mehr finden werden. Ich spürte sie in der Luft, sie wirbelten zornig um mich herum. Mantas Kopf war der einunddreißigste. Ich saß da und hielt ihn in meinem Schoß. Sie, die so schön gewesen war, so voller Leben, war jetzt nur noch hartes, kaltes Fleisch, bedeckt mit geronnenem Blut, zerstückelt. Die strahlenden Augen matt und glasig …«

Er brach ab, doch dann kam es ihr vor, als versänke er tief in seinem Innern und zwänge sich, weiterzusprechen.

»Ich bat ihren Geist, mit mir zu sprechen, doch er blieb stumm und vorwurfsvoll. Ich war nicht da gewesen, um sie zu verteidigen, und das Amulett, das sie beschützen sollte, hatte das Böse nicht von ihrem Dorf fernhalten können.

Ich fand das Amulett noch an ihrem Körper: Sie hatten sie nicht verbrannt wie so viele andere, auch die Ziegen und das Vieh, oder mit Macheten zerhackt und die stinkenden Gliedmaßen verstreut. Ich will nicht mehr darüber sagen, in welchem Zustand ich Manta fand. Ich versuchte, so gut ich konnte, ihren Kopf mit dem, was von ihrem Körper übrig war, zu vereinen, doch die Stücke wollten sich nicht zusammenfügen lassen, ganz gleich, wie sehr ich schrie und tobte. Es war wohl dieser Augenblick, in dem ich schließlich den Verstand verlor und die Kel Asuf sich meiner bemächtigten, denn ich erinnere mich sonst an nichts mehr. Ich habe keine Ahnung, wie ich zum Teggart zurückgekehrt bin; ich weiß nicht, wie ich überlebte, ob ich aß oder trank oder schlief. Ich war kein Mensch mehr. Ich war kein Mensch, bis du gekommen bist und mir in die Augen gesehen hast. Ich glaubte, du wärst sie, die zu mir zurückgekehrt war. Und dann wusste ich, dass du es nicht warst.«

»Und deshalb hast du geweint.« Mariata nahm seine Hand in ihren Schoß, doch im gleichen Augenblick überfiel sie das grausige Bild von Amastan, der mit dem abgetrennten Kopf seiner Liebsten auf dem Boden eines ausgelöschten Dorfs saß, mit ihm sprach wie ein Verrückter und die leblose Haut liebkoste.

Das Nächste, was sie wusste, war, dass sie rannte, rannte, als wären tausend *djenoun* hinter ihr her. Sie blieb erst stehen, als sie das Lager erreichte, und als sie dann in Rahmas Zelt stand, blickte sie sich verwirrt um und wusste nicht, wie sie dorthin gekommen war.

VIERZEHN

Wo war ich? Ich blinzelte und versuchte, etwas zu erkennen, doch mein Kopf war benebelt, und der Boden bewegte sich an meinem Gesicht vorbei. Bevor ich mich versah, übergab ich mich heftig, würgte und keuchte so lange, bis ich das Gefühl hatte, dass mir der Magen hochkam.

»*Comment allez-vous?*«

Die Stimme war sanft, doch die Frage schien absurd. Ich schluckte den letzten Rest Galle herunter und versuchte, mich zurechtzufinden. Allmählich dämmerte mir, dass ich bäuchlings auf einem Esel lag.

»Können wir bitte anhalten?«, krächzte ich. »*Pouvons-nous arrêter?*« Unter den gegebenen Umständen beglückwünschte mich eine winzige innere Stimme zu dem geistesgegenwärtigen Versuch, mich in zwei Sprachen verständlich zu machen.

Wunderbarerweise hörte die Welt auf, sich zu drehen, und die Übelkeit ließ nach. Starke Hände halfen mir, mich auf dem Tier aufzurichten, und dann schob sich ein fremdes dunkles Gesicht ins Blickfeld.

»*Ça va? Vous allez bien?*«, fragte er, und ich erinnerte mich an den jungen Mann in einheimischer Kleidung, der mir beim Abstieg geholfen hatte.

»Wohin bringen Sie mich?«, fragte ich unfreundlich, voller Panik bei der Vorstellung, von wildfremden Menschen abhängig zu sein.

»Zu Nanas Haus«, antwortete er.

»Nana?«

»Unsere Großmutter, Lalla Fatma. Sie ist eine bekannte

Heilerin und Pflanzenkundlerin. Es gibt Pflanzen in dieser Gegend, die an keinem anderen Ort der Welt wachsen, und Nana kennt sich mit ihnen aus.«

Die Panik verstärkte sich. »Nein, nein, das bringt gar nichts«, sagte ich, darum bemüht, meine feste Stimme wiederzufinden. Normalerweise wendete ich sie bei den strohdummen Praktikanten an, die man mir schickte, wenn meine Sekretärin weg war. Auch jetzt sprach ich besonders langsam und übertrieben deutlich. »Das ist sehr nett von Ihnen, aber lieber nicht. Sie müssen mich in ein *Krankenhaus* bringen. Zum *Röntgen*.«

Der Mann lachte, aber was war denn amüsant daran, mit einem vermutlich gebrochenen Knöchel ins Krankenhaus zu wollen? Ich zwang mich zu einem neuen Versuch. »Verstehen Sie, es muss geröntgt und gegipst werden, um richtig zu heilen. Ich glaube wirklich nicht, dass ein paar Pflanzen da helfen können.«

Doch mein Retter wandte sich ohne ein Wort ab, und plötzlich dämmerte mir, dass sein Französisch vielleicht nicht so fließend war, wie ich gedacht hatte. Ich seufzte. Hinter ihm sah ich die Ausläufer eines mittelalterlich anmutenden Bauerndorfs auftauchen – ein Durcheinander von Lehmhütten im gleichen rosaroten Farbton wie die Felswände ringsum, als wären auch sie Auswüchse der natürlichen Landschaft. Sie hatten flache Dächer und winzige, mit Eisen vergitterte Fenster. Manche waren so alt, dass sie aussahen, als zerbröckelten sie schon wieder zu Stein und Geröll. Nicht gerade die besten Voraussetzungen für ein Krankenhaus. Frauen in schwarzen Gewändern hörten auf, die Vegetation zu beschneiden oder den Boden umzugraben, und sahen uns stumm, mit misstrauischen, pechschwarzen Augen vorüberziehen. Im Gegensatz zu ihnen liefen die Kinder beim Anblick einer Europäerin auf einem Esel lachend und schreiend neben uns her. Ziegen und Schafe drängten sich um uns herum und blökten verwirrt: Das war nicht die Zeit, in der sie gewöhnlich von der Weide in den Bergen kamen. Was war los? Ein riesiger weißer Hahn stand auf einer Mauer und reckte uns seinen roten Kamm entgegen; sein Harem von Hennen gackerte und scharrte unten im Staub.

»Hier gibt es kein Krankenhaus«, sagte der Mann beiläufig und bestätigte damit meine schlimmsten Befürchtungen. »Jedenfalls nicht in dem Sinne, wie Sie es meinen. Es gibt kein Röntgengerät, und der Arzt … nun …« Er zögerte. »Meine Großmutter ist begabter als jeder Arzt. Es kommen Leute aus Taroudant und Tiznit, um sie um Rat zu fragen, ja, sogar aus Marrakesch.«

Meine Gedanken rasten vorwärts zu einer Zeit, in der ich mit einem Stock gehen musste, weil der Knöchel falsch zusammengewachsen war; nein, mein hektisches Gehirn korrigierte sich, mit einer Prothese, das alte Bein hatte amputiert werden müssen, nachdem die Behandlung mit irgendwelchen verrückten Pflanzen zu Blutvergiftung und Brand geführt hatte …

»Herrgott noch mal!«, schrie ich beinahe hysterisch, denn ich hatte das Gefühl, jegliche Kontrolle zu verlieren, jetzt und in der Zukunft auch. »Ich brauche einen *Arzt*!«

Niemand schenkte mir die geringste Beachtung, bis auf die zerlumpten Kinder mit ihren lachenden Augen. Sie fanden mich unglaublich komisch.

Die junge Frau, die den Esel führte, reichte dem Mann das Halfter und lief voraus, wobei sie rief: »Lalla Fatma! Lalla Fatma!«

Frauen jeden Alters und in jeglicher Aufmachung kamen aus ihren Lehmziegelhäusern gestürzt, um zu sehen, was der Aufruhr zu bedeuten hatte. Als sie mich sahen, eine europäische Frau, verbargen sie Haar und Gesicht unter ihren Schleiern, als könnte ich sie plötzlich mit einer Kamera attackieren wie ein hergelaufener, ignoranter Tourist. Kurz darauf blieb der Esel vor einer Mauer stehen, die im selben Rosarot getüncht war wie der Rest des Dorfs. Mein Retter hob mich von dem Tier, wobei er trotz seiner drahtigen Figur erstaunliche Kraft zeigte, und trug mich durch einen Garten, der nach Orangen- und Zitronenbäumen, Oliven und Rosen duftete. Er folgte einem Pfad aus festgestampfter Erde und trat dann über eine Schwelle, wobei er sich bücken musste, um nicht gegen den niedrigen Türsturz zu stoßen.

Der Kontrast zwischen dem grellen Sonnenlicht und dem höhlenartigen Innern war so intensiv, dass ich einen Moment lang glaubte, erblindet zu sein. Als sich meine Augen an die Dunkelheit gewöhnt hatten, sah ich die vielen Frauen, die mit irgendwelchen Hausarbeiten beschäftigt waren oder mit dem Rücken an der Wand dasaßen und durcheinanderzwitscherten wie Vögelchen. Ihre mit Henna geschmückten Hände gestikulierten heftig. Eine Frau zerstampfte etwas in einem großen Mörser aus Stein, eine zweite kümmerte sich um das Feuer in einem Kohlenbecken in der Mitte des Raums, auf dem ein großer angelaufener Kupferkessel stand und Dampfwolken ausstieß. Wieder andere sortierten kleine Steinchen aus einer Schale mit Linsen, eine vierte kämmte Wolle. Die fünfte – groß und dick – stellte eine Reihe von Tontöpfen auf einen niedrigen runden Tisch, wobei ihr die junge Frau, die den Esel aus den Bergen geführt hatte, zur Hand ging. Als wäre das nicht genug, stürzten jetzt auch noch vier laut meckernde Ziegen durch die offene Tür hinter uns herein. Eine der Frauen rappelte sich auf, griff nach dem Besen, scheuchte sie alle wieder hinaus und nannte dabei jede einzelne beim Namen – *Teaza! Imshi! Tufila! Azri!* Mir drehte sich der Kopf.

Die dicke Frau stand auf und sagte etwas zu den anderen. Eine nach der anderen erhoben sie sich, küssten ihr respektvoll die Hand und verabschiedeten sich, bis nur noch wir vier im Raum waren. Wo bislang alles geschäftig und laut gewesen war, herrschte plötzlich tiefe Stille. Der Berber legte mich vorsichtig auf eine Matte am Boden, doch die alte Frau beschimpfte ihn zornig, bis er mir ein Bett aus Kissen gemacht hatte. Dort lag ich jetzt, sah zu ihr auf und wusste nicht, was ich sagen oder tun sollte. Sie wirkte sehr außergewöhnlich: dunkelhäutig und gebieterisch. Anders als die anderen Frauen trug sie statt des üblichen schwarzen Gewands ein langes blaues Hemd und darüber ein grellorange und schwarz gestreiftes Tuch aus Seide, das über der Brust verknotet war und auch ihren Kopf bedeckte. Um den Hals lag eine Bernsteinkette, deren Steine so groß wie Hühnereier waren, und an den langen Ohrläppchen hingen schwere silberne Ohrringe. Die Ärmel des Unterkleides waren aufgekrempelt und entblößten muskulöse, mit silbernen Armreifen geschmückte Unterarme, die bei jeder Bewegung klirrten.

»*Marhaban, marhaban*«, rief sie und schwatzte dann laut auf meine beiden Begleiter ein. Während die drei in eine offenbar hitzige Debatte vertieft waren, sah ich mich um. Gefäße mit Öl säumten zwei Wände, so groß, dass sich mit Leichtigkeit Ali Baba und die vierzig Räuber darin hätten verstecken können; mehrere Säcke, vermutlich Getreide, Mehl oder Reis, standen in einer Reihe daneben, und an allen schiefen Lehmwänden hingen Regale mit Gläsern, Schachteln und Büchsen – alte Teedosen mit Tetley, Lyons oder Chinese Gunpowder – Marken und Verpackungen, die aussahen, als stammten sie aus der Zeit vor dem letzten Weltkrieg, obgleich der Glanz ihrer Vergoldung wie neu funkelte. Und jetzt überschwemmte mich eine ganz neue Empfindung: ein Dutzend verschiedene Aromen, alle durchdringend, manche widerlich, darunter eindeutig Tierexkremente, Lanolin, Öl, Gewürze und Schweiß, und über alledem etwas gänzlich Unidentifizierbares und Fremdes. Mir schwirrte der Kopf vor Schmerz, Lärm und Gerüchen, alles war so ungewohnt. Ich spürte eine Welle von Übelkeit und sah die berühmten Sternchen, die eine Ohnmacht ankündigen.

Der junge Mann kniete sich neben mich und hob sacht meinen Kopf an. »Nana sagt, dass ich sehr unhöflich bin und mich bei Ihnen entschuldigen muss.« Er legte eine Hand aufs Herz. »Mein Name ist Taïb – *Tie-yeeb* –, und das ist meine Schwester Hasna.« Damit deutete er auf die schlanke ernste Frau, die neben ihm stand. »Dies ist das Haus meiner Großmutter, Lalla Fatma.«

Als sie inmitten des Schwalls von fremden Worten ihren Namen erkannte, senkte die Frau den Kopf und schlug sich auf den voluminösen Busen. »*Fatma, eyay, Fatma*«, wiederholte sie. Dann sahen mich alle erwartungsvoll an.

Einen Moment lang konnte ich mich nicht an meinen Namen erinnern. Doch dann entriss ich meinem Gedächtnis diese Information mit schier übermenschlicher Anstrengung. »Isabelle Treslove-Fawcett«, sagte ich und sah, wie ihre Gesichter ausdruckslos wurden. »Isabelle«, korrigierte ich und gab schließlich auf: »Izzy.«

Darauf fingen alle an zu lachen. Großmutter Fatma summte leise vor sich hin, und das Lachen verstärkte sich noch mehr. Meine Verwirrung war komplett.

»Tut mir leid«, sagte Taïb endlich. »Izi ist der Berberausdruck für diese verfluchten, elenden Dinger, die bei Ihnen Fliegen heißen.«

Verflucht und elend; was war ich für ein Glückspilz.

Jetzt drehte sich Taïb zu seiner Großmutter um, und wieder stürzten sie sich in einen langen, von gutturalen Lauten getragenen Wortwechsel. Er zeigte aus der Tür hinaus und auf den Berg, dann wieder auf mich. Ich trug noch immer den Klettergurt. Die alte Frau betrachtete mich verwundert. Dann sagte sie etwas, laut und nachdrücklich, schlug mit der Faust auf die offene Handfläche und schüttelte den Kopf. Die Botschaft war eindeutig: Diese modernen europäischen Frauen, die glauben, sie könnten es den Männern gleichtun! Bergsteigen, und was kommt als Nächstes? Ist es ein Wunder, dass sie jetzt in der Patsche sitzt?

Sie schwenkte resigniert die Hände und hastete davon, um

zu beaufsichtigen, was Hasna am Kohlenbecken vorbereitete. Einen Augenblick später verbreitete sich ein Duft von Rosenöl, durchsetzt mit etwas seltsam Bitterem, und vermischte sich mit den anderen Aromen im Raum. Nachdem die alte Frau auf diese Weise die Atmosphäre gereinigt hatte, legte sie ein dickes Schaffell auf den Boden und setzte sich mit verschränkten Beinen darauf. Ihre Bewegungen waren so geschmeidig und kontrolliert, als hätte sie ihre Muskulatur über Jahrzehnte hinweg trainiert. Ohne weitere Umstände legte sie eine Hand auf den verletzten Knöchel. Mein Schmerzensschrei hallte von den Wänden wider, doch niemand achtete darauf. Stattdessen betrachtete sie meinen Salomon-Kletterstiefel, als wäre es ein Objekt aus einer anderen Welt. Tatsächlich war es ein älteres Modell, einer meiner Lieblingsschuhe, dessen komplizierte Schnürung unter einer Goretex-Lasche mit Zippverschluss verborgen war. Für das ungeübte Auge musste er vollkommen unzugänglich aussehen, unmöglich zu öffnen: ein magischer Stiefel. Taïb zückte ein Messer und wollte ihn aufschneiden. »Nein!« Ich beugte mich vor, trotz meiner Übelkeit, und zeigte ihm, wie man das Geheimnis lüftete. »*Mais doucement, s'il vous plaît. Très doucement.*«

Behutsam zog er den Zipp auf, öffnete die Lasche, so weit es ging, und nahm meinen Fuß mit unendlicher Vorsicht heraus. Trotzdem schossen mir die Tränen in die Augen. Aus irgendeinem Grund reichte er mir den Stiefel, und ich presste ihn an meine Brust wie einen Talisman.

Lalla Fatma schloss beide Hände um den verletzten Knöchel und stellte das Gelenk mit außergewöhnlicher Sachkenntnis ruhig, während sie gleichzeitig die Schwellung mit den Fingern abtastete und untersuchte. All das schmerzte, allerdings nicht annähernd so sehr, wie ich befürchtet hatte. »*La bes, la bes, la bes*«, murmelte sie immer wieder, wie um mich zu beruhigen.

So entspannte ich ein wenig, und das war ein Fehler. Im nächsten Augenblick hielt sie den Knöchel mit einer Hand fest, während sie mit der anderen den Fuß drehte und gleichzeitig ruckartig an ihm zog. Es knackte so laut, dass es sich fast anhörte wie ein Schuss. Ein dunkelrotes Meer schwappte über mir zusammen, nicht unbedingt Schmerz, aber etwas Tiefsitzendes und Ursprüngliches, als wäre damit ein ganzer Schwall, eine unkontrollierte Flut von Adrenalin freigesetzt worden. Und das wiederum verwandelte sich in weißes Licht, jemand applaudierte, Leute redeten durcheinander.

Als ich kurz danach die Augen aufschlug, wirkte die alte Frau unglaublich stolz auf sich, als hätte sie etwas erreicht, was ihr ohnehin großes Ansehen noch verstärken würde. Die anderen Frauen waren wie auf ein Stichwort hin wieder aufgetaucht, und sie fing auf der Stelle an, sie herumzukommandieren und in die Hände zu klatschen, um sie anzutreiben. Nach dem kurzen Augenblick der Stille ging es jetzt erneut geschäftig und laut zu. Hasna reichte ihrer Großmutter eine Schale mit einer zähen grünen Paste. Die alte Frau schlug ein Ei auf, trank das Eiweiß und rührte das Eigelb in die Mixtur. Dann stellte sie die Schale neben das Kohlenbecken, um sie zu erwärmen, und trat zu den Regalen, um ein mit Wachs versiegeltes Gefäß herauszunehmen. Dieses öffnete sie, wobei sie ein wenig Kraft aufwenden musste, und sogleich durchzog ein mächtiger widerlicher Gestank den Raum: ranzig, modrig, unbeschreiblich ekelhaft. Sie schnüffelte anerkennend daran und schöpfte eine Hand voll des dunklen klebrigen Zeugs heraus. Sie grinste mir durch die enormen Zahnlücken zu und streckte mir die Hand entgegen. Auf keinen Fall würde ich dieses Hexenzeug an mich heranlassen, egal, was es war. »Nein«, sagte ich und schüttelte den Kopf. »Nein, nein. Wasser bitte, nur Wasser.«

Taïb übersetzte, doch seine Großmutter wollte nichts davon hören. »*Oho, oho*«, sagte sie immer wieder. »*Aman, oho.*« Sie drohte mir mit dem Finger. Dann ergriff sie mit erstaunlicher Kraft meinen Knöchel und fing an, das widerwärtige Zeug mit festen Bewegungen auf dem Gelenk zu verstreichen. Nachdem mein anfängliches Grauen vor dem Gestank verebbt war, registrierte ich, dass es tatsächlich ein sehr angenehmes Gefühl war, ungefähr so wie eine Tiefenmassage, mit der sie die Hitze aus der Wunde ins Bein hinaufmassierte, wo sie sich immer mehr auflöste. Vielleicht wusste diese Alte tatsächlich, was sie tat.

Mein Knöchel reagierte mit einem unwillkürlichen Zucken. Er bewegte sich! Also doch nicht gebrochen, dachte ich mit einem plötzlichen Hoffnungsschimmer, obwohl er immer noch tierisch wehtat. Nun verteilte sie noch eine dicke Schicht von der grünen Paste um den Knöchel, legte eine Hand voll Riedgräser als Schienen drum herum und band alles mit Streifen von Taïbs bereitwillig geopfertem Turban fest. »Zwei Wochen«, übersetzte er mir. »Zwei Wochen dürfen Sie ihn nicht belasten. Die Bänder sind verletzt, vielleicht auch die Sehnen, aber die Knochen sind intakt.«

Das waren gute Neuigkeiten im Vergleich zu meinem Prothesenszenario, den Kletterurlaub konnte ich mir allerdings abschminken. Ich habe nicht mal eine einzige Route geschafft, dachte ich düster und verzog das Gesicht, aber dann fielen mir wieder die guten Manieren ein, die meine Mutter mir eingeschärft hatte, und ich bedankte mich. »*Tanmirt, Lalla Fatma.*« Mehr hatte ich von ihrer Sprache bislang nicht aufgeschnappt, trotzdem schien die alte Frau entzückt zu sein. Sie eilte zu den Säcken an der Wand und kam mit etwas Dunklem, Rotbraunem zurück, das ich durch ihre Finger sehen konnte. Taïb lächelte wie ein Zauberer, der seinem Publikum einen kurzen Blick auf das Kaninchen gewährt, bevor er es mit undurchdringlichem Gesicht verschwinden lässt. Ich starrte ihn an, doch die alte Frau sagte etwas zu mir und öffnete die Hand, um mir ihr Geschenk anzubieten. Aus Höflichkeit wollte ich schon danach greifen, aber dann zuckte meine Hand in Panik zurück.

»Heuschrecken«, übersetzte Taïb und versuchte, ein ernstes Gesicht zu behalten. »Heuschrecken fressen nur die feinsten Pflanzen und besitzen große Kraft in ihren Sprunggelenken.

Wenn Sie sie essen, geht ihre Kraft in Ihren Knöchel über, und er wird rasch heilen.«

»Ich esse keine Heuschrecken«, sagte ich und schob Lalla Fatmas Hand sanft, aber entschieden beiseite.

»Sie sind geröstet und mit Zucker überzogen. Köstlich«, fuhr Taïb fort. »Wir essen sie wie Bonbons. Schauen Sie.« Damit warf er sich eine in den Mund und kaute, während ich ihn fassungslos beobachtete und sogleich laut losprustete, als er angeekelt das Gesicht verzog und die breiigen Reste ausspuckte. »Okay. Sie sind wirklich widerlich. Nana wird sehr enttäuscht von uns beiden sein.«

Seine Großmutter blickte von ihm zu mir, schnalzte mit der Zunge und verließ den Raum. Hatte ich sie etwa tödlich beleidigt? Wie sollte ich das wissen?

Ein paar Minuten später kam sie mit etwas Glänzendem zurück, das sie um meinen Knöchel befestigte. »*Baraka*«, sagte sie, als wüsste ich, was das heißt. »*Baraka*.«

»Das bringt Glück«, übersetzte Taïb. »Es hält den bösen Blick ab und hilft dem Fuß zu heilen. Da Sie keine Heuschrecken essen, wird Sie das wieder gesund machen.«

Ich beugte mich vor. Mit dünnen Lederbändchen hatte sie ein kleines rechteckiges Stück Silber an meinem Fuß befestigt. Mein Herz machte einen Sprung. Dann öffnete ich den Reißverschluss meiner Hose und nahm das Amulett heraus, das ich ihr auf der flachen Handfläche entgegenstreckte. »Sehen Sie!«

Taïb und seine Großmutter starrten auf die größere Version dessen, was sie mir gerade um den Knöchel gebunden hatte, und begannen, sehr rasch miteinander zu reden, wobei sie die Köpfe zusammensteckten. Ihrer war umhüllt von der glänzenden schwarz und orange gestreiften Seide, seiner bedeckt mit kurzem schwarzem Haar, das von einzelnen grauen Strähnen durchsetzt war. Er war älter, als ich anfänglich vermutet hatte.

»Sie sind ziemlich ähnlich, nicht wahr?«, fragte ich im Plauderton.

Taïb sah auf. »Sie stammen aus verschiedenen Regionen. Das kleine gehört unseren mauretanischen Vorfahren, das andere kommt aus einer Gegend weiter südlich, glaube ich. Aber beide sind eindeutig Tuareg-Schmuck. Wo haben Sie das her?«

»Es war ... ein Geschenk.«

»Ein kostbares Geschenk. Es ist ein außergewöhnliches Stück. Wissen Sie, wo es herkommt?«

»Ich glaube, es wurde in der Nähe eines Grabes in der Wüste gefunden«, sagte ich vage. Ich konnte mich in diesem Augenblick nicht an den Namen der Frau erinnern, die in dem archäologischen Bericht erwähnt wurde. »Jemand, deren Name ›Die aus den Zelten‹ oder so ähnlich bedeutete.«

Er kniff die Augen zusammen und sah mich an. »Sie meinen doch nicht etwa Tin Hinan?«

Bei dem Namen durchfuhr mich eine Schrecksekunde lang ein Schock des Wiedererkennens. »Ja. So hieß sie. Aber es ist gut möglich, dass es gar nichts mit ihr zu tun hat.«

Taïb betrachtete das Amulett sehr aufmerksam. Dann schüttelte er den Kopf. »So alt kann es nicht sein. Wahrscheinlich ist es bloß Zufall«, murmelte er vor sich hin. »Könnten Sie sich vorstellen, es mir zu verkaufen?«

War das vielleicht eine höfliche Umschreibung dafür, dass ich mich für meine Rettung erkenntlich zeigen und ihnen ein Geschenk machen sollte? Plötzlich überwältigte mich eine irrationale Wut. Sie hatten nichts weiter getan, als mich zu der alten Hexe mit ihrem stinkenden Brei und ihrer Bauernmedizin zu bringen. Das Amulett gehörte mir; ich konnte es nicht verschenken. Ich umschloss es mit der Hand. »Es ist nicht zu verkaufen.«

Er zuckte die Achseln. »Selbst wenn wir seine Herkunft nicht beweisen könnten, würde es einen guten Preis erzielen, wissen Sie. In Paris. Dort gibt es eine Menge Sammler für solche Objekte. Originale *inadan*-Stücke, keine modernen Kopien aus Blech.«

Ich sah ihn von der Seite an. »Sie scheinen sich damit auszukennen.«

»Sie meinen für einen Berber aus der Provinz?« Er lachte kurz und scharf. »In Wahrheit bin ich nur hier, um meine Schwester Hasna zu besuchen.« Er nickte der jungen Frau zu, die zurücklächelte. »Aber auch Nana und den Rest der Familie. Ansonsten mache ich Geschäfte mit nordafrikanischen Antiquitäten, hauptsächlich in Paris.«

Plötzlich wusste ich, wer er war, und kam mir vor wie eine Idiotin: der Cousin, den der Restaurantbesitzer erwähnt hatte. »Ah«, sagte ich. »*Dieser* Taïb sind Sie.«

Als er begriff, dass ich diese sonderbare Bemerkung nicht weiter erläutern würde, sagte er: »Darf ich es mir noch einmal genauer ansehen? Es ist wirklich ein besonderes Exemplar.«

Zögernd zwang ich mich, ihm das Amulett zu geben, doch noch während ich es tat, schien in seinem Innern etwas zu verrutschen. Ich drehte es um und starrte es an. »Oh! Ich glaube, es ist kaputt. Das muss passiert sein, als ich abstürzte.« Von einem Augenblick auf den anderen war mir wieder schwindlig. Das Amulett hatte mir das Leben gerettet, und jetzt war es kaputt.

Taïb neigte den Kopf zur Seite. »Es ist nicht kaputt, sehen Sie.«

Das Mittelteil hatte sich verzogen, vermutlich durch die Wucht des Aufpralls. Dahinter verbarg sich etwas, eine Art Geheimfach. Mittlerweile hatte ich meine Verletzung völlig vergessen, denn in diesem Fach lag ein winziges Röllchen. Es sah aus wie Papier, oder war es Pergament? Vielleicht sogar Papyrus oder was immer unsere Vorfahren zum Schreiben benutzt hatten. Mit zitternden Fingern versuchte ich, es herauszufischen, aber es hatte eine Ewigkeit darin verbracht und widersetzte sich.

»Versuchen Sie es.« Ich hielt es Taïb entgegen, doch seine Großmutter legte ihm hastig die Hand auf die Schulter und sagte etwas, so laut und so schnell, dass er ihr einen konsternierten Blick zuwarf.

»Nana ist abergläubisch. Sie meint, die Toten soll man ruhen lassen.«

»Die Toten?«

»Das ist nur so eine Redensart. Die Vergangenheit. Sie hat Angst, dass das Amulett einen bösen Zauber enthalten könnte, einen Fluch, und sie möchte nicht, dass er auf ihre Familie übergeht.«

Weck keine schlafenden Hunde. Plötzlich fielen mir die Worte aus dem Brief meines Vaters ein. Bloß nicht! Entschlossen fummelte ich an der schmalen Öffnung herum, bis mir das Röllchen in die Hand fiel, und wartete auf das seltsame Prickeln, das ich gespürt hatte, als ich das Amulett zum ersten Mal berührt hatte, aber da war nichts. Das Papier fühlte sich nur sehr spröde an. Ich fürchtete, es könnte zerfallen, sobald ich versuchte, es zu entrollen, aber ich musste unbedingt wissen, was es enthielt. Sorgfältig strich ich es glatt. Was hatte ich erwartet? So was Ähnliches wie eine Botschaft in einer Flasche, einen Hilferuf? Verständnislos starrte ich auf die obskuren Schriftzeichen – darunter ein Kreis mit einem horizontalen Querstrich, ähnlich wie ein No-Entry-Schild, ein Dreieck mit einem seitlich herausragenden Strich, das mich an einen umgefallenen Regenschirm erinnerte, ein Strichmännchen mit erhobenen Armen, ein X mit Querstrichen oben und unten, ein Symbol, das an einen umgestürzten Picknicktisch erinnerte, zwei winzige übereinanderstehende Kreise. Die Schrift schien horizontal und vertikal zugleich zu verlaufen, auf komplexe Art ineinander verwoben, wie um Störungen durch Eindringlinge wie mich abzuwehren. Ich blickte Taïb an. »Wissen Sie, was das ist? Können Sie es lesen?«

Er schüttelte den Kopf. »Es ist Tifinagh, die Schriftsprache der Wüstenstämme. Sie wird von den Frauen der Tuareg am Leben erhalten, den Kel Tamaschek. Aber ob ich es lesen kann?« Er schüttelte erneut den Kopf. »Meine Familie hat Tuareg-Wurzeln, aber diejenigen, die Tifinagh lesen konnten, liegen schon lange unter der Erde.«

»Nicht mal Ihre Großmutter?« Ich sah, wie sich die alte Frau den Hals verrenkte, um zu erkennen, was wir gefunden hatten. Ihre Augen waren so groß, als wüsste sie etwas und wollte es lieber für sich behalten. Dann hob sie die Hände, wie um sich gegen böse Einflüsse zu schützen, wandte sich um und ging hinaus. Wir sahen ihr beide nach, als sie sich unter der niedrigen Tür bückte, in den Hof hinaustrat und aus unserem Blickfeld verschwand.

FÜNFZEHN

Mariata ging Amastan nach seiner grausamen Erzählung aus dem Weg. Sie wusste einfach nicht, was sie ihm sagen sollte. Warum fand sie nicht die richtigen Worte? Warum konnte sie nicht auf das enorme Opfer reagieren, das er ihr gebracht hatte, als er sich ihr anvertraute? Was für eine Dichterin war sie, was für eine Frau? Ihre Unfähigkeit, mit ihm zu sprechen, fügte ihm neuen Schmerz zu: Sie erkannte es an der Art, wie er sie betrachtete und dann schnell den Blick abwandte. Trotzdem flimmerte immer der Schatten von Manta zwischen ihnen. Mariata stellte sie sich vor, so wie sie gewesen sein musste, lebendig und voller Zuversicht, hübscher als die meisten, ein bisschen rebellisch, ohne Angst, den jungen Mann zu küssen, der ihr gefiel, bereit, ihm ihr Herz zu schenken, obgleich sie ihn kaum kannte. Mit anderen Worten, ein Mädchen wie sie selbst. Und angesichts dieser seltsamen Verbindung war es noch schwerer, zu Amastan zu gehen: Auf eine seltsame Art erschien es ihr wie ein Verrat an der toten Frau und der tragischen Liebe zwischen den beiden.

Etwa eine Woche später brach Amastan mit einer Gruppe Männern nach Norden auf, um Wild für die Hochzeit von Leïla und Kheddou zu jagen. In den ersten paar Tagen war sie erleichtert, nicht ständig an seine Gegenwart erinnert zu werden, doch wenig später schon vermisste sie ihn so heftig, dass sie das Gefühl hatte, ihr Herz würde zu Eis, wenn sie ihn nicht bald wiedersah. Als wollte sie sich für diese Sehnsucht rächen, drängte sich Manta jetzt des Nachts in ihre Träume, bis sie schweißgebadet aus dem Schlaf fuhr. Sie hörte eine körperlose

Stimme, sah den kopflosen Körper, wie er sich aus eigenem Antrieb bewegte, sah, wie der Kopf vor ihre Füße rollte und den Mund öffnete, sah das blutbeschmierte Amulett, das nun sie um den Hals trug …

Eines Morgens setzte sich Rahma neben sie, als sie den Teig für das tägliche *tagella* knetete.

»Du siehst müde aus, meine Tochter.«

Mariata musste zugeben, dass sie nicht besonders gut schlief.

»Es ist heißer als sonst«, nickte Rahma mit einem halben Lächeln. Sie wusste, dass mehr dahintersteckte. Als sie dann zum x-ten Mal darauf zu sprechen kam, dass ihr Sohn eines Tages seinen alten Beruf als Händler auf der Salzstraße wieder aufnehmen könnte, klatschte Mariata ihren Teig hart auf den Stein. »Ich glaube nicht, dass er je wieder mit einer Karawane losziehen wird.«

Rahma hörte auf, Staub und Sand von dem Stein zu fegen, den sie benutzten, um den Teig aufgehen zu lassen, und sah Mariata aufmerksam an. »Was hat er dir gesagt? Hat er schon erzählt, was mit Manta geschehen ist?«

Allein der Name durchfuhr sie wie ein Messer, doch sie sagte nichts. Es war nicht ihre Geschichte, selbst wenn sie sie hätte erzählen können.

Rahma bohrte weiter. »Ich glaube, wir sollten es herausbekommen, aber du bist diejenige, die ihn danach fragen muss. Vor mir hat er immer Geheimnisse gehabt, schon als Kind. Als sein Onkel ihm ein Messer geschenkt hat – damals war er gerade fünf –, hat er es im Sand hinter dem Zelt versteckt, damit ich es nicht finde und ihm wegnehme. Als er sich beim Spielen mit älteren Jungs das Knie verletzt hat, war er zu stolz, um mir davon zu erzählen. Das getrocknete Blut klebte an seiner Hose, und er hat es eine Woche vor mir versteckt, bis die Baumwolle mit der Wunde verwachsen war. Die Narbe ist heute noch zu sehen.« Sie sah traurig aus. »Versprich mir, dass du es herausfinden wirst, Mariata. Versprich es mir, um unser beider willen.«

Die junge Frau musterte sie neugierig. »Warum bittest du mich darum?«

»Mir ist nicht entgangen, wie du ihn ansiehst ...« Sie hob die Hand, um den Protest des Mädchens zu ersticken. »Wir beide lieben ihn. Wenn er zu uns zurückkehrt, will ich tun, was ich kann, um dir zu helfen, und du sollst tun, was du kannst, um mir zu helfen. So werden wir zusammen dafür sorgen, dass Amastan bekommt, was er braucht.«

»Und das wäre?«

Rahma sah sie aus umschatteten Augen an. »Er wird hier bei uns beiden bleiben und eine Familie gründen. Sie kann ihm die Hoffnung schenken, die er braucht, um seine Welt neu aufzubauen.«

»Ich glaube nicht, dass er dafür bereit ist«, sagte Mariata vorsichtig. »Besser gesagt, ich bin ziemlich sicher, ganz gleich, ob es um mich geht oder sonst wen.«

»Dann müssen wir ihn zu seinem Glück zwingen«, sagte Rahma und presste die Lippen aufeinander.

Die ersten Hochzeitsgäste trafen ein, aus der unmittelbaren Umgebung ebenso wie aus Tafadek oder Iferouane: Tanten und Cousinen, Brüder und Onkel und alte Freunde. Man streckte die Vorräte, um sie alle ernähren zu können; einige kostbare Ziegen wurden geschlachtet, ebenso ein paar Hühner, wenngleich die älteren Leute diese als tabu ansahen und nicht verzehrten. Als Leckerei wurde ein Gericht aus gekochten und mit Zucker glasierten Heuschrecken angeboten, eine besondere Delikatesse.

Einige Tage darauf kamen die Jäger mit vielen Kaninchen, gesprenkelten Perlhühnern, die wild in den Bergen lebten, und zwei Gazellen wieder, die sie auf der Hochebene oberhalb des Dorfs zur Strecke gebracht hatten. Der alte Hammel, der zum Schlachten ausersehen worden war, falls die Jäger mit leeren Händen zurückgekehrt wären, wurde begnadigt. Das ganze

Dorf machte Witze darüber, einer aus dem Stamm hing ihm sogar ein Amulett um den Hals, um zu gewährleisten, dass er mit *baraka* gesegnet war, und alle waren in bester Stimmung. Alle, bis auf Rahma und Mariata, denn Amastan war nicht mit der Gruppe zurückgekehrt. Er war, so erzählten die anderen, eigene Wege gegangen, doch wussten sie nicht, wohin.

Mariata versuchte, sich auf die Vorbereitungen für das Hochzeitsfest zu konzentrieren, war aber nur mit halbem Herzen dabei. Sie verbrachte den Morgen damit, einen Laib Brot nach dem anderen zu backen, knetete den Teig, ließ ihn auf den von der Sonne gewärmten Steinen aufgehen und behielt das Feuer im Auge. Wenn die Kohle nur noch glühte, nahm sie sie heraus, legte den Teig in den heißen Sand unter das Feuer und die glimmenden Kohlenstücke wieder obendrauf. Nach der Hälfte der Backzeit wurden die Brotlaibe gewendet. Es war ein Vorgang, der höchste Konzentration erforderte. Obwohl Amastans Abwesenheit eine unvorstellbare Leere verursachte, erledigte sie ihre Arbeit mit größter Sorgfalt und wurde selbst von den verhutzelten alten Frauen gelobt, die schon seit mehr als einem halben Jahrhundert Hochzeitsbrote buken.

Am Nachmittag, als es zu heiß wurde, um Essen zuzubereiten oder sich in der Sonne zu bewegen, zogen sich die Frauen in die Zelte zurück, um zu schlafen, zu schwatzen, Kleider und Schmuck für den Abend herauszulegen, *khol* aufzutragen und sich mit Henna zu schmücken. Die Männer saßen derweil im Schatten der Bäume auf der anderen Seite des Lagers.

Während Nofa Hände und Füße der Braut mit Flammen und Blüten aus Hennapaste bepinselte, bat Leïla Mariata, ihr das Haar im selben Stil zu flechten, den die Frauen der Kel Teggart so glanzvoll und exotisch fanden. So vergingen die Stunden in einem angenehmen Nebel aus Zöpfeflechten und Schwatzen, und als die anderen Mädchen das Ergebnis sahen, wollten sie alle dasselbe haben, doch Mariata winkte ab: »Das ist nur für die Braut gedacht: Wie soll sie sich heute als etwas

Besonderes fühlen, wenn ihr alle gleich ausseht?« Daraufhin waren sie so enttäuscht, dass sie am Ende nachgab und einigen das Haar neu flocht. Ihre Finger schmerzten, noch bevor sie das Ende der drängelnden Schlange von wartenden Mädchen erreicht hatte. Dann kam sie zu Idrissa, vier Jahre alt und entschlossen, sich nichts von den aufregenden Dingen entgehen zu lassen, an denen seine ältere Schwester teilhatte. »Ich auch«, erklärte er. »Du sollst mein Haar auch machen.«

So müde und traurig sie war, Mariata musste ein Lächeln unterdrücken. Sie streckte den Arm aus und griff nach dem einzelnen Zopf, der oben auf seinem geschorenen Kopf spross wie bei allen kleinen Kindern des Stammes. »Aber Idrissa, wenn ich dein Haar um den Kopf flechte, wie bei deiner Schwester, wie sollen die Engel dich dann auffangen, wenn du fällst?«

Er sah sie erst nachdenklich, dann listig an. »Mach mein Haar so wie das von Tarichat, und ich verspreche, dass ich aufpasse und nicht hinfalle. Morgen kannst du es mir dann wieder anders machen.«

Alle Mädchen lachten. »Der wird bestimmt mal ein Händler!«

»Schon jetzt feilscht er wie ein Alter«, stimmte Mariata zu. »Aber weißt du was, Idrissa, wenn ich dein Haar so flechte wie das von Tarichat, siehst du aus wie ein Mädchen, und die anderen Jungs lachen dich aus.«

Idrissa dachte einen Augenblick ernsthaft nach und erklärte dann: »Wie ein Mädchen will ich nicht aussehen.« Damit rannte er aus dem Zelt, lachend und schreiend, um sich in einen geräuschvollen Kampf mit Hunden und Stöcken zu stürzen, den seine Spielkameraden am anderen Ende des Ziegengeheges angefangen hatten.

Mariata lächelte auch noch, als sie nach draußen trat, bis ihr bewusst wurde, dass sie beobachtet wurde. Sie drehte sich um. Hinter ihr waren die Zelte der Frauen, aus denen fröhliches

Gelächter drang. Alle hatten mit ihren Aufgaben zu tun, niemand achtete auf sie. Rechts befanden sich die Gehege, dort spielten die Kinder, links lag der verlassene Olivenhain, etwas weiter weg saßen die Männer des Stammes rauchend und debattierend beim Tee. Niemand sah zu ihr hinüber. Das prickelnde Gefühl überkam sie erneut, und sie wandte sich noch einmal zu dem Olivenhain um. Ganz langsam, als entzifferte sie eine verlorene Sprache, machten ihre Augen eine reglose hohe Gestalt aus, deren dunkle Gewänder einen Schatten vor dem silbergrünen Laub bildeten. Plötzlich fing ihr Herz an zu rasen. Selbst aus solcher Entfernung war es unmöglich, Amastan nicht zu erkennen. Warum stand er da und beobachtete sie? Ringsum erhob sich jetzt das Stimmengewirr und die Betriebsamkeit der Hochzeitsvorbereitungen – Menschen lachten und sangen, trugen Töpfe und Kochgeschirr, Essen, Teppiche und Trommeln zum Festplatz. Er war ein Außenseiter, der hineinschaute, ein isolierter, stiller Punkt inmitten des regen Treibens. Mariata spürte, dass ihr Herz ihm entgegenflog, als hinge es an einem Band. Ich muss zu ihm gehen, dachte sie. Ich muss mit ihm sprechen, die Kluft zwischen uns überwinden, gerade heute. Sie zitterte noch angesichts ihrer Entscheidung, als plötzlich jemand vor ihr stand. Es war Tana, mit blutigen Händen vom Ausweiden der Tiere.

»Tu es nicht«, sagte sie und sah Mariata eindringlich an.

»Was meinst du?«

»Geh nicht zu ihm. Lass ihn in Frieden.«

»Ich habe doch gar nichts gemacht«, sagte Mariata nervös. Wie konnte die *enad* wissen, was sie vorhatte? Ihre Hand fuhr zu dem Amulett unter ihrem Gewand.

Nichts entging Tanas scharfem Auge. »Wie ich sehe, ist es bereits zu spät. Nun, dieser Talisman wird dir nicht helfen, und vor mir brauchst du dich ja wohl kaum zu schützen. Ich sage es noch einmal: Geh nicht zu ihm. Es wird kein gutes Ende nehmen.«

»Ich weiß nicht, was du meinst. Ich wollte nur Leïla mit ihrem Schmuck helfen.«

»Sie hat Schwestern, die ihr dabei helfen können.«

»Warum sprichst du so mit mir, als wäre ich ein Eindringling, für den hier kein Platz ist?«

Tanas Blick war schwarz und undurchdringlich, so verbarg sie ihre Geheimnisse dahinter. »Ich habe Tod in den Eingeweiden gesehen und bin gekommen, um dich zu warnen. Du solltest das Dorf verlassen, du kannst mein Maultier haben.«

Mariata starrte sie an. »Was? Wessen Tod hast du gesehen?«

Doch Tana war bereits auf dem Rückweg.

»Wo soll ich denn hin?«, rief Mariata ihr nach, aber die *enad* gab keine Antwort.

Ihr wurde erst heiß und dann kalt. Sie hatte Tana für eine Freundin gehalten, eine Außenseiterin, die der Stamm aufgenommen hatte, genau wie sie selbst. Doch der Blick der Schmiedin war nicht freundlicher gewesen als ihre beunruhigenden Worte, trotz des Angebots mit dem Maultier. Wollte sie so dringend, dass Mariata den Stamm verließ? Hatte sie wirklich Tod in den Eingeweiden gesehen, und war es der von Mariata? Dann kam ihr ein anderer Gedanke, der irgendwie noch schlimmer war als der erste: Vielleicht war es Amastans Tod, den Tana gesehen hatte, und sie, Mariata, auf irgendeine Weise daran beteiligt: Sollte sie deshalb den Stamm verlassen?

In den langen Stunden des Festes, während alle lachten und tanzten und später die Braut entführten und das Brautpaar in Leïlas neuem Zelt einsperrten, schwirrten Mariata Tanas Worte durch den Kopf. Sie bildeten ein Gespinst, in dem sie sich gefangen fühlte wie eine Fliege im Netz einer Spinne. Als die Sonne unterging, fröstelte sie und zitterte, obwohl sie direkt am Feuer saß. Ihr Herz war nicht bei dem Gesang, den sie normalerweise so liebte. Wenn sie tanzte, hatte sie das Gefühl, sich zu einem anderen Rhythmus zu bewegen als die anderen jungen Frauen, zu einem Trommelschlag, der von weit her kam, langsam und eindringlich. Die Verse beim Gesangwettstreit kamen ihr nicht so leicht über die Lippen wie üblich: Sie verlor den Faden, vergaß die Schlüsselworte, denen sie folgen musste, brachte keinen Ton heraus. Einmal beobachtete sie, wie sich Yehali und Nofa einen verzweifelten Blick zuwarfen, der an Deutlichkeit nichts zu wünschen übrig ließ. Was ist denn heute mit Mariata los? Sie macht einen Fehler nach dem anderen und sorgt dafür, dass wir uns alle blamieren! Sie registrierte sogar, dass Amastan sie verwundert ansah; unter seinem Schleier machte sich der Anflug eines Stirnrunzelns bemerkbar. Am Ende hielt sie es nicht mehr aus und stahl sich davon. Aus ihrem Zelt holte sie die wenigen Habseligkeiten, mit denen sie gekommen war, einen Wasserschlauch aus Ziegenleder, den ihr sicher niemand nachtragen würde, und ein Stück Brot, das sie morgens selbst gebacken hatte. Dann verließ sie wie in Trance das Lager und ging auf die Schmiede und das kleine Gehege zu, wo Tana ihr Maultier untergestellt hatte. Nach einer Weile fand sie auch den Pfosten, an dem das Tier angepflockt war. Sie starrte das Maultier an, und dieses starrte gleichgültig zurück. Seine Augen glänzten im Dunkeln. »So, da bist du, und hier bin ich«, flüsterte Mariata ihm zu. »Doch wo geht die Reise hin?«

Das Maultier hatte darauf natürlich keine Antwort, aber hinter Mariata regte sich etwas, und dann sagte eine leise Stimme: »Wohin du auch willst, ich bringe dich hin.« Als sie sich umdrehte, stand Amastan vor ihr. Seine indigoblauen Gewänder verschmolzen mit der Nacht.

»Möchtest du auch, dass ich gehe?«

»Ich? Nein.«

»Obwohl ich so grausam zu dir war?«

Er schwieg, trotzdem sah sie so etwas wie ein Lächeln in seinen Augen. Die nächtlichen Grillen zirpten, vom fernen Fluss trug der Wind das Quaken sich paarender Frösche herüber. Schließlich sagte er: »Grausamkeit und Freundlichkeit; Freundlichkeit und Grausamkeit. Wer kann sagen, was was ist?

Wirf sie in die Luft, und es sind zwei Seiten derselben Medaille.«

Mariata runzelte die Stirn. »Du hast bestimmt bemerkt, dass ich heute Abend nicht in der Stimmung für Wortspiele bin oder mich aufziehen zu lassen wie ein kleines Mädchen.« Sie griff nach den Packtaschen des Maultiers, die auf dem Boden lagen, warf sie über seinen Rücken und verstaute ihre wenigen Habseligkeiten darin. Dann seufzte sie und wandte sich erneut Amastan zu. »Da ich euch verlassen werde, ist es besser, dass ich mich klar ausdrücke. Ich kam hierher, um einem Mann zu helfen, den alle Welt für verrückt hielt. Für einen Mann, den die *djenoun* dazu getrieben hatten, seine Braut umzubringen. Deine Mutter hatte die Tamesna überquert, um mich zu finden, denn sie glaubte fest, dass ich dir aufgrund meiner Herkunft helfen könnte. Bald stellte sich heraus, dass ich keinen Funken Zauberkraft besaß und nichts für dich tun konnte. Es war Tana, die dich von den bösen Geistern erlöste, nicht ich, und sie tat es für mich, nicht für dich. Weil, versteh … ach, es ist so schwer …« Sie strich sich über das Gesicht und fuhr dann rasch, halb im Flüsterton fort: »Ich war diejenige, die ihr Mitleid erweckt hat, nicht du.« Sie warf ihm einen ängstlichen Blick zu, um seine Reaktion zu sehen, aber er schien sie nicht zu verstehen. »Und dann hast du mir erzählt, was tatsächlich geschehen war … mit Manta. Du hast mir dein Herz geöffnet, und ich bin weggelaufen wie ein kleines Kind, dem man eine Gespenstergeschichte erzählt hat, statt dir, der du so gelitten hattest, mein Mitgefühl zu zeigen! Du hattest diese entsetzlichen Erinnerungen so lange für dich behalten, und ich … ich bin weggelaufen. Ich schäme mich deswegen. Vielleicht bin ich doch nicht so erwachsen, wie ich dachte, aber selbst dann darfst du mich nicht aufziehen wie ein Kind.«

»Du wirkst nicht wie ein Kind auf mich, glaub mir«, sagte Amastan ernst. »Vielmehr verstörst du mich.«

»*Ich* verstöre *dich*?«

»Ich war sicher in meiner Finsternis, vor allen verborgen. Niemand konnte mich dort berühren, und meine Dämonen waren mein Schutzschild vor der Welt. Dann bist du aufgetaucht und hast diesen Schild mit dem Licht deiner Augen und den klaren Worten deiner Gedichte zerschlagen. Möglich, dass Tana die Geister befreit hat, Mariata, du aber hast die Tür geöffnet, durch die sie fliehen konnten. Deine Schönheit betörte mich, aber dein Schweigen machte mir Angst. Als du nicht mehr mit mir gesprochen oder mich auch nur eines Blickes gewürdigt hast, war mir, als käme die Nacht zurück, um mich erneut zu verschlingen. Ich verlor alle Hoffnung. Deshalb habe ich mich den Jägern angeschlossen. Ich wollte weg von dir, weg vom Stamm, weg von allem. Dann trennte ich mich von den Jägern und ging allein weiter. Ich ging weit, ohne Essen, ohne Wasser. Und als ich dasaß und auf den Tod wartete, merkte ich, wie sich die Erde weiterdreht, als hätte ich keinerlei Bedeutung für sie, als wäre ich nicht wichtiger als ein Stock oder ein Stein. Eichhörnchen huschten um mich herum, vergruben die Nüsse, die sie gesammelt hatten, und markierten ihr Vorratslager mit ihrem Urin. Solange ich still saß, hielten sie mich für ein lebloses Hindernis, das sie umgehen mussten. Eine Eidechse huschte so schnell vorbei, dass ihre Füße kaum den heißen Boden zu berühren schienen, und ich sah sie, ehe sie die Schlange entdeckte, die blitzschnell zwischen den Felssteinen hervorschoss und nach ihr schnappte. Bei Einbruch der Nacht lag ich auf dem Rücken und sah die Sterne über mir kreisen, sah den Führer mit seinem dreizackigen Stock, der die Gestirne über den Himmel trieb, und fühlte mich so klein und zugleich so groß wie einer dieser winzigen Punkte. Mir wurde klar, dass ich vermutlich nichts hätte tun können, um Manta zu retten. Kein Zauber hätte sie vor dem Tod bewahren können; der Plan des Universums ist zu groß, als dass ein einzelner Mensch ihn umwerfen kann. Vielleicht gibt es auch die Welt der Geister, Verwünschungen oder Zauber gar nicht, und die

Menschen reden nur deshalb so furchtsam von ihnen, weil sie die harte Wahrheit nicht akzeptieren können: Wir sind ständig von Tod und Gefahr umgeben, und es gibt nichts, was wir tun können, um uns davor zu schützen. Das Leben ist schwer, kurz und brutal, doch die Sterne – diese winzigen Lichtperlen da oben im Dunkeln – sie bleiben für immer. Glaubst du das auch, Mariata? Werden wir zu Sternen, wenn wir sterben, kleinen strahlenden Punkten in einem gnadenlos schwarzen Nichts? Oder zerfallen wir einfach zu Staub?«

Mariata starrte ihn unglücklich an und wusste keine Antwort. Einen Augenblick lang hatte es so ausgesehen, als hätte sich sein Ich ihr zugewandt, Angelegenheiten des Herzens und Dingen, die sich verstehen und zwischen Mann und Frau diskutieren lassen. Doch dann hatte er sich auf gefährlichen Treibsand begeben. Sie war dazu erzogen worden, an die Geister zu glauben – *djenoun* in all ihren unterschiedlichen Gestalten. Über sie zu debattieren war gleichbedeutend mit einer Einladung an sie, in Scharen herbeizueilen, und zu dieser nächtlichen Stunde wären es keine guten Geister, sondern Kel Asuf, Wesen der Wildnis. Sie verwirrten den Verstand derer, die abseits ihrer Familien und der Sicherheit des Feuers lebten. Sie führten sich auf wie Schakale, wie wilde Räuber: *afrit* und Dämonen der Nacht, rachsüchtige Geister der ungerecht Behandelten und Verdammten, die die Stätten ihres vorzeitigen Todes heimsuchten, gierig nach dem Schmerz der anderen, um den eigenen zu stillen; *qareen*, persönliche Geister, stets darauf bedacht, einem empfänglichen Bewusstsein frevelhafte Gelüste einzuflüstern und fromme Seelen auf Abwege zu bringen. Und all dieses Gerede von Sternen und Tod: Wo kam das her? Ihre Großmutter hatte ihr die Kosmologie ihrer Welt beigebracht, indem sie jedes einzelne Element in den Rahmen einer Geschichte oder eines Gedichts aus der Zeit ihrer eigenen Großmutter einbettete, die sie wiederum von noch früheren Generationen übernommen hatte. Sie wusste, dass die ruhelosen Toten auf der Erde wandelten und man eine Leiche unmittelbar nach dem Tod beerdigen musste, intakt, das Gesicht gen Osten gewandt, und anschließend das Grab mit sieben flachen Steinen beschweren, um die Seele zu bewahren. Dornenzweige sollten wilde Hunde daran hindern, die Leiche auszugraben und zu zerfleischen. Der physische Körper würde im Grab verfaulen, gewiss. Wenn man die ganze Zeit vom Tod umgeben war – dem Tod von Ziegen und Hunden, von Kamelen und Babys –, ließ sich eine solche Tatsache nicht leugnen, doch das spirituelle Leben war etwas anderes. Anhänger des neuen Glaubens sprachen von einem nebulösen Himmel für die Seelen der Auserwählten, aber Menschen wie ihre Großmutter oder auch Rahma, die sich dem Ruf des Islam widersetzten, hingen einer dunklen, elementaren Auffassung von der Welt an. Trotzdem hatte keine von beiden je von den Geistern in den Sternen gesprochen. Die absurde Vorstellung, dass die Toten über ihr im grenzenlosen Raum schwebten, schien erdrückend und revolutionär gleichermaßen; sie spürte, wie ihr Geist dagegen rebellierte, noch während er diese Möglichkeit erwog. Sie schüttelte den Kopf. »Von solchen Dingen sollte man des Nachts nicht sprechen. Es weckt nur die falsche Art von Aufmerksamkeit.« Damit berührte sie das Amulett.

Amastan lächelte. »Du trägst mein Amulett.«

»Ich trage es, seit wir es dir abgenommen haben.«

»Einst glaubte ich, dass es alles Übel der Welt enthält.« Er machte einen Schritt auf sie zu, griff nach der Perlenschnur, an der es hing, und zog es aus ihrem Gewand. »Doch wenn ich es an dir sehe, weiß ich, dass es nicht wahr sein kann. Es beglückt mein Herz, wenn ich es dich tragen sehe, Mariata.« Er sah sie ruhig an. »Vor Manta gab es niemanden, der mein Herz berührte. Ich glaubte, dazu würde es nie wieder kommen.«

»Und jetzt?«, fragte sie unsicher, ohne die Sehnsucht in ihren Augen unterdrücken zu können.

Er schwieg so lange, dass sie glaubte, ihn allzu sehr bedrängt, die Grenzen des Respekts überschritten zu haben. Dann nahm er ihre Hand in die seine, drehte sie um und betrachtete sie aufmerksam. »Was für eine kleine Hand«, sagte er und presste ihre Handfläche an die Lippen.

Durch den weichen Stoff des Schleiers spürte sie die Wärme seines Mundes auf der Haut und glaubte, das Bewusstsein zu verlieren.

»Komm mit«, sagte er schließlich und führte sie hinab zum Fluss.

SECHZEHN

Ein kreischendes Kind riss mich aus meinem angenehmen Nickerchen. Ich wandte mich um und sah einen kleinen blonden Jungen mit rotem Gesicht auf dem Boden liegen, der mit beiden Fäusten um sich schlug. Seine leidgeprüfte, ebenso blonde Mutter lief über die mit Pflanzenkübeln geschmückte Terrasse und hob ihn auf.

Hinter ihnen leuchteten die Gipfel des Ammeltals in der Sonne: Der Löwe sah aus, als döste er in der Hitze.

»Er langweilt sich zu Tode! Ich weiß wirklich nicht, wie du auf die Idee kommen konntest, ausgerechnet hierher zu fahren, wo es überhaupt keine Abwechslung für ihn gibt!«, rief sie ihrem Mann über die Schulter hinweg zu. Er hatte schütteres Haar und studierte diverse Landkarten, die er ein paar Meter rechts von mir auf dem Tisch ausgebreitet hatte. Sie kam zurückgestakst und setzte ihm das kreischende Kind kurzerhand auf den Schoß. Der Mann blickte verwirrt auf, als hätte er keine Ahnung, was das war. Dann angelte er sich einen Mandelkeks von ihrem Teetablett und stopfte ihn dem Kleinen in den Mund. Der war so überrumpelt, dass er unvermittelt aufhörte zu schreien.

Das Kind tat mir ein wenig leid. Wenn ich etwas damit hätte erreichen können, hätte ich, ohne mit der Wimper zu zucken, ein ähnliches Theater veranstaltet. Doch es war weit und breit niemand zu sehen, der mich aufgehoben, mir den Staub abgeklopft und mich mit Mandelkeksen gefüttert hätte, um mich zu beruhigen. Apropos, gegen etwas Süßes hätte ich auch nichts einzuwenden. Bevor ich eingeschlafen war, hatte ich einen Pfefferminztee mit diesen köstlichen Keksen bestellt und ihn dann einfach vergessen, und der Junge, der uns bediente, war offensichtlich zu höflich gewesen, um mich zu wecken. Ich schenkte mir ein Glas Tee ein, er war allerdings nur noch lauwarm und hatte zu lange gezogen. Als ich ihn probierte, schmeckte er bitter wie Gift.

Drei Tage meines kostbaren Urlaubs hatte ich in dem Hotel eingesperrt verbracht, besser gesagt, auf seiner Terrasse. Am ersten Tag, nachdem Taïb mich gerettet und hierher gebracht hatte, war Eve bei mir geblieben, doch das lästige Gefühl, an der Langeweile schuld zu sein, die sie so mühsam vor mir zu verbergen suchte, war noch schlimmer, als mich selbst zu ertragen. Am Schluss hatte ich es nicht mehr ausgehalten und sie mit Miles und Jez ziehen lassen.

Am zweiten Tag hätte ich es beinahe genossen, nichts zu tun zu haben. Wo sollte ich auch hingehen? Ich setzte mich auf die Terrasse und hielt mein Gesicht in die Sonne wie eine Blüte auf der Suche nach Wärme. Ich spürte, wie sich Knoten und Verspannungen lösten und meine Nerven sich allmählich beruhigten. Ich hatte die eindrucksvolle Umgebung betrachtet und darüber nachgedacht, dass ich mich zum ersten Mal auf dem Kontinent befand, wo alles menschliche Leben seinen Ausgangspunkt genommen hatte. Während mein Blick über die enormen, unveränderlichen Quarzklippen, die aufgetürmten orangeroten Granitfelsen und den hellen grünen Fleck der Oase am Grund des Tals schweifte, konnte ich mir mühelos vorstellen, wie das Leben hier seit frühester Zeit verlaufen war: Endlose Prozessionen von Menschen und Tieren waren unterwegs gewesen, um Waren zu verkaufen oder ihre Ernten und Artefakte gegen Güter einzutauschen, die sie nicht selbst hatten herstellen oder anbauen können. Während ich beobachtete, wie die Menschen aus der Gegend langsam ihrer täglichen Arbeit nachgingen, mit ihren langen Gewändern und Kopfbedeckungen – Kopftücher für die Frauen, Turbane für die Männer –, wie es hier schon seit Jahrhunderten üblich sein musste, fühlte ich mich fast wie eine Zeitreisende, eine Touristin, die nicht nur Tausende von Luftmeilen, sondern auch von Jahren hinter sich gelassen hatte.

Doch schnell war dieser Reiz des Neuen verflogen, und ich fing an zu bedauern, dass ich Taïb so schroff abgefertigt hatte, als er mich nach der magischen Behandlung durch seine Großmutter im Hotel abgesetzt hatte. Nun, abgesetzt war vielleicht nicht das richtige Wort; er hatte darauf bestanden, mich von dem Esel zu hieven und in die Lobby zu tragen, so wie ein Bräutigam die Braut über die Schwelle trägt. Diese übertriebene Vertraulichkeit hatte mich dermaßen verunsichert, dass ich mich aus seiner Umarmung befreit und ihn höchst unhöflich zurechtgewiesen hatte, nur weil ich nicht wollte, dass der streng dreinblickende Mann an der Rezeption etwas Ungehöriges in dieser Szene witterte.

»Ich komme Sie morgen oder übermorgen besuchen und hole Sie zu einer Spazierfahrt mit meinem Wagen ab, wenn Sie möchten«, hatte er großzügig vorgeschlagen. Und ich hatte natürlich Einwände erhoben, was ich jetzt bereute.

Ich warf einen Blick auf die Uhr. Kurz nach drei. Unglaublich, wie langsam die Zeit vergeht, wenn man keine sinnvolle Beschäftigung hat. Ich nahm mir erneut den abgegriffenen Reiseführer vor, in der vergeblichen Hoffnung, ein Kapitel zu finden, das ich noch nicht kannte, aber natürlich gab es keine Seite, die ich nicht schon umgeblättert hatte. Auch das einzige andere Buch, das ich mitgebracht hatte – eine Biografie von Gertrude Bell –, hatte ich bereits ausgelesen und in meiner Verzweiflung sogar Eves Gepäck durchwühlt, nur um einen Girlie-Schmöker zu finden, den ich nach zwei Seiten sinnlosem Geplapper über Schuhe und Boyfriends entnervt in die Ecke gepfeffert hatte. Die Arbeit und ihre Anforderungen zwängten mich normalerweise ein wie die versteifte Schnürbrust eines Korsetts, Klettern übernahm diese Rolle in meiner Freizeit oder im Urlaub wie jetzt und brachte seine eigene Struktur und Routine mit sich. Ohne die beiden war ich aufgeschmissen: ein formloses, quallenartiges Geschöpf. Ich hasste das Gefühl, so hilflos und beraubt aller inneren Ressourcen zu sein. War ich wie ein Roboter auf die dumpfen, immer wieder gleichen Anforderungen des modernen westlichen Arbeitslebens programmiert, dass ich keine andere Möglichkeit hatte, mich zu amüsieren, obwohl ich nur einen verstauchten Knöchel hatte? Wie schafften es bloß andere Menschen, die noch viel schlimmer dran waren, sich mit ihrem Leben abzufinden?

Mittlerweile war ich so wütend auf mich selbst, dass ich beschloss, in den Ort zu gehen, egal wie. Vielleicht könnte ich einige der Schmuckläden aufsuchen, von denen die Frau im Restaurant gesprochen hatte, um mehr über das Amulett zu erfahren. Vielleicht konnte ich trotz meiner wenigen Französischkenntnisse sogar ein Gespräch über ihre Region, Kultur und Sitten führen. Oder zwischen den Ständen in dem kleinen *souq* herumschlendern, den ich kurz gesehen hatte, als wir Proviant für den Tagesausflug zum Löwenkopf gekauft hatten. Wer weiß, welche bizarren Dinge ich an einem Ort entdecken würde, an dem man Heuschrecken aß?

Nachdem ich mir diese möglichen Pläne zurechtgelegt hatte, war ich bereit. Bevor ich es mir noch anders überlegen konnte, legte ich zwanzig Dirham auf das Teetablett, steckte den Reiseführer in die Umhängetasche, stand vorsichtig auf und balancierte erst einmal auf dem gesunden Fuß. Dann stellte ich zögernd den zweiten auf den Boden und verlagerte probehalber ein wenig Gewicht darauf. Lieber Himmel! Ein stechender Schmerz durchzuckte mein Bein, sodass mir der Atem stockte. Ich klammerte mich am Tisch fest und wartete, dass der Schmerz verging. Doch als ich einen Augenblick später die Zehen bewegte, um einen Schritt zu tun, jagte die nächste, etwas leichtere Welle durch meine Wade. Au Mann! Aber wenn ich noch einen Tag, noch eine einzige Stunde in diesem verdammten Hotel ... Ich tat einen Schritt und dann den nächsten.

»Mademoiselle?«

Jemand sprach mich von hinten an. Überrascht fuhr ich herum und verlor das Gleichgewicht. Bei dem folgenden Sturz schlug ich mit dem Knöchel gegen den Metallstuhl und schrammte mir auf den Fliesen des Patios das Gesicht auf. Der Schmerz verwandelte mich von einem zivilisierten menschlichen Wesen in ein unflätiges Kind. »Scheiße! Was zum Teufel denken Sie sich dabei, mich so zu erschrecken? Mein gottverdammter Knöchel ... Herrgott noch mal!« Ich wütete und fluchte, und dann fluchte ich noch ein bisschen weiter, als Zugabe, in meinem besten Kletterenglisch, bis ich alle Wut und Frustration aus mir herausgelassen hatte. Und die ganze Zeit erinnerte mich eine innere Stimme wie ein kleiner Dämon, der auf meiner Schulter saß und mir ins Ohr flüsterte, an einen Mann ohne Beine, den ich in der Stadt gesehen hatte. Er hatte sich auf einer kleinen Karre fortbewegt und mit den Kindern herumgealbert, die neben ihm herliefen. Oder an die alte Frau, die von schwerer Skoliose gebeugt war und trotzdem den Kopf in einem schier unmöglichen Winkel nach oben verdrehte und jedem zulächelte, dem sie begegnete, um einen guten Tag und *baraka* zu wünschen. Oder einen spindeldürren Jungen, der mitten auf der Straße kopfüber von seinem Esel fiel und sofort wieder aufsprang, sein Gewand abklopfte und lachte, als sei nichts geschehen, obwohl alle Umstehenden ihn auslachten und es ganz schön wehtun musste. Und hier stand ich mit meinem verstauchten Knöchel und machte eine alberne Szene, wie meine Mutter gesagt hätte. *Izzy, mach bloß keine Szene*. Als wäre das die schlimmste Sünde auf der Welt. Ich sah auf und merkte, dass das blonde Kind mich mit offenem Mund anstarrte. Jawohl, dachte ich in meiner würdelosen und unbequemen Position auf dem unebenen Boden. Merk dir, wie es ist, wenn ein Erwachsener einen Wutanfall bekommt, mein

Kleiner. Am besten lernst du ein paar saftige Schimpfworte und haust sie deinen biederen snobistischen Eltern um die Ohren.

Irgendwer griff mir unter die Arme und setzte mich auf einen Stuhl. Darauf folgten hektische Betriebsamkeit und ein Schwall von unverständlichen Berberworten. Wenige Augenblicke später kam ein Angestellter des Hotels mit einer Kanne Wasser und einem kleinen weißen Handtuch gelaufen, und das Nächste, woran ich mich erinnere, ist, dass jemand mein Gesicht abtupfte und beruhigend auf Französisch murmelte: »Es ist nur ein Kratzer, nichts Schlimmes, überhaupt nicht schlimm.«

Ich stieß das Handtuch aus meinem Gesicht, wütend, dass mich jemand anfasste. »Lassen Sie das.«

»Verzeihen Sie, ich wollte nur behilflich sein.« Es war Taïb mit seinem unter den Falten des Turbans entschlossenen und konzentrierten Gesicht.

»Tut mir leid«, sagte ich. Jetzt war mir meine Überreaktion peinlich. »Ich habe es einfach nur satt, dauernd auf fremde Hilfe angewiesen zu sein.«

»Ich dachte, Sie hätten vielleicht Lust, mit mir in ein Dorf in den Bergen zu fahren und eine sehr alte Frau zu besuchen, die Ihnen möglicherweise sagen könnte, was die Inschrift in Ihrem Amulett bedeutet.«

Ich sah ihn an. »Wirklich?« Neugier und Vorsicht wechselten sich ab. Konnte ich diesem Mann trauen, den ich gerade erst kennen gelernt hatte? *Kann man Männern überhaupt trauen?*, stichelte die kleine Stimme in meinem Kopf. Ich holte metaphorisch tief Luft und schob diesen fürchterlichen Gedanken beiseite. »Okay …«

»Sie haben es doch bestimmt satt, faul in der Sonne herumzuliegen, oder?«

Ich grinste; damit hatte er mich überzeugt. »Ich fürchte ja.«

Er setzte sich hin und musterte mich eindringlich. »Europäer sind es einfach nicht gewohnt, herumzusitzen und nichts zu tun.« Er lachte. »Wir Marokkaner können tagelang nichts tun. In Paris gibt es nur Arbeit, Arbeit, Arbeit: von morgens bis abends, manchmal sogar nachts. Hier …«, er breitete die Hände aus, als wollte er den ganzen Ort und die grandiosen Berge einschließen, »… hier werde ich wieder zu dem, der ich mal war. Ich schalte einen Gang runter, manchmal schalte ich sogar komplett ab. Ich stehe spät auf, frühstücke in aller Ruhe, und dann gehe ich in ein Café und unterhalte mich mit meinen Freunden. Ich besuche alle Verwandten und Nachbarn, die ich in Paris vermisst habe, höre mir an, was es Neues gibt, und bleibe stundenlang bei ihnen. Ich sehe zu, wie die Sonne die Farbe auf den Bergwänden verändert. Ich schlafe viel oder sitze nur da und lasse die Welt an mir vorbeiziehen. Aber ich sehe, dass Ihnen das schwerfallen würde.«

Ich schüttelte den Kopf. »Ich hasse das Nichtstun. Es macht mich verrückt.«

»Schade. Es könnte Ihnen guttun.«

Ich warf ihm einen raschen Blick zu, biss mir jedoch auf die Zunge. »So … diese alte Dame. Wer ist sie, und wie haben Sie sie gefunden?«

»Sie lebt in einem Dorf, ein paar Autostunden von hier, der Ort heißt Tiouada. Nana kannte sie, als sie beide Kinder waren: Sie ist … eine entfernte Cousine.«

»Und kann Tifinagh lesen?«

Er zuckte die Achseln. »Zumindest hat Nana es immer behauptet. Was haben Sie schon zu verlieren? Schlimmstenfalls verbringen Sie ein wenig Zeit mit einem der charmantesten Söhne von Tafraout und bekommen obendrein eine spektakuläre Landschaft zu sehen. Ich würde sagen, das ist ein guter Deal.«

»Ach ja?«

Er warf mir einen listigen Blick unter den Wimpern zu, die, wie ich gereizt feststellen musste, länger waren als meine eigenen. »So hat man es mir immer wieder bestätigt.«

»Und was muss ich für dieses Privileg bezahlen?« Trotz der kurzen Zeit, die ich in Marokko war, hatte ich mich bereits auf die Erwartungen der Menschen eingestellt, die unter dem lächelnden Vorwand, ihnen einen Gefallen zu tun, nur darauf aus waren, Touristen auszunehmen.

Taïb wirkte ein wenig gekränkt, verbarg es jedoch hastig. »Wenn Sie wollen, können Sie etwas zum Sprit beisteuern«, sagte er knapp und stand auf. »Aber nehmen Sie lieber eine Jacke mit. Wenn die Sonne untergeht, wird es im Hochland schnell kühl.«

Ich sah zu, wie er rasch die Stufen zum Parkplatz des Hotels hinablief, und empfand einen Anflug von Irritation. Dann humpelte ich mühsam zu meinem Zimmer, um den Anorak zu holen.

Auf dem Parkplatz sah ich mich um und entdeckte keine Spur von Taïb. Mehrere gewöhnliche Mietwagen waren von ihren dämlichen Fahrern in der sengenden Sonne abgestellt worden, während der uralte Renault des Hoteldirektors selbstgefällig im Schatten eines Feigenbaums stand. Sonst gab es nur noch einen leeren Dacia Pick-up und einen schwarz schimmernden Geländewagen. Trotz meiner kurzen Bekanntschaft mit Marokko konnte ich den Wagen eines Einheimischen auf dreißig Meter Entfernung von dem eines Ausländers unterscheiden. Wahrscheinlich war Taïb schon mal tanken gefahren, bevor wir aufbrachen. Deshalb war ich überrascht, als sich der Geländewagen leise schnurrend in Gang setzte und neben mir hielt.

»VW Touareg«, sagte ich, als ich mich auf den Beifahrersitz fallen ließ. »Haben Sie ihn wegen des Namens ausgesucht?«

»Ganz sicher nicht«, antwortete er unbewegt, und los ging's in diesem Traum aus luxuriösen Ledersitzen und Klimaanlage.

Wir rollten den langen Hügel vom Hotel hinunter, an terrakottafarbenen modernen Häusern vorbei, einem Internetcafé mit handgeschriebenen Zetteln im Schaufenster, einem Laden mit Antiquitäten aus der Gegend, einem Mann, der seitlich auf einem ausgemergelten Maultier saß, und einem Lastwagen, der ein Warenlager, das schon jetzt aus allen Nähten platzte, mit Hunderten von Limo-Kästen belieferte. Ich verrenkte mir den Hals.

»Vollfett-Coke«, bemerkte ich. »Ekelhaft.«

»Ach ja«, antwortete Taïb. »Hier mag man keine Light-Versionen. Die Leute wachsen in dem Glauben auf, Zucker sei so etwas wie eine Währung. Wer Coca-Cola light trinkt, muss arm sein, obgleich sie dasselbe kostet. Wir haben damit Handel getrieben, wissen Sie. Marokkanischer Zucker war auf der ganzen Welt bekannt. Heute noch verschenkt man Zuckerhüte zur Hochzeit oder zu besonderen Anlässen. Meine Mutter hat diejenigen, die sie zu ihrer Hochzeit geschenkt bekam, all die Jahre aufgehoben, und auch den, den sie bei meiner Geburt erhielt.«

»Wirklich?« Ich war fasziniert. »Zuckerhüte? Ich glaube, so was habe ich noch nie gesehen.«

»Das wird sich ändern.«

Im Zentrum des Orts schien es von Schulkindern zu wimmeln; überall schwatzten sie aufgeregt durcheinander oder schlenderten in Grüppchen von drei oder vier durch die Straßen. Die Jungs trugen billige Imitate von Designerjeans, T-Shirts und Nike-Turnschuhen, die Mädchen waren alle dünn und dunkel, mit Hosen und weißen Kitteln, als wären sie angehende Apothekerinnen auf einer Tagung, die gerade Pause machten. Kaum eine hatte ihr Haar bedeckt, obgleich die wenigen Frauen, die ich sah – ihre Mütter, Tanten und ältere Schwestern –, alle den traditionellen schwarzen *haik* trugen, der den ganzen Körper bedeckte, bis auf die Gesichter, die lebhaften braunen Hände und die Füße in bunten Schlappen. Die Männer saßen an Cafétischen längs der Straße, rauchten, tranken Tee und plauderten, doch ihren Augen entging nichts. Die Atmosphäre war entspannt: Niemand strengte sich groß an bis auf die Kellner in den Cafés vielleicht. Auf dem Dorfplatz fuhr Taïb rechts ran und stieg aus. Ich blieb allein im Wagen sitzen und sah mich um. Verschlafene Läden säumten den Platz und stellten ihre Waren zur Schau: Teppiche, deren leuchtende Farben Tag für Tag in der Sonne ausblichen, sodass sie jetzt aussahen wie vergilbte Farbfotos; gestreifte wollene Umhänge und Burnusse, die so dick waren, dass man sie nur am Südpol hätte tragen können; reich verzierte Schwerter und Dolche, Silberschmuck und klobige Perlenhalsbänder auf einer schwarzen Filztafel, grün angelaufene Kupferkessel, jede Menge von großen Tongefäßen wie diejenigen, die ich bei Lalla Fatma gesehen hatte: alles Touristenware, aber so schäbig, dass sie authentisch wirkte.

Es wurde stickig im Wagen. Ich drehte den Zündschlüssel um und ließ die Fensterscheibe herunter. Im gleichen Augenblick kamen zwei Teenager auf einem ramponierten Fahrrad vorbei. Einer von ihnen drehte sich um und sah mich an. Dann sagte er etwas zu seinem Freund, der mit den Füßen auf dem Lenkrad vor ihm saß, wie ein Bündel aus Knien und Ellbogen, machte kehrt und kam auf seinem wackligen Fahrrad direkt auf mich zu.

»Gazelle!«, riefen die beiden laut und wie aus einem Mund, dann fuhren sie kichernd davon.

Gazelle? War das eine obskure Beleidigung oder ein Kompliment? Ich hatte keine Ahnung. Vermutlich war es besser als »Nilpferd« oder »Elefant«, aber selbst dann … Ich sah mich um und merkte, dass die kleine Aktion ein paar Männer im nächstgelegenen Café zum Lachen gebracht hatte. Andere beobachteten mich mit trägen Augen und unergründlichen Gesichtern. Ich war erleichtert, als ich Taïb zurückkommen sah, obwohl er in eine hitzige Diskussion mit einem Mann in einem königsblauen, mit eleganter Goldlitze besetzten Gewand und einem überdimensionalen schwarzen Turban verstrickt zu sein schien. Sie stießen einen Schwall von wütenden gutturalen

Lauten aus und fuchtelten wild mit den Händen. Dann packte Taïb den anderen an der Schulter, und ich glaubte schon, sie würden jetzt anfangen, sich zu prügeln, doch einen Augenblick später umarmten sie sich herzlich und brachen in schallendes Gelächter aus. Kein Zweifel: Ich verstand weder die Worte noch die Körpersprache dieser fremden Kultur.

Als Taïb den Wagen erreichte, öffnete er die Tür und zog seinen Gefährten näher. »Das ist mein Cousin Azaz.«

Sie hatten wenig Ähnlichkeit, dafür dass sie aus derselben Familie stammten. Taïb besaß feine Züge und ein schmales Gesicht, Azaz dagegen fröhliche Bäckchen und einen dichten Schnurrbart à la Saddam Hussein. »Willkommen, willkommen«, sagte er und schüttelte mir kräftig die Hand. »Ich spreche Englisch sehr gut, Französisch und Deutsch ebenfalls; alle Touristen kommen zu mir und lassen sich beraten. Es tut mir leid, dass Sie einen Unfall am Löwenkopf hatten.«

Ich war einigermaßen erstaunt. »Weiß das inzwischen die ganze Stadt?«, fragte ich böse.

»O ja«, versicherte er mir. »Jeder! Alle haben von der jungen englischen Frau auf dem Berg gehört. Aber wir sind sehr froh, dass unser Löwe aufgepasst hat und Ihnen Taïb zu Hilfe geschickt hat.«

»Nur zur Hälfte englisch, um genau zu sein. Britischer Vater, französische Mutter.«

»Ich glaube, Ihre Freunde waren sehr besorgt, als sie abstiegen und Sie nicht fanden.«

»Dann kennen Sie meine Freunde also auch?«

»Aber sicher! Ich kenne alle Bergsteiger, die herkommen. Viele Engländer! Ich habe Joe Brown getroffen, Chris Bonington und viele Journalisten, die Bergführer und Artikel für Zeitschriften schreiben. Sie kommen alle zu mir, und ich erzähle ihnen von den Bergen und den Routen hier. Deshalb, ja, ich kenne Ihre Freunde: Miles, Eve und ihren netten Mann, Jez.«

»Er ist nicht ihr Mann«, sagte ich.

Azaz schien kein bisschen schockiert zu sein, ganz im Gegenteil, er lachte laut und rieb sich die Hände. Sie sahen dick und weich aus, außerdem waren sie über und über mit auffallenden silbernen Ringen geschmückt. Nicht die Hände eines Bergsteigers. »Ach, wir sind hier tolerant, wissen Sie, ziemlich locker. Dann sagen wir eben *copain*, ein guter Freund, ein Kumpel.«

Azaz trat einen Schritt zurück, und ich bemerkte, wie er einen Blick mit Taïb wechselte, bevor beide einstiegen. Azaz saß hinten, beugte sich aber so weit zwischen den beiden Vordersitzen vor, dass er genauso gut vorn bei uns hätte sitzen können. Taïb und er unterhielten sich weiter in ihrer Sprache, ohne sich die Mühe zu machen, für mich zu übersetzen, während wir die Stadt verließen und über die lang gestreckten Hügel auf die Hochebene zubrausten. Eine leichte Panik erfasste mich: Wo ging es noch mal hin? Ich hatte mir nicht einmal den Namen des Orts merken können, den Taïb erwähnt hatte, wie sollte ich Eve also als elementarste Vorsichtsmaßnahme eine SMS schicken, um ihr zu berichten, wo ich war? Wieder fiel mir auf, dass ich eigentlich überhaupt nichts über Taïb wusste, ganz zu schweigen von seinem Cousin. Würden sie mich an einen abgelegenen Ort fahren und mir irgendetwas Schreckliches antun? Würden sie meine Leiche in der Einöde liegen lassen, den Geiern und Schakalen zum Fraß? Gab es überhaupt Geier hier? Ich dachte an die Männer in den Straßencafés und ihre lächelnde männliche Komplizenschaft mit den frechen Jungs auf dem Fahrrad: Würde im Fall meines Verschwindens die gesamte Gemeinde wegsehen und der Welt eine verschlossene Fassade präsentieren, so wie sie ihre Geheimnisse hinter hohen Wänden und vergitterten Fenstern verbarg?

»Ich muss meiner Freundin schreiben, wo wir hinfahren, sonst macht sie sich Sorgen«, unterbrach ich das Gespräch der beiden.

»Das ist nicht nötig«, versicherte mir Taïb. »Jeder weiß, dass

Sie mit uns nach Tiouada fahren – dort findet heute Abend eine *fichta* statt.«

»Eine was?« Doch sie unterhielten sich schon wieder weiter. *Ti-wada. Tiuadah.* Wie schrieb sich das bloß? Ich wühlte in meiner Tasche nach dem Handy, schaltete es an und wollte schon losschreiben, als ein lauter Piepton ertönte und ein kleiner Briefumschlag auf dem Display erschien. Offenbar hatte ich Post. Ich öffnete sie.

SIND ZUM ESSEN IN 1 DORF EINGEL. HOFFE, DAS IST OK. CU L8R, EVE X

Super. Ich wollte gerade antworten, als das Display noch einmal aufflackerte und dann erlosch. Noch besser.

»Was ist eine *fichta*?«, fragte ich in einer kurzen Pause ihrer Unterhaltung.

»*Une fête*, eine Feier, eine Party!«

»Grooooße Party«, strahlte Azaz. »Viele Musiker, alle Leute sind fröhlich. Taïb und ich spielen auch.«

»Spielen?«

»Trommeln! *Agwal* und *tamtam*, Mohammed bringt seine *ganga* mit …«

Ganga? Meinte er etwa *ganja*? Was für eine Art von Party sollte das sein? Meine Panik verstärkte sich wieder. »Wo sind sie denn dann, diese Trommeln?«

»Hinter Azaz' Sitz.«

Ich drehte mich um. Tatsächlich verbarg sich hinter dem Rücksitz jede Menge Krempel: Decken, Kartons, ein Kasten leerer Flaschen und auch zwei große, nicht identifizierbare Objekte unter einem alten bunten Teppich. »Ich dachte, wir würden bloß irgendwo vorbeischauen, um eine alte Dame zu besuchen. Wir würden sie über das Amulett befragen und gleich wieder zurückfahren.«

Taïb wandte mir ein ungerührtes Gesicht zu. »In Marokko ›schaut‹ man nicht irgendwo ›vorbei‹, wenn man jemanden besuchen will«, sagte er ruhig. »Wir haben eine uralte Tradition von Gastfreundschaft. Es wird etwas zu essen geben, Tee, Musik …«

»Und wie lange wird das alles dauern? Ich muss ins Hotel zurück.«

»Ja, da haben Sie ja eine Menge zu tun.«

Ich warf ihm einen finsteren Blick zu und merkte, wie mir das Blut ins Gesicht schoss. Mir war klar, dass ich undankbar war, dass ich auf eine freundliche Einladung und die Gelegenheit, einen Blick auf das Leben in den Bergen zu werfen, zu heftig reagierte, aber ich war nicht darauf vorbereitet gewesen und hatte das Gefühl, dass mir der letzte Rest von Kontrolle entglitt. Eine Sekunde spielte ich allen Ernstes mit dem Gedanken, ihn zu bitten, mich nach Tafraout zurückzubringen, aber er hatte Recht: Was würde mich dort erwarten? Noch mehr sterbenslangweilige Stunden auf der Hotelterrasse, während die Sonne allmählich in den Schatten versank, ein einsames Abendessen in dem nicht besonders guten Speisesaal des Hotels … *Um Himmels willen, Izzy*, schimpfte ich mit mir selbst: *Komm endlich mal aus dir heraus. Geh ein Risiko ein*. Ich zwang mich zu einem Lächeln. »Okay, klingt großartig.«

»Sie werden begeistert sein«, versprach er, bevor sie das Gespräch in ihrer unverständlichen Sprache wieder aufnahmen. Berberisch ist eine sehr betonte Sprache, voller Verschlusslaute und rauer Konsonanten, die tief in der Kehle gebildet werden. Wie alle fremden Sprachen, die man nicht versteht, klang sie sowohl schnell wie auch aggressiv. Zusammen mit den eindringlichen Gesten, die selbst eine einfache Plauderei zwischen Freunden oder Cousins begleiten, wirkte sie zunächst feindselig, doch nach einer Weile fand ich sie beruhigend, ein Meer von bedeutungslosen Worten, das ich einfach ausblenden konnte, während ich die Landschaft am Fenster vorbeiziehen sah.

Und was für eine Landschaft! Weit und zerklüftet, gewaltig wie eine Breitwand im Kino streckte sie sich vor uns aus:

Versprechen oder Drohung? So etwas Überwältigendes oder Leeres gab es in ganz England nicht. Selbst die Ebene, durch die wir fuhren, war spektakulär, übersät mit gewaltigen Felsbrocken, die von den Elementen zu phantastischen Formen gestaltet worden waren: fünf Meter hohe Pilze, deren einst kräftige Säulen unter dem Ansturm von Wind und Sand zu dünnen Stängeln verwittert waren; riesige Stapel von flachen, übereinandergeschichteten Steinen wie Pfannkuchen, grandiose Erhebungen mit Vorsprüngen wie Adlerschnäbel, runde Formen wie kauernde Hasen oder schlafende Frauen und Dutzende von aufrechten Türmen.

Taïb berührte mich am Arm und deutete auf ein einzeln stehendes und besonders auffallendes Exemplar. »Sehen Sie das? Wir nennen ihn Aglaïn.«

Azaz schnaubte hinter uns vor Lachen.

»Was heißt das?«, fragte ich. Im gleichen Augenblick hätte ich mir am liebsten auf die Zunge gebissen, denn die Antwort lag auf der Hand.

»Ständer mit Eiern«, gab er zurück, und seine Augen funkelten boshaft.

»Frauen, die sich ein Kind wünschen, kommen hierher, um den Felsen zu berühren«, setzte Azaz hilfsbereit hinzu. »Und es funktioniert! Meine Cousinen haben viele Kinder bekommen, nachdem sie den Aglaïn besucht haben.«

»Wollen Sie, dass ich vorbeifahre, damit Sie ihn auch berühren können?«, fragte Taïb unschuldig. »Mit diesem Wagen ist das kein Problem.«

»Nein!«, explodierte ich. »Will ich nicht! Was für ein primitiver Unsinn!«

»Haben Sie denn schon Kinder?« Azaz schien nicht das gleiche Spiel zu spielen wie sein Cousin, trotzdem ging mir das Ganze auf die Nerven.

»Nein.«

»Aber Sie sind schon sehr alt, wenn Sie noch welche haben

wollen«, fuhr er fort, ohne Rücksicht auf die üblichen gesellschaftlichen Gepflogenheiten und meine wachsende Unruhe.

»In meiner Kultur haben Frauen eine Karriere«, erklärte ich spitz. »Und wir sind der Meinung, dass das genauso wichtig ist, wie Kinder zu haben.«

»Nichts ist wichtiger als Kinder«, antwortete er feierlich, und ich wandte den Kopf unter den prüfenden Blicken meiner beiden Mitfahrer ab.

Wenig später bogen wir nach links ab, und dann führte die Straße durch eine Serie von Serpentinen aufwärts, auf allen Seiten begrenzt von einem Schwindel erregenden Durcheinander roter Felsen. In einer Kurve kurz vor dem Gipfel konnte ich die ganze Landschaft überblicken, die wir gerade durchfahren hatten, und hielt den Atem an, so beeindruckt war ich von ihrer unermesslichen Weite: eine grandiose, fast kahle Welt aus nacktem Gestein, verstreuten Felsen und karger Vegetation, weit und breit keine Seele und kein Haus. In weiter Ferne entdeckte ich die dunkle, abweisende Wand des Jebel Kest, der sich finster über dem Ammeltal erhob, und war überrascht, zu sehen, wie deutlich selbst auf diese Entfernung die Züge des Löwenkopfes zu erkennen waren. Kein Wunder, dass er dermaßen in die lokale Mythologie eingegangen war: In einer Wildnis mit einer solchen Orientierungshilfe konnte man sich einfach nicht verirren. Ich stellte mir längst untergegangene Generationen von Kaufleuten auf ihrem anstrengenden Weg durch die Wüste vor, immer in Richtung Norden, deren Kamele mit Gold, Elfenbein und Pfauenfedern beladen waren, wie sie den Pass dieses Bergs erreichten, den der Touareg jetzt hinauffuhr, und voller Erleichterung direkten Kurs auf den Löwenkopf nahmen, nach ihrer harten, wochen-, wenn nicht monatelangen Reise, gelockt von der Verheißung einer fruchtbaren Oase.

Auf der anderen Seite des Berges veränderte sich die Landschaft erneut und öffnete sich in ein herrliches kurvenreiches

Tal, das von einem breiten ehemaligen Flussbett durchzogen war. Es bestand aus steilwandigen roten Klippen, die an eine kleinere Ausgabe des Grand Canyons erinnerten. Ihre vielen Gesteinsschichten waren für alle sichtbar wie das Diagramm in einem Erdkundebuch. Doch hier gab es keinen Colorado River, nichts erinnerte mehr an die Macht des Stroms, der eine solch eindrucksvolle Schlucht geschaffen hatte, denn weit unten im Flussbett gab es nur noch trockene Felsen, die vom einstigen Strom des Wassers glatt und weiß geschliffen worden waren. Und jetzt rollten wir hinab, steile Abhänge auf einer Masse von hohen losen Felsen, übersät mit kleinen orangefarbenen Blüten und stachligen Feigenkakteen auf der anderen Seite. Ziegen beobachteten uns mit ihren eigentümlich geschlitzten Augen, als der Wagen den Geisterfluss durchquerte. Wir brausten über einen holprigen Damm, und die Reifen wirbelten Wolken von Staub und Geröll auf, die unsere Spuren verwischten. Einen kurzen surrealen Augenblick lang hatte ich das Gefühl, dass sich meine ganze Zukunft vor mir ausdehnte wie das schmale Band der geteerten Piste vor uns, die ins Unbekannte führte und alles, was zu meiner Vergangenheit gehörte, langsam, aber sicher auslöschte und hinter uns zu Staub verwandelte.

SIEBZEHN

Zu guter Letzt erreichten wir Tiouada. Es bestand aus einer schäbigen Ansammlung von alten Lehmhäusern und modernen Betonbauten. Im Vergleich mit Tafraout wirkte es ärmlich und schmuddlig, ein Dorf auf des Messers Schneide. Nichts als Dürre. Wir kamen an einer Umzäunung vorbei, in der ein Esel mit einem zerfransten Seil an einem Pflock festgebunden war. Er hob den Kopf und sah uns stumpfsinnig an, als erwartete er nichts vom Leben und könnte deshalb auch nicht enttäuscht werden. Ich entdeckte nichts Grünes in seiner Umgebung, keine Pflanze, nicht einmal ein Blatt. Das Seil, an dem er angebunden war, schien das einzig Essbare weit und breit zu sein.

Das Dorf war menschenleer, Fensterläden und Türen waren geschlossen, sogar die Gitter an dem obligatorischen *baqal* herabgelassen; nichts rührte sich. Verrostete Wagen standen in der sengenden Sonne, auf den Straßen spielten keine Kinder, nicht eine einzige wilde Katze oder ein Straßenköter lag faul im Schatten neben den papiernen Blättern der Eukalyptusbäume auf dem Dorfplatz. Jedenfalls sah es nicht aus wie ein Ort, an dem man ein Rätsel hätte lösen oder die Hüterin einer fast vergessenen Sprache hatte treffen können, nicht einmal so, als lebte hier überhaupt jemand. Es sah aus, als hätten sich an diesem Tag die Bewohner versammelt und nach langen Beratungen beschlossen, das Dorf endgültig der Trockenheit und der Wüste zu überlassen und auf der Suche nach einem besseren Leben wegzuziehen, irgendwo anders hin, wo es mehr Wasser und auch Vegetation gab.

»Wo sind denn alle?«, fragte ich.

»Warten Sie's ab«, antwortete Taïb knapp.

Wir fuhren an einer Reihe von Verwaltungsgebäuden vorbei, vor denen die rot-grüne Nationalflagge schlaff herabhing. An die Wand hatte jemand *»VIVE LE TIFINAGH«* geschrieben. Hoch lebe das Tifinagh! Und daneben mit schwarzer Farbe etwas, das wie ein tanzendes Strichmännchen aussah, mit gespreizten Beinen und ausgestreckten Armen, ein Bild, das zugleich frech und phantastisch war. Irgendwie kam es mir bekannt vor. Ich fragte Taïb, was es darstellte.

»Berberstolz«, erklärte er geheimnisvoll. »Es ist *Aza*: das Symbol der Amazigh – *Ama-zir*, des Freien Volkes.«

»Wirklich?« Ich war neugierig. »Wer ist dieses freie Volk?«

Taïb lächelte finster. »Wir sind es, die Berber. Wir sind die Ureinwohner Nordafrikas. Wir waren vor den Römern und lange vor den Arabern hier. Wir hatten eine eigene Sprache, eine eigene Kultur und eine eigene Religion. Im siebten Jahrhundert kamen dann die Araber aus den Wüsten im Osten und brachten uns den Islam mit dem flammenden Schwert. Sie verboten unsere Sprache und unsere Schrift; nicht einmal mehr zuhause durften wir die Berbersprache benutzen, es galt als subversiv. Aber die Berber sind stolze Menschen, die an Entbehrungen gewohnt sind und wussten, wie man dem Schicksal trotzt. Sie setzten sich zur Wehr und wurden brutal unterdrückt. Trotzdem gaben sie nicht auf, Jahrhunderte widersetzten sie sich hartnäckig den Arabern und später den Franzosen. Schließlich entstand sogar eine separatistische Bewegung. Noch unter König Hassan II. riskierte jeder, der sich für die Sache der Berber einsetzte, Schläge, wenn nicht Schlimmeres. Doch je mehr man eine Schlange in die Enge treibt, desto eher beißt sie zu.«

»Ja«, pflichtete Azaz bei, dessen sonst so fröhliches Gesicht plötzlich ernst wirkte. »Es war eine schlimme Zeit. Viele Menschen sind verschwunden.«

»Azaz' Vater war in der Widerstandsbewegung, aber er griff nicht zu den Waffen: Er setzte sich lediglich für freie Wahlen ein. Er ist im Gefängnis gestorben«, erklärte Taïb finster. »Niemand spricht heute noch darüber. Der neue König ist anders. Er ist fortschrittlicher als sein Großvater Mohammed V. oder sein Vater Hassan II. Er weiß, dass er Konflikte und politische Unruhen vermeiden muss, wenn er aus Marokko ein erfolgreiches, modernes Land machen will.«

In der nächsten Kurve stießen wir auf einen Haufen ausgemergelter Schafe, die die Straße versperrten. Ich traute meinen Augen nicht. Wo war ihr Weideland? Weit und breit gab es kein bisschen Grün. Die Tiere hier mussten genauso zäh sein wie die Menschen. Sie zu essen wäre eine Schande.

»Wieso hat die Bewegung nicht mehr Unterstützung erfahren?«, wollte ich wissen.

Taïb dachte darüber nach, während seine Finger einen fremden, komplizierten Rhythmus auf das Lenkrad klopften und er darauf wartete, dass die Schafe Platz machten. »Die meisten Marokkaner haben berberische Wurzeln, trotzdem betrachten sich nur wenige als Berber. Sie können es sich nicht leisten. Das letzte Jahrhundert war sehr schwer. Die Franzosen besetzten Marokko und beuteten seine Bodenschätze aus. Es gab viele Kriege; entsetzliches Elend war die unvermeidliche Folge. Wenn man es zu etwas bringen will, muss man perfekt Arabisch sprechen und ein gutes Französisch. Wer Berberisch spricht, gilt als dummer Bauer und wird dementsprechend behandelt. Die junge Generation hat es aufgegeben, sich ihren Lebensunterhalt mühselig auf dem Land zu verdienen, sie zieht in die Städte und nimmt den westlichen Lebensstil an. Heutzutage ist sie lieber ein Teil des Systems, als es zu bekämpfen.« Er seufzte. »Meine Familie ist ein gutes Beispiel dafür, auch wenn Lalla Fatma an unseren Wurzeln festhält. Wir haben die Verbindung zu unserer alten Sprache und unserer Kultur verloren. Nicht einmal in den entlegensten Orten können die Menschen noch

Tifinagh lesen oder schreiben. Wir sprechen es noch, aber das Alphabet haben wir vergessen. Wenigstens fängt man jetzt an, in den Schulen wieder Berberisch zu unterrichten. Der König hat die Kultur der Amazigh zum ›nationalen Kulturgut‹ erklärt. Trotzdem ist der Schaden nicht mehr gutzumachen. In meinen Augen ist es eine Schande, dass man niemanden in Tafraout bitten kann, Ihnen zu erklären, was auf Ihrem Amulett steht. Dass kein Mensch es lesen kann, obwohl es in unserer Sprache geschrieben ist, in einem Dialekt, den wir jeden Tag sprechen.«

Bis zu diesem Augenblick war ich mir nicht bewusst gewesen, dass zwischen der Sprache, die ich um mich herum hörte, und den Symbolen auf dem Amulett irgendeine Verbindung bestand. Plötzlich erkannte ich, weshalb das Zeichen auf der Wand mir so bekannt vorgekommen war: Es war eins der Symbole auf der Inschrift. Erstaunlich. Die unerwartete Verbindung erregte und verwirrte mich zugleich.

Die letzten Schafe hoppelten den steinigen Hang hinauf, und wir bogen mit knirschenden Reifen links in einen Feldweg ein. »Und was hat das alles mit den Tuareg zu tun?«, fragte ich.

Taïb drehte das Lenkrad mal nach rechts, mal nach links und wich geschickt den Schlaglöchern aus. »Gute Frage. Vor langer Zeit gehörten wir alle demselben Volk an. Die Berber lebten in ganz Nordafrika, von Marokko im Westen bis nach Ägypten im Osten. Als die Römer Nordafrika eroberten, kapitulierte der große Teil der einheimischen Bevölkerung; doch einige leisteten Widerstand. Die Tuareg gehörten zu denen, die in die Wüste flohen. Dort, weitab von allen Grenzen oder politischer Kontrolle, waren sie sogar vor den Überfällen der Beduinen sicher. Sie nahmen die Wurzeln unserer Kultur mit sich, auch unser uraltes Alphabet. Jetzt sind sie die letzten Hüter des Tifinagh, vor allem, wie es früher benutzt wurde, etwa in der Inschrift auf Ihrem Amulett.«

»Halten Sie es wirklich für alt?«

»Der Stil des Amuletts ist jedenfalls sehr traditionell. Allerdings muss man bedenken, dass die Tuareg noch bis vor Kurzem so gelebt haben wie vor tausend Jahren. Erst in der letzten Generation wurden sie durch Dürren, Hunger und Verfolgung stark dezimiert. Die Moderne hat sie eingeholt. Wenn ich sage, dass Ihr Amulett sehr alt aussieht, meine ich die Form, die über Jahrhunderte hinweg von einer Generation von Schmieden an die nächste weitergegeben wurde. Es könnte also ebenso gut tausend wie hundert Jahre alt sein oder noch weniger; das ist schwer zu sagen. Die Motive erkenne ich wieder, aber ich müsste mehr über seine Herkunft wissen, um sagen zu können, wie alt es tatsächlich ist. Die Inschrift könnte uns dabei weiterhelfen, und da kommt Lallawa ins Spiel.«

»Ah«, lachte Azaz, als er den Namen hörte. »Lallawa macht den besten *msmen* der Welt!«

Lallawa. Das war der Name, der mir immer wieder in meinen Träumen begegnet war. Etwas Kaltes streifte mein Herz.

Lallawa reagierte nicht auf unser Klopfen. Taïb warf einen Blick durch das Fenster und rief laut ihren Namen. »Sie hört ziemlich schlecht«, erklärte er mir. »Und sie schläft jetzt sehr viel.« Doch es tat sich nichts.

Wir gingen um ihr kleines Lehmhäuschen herum, das in denselben Terrakottafarben wie die ihrer Nachbarn gestrichen war, und kamen zu einem leeren Gehege. Auf der staubigen Erde lagen Hühnerfedern und getrocknete Ziegenköttel, aber von den Tieren gab es keine Spur, abgesehen von einem stechenden Geruch in der Nachmittagsluft.

Azaz runzelte die Stirn und sagte etwas, woraufhin Taïb den Kopf schüttelte. »Ihre Tiere sind verschwunden, und sie war sehr stolz auf sie. Irgendetwas ist passiert. Ich muss Habiba fragen. Sie wird Bescheid wissen.«

»Wer ist Habiba?«

Bildete ich mir das ein, oder sah er tatsächlich verlegen aus?

»Sie ist eine … Cousine«, sagte er schließlich. »Eine Cousine von Azaz und mir. Lallawa lebte bei Habibas Familie.«

Wir fuhren über den Feldweg in das verlassene Dorf zurück, vorbei an den Verwaltungsgebäuden mit den subversiven Graffiti. Kurz hinter dem Dorfplatz parkten wir im Schatten einer Mauer, die mit bunten Walt-Disney-Zeichnungen, berühmten Fußballern und eleganten arabischen Schriftzeichen bemalt war.

»Habiba ist hier Lehrerin«, erklärte Taïb, als wir alle ausstiegen. Die späte Nachmittagssonne hämmerte auf meinen Kopf, und mir fiel ein, dass ich seit Stunden weder etwas gegessen noch, was viel wichtiger war, getrunken hatte. Er kam um den Wagen herum und legte mir, ohne zu fragen, einen Arm um die Hüfte, um mir beim Gehen zu helfen. Ich wollte bereits protestieren, besann mich dann jedoch eines Besseren. Er wollte mir nur helfen, und auf der anderen Seite des Schulhofs lockte der Schatten. Trotzdem machte mich seine Nähe nervös, die Hüfte, die gegen meine stieß, die sehnigen Muskeln, die ich an seinen Schultern spürte, die Wärme unter seinem Baumwollgewand.

Am Eingang zur Schule – einem kleinen Fertigbau mit einer Treppe aus wackligen Holzstufen – ging Azaz voran. Kurz nachdem er in der Dunkelheit verschwunden war, hörte ich den typischen berberischen Wortschwall, gefolgt von schrillen Rufen und lautem Gelächter. Taïb half mir die Treppen hinauf in die angenehme Kühle des Schattens.

Trotz der späten Stunde drängten sich dreißig bis vierzig Kinder aller Altersstufen in dem einzigen Raum. Beim Anblick einer hinkenden Touristin fingen alle wie blöd an zu grinsen. Ihre weißen Zähne strahlten im dämmrigen Licht. Die Kleinsten legten die Hände auf den Mund und starrten mich entzückt an; andere riefen mir etwas zu, das ich beim besten Willen nicht verstand, und lachten sich krumm. Schließlich ermahnte sie der Lehrer, ein schlanker Mann mit ernstem

Blick und einem verstaubten braunen Burnus, der wie ein Bettelmönch aussah, mit einem Handzeichen zur Ruhe. Sie gehorchten nur widerwillig. Dann wandte er sich Azaz und Taïb zu, und alle drei stürzten sich in eine konzentrierte, lebhafte Unterhaltung.

Ich blickte mich um. Als sich meine Augen an das spärliche Licht gewöhnt hatten, fiel mir auf, wie sehr die Kinder sich voneinander unterschieden. In Tafraout, nur wenige Autostunden entfernt, hatten alle Kinder fast gleich ausgesehen: milchkaffeebraune Haut und leuchtend schwarzes Haar. Hier waren sämtliche Hautfarben unter der Sonne vertreten, bis auf die allerhellsten der Skandinavier. Ein Mädchen mit schlehenblauen Augen, das mit seinem pastellfarbenen Kopftuch und seinen perlenbesetzten Ohrringen wie eine arabische Prinzessin aussah, hatte genauso helle Haut wie ich im Winter; ihre Nachbarin war dagegen schwarz wie Ebenholz, hatte einen Kopf, der rund wie ein Ball war, und viele kompliziert geflochtene Zöpfe. Neben ihr saß ein Junge von etwa sechs, halb so alt und so groß wie sie, mit den kantigen Wangenknochen und feinen Zügen der Berber, und daneben ein elfenartiges Wesen undefinierbaren Geschlechts, dessen Kopf bis auf eine einzelne lange Haarsträhne auf dem Scheitel kahl geschoren war. Manche hatten T-Shirts an, die offensichtlich jemand anderem oder vielen anderen gehört hatten, aber die meisten trugen die traditionelle blaue oder senfbraune Tracht.

Das Klassenzimmer war peinlich sauber, gut so, denn alle Schüler hockten auf dem Boden. An den Wänden hingen ihre Werke: die gleichen Zeichnungen von rudimentären Häusern, lächelnden Sonnen und Strichmännchen wie in jeder Schule der Welt, neben Stickereimustern und handgewebten kleinen Teppichen in denselben geometrischen Mustern wie jene, die auf dem Markt von Tafraout in der Sonne verblichen.

Jemand zupfte mich am Ärmel. Ich blickte hinab und sah ein Mädchen mit lauter Zahnlücken, das mich angrinste. »*Asseyez-*

vous, madame!«, drängte sie und zog mich zu einem Kissen, das sie feierlich auf den Boden vor der Klasse gelegt hatten.

Unbeholfen ließ ich mich darauf nieder, woraufhin die Kinder sich kichernd und plappernd auf mich stürzten wie Heuschrecken und meine Aufmerksamkeit verlangten, als erlaubte ihnen die Tatsache, dass ich nun mit ihnen auf einer Höhe war, mich als eine der ihren zu behandeln. Ein Mädchen warf sich mir einfach in den Schoß.

»*Bonjour!*«, trällerte es und sah mich mit großen schwarzen Augen an.

»*Bonjour!*«, antwortete ich unsicher. Ich weiß nicht, wann ich das letzte Mal ein Kind berührt hatte, geschweige, dass sich eines so zutraulich an mich geschmiegt hatte. »Wie heißt du?« Etwas Besseres fiel mir nicht ein.

»*Voyez!*«, forderte es und hielt mir sein Schulheft unter die Nase. Auf dem Blatt waren mit Kugelschreiber fünf krakelige Symbole gezeichnet: ein kleiner Kreis, ein vertikaler Strich, ein großer Kreis mit einem Punkt in der Mitte, ein kleiner Kreis und ein großer Kreis, der von einem vertikalen Strich in zwei Hälften geteilt wurde. »*Mon nom!*«, erklärte das Mädchen stolz. »*Hasna.*«

Ich sah Taïb erstaunt an. »Sie hat ihren Namen geschrieben? Auf Tifinagh?«

Er grinste stolz. »Ja, Habiba ist heute nicht da, Abdelkader vertritt sie, aber nur heute. Wir haben großes Glück, er ist ein Vorreiter, was das Studium der Berber angeht. Zeigen Sie ihm einmal Ihr Amulett!«

Jetzt, da es ernst wurde, wusste ich nicht mehr so recht, ob ich das Geheimnis wirklich lüften wollte. Was, wenn die Inschrift nur ein Name war, den ein längst verstorbener Urahne vor langer Zeit geschrieben hatte, ein Name, der keinen Bezug mehr zu irgendeiner lebenden Person hatte, geschweige zu mir? Was, wenn sie tatsächlich einen Fluch enthielt, wie Taïbs Großmutter glaubte? Mein Herz schlug von Sekunde zu Sekunde schneller. Doch da alle Blicke nach dem langen Weg, den wir eigens auf uns genommen hatten, jetzt erwartungsvoll auf mich gerichtet waren, kam es mir lächerlich vor, einen Rückzieher zu machen. Ich zog das Amulett aus meiner Handtasche und reichte es Taïb, der das Mittelteil zur Seite schob und die kleine Papierrolle in seine Hand fallen ließ. Abdelkader nahm sie und wickelte sie behutsam auf. Die Falte zwischen seinen Augenbrauen vertiefte sich, als er die Inschrift betrachtete.

Ungewohnte Stille breitete sich im Klassenzimmer aus, als hätten selbst die Kinder gemerkt, dass hier etwas Wichtiges geschah, dass sich vor ihren Augen ein kleiner Zauber vollziehen könnte, wenn sie still waren, mucksmäuschenstill. Nichts rührte sich: Es war, als hielten alle den Atem an.

Nach einer Weile drehte der Lehrer das Papier um und untersuchte die Rückseite. Er trat ans Fenster, hielt es gegen das Licht und ging anschließend im Raum auf und ab. Die Kinder verfolgten ihn mit erwartungsvollen Augen. Meine Hände begannen zu jucken und zu schwitzen, wie wenn ich vor einer besonders schwierigen Kletterwand stand. Schließlich stieß er einen tiefen Seufzer aus. »Das übersteigt meine begrenzten Kenntnisse des Tifinagh«, erklärte er mir in einwandfreiem Französisch. »Ich erkenne viele der Zeichen wieder, natürlich, aber die Schrift unterschied sich in den Gegenden, wo Tifinagh gesprochen wurde, erheblich voneinander. Immerhin ist das Gebiet so groß wie ein halber Kontinent! Außerdem muss ich gestehen, dass ich nicht weiß, von wo ich anfangen soll, es zu lesen – nein, nein, lachen Sie nicht: So einfach ist es nicht. Die Schrift ist ineinander verwoben, und ich weiß nicht, wo ich anfangen soll. Von rechts nach links wäre die übliche Lesart, aber die älteren Schriften müssen von unten nach oben gelesen werden. Schließlich geht die Schrift auf das Schreiben auf Stein zurück, und da ergibt es einen Sinn, von unten nach oben zu schreiben. Die Tuareg benutzen natürlich die älteste, ursprünglichste und damit auch reinste Schreibweise überhaupt: ohne Vokale. Seitdem hat sich die Schreibweise sowohl geografisch als auch linguistisch auseinanderentwickelt. Ich fürchte, für dieses Amulett reichen meine Kenntnisse nicht aus.« Er breitete entschuldigend die Hände aus.

Taïb sagte etwas in ihrer Sprache zu ihm, woraufhin Abdelkader sich am Ohr kratzte und nickte. Dann warf er erneut einen Blick auf das Papierchen und zeigte ihm etwas. Beide betrachteten das Amulett. Azaz stellte eine Frage, und alle drei begannen, durcheinanderzureden. Wie sie sich verstehen konnten, war mir schleierhaft, sie hingegen schienen keine Probleme mit der Kommunikation zu haben.

Mittlerweile wurden die Kinder unruhig, und ich auch. »Worüber reden Sie eigentlich?«, fragte ich mit Bestimmtheit. Schließlich gehörte das Amulett mir.

Taïb drehte sich um. »Entschuldigen Sie. Abdelkader meint, das Amulett sei sehr alt, wahrscheinlich stammt es von den Tuareg. Er sagt, es enthält keines der modernen Zeichen, die man später erfand, um Laute nachzuahmen, Vokale zum Beispiel, die das ursprüngliche Alphabet nicht umfasste. Die älteren Versionen des Tifinagh enthalten selten Vokale, die wir heute benutzen. Das ist alles ziemlich kompliziert …«, schloss er, als überstiege das Thema den Horizont einer Frau. Ich merkte, dass ich mich ärgerte, und als hätte er es intuitiv gespürt, hob er wie zu seiner Verteidigung die Hände und setzte hinzu: »Er hat uns erzählt, dass Lallawa sehr krank ist und Habiba sie pflegt. Die Frauen im Dorf wechseln sich ab. Und da wir nun einmal hier sind, sollten wir nach ihr sehen.«

Habibas bescheidenes Familienhaus hatte zwei Stockwerke, verputzte Mauern aus Zement, winzige Fenster mit verstaubten Eisengittern davor und einen Eingang, der von grässlichen, fabrikmäßig hergestellten Kacheln umgeben war. Die Tür stand offen. Taïb trat einfach ein und rief ihren Namen.

Aus einem Zimmer kam eine Frau, die sich im Gehen das Kopftuch umschlang. Als sie den Besucher erkannte, wich ihre Besorgnis sichtlicher Freude. Taïb ging auf sie zu und küsste sie vier Mal überschwänglich auf die Wangen, herzlich und warm, ohne die übliche Zurückhaltung, die ich in den Beziehungen zwischen Frauen und Männern in diesem Land beobachtet hatte. Ich sah, wie sie seine beiden Hände festhielt, während sie sprachen, und die Köpfe so dicht beieinander waren, dass ich mir wie ein Voyeur vorkam.

Dann blickte sie über seine Schulter, sah mich und kniff einen Moment lang die Augen zusammen.

Als sich Taïb zu uns umwandte, war sein Gesicht ernst. »Lallawa geht es sehr schlecht, trotzdem meint Habiba, dass wir hineinkommen und sie begrüßen sollten.« Er klang so, als könnte es das letzte Mal sein.

»Ich glaube, ich warte lieber draußen«, sagte ich. Habibas Blick hatte mir das Gefühl gegeben, ein ungebetener Gast zu sein, der in eine Welt voller Trauer und Leid platzte. Doch davon wollte Taïb nichts wissen. Während Azaz seine Cousine weniger herzlich begrüßte, wie mir schien, geleitete mich Taïb in den Salon. Dort saß ein halbes Dutzend Frauen mit schwarzen Gewändern und Kopftüchern auf niedrigen Sofas, die drei Wände des düsteren kleinen Zimmers säumten. Zwischen ihnen lag eine reglose Gestalt auf einem Lager am Boden. Sie sahen aus wie Saatkrähen, die sich um einen Kadaver versammelt hatten. Aber als sie Taïb und Azaz sahen, verflog die düstere Atmosphäre, und sie sprangen laut plappernd auf. Es folgten unzählige Begrüßungsküsse und langes Händeschütteln, dann kniete Taïb neben der Gestalt nieder. Ich reckte den Hals. Einen Augenblick dachte ich, sie wäre tot, doch dann hob sich langsam eine Hand und fuhr über sein Gesicht. Auch Azaz kniete nieder. Die alte Frau wandte ihr Gesicht erst dem einen, dann dem anderen zu, und ihr zahnloser Mund lächelte. Ihr Gesicht hatte die Farbe verbrannter Kohle, als hätte das Leben sie bereits verlassen. Die Augenhaut war ungesund gelb, die Pupillen milchig vom grauen Star. Schließlich bedeutete mir Azaz, näher zu kommen, und ich hörte meinen Namen, während Taïb ihr erklärte, wer ich war. Ich kniete mühsam vor ihr nieder. »*Salaam*«, sagte ich und machte von dem Gebrauch, was ich aus dem Glossar meines Touristenführers gelernt hatte. Als ich ihr die Hand entgegenstreckte, streiften ihre Finger sie wie die Flügel eines Schmetterlings, die Berührung war zart, als wäre ihre Haut aus Papier. »*Salaam aleikum*, Lallawa.«

Ihre trüben Augen musterten mich aufmerksam, und ihre Finger schlossen sich wie Krallen um die meinen. Ich versuchte, sie zurückzuziehen, aber sie ließ es nicht zu. Dafür, dass sie so krank war, hatte sie einen äußerst kräftigen Griff. Sie bewegte die Lippen, doch es klang eher wie ein Röcheln als ein Wort.

»Zeigen Sie ihr das Amulett«, sagte Taïb.

»Meinen Sie wirklich? Sie sieht so krank aus, ich will wirklich keine Umstände machen.«

»Aber nein, bitte.« Habiba tauchte neben Taïb auf und legte ihm besitzergreifend und zugleich lässig die Hand auf die Schulter. »Sie wird sich an das gute Leben erinnern, das sie einmal hatte. Sie wird sich freuen, glauben Sie mir.«

Ich nahm das Amulett aus der Tasche, woraufhin die Greisin meine Hand ergriff und sie so nah an ihr Gesicht zog, dass ihr Atem das Silber beschlug. Dann presste sie mit einem Seufzer die Lippen auf das Amulett. Als sie den Kopf wieder in das Kissen sinken ließ, hatte sich ein Mundwinkel nach oben verzogen, der andere hing schlaff hinab. Jetzt erst begriff ich, dass sie einen Schlaganfall gehabt haben musste. Sie gab ein undefinierbares Geräusch von sich, runzelte die Stirn und versuchte es erneut. »*A…dra.*«

»Adagh?«, fragte Taïb, und sie nickte. Er öffnete das Fach in der Mitte und nahm die kleine Papierrolle heraus. Dann reichte er mir das Amulett zurück, entfaltete das Papier vorsichtig und hielt es hoch.

Habiba schüttelte den Kopf. »Sie kann es nicht sehen, sie ist fast blind.«

Doch die Alte gab nicht auf. Wir beobachteten, wie sie die Augen zusammenkniff und den Kopf in einer scheinbar übermenschlichen Anstrengung hob, um die Inschrift zu lesen. Sie berührte die Zeichen und murmelte etwas. Taïb beugte sich weiter vor, sodass das Papier wenige Zentimeter vor ihrem Gesicht war. Ich beobachtete die Enttäuschung in ihren Augen, sie konnte die Zeichen nicht erkennen. Schließlich lief eine Träne über ihre Nase.

»Lassen Sie es«, sagte ich. »Sie strengen sie zu sehr an.«

Taïb fuhr der alten Frau zärtlich über die Wange und setzte sich wieder auf die Fersen. »*Tanmirt*, Lallawa. Danke.«

Er rollte das Papierchen wieder zusammen und steckte es in das Amulett, das ich in der Hand hielt. Als seine Finger die meinen streiften, spürte ich einen elektrischen Schlag im ganzen Arm. Ich war derart verwirrt, dass ich eine Weile brauchte, um auf Habiba zu reagieren. Sie hatte die Hand auf meine Schulter gelegt und sagte: »Kommen Sie, kommen Sie mit.«

Ich folgte ihr aus dem Raum, vorbei an den schwarz verhüllten Frauen, die mich mit ihren neugierigen Augen betrachteten. Wir gingen einen langen Flur entlang, von dem kleine Türen in dunkle Gemächer führten, bis wir schließlich einen quadratischen Innenhof mit einem Schilfdach erreichten. Die Sonnenstrahlen fielen unregelmäßig hindurch und bildeten einen hellen Kontrast zu den dunklen Schatten. In der Mitte stand ein trockener Springbrunnen. Habiba zeigte darauf und drückte auf einen Schalter an der Wand. Daraufhin setzte sich rumpelnd eine Pumpe in Gang, und ein dünnes Rinnsal ergoss sich durch die Leitung in den Springbrunnen.

»Tut mir leid, dass Sie umsonst hergekommen sind. Ihr Augenlicht hat sich deutlich verschlechtert, vor allem seit dem letzten Anfall. Waschen Sie Ihre Hände und das Amulett mit Wasser«, sagte sie. »Fließendes Wasser wird die Geister besänftigen.«

Geister? Wie abergläubisch. Trotzdem humpelte ich hinüber, wusch mir Hände und rieb mit den nassen Fingern das silberne Amulett ab, während ich darauf achtete, dass kein Wasser in das Geheimfach eindrang. Irgendetwas an dem Ritual war auf rätselhafte Art tröstlich, vielleicht lag es aber auch nur an dem seidig-kühlen Wasser an einem heißen Tag nach dem Aufenthalt in dem stickigen Krankenzimmer. Habiba reichte mir ein Handtuch, mit dem ich vorsichtig Hände und Amulett abtrocknete.

»Es ist wirklich wunderschön«, sagte sie. »Lallawa hat ähnliche. Als sie bei uns wohnte und ich noch klein war, fand ich eines Tages ihren Schmuck unter einer Schlafmatte versteckt. Ich holte alles hervor, legte ihn an und betrachtete mich im Spiegel. Ich kam mir vor wie eine Tuareg-Prinzessin. Aber sie hat mich erwischt und mir eine Tracht Prügel verpasst.« Wenn sie lächelte, veränderte sich ihr ganzes Gesicht. »Ich lief heulend zu meiner Mutter, aber die sagte, Lallawa hat Recht, denn der Besitz einer Frau gehört nur ihr, egal, in welchen Verhältnissen sie lebt. Sie ist sehr alt. Niemand weiß, wie alt genau, sie am wenigsten. Sie hatte ein langes und gutes Leben, wenn man bedenkt, was ihr widerfahren ist. Sie liebte die Wüste. Vor dem letzten Schlaganfall habe ich ihr versprochen, dass sie sie noch ein letztes Mal sehen soll …« Ihre Stimme stockte. Ich bemerkte, wie sie mit den Tränen kämpfte, und plötzlich brannten auch meine Augen. »Ich habe versprochen, dass sie noch vor ihrem Tod die Salzstraße wiedersehen würde. Aber wie Sie selbst gesehen haben, ist sie zu krank.«

»Die Salzstraße?«

»Das ist die Wüstenstraße, die zu den Salzminen in der Sahara führt und von den Kamelkarawanen benutzt wurde. Die Händler tauschten Sklaven und andere Güter gegen Salz.

Die Tuareg nannten sie ›Straße des Lebens‹, aber auch ›Straße des Todes‹. Sie symbolisierte beides. Es tut mir sehr leid, dass ich ihr diesen letzten Wunsch nicht erfüllen kann. Jetzt wird sie nicht in Frieden sterben können. Doch Ihr Amulett hat ihr die Wüste ein bisschen nahegebracht.«

Ich spürte etwas Nasses auf meinem Gesicht, und dann merkte ich, dass mir die Tränen, die zuvor in meinen Augen gebrannt hatten, über die Wangen liefen. Ich weiß nicht, wann ich das letzte Mal geweint hatte. Ich hatte mir angewöhnt, solche Rührseligkeit zu hassen. Ein Teil von mir war wütend auf mich selbst, ein anderer aber – eine neue Seite, die ich entwickelt hatte oder vielleicht auch nur lange unterdrückt – kannte keine Scham.

Habiba hatte sich abgewandt und schnitt ein wenig Minze aus einem überquellenden Kübel ab, der draußen vor der Küche stand. Sie winkte mich herein, und ich beobachtete, wie sie den Tee zubereitete. Über einem einfachen Gaskocher brachte sie Wasser zum Kochen, wärmte die silberne Teekanne vor und warf anschließend eine Hand voll grüner Teeblätter, reichlich frische Minze und drei riesige Klumpen Zucker hinein. »Liebe Güte, tun Sie immer so viel Zucker in den Tee?«, fragte ich und dachte voller Schrecken an die vielen Gläser Tee, die ich getrunken hatte, seit ich in Marokko war.

Sie lachte. »Dabei bin ich noch sparsam gewesen. Europäer mögen nicht viel Zucker. Sogar Taïb hat seine Gewohnheiten geändert, seit er nach Paris gezogen ist.«

Ihr Tonfall klang scharf. Ich fragte mich, ob ich mir das bloß einbildete oder ob sie mir damit etwas sagen wollte. »Gehen eigentlich viele junge Männer fort von hier? Ich meine, um Arbeit zu suchen?«

»Das Leben hier ist hart, Sie haben es selbst gesehen. Das Land ist karg und trocken, und es wird mit jedem Tag schlimmer. Es gibt weder Arbeit noch Geld, keine Spur von Luxus. Deshalb gehen die jungen Männer fort – und neuerdings auch die Frauen, auf der Suche nach Ausbildung oder Arbeit. Am Ende schicken sie ihren Familien Geld aus dem Ausland. So läuft das in Marokko.«

»Für die, die bleiben, ist es bestimmt schwer«, sagte ich und beobachtete, wie sie das erste Glas Tee wieder in die Kanne zurückkippte und den Tee umrührte. »Vor allem für die Frauen.«

»Es ist für alle schwer. Manchmal kommen sie nicht zurück.«

»Wie Taïb?«

Sie warf mir einen scharfen Blick zu. »Taïb und ich waren als Kinder einander versprochen worden.«

»Das ist eine lange Verlobungszeit.«

»Wir wollten erst heiraten, wenn wir genug Geld hatten, um ein Haus zu bauen. Ich ging nach Agadir, um mich als Lehrerin ausbilden zu lassen, und er nach Frankreich, und dort ist er geblieben. Ich glaube, er mag den … Lebensstil dort.«

Sie sprach das Wort »Lebensstil« so abschätzig aus, dass die ganze Verachtung des Islam für die absurd egoistische und unmoralische Lebensweise des Westens darin mitschwang. Ich reagierte pikiert. »Jetzt sind Sie Lehrerin, und er verdient genug, um sich einen brandneuen Geländewagen zu leisten, wann also findet die Hochzeit statt?«

Sie presste die Lippen zusammen, als unterdrückte sie eine scharfe Antwort, und goss mit wütendem Schwung den goldenen Tee in eines der verzierten Gläser auf dem Tablett. »Für wen halten Sie sich, um über uns zu urteilen? Es geht nicht immer nur ums Geld«, fauchte sie gekränkt. »Ich will nichts mehr von Taïb, abgesehen von dem, was die Familie betrifft. Sie können also ruhig mit ihm ins Bett gehen.«

»Ins Bett gehen« ist meine Übersetzung. Sie benutzte das französische Verb *»baiser«*, was ich als schallende Ohrfeige empfand. Ich sah, wie ihre Augen triumphierend leuchteten, dann drehte sie sich um, hob das Tablett auf und ging in den Salon, wo die Krähen auf ihre Erfrischung warteten, sodass mir nichts anderes übrig blieb, als ihr verwirrt, verblüfft und nicht minder empört zu folgen.

Am liebsten hätte ich sie an der Schulter gepackt und gefragt, was sie damit gemeint hatte. Natürlich verkniff ich mir das und setzte mich nur lammfromm auf die Kante einer der Sitzbänke und nippte an ihrem grässlichen Tee. Ich sah sie nicht an und sagte kein Wort, weder zu ihr noch irgendwem sonst. Das war auch gar nicht nötig: Alle redeten in ihrer höllischen Sprache durcheinander, als wäre ich Luft. Hin und wieder merkte ich, dass die sterbende Frau mich mit ihren starren, blinden Augen musterte. Als wir nach Stunden endlich aufbrachen, war ich erleichtert.

ACHTZEHN

Sie sahen nicht gerade so aus, als hätten Sie sich wohlgefühlt«, meinte Taïb im Wagen.

Ich zuckte die Achseln. »Ich habe nachgedacht.«

Er nickte langsam. »Ja, verstehe, ich denke auch immer über vieles nach.« Mehr verriet er nicht.

Habibas Attacke hatte mich tief erschüttert, obwohl meine Wut über die Beleidigung bereits verflogen war. Ich sagte mir, dass sie eine eifersüchtige Frau war, die mich als Bedrohung ansah, und fragte mich, ob Taïb und sie offiziell noch verlobt waren, egal, was sie gesagt hatte. Ihre gegenseitige Zuneigung war unübersehbar, doch da ich von den gesellschaftlichen Gepflogenheiten in diesem Land keine Ahnung hatte, konnte ich nicht beurteilen, was an ihrer Begrüßung echt und was gespielt gewesen war. Hatte sie in sein Verhalten mir gegenüber etwas hineininterpretiert, was nicht zutraf? Oder rührte ihre Feindseligkeit aus dem Gefühl, ihn an Frankreich und dessen Frauen verloren zu haben? Ich konnte ihre schwierige Situation eigentlich ganz gut verstehen, schließlich war sie gefangen in diesem abgelegenen, armseligen Dorf mit einem Haus voller neugieriger alter Weiber und einem Gast, der zum Sterben gekommen war. Es war nicht schwer, eine moderne europäische Frau zu beneiden, die am Arm des Mannes, den man selbst hatte heiraten wollen, herumtanzte – besser gesagt, herumhinkte –, das Haar geradezu schamlos offen trug, eine Longines-Uhr auf der nackten Haut und eine Prada-Handtasche über der Schulter. Eine Frau, die sich ihr Vergnügen überall suchen konnte – wenn sie wollte –, ohne Angst vor gesellschaftlichem

Druck oder Konsequenzen, und anschließend ihrer Wege gehen. Doch eine Sache nagte an mir, nämlich, dass ich im Tenor ihrer Attacke nicht Eifersucht gespürt hatte, oder vielmehr nicht nur Eifersucht, sondern auch eine tief sitzende arrogante Verachtung. Was hatte Habiba an mir so abgestoßen? Ich war freundlich und höflich gewesen, bildete ich mir ein, trotz der Fettnäpfchen, in die ich als Europäerin unweigerlich getreten war, und des fehlenden Kopftuchs. Zugegeben, ich sprach ihre Sprache nicht, und Ausländer, die nicht mit einem kommunizieren oder einen nicht verstehen, gelten als ignorant. Aber es steckte mehr dahinter: Ihr Verhalten war nicht bloß abweisend gewesen, sondern beinahe eine Verurteilung, als hätte sie mich zu jemandem erklärt, der den falschen Weg eingeschlagen hatte, jemandem, der in einem unmoralischen Sumpf lebte.

Mir wurde bewusst, dass ich es gewohnt war, mit einem gewissen Maß an Respekt behandelt zu werden. Normalerweise bewegte ich mich in einer Welt, in der ich innerhalb eines gesellschaftlichen Spektrums oder auch professioneller Hierarchie bewertet wurde. Bei der Arbeit definierte ich mich über meine Stellung in der Firma, meine Autorität, wichtige Kunden, die ich beriet, die Höhe meines Gehalts. Die Menschen auf den Straßen von London waren es gewohnt, die Zeichen meines Äußeren zu erkennen und aus meiner tadellosen Frisur, den gepflegten Händen, den teuren Kleidern und diskreten, aber hochwertigen Accessoires, aus meinem Verhalten und meinem Selbstbewusstsein Rückschlüsse auf meinen sozialen Status zu ziehen. Sogar ich selbst leitete meinen Selbstwert aus diesen leeren Hülsen ab, das wurde mir plötzlich bewusst. Wer aber war Isabelle Treslove-Fawcett? Wer war ich wirklich? Bei näherer Betrachtung geriet die ganze erfolgreiche Fassade ins Wanken, sie fühlte sich zerbrechlich und leer an, mein Ich nur wie ein Traum meiner selbst. Gegen Geld war nichts einzuwenden, aber Geld an sich ist kein Wert, es stellt lediglich einen Pakt mit der Zukunft dar, und worin bestand meine Zukunft? Ich hatte keine Familie, nur wenige Freunde, keinen Glauben an irgendeinen Gott; ich vertraute allein auf meine Erfahrung. Jetzt ging mir auf einmal auf, dass ich mich ein Leben lang vor der Welt gedrückt hatte. Ich hatte alles, was schwierig und unkalkulierbar war, auf Abstand gehalten, damit es mir nicht schaden konnte, hatte eine Mauer aus finanzieller Unabhängigkeit gezogen. Dazu kam, dass mein Job keine Emotionen erforderte. Es gab gute Gründe für diese Mauer, die mich schützen sollte, dessen war ich mir bewusst, und auch für die Strategie, die ich gewählt hatte, um scheinbar unbeschadet durchs Leben zu kommen. Doch jetzt hatte Habiba dieses Fundament erschüttert.

Und dann war da noch die alte Frau, die langsam ihr Leben aushauchte. Wie Lallawa ihr Schicksal akzeptierte, hatte mich sehr beeindruckt, die Art, wie sie zärtlich die Hände ihrer Besucher gehalten und ihnen mit ihrem schmerzerfüllten, verzogenen Gesicht zugelächelt hatte. Ich musste daran denken, wie sie mir in diesen langen unangenehmen Stunden in dem kleinen Raum immer wieder zielsicher den Blick zugewandt hatte, als stellte auch sie meine Identität infrage, und vielleicht sogar meinen Wert. Wie musste sie sich fühlen, nachdem sie ihrer Heimat in der Wüste beraubt worden war und sich in einem Ort wie Tiouada hatte niederlassen müssen? Dort zu liegen und sich danach zu sehnen, vor dem Tod noch ein letztes Mal die Schönheit der Wüste zu sehen, um ihre Seele der Weite zu überlassen, die sie in ihrer Jugend gekannt hatte, zu erleben, wie ihre Sinne einer nach dem anderen verloren gingen und sie in einem Gefängnis aus vier Wänden und einer niedrigen Decke festsaß, beäugt von den Krähen und gepflegt von der scharfzüngigen Habiba?

Taïb und Azaz waren ungewöhnlich schweigsam und in ihren eigenen Gedanken versunken, als wir durch die von der untergehenden Sonne violett gefärbten sandigen Straßen fuhren. In der Stille hörte ich über dem dumpfen Dröhnen der Reifen auf der holprigen Fahrbahn unser Ziel, noch ehe ich es sah: Ein tiefes Trommeln hallte durch die Dämmerung, begleitet von einem schrillen Instrument, oder war das die bis zur Grenze der Belastbarkeit angespannte Stimme einer Frau? Wir parkten vor einer großen Lehmmauer, und als Azaz mir die Tür öffnete, war der Lärm ohrenbetäubend.

Taïb rief mir etwas ins Ohr. »Willkommen auf einer echten *fichta*!« Ich spürte seinen warmen Atem am Hals, und ehe ich mich versah, hatte er mich hochgehoben und trug mich mitten in das außergewöhnliche Ereignis hinein. In den mit Granatäpfeln und Orangen geschmückten Bäumen hingen Dutzende von Laternen, deren Kerzenflammen zum Rhythmus der Tänzer flackerten: Männer mit Turbanen und bauschigen Gewändern, Frauen mit *khol*geschminkten Augen und funkelnden Silberringen an den mit Henna bemalten Händen, die sie rhythmisch über ihren Köpfen schwenkten. Kinder, die im Sonntagsstaat durch die Menschenmenge liefen: die Jungen in weißen Gewändern und leuchtend gelben *babouches*; die Mädchen in bunten Kaftans, kleine Kinder mit riesigen dunklen Augen und Zahnlücken, die sich mit beiden Händchen an die schwarzen Roben und bestickten Kopftücher ihrer Mütter klammerten. Eine Gruppe von Männern mit gestreiften Gewändern, weißen Turbanen und dem zeremoniellen Dolch im Gürtel trommelte auf den unterschiedlichsten Instrumenten einen mächtigen, vielschichtigen Rhythmus in die Nacht, einen Rhythmus, in dem jede Spur von Individualität in der Umgebung unterging. Ich war so überwältigt, dass ich mich nach einem vertrauten Bezugspunkt umsah, doch vergebens.

Um den Garten herum saßen auf niedrigen Sitzbänken und kleinen Holzhockern die gleichen alten Krähen wie diejenigen, die in Habibas Salon darauf warteten, dass der Tod die alte Lallawa zu sich nahm: von Kopf bis Fuß in Schwarz gekleidete Frauen, die Gesichter braun gebrannt und runzelig wie eine Walnussschale, die Hände fest um die kleinen Teegläser geschlossen.

Taïb setzte mich auf einem freien Kissen unweit einer Gruppe von lachenden Mädchen ab, die auf ihre jüngeren Geschwister aufpassten, und überließ mich meinem Schicksal. »Bleiben Sie hier«, sagte er, als hätte ich eine Wahl. »Ich bin gleich zurück.«

Ich sah, wie er sich einen Weg durch die dichte Menge bahnte, und spürte, wie die glänzenden Blicke der alten Frauen mich durchbohrten. Wenn sie merkten, dass ich sie beobachtete, hielten sie meinem Blick unerbittlich stand; anschließend tratschten sie wieder drauflos wie Elstern, warfen mir scharfe Blicke zu und fuchtelten mit den Fingern. Ich wusste, was sie dachten: Mittlerweile hatte ich einen privilegierten Einblick in das Bewusstsein der Frauen hier. Ihre kritischen Blicke machten mich nervös, sodass ich in meiner Handtasche nach dem Handy kramte, um Eve eine SMS zu schicken – ich hätte alles gegeben für einen kleinen Austausch von Nettigkeiten in meiner eigenen Sprache –, und hatte plötzlich das Amulett in der Hand.

Ich betastete seine harten Kanten, es war ein wohliges und tröstliches Gefühl, wie es in meiner Hand lag. Eine kleine Welle von Wärme stieg durch meinen Arm und erhitzte meine Haut. Vielleicht war es doch nicht so schlimm, vielleicht war ich kein Eindringling, der in eine private Veranstaltung platzte, keine Fremde aus einem anderen Land, umgeben von Feinden, sondern ein willkommener Gast, nein, mehr noch, ich hatte mit einem Mal das Gefühl, dass ich irgendwie dazugehörte, dass die Trommeln, die so laut schlugen, dass sie mich bis ins Mark erschütterten, ein Teil von mir waren und das Schlagen meines Herzens einen Kontrapunkt zu ihrem Rhythmus bildete. Als Taïb zurückkehrte, saß ein kleines Mädchen auf meinem Schoß, während ein anderes mir fröhlich Zöpfe ins Haar flocht. Dazu klatschte ich in die Hände und bewegte den

Kopf zu dem Rhythmus, als hätte ich mein ganzes Leben nichts anderes getan.

Er grinste und nahm mit einem Teller voller Essen elegant neben mir Platz. Hinter ihm tauchte Azaz auf, er trug eine silberne Kanne, einen Wasserkrug und ein weißes Handtuch über dem Arm. Er ging vor mir in die Hocke und goss Wasser über meine Hände, damit ich sie waschen konnte. Wie aufmerksam! Während ich mir die Hände wusch und anschließend abtrocknete, lächelte ich ihm zu, und er erwiderte mein Lächeln, jetzt wieder ganz der Alte, und schob den Wasserkrug beiseite. Schließlich verschwanden auch die Kinder, allerdings erst, nachdem Taïb Unmengen von Mandeln für sie aus den Ohren gezaubert hatte, worüber sie selig kicherten.

»Guter Trick«, sagte ich, als das Trommeln ein wenig verebbte.

»Ich habe viele Nichten und Neffen, also eine Menge Erfahrung.«

»Wollten Sie nie eigene Kinder haben?«

Er reichte mir einen Teller mit dampfendem Lammfleisch und Gemüse, auf dessen Rand ein großes Stück frisch gebackenes Fladenbrot balancierte. Der Duft der Gewürze stieg mir in die Nase, die sich kräuselte wie die eines Hundes, so hungrig war ich. Er sah mir beim Essen zu, ohne meine Frage zu beantworten, und ich war dermaßen verzaubert von dem köstlichen, mit Chili und Knoblauch gewürzten, saftigen Lammfleisch, den süßen Pflaumen, Aromen, die ich nicht kannte, die mich aber entfernt an Rosenblüten und Sandelholz erinnerten, oder Gewürze, die nur berberische Namen hatten, dass ich es vergaß, bis ich den Teller halb leer gegessen hatte. Ich sah Taïb schuldbewusst an und merkte, dass er mich belustigt und aufmerksam betrachtete.

Ich schluckte den Bissen hinunter und fragte: »Keine Kinder?«

»Das ist eine sehr persönliche Frage.«

»Finden Sie? Für mich war der ganze Tag irgendwie sehr persönlich. Ihre Cousine Habiba war ziemlich schroff.«

Er zog die Brauen hoch. »Wirklich?«

Ich wollte nicht wiederholen, was sie gesagt hatte, es war zu vulgär und zu peinlich, und ich wollte auch nicht den Eindruck vermitteln, einen Annäherungsversuch auf Umwegen zu machen. »Sie hat mir erzählt, dass Sie beide verlobt waren.«

Sein Gesicht erstarrte und verschloss sich dann, als hätte er Rollläden heruntergelassen. »Ja, wir waren einander versprochen«, antwortete er nach einer langen Pause. »Vor langer Zeit.«

»Was ist geschehen?«

»Das geht nur sie und mich und unsere Familien etwas an, das bespricht man nicht mit Fremden.«

Tja, das war eindeutig. Gekränkt lehnte ich mich zurück, während Taïb den Rest des Tellers leerte. Dann stand er auf, griff wortlos nach ihm und verschwand in der Menschenmenge. Als er ein paar Minuten später zurückkehrte, hatte er ein riesiges Tamburin unter den Arm geklemmt und eine zweite Trommel in der Hand, die aus zwei mit Tierhaut bezogenen Tonkörpern bestand. Die größere reichte er Azaz, setzte sich dann mit gekreuzten Beinen auf eine Matte inmitten des Trubels und begann, einen lebhaften Rhythmus voller Synkopen zu trommeln. Bald bildeten mehr als ein Dutzend Männer einen Kreis und stimmten mit ihren eigenen Instrumenten oder einfach, indem sie in die Hände klatschten, in den Rhythmus ein. Ein großer junger Mann mit einem Instrument, das aussah wie ein Banjo, gesellte sich zu ihnen und bereicherte die Melodie, die sich jetzt durch die Gruppe schlängelte, um einen jazzigen Sound.

Ich beobachtete, wie Taïb mit geschlossenen Augen auf die Trommel schlug und dazu sang, völlig in die Musik versunken. Er hatte eine wohl klingende, gefühlvolle Tenorstimme und sang so inbrünstig und ungehemmt, dass sich die Sehnen an seinem Hals anspannten. Irgendwie überraschte es mich: Bislang war er mir nicht besonders leidenschaftlich erschienen oder als jemand, der genügend Charisma hatte, um eine ganze Gesellschaft in Stimmung zu bringen. Inzwischen hatten die Leute begonnen zu tanzen, die Männer machten einen oder zwei Schritte zur Seite, klatschten in die Hände und traten wieder zurück. Die jüngeren Frauen führten einen züchtigen, voll bekleideten Bauchtanz auf und schwenkten die Hände hin und her, während die älteren nur die Hüften kreisen ließen, lachten, ein wenig schwankten und längst nicht mehr so aussahen wie Krähen. Das Lied fand kein Ende, sondern ging in ein anderes über und dann in das nächste. Jemand bot Gläser mit Minzetee an, kleine Mandelkuchen, Datteln und etwas, das ich für Buttertoffees hielt und freudig in mich hineinstopfte. Leider schmeckte es so ähnlich wie Balsaholz, trocknete mir den Mund völlig aus und riss mich jäh aus meinen angenehmen Träumereien.

Ich warf einen Blick auf die Uhr. Meine Güte! Es war fast Mitternacht. Als die Musiker erneut eine Pause machten, sah ich Taïb an, und er kam zu mir. »Wann wollten Sie zurückfahren?«, fragte ich ihn. »Ich müsste Eve Bescheid sagen.«

Er wirkte distanziert, mit seinen Gedanken woanders. »Natürlich«, sagte er und fuhr sich mit der Hand über das Gesicht. »Ich muss nur schnell noch jemanden suchen. Geben Sie mir ein paar Minuten. Rufen Sie Ihre Freundin an und sagen Sie ihr, dass alles in Ordnung ist und Sie bald wieder da sind. Der Empfang müsste hier gut sein.«

Tatsächlich? Mitten im Nichts erschien das unwahrscheinlich, doch als ich mein Handy aus der Tasche nahm, zeigte das Display fast volle Empfangsbereitschaft an. Ich wählte Eves Nummer aus dem Adressverzeichnis und hörte, wie es klingelte. Und klingelte. Oh, Eve, seufzte ich. Wo zum Teufel steckst du? Kurz darauf nahm sie ab, als hätte sie mein Flehen erhört.

»Hallo?«

»Eve? Ich bin's.«

Ich hörte es rascheln, als wechselte sie das Telefon von einem Ohr zum anderen. »Oh, hallo, Iz.«

Sie klang seltsam, irgendwie abwesend, als hätte sie geschlafen. »Tut mir leid, wenn ich dich geweckt habe. Ich wollte dir nur sagen, schließ die Tür nicht ab. Wahrscheinlich komme ich sehr spät zurück.«

Ich hörte gedämpfte Worte im Hintergrund, als hielte sie die Hand über das Telefon. Ich strengte mich an, etwas zu verstehen, aber das Gerede und Gelächter um mich herum war zu laut. »Ist das okay, Eve? Ist alles in Ordnung? Hattest du einen schönen Tag?«

»Wie bitte? O ja, danke, wirklich schön.« Und dann stieß sie plötzlich einen schrillen Schrei aus, der in lautes, unmissverständliches Kichern überging. Es folgte ein erneuter vergeblicher Versuch, das Telefon zu dämpfen, und dann hörte ich sie ganz deutlich sagen: »Lass das, Jez! Nein, lass los, Izzy ist dran.«

Ich warf einen finsteren Blick auf das milchige Display, als könnte ich darauf unser recht bescheidenes Hotelzimmer sehen mit den mattbraunen Kacheln und den dunklen Vorhängen. Hatten sie eine der Duftkerzen angezündet, die Eve mitgebracht hatte, statt sich dem gnadenlosen Licht der nackten Sechzig-Watt-Birne auszuliefern, die von der Decke hing? Hatten sie beide Betten zusammengeschoben, fragte ich mich, oder lagen sie auf Eves schmaler Matratze, mit nackten, ineinander verschlungenen Gliedmaßen, deren straffe Haut vor Schweiß glänzte?

»Ach Eve!« Plötzlich fühlte ich mich erschöpft, leer.

»Ja? Ist alles okay, Iz? Wo steckst du?«

»Nein, nein, schon gut. Mir geht es gut. Ich bin mit Taïb auf einer Art Party, in einem Dorf im Süden. Ich habe keine Ahnung, wie lange wir noch hierbleiben, aber mach dir keine Sorgen, okay?«, sagte ich und schaltete das Handy aus.

Ich fühlte mich sehr einsam und sah mich in dem wogenden Meer von Menschen um, in dem ich immer noch eine stille Insel war. Einige Trommler wärmten das Fell ihrer Instrumente über dem Feuer, und eine Gruppe von Frauen spielte nun auf Saiteninstrumenten, die wie kleine, seltsam geformte Bratschen aussahen. Die Kinder saßen zu ihren Füßen und lutschten Datteln. Taïb kehrte Hand in Hand mit einem alten Mann zurück, der graues Haar und einen dicken Schnurrbart hatte.

»Mustapha fährt Sie nach Tafraout zurück«, sagte er ohne jede Vorwarnung. Er wirkte ermattet, als hätte es ihn große Mühe gekostet, Mustapha von der Dringlichkeit dieses Arrangements zu überzeugen.

Ich starrte ihn an und fühlte mich noch einsamer als zuvor. »Sie machen wohl Witze! Ich kenne ihn nicht einmal. Ich weiß nichts von ihm.«

»Er ist mein Onkel. Sie werden in seiner Obhut absolut sicher sein. Außerdem fahren noch meine Tante und ihre drei Töchter mit.«

»Und Sie bleiben hier und machen die ganze Nacht durch?«

Er seufzte tief. »Ich möchte Lallawa in die Wüste bringen. Es ist ihr letzter Wunsch, und ich habe beides, die Zeit und den richtigen Wagen dafür.«

Einen Augenblick lang bekam ich den Mund nicht mehr zu. »Oh.«

Taïb hockte sich neben mich. »Wissen Sie, eigentlich wollte ich Sie fragen, ob Sie Lust hätten, die Sahara zu sehen, denn wir sind nur einen Katzensprung davon entfernt, aber dann dachte ich, dass es eine Schnapsidee wäre. Sie kennen mich kaum; außerdem werde ich mich um Lallawa kümmern müssen, trotz ihres Gleichmuts und ihrer Tapferkeit, und auf so etwas bereitet Ihre Kultur Sie nicht vor. Deshalb hielt ich es für besser, Mustapha zu bitten, Sie in Ihr Hotel zu bringen. Wenn Sie aber nicht mit ihm fahren wollen …«, sagte er seufzend und breitete hilflos die Hände aus. »Tut mir leid. Dann fahre ich

Sie nach Tafraout, schließlich habe ich es Ihnen versprochen. Wir fahren jetzt los, und ich komme morgen wieder und hole Lallawa ab.«

»Kommt nicht infrage!« Es war, als sei ich ferngesteuert, eine Frau, die viel waghalsiger war als ich. Ich sah aus weiter Ferne, wie ich ihm die Hand auf die Lippen legte. »Ich fahre mit Ihnen. Ich will die Wüste auch sehen. Mit Ihnen und Lallawa. Nehmen Sie mich mit.«

Es war, als hätte ich eine völlig neue Route eingeschlagen oder beim Abseilen den ersten Schritt ins Nichts getan. So kam es, dass mein Leben nie wieder so sein würde, wie es war.

NEUNZEHN

In den nächsten Tagen und Wochen dachte Mariata an nichts anderes als die neue sinnliche Welt, in die Amastan sie eingeführt hatte. So oft dachte sie daran, dass sie sich fragte, ob ihr *qareen* ihre Gedanken lesen konnte und sie nun geschickt benutzte, um sie auf eine neue Art zu quälen. Sie erinnerte sich an alle Einzelheiten ihrer gemeinsam verbrachten Zeit, als wären sie eine Halluzination gewesen, als würde sie sie innerhalb und außerhalb von sich erneut durchleben. Sie wusste noch, wie sie unter den Oleanderbüschen gelegen hatten, deren schwerer Duft die Luft erfüllte, und Amastan langsam seinen *tagelmust* abgenommen hatte, wie hungrig sie sein Gesicht betrachtet hatte, das sie jetzt erst zum zweiten Mal und unter ganz anderen Umständen als beim ersten Mal sah. Wie er seine entblößte Wange auf die ihre gelegt und sie den Atem angehalten hatte, bis sie fast ohnmächtig wurde. Sie erinnerte sich an die Hitze seines Atems auf dem Hals und danach auf der Brust. Wie er sich in ihr angefühlt hatte, heiß und voll; und sogar die Erinnerung daran ließ sie erschauern in Vorfreude auf das nächste Mal, dass er sie berührte.

Plötzlich sah sie jeden im Stamm mit anderen Augen. Hatten auch sie ein solches Wunder erlebt? Und je mehr sie sie während ihrer alltäglichen Pflichten beobachtete, umso unwahrscheinlicher erschien es ihr. Der alte Taïb zum Beispiel, der auf seinem Felsen saß und mit Nadel und Faden an einem bunten Tuch nähte: Hatte sein Herz jemals so heftig geschlagen beim Anblick seiner Geliebten, dass er das Gefühl hatte, es könnte zerspringen? Oder Nadia, deren Gesichtszüge von Sonne und

Lachen gezeichnet waren und deren Mann unterwegs war, um Handel zu treiben. Lag sie nachts in ihrem Bett und dachte an ihn, die Hände zwischen den Beinen? Oder die immer schlecht gelaunte Noura. Mit sechs Kindern musste sie doch etwas für Abdelrahman empfunden haben, obwohl man es nicht glauben würde, wenn man sah, wie sie sich heute in die Haare kriegten, nur weil die Wolle von Motten befallen oder der Zuckervorrat alle war. Sie konnte sich nicht vorstellen, dass sie sich jemals so mit den Augen verschlungen hatten wie Amastan und sie. Und wenn man im Lager der Frauen auf Kheddou und Leïla zu sprechen kam, das frischvermählte Paar, klangen die Mädchen nicht gerade neidisch oder sehnsüchtig, sondern eher derb und rau. Trotzdem leuchteten Leïlas Augen, und ihre Wangen waren rot, als sie endlich aus dem Hochzeitszelt kam. In den anschließenden Tagen sah Mariata, wie sie manchmal entrückt in die Ferne oder des Nachts ins Feuer starrte und heimlich lächelte, und da wusste sie, dass sie nicht die Einzige auf der Welt war, die so fühlte. Die ganze Welt verschwamm in einem herrlichen Glanz, ein Tag war kaum vom anderen zu unterscheiden. Bei ihrer Arbeit verlor sie sich in Gedanken. Sie verbrannte das Brot, gab den Hühnern zu viel zu fressen und verschlief, wenn sie mit Ziegenmelken dran war. Sie wünschte sich, der Tag würde niemals anbrechen: Sie wollte nichts weiter, als im Dunkeln neben Amastan liegen und spüren, wie ihre Herzen gemeinsam schlugen. Manchmal fiel ihr auf, dass Tana sie mit zusammengekniffenen Augen musterte, doch sie erwähnte nicht mehr, dass sie den Stamm verlassen sollte – eigentlich sagte sie überhaupt nichts mehr. Mariata glaubte, nichts könne dieses vollkommene Glück trüben, in dem die Tage durch die Kraft ihrer Leidenschaft geschützt schienen. Nicht einmal der Anblick von Amastan und anderen Stammesmitgliedern im Gespräch mit zwei Männern in dunklen Gewändern, die eines Abends bei Sonnenuntergang ins Lager gekommen waren, beunruhigte sie, trotz der Patronengürtel, die sie vor der

Brust trugen, und der geschulterten Gewehre. Als er sie am Abend später als sonst abholen kam, wurde der Gedanke, nach ihnen zu fragen, von ihrem Verlangen verdrängt. Doch als er den Schleier wieder anlegte, ehe er sich zum Männerlager davonstahl, legte sie ihm die Hand auf den Arm.

»Wer waren die Männer, mit denen du gesprochen hast?«

Amastans Gesicht wurde abweisend. »Freunde. Nur Freunde. Nichts, worüber du dir Gedanken machen musst.«

Mariata nahm sich zusammen. »Weil ich eine Frau bin?«

»Weil es dich nichts angeht.«

»Sag das nicht! Alles, was dich angeht, geht auch mich an!«

»Manche Dinge werden wir niemals teilen können.«

Eifersucht flackerte in ihr auf. »Du meinst, wie Manta?«

»Ich werde ihr Andenken immer ehren.«

»Dann werde ich dafür sorgen, dass du sie vergisst!« Sie zog ihn an sich und küsste ihn leidenschaftlich.

Nach einer Weile schob Amastan sie sanft von sich weg und umfasste mit beiden Händen ihr Gesicht. »Auch wenn mein Herz nun dir gehört, werde ich Manta nie vergessen.«

»Sollten wir dann nicht heiraten?« Sie sah ihn mit herausfordernd funkelnden Augen an. Die Worte vibrierten in der Luft zwischen ihnen. Amastans Ausdruck war unergründlich.

Nach mehreren Herzschlägen fragte er leise: »Würdest du mich zu deinem Mann haben wollen? Eine Frau deiner Herkunft? Du weißt, dass ich weder reich noch von vornehmer Abstammung bin.«

»Wir werden unser Geld selbst verdienen und gemeinsam eine neue Dynastie gründen.«

Er nickte langsam. Dann löste er sich von ihr und stand auf. »Ich muss darüber nachdenken.« Er wich ihrem Blick aus und schlang sich unbeholfen den Schleier um, als könnte er kaum abwarten, sie zu verlassen.

Mariata sprang auf und ballte die Hände zu Fäusten, als wollte sie ihn schlagen. Stattdessen klopfte sie sich wütend den Sand, die vertrockneten Blätter und zerdrückten Blüten vom Kleid. Sie spürte, wie die warme Flüssigkeit, die er in ihr zurückgelassen hatte, langsam an den Schenkeln herabfloss. »Da gibt es nichts nachzudenken«, sagte sie mit zusammengebissenen Zähnen. »Haben wir denn in den letzten Wochen gespielt wie zwei Kinder, als wir zusammenlagen? Hast du geglaubt, ich hätte nur aus Spaß mit dir geschlafen? Oder um Erfahrungen zu sammeln – weil ich tanzen lernen wollte, wie die Frauen deines Stammes es nennen –, ehe ich mir einen Mann aussuche?« Sie sah ihn böse an. »Was hast du dir dabei gedacht?«

Amastan hob versöhnlich die Hand. »Bitte, Mariata. Ich habe mir gar nichts gedacht. Die Zeit, die wir zusammen verbracht haben, war wie Balsam auf alten Wunden, aber ich hätte nicht nur an meine eigenen Bedürfnisse denken dürfen. Es steht einfach zu viel auf dem Spiel, um jetzt zu heiraten. Für dich, für uns alle.«

Mariata warf ihm einen hochmütigen Blick zu, sie fühlte sich von der Kraft ihrer Vorfahren beseelt, und auch von der Macht, die Frauen über Männer besaßen. »Sag mir bitte nicht, was gut für mich ist. Das haben andere Männer vor dir bereits versucht, vergebens. Als ich klein war, sagten meine Brüder, dass man warmen Sand auf den Biss eines Skorpions reiben soll, das Falscheste, was man machen kann: Mein Finger schwoll an wie ein Ei. Als meine Mutter starb, brachte mich mein Vater vom Stamm weg und überließ mich der Gnade der Kel Bazgan, und das war ein noch schlimmerer Fehler. Ich war diejenige, die beschloss, mit deiner Mutter die Tamesna zu durchqueren. Ich habe entschieden, mit dir zu schlafen und sonst niemandem, weil ich wusste, dass wir füreinander geschaffen sind. Nur ich weiß, was gut für mich ist; und wenn du mich so liebst wie ich dich, verstehe ich nicht, warum du darüber nachdenken musst.« Mariata griff nach dem Amulett, das sie um den Hals trug, und sagte: »Ich nehme dich Amastan ag Moussa zu meinem Mann auf alle Zeit und trage deinen Talisman als Zeichen unserer Verbindung.« Dann hob sie ihr Kopftuch, schüttelte es heftig aus und schlang es sich wie eine verheiratete Frau über den Kopf. »Siehst du? So einfach ist das. Morgen gehen wir zu deiner Mutter und teilen ihr unsere Verlobung mit. Sie wird unsere Hochzeit planen und meinen Vater und meine Brüder benachrichtigen lassen, damit sie an der Feier teilnehmen können. Sonst gibt es nichts mehr, worüber man nachdenken müsste.«

Amastan packte sie an den Schultern, doch es war keine zärtliche Berührung. Seine Finger bohrten sich vor unterdrückter Wut in ihr Fleisch. »Mariata!« Er hatte seinen Schleier noch nicht fertig gewickelt, das lange Ende des *tagelmust* hing herunter, sodass sie sehen konnte, wie sich der Mund, der sie noch kurz zuvor so leidenschaftlich geküsst hatte, unwillig verzog. »Jetzt ist nicht die Zeit zum Heiraten und Feiern. Es wird Krieg geben, und mein Volk muss ihn führen, wenn es überleben will. Wenn wir weglaufen und scheitern, werden wir kein freies Volk mehr sein, denn nichts von uns wird zurückbleiben. Die Männer, die heute Abend da waren, gehören einer Gruppe an, die von der Regierung als Aufständische bezeichnet wird. Sie kämpfen für einen unabhängigen Tuareg-Staat, den Azaouad, der sich vom Aïr und dem Adagh bis hin zu deinem Hoggar und darüber hinaus erstreckt. Sie suchen in den Stämmen der Region nach Freiwilligen. Wir machen alle mit, Kheddou, Ibrahim, Bazu, Amud, Azelouane, Illi, Makhammad, Gibril, Abdallah, Hamid und der Rest, alle, die dazu in der Lage sind. Wir haben keine Wahl, denn wenn wir uns nicht wehren, wird sich das, was mit Mantas Dorf geschah, überall im Adagh wiederholen. Das, was Manta zustieß, Vergewaltigung, Mord, Schändung, wird dann auch meiner Mutter, meinen Cousinen und Freunden drohen. Es wird dir passieren, Mariata, und das könnte ich nicht ertragen. Sie hassen uns. Sie wollen uns zerstören, uns von der Erde ausmerzen, auf der wir gehen. Sie nehmen uns die Luft, die wir atmen, und das Wasser, das wir trinken. Unsere bloße Existenz und alles, woran wir glauben, fordern sie heraus. Deswegen müssen wir sie genauso unerbittlich bekämpfen wie sie uns. Feuer kann man nur mit Feuer bekämpfen. Uns bleibt nichts als der bewaffnete Widerstand, aber wir werden alle Kräfte, das Geschick und das *baraka* unserer Vorfahren aufbieten müssen, um ihren Gewehren, ihrem Giftgas und ihrer Hinterhältigkeit zu widerstehen. Du musst mich gehen lassen, damit ich meine Pflicht erfülle, Mariata, und an dem Tag, an dem wir triumphiert haben und unser Volk frei ist, können wir über eine Hochzeit nachdenken. Nur dann steht uns und den Kindern, die wir haben werden, eine glückliche und hoffnungsvolle Zukunft bevor.« In seinen Augen strahlten Wut und Hingabe, als könnte er diese Zukunft vor sich sehen.

»Und was ist mit Kheddou und Leïla? Es ist nur wenige Wochen her, dass du auf ihrer Hochzeit getanzt und kein Wort über den Krieg verloren hast.«

»Ich kann nicht für andere entscheiden.«

»Dann versuch auch nicht, für mich zu entscheiden! Ich bin kein schwaches Wesen, das man vor der bösen Welt beschützen muss. Meine Mutter hat mir immer gesagt, alles Wichtige im Leben kommt vom Herzen«, sie zeichnete einen Kreis mit einem Punkt in der Mitte in den Sand, »und wir drehen uns immer weiter im Kreis des Lebens, so wie der Horizont sich um dich und deinen Stamm dreht. Wir sind ein Teil des Ganzen, und das Ganze ist ein Teil von uns. Wenn es Krieg geben muss, dann wird es welchen geben«, sagte sie wütend, »aber wir werden ihn zusammen durchstehen, als Mann und Frau vor den Augen der Welt. Und wenn du kämpfst, dann werde auch ich kämpfen. Gib mir eine Lanze in die Hand und stecke mir ein Schwert in den Gürtel, und ich werde kämpfen wie ein Mann. Und wenn alles in einem Blutbad endet, dann werde auch ich davongespült werden, aber wenn wir gewinnen, werde ich an deinem Sieg teilhaben.«

Ihre Augen leuchteten im Mondlicht, als wären sie von kaltem Feuer erfüllt, und Amastan kam sie in diesem Augenblick tatsächlich wie ein Elementargeist vor, nicht eine Frau aus Fleisch und Blut. Bei diesem Anblick hätte viele Männer der Mut verlassen, Amastan jedoch verspürte einen Schub von Entschlossenheit in der Brust, die Kraft, die ihre Liebe ihm verlieh. Im gleichen Moment packte ihn die Erregung erneut. Wer konnte sich einer derartigen Kraft widersetzen? Wer es tat, wurde von ihr niedergewalzt, doch ein Teil von ihm sehnte sich danach. Er zog sie an sich und küsste sie heftig. »Du bist wie eine Löwin.«

Sie schüttelte den Kopf und lachte. »Eine Löwin? Nein. Mein Tier ist der bescheidene Hase.«

»Bescheiden? Wohl kaum! Der Hase ist das vornehmste aller Wesen, genau wie die Frau, die ich heiraten werde.«

Am nächsten Morgen suchten sie Rahma auf und erzählten ihr von ihrem Vorhaben.

Rahma küsste ihrem Sohn die Hand und drückte sie an ihr Herz. Dann umarmte sie Mariata. »Ah, meine Tochter, du hättest mir kein schöneres Geschenk machen können!«

Als Amastan sah, wie die zwei Frauen sich gegenüberstanden, fiel ihm auf, wie ähnlich sie sich waren mit ihren unverwechselbaren Profilen und den leuchtenden schwarzen Augen: wie zwei Löwinnen, die vor nichts Angst hatten und bereit waren, es gegen die ganze Welt aufzunehmen, um ihr Rudel zu verteidigen. Ich bin ihrer nicht würdig, dachte er, aber er sprach es nicht aus.

Die Kunde von der bevorstehenden Hochzeit verbreitete sich in der Region wie eine Heuschreckenplage auf den Feldern. Alle redeten davon, doch die Meinungen gingen auseinander. Mariata hatte im Allgemeinen einen guten Eindruck beim Stamm gemacht, manche aber hielten sie für zu vornehm, um einen Mann aus dem Stamm der Kel Teggart zu heiraten, obwohl sein Vater ein *amenokal* der Aïr-Stammesgruppen war. Die Älteren erinnerten sich an die Bedenken, die sie gegen Rahmas Hochzeit mit Moussa ag Iba gehabt hatten. Als Rahma nach zwölf harten Jahren mit einem Mann, der als brutal und grausam galt, kleinlaut Zuflucht bei ihrem Stamm gesucht hatte und nichts weiter mitbrachte als das Zelt, das sie damals mitgenommen hatte, einen altersschwachen Esel und ein mürrisches Kind, das zu klein für sein Alter war, ständig Wutanfälle bekam und eine scharfe Zunge hatte, hatten sie genickt und mit der Zunge geschnalzt. Doch mit der Zeit hatten sie ihre Meinung über Amastan geändert, schließlich war er bei ihnen groß und stark geworden, ein Meister der Verse und des Tanzes, den man für seine Jagdkunst bewunderte. Trotzdem misstrauten sie seinem Temperament und seinem Urteil. Er galt als Unglücksrabe, der allzu oft den bösen Blick auf sich zog. Sein Vorsatz, sich mit seiner neuen Frau bei ihnen niederzulassen, beunruhigte die Angehörigen des Stammes. Sie fragten sich, wie lange es dauern würde, bis die guten Geister ihn wieder verließen und die Kel Asuf ihn und alle, die ihm nahestanden, holen kämen. Also grüßten sie ihn so höflich wie eh und je und gratulierten ihm, wünschten ihm *baraka*, ein langes Leben und viele Kinder und beteten inbrünstig, dass er das Richtige tat und Mariata ult Yemma zurück ins Lager ihrer Mutter brachte, in die fernen Berge des Hoggars. So wie es sich für ihre vornehme Herkunft ziemte, wie sie einander immer wieder versicherten.

Die jungen Frauen jedoch teilten die Bedenken ihrer Eltern und Großeltern nicht, sondern behandelten Mariata wie jedes andere Mädchen im Stamm, das einen attraktiven Mann heiratete. Sie malten ihr mit schwarzem Henna Monde und Blüten, die Symbole der Verlobung, auf die Handflächen. Nach einem Tag war die Paste getrocknet, fiel ab und hinterließ rotbraune Muster auf der Haut, die Amastan während ihrer nächtlichen Verabredungen mit Küssen bedeckte. In der Intimität der Zelte brachten sie ihr obszöne Lieder und Verse bei, bei denen Mariata so laut lachen musste, dass die alte Nadia hereinplatzte, im Glauben, eins der Kälber hätte sich verirrt. Leïla spielte die Welterfahrene, nahm sie beiseite und klärte sie über die Geheimnisse der Ehe auf. »In der ersten Hochzeitsnacht musst du seine Annäherungsversuche zurückweisen: Er muss sich wie ein Bruder verhalten. So ist es richtig. In der zweiten Nacht darf er dich wie eine Freundin küssen und dich beim Schlafen in den Armen halten. Erst in der dritten Nacht darf er sich dir gegenüber wie ein Mann verhalten.« Dann erläuterte sie anhand praktischer Beispiele detailliert, was darunter zu verstehen war, und registrierte überrascht, dass die jüngere Frau auf die derben Schilderungen mit unverhohlenem Gleichmut reagierte. Mariata bedankte sich feierlich bei Leïla und streifte ihr einen ihrer silbernen Armreifen als Zeichen ihrer Freundschaft um das schmale Handgelenk. Später erzählte Leïla Nofa und Yehali, Mariata wäre so furchtsam gewesen wie eine junge Gazelle.

Mariatas Glück wurde nur dadurch getrübt, dass niemand aus ihrer Familie anwesend war, mit dem sie es hätte teilen können. Man gab den Karawanen, die in den Süden und in den Osten Richtung Bilma zogen, Nachrichten mit, in der Hoffnung, dass sie ihren Vater oder ihre Brüder erreichten. Man fragte Reisende aus, ob sie ihnen begegnet waren. Händler, die von Zinder nach Timbuktu unterwegs waren, berichteten, dass in den *funduqs* Gerüchte von einer Karawane die Runde machten, zu denen auch ein Vater mit seinen beiden Söhnen gehört hatte. Sie war von den Salzminen in Bilma kommend in der Ténéré verschwunden. Doch niemand erinnerte sich an die Namen, und da die Beschreibung auf die Mehrzahl der Karawanen zutraf, schenkte niemand der Nachricht große Aufmerksamkeit. Nur Mariata ging, ohne jemandem von ihren Befürchtungen zu erzählen, zur Schmiedin, damit sie die Geister anrief, um zu erfahren, was an den Gerüchten dran war.

Tana saß im Schatten einer großen Tamariske am Rand des Lagers und nähte an einem bunt gefärbten Stück Leder. Mariata fragte sich, was das Ding mit dem komplizierten Muster und den schmucken Fransen wohl sein mochte; sie hatte noch nie so etwas Schönes gesehen und konnte kaum ihren Blick davon abwenden.

Tana warf ihr einen ernsten Blick zu. Seit Kheddous und Leïlas Hochzeitsnacht hatten sie kein einziges Wort miteinander gesprochen. »Es ist eine Reisetasche«, antwortete die Schmiedin ohne weitere Begrüßung und hielt sie hoch, sodass die Fransen hin und her schwangen. »Du wirst eine brauchen.«

»Ich?«

»Du gehst auf eine lange Reise.«

Mariata fragte sich, ob Tana sie gerade erneut zum Gehen aufforderte. Allerdings hatte sie Amastan selbst vorgeschlagen, zusammen zum Hoggar zu reisen, um ihren Cousins, den letzten Überresten der Familie ihrer angebeteten Mutter, die Nachricht von ihrer Hochzeit zu überbringen und dort am Fuß der Berge von Abalessa den Winter zu verbringen. Sie wollte dem Mann, den sie liebte, die Berge zeigen, in denen sie aufgewachsen war, die hohen Zinnen, die sich violett färbten, wenn die Sonne unterging, und die kühlen schattigen *gueltas*, die das ganze Jahr über Wasser führten. Amastan war freundlich gewesen, hatte sich aber nicht festgelegt. Er sprach nicht darüber, aber sie wusste, dass seine Gedanken um den bevorstehenden Konflikt kreisten. Trotzdem glaubte sie, ihn überreden zu können, wenn sie erst einmal verheiratet waren, daher fragte sie Tana nicht weiter danach, was sie damit sagen wollte, sondern nach dem Grund ihres Besuchs.

»Würdest du die Geister anrufen, um zu erfahren, ob mein Vater und meine Brüder noch leben?«

Tana sah sie so eindringlich an, dass Mariata das Gefühl hatte, ihre scharfen Augen durchbohrten sie wie eine Lanze. Schließlich seufzte sie und legte das Lederwerk beiseite.

»Komm mit.«

In der Dunkelheit der Schmiede kochte Tana Tee aus *tehergelé*, *tinhert* und einem anderen Kraut, das Mariata nicht kannte. Sie hämmerte ein paar Stücke aus einem Zuckerhut und verrührte sie in der Kanne. Dann stand sie auf und goss den Tee schwungvoll wie ein Mann ein, sodass die goldene Flüssigkeit gleich einem schäumenden Wasserfall ins Glas fiel. »Du musst drei Gläser trinken«, sagte sie streng. »Das erste ist stark wie das Leben.« Sie setzte sich neben sie und schob ihr das Glas zu. Mariata trank es aus und schmeckte die aromatischen Kräuter.

Tana schenkte ihr ein neues Glas ein. »Das zweite ist süß wie die Liebe.« Und mit diesen Worten blickte sie Mariata durch die zusammengekniffenen Augen an, fast, als hasste sie sie. Mariata hielt das Glas an die Lippen, und tatsächlich, dieses zweite Glas schmeckte süßer als das erste.

»Und noch ein letztes Glas.« Tana schob es ihr hinüber und wartete.

Mariata hob das Glas hoch und sah, wie Teeblätter und Kräuter darin schwammen. Es schien kühler und dunkler als die beiden ersten, sie nahm an, weil der Tee länger gezogen hatte, doch als sie daran nippte, musste sie fast würgen. »Es schmeckt widerlich.«

»Du musst es austrinken.« Die Schmiedin starrte Mariata an, bis sie den Tee ausgetrunken hatte. Dann lächelte sie zufrieden und sagte: »Das dritte Glas ist bitter wie der Tod.«

Mariata spürte den Nachgeschmack auf ihrer Zunge und fragte sich einen Augenblick erschrocken, ob Tana sie vielleicht vergiftet hätte. Es beschwichtigte sie nicht, als sie sah, wie sie einen langen Vorhang aus Leder vor den Eingang hängte und eine Reihe von *gris-gris* in den Sand vor dem Eingang legte. In der Schmiede wurde es dunkel: Mariata saß reglos da, wagte nicht, sich zu bewegen, kaum zu atmen. Im flackernden Licht des Feuers wirkten Tanas markante Gesichtszüge grimmig, beinahe dämonisch. Sie kennzeichnete eine Fläche auf dem Boden, glättete den Sand zu einem groben Rechteck und legte auf die vier Ecken jeweils ein Amulett. Schließlich trat sie zu dem Pfahl, der die Decke stützte, und sah auf. Das fahle Tageslicht fiel durch den Abzug auf einen schlichten Lederbeutel, der an einem Haken hing. Die Luft um den Beutel schimmerte plötzlich; Staubteilchen und Asche wirbelten wie Derwische durch die Luft und bewegten sich spiralförmig aufwärts, ins Freie, sodass Mariata einen Augenblick lang glaubte, die Geister an der Grenze zur Inkarnation zu sehen, kurz bevor sie zum Leben erwachen. Irgendetwas in dem Tee hatte sie benebelt. Die Schmiedin griff nach dem Beutel, löste ihn vom Haken und wog ihn in der Hand. In seinem Innern klirrte etwas.

»Was ist da drin?«, fragte Mariata und versuchte, ihre Angst zu verbergen.

Tana schüttete sich etwas von dem Inhalt in die große braune Hand und strich nachdenklich mit dem Daumen darüber. Dann hielt sie die Hand hoch, damit Mariata es sehen konnte. Kiesel, vom Wasser abgeschliffene Steine, wie man sie in einem Flussbett findet. Doch außerhalb des Wassers waren sie glanzlos und unbedeutend: Mariata war enttäuscht, sie kamen ihr so gewöhnlich vor.

Die Schmiedin warf die Steine in den Beutel zurück. »Jeder enthält einen Geist«, erklärte sie und sah mit Befriedigung, wie Mariata zurückwich. »Und so habe ich sie ausgesucht: Der Geist jedes einzelnen Steins hat mich angerufen, als ich sie in der Trockenzeit am *oued* sammelte. Es ist zu gefährlich, sie zu sammeln, wenn der Fluss Wasser führt, denn jeder weiß, dass die Geister im Wasser leben. Auf dem Land sind sie nicht halb so stark, sodass ich sie kontrollieren kann. Ich werde dir die Wege des Lebens und des Todes zeigen, und wir werden sehen, was wir sehen.«

Sie nahm Mariatas Amulett, tippte drei Mal mit dem Finger

darauf und berührte dann ihre Stirn, die Schultern, Hände und Füße. Offenbar war sie zufrieden mit dem Schutz, den es ihr bot, denn jetzt nahm sie eine Hand voll Steine aus dem Beutel, warf sie mit der linken Hand in die Luft und fing sie mit der rechten wieder auf, manche paarweise, andere einzeln. Die aufgefangenen Steine legte sie in eine vertikale Linie wie die in Stein gehauenen Zeilen in Tifinagh draußen vor dem Lager: ein Stein, zwei, noch mal zwei, einer. Anschließend wiederholte sie das Ritual, fing die Steine auf und untersuchte sie, während ihre Lippen sich rasch bewegten, als zählte sie sie. Gelegentlich hob sie eine Braue, als wäre sie überrascht, spitzte die Lippen oder runzelte die Stirn.

Zwei Paare und zwei einzelne Steine folgten in einer anderen Konfiguration. Das Ganze wirkte beinahe zufällig, doch während sich die Schmiedin immer stärker auf ihre Aufgabe konzentrierte, begriff Mariata, dass die Auswahl und Anordnung der Steine einem System gehorchten, das sie nicht verstand.

Noch einmal flogen die Steine in die Luft, fielen herab und wurden zu den ersten beiden Linien gelegt: drei Paare und ein einzelner roter Stein. Tana verzog das Gesicht, als wäre sie unzufrieden.

»Was siehst du?«, fragte Mariata, die die Spannung nicht länger ertragen konnte, doch Tana schüttelte den Kopf. »Unterbrich nicht die Geister bei der Arbeit«, gab sie scharf zurück.

Schließlich nahm auch die letzte Linie Gestalt an. Zwei Paare, ein einzelner Stein, diesmal schwarz. Ein letztes Paar. Die *enad* lehnte sich zurück und betrachtete nachdenklich ihr Werk. Sie hob den roten Stein auf, drehte ihn um und legte ihn wieder hin. Nun war die Oberseite dunkelbraun. Er wirkte nicht mehr so bedrohlich. Oder im Gegenteil: noch gefährlicher?

»Dein Vater und deine Brüder gehen noch auf der Straße

des Lebens, doch der Tod folgt ihnen dicht auf den Fersen«, sagte sie schließlich. »Es wird Blut fließen.«

Mariata wusste nicht, was sie mit dieser verschlüsselten Prophezeiung anfangen sollte. »Sie leben also noch?«

»So ist es.«

Die Schmiedin strich mit der Hand über die Konfiguration mit den vier Linien, malte mit den Fingerspitzen Zeichen in den Sand, bewegte die Steine in rasender Geschwindigkeit, als spielte sie ein strategisches Spiel wie jene, die die alten Männer manchmal mit Steinchen spielten, bei dem sie die Linie des Gegners mit nur zwei Sprüngen einnahmen. »Reisen, Reisen, Reisen«, sagte sie ärgerlich. »Nun, das wussten wir schon.« Offensichtlich führte sie Selbstgespräche. »Vom Unbekannten zum Bekannten, vom Bekannten zum Unbekannten. Ein Opfer; ein Verrat, eine unausweichliche Kette von Ereignissen.« Sie hob einen weißen Kieselstein auf und untersuchte ihn eingehend. »Was machst du auf der Straße des Todes, wenn du doch das neue Leben verkörperst?«, fragte sie so zornig, als könnte der Stein sprechen. Natürlich schwieg er. Sie legte ihn wieder an seinen Platz, nahm einen schwarzen auf und runzelte die Stirn. »Der Geist in diesem Stein ist genau das Gegenteil«, sagte sie. »Er liebt es, mich in die Irre zu führen.«

Mariata wartete, dann fragte sie: »Was bedeutet der schwarze Stein?«

Tana seufzte. »Er steht für den Zufall. Er bringt alles durcheinander.«

»Dann könnten sie tot sein? Mein Vater und meine Brüder?«

»Nein, nein, ich sehe keinen Toten in deiner Familie.« Sie biss sich auf die Lippen und setzte dann fast unhörbar hinzu: »Aber viele andere.«

»Wie bitte?« Mariata beugte sich vor. »Was hast du gesagt?«

Die Schmiedin erhob sich, riss den ledernen Vorhang ab und ließ die strahlende Sonne herein. »Es spielt ohnehin keine Rolle, es steht bereits geschrieben, und es gibt nichts, was ich tun könnte, um es zu verhindern. Ich kann weder die Zeit noch den Ort erkennen, nur das viele Blut und die Augen. Der Tod ist das Tor, durch das wir eines Tages alle treten müssen, wir können nur beten, dass dieser Augenblick nicht allzu schnell kommen möge, *insha'allah*.«

ZWANZIG

Niemand fand es seltsam, als wir um drei Uhr morgens in Habibas Haus auftauchten und Lallawa abholten, um sie in die Wüste zu fahren. Die Krähen lächelten und sagten, es sei klug, so früh aufzubrechen. Die alte Frau war außer sich vor Freude, als sie davon erfuhr. Sie nahm Taïbs Hand und küsste sie, während sie vor sich hin murmelte. Immer wieder fiel das Wort *baraka*.

»Das heißt Segen«, erklärte mir Habiba. Unser Krach schien vergessen. Sie war offensichtlich froh darüber, dass wir Lallawa in die Wüste brachten, doch dann schoss mir ein liebloser Gedanke durch den Kopf. Vielleicht war sie erleichtert, dass Taïb und ich nicht allein wären, weil die alte Frau so etwas Ähnliches wie eine Anstandsdame wäre, ein Geist auf unserem Fest. Vielleicht war sie aber auch nur froh, eine Weile von der anstrengenden Pflege entbunden zu sein.

Die Krähen nahmen Taïb mit, um Frühstück und Reiseproviant vorzubereiten, und als ich ihnen folgen wollte, fasste mich Habiba am Arm. »Kommen Sie und helfen Sie mir mit Lallawa.«

Wir brauchten eine Ewigkeit, um die alte Frau anzukleiden, und das nicht nur wegen meiner Unerfahrenheit. Lallawa bestand darauf, die Reise in die Wüste in ihren vornehmsten Kleidern anzutreten, und diese Entschlossenheit verzögerte alles. Ich dachte, sie würde sich für die universelle Tracht der Krähen entscheiden, doch weit gefehlt. Habiba wurde beauftragt, eine lange Liste von Dingen herbeizuschaffen, wobei die Alte sie gebieterisch am Arm gepackt hielt und alles an den Fingern abzählte. Die Aussicht, ihre geliebte Wüste wiederzusehen, hatte ungeahnte Kräfte freigesetzt: eine geradezu magische Energie.

Als ich mit ihr allein war, wusste ich nicht, was ich sagen sollte, da wir kaum ein Wort in einer gemeinsamen Sprache hatten. Stattdessen grinste ich albern vor mich hin, so sehr brachte sie mich aus der Fassung. Plötzlich klopfte sie mir angeregt auf die Hand, redete auf mich ein, fasste sich an den Hals und formte mit der Hand ein Rechteck. Das Amulett. Ich kramte es aus meiner Handtasche und legte es ihr in die Hand, und sie hielt es sich vor die Augen und drehte es immer wieder herum, als unterzöge sie es einer gründlichen Prüfung. Was sieht sie bloß?, fragte ich mich. Konnte sie die Form des Amuletts erkennen oder die eingravierten Zeichen? Oder betastete sie bloß die Verzierungen aus Glas und das deutlich hervorstehende Mittelteil? Es schien keine Rolle zu spielen, denn das Lächeln, das sie mir zuwarf, spiegelte reinstes Glück, und als sie mir das Amulett zurückgab, legte sie dermaßen zielsicher und mit solch unverhohlener Zuneigung ihre Hand auf meine Wange, dass mir der Atem stockte.

Nach einer Weile kam Habiba mit einem Haufen Stoff und einer Tasche mit anderen Gegenständen zurück, und Lallawa überließ sich unseren Händen wie ein artiges Kind. Wir zogen ihr das Nachthemd aus, und Habiba griff nach einem dicken Bündel aus dunkelblauem Stoff, der leicht metallisch glänzte. »Ein *tamelhaft*«, sagte sie, faltete den Stoff und wickelte ihn um die Frau, während ich sie festhielt. »Sehr traditionell, aber heute aus der Mode geraten.« Sie steckte den Stoff am Ende mit zwei großen silbernen Spangen fest, glättete die Falten und trat einen Schritt zurück. »Wunderschön.«

Lallawa lächelte selig und streichelte stolz über eine der Spangen. »Sie sind sehr alt«, erklärte mir Habiba. »Heutzutage findet man solche Arbeit nicht mehr.«

Es folgte noch mehr Schmuck: ein Paar schwere silberne

Ohrringe, Dutzende von Armreifen, manche dünn wie ein Lichtstrahl, andere klobig mit groben geometrischen Mustern, zwei schwere Ketten mit Kaurimuscheln und drei kleinere Amulette, die Habiba an verschiedenen Stellen an dem Gewand feststeckte. Schließlich ein besticktes Tuch, das sie der alten Frau um den Kopf schlang.

Ich betrachtete neugierig die Motive, die sich auf all diesen Gegenständen wiederholten. »So viele Dreiecke.«

Habiba lachte. »Die scharfen Ecken wehren den bösen Blick ab, vielleicht spießen sie ihn auch auf.«

»Wie gruselig.«

Sie zuckte die Achseln. »Die Alten schwören darauf. Sie meinen, das Böse sei überall, nicht nur der böse Blick, auch böse Geister – die *djenoun*.« Ich muss ziemlich verwirrt ausgesehen haben, denn sie beugte sich vor und fragte: »Haben Sie denn noch nie von einem *djinn* gehört?«

Ich schüttelte den Kopf. Doch dann schoss mir ein Gedanke durch den Kopf. »Oder meinen Sie den Geist aus der Flasche?« Ich gab ihr eine Zusammenfassung des Märchens, das ich zuletzt als Kind in *Tausendundeine Nacht* gelesen hatte.

Sie runzelte die Stirn und lachte. »Ach, Sie meinen Ala al-Din, der von einem Zauberer den Auftrag erhält, die Wunderlampe zu holen. Ja, Ihr Geist ist ein *djinn*, ein großes und mächtiges Wesen, aber viel fügsamer als die bösen Geister, an die die Alten glauben. Die wollen nur die Schwachen und Dummen in Versuchung bringen, Pläne durchkreuzen, das Essen verderben und die Menschen verwirren. Fast alles, was Lallawa am Leib trägt, dient dazu, diese Geister abzuwehren, von der Farbe ihrer Kleider bis zum *khol* um ihre Augen und dem Henna auf ihren Händen.« Sie sagte etwas zu der alten Frau, die energisch nickte und mit einem langen Wortschwall antwortete. »Sie sagt, sie bräuchte diesen Schutz, wenn sie in die Wüste geht, weil die Wüste nicht nur ihr Zuhause ist, sondern auch das zahlreicher Geister. Sie ist heilfroh, dass Sie Ihr Amulett haben, das Sie schützen wird, aber sie meint auch, dass Sie es unbedingt tragen sollen.«

»Ach, wirklich?« Ich nahm es aus der Tasche und wog es in der Hand.

»Es würde sie beruhigen.«

Widerwillig legte ich es mir um den Hals.

Habiba betrachtete es ernst. »Gut.«

Ihr forschender Blick war mir unangenehm. Vorsichtig wechselte ich das Thema. »Und was ist mit ihren Medikamenten?«

Habiba lachte. »Sie nimmt nichts, was der Arzt ihr verschreibt, nur die Kräutermedizin der alten Frauen. Und in letzter Zeit nicht einmal mehr die.«

»Sie wird es doch schaffen, oder?«, fragte ich besorgt. Plötzlich fiel mir ein, wenn auch reichlich spät, dass es vielleicht keine allzu gute Idee war, eine so kranke Frau in eine der unwirtlichsten Regionen der Erde zu bringen.

Habiba las meine Gedanken. »Sie wird es schaffen, *insha'allah*. Und falls nicht …« Sie breitete die Hände aus. »Dann wird sich Taïb drum kümmern, er weiß, was er zu tun hat. *Sie* brauchen sich jedenfalls keine Sorgen zu machen.«

Erneut fühlte ich mich in die Schranken gewiesen, denn wieder einmal hatte sie mich bei meinem westlichen Egoismus ertappt. Zugegeben, die Vorstellung, mit dem Tod konfrontiert zu werden, versetzte mich in Panik. Für diese Menschen jedoch war der Tod allgegenwärtig, er gehörte zum Leben, auf eine Art, die uns im Westen völlig fremd ist, weil wir den Tod verdrängen, ihn zu etwas machen, das weit weg ist, kalt, verborgen. Mehr als je zuvor ist er zu einem Tabu geworden, als ließe die Vorstellung, dass wir nicht alles auf der Welt kontrollieren können, unweigerlich die ganze wacklige Fassade über uns zusammenbrechen.

Taïb warf einen Blick durch die Tür. Er sah aus, als hätte er geduscht, sein Haar war feucht, und seinen Turban hatte er locker um den Hals geschlungen. Dazu trug er ein T-Shirt und Jeans, die unter dem Gewand versteckt gewesen sein mussten, das er sich jetzt zusammengeknüllt unter den Arm geklemmt hatte. Als er Lallawa in ihrer Pracht sah, rief er: »*T'fulkit*«, was immer das bedeutete, und die alte Frau verzog das Gesicht zu einem Lächeln. Dann sah er mich an. Einen Augenblick betrachtete er das Amulett und dann mein Gesicht. »Wunderschön«, sagte er leise und sah mir in die Augen, bis ich den Blick abwandte. Dann bückte er sich und hob die alte Frau auf. Genauso hatte er mich ins Hotel getragen. Und während ich steif und abweisend reagiert hatte, lächelte Lallawa über das ganze Gesicht.

Wir brachten sie vorsichtig zum Wagen, setzten sie in eine dicke Schicht von Decken eingepackt auf den Rücksitz und schnallten sie an. Dann ging ich ins Haus zurück, um den Beutel mit Proviant und Erfrischungen zu holen, die die Krähen für uns vorbereitet hatten. An der Tür umarmte mich Habiba kurz und fest. »Danke, dass Sie mitfahren«, sagte sie und sah mich mit ihren dunklen Augen eindringlich an. »Danke. Es tut mir leid, dass ich gestern so grob zu Ihnen war. Sie tun etwas Gutes, Sie und Taïb.« Dann drehte sie sich um, winkte noch einmal und verschwand im Haus.

»*Vous allez bien, madame?*«, fragte ich die alte Frau, obwohl ich wusste, dass sie mich nicht verstehen konnte. Ihr runzeliges Gesicht lugte zwischen Kopftuch und Schmuck heraus und sah mich an. Sie erinnerte mich an eine Wahrsagerin aus einer drittklassigen Zigeuner-Show. Die Decke regte sich, ihre braune Hand kam zum Vorschein und hielt den Daumen hoch.

Wir verließen Tiouada, als die Sonne über den Bergen aufging und den Wagen mit ihren hellen Strahlen durchflutete. Nichts rührte sich in der Stille des Morgens, bis auf einen Schwarm von Sperlingen, die ein Staubbad am Straßenrand nahmen und sich in die Luft erhoben, als wir näher kamen. Das Sonnenlicht streifte ihre graubraunen Flügel und verwandelte sie von einem auf den anderen Moment in magisch-goldene Feuerstreifen am blauen Himmel.

Ich wandte mich um, denn ich wollte sie Lallawa zeigen, doch sie hatte bereits den Kopf zur Seite geneigt. Die verschränkten Hände hoben und senkten sich im Rhythmus ihrer Brust. »Sie schläft«, sagte ich leise zu Taïb, woraufhin er einen Blick in den Rückspiegel warf.

»Wir müssen nicht flüstern, sie ist fast taub.«

»Die Arme. Und sie hat auch Glaukoma, nicht wahr?«

»Ja, grünen Star. Ein Leben in der Wüstensonne geht auf die Augen, aber ein bisschen kann sie noch erkennen.«

»Ich dachte, sie wäre fast blind. Hoffentlich wird die Fahrt nicht eine Enttäuschung für sie.«

»Sie wird die Wüste sehen, blind oder nicht«, entgegnete Taïb rätselhaft. »Eine Gabe, die sie mit dem verschleierten Volk teilt.«

»Dem verschleierten Volk?«

»Kel Tagelmust, die Leute, die Schleier tragen. So nennen sich die Wüstenbewohner selbst. Den Ausdruck Tuareg benutzen sie nur selten.«

Ich sah ihn misstrauisch an. »Sie sagten aber Tuareg, als Sie von Ihrer Familie sprachen.«

Er zuckte kaum merklich die Achseln. »Das ist so etwas wie Steno. In Wirklichkeit ist es ein arabisches Kunstwort. Manche glauben, der Begriff stamme aus einer Region in Libyen, die Targa heißt, denn der Singular von Tuareg ist Targui; andere behaupten, es heiße ›von Gott ausgestoßen‹ oder ›jene, die Gott verflucht hat‹, aber das kommt wahrscheinlich daher, dass sie den Beduinenstämmen Widerstand leisteten, die im achten Jahrhundert vom Osten kamen, das Land eroberten und ihnen den Islam aufzwangen.«

»Und die blauen Männer? Den Namen habe ich auch gehört.«

»Sie schätzten ihre blauen Gewänder und Turbane fast so

hoch wie ihre Kamele. Gute Indigostoffe sind schwer zu bekommen und sehr teuer. Jahrhundertelang galten sie als eine Art Währung in Afrika, und um wirklich gute Ware herzustellen, bedarf es einer Menge Arbeit. Die Meister des *hausa*-Stammes färben den Stoff zehn Mal hintereinander und schlagen ihn anschließend so lange, bis er glänzt wie das Gefieder einer Elster. Je besser die Qualität, umso mehr Farbe enthält der Stoff und umso stärker wird er auf die Haut abfärben und den Träger unwiderruflich als Kel Tagelmust ausweisen. Seltsamerweise schützt er die Haut: Er speichert ihre Feuchtigkeit, und die Frauen benutzen die Farbe auch für Kosmetik. Deshalb der Begriff blaue Männer.«

»Und blaue Frauen«, fügte ich lächelnd hinzu. »Aber Lallawa ... entschuldigen Sie ... Lallawa ist viel dunkler als der Rest Ihrer Familie. Sie ähnelt keinem von Ihnen.«

Selbst von der Seite konnte ich sehen, dass er verlegen war. »Sie gehört nicht ... nicht richtig zu unserer Familie, jedenfalls nicht ursprünglich. Sie ist eine *iklan*.«

»*Iklan*?«

»Eine Sklavin.«

»Eine Sklavin?« Ich hörte, wie sich meine Stimme um eine Oktave erhob.

Taïb seufzte. »Habibas Urgroßvater kaufte Lallawa einigen Händlern aus dem Süden Algeriens für ein paar Salzkegel ab. Niemand weiß genau, woher sie stammt, Lallawa am allerwenigsten. Sie war ein Kind, als sie gefangen wurde. Wahrscheinlich war sie Opfer eines Stammeskrieges in Guinea oder an der Elfenbeinküste. Sie wurde von den Siegern gefangen genommen und vorbeiziehenden Händlern als Sklavin angeboten. Damals lebte meine ganze Familie noch in der Wüste, und Lallawa war jung und stark. Seitdem ist sie bei uns. *Iklan* wurden nicht wie Sklaven behandelt, so wie Sie vielleicht denken, sondern wie Mitglieder des Clans. Sie wohnten in denselben Zelten, mussten dieselben Strapazen auf sich nehmen, aßen dasselbe Essen, suchten sich ihre Männer oder Frauen selbst aus und zogen ihre Kinder auf. Wenn sie alt wurden und nicht länger arbeiten konnten, wurden sie wie die anderen Alten des Stammes versorgt und gepflegt. Als Habibas Vater in den Sechzigerjahren beschloss, das Nomadenleben aufzugeben, und sich in Tiouada niederließ, war es selbstverständlich, dass Lallawa mit der Familie kam. Sie hatte sich schon immer ein eigenes Häuschen gewünscht, mit eigenen Tieren. Deshalb bauten Habibas Brüder ihr ein kleines Haus und schenkten ihr ein paar Haustiere, bevor sie zum Arbeiten nach Casablanca zogen. Sie war sehr traurig, als sie es verlassen musste, aber Habiba meint, sie sei zu krank und zu alt, um noch allein zu leben.«

Ich starrte ihn an und versuchte, all das zu verarbeiten. Es war so unglaublich, dass man in der heutigen Zeit noch Sklavin gewesen sein konnte, gewaltsam aus seiner Heimat verschleppt, gefangen gehalten und wie eine Ware verkauft worden war. Es war unvorstellbar, dass es im einundzwanzigsten Jahrhundert Frauen mit solchem Schicksal geben konnte und dass eine von ihnen nun auf dem Rücksitz des Wagens schlief, in dem ich fuhr. Ich konnte es nicht begreifen, geschweige denn tolerieren, egal, wie lässig Taïb davon berichtete. »Und wann war Schluss damit, ich meine mit der Sklaverei?« Vergebens bemühte ich mich, den Zorn in meiner Stimme zu unterdrücken.

Nach einer langen Pause antwortete Taïb: »Nun, das kommt darauf an. Die Tuareg sind Menschen, die keine Grenzen kennen, sie waren von jeher weder irgendeiner Zentralregierung noch einem Gesetz verpflichtet, nur ihren Stammesführern und den Anführern der regionalen Stämme. Zudem müssen Sie bedenken, dass weite Teile Nord- und Westafrikas noch bis vor Kurzem Kolonien waren, zumeist französische. Die Kolonialherren sahen im Großen und Ganzen weg, wenn es um Sklaverei ging, sie ignorierten sie einfach. Erst in den Sechzigerjahren, als die einzelnen Staaten unabhängig wurden, schaffte man die Sklaverei und auch die Lebensweise der Tuareg ab, häufig mit Gewalt.«

»Und wie stehen Sie zu diesem Teil Ihres Erbes?«, fragte ich neugierig.

Er warf mir einen raschen Blick zu. »Dasselbe könnte ich Sie fragen. Mit einer französischen Mutter und einem britischen Vater müssten Sie doch auch Vorfahren gehabt haben, die Sklaven besaßen.«

Ich fand das nicht ganz fair, doch es fiel mir keine passende Antwort ein, während wir schweigend durch die staubige Landschaft fuhren, vorbei an Türmen aus bröckelndem Gestein, durch ausgetrocknete Flussbetten, die von ärmlicher Vegetation und gelegentlich einem Hain schockierend grüner Oleanderbüsche oder Palmen gesäumt waren. Die wenigen, weit verstreuten Siedlungen, die wir passierten, waren schäbig: niedrige, einstöckige Lehmbauten in derselben eintönigen rotbraunen Farbe wie die Erde, auf der sie standen. Je weiter wir in den Süden kamen, desto rudimentärer wurden die kleinen Dörfer und Hütten, desto häufiger der Anblick nackter Betonmauern, als könnte niemand mehr die Zuversicht oder Energie aufbringen, um die Mauern mit Putz und Farbe zu versehen. Hier wurde der Kampf des Menschen gegen die Natur aussichtslos, sein Einfluss nahm ab, er verlor an Boden. Über mehrere Meilen hinweg kam uns kein einziger Wagen entgegen.

Draußen wirbelten Wolken von Staub auf; man roch ihn trotz der laufenden Klimaanlage, scharf und muffig verklebte er mir die feinen Härchen in der Nase. Ich spürte, wie er eine Schicht in der Mundhöhle bildete und sich in meinen Lungen festsetzte. Das sandige Tiefland wich einer Mondlandschaft aus rauem Fels und schroffem Schiefergestein, das schief aus der harten Erde ragte wie an Klippen zerschellte Schiffe. Trotz der gänzlich anderen Farben dieser Umgebung musste ich an die Devon Coast bei Hartland und Sharpnose denken, wo ich einen Sommer geklettert war und dann aus reinem Aberglauben nie mehr hin zurückgekehrt war. Eine düstere, bedrohliche Atmosphäre herrschte dort vor, selbst an sonnigen Tagen. Eine Küste, an der unzählige Ertrunkene aus untergegangenen Schiffen spukten, eine Gegend, die lange von Katastrophen und Tod heimgesucht worden war. Dort hatte ich dasselbe Gefühl gehabt wie hier: dass wir Eindringlinge in einer Welt waren, die uns nicht wollte und sich deshalb so unwirtlich und abweisend gab, fest entschlossen, uns von ihr fernzuhalten. Ich dachte noch über diese erschreckende Vorstellung nach, als Taïb mir zurief: »Schauen Sie nur!«

Er bremste gerade noch rechtzeitig, sodass ich den riesigen Fuchs mit dem buschigen Schwanz sehen konnte, der, zu Tode erschrocken vom Dröhnen unseres herannahenden Wagens, wie der Blitz eine fast senkrechte Felswand hinaufschoss.

Ich beobachtete ihn staunend und bewundernd. Was für ein prächtig glänzendes dichtes Fell, rostrot und schwarz! Kaum zu glauben, dass es hier in dieser schrecklichen Einöde ein so herrliches Tier gab. Es erschien mir wie ein kleines Wunder, und das sagte ich Taïb.

Er schnaubte verächtlich. »Aber sicher gibt es hier Tiere! Haben Sie geglaubt, es gäbe keine, nur weil Sie keine gesehen haben? Oder dass hier kein Leben ist, weil Sie keine Menschen sehen? Dieser Fuchs lebt hier, weil es Hasen gibt, die er jagen kann; die Hasen leben hier, weil sie in den Schluchten der Umgebung saftiges Grünzeug und gute Höhlen finden. Wenn Sie genau hinsehen, werden Sie auch Falken und Eulen entdecken können. Und bei Sonnenuntergang hören Sie Schakale und Wildschweine. Herden von Gazellen ziehen durch dieses Tal auf dem Weg zu ihren Weideplätzen im Norden. Überall ist Leben, Sie werden es sehen, sogar in der tiefsten Wüste.«

»Und was war das für ein Fuchs? Ich habe noch nie einen mit einem so buschigen Schwanz oder einem so dunklen Fell gesehen.«

Er musterte mich verwundert. »Es war einfach nur ein Fuchs«, antwortete er.

Minuten später flog ein schwarzer Vogel mit weißem Schwanz dicht über den Boden neben dem Wagen in die Luft und verschwand in den dornigen Zweigen eines Baums. »Was war das?«, fragte ich.

»Der Baum ist eine Akazie. Der Vogel? Keine Ahnung.«

»Ich dachte, Sie kennen sich in der Wüste aus«, stichelte ich und sah, wie er sich beherrschte.

»Nur Europäer haben die Manie, allem einen Namen zu verpassen«, erwiderte er. »Sie glauben vielleicht, dass Sie mehr wissen, wenn Sie die Dinge beim Namen nennen. Wenn ich Ihnen sagen könnte, wie das Tier heißt, was würden Sie dann wissen? Bestimmt nichts Wesentliches. Es wäre nur ein Etikett, das ihm jemand verpasst hat und das es weder dazu bringt, besser zu fliegen, noch, mehr Eier zu legen. Alles benennen zu wollen, sogar in unserer Welt, ist auch nur eine Art von Kolonialismus.«

Das saß. »Ich habe Ihr blödes Land nicht kolonialisiert, verstehen Sie? Ich konnte meine französische Familie nicht mal ausstehen.« Ich sah, wie er grinste, und da wurde mir klar, dass ich ihm auf den Leim gegangen war.

»Dann erzählen Sie mir doch von Ihrer Familie und Ihrer Kindheit, Isabelle.«

»Lieber nicht«, entgegnete ich abweisend.

»Wollen Sie mich jetzt bestrafen, weil ich zu streng war?«

»Nein, das ist es nicht. Nur dass … nun, es gibt da nicht viel zu erzählen.«

»Das ist das Traurigste, was man überhaupt von seiner Kindheit sagen kann. Können Sie sie wirklich so einfach beiseiteschieben?«

»Damals war ich ein anderer Mensch.«

»Wie kann das sein? Wenn ich zurückdenke, wie ich mit vier, neun oder fünfzehn war, sehe ich immer denselben Menschen vor mir, der ich auch heute bin – ob ich durch die Straßen von Paris gehe oder durch den *souq* in Tafraout. Ich habe mich nicht großartig verändert. Ich weiß nur sehr viel mehr über das Leben, über andere Menschen und über mich selbst. Aber ich hoffe, dass ich mich noch genauso am Leben freuen kann wie der Junge, der ich einmal war.«

Ich schwieg und dachte darüber nach, während ich ihn um die Einfachheit und Klarheit in seinem Leben beneidete. Konnte ich mich erinnern, wie ich mit vier gewesen war? Ich konnte es, wenn ich wollte – die kleine Izzy, die immer im Garten beschäftigt war: mit Burgen und Verstecken, Gänseblümchenkränzen und Komposthaufen, selbst gebauten Vogelnestern, die nie benutzt wurden. Ich lächelte, obwohl die Erinnerung an meine Kindheit mich traurig stimmte, denn ich war nicht mehr die Izzy von damals. »Erzählen Sie mir lieber von sich«, sagte ich stattdessen und wechselte das unangenehme Thema. Und so fuhren wir durch endlose Flächen aus verwittertem Gestein und niedrigen schwarzen Hügeln, die wie Pyramiden aussahen und sich inmitten der von Staub erfüllten Luft erhoben, während Lallawa auf dem Rücksitz leise schnarchte und Taïb mir Geschichten aus seiner Kindheit erzählte. Wie er der Anführer einer Bande von Jugendlichen gewesen war, die Radau machten, Obst aus den Gärten stahlen oder zwischen den Felsen Krieg spielten. Einmal hatten sie sich in den *funduq* geschmuggelt, die angebundenen Esel frei gelassen und in die Hügel gejagt, wo sie schreiend und verwirrt durcheinanderliefen, während die armen Leute, die mit ihren Einkäufen bepackt vom Markt zurückkehrten, ohne Transportmittel dastanden, die sie in ihre entlegenen Dörfer zurückbringen sollten. Manchmal hatten sie sich in die Berge verdrückt, wenn sie etwas Essbares geschnorrt oder stibitzt hatten. Eines Tages musste Taïb als Mutprobe ein Huhn organisieren. Er war in den Hühnerstall seiner Nachbarn geschlichen und hatte sich mit dem heftig zappelnden Federvieh unter dem Gewand aus dem Staub gemacht. In den Bergen war alles vorbereitet, um das arme Tier zu schlachten, doch das einzige Taschenmesser, das sie dabeihatten, war so stumpf gewesen, dass es den Hals des Tiers unverletzt ließ. Am Ende hatte sich das Huhn befreien können und war gackernd und mit bizarr verdrehtem Hals in die Wildnis gelaufen, wobei es Unmengen von Federn verlor, und sie hatten so lachen müssen, dass keiner daran dachte, es einzufangen. »Ich stelle mir gern vor, dass es irgendwo da draußen noch lebt«, erklärte Taïb mit strahlenden Augen. »Vielleicht hat es eine Dynastie von zerzausten Berghühnern mit schiefem Hals gegründet.«

Am Wegweiser nach Akka wachte Lallawa plötzlich auf. Ich sah, wie sie näher ans Fenster rückte und kurzsichtig hinausspähte, die gewölbte Hand an die von ihrem Atem beschlagene Scheibe gelegt. Sie sagte etwas zu Taïb, woraufhin er rechts ranfuhr und mir eine Schachtel mit Kosmetiktüchern in die Hand drückte, auf der »Beauty« stand und eine kokette arabische Prinzessin mit perlengeschmücktem Kopftuch, mit *khol*-umrandeten Augen und einem deutlich sichtbaren Schnurrbart abgebildet war. »Sie muss mal … Sie wissen schon.«

Trotz meines verletzten Knöchels, Lallawas Altersschwäche und ihrer scheinbaren Korpulenz bewältigten wir den Boxenstopp mit einem bemerkenswerten Maß an Würde. Unter den vielen Stoffschichten war sie sehr zerbrechlich: Ich spürte die spitzen Knochen, die welke Haut und die schlaffen Muskeln, als ich ihr zum Wagen zurückhalf, und da überfielen mich erneut meine Befürchtungen. Ich beobachtete, wie Taïb es ihr auf dem Rücksitz gemütlich machte. Er sah mich nicht, sondern schien mit Lallawa über irgendeinen privaten Witz zu lachen. Als ich seinen gesenkten Blick und die Lachfältchen um den Mund sah, während seine Aufmerksamkeit gänzlich Lallawa galt, wurde mir mit einem Mal bewusst, wie attraktiv er war – nicht nur äußerlich mit seinen ausgeprägten Wangenknochen und der hohen, schmalen Gestalt, sondern auch wegen der Art, wie er die alte Frau behandelte: mit einer so tief empfundenen Wärme und Zuneigung, dass mir meine eigenen Ängste plötzlich wieder komplett albern und egoistisch erschienen.

Wir fuhren eine weitere halbe Stunde, dann bog Taïb zu einem Aussichtspunkt ab, wo wir am Rand eines tiefen Abgrunds standen und die herrliche Aussicht betrachteten. Direkt unter uns erstreckte sich eine Reihe leuchtend grüner Oasen in der staubigen roten Erde, und dahinter begann eine endlose flache Ebene wie ein unermessliches Laken aus Geröll und Sand.

»Etwas weiter im Süden liegt die Goldmine von Akka und dahinter die Sahara.« Taïb schirmte seine Augen vor der Sonne ab und sagte dann beiläufig: »Die Goldmine ist eine der größten in Afrika.«

Ich beobachtete, wie Lallawa das Gesicht verzog und eins ihrer Amulette berührte.

»Sie hat das Wort Akka gehört«, erklärte Taïb lächelnd, als er meinen Ausdruck sah. »Offensichtlich ist sie doch nicht so taub. Und sie kennt die Legende.«

»Was für eine Legende?«

»Als hier zum ersten Mal Gold gefunden wurde, verloren die Menschen in Marokko den Verstand. Sie ließen ihre Frauen und Kinder im Stich, bloß um nach Gold zu suchen. Tag und Nacht gruben sie, ohne Pause. Sie waren von Habgier besessen oder von den *djenoun*. Und als Gott dies sah, schickte er eine große Flutwelle über das Land und danach eine Dürre und eine Heuschreckenplage, um ihnen zu zeigen, welche Dinge im Leben wichtig sind. In unserer Kultur ist das Gold ein Fluch. Reichtum bringt nichts als Unglück, Ausbeutung und Tod mit sich.«

»Ich dachte immer, Armut brächte viel mehr Unglück und Tod mit sich als ein bisschen Gold«, entgegnete ich scharf.

»Die Menschen sterben nicht, weil sie kein Gold haben«,

sagte er leise. »Aber viele sterben, wenn sie danach suchen, und viele werden verschüttet. Ich habe die Erfahrung gemacht, dass wohlhabende Menschen nie auf ehrliche Weise so reich geworden sind.«

»Und wieso leben Sie dann lieber in Paris statt hier mit Habiba?«, fragte ich gereizt. »Verkaufen Sie nicht auch die Kunstgegenstände Ihres Landes für horrende Preise an reiche Kunden?«

Der Blick, den er mir zuwarf, war so eisig, dass ich ihn förmlich spüren konnte. »Das Geld, das ich mit den Waren der Tuareg verdiene, fließt zu den Tuareg zurück. Mit den Einnahmen haben wir eine fahrende Schule ins Leben gerufen, damit die Kinder der Nomaden lernen können, was sie in der modernen Welt brauchen, und es später an ihre Kinder weitergeben können. Sie lernen die Geschichte ihrer Kultur, halten die alten mündlichen Überlieferungen lebendig, die sie von ihren Großeltern hörten, und schreiben sie für die Nachwelt nieder. Wir finanzieren auch einen Arzt, der die Zeltlager aufsucht und die Kinder behandelt, wenn sie an Malaria und Bilharziose erkranken, oder die Alten, wenn sie an grünem Star oder Diabetes leiden.«

Ich errötete. »Tut mir leid.«

»Und was machen Sie, Isabelle, wenn Sie nicht gerade im Urlaub von irgendeiner Felswand stürzen?«

Als ich ihm die Aufgaben einer Steuerberaterin zu erklären begann, überkam mich ein Gefühl, das ich noch nie im Zusammenhang mit meiner Arbeit empfunden hatte: ein tiefe, allumfassende Scham. Ich war stolz auf mein allseits beneidetes Portfolio von Blue-Chip-Kunden gewesen, meine Kenntnisse über Steuerschlupflöcher, meine Gerissenheit und Schläue. Je mehr ich Taïb von der Arbeit erzählte, die ich in den letzten zwanzig Jahren gemacht hatte, umso mehr ekelte ich mich vor mir und dem System, dessen Teil ich war. »Sehen Sie, das ist mein Job«, schloss ich erschöpft. »Ich sorge dafür, dass *fat cats* keine Steuern an die Regierung zahlen, mit denen diese der übrigen Bevölkerung das Leben erleichtern könnte. Mit diesem Geld könnte die Regierung für höhere Sozialleistungen sorgen, Heizung für die Alten, bessere Krankenhäuser und Schulen …«

»*Fat cats*?«, unterbrach er mich. Im Eifer des Gefechts hatte ich einen englischen Ausdruck benutzt, weil mir das französische Wort nicht eingefallen war.

»*Les gros chats*«, übersetzte ich wörtlich, was ihn noch mehr verwirrte. Als ich es ihm zu erklären versuchte, rief er: »*Ah, comme le coq en pâte!* Die Unersättlichen, die den anderen nichts übrig lassen.«

Ja, wie Maden im Speck, dachte ich und nickte. Das war eine gute Beschreibung für die ausbeuterischen und unmoralischen Großkonzerne, mit denen ich zu tun hatte. Ich musste eine lang unterdrückte Wut auf all die hinterhältigen und selbstgefälligen Geschäftsleute mit ihren Anzügen von Saville Row und ihrem privatzahnärztlichen Grinsen in mir tragen, denen man das Gewissen gleich nach der Geburt in einer Privatklinik herausgeschnitten hatte, sodass sie heute nichts dabei fanden, wenn sie sich in ihren dicken schwarzen Limousinen zu unserem Büro chauffieren ließen, CO_2-Bilanzen vorweisen konnten, die so groß wie die Arktik waren, und mit ihren gesichtslosen globalen Unternehmen ungerührt die Bodenschätze der Dritten Welt ausbeuteten. Auf all diese Industriebosse, die meine Dienste in Anspruch nahmen, mich fürstlich entlohnten und mit Boni bedachten, die mehrere hundert Mal so hoch waren wie der Durchschnittsverdienst im Land, nur damit ich Schlupflöcher im Steuerrecht fand oder ihre Profite hinter »Forschungsvorhaben« oder anderen steuerbegünstigten Einrichtungen versteckte. Ich war bloß ein paar Wochen von alldem weg gewesen, und trotzdem fragte ich mich plötzlich, ob ich jemals zurückkönnte … Es war ein äußerst mulmiges Gefühl.

Meilenweit fuhren wir durch eine gnadenlos trockene Landschaft, überholten mit Planen abgedeckte Lastwagen, passierten die hässliche Stadt Tata und den Checkpoint bei Tissint, wo Taïb mehrere angespannte Augenblicke in einer Art Polizeiwache verbrachte, um zu beweisen, dass er der Fahrzeughalter war. Er musste unsere Pässe und Lallawas Personalausweis vorlegen, unser Ziel angeben und unzählige Fragen beantworten, die ganz offensichtlich völlig irrelevant waren. Kurz vor Foum-Zguid bog er in einen nicht ausgeschilderten Sandweg ab. Wenig später musste unser Touareg zeigen, was er konnte, als Taïb in den Allradantrieb wechselte und wir über Krater und Geröll rumpelten. Staub wirbelte auf. Wir ratterten über die holprige Piste, bis mir die Zähne klapperten und ich froh über meine kleinen Brüste und meinen festen BH ohne Bügel war. Ich drehte mich nach hinten und griff nach Lallawas Hand. »*La bes*?«, fragte ich, einer der wenigen Ausdrücke, die ich aufgeschnappt hatte, und sie antwortete »*la bes*« und grinste wie eine Irre. »*La bes, la bes*.«

Nach einem besonders heftigen Stoß sah ich Taïb beunruhigt an. »Geht das noch lange so, oder ist das die Abkürzung zu einer besseren Straße?«

Er sah mich überrascht an. »Haben Sie geglaubt, es gäbe eine Autobahn durch die Wüste?«

»Das nicht, aber …« Ich kam mir ziemlich dämlich vor und schwieg.

»Keine Angst. Ich kenne die Piste ziemlich gut, auch wenn sie für Touristen nicht gerade geeignet ist.«

»Wird diese Strecke denn überhaupt befahren? Gibt es Pannen und Wagen, die verschwinden?«

»O ja«, sagte er aufgekratzt. »Ständig. Die Leute glauben, die Sahara sei so etwas wie ein Abenteuerspielplatz. So lernen sie wenigstens, dass sie dies keineswegs ist.«

»Und was geschieht mit ihnen?«

Er nahm den Blick nicht von der Piste, aber ich sah, wie sein

Grinsen breiter wurde. »Haben Sie nicht die Knochen gesehen?« Er zeigte nach links, wo sich ein struppiger Baum einen Weg durch die Kruste aus Stein und Sand gebahnt hatte. Am Fuß des Stammes lagen …

»Oh …« Ich sah von Panik erfüllt hin und merkte erst nach einer Weile, dass es von der Sonne ausgebleichte Äste waren.

Minutenlang lachte Taïb in sich hinein, während ich, zur Einsicht gebracht, zusah, wie er fachmännisch die Gänge wechselte. Ohne es eigentlich zu wollen, betrachtete ich seine angespannten Muskeln, die glatte braune Haut, die mit feinen schwarzen Härchen bedeckt war, und merkte, wie mich ein unerwartetes Wohlgefühl überschwemmte. Normalerweise fuhr ich nicht gern bei anderen mit; es gefiel mir nicht, mein Schicksal in fremde Hände zu legen. Was war bloß mit mir los? Lag es an Taïb und seinen Fähigkeiten, an einem Mann, dem ich anscheinend mit Leichtigkeit vertraute und den nichts erschüttern konnte, am wenigsten die Aufgabe, eine sterbende Frau und eine humpelnde Touristin durch die Sahara zu kutschieren? Oder gab es etwas anderes in mir, das sich gerade grundlegend veränderte?

Plötzlich fühlte ich mich genauso wie die Landschaft, durch die wir fuhren, in einem Zustand des Übergangs, hin- und hergerissen zwischen Kontrolle und Ohnmacht, Zivilisation und Wildnis, Bekanntem und Unbekanntem.

Doch nur einen Moment später wurde ich jäh aus meinen Gedanken gerissen, als ich zufällig entdeckte, dass das Treibstoffkontrolllämpchen rot blinkte. »Taïb, wir haben gleich kein Benzin mehr!«

Unbeeindruckt von meiner Panik, warf er mir einen Blick von der Seite zu. »Ich weiß.«

»Sollten wir nicht lieber zurückkehren und tanken?«

»Nicht nötig.«

Nicht nötig? Würden wir Luft tanken oder zu Fuß weitergehen? Ich starrte in die schreckliche steinige Wildnis um mich herum. Nichts, so weit das Auge reichte. Hinter uns erhob sich das Plateau, von dem wir gekommen waren, wie ferner blauer Dunst, rechts und links war nur Geröll, hin und wieder unterbrochen von einem schroffen Felsen, und vor uns flaches Land, das am Horizont flimmernd mit dem blassen Himmel verschmolz. Ich starrte auf die abweisende Ebene, als suchte ich nach einem Bezugspunkt, einem Lebenszeichen, doch ich sah nur endloses Geröll, Sand und Staub. Es war, als hätte sich vor Tausenden von Jahren hier ein gewaltiges Meer zurückgezogen und seinen nackten Grund der sengenden Sonne überlassen. Die Nadel in der Benzinuhr fiel und fiel.

Nach einer Weile nahm Taïb sein Handy aus der Seitentasche der Wagentür, wählte eine Nummer und begann zu sprechen. Die Finger der modernen Welt reichten überallhin und zogen den Ausdruck Wildnis ins Lächerliche. Als Geschöpf dieser Welt hätte ich Trost in der Tatsache finden müssen, dass man nur zum Telefon greifen musste, um Hilfe anzufordern. Ich dachte daran, wie Bergsteiger, die den Mount Everest bezwingen wollten, von der Todeszone aus den Rettungsdienst verständigt hatten. Jetzt schien nicht einmal mehr die Sahara unbezwinglich zu sein, und ich fühlte mich enttäuscht und leer, wie um eine einzigartige Erfahrung in der Wüste gebracht.

Mitten im Nichts verließ Taïb die Piste, über die wir geholpert waren, und bog in einem rechten Winkel auf eine so gut wie unsichtbare andere Piste ab. Sandige Stellen tauchten zwischen den endlos zerstreuten Felsbrocken auf, die Vegetation wurde spärlicher und dorniger, die Bäume wichen armseligen Büschen und Kakteen. Die Landschaft senkte sich zu einem trockenen Flussbett ab, erhob sich dann wieder, und der Wagen kletterte hinauf wie eine Spinne, ein Rad nach dem anderen. Als wir die Böschung erreichten, erkannte ich in der Ferne einen winzigen Flecken schimmernden Grüns inmitten des allgegenwärtigen Brauns. Je angestrengter ich hinsah, umso ferner und undeutlicher wurde er, doch Taïb steuerte unbeirrt darauf zu, und nach einer Zeit, die mir wie eine Ewigkeit erschien, waren die ausladenden Wedel der Dattelpalmen deutlich am gnadenlos blauen Himmel zu sehen und spiegelten sich seitenverkehrt im glasklaren Wasser darunter. Taïb parkte den Wagen in ihrem wunderbaren Schatten, und dann halfen wir Lallawa beim Aussteigen. Ich beobachtete, wie sie sich mit einer Hand an dem heißen Metall der Tür festhielt und die Luft einsog, die Augenlider fest geschlossen, als könnte selbst das verschwommenste Bild die Schärfe ihrer eigenen Sinne trüben. Schließlich drehte sie sich zu Taïb um. »Zair Foukani«, sagte sie, woraufhin er überrascht die Brauen hob.

»Sie weiß, wo wir sind«, sagte er zu mir. Er war sichtlich ergriffen.

Ich nickte lächelnd. Es brauchte nicht viel, um zu erkennen, dass wir uns in einer Oase befanden. Wir standen im Schatten, und sogar ich konnte das nahe Wasser riechen, wenn ich mir Mühe gab.

»Nein, sie kennt unsere exakte Position. Sie weiß den Namen der Oase, und sie weiß, in welche Richtung es zu der alten Handelsstraße, der Salzstraße geht.«

Trotz der sengenden Hitze lief es mir kalt über den Rücken.

EINUNDZWANZIG

Wir verzehrten ein einfaches, aber köstliches Mahl aus Ziegenkäse, Brot, Mandeln und Datteln, Nahrungsmittel, wie sie wohl unzählige Wüstenreisende seit Jahrhunderten hier unter den Palmen genossen hatten. Ich schirmte die Augen gegen den grellen Glanz der Landschaft ringsum ab und konnte mir ohne Probleme die Silhouetten der Kamelkarawanen vor dem blassen Himmel vorstellen, die sich in der Hoffnung auf ein baldiges Ende der Wüste, auf Schatten und Wasser, mühsam einen Weg aus dem Kessel der Sahara gebahnt hatten. Doch es waren keine Kamele, die am Horizont auftauchten, während wir unser Picknick hielten, sondern etwas, das aussah wie ein Armeejeep aus einem alten Kriegsfilm, dessen khakifarbene Kotflügel mit Schmutz, Schrammen und Beulen übersät waren. Es sah aus wie ein Stück Wüste auf Rädern, was da auf uns zurollte. Gab es Grund zur Sorge? Ich hatte in meinem Führer gruselige Geschichten von Touristen gelesen, die in der Wüste überfallen und ausgeraubt worden waren, man hatte ihnen das Fahrzeug gestohlen und sie dem Tod überlassen. Ich warf Taïb einen besorgten Blick zu, aber er war bereits auf den Beinen, ein vages Lächeln auf den Lippen. Dann begann er, sich seinen Turban um den Kopf zu wickeln.

Der Jeep hielt neben unserem Fahrzeug an, und drei Männer stiegen aus. Wie Taïb trugen auch sie eine seltsame Mischung aus westlicher und orientalischer Kleidung: Jeans, T-Shirts und Turbane, doch während Taïb seinen lose um den Kopf geschlungen hatte, konnte ich bei den Männern nur die dunklen Augen sehen, die durch einen schmalen Schlitz im Tuch funkelten. Wollten sie ihre Identität verbergen? Ich war nervös und drehte mich zu Taïb um, um etwas zu sagen, als ich sah, dass nun auch er sein Gesicht verschleiert hatte wie die anderen. Zwei von ihnen traten vor, und man begrüßte sich: knappes Nicken und ein kaum merklicher Handschlag, bei dem sich Finger und Hände nur flüchtig berührten, ganz anders als die überschwängliche Begrüßung, die ich bei den Berbern erlebt hatte. Der dritte Mann hielt sich in einigem Abstand im Hintergrund. Er sah erst mich, dann Lallawa an. In einer Pause des Gesprächs fuhr er Taïb schroff an, woraufhin dieser eine verächtliche Geste machte – nur eine Touristin. Der Mann nickte besänftigt und begann, etwas aus dem hinteren Teil des Jeeps zu nehmen. Ich reckte den Hals und konnte sehen, dass der Jeep unzählige olivgrüne Benzinkanister geladen hatte. Drei davon wurden ausgeladen, Geldscheine wechselten den Besitzer, der dritte Mann zählte sorgfältig die Scheine, während die beiden anderen Taïb halfen, den Wagen zu betanken. Dann verabschiedete man sich höflich voneinander, die Männer stiegen wieder in ihren Jeep und fuhren davon.

»Das ist die kurioseste Tankstelle, die ich je gesehen habe«, lachte ich, als wir die Oase Richtung Süden verließen.

»So machen wir es hier«, erklärte Taïb ruhig. Er hatte den Turban gelockert, sodass man wieder sein Gesicht sehen konnte, und lächelte.

Ich sah ihn misstrauisch an. »Was waren das für Männer?«

»Das fragt man besser nicht.«

»Aber ich würde es gerne wissen«, beharrte ich, und dann fiel es mir wie Schuppen von den Augen. »Schmuggler?«

Sein Blick wanderte von der Straße zu mir und dann wieder auf die Straße. »Wenn Sie so wollen.«

»Woher zum Teufel haben sie das Benzin?«

Er zuckte kurz mit den Schultern, als verdiente eine so alberne Frage keine Antwort. »Algerien ist einer der größten Ölproduzenten der Welt. Hier gibt es überall Pipelines und riesige Ölraffinerien. Da kann es schon mal vorkommen, dass ein oder zwei Barrel verschwinden …«

Schmuggelbenzin, dafür wurde man hier bestimmt erschossen. Wenn man erwischt wurde. »Dann sind wir hier nah an Algerien, nicht wahr?«, fragte ich nach einer Weile.

»Wir sind *in* Algerien.«

»Wie bitte?« Ich sah ihn verblüfft an und fröstelte kurz, als ich an Abalessa dachte, das in den Papieren meines Vaters erwähnt war. »Ich habe keine Grenzstation, keinen Checkpoint oder etwas dergleichen gesehen.«

»Man kann legal nicht von Marokko nach Algerien reisen. Die Grenze ist seit 1994 geschlossen. Die Beziehungen zwischen den beiden Staaten sind seit dem Sandkrieg von 1963 sehr angespannt.«

»Das klingt ja nach Tolkien!«

Er lächelte vage. »Wahrscheinlich hatte es mehr mit Öl als Sand zu tun. Aber ist es nicht immer so? Im Augenblick herrscht kein Krieg, trotzdem ist die Lage sehr kritisch. Beide Seiten überwachen die Grenze, so gut sie können, aber sie ist achtzehnhundert Kilometer lang: Ohne einen gewaltigen Aufwand an Menschen und Material ist das einfach nicht zu schaffen. Beide Seiten versuchen, von ihren Armeeposten aus mit leistungsstarken Teleskopen und Ähnlichem die Grenze im Auge zu behalten, aber ständig schlüpfen sie durch: Polisario-Kämpfer, Schmuggler, Flüchtlinge, Nomaden.«

»Was würde passieren, wenn sie uns finden?«, fragte ich leise, während ich an ein schmutziges, rattenverseuchtes algerisches Gefängnis dachte. Und als wir über einen besonders harten Hubbel fuhren, schrie ich auf.

»Tut mir leid. Aber schauen Sie sich um. Das ist die Wüste. Die Vorstellung, man könne hier etwas so Abstraktes wie eine Grenze zwischen zwei Staaten überwachen, ist einfach lächerlich. Wie soll man so ein Land besitzen? Es ist Wildnis, sie gehört uns allen. Genauso gut könnte man durch den Atlantik einen Stacheldraht ziehen und den Fischen den Durchgang verbieten.«

Ich sah, wie die Sandberge um uns herum immer höher wurden, und fragte mich, in was für einen Schlamassel ich da hineingeraten war. Und es sollte noch schlimmer kommen, als die Piste plötzlich völlig verschwand. Taïb stieg aus und ließ Luft aus den Reifen, trotzdem schlitterten wir hin und her wie auf Schnee. Wir fuhren durch eine Region, die mit einer dünnen Tonschicht bedeckt war, aus der gelegentlich dornige Gräser sprossen, und dann standen wir plötzlich auf dem Gipfel eines Hügels und waren umgeben von einem großen stillen Meer aus Dünen, dessen Wellen sich ins Unermessliche dehnten.

Es war so schön, dass mir die Luft wegblieb. Das war das Wort, das mir einfiel. Weder leer noch tödlich oder erschreckend, sondern schön. Wenn man aus der Stadt kommt, ist die Leere schön. Es lag etwas Elegantes in der endlosen Wiederholung all dieser Erhebungen, Kurven und Senken. Mein Blick folgte dem Schwung der Linien, und die Panik in meinem Kopf verebbte angesichts der Wiederholung ähnlicher Formen, der wechselnden Streifen von Licht und Schatten, der klaren Umrisse einer scharf gezeichneten Düne nach der anderen. Dieses ständig wiederholte Muster lenkte mich einen Augenblick lang von dem Wissen ab, dass inmitten dieser herrlichen Weite Zerstörung und Tod auf die Unvorsichtigen und Unvorbereiteten lauerten und wahrscheinlich auch auf uns. Ich fände es ziemlich erstaunlich, sagte ich zu Taïb, dass wir in einem Zeitraum von nur sechs Stunden aus der relativen Zivilisation der Berberdörfer mit ihren Häusern, Läden, Schulen und asphaltierten Straßen hierher gelangt waren.

»Acht Stunden auf einem Quad, aber auf dem Kamel oder zu Fuß mehr als eine Woche.«

»Wirklich?« Ich pfiff durch die Zähne. Und was für eine Strapaze das sein musste, sie erforderte ein gehöriges Maß an

Ausdauer, Wissen und Entschlossenheit. Dabei waren wir erst am äußersten nördlichen Rand der größten Wüste der Welt. Unmöglich, sich vorzustellen, wie die Handelskarawanen, die Gold, Elfenbein, Salz und Straußenfedern brachten, die ganze Wüste durchquert und in dieser unwirtlichen Gegend überlebt hatten. Eine großartige Leistung heldenhafter und zäher Männer. Doch dann fiel mir ein, dass sie nicht nur mit Gold, Elfenbein, Salz und Vogelfedern gehandelt hatten, sondern auch mit Tausenden von Sklaven aus den Ländern südlich der Sahara.

Ich drehte mich zu Lallawa um, und unsere Blicke trafen sich.

»*Bîdd!*«, sagte sie plötzlich, woraufhin Taïb langsam auf die Bremse trat, bis der Wagen stand. Er drehte sich zu Lallawa um und richtete eine besorgte Frage an sie, die sie rasch beantwortete. Er fragte noch etwas, und dieses Mal klang die Antwort wütend. Es klang so, als müsste sie dringend pinkeln, und ich fluchte erst innerlich und tadelte mich anschließend für meinen Egoismus, bevor ich den Gurt löste und die Tür öffnete. Nach der Klimaanlage im Wagen war der Temperaturunterschied überwältigend; innerhalb von Sekunden fühlten sich die Härchen in meiner Nase an, als würden sie geröstet. Die Sonne hämmerte auf meinen Kopf. Ich half Lallawa hinaus in die glühende Hitze und zuckte zusammen, als ich meinen lädierten Knöchel belastete. Sie stand ein wenig schwankend da und wandte das Gesicht mit geschlossenen Augen gen Himmel, während das Sonnenlicht auf ihrem Schmuck schimmerte und den öligen Glanz der indigofarbenen Kleider verstärkte. Sie machte eine Bewegung, und ich legte sofort den Arm um ihre Taille, um sie zu stützen, woraufhin sie mich wegschob. »*Oho, oho!*«

Mit schlurfenden Schritten ging sie langsam voran, wobei der Sand in Wellen über ihre Lederpantoffeln rieselte. Dabei streckte sie nicht wie eine Blinde die Arme aus, um das Gleichgewicht zu halten oder sich vor Hindernissen zu schützen, sondern stapfte vorwärts wie durch einen antarktischen Sturm, mühsam, allen Widrigkeiten trotzend.

Ich wollte ihr nach, doch Taïb hielt mich am Arm fest. »Lassen Sie sie. Sie ist fest entschlossen. Sie wird nicht fallen, und wenn doch, ist der Boden weich. Sie will es so.«

Aus gebührender Entfernung beobachteten wir, wie sie mühsam vorankam, bis sie plötzlich in die Knie ging. Ich wollte hinter ihr herlaufen, weil ich glaubte, sie sei gestürzt, aber im gleichen Augenblick begann sie zu singen. Erst war es ein leises Trällern, das sich wie der Gesang eines Vogels in die Luft erhob. Aus heiterem Himmel hatte ich das Bild der von Sonne überfluteten Sperlinge vor Augen, ihre in goldenes Licht getauchten Flügel, und mir sträubten sich die Haare im Nacken.

Die inadan *sagen, jedes Ding habe seine Zeit*
Die Käfer, die krabbeln, die Vögel, die fliegen
Die Blumen, die blühen, wenn der Regen kommt
Die Kamelstute, die keine Jungen mehr wirft.
Meine Tage sind nun so dunkel wie meine Nächte
Die tinad *sagen, wir beginnen und enden im Dunkeln*
Im Dunkeln komme ich nun zu euch, Geister der Wildnis
Ihr, die geduldig auf mich gewartet habt.
Ich hörte, wie ihr mich nachts und im Wind gerufen habt
Die Zeit von Butter und Datteln ist lange vorbei
Meine Tage sind dunkel wie meine Nächte
Die Sonne ist wie Feuer im Westen untergegangen.
Es ist Zeit, dass ich mich der azalay *anschließe*
Der langen harten Salzstraße in meine Ruhe folge.

Stammten diese Worte aus dem Lied, das sie sang, oder hörte ich sie im Kopf? Bis heute weiß ich es nicht. Ich weiß nur, dass ich mein Amulett so fest hielt, dass seine Kanten sich in meine Handflächen eingegraben hatten, als die letzten Noten verklangen.

Ich sah Taïb an und merkte, dass ihm die Tränen über die Wangen liefen. Er versuchte nicht, sie wegzuwischen oder zu verbergen. Sie fielen und hinterließen dunkle Flecken in den Falten des Turbans unter seinem Kinn, und als ich mich wieder umdrehte, erkannte ich, dass Lallawa sich in den Sand gelegt hatte.

»Was macht sie?«, flüsterte ich, doch er antwortete nicht.

Stattdessen ging er zu ihr, kniete sich neben sie und nahm ihre Hand. Ich hörte, wie sie leise miteinander sprachen, dann stand er wieder auf und ging an mir vorbei zum Wagen. Als er zurückkam, hatte er ein Bündel weißen Stoffs unter dem Arm und bedeutete mir, mich in den Sand zu setzen. Dann nahm er neben mir Platz, das weiße Tuch über den Knien gefaltet, und starrte ins Leere, als warte er auf etwas.

Die sengende Sonne stand im Zenit, der Himmel war weiß vor Hitze und das Sandmeer darunter eine Palette von stetig wechselnden Grautönen. Das Rauschen des Bluts in meinen Ohren war das einzige Geräusch weit und breit. Der Sand war so heiß, dass er die wunden Stellen verbrannte, die das Amulett hinterlassen hatte. Ich nahm eine Hand voll und ließ ihn durch die Finger rieseln. Millionen von winzigen Sandkörnern, die aus zersplittertem Gestein stammten und in einem geheimnisvollen Prozess, der Jahrtausende gedauert hatte, von den Wüstenwinden hierher geweht worden waren. Als wäre die Zeit plötzlich stehen geblieben, beobachtete ich, wie jedes einzelne Korn zu Boden fiel und mit den Abermillionen anderen verschmolz, dann nahm ich eine weitere Hand voll, ließ sie durch die Finger rieseln und noch eine. Es war wie eine Zwangshandlung, nur damit konnte ich die Angst in meinem Innern im Zaum halten.

Nach einer Ewigkeit bemerkte ich etwas aus dem Augenwinkel. Es war ein schwarzer Käfer mit langen Beinen, der über den Boden huschte wie eine Ruderwanze über die Oberfläche eines Teichs. Ich beobachtete ihn, als er einen kleinen Sandhügel erklomm und der Sand selbst unter seinen fragilen Füßen ins Rutschen geriet. Er kletterte aufwärts und fiel hinab. Aufwärts und hinab. Ich feuerte ihn innerlich an, als könnte ich ihm mit meinen Gedanken Kraft einflößen. Schließlich versuchte er, den Sandhügel in einem anderen Winkel zu besteigen. Seine Hartnäckigkeit beförderte ihn schließlich über den Rand und außer Sichtweite, wobei er nur eine Reihe von hieroglyphenartigen Spuren im Sand hinterließ.

Wie lange wir warteten oder wann Taïb zu dem Schluss kam, dass das Warten vorüber war, weiß ich nicht. Erst saß er reglos wie ein Stein neben mir, und im nächsten Moment streckte er die langen Beine aus, sprang auf und ging zu Lallawa hinüber. Eine Weile starrte er stumm auf sie hinab, und dieser Stille entnahm ich, dass Lallawa tot war.

Mein Herz begann, heftig zu schlagen, doch was hatte ich erwartet? Seit wir Tiouada verlassen hatten, war dies das Ziel unserer Reise gewesen, oder etwa nicht? Der Teil von mir, der im einundzwanzigsten Jahrhundert lebte – die Isabelle, die in der Londoner City arbeitete und sich an die dort geltenden Regeln hielt, die sich wie ein Profi kleidete und nichts von der grausamen Natur der Welt wissen wollte –, war entsetzt, dass ich so etwas zugelassen hatte, statt darauf zu bestehen, dass Taïb Lallawa, wenn nötig gegen ihren Willen, zum Wagen trug und sie ins nächste Krankenhaus brachte. Aber der ursprüngliche, wilde Teil in mir bewunderte den Mut und die Würde, mit denen die Alte in den Tod gegangen war, ja, beneidete sie um ihre Gelassenheit. Ich ging hinüber zu Taïb und betrachtete Lallawas Leiche. Sie wirkte geradezu selig, hatte die Augen geschlossen und den Mund zu einem Lächeln verzogen. Ihre Amulette, Halsketten, Armreifen und Ohrringe funkelten in der Sonne.

»Helfen Sie mir, sie auszuziehen«, sagte Taïb.

Ich starrte ihn an. »Wie bitte?«

»Wir müssen die Leiche waschen.«

Ich sah mich um. Ja, wir waren in der Sahara. »Es gibt kein Wasser hier«, entgegnete ich dämlich.

Er seufzte. »Helfen Sie mir einfach.«

Ich hatte noch niemals einen Toten gesehen, geschweige denn berührt. Irgendetwas Zimperliches, Abergläubisches in mir sträubte sich gegen die Vorstellung, doch Taïb warf mir einen strengen Blick zu. »Ich kann es nicht allein, nach unserer Tradition muss eine Frau diese Aufgabe für Lallawa übernehmen. Sie sind jetzt nicht in London, verstehen Sie. Dann dürfen Sie auch nicht wie eine Londonerin denken.«

Ich schluckte. »Okay.«

Vorsichtig zogen wir Lallawa die vielen Kleider aus und nahmen ihr den Schmuck ab. Als sie fast nackt war, erhob sich Taïb. »Ich darf jetzt nicht weitermachen, es wäre ungehörig, deshalb sage ich Ihnen, was Sie zu tun haben. Ich weiß, dass es Ihnen nicht leichtfallen wird, aber vergessen Sie nicht, dass Sie es für Lallawa tun, Isabelle, Sie erweisen ihr und unseren Traditionen Ehre. Zuerst müssen Sie ihr den Mund ausspülen. Ich hole Wasser aus dem Wagen.«

Er kam mit der Zweiliterflasche Mineralwasser wieder, die er mir im einigermaßen zivilisierten Tafraout gegeben hatte, wo man solche Dinge einkaufen konnte und niemand daran dachte, eine Sklavin in der Wüste zu begraben. Viel war nicht mehr übrig, aber es würde reichen, um einer Toten den Mund auszuspülen. Ich nahm ihm die Flasche ab, fasste mir ein Herz und legte der alten Frau sanft meine Hand auf das Gesicht. Die Leichenstarre hatte noch nicht eingesetzt, sie fühlte sich noch warm an, aber vielleicht lag es auch an der Sonne. Die Berührung versetzte mir noch nicht den Schock, den ich befürchtet hatte, aber er ließ nicht lange auf sich warten. Ich öffnete ihren Mund und blickte in eine zahnlose Höhle, die graue Zunge steckte tief im Rachen. Ich zügelte meine Phantasie, kippte ein wenig Wasser hinein und schloss die Augen. Dann fuhr ich mit den Fingern durch die Mundhöhle. Das Innere fühlte sich glatt und dann wieder leicht klebrig an, zuweilen tastete ich harte Vorsprünge wie Felsen im Meer. Schließlich beugte ich ihren Kopf zur Seite, und das Wasser lief in den Sand.

»Jetzt befeuchten Sie Ihre Hände und reinigen ihr Gesicht drei Mal mit Wasser.«

Ich tat wie mir befohlen. Beim dritten Mal fiel es mir schon leichter. Ich strich ihr über den Kopf und spürte die rauen Zöpfe unter meinen Fingern.

»Jetzt nehmen Sie sauberen Sand und verreiben ihn sanft auf ihren Händen, Unterarmen, Ellbogen, Füßen und Knien, immer von links nach rechts.«

Das nahm einige Zeit in Anspruch, und ständig ermahnte mich eine leise Stimme im Kopf, dass ich die Haut einer toten Frau berührte, deren Farbe und Beschaffenheit sich von allem anderen unterschied, was ich je berührt hatte. Ich wusch der alten Frau die Beine mit Sand ab, ihre Muskeln fühlten sich an wie Teig. Die Brüste lagen flach und schlaff auf ihren Rippen. Ich sah zu Taïb auf. Er hatte den Blick abgewandt. »Ja, es muss sein. Und auch alles andere.«

Ich biss mir auf die Lippen und führte meine Aufgabe ohne Murren aus. Ich gab mein Bestes, um die empörte Stimme jener Frau zu ignorieren, die, sofern möglich, jeder körperlichen Berührung aus dem Weg ging, und verstand nicht, was mit mir los war. Irgendwann drehte Taïb sie um, und ich wusch ihr den Rücken und das Gesäß, und als alles zu seiner Zufriedenheit erledigt war, kleideten wir sie an und legten ihr auch den Schmuck wieder an.

Ich stand auf und sah auf sie hinab. Angekleidet und mit auf der Brust verschränkten Händen sah sie ernst und imponierend aus, und plötzlich empfand ich ein seltsames Gefühl des Stolzes für sie und für mich. Taïb ging zum Wagen und kehrte mit dem langen weißen Stück Tuch zurück. »Ihr Leichentuch. Sie hat mich gebeten, es mitzubringen.«

»Sie wussten die ganze Zeit, dass sie …?«

Er nickte. »Sie wusste es, und ich auch. Aber hätte ich es Ihnen gesagt, wäre der Tag noch viel schwerer für Sie gewesen, nicht wahr?«

Das konnte ich nicht abstreiten. Ich half ihm, Lallawa in das Leichentuch zu wickeln, bis sie völlig darin verschwunden war. Dann ging er wieder zum Wagen und kehrte mit einem Spaten zurück.

»Sie wollen sie einfach hier in der Einsamkeit begraben?« Dumme Frage. Was hatte ich erwartet? Warum sonst hatte ich die Bestattungsriten vollzogen, hatten wir sie in das Leichentuch gewickelt? Vielleicht hatte ich irgendwie im Stillen gehofft, dass wir sie wieder zu den Tuareg bringen und in die Zivilisation zurückkehren würden.

»Klar. Das war ihr letzter Wille.«

»Und was ist mit den Behörden? Müssen Sie ihren Tod nicht melden? Einen Totenschein beantragen, all das? Wird es keine Untersuchung geben, wenn sie plötzlich nicht mehr da ist?«

Er warf mir einen viel sagenden Blick zu. »Isabelle, vergessen Sie London und erinnern Sie sich daran, wo Sie sind. Lallawa kam aus der Wüste, und jetzt hat die Wüste sie wieder.«

»Sie kam nicht aus der Wüste. Sie kam von ganz woanders her. Man hatte sie in die Wüste verschleppt«, widersprach ich stur. »Warum hätte sie hier sterben wollen? Warum hätte sie im Sand vergraben werden wollen, fern von allen, die sie kannte? Ich verstehe das nicht. Ich verstehe gar nichts mehr …« Ich schluckte, fest entschlossen, nicht zusammenzubrechen.

Zögernd berührte er meine Schulter. »Sie wusste, was sie wollte, Isabelle. Was glauben Sie, warum sie sich wie eine Königin zurechtgemacht hat? Wäre mir ein halb so friedlicher Tod beschieden, würde ich mich glücklich schätzen.«

Wie eine Königin … Der Satz hallte mir durch den Kopf. Wie eine Königin, mit ihrem ganzen Schmuck in der Wüste begraben. Ich schob seine Hand beiseite. »O Gott!«

»Was ist los?«

»Es ist … ich … ich weiß nicht. Nehmen Sie mich nicht ernst, ich bin nur aufgewühlt, sonst nichts.«

Er legte mir den Rücken seiner Hand auf die Stirn. »Hitzschlag. Das hätte ich mir denken können. Bitte setzen Sie sich wieder in den Wagen, Isabelle. Ich kümmere mich um alles andere.«

Vom Beifahrersitz aus beobachtete ich, wie er die Stelle markierte und eine Grube aushob. Die Sonne stand mittlerweile nicht mehr im Zenit. Am Ende nahm ich meine ganze Kraft zusammen, stieg aus dem Wagen und ging zu ihm, um zu helfen. Wir ließen sie zusammen in das Grab hinab, schütteten es mit Sand zu, und ich blieb bei ihr, während Taïb Steine sammelte, um sie auf das Grab zu legen. Er brachte sieben schwere flache Steine, einen nach dem anderen, und dann legten wir sie gemeinsam ehrfürchtig auf das Grab.

»Möge die Erde leicht auf dir liegen, Lallawa«, sagte er leise.

Feierlich nahm ich mein Amulett und hielt es einen Augenblick in der Hand, bevor ich mich herabbeugte, um es auf das Grab zu legen. »Es soll sie beschützen«, begann ich, doch die Worte gingen im Dröhnen der Fahrzeuge unter, die plötzlich auf uns zukamen.

Taïb schirmte die Augen gegen die tief stehende Sonne ab. Dann packte er mich am Arm und zerrte mich derart grob auf die Beine, dass ich schrie. »Gehen Sie zum Wagen. Sofort!«

»Warum? Wer ist das?« Ich hielt das Amulett noch in der Hand, die Sonne spiegelte sich in dem roten Glas.

»Gehen Sie zum Wagen, bitte!«, sagte er eindringlich.

Doch kaum hatte er es ausgesprochen, bremsten zwei große Geländewagen in einer Staubwolke vor uns ab, und eine Gruppe von schwarz gekleideten Männern mit Turbanen sprang aus den Fahrzeugen. Mehrere von ihnen waren bewaffnet.

»*Merde*«, sagte Taïb. »Das gibt Ärger.«

ZWEIUNDZWANZIG

Die Zeit verstrich. Die Mädchen übten ihre Tänze und ihren Gesang, die Männer gingen ihren Geschäften nach, und niemand sprach davon. Mariatas Periode kam und ging. Das Leben nahm seinen Gang. Trotz ihrer Einwände schickte man die Kunde ihrer bevorstehenden Hochzeit zu den Kel Bazgan, für den Fall, dass ihr Vater und ihre Brüder auf der Rückreise von Bilma dort vorbeikamen. Doch das war nicht der einzige Grund. »Ich verstehe deine Angst besser als irgendwer sonst«, erklärte Rahma resigniert. »Aber du hast Tanten und Cousinen dort. Es ist unsere Pflicht, sie von deiner Heirat zu unterrichten. Du kannst dir doch vorstellen, was passieren würde, wenn wir es versäumen; sie wären wütend und könnten sogar behaupten, wir hätten dich entführt.«

»Und was ist mit Rhossi? Er ist bestimmt noch böse wegen der Kamele.«

Rahma straffte das Kinn. »Was für Kamele? Ich weiß von keinen Kamelen. Siehst du etwa zwei weiße *meharis* unter den ausgemergelten Tieren der Kel Teggart?« Sie kniff die Augen zusammen. »Ich nicht.« Dann wandte sie sich wieder Mariata zu. »Wenn du heiraten willst, dann mach es richtig. Sonst fällt ein Fluch über dich, und Amastan hat schon mehr als genug ertragen müssen. Sie werden nicht kommen, der Weg ist zu weit und beschwerlich, und sie wissen, dass sie hier nicht mit einem prächtigen Fest oder fürstlicher Unterbringung rechnen dürfen. Kannst du dir vorstellen, dass deine Tante Dassine oder Moussa eine derartige Strapaze auf sich nehmen würden?«

Sie hatte Recht: Das konnte sich Mariata beim besten Willen nicht vorstellen. Trotzdem hatte sie ein ungutes Gefühl, und ihre Ängste wurden nicht gemildert, als Amastan sich mit einer Gruppe von jungen Männern zum drei Tage entfernten Markt aufmachte, angeblich, um Ziegen, Milch, Käse, Lederwaren und Häute gegen Reis, Gewürze und Honig für die Hochzeit einzutauschen. Eine Woche verging, und sie waren immer noch nicht zurück. Zehn Tage. Niemand schien es zu kümmern. Die Frauen polierten das Silber mit Sand, nahmen die Sonntagskleider aus den Truhen und besserten die Stickereien aus. Die Mädchen flochten sich gegenseitig Zöpfe und rieben sich Butter ins Haar. Das Verlobungshenna auf Mariatas Händen verblasste zu einem hellen Muster, zart wie Spitze, das auf ihrer dunklen Haut kaum zu erkennen war.

Dann kehrten einige der jungen Männer mit Nahrungsmitteln und Zuckerhüten als Hochzeitsgeschenke zurück. Doch Amastan war nicht unter ihnen. Und auch Bazu und Azelouane nicht, wie sie bemerkte. Bazu war ledig und sein Vater mit einer Karawane unterwegs. Niemand schien es zu bekümmern, dass er nicht mit den anderen zurückgekehrt war.

»Wahrscheinlich macht er einem Mädchen aus Kidal den Hof«, sagte Jouma, und alle lachten.

»Einem Habenichts bleibt auch nicht anderes übrig.«

»Aber warum sind Amastan und Azelouane nicht zurück?«

Sie schwiegen. Noura warf Nofa einen Blick zu, die unmerklich den Kopf schüttelte. Sie war Azelouanes Nichte. Mariata bemerkte die Geste, und plötzlich stockte ihr das Herz. »Was ist los?«, rief sie. »Was verschweigt ihr mir?«

Nofa beugte sich vor und legte Mariata die Hand auf den Arm. »Nichts. Mach dir keine Sorgen. Azelouane ist nicht mehr der Jüngste, wahrscheinlich lassen sie es ruhig angehen und nehmen sich ein oder zwei Tage länger Zeit.«

Mariata beließ es dabei, doch überzeugt war sie nicht. Azelouane war vielleicht nicht mehr der Jüngste, aber zäh wie eine Akazie, von Wind und Wetter gestählt und an die härtesten

Entbehrungen gewohnt. Nein. Sie vermutete, dass Amastans Abwesenheit nichts mit Azelouane zu tun hatte, sondern dass er es sich anders überlegt hatte, dass seine Leber ihr Feuer verloren hatte, wie ihr Volk zu sagen pflegte. Entweder das, oder ihm war etwas Schreckliches zugestoßen. Sie stellte sich vor, dass sein Kamel ihn an einem Engpass abgeworfen hatte und das Blut ihm aus Nase und Ohren strömte. Dass er von Banditen ermordet worden war oder, noch schlimmer, in einem Lager in den Armen einer anderen Frau lag. Sie wusste, dass diese Befürchtungen völlig irrational waren, aber sie kam nicht dagegen an. Sie hielten sie wach und hinderten sie daran, irgendetwas anderes zu tun als die einfachsten Arbeiten, und auch die wollten ihr nicht von der Hand gehen. Sie beschwor Amastans Namen, wenn sie in die Eimer mit Wasser spähte, das sie aus dem Fluss schöpfte, doch es gab seine Geheimnisse nicht preis. Nachts schickte sie ihre Geistgestalt auf die Traumpfade, um ihn zu suchen, vergebens. Wenn sie keinen Schlaf fand, wanderte sie unter den stummen Sternen durchs Lager, bis die Ziegen ihre Nähe witterten und um Aufmerksamkeit blökten, in der Hoffnung, gemolken zu werden oder unerwartet etwas zu fressen zu bekommen. Eines Nachts, als der Mond so schmal und krumm wie ein Dolch am Himmel stand, stieg sie ungeachtet der *djenoun*, die unterwegs sein könnten, in die Hügel im Westen des Lagers zum Adler und zum Hasen, den beiden seltsam geformten Felsen, und suchte in der endlosen Weite nach ihm. Sie hatte keine Hoffnung, ihn zu finden, doch es war besser, als nichts zu tun. Es war verwegen und erquickend, draußen zu sein, wenn die übrige Welt schlief, trotz der vielen Kel Asuf, die ebenfalls unterwegs waren. Doch als plötzlich zwei berittene Gestalten in ihrem Blickfeld auftauchten und sich lautlos dem Bergpass näherten, blieb ihr vor Schreck das Herz stehen.

Die Reiter saßen hoch aufgerichtet im Sattel und zogen zwei weitere mit Bündeln beladene Kamele hinter sich her.

Sie waren bis auf die Augen verschleiert und trugen Gewehre über den Schultern. Mariata spähte angestrengt ins Dunkel. Hatte der erste Reiter Ähnlichkeit mit Amastan? Aus dieser Entfernung konnte man es unmöglich erkennen. Konnte der andere Bazu oder Azelouane sein? Oder waren es Banditen, die das Lager überfallen wollten? Wer immer sie waren, sie würden sie bald erreicht haben. Sie sollte den Hügel hinab ins Lager laufen und Alarm schlagen. Doch dann überkam sie eine schreckliche Neugier, und sie wusste, dass sie ebenso wenig kehrtmachen und weglaufen konnte wie – gleich einer Eule – durch die Nacht fliegen. Sie zwängte sich in eine dunkle Spalte zwischen zwei Felsen und stand reglos in der kalten Dunkelheit. Ihre Brust presste sich so fest gegen den Felsen, dass sie ihren eigenen Herzschlag spürte wie eine gefangene Maus.

Als die Reiter über den Kamm des Hügels kamen, erkannte sie eines der Kamele. Es war ein hässliches geschecktes Tier aus Mauretanien, das Bazu ag Akli gehörte. Dahinter trottete ein großes blasses Kamel, vielleicht das von Azelouane, das auf den Namen Taorka hörte. Bazu und Azelouane. Die Enttäuschung brannte in ihren Augen. Wo war Amastan?

Einer der Männer sagte etwas, und sie erkannte die Stimme des alten Azelouane wieder. Die Reiter befahlen ihren Kamelen, niederzuknien, und stiegen ab. Dann ließen sie auch das dritte und vierte Kamel niederknien, und erst jetzt erkannte Mariata, dass die dunklen Schatten auf dem dritten Tier keine Bündel waren, sondern ein Mann, entweder tot oder schwer verwundet. Ein leiser Klagelaut entfuhr ihr, doch die Männer unterhielten sich und hörten ihn nicht. Dann bewegte sich die Gestalt und hob den Kopf. Selbst aus dieser Entfernung wusste Mariata, dass es Amastan war. Gerade als sie aus ihrem Versteck hinausstürzen wollte, hörte sie ihn ganz deutlich sagen: »Nun, noch lebe ich.« Die beiden anderen Männer lachten. Er blickte sich um. »Es ist weit vom Lager entfernt, was, wenn sie kommen?«

»Das werden sie nicht.«

»Wieso bist du so sicher?«

Azelouane zuckte die Achseln. »Wir können sie unmöglich ins Lager bringen. Man kann den anderen nicht mehr vertrauen. Sie sind gespalten. Sie wissen nicht, was sie wollen. Es ist nicht mehr wie in den alten Tagen.«

»Niemand darf etwas erfahren«, sagte Bazu, und er klang sehr nervös.

»Und was sagen wir wegen meines Arms?« Amastan dagegen schien nur ungeduldig zu sein.

»Lass niemanden deine Wunde sehen.«

»Nicht einmal Mariata?«

»Vor allem nicht Mariata. Sie ist eine Kel Taitok, also eine Kel Ahaggar. Das Hoggar hat schon immer kapituliert. Es waren die Hilfstruppen aus dem Hoggar, die sich den Franzosen angeschlossen und Firhoun erschossen haben, nachdem er aus dem Gefängnis von Gao geflüchtet war. Das hat mir mein Vater erzählt.«

»Azelouanes Vater kämpfte während des großen Aufstands an der Seite von Kaocen«, erinnerte Bazu Amastan.

Mariata zog sich noch tiefer in ihr Versteck zurück. Am liebsten wäre sie herausgestürzt und hätte ihr Volk gegen die Verleumdungen in Schutz genommen, doch das war jetzt zu gefährlich. Aber sie konnte sich denken, was Amastan passiert war und was die beiden großen Bündel enthielten, die sie nun abluden. Stöhnend hievten Azelouane und Bazu das erste auf den Boden. Der Inhalt klirrte dumpf. Azelouane reckte sich und sah sich um. Dann zeigte er auf die Stelle, in der sich Mariata versteckt hatte. »Da drüben«, sagte er. »Zwischen Adler und Hase.«

O nein! Mariata riskierte einen raschen Blick auf Amastan, der nun mittlerweile wenigstens aufgestanden war, und zog sich noch weiter in die Spalte zurück, da, wo kein Mondstrahl hindrang und niemand sie sehen konnte. Bazu und Azelouane schleppten das erste Bündel zum Eingang der Spalte. Sie hörte, wie es dumpf im Sand aufschlug. Bazu schob es, so weit er konnte, in die Spalte, bis es gegen Mariatas Schienbeine stieß. Was immer sich darin befand, es war schwer und hart. Als er noch fester drückte, verlor sie das Gleichgewicht und wäre um ein Haar nach vorn gekippt, doch er schien mit dem Versteck zufrieden zu sein, denn er zog sich zurück. Kurz darauf kamen sie mit dem nächsten Bündel zurück und legten es auf das erste, sodass sie nun bis zur Hüfte in der Felsspalte feststeckte.

»Das müsste reichen«, sagte Azelouane. »Lasst uns zum Lager zurückkehren. Mit ein wenig Glück können wir die Kamele versorgen und uns noch ein paar Stündchen aufs Ohr legen, ehe die Sonne aufgeht.«

Sie hörte das Schlurfen ihrer Schritte im Sand, das ärgerliche Gurgeln der Kamele und das Knarzen der Ledersättel, als sie aufstiegen. Dann waren sie verschwunden und sie mit dem Schmuggelgut in ihrem Versteck gefangen.

Sie durfte nicht nachsehen, das wusste sie. Sie sollte über die Bündel hinwegsteigen und so schnell wie möglich auf einem anderen Weg zurück ins Lager laufen. Sie durfte nicht nachsehen. Doch sie musste es tun. Das verschleierte Volk kannte unzählige Geschichten über Frauen, die zu Schaden kamen, weil sie die Körbe, Krüge oder Truhen anderer öffneten. Sie wurden von einem *ghûl* verschlungen, in eine Krähe verwandelt oder verschwanden im Niemandsland, wo es nichts als das ewige Heulen des vom Wind getriebenen Sandes gab. Doch genau wie diese Frauen konnte auch sie nicht anders. Sie fasste sich ein Herz und stieg über die Bündel, deren harter Inhalt unter ihrem Gewicht verrutschte. Im spärlichen Licht des Mondes schlug sie die Decke über dem ersten Bündel ein Stück zurück. Darunter lagen mehrere schwarze Blechkisten, doch sie hatte keine Ahnung, was sie enthielten. Sie hob eine hoch. Die schweren kleinen Gegenstände darin klapperten. Stirnrunzelnd stellte sie die Kiste wieder an ihren Platz, deckte sie ab und untersuchte das obere Bündel. Es war vollgepackt mit Gegenständen aus Holz und Metall, deren seltsame dunkle Form das Mondlicht zu absorbieren schienen. Mariata hob einen davon auf und schreckte zurück. Sie wusste sofort, dass es ein Gewehr war, aber so eines hatte sie noch nie gesehen. Es sah nicht aus wie die Waffen, die die Männer für die Jagd benutzten, geschweige denn die kunstvoll verzierten antiken Flinten, die während der rituellen *fantasie* abgefeuert wurden. Dieses war leichter, komplizierter und wirkte erheblich gefährlicher. Es erinnerte sie an einen Skorpion. Auf dem Kolben entdeckte sie eine Inschrift, die Ähnlichkeit mit Tifinagh hatte, doch sie konnte sie nicht entziffern, und allein das versetzte ihr einen derartigen Schreck, dass sie es hastig wieder zurücklegte und die Decke darüberwarf.

Gewehre. Fremde Gewehre. Gestohlene fremde Gewehre. Und ein Berg von Munition.

Sie hockte auf den Fersen und überlegte. Aufständische, der Große Aufstand. Ihre Gedanken rasten. Rebellen, Rebellion. Das Freie Volk – die Imazighen – war nicht mehr frei. Die Worte wirbelten durch ihren Kopf, und da wusste sie, dass der Krieg, von dem Amastan erzählt hatte, begonnen hatte. Er war nicht länger ein Unbeteiligter, und sie daher auch nicht.

DREIUNDZWANZIG

»Wo warst du?«

Sie lagen in ihrem Versteck, in der Mulde zwischen den Oleanderbüschen am Flussufer. Die Frösche hatten aufgehört zu quaken, das Flussbett war von der Sonne fast ausgetrocknet, die nun von Tag zu Tag stärker wurde, während die Erde sich langsam um die eigene Achse drehte. In ihrer Heimat wären sie jetzt in die Berge gezogen, wo man in den schattigen *gueltas* noch Wasser fand, oder ins Flachland, wo die Felder von den *harratin* bewässert wurden. Doch die Kel Teggart waren zu arm, um Sklaven zu haben, und zu schwach, um sie daran zu hindern, in die Städte zu fliehen.

Amastan streckte die Hand aus und strich ihr das Haar aus dem Gesicht. Ihre Haut war klebrig von Schweiß. Sie saß in der Dunkelheit auf ihm, und das Geheimnis ihrer miteinander verschmolzenen Körper war unter den zerknüllten Gewändern versteckt. Er berührte ihre in Falten gelegte Stirn und dachte daran, dass sie jedes Mal, wenn sie dies taten, das Schicksal herausforderten, indem sie sich den vielen bösen Einflüssen der Nacht unter freiem Himmel schutzlos auslieferten. »Auf dem Markt«, sagte er leichthin und strich sanft ihre Stirn glatt. »Hast du nicht gesehen, was wir mitgebracht haben? Du wirst wunderschön sein mit dem Kopftuch, das ich dir gekauft habe. Die Muscheln darauf heißen Kauri, sie stammen von einer Insel im Indischen Ozean, weit weg von hier im Osten. Es heißt, die Kaufleute hätten sie schon zu den Zeiten der Pharaone mitgebracht. Stell dir das vor! Das war lange vor Tin Hinan! Wer weiß, vielleicht sind diese Muscheln älter als deine Vorfahren, älter als unser aller Mutter. Über Jahrhunderte hinweg galten sie als Währung, sie kamen von den Malediven bis nach Ägypten und dann durch die Große Wüste, um schließlich bei der hübschesten Frau zu landen, die je geboren wurde. Was für einen herrlichen Anblick sie abgeben werden, wenn sie an unserem Hochzeitstag meine Braut schmücken! Sie sind so weiß wie deine Zähne, so weiß wie das Weiß in deinen Augen, wenn sie des Nachts funkeln wie die Sterne. Wie werden sie strahlen!«

Mariata biss sich auf die Lippen. Es entzückte sie, wenn er so sprach und mit Worten eine exotische Welt ausmalte, die sie niemals sehen würde, trotzdem ließ sie sich nicht beirren. »Wo warst du?«, wiederholte sie ihre Frage. »Außer auf dem Markt.« Sie presste die Schenkel zusammen, sodass er das Gesicht verzog. »Dein Arm tut dir weh, nicht wahr? Was hast du noch gesagt, was dir passiert ist?«

Amastan sah sie mit schmalen Augen an. »Du solltest deinem Mann nicht solche Fragen stellen. Sie rühren an meiner Ehre.«

»Noch bist du nicht mein Mann, Amastan ag Moussa. Außerdem nehme ich dir nicht ab, dass du vom Kamel gestürzt bist, dafür bist du ein viel zu guter Reiter.« Sie drückte mit ihrem Knie seine Hand auf den Boden und begann, seinen Ärmel hochzuziehen und den Verband darunter frei zu legen. Er ließ sie gewähren. Sie wickelte ihn langsam ab, bis die verkrustete Wunde zum Vorschein kam, die im Mondlicht schwarz leuchtete. »Diese Wunde stammt nicht von einem Sturz.«

»Ich habe versprochen, dass ich dir nichts sage.«

»Weil die Kel Ahaggar Verräter sind?«

Vor lauter Schreck fuhr er halb hoch, sodass sie von ihm herunterfiel. »Wie kannst du so etwas sagen?«

»Wo hast du die Gewehre her, Amastan?«

»Bist du etwa ein Kel Asuf? Hast du dich in eine Adlereule verwandelt und bist über uns hinweggeflogen? Oder hat sich dein Geist-Ich in einem Klippschliefer zwischen den Felsspalten versteckt? Wird man nach der dritten Nacht unserer Hochzeit das Zelt öffnen und nur noch meine abgenagten Knochen finden?« Er sah sie mit argwöhnischem Respekt an, oder war es gar Furcht?

»Hör auf mit dem Unsinn«, entgegnete sie. »Ich habe alles mit angehört. Ich weiß, was los ist. Wenn Gefahr droht, wie Tana sagt, dann will ich gewappnet sein. Die Frauen der Tuareg waren schon immer genauso mutig wie ihre Männer. Zeig mir, wie man mit den Gewehren umgeht, die ihr gestohlen habt, Amastan, und wenn die Zeit gekommen ist, werde ich dir beweisen, dass die Kel Taitok weder Kollaborateure noch Feiglinge sind!«

Amastan sah sie staunend an. Dann lachte er. »Kalaschnikows sind nicht für Frauen gedacht! Ich kann selbst kaum damit umgehen, aber wenn mein Arm wieder geheilt ist, will Azelouane es mir beibringen. Wenn es so weit ist und du immer noch wissen willst, wie man damit schießt, zeige ich es dir.« Dann wurde er wieder ernst. »Aber ich kann dir nicht sagen, wie wir zu den Waffen gekommen sind. Es ist zu gefährlich. Es wäre eine Katastrophe, wenn diese Information in die falschen Hände geriete, für uns alle. Vertraue mir, bitte. Nur dieses eine Mal.«

Sie hielt seinem Blick stand. »Na gut.«

Mariata merkte, wie sich die Spannung in ihrem Innern verstärkte, je näher die Hochzeit rückte. Sie wollte sie hinter sich bringen, damit der Stamm ihre Verbindung mit Amastan endlich absegnete, als würden sie damit die bösen Geister ringsum vertreiben. Man konnte ihr die Ungeduld förmlich ansehen. Unablässig zappelte sie herum, sie konnte einfach nicht stillhalten, nicht einmal, als man sie in prächtige Stoffe hüllte, von denen sie sich einen für ihre Hochzeit aussuchen sollte. »Das indigoblaue Tuch hier stammt vom Markt in Kano und das herrliche grüne da drüben auch. Sieh nur, wie es leuchtet!«

»Grün bringt Unglück«, sagte jemand, und alle sahen Mariata an.

Doch sie war mit ihren Gedanken ganz woanders und brauchte eine Weile, bis sie merkte, dass aller Augen in Erwartung einer Antwort auf sie gerichtet waren. Es macht ihnen viel mehr Spaß als mir, dachte sie. Was ist nur mit mir los? Andere Frauen würden jede Sekunde der Hochzeitsvorbereitungen auskosten, während sie Stickereien, mit Perlen besetzte Pantoffeln, Armbänder, Ohrringe und Hennamuster aussuchten, in der Gewissheit, dass sie diese Augenblicke für den Rest ihres Lebens im Gedächtnis behalten und sich noch daran erinnern würden, wenn ihre Töchter und deren Töchter heirateten … Trotzdem konnte sie das Gefühl eines nahenden Unglücks nicht abschütteln, weshalb sie am liebsten auf der Stelle geheiratet hätte, in dem Kleid, das sie gerade trug, statt die Zeit mit so viel Unfug zu vertrödeln. Aber als sie jetzt die ungeduldigen Gesichter sah, in deren Augen so viel Zuneigung und Freude strahlten, kam ihr in den Sinn, dass Hochzeiten wohl eher dem Wohl des Stammes als dem des Brautpaars dienen sollten, dass es alle miteinander in Freude vereinte und sie die Rolle spielen musste, die ihr zugedacht war.

»Nicht grün«, sagte sie schließlich. »Das blaue ist wunderschön.«

»Und sehr traditionell«, nickte Rahma zustimmend.

Mariata suchte ihren Blick. Warum sollte sie ihrer zukünftigen Schwiegermutter nicht eine Freude machen? Es kostete sie nichts. »Ja, ich nehme das blaue.«

Jetzt waren die Schleier, *babouches*, Stickereien, Perlenschnüre, Gürtel und Broschen an der Reihe. Ein endloses Programm kleiner, aber grundsätzlicher Entscheidungen, die zu treffen waren. Die Frauen diskutierten über Details, und Mariata hatte das Gefühl, wie in einem Traum hoch über ihnen in einer völlig anderen Welt zu schweben.

»Mehr *khol*. Du musst mehr *khol* nehmen.«

Mariata warf einen kritischen Blick in den Spiegel. Ihre Augen strahlten bereits, das Weiß bildete einen lebendigen Kontrast zu der dunklen Iris und dem Antimon. Sie sahen riesig aus. »Noch mehr? So stark habe ich sie noch nie geschminkt.«

Nofa schüttelte missbilligend den Kopf. »Es ist deine Hochzeit, jeder wird über dich reden. Du wirst das Ziel eines jeden *tehot* sein, der böse Blick wird dich überallhin verfolgen, deshalb müssen wir so viel *khol* wie nur möglich auflegen, um die bösen Geister auf Abstand zu halten.« Sie tauchte das silberne Stäbchen in den kleinen Tiegel, zog es wieder heraus und pustete das überschüssige Pulver vorsichtig weg. »Jetzt mach die Augen zu und lass mich meine Arbeit tun.«

Mariata tat wie befohlen. Diskutieren war zwecklos. Am Tag zuvor hatten die Frauen fünf Stunden gebraucht, um ihr Zöpfe zu flechten und ihre Hände und Füße zum Schutz gegen die bösen Geister mit den verschiedensten Hennamustern zu bemalen, und sich dabei über deren Anordnung gestritten. Sie hatte es längst aufgegeben, ihre Meinung zu sagen. Sie war zu glücklich, zu sehr in dem Traum gefangen, endlich, endlich Amastans Frau zu werden. Und am Tag davor? Bei dem Gedanken wäre sie beinahe laut herausgeplatzt. Was für ein Unterschied zu dieser unbeschwerten Frauenwelt! Am Tag davor waren sie eine Stunde nach Sonnenaufgang in die Hügel geklettert. Dort hatte sie den langen Lauf eines Jagdgewehrs auf einen Felsen gelegt und gelernt, den Atem anzuhalten, um das Ziel nicht allzu weit zu verfehlen, hatte sich eingeprägt, wie viel Druck der Abzug erforderte und wie man den Rückstoß nach dem Schuss abfing. Am Ende des Tages war sie in der Lage gewesen, zwei Holzstücke und eine Tonscherbe zu treffen, die Amastan als Zielscheibe aufgestellt hatte, aber ein bewegtes Objekt war etwas ganz anderes. Sie hatte nur noch staunen können, als Amastan blitzschnell eine Felsentaube und danach ein Wildschwein zur Strecke brachte, das sie aus den Büschen gescheucht hatten. »Was willst du denn damit machen?«, hatte sie gefragt, während sie auf das merkwürdige Tier mit dem borstigen Fell und den Hufen hinabsah. »Sollen wir es mit ins Lager nehmen?«, hatte sie gefragt und dem Kadaver den Zeh in die Seite gestoßen. Er fühlte sich erstaunlich fest an. »Es hat eine Menge Fleisch.«

»Kleine Heidin! Die Hälfte des Stammes würde es nicht mal anrühren. Mehr als die Hälfte. Weißt du denn nicht, dass der Islam Schweinefleisch verbietet?«

»Ist das ein Schwein?« Mariata hatte noch nie eins gesehen. Sie musterte die borstige Schnauze, aus der die scharfen Keiler ragten.

»Ein feines Tier. Keine Sorge.« Er tippte sich wissend an die Nase. »Es wird gegessen werden.«

»Von den Schakalen?«

Amastan lachte. »So kann man es auch sagen.«

Er schleifte den Kadaver in eine kleine Höhle unter einem Felsen und legte einen Haufen Steine vor den Eingang, um die Aasfresser abzuhalten. »Man kann so gutes Fleisch nicht einfach vergeuden. Keine Sorge, es wird seine Abnehmer finden.« Dann ritzte er in den Felsen neben der Höhle einige Zeichen.

»Amastan bittet zu Tisch«, hatte Mariata auf Tifinagh gelesen und gelacht. Und als sie sich jetzt daran erinnerte, musste sie breit grinsen.

»Seht nur, sie träumt bereits von der dritten Nacht«, rief Bicha und stieß Nofa in die Seite, woraufhin dieser die Hand ausrutschte, sodass sie Mariata mit dem schwarzen *khol* einen Strich bis zur Nase verpasste. Die Frauen lachten und pfiffen.

Während der ganzen Woche trafen Gäste ein, manche mit Geschenken, die meisten jedoch mit leeren Händen. Mariata wunderte sich: Sie kannte niemanden, im Gegensatz zu Amastan. Sie beobachtete, wie er sie begrüßte, eine kleine Korrektur des Schleiers zum Zeichen des Respekts, eine leichte Berührung der Handflächen, die Hand, die zum Herzen fuhr. Es waren zumeist Männer, sie trugen keine Festkleidung, sondern einfache Gewänder, und sie waren viel zu ernst, um Musiker zu sein, auch wenn sie jede Menge Instrumente dabeihatten.

»Wer ist das?«, fragte sie Rahma, woraufhin die alte Frau die Achseln zuckte.

»Er hat gesagt, es wären Freunde.«

Die *tisaghsar*, ihre Hochzeitsgeschenke, wurden auf einem großen blauen Teppich in der Mitte der Tanzfläche gestapelt – eine holzgeschnitzte Truhe mit Gewürzen von den Männern des Stammes, ein Kaftan und eine Halskette aus Bernstein, deren Steine so groß wie Hühnereier waren, ein Sack mit Reis, einer mit Hirse, ein eigener Mörser mit Stößel, ein Bündel Bergthymian, den die alten Frauen am Morgen gesammelt hatten, ein Schleifstein, ein Messer mit einem Griff aus Knochen, ein neuer Wasserschlauch aus Leder, ein paar Töpfe, eine Decke, eine Matte aus Schilfrohr, zwei Hühner und daneben der Ballen reiner weißer Baumwolle, den Amastan zusammen mit dem kunstvoll mit Silber bestickten Schleier vom Markt in Kidal mitgebracht hatte. Er war so breit wie eine Hand und so schwer wie ein Kamm. Sie würde ihn als verheiratete Frau tragen.

Schließlich trat sie in ihrem indigoblau schimmernden Hochzeitskleid ins grelle Tageslicht hinaus, das Gesicht mit Ocker geschminkt, Lippen und Augen mit *khol* umrandet, Hände und Füße mit leuchtenden Hennamustern bemalt, schwere dreieckige Ohrringe an den Ohren, unzählige Amulette und Glücksbringer aus Silber am Kleid festgesteckt und ein Dutzend funkelnder und klirrender Armreifen an den Handgelenken. Sie sah, wie die Frauen des Stammes ihr Brautzelt aufbauten, in diskretem Abstand zu dem, das sie mit Rahma geteilt hatte. Es bestand aus mindestens vierzig Ziegenhäuten. Dass sie es geschafft hatten, insgeheim so viele Häute zu sammeln und sie zusammenzunähen, ohne dass sie es gemerkt hatte, berührte sie zutiefst. Die Kel Teggart waren ein armer Stamm, der es sich nicht leisten konnte, vierzig Ziegen zu schlachten. Dass sie es für sie getan hatten, eine Fremde ohne Familie, war so herzzerreißend, dass sie in Tränen ausbrach.

Jouma eilte herbei, und ihr sonst eher verdrießliches Gesicht verzog sich zu einem nachsichtigen Lächeln, als sie Mariata in einer herzlichen Umarmung an sich zog, mit jahrzehntelanger Erfahrung darin, die Amulette nicht zu verrücken und Nofas Kunstwerk nicht noch mehr zu beschädigen, als die Tränen es ohnehin bereits getan hatten. »Mach dir keine Sorgen, mein Liebes. Es ist dein schönster Tag, und wir freuen uns mit dir. Du wirst uns Freude und Glück bringen, frisches Blut für unseren Stamm, und du machst aus meiner guten Freundin Rahma eine stolze, glückliche Frau, nicht wahr?«

Mariata sah auf. Vor ihr stand Rahma mit schweißglänzender Stirn von der Anstrengung, das Zelt aufzubauen, und lächelte übers ganze Gesicht. »Du weißt ja, dass du erst hineindarfst, wenn du verheiratet bist, sonst passiert ein Unglück. Verlass dich auf uns. Wir machen es hübsch für dich. Es wird dir an nichts mangeln. Für den Boden haben wir dir einen neuen Teppich gewebt. Sieh mal.« Sie winkte zwei Frauen, die losliefen und kurz darauf mit einem länglichen Bündel zurückkehrten, das sie stolz entrollten.

»Die Farben habe ich ausgesucht«, rief Noura. »Sind sie nicht wunderschön? Die Flechte für das Grün haben wir aus den Bergen, aber es hat eine Ewigkeit gedauert, bis wir genügend beisammenhatten. Es ist das Grün des Propheten. Für das Blau haben wir Indigo benutzt, du siehst, wir haben keine Kosten gescheut! Und für das schöne dunkle Rot die Schalen der Wolfszwiebel.«

»Die Frösche hier am Rand habe ich gewebt«, sagte Leïla und zeigte auf die geometrischen Dreiecke und Punkte am Rand.

Sie zwinkerte Mariata zu, und alle kicherten. Frösche waren

wegen ihrer Fruchtbarkeit bekannt und galten obendrein als Glücksbringer, weil sie im Wasser lebten.

»Schlaft auf diesem Teppich, dann wirst du deinem Mann viele Kinder schenken!«

In diesem Augenblick erklang ein großes Johlen und Klatschen, und mit einem Mal liefen alle davon. Rahma nahm Mariata am Ellbogen. »Das Opferritual, komm mit.«

Ein Kalb war auf den Festplatz geführt worden. Die jungen Männer des Stammes mit ihren traditionellen Lanzen bildeten einen Kreis um das Tier. Die Armreifen an ihren Handgelenken funkelten in der sengenden Sonne. Das Kalb lief wild im Kreis herum, rollte die Augen und schnaubte vor Angst. Seine langen Beine waren ungelenk.

Für Kheddou und Leïlas Hochzeit war kein Kalb geschlachtet worden: Es war zu teuer gewesen. Amastan hatte auf seinen Reisen jahrelang Handel getrieben und ein kleines Vermögen angehäuft. Auch seine Morgengabe war großzügig gewesen, da er aber niemanden aus ihrer Familie gefunden hatte, dem er sie überreichen konnte, hatte er sie dem *amghrar* des Stammes gegeben, dem Witwer Rhissa ag Zeyk, der sie so lange aufbewahren würde, bis ein Mitglied von Mariatas Familie sie übernehmen konnte. Falls Amastan etwas zustieß oder die Ehe aufgelöst wurde, würde Mariata mit dem Geld ihre Kinder großziehen können.

Jetzt trat Amastan in die Mitte des Kreises, das Blau seines Gewandes schimmerte wie das Gefieder einer Elster, der Saum seines *tagelmust* war mit einem Diadem aus Amuletten geschmückt. Seine Lanze war über Generationen hinweg weitergegeben worden, die Spitze jedoch mörderisch scharf. Der junge Bulle blieb vor ihm stehen, sprang dann unvermittelt zur Seite und lief davon, als hätte er in dem funkelnden Metall sein Schicksal erblickt. Die Menschen wichen zurück, um ihm Platz zu machen, und der Bulle blieb stehen, um die unheilvolle Gestalt zu beäugen, die langsam auf ihn zukam.

»Kann nicht Tana das Tier beiseitenehmen und es töten?«, fragte Mariata und klammerte sich an Rahmas Arm.

Die Alte lachte. »Ich glaube kaum, dass ein einjähriges Bullenkalb unserem Helden gefährlich werden könnte«, erklärte sie, doch daran hatte Mariata nicht gedacht. Sie war nie zimperlich gewesen, wenn es darum ging, ein Tier zu töten, wegen des Fleisches oder weil es Glück brachte, aber sie dachte mit Schrecken an die Worte der *enad*: »Blut wird fließen …« Das Blut dieses Kalbes würde heute so oder so fließen, trotzdem wollte sie plötzlich nicht mit ansehen, wie das Tier vor ihren Augen geschlachtet wurde, egal, wie schön das Spektakel anzusehen war oder wie traditionell das Ritual.

»Nein!«, rief sie, und alle drehten sich überrascht um. »Es bringt Unglück, es auf diese Art zu töten«, behauptete sie. »Ich kann es fühlen, hier.« Sie legte die Hand auf die Leber, die Körperstelle, aus der die tiefsten und ehrlichsten Überzeugungen kamen. Alle starrten sie an, und zum ersten Mal, seit sie die Kel Bazgan verlassen hatte, spürte sie Feindseligkeit in ihren Blicken.

Amastan kam auf sie zu und bohrte nur wenige Schritte von ihr entfernt die Lanze in den Boden. »Wenn du nicht willst, dass das Tier stirbt, werde ich deinen Wunsch respektieren.« Dann wandte er sich an die Menge. »Wie ihr wisst, hat mich Mariata vor den Kel Asuf gerettet. Sie kann die Geister hören. Wenn sie sagt, dass es Unglück bringt, das Tier zu schlachten, sollten wir ihre Vorahnung achten.«

Ein Raunen ging durch die Menge, viele berührten ihre Amulette. Man konnte auf ein Kalb für die Hochzeit verzichten, wenn es an Geld fehlte, doch es war etwas anderes, wenn man sich wegen des Opferrituals versammelte und es anschließend gar nicht stattfand. »Das wird nicht gut ausgehen«, sagte jemand.

»Frauen sollten sich in ein Männerritual nicht einmischen«, rief ein Mann.

»Jetzt wissen wir wenigstens, wer in dieser Ehe die Hosen anhat«, meinte ein anderer, woraufhin viele lachten.

Amastan schüttelte bedauernd den Kopf. »Ihr mögt mich verspotten, so viel ihr wollt, ich aber liebe meine Braut zu sehr, um ihr an einem solch verheißungsvollen Tag Kummer zu machen. Für das Mittagsmahl schmort bereits ein *mechaoui* über dem Feuer, alle werden satt werden, auch ohne dass zusätzliches Blut fließt. Deshalb will ich dem Tier das Leben schenken.« Damit legte er die Hand aufs Herz, verneigte sich vor Mariata, zog die Lanze aus der Erde und ging zu seinen Gefährten zurück, während die anderen Männer den kleinen Bullen einfingen und in den Pferch zurücktrieben.

Rahma klopfte Mariata auf die Schulter. »Ich glaube, jetzt könnten wir Musik gebrauchen, findest du nicht?« Sie nickte dem Meister der Musiker zu, woraufhin diese ihre Instrumente ergriffen und das Lied von dem Jäger und der Taube anstimmten. Im Nu hatten die Gäste das fehlgeschlagene Ritual vergessen.

In diesem Augenblick kam Tana zu Mariata und sagte: »Gut gemacht, Kleines, obwohl es am Ende nichts nutzen wird.« Sie neigte den Kopf zur Seite und musterte wie ein Adler seine Beute Mariatas Kleidung und Schmuck. »Sehr schön«, sagte sie. »Aber du trägst immer noch dieses verdammte Amulett.«

Mariata trug Amastans Amulett gut sichtbar auf der Brust. Tana streckte den Arm aus und drückte es gegen ihr Brustbein, sodass der Mechanismus aufsprang. Sie hielt mit einem Finger den kleinen Deckel offen, steckte ein zusammengerolltes Papierchen hinein und schloss es wieder. »Es wird dir Glück bringen«, sagte sie. »Und Leben. Es ist der Zauberspruch, um den mich Amastan gebeten hatte. Vielleicht funktioniert er jetzt. Doch das ist nicht dein Hochzeitsgeschenk.«

Und dann zauberte sie plötzlich die wunderschöne mit smaragdgrünen, violetten und blauen Fransen geschmückte Ledertasche hervor, die sie unter der Tamariske genäht hatte. Sie schlang Mariata den Riemen über den Kopf und unter den Arm und postierte die Tasche so, dass sie ganz bequem auf ihrem Rücken lag, wo sie sich wie ein Teil von ihr anfühlte, trotz ihres schweren Inhalts. Von Neugier überwältigt, zog sie die Tasche nach vorn, bewunderte die leuchtenden Farben, die Sonnenmotive und die feinen Nähte und machte Anstalten, sie zu öffnen.

»Du darfst sie nicht aufmachen«, sagte Tana streng und schob die Tasche wieder zurück. »Du wirst merken, wenn es so weit ist und du eine Entscheidung treffen musst, um zwei Leben zu retten. Handle klug, auch wenn es schwierig sein wird.« Dann lächelte sie, und der Ausdruck in ihren wilden Augen besänftigte sich wieder. Sie streckte die Hand aus und strich Mariata über die Wange. »Pass gut auf dich auf, Kleines.« Dann ging sie ihres Weges, während Mariata ihr nachsah und sich über den seltsamen Abschiedssatz wunderte.

Der Rest des Tages verging mit den üblichen Freuden und Festlichkeiten einer Hochzeit. Es wurde gesungen und getrommelt und das Schaf, das seit dem Morgengrauen am Spieß über dem Feuer geschmort hatte, zusammen mit Datteln, Gewürzen und Brot verzehrt. Es fand ein Kamelrennen statt, Schwerttänzer zeigten ihr Geschick und ihr Können, und danach tanzten die unverheirateten Frauen, die mit Kaurimuscheln geschmückte Kopftücher trugen, den rituellen *guedra*, den Segenstanz, mit seinen sparsamen, aber präzisen Bewegungen, bis die Sonne unterging und die Alten in Trance gerieten, eingelullt von dem sich ständig wiederholenden rhythmischen Klatschen, das zu einem großen Crescendo anschwoll. Köpfe schwankten, und Zöpfe schnellten wild und beeindruckend wie Schlangen durch die Luft. Die Luft war von *baraka* erfüllt – man konnte das Glück förmlich fassen, es war wie eine große elektrisierende Wolke aus Seligkeit und Freude. Die Menschen versuchten, sie einzufangen, berührten sich an den Händen, strichen sich über Bauch, Herz und Kopf. Amulette wurden geküsst und Kinder auch, um das *baraka* zu verbreiten. Die Frauen stießen Freudentriller aus. Dann presste Amastan Mariatas Hände an sein Herz, und jetzt waren sie endlich Mann und Frau.

Gesang und Musik nahmen kein Ende. Die Männer wärmten ihre Trommeln über dem Feuer an, um die Häute für die schnelleren Tänze zu straffen. Die Alten stärkten sich mit einem Glas Tee und einer Hand voll Datteln für die nächsten Stunden, versammelten sich zu kleinen Gruppen, um zu schwatzen, und ließen die Jüngeren allein, damit sie von den Verheirateten unbelästigt flirten konnten.

Der Mond stand bereits hoch am Himmel, als Gestalten am zerklüfteten Horizont im Osten des Lagers auftauchten; es war eine große Gruppe von Männern auf Kamelen. Einer der Musiker, der sich in den Büschen hatte erleichtern wollen, sah sie und schlug Alarm. Die Trommeln brachen mitten im Takt ab, die Tänzer traten nervös von einem Bein aufs andere. Amastan rief Bazu etwas zu, der sich daraufhin in der schwarzen Nacht verlor. Mehrere andere folgten ihm.

»Wer kann das sein?«, fragte Mariata. Im blassen Ocker ihres Gesichts waren die mit *khol* umrandeten Augen riesig.

»Ich weiß es nicht«, antwortete Amastan und zog seinen Schleier enger um das Gesicht. »Vielleicht sind es verspätete Gäste. Vielleicht auch nicht. Lauf zu unserem neuen Zelt, Mariata. Im Sand davor steckt ein Schwert, um die bösen Geister abzuwehren. Bitte bring es mir.«

»Die sehen mir nicht nach Geistern aus«, erwiderte sie skeptisch, kam seiner Bitte jedoch nach. Das alte Schwert, dessen Griff und Kreuzstück mit Kupferdraht verbunden und mit farbigem Lederband verziert waren, hatte ihm Azelouane geliehen. Mariata zog es aus dem Sand und lief zu Amastan zurück. Die Umhängetasche schlug gegen ihren Rücken und das Schwert gegen ihr Bein, doch Amastan war nicht mehr dort, wo sie ihn verlassen hatte. Stattdessen sah sie erschrocken, wie er weit vom Lager entfernt mit geschultertem Jagdgewehr auf die Felsen zurannte. Sie stand mit dem alten Schwert in der Hand da und kam sich vor wie ein Dummkopf. Dann lief sie ihm nach. Andere Männer hatten ebenfalls ihre Gewehre geholt und rannten, Männer, die sie nie zuvor gesehen hatte oder jetzt in dieser kriegerischen Situation nicht erkannte. Die Reiter kamen unbeirrt näher, bis man den ersten Schuss hörte.

»Wer seid ihr?«, rief der *àmghrar*, dessen alte Stimme so brüchig war wie die einer Frau.

Niemand antwortete, aber vielleicht hatten sie ihn nicht gehört.

»Es sind *djenoun*«, sagte jemand. »Wir hätten den Bullen schlachten sollen. Die Geister sind wütend und verlangen das Blut, auf das sie gewartet haben.«

»Gebt euch zu erkennen, oder wir schießen«, rief Amastan lauter.

Einer der Fremden ritt vor. »Ich bin Ousman ag Hamid aus dem Stamm der Kel Ahaggar, Vater von Mariata ult Yemma. Ich komme mit meinen Söhnen Azaz und Baye und den Männern vom Stamm der Kel Bazgan.«

Mariata rang nach Luft. Sie lief zu Amastan. »Es sind mein Vater und meine Brüder!« Sie blickte in die Dunkelheit und versuchte, die drei Männer zu erkennen, die sie so lange nicht gesehen hatte. Ob sie sich auf ihren jahrelangen Reisen unter der sengenden Sonne verändert hatten? Waren sie gern gekommen und freuten sich über ihre Wiedervereinigung, oder betrachteten sie das Ganze als eine lästige Pflicht? Ihre Furcht schlug in Euphorie um, als ihr bewusst wurde, dass es keine Rolle mehr spielte, ob sie ihren Segen erwarten durfte oder nicht. Amastan und sie waren verheiratet vor dem Gesetz, niemand konnte sie jetzt noch trennen.

»Seid willkommen!«, rief sie. »Willkommen auf unserer Hochzeit!«

Die Nachricht verbreitete sich wie ein Lauffeuer, die Leute begannen zu lachen, die Spannung löste sich, die Musiker versammelten sich erneut. Jemand wurde geschickt, um eine Ziege zu schlachten, das Feuer wurde neu entfacht und Kessel mit Wasser für Tee aufgesetzt. Die Gäste mussten einige Strapazen hinter sich haben, wenn sie erst so spät eintrafen; der Weg durch die Tamesna war lang und beschwerlich.

Die Reiter waren fast schon auf dem Festplatz angelangt, als sich einer von ihnen aus der Gruppe löste und vor dem brodelnden Feuer stehen blieb.

»Ehe ihr euer Fest fortsetzt, müsst ihr eure Schulden begleichen!«, rief er mit schroffer Stimme.

Mariata erstarrte. Sie spürte die eisige Hand der Angst. Und noch ehe das Licht sein Gesicht streifte, wusste sie, dass der Reiter Rhossi ag Bahedi war.

»Diese Frau ist eine Diebin!«, rief Rhossi laut. »Sie hat mir zwei Kamele gestohlen, aber noch schlimmer, sie hat mir das Herz gestohlen!«

Die Menschen sahen sich verwirrt an. Meinte er das ernst?

Rhossi richtete sich auf seinem Kamel auf, bis er alle überragte. »Mariata ult Yemma hat ohne zuvorige Vereinbarung zwei meiner edlen Tibesti-Kamele mitgenommen, und wie jeder unter den Bazgan weiß, war sie mir versprochen worden. Jetzt ist mir klar, warum sie so plötzlich verschwunden ist: Sie wurde von einem Kel Teggart entführt. Damit wird eine Ehrenschuld fällig. Ich spreche im Namen des *amenokal* der Aïr-Stämme, Moussa ag Iba. Er ist der Ansicht, dass sich die Angelegenheit ohne großes Aufheben bereinigen lasse. Gebt mir das Mädchen und die beiden Kamele zurück, und ich werde meines Weges ziehen.«

Ousman ritt zu Rhossi und sagte leise, aber drängend: »Du hast uns vor der langen Reise nicht gesagt, dass sie dir versprochen worden war.«

»Hätte ich dir etwas gesagt, hättet ihr mich durch die Tamesna geführt?«

Der Blick, den Mariatas Vater ihm zuwarf, war Antwort genug. Rhossi lachte. »Siehst du! Sagen wir, ich habe dir dieses Detail verschwiegen. Doch ich habe alles mit meinem Onkel besprochen, und wie du weißt, liegt er im Sterben. Dir ist hoffentlich klar, was das für dich, deine Schwester, Neffen und Cousins bedeutet.«

Ousman sah Rhossi so durchdringend an, dass dieser seinem Blick auswich. Dann sagte er leise, aber bestimmt: »Ich habe einen weiten Weg auf mich genommen, um meine Tochter zu sehen und ihr diese Hochzeit auszureden. Wärst du nicht von deinem Kamel gestürzt, als wir die Oase von Doum erreichten, wären wir gestern angekommen. Hättest du nicht ständig gejammert und Pausen eingefordert, um dir den Hintern mit nutzlosen Salben einzureiben, obwohl dein Sattel weicher gepolstert ist als der einer Frau, wären wir einen Tag vor der Hochzeit angekommen. Jetzt erzählst du mir von einem Versprechen, von dem ich nichts wusste. Was die Kamele betrifft, das ist schnell geregelt und keine Reise durch die Tamesna wert. Mag sein, dass du Moussas Wort verbreitest, mag sein, dass du der nächste Anführer der Bazgan wirst, doch Mariata ist meine Tochter, und wenn sie dir auch nur das Geringste bedeutet, wirst du mir erlauben, dass ich diese Angelegenheit so regele, wie es sich gehört.« Er klopfte seinem Kamel auf den Hinterkopf, woraufhin das Tier gehorsam in die Knie ging. Dann stieg er ab und schritt langsam auf das Brautpaar zu, das ihn schweigend beobachtete, Amastan mit dem Gewehr in der Hand, Mariata das alte Schwert umklammernd.

Als nur wenige Schritte sie trennten, neigte Ousman den Kopf. »Tochter.«

»Vater.«

Sie umarmten sich nicht.

»Ich hatte gehofft, dass du bei deiner Tante Dassine sicher aufgehoben bist, doch anscheinend hast du dein Schicksal selbst in die Hand genommen. Die Bazgan erhielten erst vor einer Woche Nachricht von deiner bevorstehenden Hochzeit, und ich muss dir leider mitteilen, dass deine Tante sehr enttäuscht ist.«

Mariata straffte das Kinn. »Vater, ich war bei den Kel Bazgan alles andere als sicher. Deshalb habe ich sie verlassen und bin hergekommen.«

»Darüber können wir später reden. Tatsache ist, dass du die Bazgan verlassen hast wie ein Dieb in der Nacht, ohne jemandem zu sagen, wohin du gehst. Wie ich höre, sind zur gleichen Zeit zwei Kamele verschwunden. Was hast du dazu zu sagen?«

Mariata presste die Lippen zusammen. »Jetzt ist nicht der Augenblick, um darüber zu sprechen. Ich hatte meine Gründe, und wenn du sie hören würdest, wärst du sehr wütend, allerdings nicht auf mich. Lasst mich nur eines sagen, ihr, meine Brüder und die Männer, die euch begleiten, seid auf unserem Hochzeitsfest willkommen. Aber Rhossi ag Bahedi nicht. Weder hier noch irgendwo sonst in meiner Nähe.«

Bei diesen Worten drehte sich Amastan abrupt zu ihr um. »Rhossi?« Seine Knöchel wurden weiß auf dem Gewehr.

Mariata legte ihm die Hand auf den Arm. »Nicht jetzt.« Dann wandte sie sich wieder Ousman zu: »Vater, das ist Amastan ag Moussa, Sohn des *amenokal*, ein aufrechter, guter Mann, daher verstehe ich nicht, weshalb meine Tante nicht mit meiner Wahl einverstanden sein sollte, abgesehen von der Tatsache, dass ich sie nicht um ihren Rat gebeten habe. Wir schickten jedoch Boten zu allen Wüstenstraßen, um dich und meine Brüder zu benachrichtigen, meine engsten Verwandten. Wir erhielten keine Antwort, also beschloss ich allein, Amastan zu heiraten, das war mein gutes Recht.«

Ousman nickte bedächtig. »So war es immer Brauch, gewiss. Doch die Welt ändert sich zu schnell, und wir Alten können nicht mehr Schritt halten. Ich will ehrlich sein, Mariata. Ich habe nichts gegen den Mann, den du ausgewählt hast, trotzdem bitte ich dich, deine Hochzeit aufzuschieben und mit uns zu kommen. Unser Volk ist in Gefahr, hier mehr als irgendwo anders, daher bin ich gekommen, um dich an einen Ort zu bringen, wo du in Frieden und Sicherheit leben kannst.«

Mariata runzelte die Stirn. »Wie meinst du das?«

»Ich habe mir eine neue Frau genommen. Sie lebt im Südosten Marokkos. Ich gebe das Leben in der Wüste auf, um mich dort mit ihr niederzulassen. Ihr Vater und ich haben ein gemeinsames Geschäft gegründet. Du und deine Brüder werdet mit mir kommen und dort ein neues und besseres Leben haben.«

»In Marokko?«, fragte Mariata erschrocken, woraufhin Amastan einen Schritt vortrat. »Ich verstehe, dass du dir Sorgen um Mariatas Wohl machst, doch kann ich dir versichern, dass ihr Wohl mir das Wichtigste auf der Welt ist, jetzt, da wir Mann und Frau sind.«

»Ist das die erste Nacht eurer Hochzeit?«, fiel ihm Rhossi ins Wort. Seine Stimme war sanft, doch das Weiß in seinen Augen gerötet, und sein Blick sprühte Funken wie ein zorniges Feuer.

Amastan nickte.

Daraufhin wandte sich Rhossi an Ousman. »Also ist es noch nicht zu spät. Jeder weiß, dass eine Ehe erst in der dritten Nacht richtig vollzogen werden darf! Wenn du das Schicksal deiner Tochter in meine Hände legst, Sidi, werde ich mit der ganzen Kraft der Aïr für ihr Wohl sorgen, sobald ich zu deren Anführer ernannt bin.«

Ousman schüttelte den Kopf. »Das ist eine noble Geste, Rhossi, doch ich bestehe darauf, dass sie mit mir und ihren Brüdern ins Tafilalet kommt.«

»Ohne meinen Mann werde ich nirgendwohin gehen, Vater.«

Jetzt mischte sich der *amghrar* Rhissa ag Zeyk ein. Ousman und er wechselten die üblichen Höflichkeitsfloskeln, dann sagte der Anführer der Kel Teggart: »Diese jungen Leute sind vor einem *marabout* und den Augen des Stammes rechtmäßig verheiratet worden. Amastan ist ein guter Mann, ich kenne ihn seit seiner Geburt und kann mich für ihn verbürgen.«

»Ich kannte ihn zwölf Jahre, ehe er in dieses Rattenloch kam, er war ein richtiger Waschlappen!«, tönte Rhossi.

»Und du ein feiger Rüpel, wie jedes Kind der Bazgan bezeugen könnte, das kleiner oder jünger war als du!«, entgegnete Amastan.

Rhossi stieß ihn mit beiden Händen heftig gegen die Brust, sodass Amastan stolperte und um ein Haar gestürzt wäre. Mariata ging dazwischen. »Hört auf! Schäm dich, Rhossi ag Bahedi! Das ist meine Hochzeit, eine Zeit des Feierns. Wer unsere Freude nicht mit uns teilen will, kann auf der Stelle wieder gehen!«

Der *amghrar* lächelte, seine schlauen alten Augen funkelten im Licht des Feuers, und obwohl er sich scheinbar an sie wandte, galt seine eigentliche Aufmerksamkeit Rhossi ag Bahedi. »Wir können diese Reisenden nicht wegschicken und ihnen unsere Gastfreundschaft verweigern, auch wenn wir arm sind im Vergleich mit den mächtigen Kel Bazgan. Ihr werdet sehen, dass unser Lager ein Ort der Wärme und des Friedens ist, vor allem an diesem Tag der Freude. Lasst eure Meinungsverschiedenheiten ruhen, ich bitte euch. Ousman ag Hamid, deine Tochter ist rechtmäßig mit diesem Mann verheiratet, es war ihr freier Wille. Freue dich für sie. Rhossi ag Bahedi, über deine verschwundenen Kamele können wir morgen sprechen. Doch wie du selbst siehst, gibt es in diesem ›Rattenloch‹ keine edlen Tibestis. Wir kämpfen ums Überleben und können uns die Spielzeuge der Reichen nicht leisten. Unsere Kamele sind einfache Lasttiere.«

Rhossi straffte den Oberkörper. »Meine Kamele sind keine Spielzeuge. Ich kaufte sie als Zuchttiere, es waren reinrassige Tibestis. Allein mit dem Verkauf der Kälber hätte ich ein unschätzbares Vermögen machen können.«

Amastan zuckte die Achseln. »Nun, wenn dieses Vermögen nicht zu schätzen ist, können wir wohl nicht viel tun, um dich zu entschädigen, selbst wenn man sie dir wirklich gestohlen hat, was ich sehr bezweifle. Wahrscheinlich hast du sie nicht richtig angebunden, und sie sind ausgerissen auf der Suche nach einem besseren Herrn, der sie nicht tritt, wenn er gerade mal wieder einen Wutanfall hat.«

»Du weißt genau, dass sie sie gestohlen hat!«, erwiderte Rhossi wütend. »Sie mag deine Frau sein, doch mit mir hat sie zuerst geschlafen!« Und als die Menge angesichts dieser ungeheuerlichen Behauptung verstummte, nannte Rhossi einen horrenden Preis für die gestohlenen Kamele. Er wusste, dass er höchstens von den Sultanen des alten Songhai-Reiches hätte bezahlt werden können, deren Palastwände mit Goldstaub geschmückt waren. Die Menge schnappte nach Luft. Zufrieden betrachtete Rhossi die entsetzten Gesichter. »Und wenn ihr die Summe nicht bezahlen könnt, werde ich als einzige Entschädigung die Frau nehmen, auch wenn sie bereits verheiratet ist!«

Mariata hielt es nicht länger aus. »Du bist ja verrückt! Erstens habe ich niemals mit dir geschlafen, das weißt du genau. Du hast versucht, mir Gewalt anzutun, und das war der eigentliche Grund, weshalb ich die Kel Bazgan bei Nacht verlassen habe. Zweitens, als ich mich wehrte, habe ich dir ins Gesicht geschlagen, woraufhin du angefangen hast zu heulen wie ein Kind. Und drittens, die Kamele. Es stimmt, dass ich zwei Kamele genommen habe, von denen ich wusste, dass sie dir gehörten, doch das war der Preis dafür, dass du versucht hattest, mich zu entehren, und für diese zweite und noch größere Kränkung in aller Öffentlichkeit soeben schuldest du mir jetzt drei weitere Kamele! Diejenigen, die ich nahm, sind nicht mehr hier, sie wurden auf dem Markt von Guelimime verkauft. Das Geld habe ich noch. Viel brachten sie nicht ein im Vergleich mit dem, was du verlangst. Möglich, dass es nicht einmal

Bullen waren, vielleicht sogar kastriert, denn ihren entsprechenden Aufgaben sind sie nie nachgekommen. Viele Tiere auf der Welt sehen edel aus und rühmen sich einer reinrassigen Abstammung, doch wenn es um die Zucht geht, erweisen sie sich als untauglich!«

Mittlerweile hatte sich eine große Menschenmenge versammelt, und die Männer der Kel Teggart brachen in schallendes Gelächter aus. Es brauchte nicht viel, damit sie ihrer Abneigung gegen einen Kel Bazgan Ausdruck verliehen. Rahmas schlechte Behandlung durch den Aïr-Anführer hatte den ganzen Stamm gekränkt.

Rhossi packte Mariata wütend am Arm und drehte ihn scharf auf den Rücken. »Sag ihnen die Wahrheit, du kleines Flittchen! Du hast die Beine für mich breit gemacht und jeden Augenblick genossen! Und anschließend bist du Nacht für Nacht wiedergekommen!«

Im nächsten Augenblick riss Mariata jemand das Schwert aus der Hand. Es folgte eine wilde Rauferei, dann war sie plötzlich frei, und Rhossi lag am Boden, während Amastan auf ihm hockte und ihm Azelouanes altes Schwert an den Hals drückte.

Was dann geschah, begriff niemand. Die Nacht wurde von einem Schuss zerrissen. Alle erstarrten, als wäre die Zeit stehen geblieben. Ein weiterer Schuss hallte durch die dunkle Nacht, man hörte einen Mann schreien, und im nächsten Augenblick schallte das Furcht erregende Rattern automatischer Waffen durch die Nacht, das kein Ende nahm. Wie in einem Albtraum sah Mariata, dass Amastan zurückgeschleudert wurde. Auf seinem prächtig schimmernden Gewand breitete sich ein feuchter Fleck aus, der immer größer wurde. Er lag reglos neben Rhossi, die Hände geöffnet, Azelouanes nutzloses altes Schwert neben sich. Auf dem dunklen Boden sahen seine offenen Handflächen blass und zart aus, schwerelos wie die Blüten eines Oleanders.

Eine Frau schrie immer wieder seinen Namen – Amastan, Amastan, Amastan! Er hallte in Mariatas Kopf wider, bis er wie der Singsang eines Kindes klang, und erst da wurde ihr bewusst, dass es ihre eigene, dem Wahnsinn verfallene, verzweifelte Stimme war.

Kurz darauf ging sie in einem gewaltigen Lärm unter – Schreie, Klagen, das Heulen und Rattern von Maschinengewehrsalven. Überall ringsum fielen Menschen zu Boden, klammerten sich aneinander fest und kreischten in Todesangst, als wäre ein Sturm über sie hereingebrochen, während sie mit den Armen fuchtelten und mit den Füßen nach Halt suchten.

Kamele brüllten, jemand lief mit brennender Kleidung an ihr vorbei, es war Leïla, wie Mariata entsetzt erkannte. Und dann tauchten viele Männer auf, Dutzende, Hunderte von Männern, und schwärmten über das Lager aus. Ihre Gesichter waren unverschleiert, der dunklen Nacht anheimgegeben. Sie warf sich auf den Boden, dort, wo zuvor Rhossi gelegen hatte – wo war er jetzt, fragte sie sich, hatte aber keine Antwort, und es war ihr auch egal –, und packte Amastan am Arm. »Steh auf! Steh auf! Wir werden angegriffen!« Doch der Arm fühlte sich so schlaff an wie das kleine Schaf, das seine sterbende Mutter im letzten Frühjahr tot zur Welt gebracht hatte, schlaff, locker und feuchtkalt, als hätte er überhaupt keine Muskeln mehr. Trotzdem schüttelte sie ihn hysterisch. »Amastan!«

Er war nur ohnmächtig, das wusste sie. Er lag mit geschlossenen Augen inmitten des Chaos. »Amastan! Steh auf!« Sie schob ihm den Arm unter die Schultern und versuchte, ihn aufzurichten, doch er war zu schwer. So schwer! Er war ein leicht gebauter Mann, schmal und gelenkig. Wie konnte er so schwer sein? Ihr Verstand war getrübt. Sie verstand es nicht. »Amastan!«, schrie sie ihn an und spürte, wie ihre Wut in Panik überging.

Jemand packte sie und versuchte, sie wegzuziehen. »Du kannst nichts mehr für ihn tun!«

Sie vergrub ihre Fersen im Sand und klammerte sich an den Ärmel ihres Mannes, ihre Finger waren hart wie Klauen, denn sie wusste, dass sie ihn nie wiedersehen würde, wenn sie jetzt losließ. »Nein!«, schrie sie. »Nein!«

Der teure blaue Stoff hielt und ließ die kämpfenden Gestalten einen Augenblick zu einem seltsamen Tableau erstarren, dann aber riss er so laut, dass es trotz des Lärms unüberhörbar war. Zurück blieb nur ein blutiger Fetzen Stoff in ihren Händen, als sie auf der Schulter eines Mannes weggetragen wurde.

Kopfüber hängend sah sie, wie Rhossi ihren Bruder Azaz vom Kamel auf den harten Boden stieß, sah, wie er sich in den Sattel schwang und dem Tier brutal in die Flanken trat, um zu fliehen. Sie sah, wie Baye sich hinabbeugte und Azaz half, hinter ihm auf sein Kamel zu steigen, und dachte nur, dass es ihr egal war, obwohl sie wusste, dass ihr das Schicksal der anderen nicht gleichgültig sein durfte, am wenigsten das ihrer Brüder. Nichts war mehr real, vor allem, wenn man es auf dem Kopf stehend sah. Das einzig Reale war die Gestalt, die hinter ihr auf dem Boden lag und sich mit jedem Schritt weiter aus ihrem Blickfeld entfernte, bis sie gänzlich verschwand. Sosehr sie den Kopf verrenkte, sie konnte Amastan nicht mehr erkennen.

Das Letzte, was sie sah, war, wie Tana von einem Mann zu Boden geworfen wurde, während ein anderer ihr Gewand zerriss, und wie ein paar dunkelhäutige Jungen beiläufig den *amghrar* niederstochen. Sie sah, wie Azelouane sich durch das Gewühl kämpfte, in den Händen eine funkensprühende Kalaschnikow, das entschlossene, zu einer Grimasse verzerrte Gesicht von grellen Blitzen erhellt, die aus ihrer Mündung schossen. Sie sah Jouma schreien wie ein Dämon, während ein Uniformierter versuchte, das Kind zu töten, vor das sie sich schützend gestellt hatte; sie sah, wie Rahma sich voller Todesverachtung mit einer brennenden Fackel dem Angreifer entgegenwarf und wie der sich umdrehte, seine skorpionartige Waffe fast lässig in die Hüfte stemmte und ihr seelenruhig einen Feuerschwall ins Gesicht schoss, der die Nacht erhellte. Und wie, noch während sie fiel, ein anderer Mann sie an den langen Zöpfen auffing und mit einem einzigen Hieb seiner im Mondlicht funkelnden Machete enthauptete.

VIERUNDZWANZIG

Wer sind Sie und was machen Sie hier?«

Der Mann hatte die Frage wiederholt, dieses Mal auf Französisch.

Taïb hielt die Hände hoch. Die Männer, die aus dem verstaubten Geländewagen ausgestiegen waren, trugen Turbane und Schleier, ihre Augen waren hinter dunklen Sonnenbrillen verborgen. Sie waren schwer bewaffnet. Sieben an der Zahl. Der Mann, der gesprochen hatte – er war groß, drahtig und hatte eine sonnenverbrannte Haut –, richtete sein halbautomatisches Gewehr auf Taïb. Ein anderer zielte auf mich. Ich hatte noch nie zuvor ein Gewehr gesehen, jedenfalls nicht eine richtige tödliche Waffe in der Hand eines Menschen, der den Anschein erweckte, als wüsste er genau, wie man damit umgeht, und keine Skrupel gehabt hätte, mich mit Blei vollzupumpen und in der Wüste liegen zu lassen als Festmahl für die Geier. Seltsamerweise hatte ich angesichts dieser Vorstellung weder Angst, noch war ich wütend. Ich empfand nur eine Art unbeteiligte Benommenheit, als hätte sich mein Gehirn plötzlich von selbst abgeschaltet.

»Wir wollten uns die Wüste ansehen«, erklärte Taïb. »Meine Begleiterin ist eine Touristin aus England.«

»Hier kommt niemand her, um sich die Wüste anzusehen! Sie sind illegal über die Grenze gefahren. Kein Touristenführer würde das tun. Wer sind Sie? Zeigen Sie mir Ihren Pass und Ihren Ausweis!«

Die autoritäre Aura, die der Mann ausstrahlte, wäre auch ohne die Unterstützung der Waffe überzeugend gewesen. Taïb gehorchte sofort, er holte meine Handtasche aus dem Wagen und reichte ihm seinen Ausweis. Der Mann stellte meine Handtasche auf den Kopf. Stifte, Schminke, Haarbürste, Notizbuch, Fettstift, Geldbörse, gefaltete Zettel, Pass – alles fiel auf den Boden und wirbelte feine Staubwolken auf.

Der Mann bückte sich und hob den Pass auf, blätterte darin und steckte ihn in seine Brusttasche. Dann nahm er meine Geldbörse, öffnete sie und grinste seinen Kameraden zu. »Eine Menge Euros und ein paar Dirham.« Er warf die Börse einem seiner Männer zu, der sie einsteckte. Ich wollte schon protestieren, hielt dann aber lieber den Mund. Wer waren diese Männer? Stahlen Polizisten hier so unverhohlen? Ich hatte viele Gerüchte von korrupten Polizisten gehört, glaubte aber, es gehe nur um *bakshish*, um simples Schmiergeld. Außerdem sahen diese Männer weder wie Polizisten aus noch wie Beamte. Nein, in ihren Tarnanzügen und Wüstenstiefeln ähnelten sie eher den Kerlen, von denen Taïb sein illegales Benzin gekauft hatte. Ganz abgesehen von ihren vermummten Gesichtern.

Ein dritter Mann kam auf mich zu. Sein Gang war so locker und selbstbewusst, als gehörte die ganze Gegend hier ihm. Falls die Wüste überhaupt jemandem gehören kann. Trug er eine Waffe? Ich konnte keine sehen. »Was geht hier vor?«, fragte er und zeigte auf den Sandhaufen mit den sieben flachen Steinen. »Was haben Sie hier vergraben?«

Ich sah Taïb ratlos an.

Der Mann scharrte mit dem Stiefel im Sand und schob einen der Steine zur Seite.

Aus irgendeinem Grund erweckte dieser Schritt meine Gefühle wieder zum Leben. »Nein!«, schrie ich scharf.

Taïb rief etwas in seiner Muttersprache, woraufhin der Mann ihm einen Schlag mit dem Gewehrkolben versetzte. Taïb fiel rückwärts zu Boden und fasste sich an den Kopf. Falls ich noch einen Funken Hoffnung gehabt hatte, dass die Männer uns in Frieden ziehen lassen würden, so löste er sich in diesem Moment in Luft auf.

Der Mann, der allem Anschein nach der Anführer war, kam auf mich zu. Mein Puls raste. »Was haben Sie da versteckt? Drogen? Oder Waffen?«, fragte er schroff. »Verraten Sie es mir lieber, sonst erschießen wir Ihren Führer.«

Ich war derart schockiert, dass ich lachen musste. »Weder noch!«

»Sagen Sie es ihm, Isabelle. Erzählen Sie ihm von Lallawa!«, rief Taïb mir zu.

Ich sah zu dem Mann auf, der sich vor mir aufgepflanzt hatte und mir in seiner Mischung aus westlichen Klamotten und traditioneller Tracht so fremd und seltsam vorkam. »Es ist die Leiche einer alten Frau«, sagte ich stumpf. »Ihr Name ist Lallawa, sie ist … eine Verwandte meines Freundes Taïb. Sie wollte die Wüste ein letztes Mal sehen, ehe sie starb. Wir brachten sie hierher, und dann ist sie gestorben, und wir haben sie begraben. Mehr gibt es nicht zu sagen.«

Der Mann musterte mich lange. Seine Augen funkelten bedrohlich hinter der dunklen Sonnenbrille. »So eine absurde Geschichte habe ich noch nie gehört«, sagte er schließlich verächtlich.

»Trotzdem ist sie wahr!«

Er rief seinem Kameraden etwas zu, der daraufhin neben dem Grab niederkniete und begann, die Steine beiseitezuräumen.

»Haben Sie keine Achtung vor den Toten?«, fragte ich wütend.

Niemand machte sich die Mühe zu antworten. Ich sah zu, wie sie ein paar Spaten aus dem Wagen holten und methodisch begannen, Lallawas Grab frei zu schaufeln.

»Hören Sie auf! Aufhören!« Ich sah Taïb an, doch der saß immer noch neben unserem Wagen und hielt mit beiden Händen seinen Kopf umklammert, während einer der Männer das

Auto durchsuchte und Decken, CDs und Trommeln in den Sand warf. »Können Sie sie nicht aufhalten?«

Er hob langsam den Kopf und blickte mir in die Augen. »Sieht es so aus, als könnte ich das?« Seine Miene und sein Ton sprachen von einer Angelegenheit, die man akzeptieren muss, weil sie allein in Gottes Hand liegt. Mit der Zeit hatte ich sie die *insha'allah*-Einstellung in dieser Region getauft.

Ich glaubte, sie würden aufhören, wenn sie auf die Leiche der alten Frau stießen, doch weit gefehlt. Sie brauchten nicht lange, um die weiß verhüllte Gestalt zu finden. Der Anführer bückte sich und wischte den Sand von dem Laken auf dem toten Gesicht, aber auch das schien ihn nicht zufrieden zu stellen, sodass er der alten Frau das Tuch vom Gesicht nahm. Als er den teuren Schmuck entdeckte, den sie trug, riss er das Leichentuch noch weiter auf, bis die bunten Amulette, Ringe und Armreifen an ihren verschränkten Händen zum Vorschein kamen. Er kniete so lange neben Lallawa, dass ich schon dachte, er würde ihr den ganzen Schmuck abnehmen. Dann traten jedoch die anderen unter nervösem Murmeln einige Schritte zurück und berührten irgendwelche Amulette unter dem Turban oder machten seltsam abwehrende Gesten. In der zunehmenden Dämmerung war es eine unheimliche Szene. Schließlich zog der Anführer der alten Frau das Leichentuch wieder über den Kopf, ohne den Schmuck anzurühren, und rief seinen Männern etwas zu, woraufhin diese sichtbar ungehalten Lallawa aus ihrem Grab hoben, in dem sie nur kurz geruht hatte, und in den Sand legten.

Ich konnte den Blick nicht von Lallawas Leiche abwenden, die nun so unerwartet wieder frei gelegt worden war. Das weiße Leichentuch, in das Taïb die alte Frau so sorgfältig eingehüllt hatte, um sie in Würde zu bestatten, war nun sandig und durch ihre Rücksichtslosigkeit entweiht. Ich hatte mich kaum an die Vorstellung ihres Todes gewöhnen können, geschweige denn an die Rolle, die ich bei dem erschütternden Begräbnis in der

Wüste gespielt hatte, doch als ich sah, wie man sie nach dieser würdevollen Zeremonie auf eine Art, die beiläufig und respektvoll zugleich war, wieder ausgegraben hatte, zerbrach etwas in mir. Über mein Amulett gebeugt, fing ich hemmungslos an zu schluchzen. Es schien aus meinem tiefsten Innern zu kommen, aus den verborgensten Winkeln, die ich bewusst unentdeckt und unerforscht gelassen hatte, mitsamt ihren schrecklichen morbiden Schätzen, versiegelt wie eine uralte Pyramide. Doch jetzt überwältigte es mich, laut, brutal und ungebeten. Ich konnte die Tränen nicht aufhalten, hatte anscheinend jegliche Kontrolle verloren. Ich hätte nicht einmal sagen können, warum ich weinte, ob wegen der Verachtung, mit der man die Leiche der alten Frau behandelte, wegen des schockierenden Angriffs auf Taïb oder weil ich brutalen, bewaffneten Männern in die Hände gefallen war. Es war nicht nur die Krönung eines Tages, der einen Wirbelsturm von Gefühlen mit sich gebracht hatte, sondern es war ein für alle Mal ein Damm in mir gebrochen, der schon seit Langem Risse hatte.

Niemand nahm auch nur im Geringsten Notiz von mir, was wahrscheinlich ein Segen war. Die Männer waren zu sehr damit beschäftigt, das Grab nach dem abzusuchen, was sie dort vermuteten, und hörten nicht auf zu graben. Taïb hatte den Kopf gesenkt wie zum Gebet, sein Wächter rauchte, und der Qualm seiner Zigarette stieg als feine graue Spirale zum Abendhimmel auf.

Schließlich sagte der Anführer etwas, und die Männer legten ihre Spaten beiseite.

»Scheint so, als hätten Sie die Wahrheit gesagt«, brummte er, an mich gewandt. Sein französischer Akzent war rau mit einer scharfen afrikanischen Note, die darauf schließen ließ, dass er weit aus dem Süden stammte und weder in den Genuss einer marokkanischen Schulausbildung noch irgendwelcher Familienbesuche in Frankreich gekommen war. »Stehen Sie auf und gehen Sie wieder zum Wagen.«

Ich erhob mich taumelnd. »Und was ist mit Lallawa? Wollen Sie sie einfach den Schakalen überlassen?«

»Wir sind keine Wilden«, fuhr er mich an und befahl seinen Männern, sie wieder zu begraben.

Ich ging langsam zum Wagen zurück und setzte mich neben Taïb. Der Wächter, der auf ihn aufpasste, musterte mich durch den Schlitz seines Turbans. Er konnte nicht älter als zwanzig sein, hatte eine feine, fast flaumige Haut, doch zwischen den Brauen sah man eine tiefe Falte und weitere an den Mundwinkeln. Wenn er an seiner Zigarette zog, vertieften sich die Falten um seinen Mund. Als er merkte, dass ich ihn beobachtete, zog er seinen Turban fester um das Gesicht, als hätte ich ihn bei etwas Unehrenhaftem erwischt.

Taïb nahm meine Hand und fand das feuchte Amulett darin. Ich sah, wie er die Stirn runzelte. »Verstecken Sie es lieber«, sagte er leise, und ich folgte seinem Rat. »Haben Sie keine Angst«, fügte er dann hinzu.

»Wer sind die? Was wollen sie von uns?«

Er zuckte kaum merklich die Achseln. »*Trabandistes* – Schmuggler, vielleicht auch Schlimmeres. Ich denke, wir werden es bald herausfinden.« Für einen Mann, den man mit einem Gewehrkolben auf den Kopf geschlagen hatte, fand ich ihn bemerkenswert entspannt. Die blutige Beule an seiner Stirn sah aus, als würde sie anschwellen. Ich berührte sie sanft. »Alles in Ordnung?«

Er nickte. »*Alhemdulillah*.« Er fuhr sich mit der Hand über das Gesicht, berührte mit den Fingern die Lippen und dann die Brust.

Der junge Mann mit der Waffe sagte leise: »*Salama*.«

Ich wusste nicht, was ich davon halten sollte. Es hätte mir das Gefühl geben müssen, ein völliger Außenseiter zu sein, ein Europäer, der in ein rein afrikanisches Drama geplatzt war, und trotzdem fand ich diese Geste irgendwie tröstlich. Ich sah zu den anderen Männern hinüber; sie waren dabei, die arme

Lallawa erneut zu begraben, und ich beobachtete staunend, dass sie dabei äußerst behutsam vorgingen. Sie schaufelten den nachgerieselten Sand wieder heraus, klopften den Grund mit den Händen glatt und betteten die Leiche so vorsichtig hinein, als atmete sie noch. Eigenhändig zog dann der Anführer das Leichentuch straff, so wie es zuvor Taïb gemacht hatte, bis es faltenlos über Lallawas Leiche lag und alle losen Enden sorgfältig unter der Leiche verstaut waren. Ich sah, wie er sich verneigte, sich zuerst an die Stirn fasste und danach sein Herz berührte. Der Klang seines Murmelns flog mit einem kalten Windstoß, der plötzlich aus dem Sand aufstieg und die Schals der Männer bauschte, in meine Richtung. Sie schaufelten das Grab wieder zu und legten die Steine darauf. Am Ende war Lallawa besser und tiefer begraben als zuvor. Eine Zeit lang verharrten sie stumm vor dem Grab, als hingen sie ihren Gedanken nach oder beteten, und ich dachte zu meiner eigenen Verwunderung, dass sie eine erstaunlich würdige Totenwache abgaben und Lallawa ihre erneute Bestattung vielleicht nicht halb so schrecklich gefunden hätte, wie ich zuvor angenommen hatte.

Es war fast schon dunkel, als die Männer zum Wagen zurückkamen. Taïb stand auf, und ich bemerkte verwundert, dass er mittlerweile seinen Turban so gewickelt hatte, dass er sein ganzes Gesicht verschleierte und nur die Augen frei ließ. Der Anführer warf ihm einen spöttischen Blick zu und sagte etwas, das die anderen zum Lachen brachte. Taïb straffte sich und gab eine Antwort; seine Haltung ließ darauf schließen, dass er sich verteidigte. Es fielen weitere Worte, die nicht mehr so aggressiv klangen. Mir fiel auf, dass die Männer ihre Gewehre nun geschultert hatten und sie nicht mehr auf uns gerichtet waren. Würden sie uns gehen lassen? Ich traute mich kaum zu atmen, um das labile Gleichgewicht, das in der Luft hing, nicht zu stören. Dann sagte einer von ihnen etwas, was Taïb zu einer ärgerlichen Reaktion bewog – es klang fast wie ein Aufschrei. Ich legte ihm die Hand auf den Arm, um ihn zu beruhigen, doch er schüttelte sie ab, als wäre ich gar nicht da.

»Was ist?«, fragte ich ängstlich. »Was sagen sie?«

Es war nicht Taïb, der meine Frage beantwortete, sondern der *trabandiste*. »Sie kommen mit.«

»Mit Ihnen, wohin?«

»In unser Lager.«

»Aber warum? Können Sie uns nicht einfach gehen lassen? Wer sind Sie überhaupt?«

Taïb zog eine Grimasse, die mir bedeutete, den Mund zu halten.

Der Blick des *trabandiste* war rätselhaft, so tief und still wie ein Brunnen. »Wer wir sind, geht Sie nichts an. Wir aber wollen wissen, wer Sie sind, Miss Isabelle Treslove-Fawcett.« Er sprach meinen Namen so aus, dass er fremd und fast nicht wiederzuerkennen war. »Steigen Sie ein«, sagte er und öffnete die Tür des Touareg.

Ich zögerte. »Wo ist mein Pass?« Eine lächerliche Frage, typisch britisch und völlig unangemessen in dieser Situation. Doch keiner lachte.

Der *trabandiste* klopfte sich auf die Hemdtasche. Dann gab er Taïb einen schroffen Befehl, woraufhin der ihm wortlos den Wagenschlüssel aushändigte »Steigen Sie ein, Izzy«, sagte er hastig. »Wir haben wirklich keine Wahl.«

FÜNFUNDZWANZIG

Vier Monate waren seit dem Überfall auf das Lager vergangen. Mariata erinnerte sich kaum an die Reise aus dem Adagh nach Imteghren. Der Schmerz hatte sie so fest im Griff, dass sie kaum etwas anderes wahrnahm. Als sie das Vallée de l'Azaouagh durchquerten, die Tamesna erreichten und weiter nach Norden zogen, verweigerte sie jegliche Nahrungsaufnahme und wandte den Kopf ab. Nachts lag sie in eine Decke gehüllt auf dem Boden und starrte die Sterne am Himmel an, den blutverschmierten Tuchfetzen ans Herz gedrückt. So fanden ihre Brüder sie auch am Morgen, und es machte ihnen Angst. Sie murmelten Zauberformeln gegen den bösen Blick, wenn ihr Vater nicht hinsah, denn dann schimpfte er sie aus: »Wenn eure Stiefmutter euch bei diesem Unfug erwischt, wirft sie uns alle aus dem Haus. Wir sind jetzt moderne Menschen, also benehmt euch dementsprechend.«

Doch als sie das Große Erg durchquerten und ein Sandsturm sie zu verschlingen drohte, hörten sie, wie er selbst alle möglichen Zaubersprüche murmelte, um die *djenoun* zu beschwichtigen.

Mariata machte keinen guten Eindruck auf ihre neue Familie. Blass und willenlos, mit Augen, so stumpf wie verbrannte Kohle, sah sie aus, als stünde sie kurz vor dem Ableben, und tatsächlich wäre sie froh darüber gewesen. Alles, was sie im Leben geliebt hatte, war ihr genommen worden. Sie verbrachte die Tage wie eine lebende Tote, trauerte um Amastan und suchte Trost in ihren Träumen.

»Was sollen wir bloß mit ihr machen, Ousman?«, drängte

seine neue Frau. »Du hast gesagt, sie könnte mir im Haushalt helfen und sich um Mama Erquia kümmern, jetzt aber sitzt sie den ganzen Tag im Hof und starrt an die Wand. Sie weigert sich, das Haus zu betreten. Offensichtlich fürchtet sie sich vor den Treppen. Was soll der Unsinn? Kannst du dir vorstellen, wie schwer es sein wird, ihr einen Ehemann zu suchen, wenn sich erst einmal herumgesprochen hat, dass sie nicht bei Verstand ist?«

»Ich habe dir doch gesagt, dass meine Tochter von edler Herkunft ist. Sie ist eine Prinzessin der Kel Taitok. Ich habe sie nicht hergebracht, um sie zu verheiraten, sondern damit sie sicher ist.«

Aicha warf ihm einen sarkastischen Blick zu und hob die elegant geschminkte Braue. Sie musste sich noch an diesen neuen Ehemann gewöhnen und wusste nicht, wie weit sie gehen konnte. Doch das würde sie bald herausfinden.

Wenn er bei der Arbeit war und mit seinen Söhnen und ihrem Vater den neuen Laden einrichtete, versammelten sich Aicha, ihre Großmutter Mama Erquia und ihre jüngere Schwester Hafida um Mariata und schikanierten sie, Prinzessin hin, Prinzessin her.

»Steh auf, du faules Stück!«, rief die Großmutter, ohne eine Antwort zu erhalten.

»Sie erinnert mich an die mit Flöhen verseuchten Köter, die den ganzen Tag auf dem Marktplatz verschlafen«, sagte Aicha und schürzte verächtlich die Lippen.

»Ja, von Zeit zu Zeit fängt man sie ein und vergiftet sie hinter dem Schlachthof, damit sie nicht den ganzen Marktplatz mit ihrer verdammten Brut verpesten«, pflichtete ihr Hafida bei. Da sie noch nie jemanden gehabt hatte, den sie nach Belieben piesacken konnte, bewarf sie Mariata mit ihren abgelutschten Dattelkernen und lachte, wenn sie an ihrem schmutzigen blauen Gewand kleben blieben.

»Ich wünschte, jemand würde diese elende Kreatur auch

hinter den Schlachthof führen. Seht euch bloß an, wie sie meinen Hof besudelt: Abschaum!«, klagte Mama Erquia. Mit ihrem verschrumpelten, dunklen Gesicht und dem zahnlosen Mund sah sie aus wie einer der alten Affen, die auf dem Marktplatz verkauft wurden. »Diese Nomaden sind doch alle Barbaren!«

»Aber manche Nomadenmänner sehen sehr gut aus«, entgegnete Hafida nüchtern. »So edel und geheimnisvoll mit ihren blauen Schleiern.« Sie war neidisch auf ihre Schwester, denn Ousman war überaus attraktiv mit seiner Tuareg-Tracht und seiner Wüstenart; ihr eigener Bräutigam hingegen war ein Flegel, fett und doppelt so alt wie sie.

»Das stimmt. Ich kann mich nicht beklagen, was Ousman angeht«, antwortete Aicha. »Er ist gut zu mir und behandelt mich wie eine Königin. Er könnte sich nur etwas öfter waschen. Aber die Frauen! Diese frechen Dinger spazieren mit unbedecktem Haar durch die Straßen, damit die Männer und ihre Söhne sie sehen, und werfen ihnen auch noch unverschämte Blicke zu. Ich habe sogar gesehen, wie sie auf der Straße Männer angesprochen haben!«

»Wie läufige Hündinnen«, fauchte Mama Erquia. »Sie heben den Rock für jedermann, egal wo. Und die Männer laufen ihnen hinterher wie die Hunde. Sie haben keine Moral. Nicht eins von diesen Weibern habe ich in der Moschee gesehen.«

»Mit der hier wird sich das bald ändern, das kannst du mir glauben«, tönte Aicha und warf Mariata einen bedeutsamen Blick zu. »Ich habe Lalla Zohra gebeten, uns nächste Woche zu besuchen.«

»Die *ma'allema*?«, fragte Hafida mit ehrfürchtigen runden Augen.

»Die Göre braucht Anleitung. Sie muss lernen, wie sich eine anständige junge Frau zu benehmen hat, wenn sie nicht Schande über die ganze Familie bringen soll.«

Lalla Zohra war ein richtiger Besen, riesengroß und von Kopf bis Fuß in Schwarz gekleidet. Sie kam mit einem Koran in der rechten Hand und einer Rute in der linken. Damit schlug sie Schülerinnen, die während des Unterrichts – Sticken, Koran und Moral – nicht aufpassten, auf die Handflächen. Die Mädchen von Imteghren trugen die Zeichen der Züchtigung als blasse sichelförmige Narben auf den Handflächen oder unsichtbar als kleine verhärtete Narben auf der Seele.

Aus alter Angst vor der *ma'allema* hatte Hafida eine Besorgung erfunden, für die sie ans andere Ende der Stadt musste, und Aicha versetzt, weshalb diese noch schlechter gelaunt war als sonst. Und es sah nicht so aus, als könnte ihre Stimmung sich aufhellen.

»*Salaam aleikum*.« Die *ma'allema* wartete, doch Mariata antwortete nicht. Sie warf Aicha einen Blick zu. »Kann sie nicht sprechen?«

»Jedenfalls nicht wie zivilisierte Menschen«, antwortete diese und spitzte sittsam den Mund.

Die *ma'allema* schritt quer durch den Hof. »Nun, Mariata, ich heiße Lalla Zohra und bin gekommen, um dir das Wort des Propheten und Allahs Licht zu bringen, damit du deinen Frieden mit ihm und deiner Familie machen kannst und dich so benimmst, wie es sich gehört. Friede sei mit dir.«

Die schwarzen Augen hoben sich und starrten die alte Frau voller Trotz und Verzweiflung an.

Die *ma'allema* hatte in ihrem langen Leben schon alles gesehen, sie würde sich von solch frechem Starrsinn bestimmt nicht einschüchtern lassen. »Wenn die Alten dich grüßen, meine Liebe, tust du besser daran, dich an deine Manieren zu erinnern«, sagte sie streng. »Also versuchen wir es noch einmal. *Salaam aleikum*, Mariata. Sprich mir nach: *Wahai aleikum es salaam*.« Wieder wartete sie, doch das Schweigen, das sie zur Antwort erhielt, war voller Feindseligkeit.

Im nächsten Augenblick mischte sich eine verwischte Bewegung mit einem zischenden Geräusch, und dann hörte man einen Knall. Mariata stieß ein kehliges Geräusch aus wie ein in die Enge getriebener Wolf. Und genauso fletschte sie jetzt auch die Zähne.

Lalla Zohra packte Mariata an der Hand und drehte sie zu Aicha um. »Sieh dir ihren Zustand an! Schämst du dich nicht, Aicha Saari? Haben deine Schwester und du ihr nicht beigebracht, wie wichtig Sauberkeit in einem muslimischen Haushalt ist?«

»Wie soll ich sie waschen? Sie weigert sich, ins Haus zu kommen«, erwiderte Aicha ungehalten. »Sie hat ihr ganzes Leben nur in Zelten gelebt und fürchtet sich vor dem Dach und vor den Treppen.«

»Wenn sich jemand wie ein Wilder aufführt, darf man ihn nicht gewähren lassen. Es ist deine Pflicht – als gute Muslimin und als neue Mutter dieses armen Wesens –, es zu einem gottesfürchtigen Menschen zu erziehen.«

»Mutter? Sie ist kaum jünger als meine Schwester! Und wenn sie darauf beharrt, wie ein Tier zu leben, werde ich sie auch so behandeln.«

Die Augen der *ma'allema* funkelten. Sie richtete sich auf und stemmte die Hände in die breiten Hüften. »Der Prophet lehrt, wer gut zu Gottes Schöpfung ist, ist auch gut zu sich selbst. Grausamkeit gegenüber einem Tier jedoch ist dasselbe wie Grausamkeit gegenüber einem Menschen. Ich kann mich noch erinnern, dass ich selbst dir die Hadithe beigebracht habe. Davon abgesehen predige ich meinen Schülerinnen immer wieder, wie wichtig Sauberkeit ist. *Taharah*, Aicha. *Taharah!* Schäm dich. Allah liebt jene, die sich ihm zuwenden und die sich rein und sauber halten. Wie konntest du nur zulassen, dass sie so verwahrlost? Geh und hol Handtücher, Lappen und Seife. Wir bringen sie ins Hamam!«

Mariata ging mürrisch zwischen ihren beiden Wächterinnen und war froh, aus dem Haus zu sein. Imteghren war eine hässliche Stadt, staubig und trist. Sand verstopfte die Straßen und hing in der Luft. Kaum zu glauben, dass sie einst Teil der großen mittelalterlichen Handelsstadt Sidschilmasa gewesen war, deren Märkte vor Ebenholz, Elfenbein, Gewürzen, Ölen, Parfüm, Sklaven und Gold des Songhai-Reichs aus allen Nähten platzten, bevor diese kostbaren Güter nach Marrakesch, Meknes, Fez, zu den Häfen am Mittelmeer und zu den Königreichen im Norden verschifft worden waren. Jetzt stank es überall nach Ziegenkot, Bratöl und Diesel. Mariata starrte die seltsamen Fahrzeuge an, die sich mit brummenden Motoren einen Weg durch die überfüllten Straßen bahnten und die Luft mit ihren schwarzen Abgasen verpesteten. Instinktiv umklammerte sie ihr Amulett. Ausgemergelte Schafe und Ziegen wühlten ungehindert in den Müllhaufen an den Straßenecken, Rudel von Straßenkötern dösten im Schatten, wilde Katzen wagten sich vor, wenn die Hunde nicht aufpassten, und stibitzten irgendetwas aus dem Müll. Überall waren Menschen, dicke, von Kopf bis Fuß verschleierte Frauen, trotz der drückenden Hitze, dürre Männer in gestreiften Burnussen und gelben *babouches*, die Gesichter den Blicken der anderen preisgegeben. Mariata kamen sie dumm und schwach vor, eher Jungs als erwachsene Männer. Sogar die Männer, die sich Bärte hatten stehen lassen, um ihre Gesichter zu verstecken, sahen irgendwie komisch aus, als hätten sie versucht, ein schwarzes Schaf zu verschlingen. Sie starrte sie unverhohlen an, und sie erwiderten ihren Blick und lächelten mit ihren großen feuchten Mündern und gierigen Augen, bis sie sich angeekelt abwandte.

Obgleich die alte Festungsmauer der Stadt mit Einschusslöchern aus vergangenen Kriegen übersät war, konnte sich Mariata nicht vorstellen, dass irgendjemand diese Stadt hätte einnehmen oder auch nur verteidigen wollen. Soll die Wüste sie verschlucken, dachte sie. Soll die Wüste sie alle verschlucken. Sie wollte nicht mehr leben.

Der Hamam lag mitten in der Stadt, hinter dem *souq* und den Ständen der Handwerker, im Schatten der Moschee mit ihrem hohen Minarett.

»Und jetzt zieh dich aus!«, befahl Lalla Zohra, sobald sie den Umkleideraum betreten hatten. »Und zwar alles, na los, mach schon.«

Mariata verschränkte die Arme und starrte sie an. Doch Lalla Zohra wusste, wie man mit einer störrischen Frau umging, und rief die Bademeisterin zu Hilfe. Lalla Zohra war groß, Khadija Chafni aber war riesig. Sie hatte doppelt so breite Hüften wie Lalla Zohra, riesige Brüste und versteckte ihr struppiges Haar unter einem bunten Kopftuch. Die Zähne in ihrem Mund waren krumm und schief. Gemeinsam hielten sie das Wüstenkind fest und streiften ihm mit Gewalt die Ledertasche ab, Tanas Geschenk. Aicha stand vage lächelnd daneben. Um ihr das Amulett abzunehmen, bedurfte es einer noch größeren Anstrengung, und als sie es endlich geschafft hatten, waren alle drei schweißgebadet und puterrot im Gesicht.

»Bei Allah!«, rief Lalla Zohra und zeigte auf einen Riss in ihrer *djellaba*.

Ungerührt ließ Aicha das Amulett an der Perlenschnur baumeln. Sogar im trüben Licht des Umkleideraums funkelten die roten Steine Unheil verkündend. »Was Ali mir wohl dafür geben würde …«, überlegte sie. »Sieht aus wie solides Silber.«

Zohra drohte ihr mit dem Zeigefinger. »Das Amulett gehört der Kleinen, auch wenn sie sich wie ein Tier aufführt. Du weißt ja, welche Strafe der Heilige Koran für Diebe vorsieht.«

Aicha verzog schmollend das Gesicht, dann steckte sie es in die Tasche ihrer *djellaba* zu ihrem übrigen Schmuck. »Ich hebe es nur auf.« Dann streifte sie ihre *djellaba* ab und hängte sie an den Haken. Zohra und Khadija hielten abwechselnd Mariata fest, während sie sich ebenfalls auszogen. Mariata starrte die drei entgeistert an. Sie hatte noch nie eine andere Frau völlig nackt gesehen.

»Komm jetzt, Kleines«, sagte Khadija. »Wir werden dich so gründlich schrubben, dass du glaubst, du hättest eine neue Haut bekommen.« Dann setzte sie an Zohra gewandt hinzu: »Meine Güte, sie stinkt ja zum Himmel. Wo habt ihr sie aufgetan, im *funduq* bei den Kamelen?«

»So ungefähr. Sie stammt aus einem Wüstenstamm«, antwortete Aicha hämisch. »Angeblich ist sie eine Tuareg-Prinzessin.«

Khadija schüttelte den Kopf und schnalzte mit der Zunge. »Ach ja, die Wüstenfrauen. Sie waschen sich nie. Manche haben sogar Angst vor Wasser. Stell dir nur vor, sie behaupten, in den Eimern versteckten sich *djenoun*. Was für ein Unfug, einfach schrecklich. Man könnte meinen, Sauberkeit sei eine Tortur statt eine Wohltat.«

»Und eine Pflicht«, erinnerte sie Lalla Zohra vorwurfsvoll. »Eine heilige Pflicht.«

Sie schleiften die widerspenstige Mariata in den Raum mit dem Dampfbad. Hier war der Lärm ohrenbetäubend, die Geräusche hallten von den glänzenden gekachelten Wänden und dem Fußboden wider. Mariata sah sich entsetzt um. Überall nacktes Fleisch, das vor Schweiß und Wasser schimmerte, und schwarzes Haar, das über Rücken und Brüste fiel. Sie konnte es nicht fassen, es mussten dieselben Frauen sein, die sie in der Stadt von Kopf bis Fuß verhüllt gesehen hatte, sodass man nur ihre Augen erkannte, und die jetzt vor den anderen ihre intimsten Körperteile enthüllten, obendrein völlig enthaart, wie Mariata notgedrungen feststellte. In ihrem Volk wäre eine solch unverhohlene Freizügigkeit ein Skandal gewesen, obwohl die Frauen dort weder Kopftuch noch Schleier trugen.

Sie starrte die Frauen immer noch an, als Aicha ihr einen Eimer mit dampfendem Wasser über den Kopf schüttete. Nach

Luft ringend schlug Mariata ihr ins Gesicht und schrie vor Angst, so laut sie konnte. Und als die Bademeisterin begann, sie mit der dicken schwarzen Seife aus zerstampften Oliven und Tonerde abzuschrubben, wehrte sie die großen starken Hände ab.

»Jetzt hör endlich auf, dich wie ein kleines Kind zu benehmen!«, knurrte Lalla Zohra und hielt Mariata an den Handgelenken fest.

Mariatas Augen brannten vor Zorn. »Ich bin eine erwachsene Frau, lasst mich in Frieden!«, schrie sie.

Es war das erste Mal, dass die Frauen sie sprechen hörten. Überrascht hielten sie inne. Dann sagte Lalla Zohra: »Wenn wir dich wie eine Erwachsene behandeln sollen, musst du dich auch dementsprechend benehmen. Hier, nimm das und wasch dich selbst. Aber gründlich.« Damit reichte sie Mariata eine Hand voll Seife.

Widerwillig rieb sich Mariata die schwarze Paste auf den Arm. Sie fühlte sich widerwärtig an, schleimig wie Froschlaich. Wie konnte etwas derart Schwarzes und Übelriechendes einen sauber machen? Es widersprach jeder Logik.

»Und jetzt reibst du dich hiermit ab!«, sagte Zohra, reichte ihr einen Lappen aus geflochtener Schnur und sah zu, wie Mariata damit vorsichtig über die eingeseiften Körperteile fuhr. »Kräftiger!«

»So«, sagte Khadija, legte ihre Pranke auf Mariatas Hand und drückte fest, wobei sie auf und ab fuhr, bis sich die Haut rau anfühlte. »Siehst du?«, sagte sie strahlend. »So geht der Schmutz ab. Sieh nur!« Sie drehte sich um und winkte den Frauen von Imteghren zu. »Seht her! Habt ihr schon mal so viel Dreck auf einem Haufen gesehen? Seht nur, wie er in schwarzen Schichten abgeht. Darunter wird dieses Kind so weiß sein wie eine Araberin!«

Alle lachten und sahen hin, froh, dass sie ihre Neugier endlich befriedigen durften.

Mariata starrte zurück. »Was gibt es da zu gaffen? Seht euch doch lieber selbst an und eure blasse schwabbelige Haut, ihr fetten Raupen!« Sie schubste eine Frau weg, die ihr mit ihrem dicken Bauch zu nahe gekommen war, fletschte die Zähne und lachte, als die Frauen erschrocken wieder in den Dunst zurückwichen. »Was? Habt ihr etwa Angst, ich könnte euch beißen? So machen es doch die Wüstenbewohner, die Kel Asuf, nicht wahr? O ja, ich stamme aus dem Volk der Wilden, und ich bin stolz darauf!« Und damit lief sie aus dem dampfenden Saal, griff nach ihrer *djellaba* und der Ledertasche, nahm das Amulett aus Aichas Kaftan, warf sich das Gewand über den Kopf, ohne sich abzutrocknen, und stürzte aus dem Hamam auf die Straße, während die schwarzen Zöpfe wie nasse Aale gegen ihren Rücken schlugen.

Als die Sonne unterging, fand sie Ousman auf der Straße, die nach Erfoud und weiter Richtung Süden in die Wüste führte. Er hielt seinen klapprigen Jeep neben ihrem Kamel an und kurbelte die schmutzige Scheibe herunter. »Was hast du dir dabei gedacht?«

»Ich bleibe nicht bei diesen Leuten.«

»Und wo willst du hin?«

»In die Wüste.«

»Ohne Vorräte?«

»Ich habe Wasser«, sagte sie störrisch und zeigte auf einen alten Schlauch aus Ziegenhaut, den sie auf dem Rücken trug. »Und auch zu essen.« Einen Sack altes hartes Brot. »Außerdem«, sie warf den Kopf nach hinten, und ihr silbernes Amulett blitzte in der untergehenden Sonne, »ist es mir gleichgültig, ob ich lebe oder sterbe, Hauptsache, es muss nicht in dieser abscheulichen Stadt sein.«

Ousman stieg aus dem Wagen und schritt langsam um das Kamel herum. Es stammte aus Mauretanien, war groß, braun und offensichtlich von Krätze befallen. Er klopfte gegen seine schlaffen Höcker und befühlte seine Rippen, dann packte er es am Halter und riss ihm fachmännisch die Lippen auf, sodass die Zähne zum Vorschein kamen. Das Kamel brüllte entrüstet über die grobe Behandlung, woraufhin Ousman ihm in die Augen sah, bis es verstummte. Doch als er das Fell auf dem Nacken inspizieren wollte, warf es drohend den Kopf nach hinten, die Lippen gekräuselt, wie um zu beißen. Ohne hinzusehen, holte Ousman aus und schlug ihm auf die Schnauze, sodass das Tier überrascht gurgelte. Dann sah er zu Mariata auf und schüttelte den Kopf. »Wenn du schon unbedingt in die Wüste willst, meine Tochter, dann such dir wenigstens ein Tier, das dem verschleierten Volk keine Schande macht. Dieses hier hat verfaulte Zähne, keinerlei Fettreserven und einen kahl gewetzten Hals von den vielen Reitern. Es muss uralt sein. Wer hat dir bloß dieses Knochengestell verkauft?«

Mariata sah ihn genauso verdrießlich an wie das Kamel. »Der Einäugige.«

Ousman schüttelte den Kopf. »Dieser Scharlatan! Jeder weiß, dass ein Tier, das am Ende des Markts übrig bleibt, nur noch für den Kochtopf taugt. Was hat er dafür verlangt?«

Sie wollte es ihm nicht verraten. Ousman zwang das Tier mit kleinen Schlägen in den Nacken auf die Knie, dann schleppte er seine Tochter, die sich mit Händen und Füßen wehrte, zum Jeep. Anschließend band er die Leine des Tiers an seine hintere Stoßstange und fuhr langsam, mit hochgekurbelten Fensterscheiben, damit seine Tochter nicht fliehen konnte, nach Imteghren zurück.

Zuhause wurde Mariata in ein Zimmer mit einem winzigen vergitterten Fenster eingeschlossen. Als sie das Schloss zuschnappen hörte, lief sie zum Fenster und sah gerade noch, wie ihr Vater entschlossenen Schrittes mitsamt dem Kamel das Haus verließ. Er kehrte erst zurück, ohne das Tier, als der Muezzin die Gläubigen zum fünften Mal an diesem Tag zum Gebet rief.

Sie horchte an der Tür: Das gedämpfte Gemurmel war aufgeregten Stimmen gewichen.

»Dieses Flittchen!« Aichas Stimme klang schrill und zornig. »Das hat sie nur getan, um mich zu kränken. Dieser Schmuck war dein Hochzeitsgeschenk, das wusste sie genau. Sie hat mich im Hamam zurückgelassen, nur mit meiner Unterwäsche. Was für eine Schande! Ich musste mir Khadijas *djellaba* leihen, und jetzt schulde ich dieser dummen Kuh auch noch einen Gefallen, auf den sie gern zurückkommen wird. Pfui Teufel! Das kleine Luder wird noch den Tag bereuen …«

Ousmans Antwort war leise und besonnen, zu leise, als dass Mariata sie hätte hören können. Trotzdem lächelte sie zum ersten Mal seit Amastans Tod.

SECHSUNDZWANZIG

Dass Mariata den Schmuck ihrer Stiefmutter gestohlen hatte, zahlte diese ihr nun auf die eine oder andere Art tagtäglich heim, nachdem es Ousman nur gelungen war, die Hälfte der Summe von dem einäugigen Kamelhändler zurückzubekommen. Lalla Zohra kam jeden Morgen und las ihr aus dem Koran vor, und nachdem sie sich am Anfang noch gewehrt hatte, fand sie zu ihrer eigenen Überraschung schon bald Gefallen an den Geschichten. Manche ließen sie sogar das Massaker und die Leere in ihrem Innern für eine Weile vergessen. Als hätte Aicha geahnt, dass diese Strafe Mariata nicht genug zusetzte, überhäufte sie sie fortan mit lästigen Hausarbeiten. Sie zwang sie, das ganze Haus zu putzen und sämtliche Kleidungsstücke zu waschen, bis ihre Knöchel rau und rot waren und ihr Rücken bis ins Mark schmerzte. Sie wusch alle Wäsche, die sich im Haus befand, jedenfalls erschien es ihr so, darunter Kleidungsstücke, die noch nie das Tageslicht gesehen hatten. Als sie damit fertig war, brachte Aicha ihr bündelweise Decken, Teppiche, Überzüge für Sofas und Kissen, Spüllappen, Staub- und Geschirrtücher, und Mariata wusch sie, klopfte sie aus und erledigte ihre Aufgaben so geistesabwesend, als wäre sie in Trance. Körperliche Anstrengungen jeglicher Art halfen ihr, die Leere zu ertragen, und obendrein ließen sie Aichas ständiges Nörgeln verstummen.

Eines Tages fand ihr Bruder sie im Hof über eine Waschwanne gebeugt, wo sie über die scharfen Waschmittel fluchte. Er beobachtete, wie sie ein großes Wäschestück spülte, auswrang und tropfend auf die Wäscheleine hängte.

»Was in aller Welt ist denn das?« Er nahm es ab und hielt es in die Höhe. Es war doppelt so groß wie er.

»Mama Erquias Unterhose«, seufzte Mariata. »Sie trägt sie unter ihrem Kaftan. Das ist hier so üblich, weißt du.«

Azaz hatte noch keine Gelegenheit gehabt, dies herauszufinden. Die Mädchen in Imteghren schienen nichts mit ihm zu tun haben zu wollen; jedes Mal, wenn er versuchte, ihnen den Hof zu machen, wiesen sie ihn ab und schickten ihn weg. Sie waren ganz anders als die Wüstenmädchen. Er verzog das Gesicht und warf das Kleidungsstück wieder über die Leine. »Alte Hexe! Wieso wäschst du ihre dreckige Wäsche? Du bist eine Kel Taitok, das ist eine Schande!«

Mariata lächelte müde. »Meinst du, ich wüsste das nicht?«

»Ich werde es Vater sagen, sie können dich nicht so behandeln!«

»Es wird nichts nützen«, entgegnete sie und wandte den Blick ab.

Eines Tages, als Aicha und Hafida aus dem Haus gegangen waren und die grantige Großmutter in ihrem Zimmer schnarchte, suchte Mariata ihren Vater auf. »Sie behandeln mich wie eine Sklavin«, klagte sie und zeigte ihm ihre roten geschundenen Hände.

Ousman wandte verlegen den Blick ab. »Das Leben hier in Marokko ist nicht wie bei uns. In dieser Gesellschaft gibt es keine Sklaven. Hier muss jeder arbeiten.«

»Aicha und Hafida rühren keinen Finger!«

»Sie kochen, und das nicht schlecht. Selbst du hast endlich wieder etwas Fleisch auf den Knochen.«

Sie hatten versucht, Mariata kochen zu lassen, doch das Experiment hatte nur einen Tag gedauert.

»Ich hasse sie, und ich hasse auch ihr Essen!« Sie packte ihn am Arm. »Lass mich nach Hause zurückkehren, Vater, zurück zum Hoggar. Ich kann mich irgendeiner Karawane anschließen, die durch Imteghren kommt. Ich vergesse meinen Stolz.

Von mir aus sollen sie mich zu den Waren packen, ich will nur weg hier. Lass mich gehen.«

Doch er gab nicht nach. »Du bleibst hier! Das alte Leben existiert nicht mehr, wir müssen uns dem neuen anpassen. Außerdem kommen keine Karawanen mehr durch Imteghren, seit es Krieg zwischen Marokko und Algerien gibt. Jetzt bewachen Soldaten die Grenzen.«

»Was gehen mich ihre Kriege und ihre Grenzen an? Wir sind das verschleierte Volk. Wir kennen keine Grenzen. Unsere Heimat ist dort, wo wir sein wollen, wir tragen sie in uns.« Wie oft hatte sie Amastan das sagen hören? Tränen schossen ihr in die Augen. »Wie kannst du nur ein so schrecklich tristes Leben mit diesen Leuten ertragen?«

Ihr Vater biss die Zähne zusammen. Sie spürte, dass er nicht nachgeben würde, und sie wusste auch, warum. Jede Nacht hörte sie vom anderen Ende des Hauses sein leidenschaftliches Stöhnen und die schrillen, vogelähnlichen Lustschreie seiner neuen Frau. Sie riefen unwillkommene Erinnerungen an ihr Leben mit Amastan wach, das auf so grausame Art beendet worden war. Jede Nacht träumte sie, dass sie mit ihm am Flussufer lag, und erinnerte sich daran, wie sich seine glatte Haut unter ihren Händen angefühlt hatte, warm und geschmeidig, die Muskeln stark. Und dann wachte sie auf, mit nassen Wangen und einem dumpfen Schmerz im Unterleib.

Eines Tages fuhren ihr Vater und ihre Brüder nach Marrakesch, um Waren für den neuen Laden einzukaufen, sodass Mariata schutzlos Aichas Gnade ausgeliefert war. Jetzt, da niemand einschreiten konnte, behandelte Aicha sie mit noch mehr Verachtung und Häme, kontrollierte sie bei der Arbeit und verspottete sie vor ihrer Schwester.

»Sieh nur, wie ungeschickt sie mit dem Geschirr umgeht, Hafida. In der Wüste essen sie von Steinen. Die kriegt man wenigstens nicht kaputt.«

»Sind das eigentlich Rattenschwänze, die ihr aus dem Kopf

sprießen, was glaubst du? Vielleicht hat sie ein Rattennest da oben.«

»Nach Haar sehen sie jedenfalls nicht aus.«

»Und dieses Stück Blech, das sie um den Hals trägt? Ich habe noch nie eine so billige Kette gesehen. Armes Ding, wahrscheinlich bildet sie sich auch noch ein, sie sei etwas wert.«

»Offensichtlich glaubt sie, dass ein Geist darin lebt, ein *afrit* oder ein *ghûl*!«

»Diese Nomaden sind so rückständig, so dumm und barbarisch. Sie haben keine Ahnung von der neuen Welt. Sie haben nicht einmal Häuser, Hafida, stell dir vor. Sie leben in Zelten aus Ziegenhaut, zusammen mit ihren Tieren.«

»Kein Wunder, dass sie so stinkt.«

»Keine Sorge, morgen ist wieder Badetag.«

»Stell dir vor, ein Leben ohne Strom und fließendes Wasser!« Die Schwestern waren ungeheuer stolz darauf, in einem der ersten Häuser zu wohnen, die über solche Annehmlichkeiten verfügten.

»Keine Dusche.«

»Keine Autos.«

»Keinen Markt und nur einen einzigen stinkenden alten Kaftan zum Anziehen.«

»Ob ihr Vater mit einer Ziege geschlafen hat, um sie zu kriegen? Was meinst du?«

Plötzlich wurde es ganz still, dann hörte man einen Schlag, gefolgt von einem Schrei, und anschließend Aichas eisige Stimme: »Sprich gefälligst nicht so über meinen Mann!«

Am nächsten Tag beobachtete Aicha im Hamam mit kritischen Augen, wie Mariata sich auskleidete. »Du hast zugenommen, meine Tochter, das tut dir gut.«

»Meine Mutter war eine Tuareg-Prinzessin, und sie ist tot«, gab Mariata wütend zurück. »Also nenn mich nicht ›meine Tochter‹.«

Aicha zuckte die Schultern. »Ob dir das nun passt oder nicht, jetzt bin ich deine Mutter.« Sie begutachtete Mariata von Kopf bis Fuß. Dann erschien eine Falte auf ihrer Stirn. »Halt sie fest, Hafida.«

»Warum?«

»Stell keine Fragen, sondern tu, was ich dir sage.«

Hafida gehorchte und packte Mariata an den Armen. Aicha ging prüfend um Mariata herum. Mit zusammengekniffenen Augen betrachtete Aicha Mariatas pralle Brüste und die runden Hüften. »Wann hattest du deine letzte Periode?«, fragte sie schroff.

Mariata starrte sie stumpfsinnig an. »Was?«

»Deine Periode. Deine Monatsblutung.«

Mariata errötete bis an die Haarwurzeln. »Das geht dich nichts an.«

Doch Aicha ließ sich nicht beirren. »Ich bin deine Stiefmutter, also antworte. Denk nach. Wann hattest du deine letzte Blutung?«

Schweigen. Mariata dachte nach, schon aus eigenem Interesse. Aber sie konnte sich nicht erinnern, wann sie ihre letzte Blutung gehabt hatte. Jedenfalls nicht, nachdem sie das Adagh verlassen hatte, das stand fest. Sie hatte nicht daran gedacht, sie war viel zu sehr mit ihrer Trauer beschäftigt gewesen. Doch jetzt, da Aicha sie darauf aufmerksam gemacht hatte, horchte sie in sich hinein, wie sie es schon lange nicht mehr getan hatte, und plötzlich fiel es ihr wie Schuppen von den Augen. Mit einem Mal *wusste* sie es. Und diese Erkenntnis veränderte die ganze Welt. Sie spürte einen Funken Wärme in ihrem Innern, die sich rasch vom Bauch in die Rippen ausbreitete und ihr Herz überflutete, bis sie das Gefühl hatte, in Flammen zu stehen, Flammen der Hoffnung. *Amastan, oh, Amastan …*

Sie musste gelächelt haben, denn als sie Aicha wieder ansah, starrte diese sie wütend an. Sie nahm sich zusammen und antwortete: »Ich habe wirklich keine Ahnung.«

»Du unverschämtes Ding!« Aicha packte sie an den Oberarmen und schüttelte sie kräftig. »Denk nach, verdammt! Streng dein Hirn an! Wann hattest du die letzte Blutung? Du bist jetzt drei Monate hier. Hast du in der ganzen Zeit keine Blutung gehabt? Bist du krank? Jedenfalls machst du nicht den Eindruck.« Sie schob ihr Gesicht ganz dicht an das von Mariata heran. »Hast du dich heimlich aus dem Haus gestohlen, um dich an Männer zu verkaufen?«

Mariatas Augen waren so weit aufgerissen, dass man das strahlende Weiß um die dunklen Pupillen sah. Da sie sich nicht aus Hafidas Griff befreien konnte, spuckte sie Aicha ins Gesicht, woraufhin diese ihr eine Ohrfeige verpasste, die durch den ganzen Hamam hallte.

Mariata schrie vor Wut so laut auf, dass Khadija Chafni aus dem Vorraum kam. »Was ist denn los? Habt ihr wieder Ärger mit dem Tuareg-Mädchen? Die Leute werden sich noch das Maul über euch zerreißen.«

»Das werden sie, in der Tat.« Aicha warf Mariata die *djellaba* zu. »Zieh dich an, wir gehen nach Hause, bevor irgendjemand deine Schande sieht.«

Mariata empfand keine Schande, nur ein wunderbar zunehmendes Gefühl von Triumph.

Zurück in der Intimität ihrer eigenen vier Wände, war Aicha nicht zu bändigen. Sie beriet sich fieberhaft mit Mama Erquia, die sich mit solchen Angelegenheiten bestens auskannte, und die alte Frau schickte sofort einen Jungen auf einem Esel zu einem entlegenen Dorf, um eine Heilerin zu holen. Bis diese kam, würden jedoch Stunden vergehen, und Aicha steigerte sich immer mehr in ihren unbändigen Zorn hinein, während Mariata sich selig mit der Vorstellung ihres neuen Zustands vertraut machte.

Die Heilerin stammte nicht aus Imteghren, sondern war eine Aït Khabbash, aus einem halbnomadischen Stamm, der am Rand der Wüste lebte. Sie trug ein blaues, mit riesigen silbernen Fibulae zusammengehaltenes Gewand und auf der Stirn die unübersehbare Tätowierung eines Siegels: zwei diagonale Linien, die sich mit drei Punkten kreuzten. Um den Kopf hatte sie ein riesiges buntes Tuch gewickelt, das ihr hinten über den Rücken fiel. Als sie das Zimmer betrat, in dem Mariata eingesperrt war, nahm sie es schwungvoll ab.

Nachdem sie die junge Frau gründlich abgetastet hatte, erklärte sie, dass sie im vierten Monat schwanger sei, vielleicht auch länger. Aicha wurde totenbleich und hielt sich die Hand vor den Mund. »Bei Allah!«, murmelte sie. »Was sollen wir jetzt machen? Was für eine Schande für die Familie! Sie wird unseren Ruf ruinieren!« Dann fragte sie die Heilerin: »Was kannst du machen?«

Die Aït Khabbashi neigte den Kopf zur Seite und musterte Mariata. Ihre Augen leuchteten wie die einer Elster. »Ich kann bei der Geburt helfen.«

Aicha warf ihr einen bösen Blick zu. »Nein, nein, du hast mich schon verstanden. Ich will, dass du ihr das Kind wegmachst.«

»Niemand wird mir mein Kind wegmachen«, erklärte Mariata ruhig, doch niemand achtete auf sie.

Die Heilerin sah Aicha an. »Dafür ist die Schwangerschaft bereits zu weit fortgeschritten.« Dann drehte sie sich zu Mariata um und zwinkerte ihr zu, ohne dass Aicha es sehen konnte. Anschließend wandte sie sich wieder an Aicha. »Ich fürchte, ich kann dir nicht helfen.«

Aicha seufzte verzweifelt. »Bist du ganz sicher?«

»Ja. Tut mir leid.«

»Und du willst eine Heilerin sein? Eine Betrügerin, das bist du!«

Die Aït Khabbashi schüttelte mit gespieltem Bedauern den Kopf. »Und du? Was werden die Leute sagen? Bei Allah, sie werden sich wundern, wenn sie erfahren, dass das Tuareg-Mädchen vor dir ein Kind zur Welt bringt.« Schadenfroh rieb sie sich die Hände.

Aicha biss sich auf die Lippen. Sie streifte einen ihrer goldenen Armreife ab und warf ihn der Frau zu. »Nimm das und halt den Mund. Wenn du auch nur ein Wort darüber verlierst, schicke ich jemanden, der sich um dich kümmert. Nachts. Hast du mich verstanden?«

Die Heilerin musterte sie verächtlich. Dann wandte sie sich Mariata zu und sagte etwas in der alten Sprache zu ihr. Mariata ergriff ihre Hände, küsste sie lächelnd, küsste dann ihre eigenen Hände und drückte sie fest an ihr Herz. »Danke«, antwortete sie in derselben Sprache. »Danke.«

»Raus mit dir!«, schrie Aicha, packte die Heilerin am Arm, bohrte ihr die Fingernägel ins Fleisch und bugsierte sie unsanft aus dem Haus.

Die alte Frau zuckte nicht mit der Wimper. An der Türschwelle löste sie sich aus Aichas Griff, machte ein kompliziertes Zeichen in die Luft und sprach einen Fluch aus. »Etwas anderes verdienst du nicht!«

Am nächsten Tag fanden sie seltsame Symbole mit Kreide an die Tür gezeichnet. Als Mama Erquia sie sah, wäre sie fast in Ohnmacht gefallen. Sie lehnte sich gegen die Tür und vergrub das Gesicht in den Händen. »*Sehura*«, sagte sie, »*sehura, sehura* … Es ist meine Schuld. Ich wusste, dass sie eine Hexe ist. Ich habe Unglück über dieses Haus gebracht!« Und für den Rest des Morgens brachte sie keinen Ton mehr heraus. Als sie zum Markt gingen, um Gemüse einzukaufen, fiel Mariata auf, dass die Leute, die wahrscheinlich an ihrer Haustür vorbeigekommen waren, sie misstrauisch beäugten. Niemand grüßte Aicha noch mit derselben Herzlichkeit wie zuvor, und alle hielten einen gewissen Abstand, als hätte sie eine ansteckende Krankheit.

Als sie nach Hause zurückkehrten, kochte Aicha vor Wut. Sie platzte in das Zimmer der Alten und schaltete die Deckenlampe an, die das Zimmer mit grellem Licht durchflutete. »Mach das Licht aus, mach es aus!«, rief Mama Erquia, hielt sich schützend die Hände vor die Augen und stöhnte, dass die *djenoun* sie so noch leichter finden würden.

Mariata lächelte in sich hinein. Den ganzen Tag sollte sie nicht mehr aufhören zu lächeln. Sie hatte das Gefühl, als hätte sie ein Feuer im Unterleib, als würde die ganze Welt in ihrem Bauch neu erschaffen. Es war, wie sie erwartet hatte. Die Heilerin hatte das Haus mit einem Fluch belegt und einen Wegweiser an die Tür gemalt, damit ein zufällig vorbeikommender *djinn* hineinfand. Doch zuvor hatte sie Mariata und das Kind, das sie im Leibe trug, gesegnet, damit sie gegen den Fluch geschützt waren. »Mögest du einen gesunden Sohn zur Welt bringen«, hatte sie zu Mariata gesagt. »So gut und stark wie sein Vater.« Und zum Dank hatte Mariata ihr die Hände geküsst.

Ousman hatte kaum das Haus betreten, nachdem er aus Marrakesch zurückgekehrt war, da stürzte sich Aicha auf ihn. »Sie ist schwanger!«

»Wer ist schwanger?«

»Deine Tochter! Deine dumme Tochter!« Und als er mit einer wegwerfenden Geste reagierte, fragte sie vorwurfsvoll: »Hast du es etwa gewusst?«

Ousman seufzte. »Es ist keine Schande, wenn eine Frau das Kind ihres Mannes im Leibe trägt.«

»Welchen Mannes? Es gibt keinen Mann!«, fauchte Aicha und stemmte die Arme in die Hüften.

»Nicht mehr, er ist tot.«

»Dieses Märchen nimmt uns niemand ab. Sie muss einen Mann haben, je schneller, desto besser. Ich werde nicht zulassen, dass sie den Ruf meiner Familie ruiniert.«

»Ihre Trauerzeit ist noch nicht beendet. Außerdem haben unsere Frauen immer selbst entschieden, wen sie heiraten. Ich kann Mariata nicht zwingen zu heiraten, wenn sie es nicht will.«

»Unsinn! Was bist du für ein Mann! Was seid ihr Tuareg

für Männer, wenn ihr nicht einmal euren Töchtern etwas vorschreiben könnt?«

»Wir sind anders.«

»Aber du lebst nicht mehr in einem Zelt wie ein Tier, und deine Tochter kann nicht mehr für jeden Mann, der ihr über den Weg läuft, die Beine breit machen. Wir haben gewisse Regeln hier. Ich jedenfalls werde keinen Bastard unter meinem Dach dulden!«

Ein anderer Mann hätte sie vielleicht geschlagen, doch Ousman war Tuareg und hatte gelernt, eine Frau zu respektieren, egal, wie sie sich aufführte. Stattdessen verschwand er in der dunklen Nacht und kehrte erst zurück, als bereits alle schliefen. Am nächsten Morgen, als Mariata in aller Herrgottsfrühe aufstand, um noch etwas Zeit für sich zu haben, ehe sie mit den täglichen Pflichten begann, fand sie ihn auf dem Boden des Salons in eine Decke gehüllt. Da sie ihren Vater noch nie ohne Schleier gesehen hatte, dachte sie zunächst, es sei ein Fremder, jemand, der von der Straße hereingekommen war. Er hatte einen Bart! Das war in ihrem Volk sehr selten. Doch als er die Augen aufschlug, erkannte sie ihn.

Unbehaglich verschränkte sie die Arme. »Sie hat es dir also gesagt.«

Ousman rappelte sich vom Boden auf und band sich langsam den *tagelmust* um, bis sein Gesicht wieder ordentlich verschleiert war. Erst dann war er in der Lage, das Thema anzusprechen. »Meinen Glückwunsch.« Er neigte den Kopf.

»Du scheinst nicht gerade glücklich zu sein, Vater.«

»Ich bin weder glücklich noch unglücklich. Ich mache mir Sorgen um dich.«

»Dazu hast du auch allen Grund. Deine neue Frau will, dass ich das Kind töte.«

Ousman sah gequält aus. »Es wäre besser, wenn du dir einen Mann nehmen würdest, Mariata. Einen Mann von hier, der für dich und dein Kind sorgt, wenn es geboren ist.«

Mariata wich zurück. »Niemals! Wie kannst du daran auch nur denken?«

»Aicha wird nicht erlauben, dass du mit einem unehelichen Kind unter ihrem Dach lebst.«

»Es ist nicht unehelich!«

»Wie auch immer. Es ist kein Mann da, der das Kind als das seine anerkennt. Kein Mann, der dich beschützt. Und dieses Haus gehört mir nicht. Ich habe ein Geschäft mit Aichas Vater aufgebaut und muss außer an dich auch noch an deine Brüder denken. Das Beste, was du machen kannst, ist, dir einen Mann zu suchen, der dich in den Augen dieser Gemeinde beschützt.«

»Mir ist egal, was die Menschen an diesem Ort von mir denken, ich verachte sie allesamt! Hast du wirklich geglaubt, ich würde mir unter diesen unverhüllten Männern, die weder Anstand noch Abstammung haben und nichts vom *asshak* wissen, einen Beschützer aussuchen?«

»Schweig. Diese Menschen mögen heute anderen Regeln folgen als wir, aber vor langer Zeit gehörten wir demselben Volk an. Unsere Stammesmutter kam aus dieser Region, zur Zeit der Römer: deine eigene Urahnin, Tin Hinan. Hier, auf diesem Boden nahm deine Abstammung ihren Anfang.«

Mariata sah ihn ungläubig an. »Hier? Kein Wunder, dass sie weggegangen ist. Ich würde tausend Meilen durch die Wüste gehen, nur um aus Imteghren wegzukommen!«

Ihr Vater seufzte. »Mariata, es ist keine Schande, einen Mann aus Imteghren zu heiraten.«

»Ich werde dieses Kind niemals als das eines anderen Mannes ausgeben. Lieber lebe ich auf der Straße.«

Rasch machte Ousman ein Zeichen gegen den bösen Blick. »Sei vorsichtig mit dem, was du sagst, meine Tochter.«

Ihr Vater versöhnte sich mit seiner neuen Frau. In der folgenden Nacht wurde die Stille des Hauses erneut von ihrem Stöhnen zerrissen, und schließlich fanden sie einen Kompromiss. Aicha würde in der Stadt verlauten lassen, dass ihre Stieftochter einen Mann zum Heiraten suchte, doch nach traditioneller Art der Tuareg, sodass Mariata das Recht erhielt, selbst unter den jungen Anwärtern zu wählen.

Ihre Stiefmutter machte sich sofort daran, sich nach einem passenden Bewerber für sie umzusehen. »Wir dürfen keine Zeit verlieren, Hafida«, sagte sie entschlossen. »Wenn die Leute erst einmal ihren dicken Bauch sehen, wird sich kein Mann mehr finden lassen, der behauptet, das Kind sei von ihm.«

»Am besten suchen wir einen Mann aus, der nicht zählen kann!« Mehr fiel Hafida dazu nicht ein.

Aus irgendeinem Grund gab es in Imteghren mehr Männer als Frauen. Niemand konnte sich diesen Mangel an heiratsfähigen jungen Mädchen erklären, doch so war es. Zudem hatte sich herumgesprochen, dass Mariata trotz ihrer Wildheit ausgesprochen schön war. Die Männer schienen fasziniert von der Aussicht, eine feurige Tuareg-Frau zu heiraten. Sie hatten gehört, dass Nomadenmädchen wild und leidenschaftlich waren, ganz anders als die prüden einheimischen, und Mariatas Ruf – den sie zweifellos ihren Szenen im Hamam verdankte – entsprach dieser Vorstellung. Daher baten sie ihre Mütter und Tanten, Mariata ihren Heiratsantrag zu überbringen, und diese sah sich zu ihrem Entsetzen mit einer ganzen Reihe von heiratswilligen Männern konfrontiert. Ausstaffiert mit einem von Aichas zweitbesten pastellfarbenen Kleidern, das ihrer Hautfarbe schmeichelte, und einem Kopftuch, unter dem ihre Stammeszöpfe versteckt waren, blickte sie in den Spiegel in Hafidas Zimmer. Mit den mit *khol* geschwärzten Augen und dem Rouge, das Hafida ihr auf die blassen Wangen gerieben hatte, sah sie aus wie eine der hässlichen Puppen, die sie im *souq* gesehen hatte. Schaufensterpuppen, künstliche Menschen. Innerlich rebellierte sie gegen diesen Anblick, doch sie nahm sich zusammen. »Du bist nicht diejenige, die sie sehen«, sagte sie sich. »Sie betrachten nur eine Maske.«

Außerdem würde sie die Bewerber mit ihren Krähenmüttern bald los sein. Daran hatte sie nicht den geringsten Zweifel. Und je länger sie Aichas lächerliches Spiel mitspielte, desto länger wäre ihr Kind in Sicherheit.

Ihre Brüder fanden die Vorstellung, dass ihre Schwester wie eine Stute auf dem Kamelmarkt angeboten wurde, abstoßend und erniedrigend, und für eine kurze Zeit hoffte Mariata, Azaz und Baye könnten ihren Vater umstimmen. Doch bald mussten sie einsehen, dass Aicha mehr Einfluss auf Ousman hatte als sein eigen Fleisch und Blut.

Es dauerte nicht lange, bis die Mütter, Tanten und Cousinen der jungen Männer aus der Stadt ihr ihre Aufwartung machten. Ein oder zwei Stunden saßen sie mit Aicha und ihrer Großmutter im Salon, tranken Minzetee und priesen die Tugenden ihrer Söhne und Neffen. So attraktiv, so fleißig, der älteste von zehn Geschwistern, oder acht oder sieben, so ein guter Mann, fromm und kinderlieb, handwerklich geschickt, dreitausend Dirham kann er zahlen und obendrein der Braut noch ein paar Ziegen schenken, wenn es die Richtige ist. Anschließend wurde Mariata in ihrer fremdartigen Aufmachung ins Zimmer geführt, wo sie neben ihrer neuen verhassten Familie Platz nehmen, nicken und lächeln musste, während sie innerlich vor Wut kochte, wenn sie hörte, wie die Frauen ihre Stiefmutter nach ihren Fertigkeiten fragten. Kann Mariata auch gutes Brot backen? Das Haus sauber halten? Steht sie auf, bevor der Hahn kräht? Arbeitet sie gern? Weiß sie, wie man Ziegenkäse macht und Wolle kämmt? Kann sie Kleider nähen und sticken? Kocht sie guten *couscous*, und kennt sie sich mit den Geheimnissen einer guten *harissa* aus? Kann sie den Koran rezitieren, hält sie wie jede gute Muslimin den Ramadan und die Gebetszeiten ein? Und dann ganz leise, als hätte sie keine Ohren oder wäre nur Luft, ist sie ein anständiges Mädchen mit unverletztem Jungfernhäutchen? Aicha sah ihnen in die Augen und beantwortete alle Fragen mit ja und ja und ja, während Mariata bis in die Haarwurzeln errötete und sich im Geiste ausmalte, wie sie sich das geliehene Kleid vom Leib riss und sich mit einem Stock und dem Schlachtruf der Tuareg auf sie stürzte. Doch ihrem ungeborenen Kind zuliebe schluckte sie die Scham und die Wut herunter. Sollten die jungen Männer kommen.

Einige Tage darauf sprach der erste Bewerber vor. Hassan Boufouss trug seinen besten weißen Burnus, mit dem er am Freitag in die Moschee ging, und einen Tarbusch auf dem Kopf. Begleitet wurde er von seinen beiden Großmüttern, seinem Vater und drei Schwestern. Im Salon wanderten Hassans große düstere Augen wie in Panik über die glatt verputzten Wände, die Regale mit Tellern und Schüsseln, den bunten Teppich und die gerahmten Fenster, und immer wieder endeten sie bei der offenen Tür, als hätte er am liebsten die Flucht ergriffen.

Aicha schubste Mariata unsanft in den Raum. Das Kopftuch saß schief, ihre Wangen waren gerötet, als hätte es kurz zuvor eine Balgerei gegeben. Sie warf den Versammelten einen abschätzigen Blick zu, verschränkte die Arme und fragte Aicha: »Wer sind diese Leute? Ich mache das hier nicht mit, wenn alle mich so anstarren.«

Die alten Frauen sahen sich gegenseitig an.

»Nehmt es ihr nicht übel, sie ist schüchtern und kennt sich mit unseren Bräuchen nicht aus«, erklärte Aicha und stieß Mariata in die Seite.

»Ich bin überhaupt nicht schüchtern!«, bemerkte Mariata, riss sich das verhasste Tuch vom Kopf und zeigte ihre Zöpfe.

Die Gäste erstarrten in Schweigen. Dann fasste eine der Großmütter Hassan am Arm. »Die hier hat keinen Anstand«, erklärte sie und zwang ihn, aufzustehen.

Mariata lächelte und trat einen Schritt zurück, um sie vorbeizulassen. Wie ein gutmütiges Lamm folgte Hassan seiner Großmutter, aber als er an der Tuareg-Frau vorbeikam, streifte sein

Blick flackernd über sie hinweg, als hätte er einen Blick auf eine verbotene Welt erhascht, die ihm für immer verborgen bliebe.

Am folgenden Tag kamen Bachir Ben Hamdu und seine Eltern, die sich von dem Tratsch, der nach Mariatas ungehörigem Benehmen in der Stadt bereits die Runde machte, nicht hatten beirren lassen. Bachir war geradezu das Gegenteil von seinem Cousin Hassan. Mariata war über seine Schamlosigkeit entsetzt. Nicht nur hatte er sein Gesicht entblößt so wie alle die Männer hier, sondern trug auch eine so enge Hose, dass alle Körperteile deutlich zu erkennen waren. Bei ihrem Volk wäre sie allerhöchstens als Unterwäsche durchgegangen. Sie starrte mit versteinertem Ausdruck auf eine Stelle zwischen seinem Kinn und seiner Brust, während er unter dem Bild König Hassans II. stand und sie begrüßte. Er nannte ihr seinen Namen und sagte, dass er sich freue, sie bald näher kennen zu lernen. Er zwinkerte ihr nicht zu, und er machte auch keine anzügliche Geste, trotzdem erschauerte sie vor Ekel, als sie seine heiße, schweißnasse Hand spürte.

Aicha hingegen war entzückt. »Das ist sehr gut gelaufen«, rief sie, nachdem die Gäste weg waren. »Ich denke, dass er ein Angebot machen wird.«

»Ein Angebot? Bin ich denn ein Kamel, das man kauft und wieder verkauft?«

Aicha lachte missvergnügt. »Leider bist du nicht halb so nützlich.«

Eines Tages klopfte ein Mann an die Tür. Außer Mariata und Mama Erquia, die gerade ein Nickerchen hielt, war niemand zuhause. Mariata warf einen Blick durch das vergitterte kleine Fenster neben der Tür. Draußen stand ein untersetzter Mensch mit zerfranster *djellaba*, blutverschmierter Schürze und einer Strickmütze, die er über die Ohren gezogen hatte. Die Ärmel waren so kurz, dass man seine dicht behaarten Unterarme und die schmutzigen Hände sehen konnte.

Da ihr sein Äußeres nicht gefiel, fragte sie durch das kleine Gitterfenster: »Wer bist du und was willst du?«

»Ich heiße Mbarek Aït Ali«, antwortete der Mann mürrisch. »Ich habe mit der Dame des Hauses etwas zu besprechen.«

»Aicha Saari ist nicht da, sie kommt später«, erklärte Mariata schroff, in der Hoffnung, er würde gehen. Seine animalische Ausdünstung drang durch das kleine Fenster. Mariata rümpfte die Nase.

»Dann werde ich auf sie warten.«

»Wie du willst«, antwortete sie.

Der Mann neigte den Kopf. »Mit wem habe ich die Ehre?« Sein rauer Akzent verlieh dem höflichen Satz einen sarkastischen Unterton.

Mariata richtete sich auf. »Ich bin Mariata ult Yemma von den Kel Taitok.«

Der Mann trat einen Schritt vor und spähte durch das kleine Fenster hinein. Mariata zog sich ärgerlich zurück. »Es ist also nicht gelogen, was die Leute reden«, sagte er nach einer Weile und ging davon, während er leise in sich hineinlachte.

Als Aicha nach Hause kam, sagte Mariata: »Ein Mann wollte dich sprechen. Er heißt Mbarek Aït Ali.«

Aicha wunderte sich. »Er wusste doch, dass ich nicht zuhause bin. Ich kam vor einer Stunde an seinem Laden am Ende des *souq* vorbei, und er fragte mich nach Mama Erquias Befinden.« Sie kniff die Augen zusammen. »Hast du ihn hereingelassen?«

»Er hatte eine blutige Schürze an und hat furchtbar gestunken«, antwortete Mariata. »Natürlich habe ich ihn nicht ins Haus gelassen.«

Kurz darauf klopfte es erneut, und Aicha eilte zur Tür. Mariata versteckte sich im Nebenzimmer, um zu sehen, wer es war. Sie glaubte, die tiefe Stimme des Mannes wiederzuerkennen. Nach den üblichen Begrüßungsformeln sagte Aicha: »Mariata hat mir erzählt, dass du da warst.«

»Ja«, sagte der Mann. »Ich bin gekommen, um dir ein Angebot zu machen.« Er klang sehr mit sich zufrieden.

»Ein Angebot?«

»Ja, ein wichtiges Angebot.«

»Bist du sicher, dass du nicht mit meinem Mann sprechen willst?«

»Ich dachte, dass derlei Angelegenheiten von den Frauen im Haus gehandhabt werden. Leider habe ich keine weiblichen Verwandten mehr, da meine Mutter kürzlich verstorben ist.«

»Nun«, erklärte Aicha verdutzt. »Dann solltest du besser eintreten.« Als sie jedoch seine schmutzigen *babouches* und die zerlumpte *djellaba* sah, führte sie ihn lieber in einen Nebenraum und nicht in den Salon für Gäste. Mariata folgte ihnen in sicherem Abstand.

Mbarek sah sich um. »Führt ihr eure Eheverhandlungen etwa in diesem Zimmer?«, fragte er spöttisch.

»Eheverhandlungen?«, fragte Aicha überrascht. »Ich glaubte, du bist hier, um mir Fleisch zu verkaufen.«

Mariata verschlug es den Atem in ihrem Versteck. Ein Schlachter? Ein Schlachter hatte die Dreistigkeit, um die Hand einer Prinzessin anzuhalten, einer Nachfahrin von Tin Hinan? Sie dachte an den stiernackigen Mann in der blutigen Schürze und prustete laut los.

Damit war Aicha gewarnt. »Einen Augenblick, bitte«, sagte sie, an den Schlachter gerichtet. »Geh schon einmal vor in den Salon, ich bringe uns Tee.«

Aicha erwischte Mariata in der Küche, bevor sie in den Hof flüchten konnte. »Komm mit«, sagte sie streng. »Und benimm dich.«

»Ich soll mich benehmen? Vor einem gewöhnlichen Schlachter, der Tierblut an den Händen und Sklavenblut in den Adern hat?« Jetzt schlug Mariatas jahrhundertealter Tuareg-Stolz in Zorn um.

»Bettler können sich keine Ansprüche erlauben!«, fuhr Aicha sie an. »Und jetzt geh und zieh dir ein Kopftuch über die verdammten Rattenschwänze!«

»Ich weiß, es gehört sich nicht, dass ein Mann in einem Frauenhaushalt um die Hand einer Frau anhält«, erklärte der Schlachter und trank seinen Minzetee in einem einzigen kräftigen Zug aus, »aber ich habe keine weiblichen Verwandten mehr, die ich mit dieser heiklen Angelegenheit betrauen könnte. Entschuldigt bitte meine bescheidene Aufmachung und meine unverblümten Worte. Ich bin ein Mann, der seine Angelegenheiten selbst regelt und kein Blatt vor den Mund nimmt.« Er stellte das leere Glas auf das Tablett, faltete die Hände und beugte sich vor.

Mariata starrte wie gebannt auf das getrocknete Blut unter seinen Fingernägeln. Zumindest, dachte sie verächtlich, als sie sah, wie sich die *djellaba* zwischen den schmutzigen nackten Füßen bauschte – vor den zarten Farben des besten Teppichs im Haus wirkten sie wie riesige gelbe Krallen –, hat er die blutige Schürze ausgezogen, ehe er gekommen ist.

»Ich bin also hier, um ein ehrenhaftes und gutes Angebot für das Mädchen abzugeben.« Er nickte in Richtung Mariata, ohne den Blick von Aicha abzuwenden. »Sie ist eine Nomadin, doch das will ich ihr nicht vorhalten. Ich bin sicher, dass ich sie schnell zivilisieren kann.« Dann hob er entschuldigend die Hände. »Nicht, dass ich meine, du hättest nicht bereits gute Arbeit geleistet. Davon bin ich überzeugt.«

»Ein Angebot für das Mädchen?«, wiederholte Aicha zurückhaltend.

»Ich brauche eine Zweitfrau.«

»Eine *Zweit*frau?«

»Meine erste ist krank und obendrein so unförmig, dass sie nicht mehr hinter den Kindern herlaufen kann …«

»Vielleicht solltest du dich lieber nach einem Dienstmädchen umsehen als nach einer Zweitfrau«, erwiderte Aicha bissig.

»O ja, das würde ich auch tun, aber als Mann hat man gewisse … Bedürfnisse. Wir haben nur Mädchen, und ich brauche einen Sohn, der später einmal mein Geschäft übernimmt.« Mbarek starrte Mariata unverhohlen an und befeuchtete den Mund.

Mariata fand den Anblick seiner wulstigen Lippen, die wie Gedärme glänzten, ekelhaft. »Ich würde nicht einmal die Zweitfrau eines Königs werden, geschweige die eines Schlachters!«

Aicha warf ihr einen wütenden Blick zu, doch der Mann lachte nur. »Meinetwegen brauchst du die Kleine nicht auszuschimpfen. Ich mag es, wenn Frauen Temperament haben. Für die hier würde ich einen guten Preis zahlen.«

Dann nannte er offen und ohne das geringste Schamgefühl eine Summe, bei der Aicha den Mund aufriss. »Meine Güte«, sagte sie leise. »Meine Güte!« Dann starrte sie ihn an, als hätte es ihr die Sprache verschlagen.

Mariata ergriff die Gelegenheit beim Schopf. »Eine Prinzessin der Kel Taitok kann man nicht kaufen«, sagte sie eisig. »Ich schlage vor, du gehst zum Markt und kaufst dir dort ein schönes fettes Schaf, um deine … Bedürfnisse zu befriedigen.«

Belustigt beobachtete sie, wie sich sein Gesicht puterrot färbte, griff nach dem Tablett und verließ den Raum.

Eine Woche später kamen Omar Agueram und seine Schwestern. Omar war ein angenehmer Mensch und so kräftig gebaut, dass er Mariata vage an Amastan erinnerte. Als er ihr zulächelte, brach sie zu ihrer eigenen Überraschung ebenso wie der der anderen in Tränen aus. Die Schwestern wuselten um sie herum, tupften ihr die Tränen ab, damit die mit *khol* geschminkten Augen nicht verschmierten, und klopften ihr auf die Schulter. Als sich alle wieder beruhigt hatten, ergriff Omar das Wort. »Ich besitze eine kleine Schreinerei drüben an der Mauer um die Kasbah. Ich habe sie von meinem Vater geerbt, der letztes Jahr gestorben ist, und seitdem habe ich alles dafür getan, seine Kunden zurückzugewinnen. Er war sehr lange krank gewesen und kam mit den Aufträgen nicht nach, daher hatte ich bis jetzt keine Zeit, um an mich zu denken. Doch mittlerweile läuft die Werkstatt sehr gut. Ich habe mehr Arbeit, als ich bewältigen kann, und konnte sogar noch zwei zusätzliche Arbeiter beschäftigen. Nun bin ich so weit, dass ich mir eine Frau nehmen und eine Familie gründen kann. Ich möchte Kinder haben, viele Kinder.«

Mariata spürte, wie ihr erneut die Tränen kamen. Jede andere Frau in ihrer Lage hätte sich liebend gern für diesen Mann und das Leben entschieden, das er zu bieten hatte, doch ihre Träume hingen immer noch wie Lumpen an ihr herab. Sie unterdrückte die Tränen, erinnerte sich an ihre Kel-Taitok-Wurzeln und sagte so hochnäsig und eisig, wie sie nur konnte: »Ich hätte lieber Ziegen.«

Omar sah sie betroffen an, aber sie war ja eine Nomadin, und Nomaden waren nun einmal anders, also versuchte er es erneut. Er beugte sich ernst vor und sagte: »Wir könnten Ziegen haben, wenn du möchtest, und später denken wir über Kinder nach.«

Er war zu nett, das war nicht gut. Und da Mariata befürchtete, sie könnte schwach werden und sein Angebot annehmen, stürzte sie Hals über Kopf aus dem Zimmer.

Die Wochen vergingen, doch die Flut der Bewerber, die ungeachtet der wenig schmeichelhaften Berichte über die »Tuareg-Prinzessin« an Saaris Tür klopften, wollte nicht abnehmen, so groß war der Mangel an heiratsfähigen jungen Frauen in der Gegend. Es kamen ein beleibter Mechaniker, dessen Finger vom Nikotin safrangelb gefärbt waren, ein älterer Schullehrer, dessen Frau gestorben war, ein Busfahrer mit eingefallenen

Wangen und grauem Schnurrbart. Mariata wurde ihnen vorgeführt wie eine prämierte Stute. Obwohl es ihr gelang, ihre Zunge zu zügeln, waren ihre Blicke derart überheblich, dass sie Bände sprachen, und es dauerte auch nicht lange, bis einige scharfsichtige weibliche Verwandte die Wölbung unter ihrem weiten Kaftan bemerkten. Aicha wurde allmählich nervös. Eines Tages bedrängte sie Mariata im Hof. »Du musst heiraten! Du kannst in dieser Stadt kein Kind zur Welt bringen, wenn du keinen Mann hast!«

»Ich habe einen Mann«, entgegnete Mariata eigensinnig.

»Er ist tot, tot, tot!« Aicha unterstrich jedes Wort, indem sie ihren lackierten Nagel in die praller werdende Brust ihrer Stieftochter stieß. »Er ist tot, er kommt nicht wieder! Will das wirklich nicht in deinen dummen Schädel?«

Immer wieder sah Mariata vor sich, wie Amastan leblos auf den staubigen Boden sackte und sich der schwarze Fleck auf seinem prächtigen blauen Hochzeitsgewand ausbreitete. Dieser Verlust und auch der ihrer gemeinsamen Zukunft zerfetzte sie wie ein eisiger Wüstenwind. »Vielleicht ist er tot«, erwiderte sie trostlos, obwohl allein dieses Eingeständnis Aicha gegenüber ihr wie eine Niederlage erschien, »aber es ist sein Kind, und ich werde niemals zulassen, dass ein anderer Anspruch darauf erhebt.«

»Wenn du ein uneheliches Kind bekommst, wird es Schande über die ganze Gemeinde bringen!«, gab Aicha mit schriller Stimme zurück.

»Man wird sich von hier bis Ouarzazate den Mund über dich zerreißen!«, mischte sich Mama Erquia ein und grinste hämisch.

»Eins lass dir gesagt sein«, sagte Aicha und drohte ihr mit dem Finger. »Wenn du nicht heiratest, setze ich dich auf die Straße und erkläre dich zum Freiwild für die Männer.«

»Das wird mein Vater nicht zulassen.«

»Ousman? Ousman wird tun, was für seine Familie am besten ist. Wie soll sein Geschäft gedeihen, wie sollen seine Söhne eine Frau finden, wenn alle Welt weiß, dass du eine Hure bist? Hör zu«, sagte sie und beugte sich vor. »Wenn du dieses Kind bekommst, werde ich es dir wegnehmen, solange du geschwächt im Bett liegst, und es mit meinen eigenen Händen töten. Ich werde ihm den Hals umdrehen wie einem Huhn und seinen armseligen kleinen Körper im Schlachthof den wilden Hunden zum Fraß vorwerfen.«

So absurd diese Drohung auch klang, sie zeigte Wirkung. Mariata schloss die Augen und hörte sich mit schwacher Stimme sagen: »Ich nehme Omar. Ich nehme den Tischler Omar Agueram.«

Die alte Frau sah sie von der Seite an und krächzte: »Ich fresse einen Besen, wenn der dich noch nimmt.«

In der Tat fiel die Reaktion negativ aus. Omar hatte sein Angebot zurückgenommen, nachdem seine Schwestern von den Gerüchten über Mariatas Zustand erfahren hatten. Er schickte seinen Onkel zu Ousman, um sich bei ihm zu entschuldigen. »Omar bedauert zutiefst, die junge Frau in eine peinliche Situation gebracht zu haben, doch wie es aussieht, steht er im Augenblick nicht für eine Heirat zur Verfügung.« Omars Onkel war ein eleganter Mann um die fünfzig, der für den *caid* in der Verwaltung arbeitete und gute Manieren besaß. Er schüttelte Ousman die Hand, machte auf dem Absatz kehrt und ging wieder.

Aicha, die hinter der Tür gelauscht hatte, bekam einen Wutanfall. Als Ousman endlich ihre Tränen, ihren Zorn und ihr hysterisches Geschrei nicht mehr ertragen konnte, verzichtete er auf das Recht seiner Tochter, sich den Mann selbst aussuchen zu dürfen, und am nächsten Tag verkaufte Aicha sie an den Schlachter.

SIEBENUNDZWANZIG

In derselben Nacht träumte Mariata.

Sie träumte von einer anderen Frau in einer anderen Zeit. Selbst im Profil war sie beeindruckend mit ihrer langen Nase und strahlte Autorität aus. Sie trug ein langes dunkles Gewand, doch kein Kopftuch, und die schwarzen Zöpfe reichten ihr bis zur Taille. An den Ohrläppchen hingen mit Smaragden besetzte Ohrringe. Neun Armreife aus Gold schmückten einen schlanken Arm, acht aus Silber den anderen. Um Hals und Hüften trug sie schwere Ketten mit Perlen, Karneol-, Achat- und Amazonitsteinen. Plötzlich wandte sie sich zu ihr um. Die schwarzen Augen in der leuchtenden Blässe ihrer Haut durchbohrten Mariata.

»Auch mich wollten sie verkaufen«, sagte sie. Ihr Tamaschek hatte einen seltsam melodischen Akzent, dennoch war es unverkennbar die Sprache des verschleierten Volks. »Sie haben versucht, mich gegen meinen Willen zu verheiraten, mit dem Sohn eines römischen Gouverneurs, stell dir vor. Sie wollten, dass ich einen Fremden in mein Bett nehme. Es sei eine Ehre für meine Familie, mit den Römern einen Bund einzugehen, behaupteten sie. Mit den Eroberern!« Sie schüttelte den Kopf, und die schwarzen Zöpfe flogen wie Schlangen durch die Luft. »Als ich mich weigerte, bestraften sie mich. Sie sperrten mich ein, bis ich einwilligte, ihn zu heiraten. Ich wiegte sie in dem Glauben, sie hätten mich überzeugt.«

»Was hast du gemacht?«, fragte Mariata in ihrem Traum, obwohl sie die Antwort bereits kannte. Das Gesicht der Fremden begann zu verschwimmen, wurde scharf und wieder unscharf. Erst hob sich die Stirn deutlicher hervor, und Mariata erkannte die Züge ihrer Mutter, die sich über das Bild der Frau schoben, dann wurden Nase und Kinn länger, die Haut bekam viele kleine Runzeln, und plötzlich hatte sie ihre Großmutter mit der gebogenen Nase und den scharfen Augen vor sich. Über das Gesicht der Fremden glitten viele andere Frauengesichter, eins nach dem anderen, immer schneller, alte und junge, doch bestimmte Züge blieben immer gleich: die gebieterischen Augen, die entschlossene Stirn und die geschwungenen Wangenknochen, die auch Mariata besaß.

»Ich habe Imteghren verlassen«, erklärte Tin Hinan, »und ging in die Wildnis. Ich floh über die Felder, die Savanne und die Wüste in die Berge. Ich brauchte Monate für diesen Weg, und als ich am Ende meiner Reise angelangt war, errichtete ich mein Zelt am Fuße der großen Berge des Hoggars. Dort gründete ich mein Volk, die Imazighen, das freie Volk, dein Volk. Unser Volk. Bleib frei, Mariata, willige nicht in eine schändliche Ehe ein, gib dein Kind nicht in ihre Hände. Sei stolz und stark. Du bist aus meinem Fleisch und Blut. Ich lebe in dir fort, du trägst mich in dir wie alle Frauen meines Geschlechts – meine Worte, meine Macht, meine Kraft. Es wird Zeit für dich, in meine Fußstapfen zu treten und dieselbe Reise anzutreten, die auch ich gemacht habe. Du wirst es schwerer haben als ich, die Wüste hat ihre Gewänder weit ausgebreitet, und das Kind, das du in dir trägst, wird dir zuweilen eher als Last denn als Geschenk erscheinen. Doch ich werde dich auf jedem Schritt deiner Reise beschützen.«

Der Traum ließ Mariata nicht mehr los. Tagelang erinnerte er sie an ihre prekäre Lage und stachelte sie an, etwas zu unternehmen. In Wahrheit brauchte sie keinen Ansporn. Mariata wusste nur allzu gut, dass sie aus Saaris Haus, Imteghren und der ganzen zivilisierten Welt fliehen musste, noch ehe man sie mit dem Schlachter verheiratete. Doch während ihr der Instinkt riet, ihre Habseligkeiten zu packen und sich eines frühen Morgens, noch ehe die Familie aufwachte, aus dem Staub zu machen, wusste sie, dass das nicht genügte. Diesen Fehler hatte sie schon einmal gemacht, und sie würde ihn nicht wiederholen. Dieses Mal würde sie alle ihre Klugheit einsetzen und einen richtigen Plan entwickeln.

Die Entscheidung, so schwer und dringlich sie auch war, ruhte fest und tröstlich in ihrem Innern, sie war wie ein unsichtbares Amulett, das ihr die Angst vor der Zukunft, die sie mit dem Schlachter erwartete, nahm und sie vor den widrigen Einflüssen des Universums schützte.

Ein Datum für die Hochzeit wurde festgelegt, und hierbei kam Mariata das Glück zu Hilfe, denn ein Cousin des Bräutigams musste eigens aus Casablanca, seine Tante sogar aus Marseille anreisen. Sie weigerte sich, ein Flugzeug zu nehmen – es sei unnatürlich, behauptete sie –, und Schiffe brauchten viel Zeit. Gereizt versuchte Aicha, den Mann zu überzeugen, zuerst zu heiraten und anschließend das Fest für seine Verwandten zu geben, aber der war über ihren Vorschlag gekränkt.

»Warum denn?«, fragte er und zog die Brauen hoch. »Gibt es etwa einen Grund für die Eile?«

Aicha beteuerte, nein, nein, nur sei das Wetter jetzt viel besser, vor allem für die Älteren, als in einem Monat, wenn die Temperatur während der Nacht nicht mehr so stark zurückgehe und ihrer Gesundheit schaden könne. Anschließend ging sie auf der Suche nach Baumwollwurzelbarke zum *souq*. Der alte Mann, der Heilmittel verkaufte, tat so, als habe er sie nicht richtig verstanden, und zeigte ihr stattdessen Schlangenhaut – ein Schutz gegen Krankheiten –, getrocknete Chamäleon- und Echsenfüße gegen den bösen Blick, Habichtswurzel und Wolfszwiebel, und als sie erneut nach Baumwollwurzelbarke verlangte, schickte er sie wütend fort. »So etwas verstößt gegen Gottes Willen!«

Währenddessen nutzte Mariata jede Gelegenheit, die sie

allein zum *souq* führte, um in die Karawanserei zu gehen und die Reisenden dort zu befragen. Sie erzählte ihnen, dass ihre Brüder demnächst die Wüste durchqueren müssten und sie große Angst um sie hätte. Dann lauschte sie aufmerksam ihren Geschichten von Treibsand, kranken Kamelen und alles verschlingenden Sandstürmen. Jede andere Frau hätte sich von diesen grausamen Schicksalen einschüchtern lassen, Mariata jedoch blieb standhaft in ihrem Entschluss und ihrem Vertrauen auf ihre Vorfahrin. Sie hörte nicht auf, Fragen zu stellen, und merkte sich die Antworten. Von dem einen erfuhr sie, worauf man beim Kauf eines Kamels achten, von dem anderen, wie viel man für ein gutes Reittier bezahlen musste. Natürlich war es mehr, als sie jemals zusammenbrächte, doch ließ sie sich nicht von ihrem Vorhaben abbringen. Irgendetwas würde ihr schon einfallen. Sie ging von einem Kamelhändler zum anderen und sah sich die Tiere genau an. Eines Tages, als sie dabei war, ein Kamel zu begutachten, kam ein verschleierter Händler auf sie zu. »Gefällt dir die Stute?«

Mariata zuckte zusammen. »Sie macht … einen guten Eindruck.«

»Sie hat ein fürchterliches Temperament, kann Menschen nicht ausstehen. Brüllt, beißt und lässt sich nichts sagen. Kurzum, sie ist genau wie jede Frau, die ich gekannt habe.«

Mariata lachte. »Scheint ein feines unabhängiges Tier zu sein.«

Es folgte eine Pause. Dann sagte der Händler: »Ich habe dich oft hier im *funduq* gesehen. Was suchst du?«

Mariata erzählte ihm die übliche Geschichte von ihren Brüdern und der Reise, die sie vorhatten, doch der Mann musterte sie zweifelnd. »Deine Brüder müssen dir sehr wichtig sein«, antwortete er schließlich.

»So ist es«, antwortete Mariata und spürte, wie sie errötete. Hastig schmückte sie die Geschichte weiter aus und erzählte, dass ihre Brüder möglicherweise noch ein Kamel bräuchten, doch noch während sie sprach, sah sie, dass der Händler sich nicht täuschen ließ. Er spießte sie mit seinen Augen auf. »Tu es nicht«, sagte er.

Mariata trat einen Schritt zurück. »Was soll ich nicht tun?«

»Das, was ich in deinen Augen sehe.«

»Was siehst du?«

»Die Wüste.«

»Ich … oh.« Als sie gehen wollte, hielt der Mann sie am Arm fest.

»Vergib mir. Die lange Einsamkeit hat meine Sinne geschärft. Deine Haut und deine Augen verraten mir, dass du eine Kel Taitok bist, habe ich Recht? In diesem Ort läuft man ihnen nur selten über den Weg.«

Mariata beobachtete überrascht, wie er sich den Schleier enger um das Gesicht zog. Es war eine Geste großen Respekts, eine, die sie lange Zeit nicht mehr gesehen hatte.

»Ich ziehe weiter nach Norden und brauche dieses Kamel und meine Wüstenausrüstung hier nicht länger. Nimm sie, du hast meinen Segen.«

Sie starrte ihn wortlos an. Schließlich sagte sie: »Ich kann das … doch nicht einfach so annehmen.«

»Schlaf eine Nacht darüber. Morgen bin ich noch hier.«

Hin- und hergerissen zwischen Angst und Erregung, rannte Mariata zum Haus ihrer Stiefmutter zurück. War dies das Wunder, auf das sie gehofft hatte, oder war es zu schön, um wahr zu sein? Doch kaum dort angekommen, musste sie feststellen, dass das Schicksal sich ihr wieder einmal in den Weg stellte. Mama Erquia war urplötzlich schwer erkrankt, und Aicha lief durchs Haus und packte alles Mögliche zusammen, was sie im Krankenhaus von Meknes brauchen würden.

»Da bist du ja endlich!«, rief sie ihr zu. »Pack deine Sachen zusammen.«

Mariata sah sie an. »Ich?«

»Wir werden in Meknes ein Brautkleid für dich aussuchen.«

Das war das Letzte, was Mariata vorschwebte, doch sie ließ sich ihre Panik nicht anmerken. »Nein, nein«, erwiderte sie. »Meknes ist eine große Stadt, ich habe Angst. Und außerdem bin ich sicher, dass Hafida und du das Brautkleid viel besser aussuchen könnt.« Sie wartete mit heftig pochendem Herzen.

Aicha schnalzte mit der Zunge. »Du hast Recht«, sagte sie schließlich. »Du bleibst hier und kochst für die Männer. Mittags und abends auch, wenn sie den Laden schließen. Wir sind in einer Woche wieder zurück, so Gott will. Mama Erquia wäre maßlos enttäuscht, wenn sie die Hochzeit verpasste.«

Und tatsächlich warf die Alte ihr einen gehässigen Blick zu, als sie an ihr vorbeiging. Sprechen konnte sie nicht mehr.

Im Morgengrauen des folgenden Tages brachen die Frauen mit einer in Decken gehüllten Mama Erquia nach Meknes auf. Wenig später gingen auch die Männer aus dem Haus, um den Laden zu öffnen, und ließen Mariata zurück. Es war das erste Mal, dass sie ganz allein im Haus war. Es herrschte eine eigenartige, beklemmende Stille, als könnte jeden Augenblick etwas aus einem der leeren Zimmer stürzen und ihre Flucht vereiteln. Hastig packte sie zusammen, was sie brauchen würde, darunter auch ein Bündel Geldscheine, das sie eines Tages beim Putzen in einer reich verzierten Vase im Salon entdeckt hatte. Es war nicht mehr so dick wie zuvor; vermutlich hatte Aicha einen Teil des Geldes mit nach Meknes genommen, doch es war immer noch eine beträchtliche Summe. Sie steckte es in die Ledertasche, die Tana ihr geschenkt hatte, zu dem kleinen Messer, dessen Griff mit Tifinagh-Zeichen verziert war, einem Schleifstein, zwei Feuersteinen, einer Kordel, drei Kerzen, mehreren kleinen Kräutersträußchen, dem Kreuz des Südens, einem winzigen Metallzylinder, von dem sie nicht wusste, wozu er diente, und dem Fetzen aus Amastans blauem Hochzeitsgewand mit dem getrockneten Blutfleck.

Kurz vor Mittag kam sie in ihrer besten *djellaba* im Geschäft ihres Vaters an. Azaz und Baye saßen vor der Tür und spielten auf dem staubigen Bürgersteig Karten. Im Innern des Ladens waren Ousman und sein Schwiegervater Brahim damit beschäftigt, Reis in eine Plastiktonne zu kippen, die vor Ratten sicher war, während drei oder vier Kunden, die offenbar keine Lust hatten, wieder in die sengende Hitze hinauszutreten, ihnen müßig zusahen. Als sie so plötzlich mit einer großen *tajine* in den Händen und einer Tasche mit Fladenbrot über dem Arm auftauchte, blickten alle auf. Sie strahlte sie an, stellte den Topf und das Brot auf die Theke und nahm schwungvoll den Deckel ab. Ein herrlicher Duft nach Lammfleisch und Gewürzen stieg auf, sodass die Kunden den Hals reckten und anerkennend schnupperten. Ousman musterte seine Tochter verwundert. »Es scheint, als hättest du dein Licht unter einem Scheffel versteckt gehabt, Mariata.« Er warf ihr einen forschenden Blick zu. »Oder hast du etwa deiner Stiefmutter die ganze Zeit etwas vorgespielt?«

Mariata erwiderte sein Misstrauen mit verwunderter Unschuld, Inbegriff der pflichtbewussten Tochter, und eilte anschließend nach Hause zurück, in der Gewissheit, dass sie eine Zeit lang von niemandem vermisst würde. Dort zog sie sich um, versteckte ihre Identität hinter einem Schleier und lief mit pochendem Herzen durch die staubigen Gassen des *souq* in die Karawanserei. Was, wenn der Kamelhändler nicht Wort hielt oder womöglich gar nicht mehr da war?

In der Tat, als sie das schilfgedeckte Gebäude erreichte, wo die Reisenden ihre Tiere unterbrachten, gab es von dem Händler keine Spur. Wie betäubt lief sie von einer in die Wand eingelassenen Nische zur nächsten, sah sich die vielen Gestalten an, die in Decken gehüllt dort schliefen, und versuchte, sich daran zu erinnern, was ihn von den anderen unterschieden hatte. Sie wusste nicht einmal, wie er hieß …

»Tochter des Hoggars, suchst du mich?«

Sie war so erleichtert, dass sie weiche Knie bekam. Da war er, groß und aufrecht trotz seines Alters, und musterte mit seinen scharfen Augen ihre dicke Reisekleidung, die festen Schuhe und die Fransentasche, die sie auf dem Rücken trug.

»Ich bin hier, um dich beim Wort zu nehmen.«

Er spürte, dass sie es eilig hatte, trotzdem lud er sie ein, in einer ruhigen Ecke des *funduqs* Platz zu nehmen, wo sie ungestört waren, und mit ihm Tee zu trinken. Dort setzte er Wasser auf seiner Kohlenpfanne auf und bereitete langsam und gewissenhaft, wie es bei den Tuareg üblich ist, eine kleine silberne Kanne Tee zu. Mariata rutschte ungeduldig hin und her. Schließlich sagte er beim zweiten Glas feierlich: »Wenn ich dir Moushi überlasse, dann nur als Leihgabe.«

Mariata war gekränkt. »Du hast gesagt, du würdest es mir schenken!«

»Moushi ist kein es, sondern eine sie.« Er beugte sich vor. »Weißt du schon, welche Route du nehmen wirst? Weißt du, wo die Wasserstellen liegen und wo du genug Gras findest, um meine Stute am Leben zu halten? Von hier zur Heimat deiner Ahnen ist es ein weiter Weg. Mehr als tausend Meilen Vogelfluglinie, und du bist kein Vogel. Die Gegend, die du durchqueren musst, gehört zu den abweisendsten auf der Welt. Moushi ist nicht mehr jung und hat bereits vieles durchgemacht. Ich will nicht, dass sie unterwegs krepiert.«

»Du scheinst dir mehr Sorgen um deine Stute zu machen als um mich.«

Um die Augen des alten Mannes bildeten sich feine Fältchen. »Sie und ich haben fünf gute Jahre hinter uns, und ich mag sie sehr. Ich habe mehr Zeit mit ihr verbracht als mit meiner Frau.« Er hielt inne. »Außerdem gibt sie niemals Widerworte.«

Mariata erinnerte ihn an die vernichtende Beschreibung, die er über das Tier abgegeben hatte, als sie sich gestern zum ersten Mal gesehen hatten.

Er dachte eine Weile darüber nach. »Nun, was ich dir über sie erzählt habe, stimmt. Wir waren gerade von einer langen Reise zurück, und sie war wieder einmal … störrisch gewesen. Vielleicht war ich zu voreilig mit meinem Urteil. Jetzt, da ich sie verlieren könnte, fallen mir ihre gute Seiten wieder ein.«

Mariata starrte ihn böse an. »Ich weiß, worauf du hinauswillst!«, platzte sie heraus. »Du möchtest den Preis in die Höhe treiben so wie alle gottlosen Schurken in dieser Stadt.« Eben erst hatte sie der Nachbarin, die das Mittagessen für sie gekocht hatte, das Doppelte der verabredeten Summe zahlen müssen.

Der Händler fuhr unbeeindruckt von der Schmähung leise fort: »Zudem scheint sie in der Zwischenzeit eine gewisse Zuneigung zu zwei anderen Kamelen in der Karawanserei entwickelt zu haben, es wäre grausam, sie jetzt zu trennen.«

Nicht zu glauben, dachte Mariata. Sie stand auf, nahm dabei das Geldbündel aus der Tasche und warf es auf den staubigen Boden zwischen ihnen. »Da! Nimm das für deine alte hässliche und von Motten zerfressene Stute!«

Die Schultern des Alten bebten, und hinter seinem *tagelmust* erklang ein seltsam ersticktes Geräusch. Er machte keine Anstalten, das Geld aufzuheben. Stattdessen sagte er: »Warte hier.«

Eine halbe Stunde verging, in der Mariata nervös auf und ab lief. Vierzig Minuten. Sie sah, wie die Sonne langsam über das Schilfdach wanderte und die gestreiften Schatten im Innenhof länger wurden. Sie erinnerten sie an gefleckte Katzen, die sich streckten. Sie trat aus der Karawanserei und ließ den Blick über die umliegenden Straßen schweifen, doch von dem Händler oder den Kamelen fehlte jede Spur. Sie kehrte zurück, setzte sich in den Schatten, wo sie zuvor gesessen hatten, und wartete kochend vor Wut. Er musste das Weite gesucht haben, nachdem er sein Wort gebrochen und sein Gesicht verloren hatte. Wahrscheinlich hatte er kein Wort von dem, was er gesagt hatte, ernst gemeint. Trostlosigkeit erfasste sie, drückte sie nieder und lähmte sie in ihrer Entschlusskraft. Die Vorstellung, eine weitere Nacht in dem verhassten Haus zu verbringen und Gelassenheit vorzutäuschen, war entsetzlich, aber sie hatte keine andere Wahl. Sie musste sich ihre Niederlage eingestehen, zurückgehen, ihre Sachen verstecken und sich den misstrauischen Augen ihrer Familie stellen. Und am nächsten Tag müsste sie sich erneut davonstehlen und in der Karawanserei nach einem Kamel suchen, müsste feilschen, sich mit Proviant eindecken und einen neuen Versuch wagen. Seufzend erhob sie sich, und genau in diesem Augenblick tauchte der alte Mann am Eingang auf. Ohne auf die Blicke der anderen zu achten, lief sie quer durch den Innenhof auf ihn zu.

»Ich dachte schon, du kämst nicht wieder …«, begann sie, doch der Händler legte einen Finger auf die verschleierten Lippen und bedeutete ihr, ihm auf die heiße schattenlose Straße hinaus zu folgen.

Dort entdeckte sie nicht ein oder zwei, sondern gleich drei Kamele. Moushi, ein anderes kräftiges Tier und ein drittes, schäbiges aus Mauretanien. Mit einem Schnalzen brachte er die beiden Reittiere auf die Knie, bestieg seine Stute und wartete ungeduldig. Mariata sah ihn an. »Was machst du?«

»Ohne mich oder ihre Freunde wird Moushi nicht in die Wüste aufbrechen. Sieht so aus, als hättest du Gesellschaft auf deiner Reise zum Hoggar.«

Das war ganz und gar nicht das, was sie geplant hatte, und sie konnte auch nicht verstehen, was ihn dazu bewogen haben mochte, sie zu begleiten. Sie auszurauben hatte er wohl kaum vor, denn ihr Geld hatte er verschmäht. Wollte er sie vielleicht an Sklavenhändler verkaufen oder, noch schlimmer, an die Franzosen? Es war nicht schwer, sich die schrecklichsten Horrorgeschichten auszumalen. Sie kniff die Augen zusammen und warf ihm einen misstrauischen Blick zu. »Warum tust du das?«

»Wenn du weiter Fragen stellst, könnte ich es mir noch anders überlegen.«

Mariata ließ sich trotzdem nicht beirren. »Ich möchte deine Beweggründe wissen.«

Der alte Mann schwieg, dann blieb sein Blick viel sagend an ihrem Bauch hängen. »Ich bin wirklich kein Experte für Frauen, aber du allein in der Wüste ... in deinem Zustand ... es würde nicht nur eine Tote geben.« Er hielt inne.

Mariata errötete. »Ich sehe, du hast einen scharfen Blick.« Sie biss sich auf die Lippen, hin- und hergerissen zwischen ihrem Stolz und ihrer Not. Schließlich sagte sie: »Mein Vater hat wieder geheiratet, eine sesshafte Frau, die die Schande einer schwangeren Stieftochter loswerden will. Am Ende hat sie mich an einen Schlachter verkauft.«

Der Alte hielt den Atem an. »Und dein Vater hat es erlaubt?«

»Er tut alles, was seine neue Frau will.«

»Werden sie dich suchen?«

An diese Möglichkeit hatte Mariata nicht einmal gedacht. Würden sie es tun? Sie konnte sich nicht vorstellen, dass ihr Vater ihr folgen würde, Aicha jedenfalls wäre über ihr Verschwinden heilfroh, aber was war mit dem Schlachter? Er stünde wie ein Hahnrei da, wenn ihm seine zukünftige Frau davonlief; das würde er nicht auf die leichte Schulter nehmen. »Vielleicht.«

Der Alte dachte einen Augenblick nach und nickte. »Die Frauen unseres Volkes sind stolz und stark, doch selbst für Tin Hinan wäre eine solche Reise eine Strapaze, voller ungewohnter Gefahren und Tücken. Zwischen Marokko und Algerien ist eine blutige Auseinandersetzung über den Grenzverlauf ausgebrochen, sie nennen sie Sandkrieg. Du wirst wissen müssen, wo du die Grenze überqueren kannst, ohne Soldaten zu begegnen. Ihnen sollte man tunlichst aus dem Weg gehen, erst recht als allein reisende Frau. Sie bewachen nicht nur die Grenzen, sondern fahren auf allen wichtigsten Straßen nach

Tindouf Patrouille. Man muss die weniger befahrenen Routen kennen und die verborgenen Brunnen, wenn man heil am Ziel ankommen will.«

Mariata ließ das alles stumm auf sich wirken und erinnerte sich, wie sie in den letzten Wochen immer wieder von dem Krieg gehört, ihm aber keine Beachtung geschenkt hatte. »Man kann nicht von jemandem, der gerade von einer langen Reise in die Wüste zurückgekehrt ist, verlangen, dass er gleich wieder aufbricht, zumal mit einer Frau, die er nicht einmal kennt.«

»Aber wenn ich dich allein in die Sah'ra ziehen ließe, würde mein Gewissen mir keine Ruhe geben, bis Allah mich zu sich ruft.«

»Warum würdest du das für eine Fremde tun?«, beharrte Mariata.

Der Alte lächelte. »Das verschleierte Volk hält zusammen, ungeachtet seiner jahrhundertealten Stammesfehden. Und wenn du mir deinen Namen nennst und ich dir den meinen, sind wir keine Fremden mehr. Ich heiße Atisi ag Baye und stamme aus den Kel Ulli.«

Die Kel Ulli. Manche Leute nannten sie das Volk der Ziegen und sahen auf sie herab, weil sie von niedriger Geburt waren. Mariata legte eine Hand auf ihr Herz. »Mariata ult Yemma, Tochter der Tofenat, tausendste Tochter unserer aller Mutter. Der Legende nach ist Tin Hinan in Begleitung ihrer Dienerin Takama zum Hoggar aufgebrochen, von der sich der Stamm der Kel Ulli ableitet. Ich habe auch gehört, dass sich die Geschichte auf unvorhergesehene Art wiederholen könnte und die Hand des Schicksals mindestens so geschickt ist wie die eines Magiers.«

Die Augen des alten Händlers blitzten kurz auf. Dann nickte er, als dächte er an die unergründlichen Geheimnisse des Universums.

Im südlichen Marokko wird es rasend schnell Nacht. Eben noch war die Landschaft scharlachrot, jeder Felsen, jeder Busch, jede Düne in züngelndes Feuer getaucht, und im nächsten Moment verschwindet die Sonne so rasch wie ein Wimpernschlag, entzieht der Landschaft alle Farben und lässt sie öde und grau zurück.

Mariata schaukelte auf ihrem sanftmütigen Kamel hin und her. Ihr Rücken schmerzte von den ungewöhnlichen schlingernden Bewegungen, ihr Steißbein stieß gegen den harten Höcker, auf dem sie balancierte, die Knöchel waren weiß, so fest umklammerte sie den Griff des alten Holzsattels. Vor ihr saß Atisi ag Baye aufrecht im Sattel, eins mit sich, seinem Tier und dem Rest der Welt. Jedes Mal, wenn die Strapaze unerträglich wurde, erinnerte sie sich an das schreckliche Schicksal, das sie in Imteghren erwartet hätte, und dann streckte sich ihr Rücken wie durch Zauberhand, und der Schmerz verschwand, zumindest für eine Weile.

Seit fünf Stunden ritten sie langsam, aber stetig durch sandige Hügel, staubige Palmenhaine und die karge Vegetation südlich der Hochebene des Tafilalet. Schließlich durchquerten sie ein Tal, durch das seit tausend Jahren die Karawanen auf dem Weg zum Meer durch die Wüste gekommen waren. Die Schlucht durch das Kalksteingebirge war breit und tief, der Mond schimmerte durch die Wedel der Palmen auf den Wasserstellen im Tal. Sie kamen an unzähligen kleinen Siedlungen vorbei, deren goldene Lichter die Dunkelheit durchbohrten, und sahen eine Gruppe von Männern, die am Fuß der Ruinen einer Kasbah saßen und sich über einer kleinen Kohlenpfanne ihr Nachtmahl zubereiteten. Der Duft stieg Mariata in die Nase und erinnerte sie an ihren eigenen Hunger. Atisi grüßte die Männer leise, diese erwiderten seinen Gruß, und als sie an ihnen vorbeiritten, warfen sie Mariatas unverschleiertem blassem Gesicht einen aufmerksamen Blick zu, ehe sie sich wieder ihrer *tajine* zuwandten.

»Können wir uns nicht etwas ausruhen?« Das war ihre eigene klagende Stimme.

Es folgte eine lange Pause, in der die Stille schwer in der Luft hing. Dann gab der alte Händler zurück: »Neuigkeiten erreichen jene, die sie suchen, und wenn du nicht willst, dass sie dich finden und nach Imteghren zurückbringen, müssen wir so viel Abstand wie möglich zu ihnen schaffen.«

Als sie endlich ihr Nachtlager errichteten, konnte Mariata trotz ihrer Erschöpfung nicht einschlafen. Sie lag auf einer rauen Kamelhaardecke und starrte in den Himmel. Da oben wanderte Amastans Geist durch die ferne dunkle Nacht und wachte über sie. Doch sosehr sie auch in den vielen Sternenhaufen nach einem Zeichen von ihm suchte, sie spürte nichts als Kälte und Trostlosigkeit. Irgendwann musste sie dennoch eingeschlafen sein, denn als sie wieder zu sich kam, waren die Sterne weitergezogen und der Himmel bereits fahl. Etwas weiter weg schnaubten die Kamele und regten sich. Als sich der goldene Rand der Sonne am östlichen Horizont zeigte, stand eins der Tiere auf, als wüsste es, dass die Ruhezeit zu Ende war und die Reise weiterging.

Atisi überraschte sie mit einer Schale Gerstenbrei, den er über einem kleinen Feuer gekocht hatte. Er reichte sie ihr und zog sich diskret zurück, damit sie ungestört essen konnte. Nicht einmal unterwegs ziemte es sich für Männer und Frauen, zusammen zu essen oder sich dabei zu beobachten. Es schmeckte viel besser, als sie erwartet hatte, scharf und herzhaft nach dem Aroma des Pfeffers, und sie aß hastig, denn der eisige Wind im Morgengrauen weckte ihren Hunger.

Am frühen Morgen überholten sie Fahrzeuge, die nach Merzouga unterwegs waren, komplett überladene, rot und blau lackierte Lastwagen, geschmückt mit Zaubersprüchen, Plastikblumen, Amuletten und Koranversen, die von den Rückspiegeln hingen. Die Fahrer musterten das Paar mit mehr als der üblichen Neugier, und nachdem das dritte Fahrzeug sie überholt hatte, lenkte Atisi die Kamele von der Straße herunter. »Wir müssen jetzt eine andere Strecke nehmen. Bei Tahani gibt es eine Oase. Dort können wir uns ausruhen, bis die Sonne untergeht. Im Schutz der Nacht wird es einfacher sein, die Grenze zu überqueren. Dann reiten wir bis in die Hamada du Guir und lassen die Kamele dort über Nacht grasen. Es wird die letzte Möglichkeit für sie sein, sich den Bauch vollzuschlagen, ehe wir in die Sandwüste vorstoßen. Und danach«, er breitete die Hände aus, »liegt unser Schicksal in Gottes Hand.«

In der sengenden Mittagshitze schwankte Mariata zum Rhythmus ihres Kamels, ohne die immer gleichen ausgetrockneten Flussbette und die ausgedörrten Hügel, durch die sie zogen, wahrzunehmen. Die Sonne fühlte sich an wie ein Hammer auf ihrem Kopf, ihre Schläfen pochten ohne Unterlass. Rinnsale von Schweiß liefen ihr über Nacken und Rücken. Das Gewicht ihres geschwollenen Bauchs zerrte an ihrer Wirbelsäule und schmerzte, doch sie hatte nicht die Kraft, ihre Position auf dem Sattel zu ändern, und ritt wie betäubt von den Bewegungen des Tiers einfach weiter. Sie begegneten niemandem außer einem Hirten mit einer Herde von ausgemergelten schwarzen Ziegen, die die letzten grünen Flecken in der öden Landschaft abgrasten. Das Leittier war dünn und wild und warf ihnen einen unheilvollen Blick aus seinen gelben geschlitzten Augen zu, als ahnte es, dass seine Herde zum Verhungern verurteilt war. Mariata fragte sich unwillkürlich, ob ihre Reise unter demselben Stern stand.

Nur Mut, sagte sie sich. Dies war erst der Anfang, nur ein paar magere Stunden von Wochen, die noch vor ihr lagen. Würde sie die Durchquerung eines Gebietes überleben, das noch viel unwirtlicher und grausamer werden sollte als die von nackten Felsen übersäte Landschaft, die sie bald hinter sich lassen würden? War die Vorstellung, sie könnte es schaffen,

Wahnsinn? War allein der Versuch dazu anmaßend, ja, gefährlich? Jetzt schon plagten sie Zweifel, obwohl sie erst am Anfang standen. Mariata berührte ihr Amulett, um diese üblen Gedanken zu vertreiben, und im gleichen Augenblick erreichten sie eine steinige Anhöhe, von der sie in weiter Ferne die Palmen von Tahani erkennen konnten.

Während die angepflockten Kamele sich methodisch über das wenige Gras hermachten, das sie noch finden konnten, und Atisi ag Baye auf einem Felsvorsprung saß und nach Banditen oder Soldaten Ausschau hielt, schlief Mariata ein. Sie träumte, sie sei wieder im Adagh. Das rhythmische Rascheln der Palmen im Wind verwandelte sich auf magische Weise in den fernen Klang von Trommeln und den Gesang von Hochzeitsliedern. Sie lag nicht mehr auf der harten Erde, eingehüllt in eine übel riechende Kamelhaardecke, sondern auf einem weichen Bett in ihrem Brautzelt, mit duftendem Räucherwerk, das in einer Pfanne brannte, in den Armen ihres Mannes und sog seinen warmen, lebendigen Geruch ein, während sie eng aneinandergeschmiegt unter einer Decke lagen, die mit Reihen von geometrischen roten Kamelen vor einem goldenen Hintergrund bestickt war. Im Kerzenlicht sah sie über Amastans glatte Schulter auf die hübschen sternförmigen Blumenmuster im Saum der Decke, sie waren wie die mosaikartigen Fliesen, die sie in der Moschee von Tamanrassett gesehen hatte, und Mariata seufzte vor Wonne. Konnte ein einzelner Mensch so glücklich sein? Sie bezweifelte es. Endlich waren sie Mann und Frau, und niemand könnte sie jemals wieder trennen. Sie waren ein Fleisch, für alle Augen, Ohren und Herzen sichtbar. Sie würden für immer zusammen sein, ein Dutzend Kinder haben und eine neue Dynastie gründen zu Ehren Tin Hinans. Für den Rest ihres Lebens würden sie mit ihren Herden und ihren Kamelen von einer fruchtbaren Oase zur nächsten ziehen, immer der Salzstraße folgend, ohne Hindernisse, eins mit sich und den Geistern. Wärme erfüllte sie und ließ ihre Gedanken verschwimmen. In der Ferne hörte sie unbewusst das Trommeln und spürte Amastans regelmäßigen Atem auf ihrer Haut.

Schließlich vernahm sie eine ferne Stimme. Es war Amastan, der ihr etwas ins Ohr flüsterte. Sie kämpfte sich durch die schweren Wellen des Schlafs, in dem sie versunken war, bis an die Oberfläche ihres Bewusstseins. Was sagte er? Irgendetwas Wichtiges, sehr Wichtiges ... Sie kämpfte um Klarheit, spitzte die Ohren.

»Mariata ...«

Eine Hand auf ihrer Schulter. Kälte auf dem Gesicht.

Erschrocken fuhr sie auf. Die Hand, die sie berührt hatte, gehörte nicht Amastan, sondern einem alten Mann, dessen Gesicht von Jahrzehnten gezeichnet war, und die Kälte, die sie im Gesicht gespürt hatte, war sein Schatten. Wer war er? Sekundenlang konnte sie keinen klaren Gedanken fassen, so heftig schlug ihr das Herz. Dann trat der Mann einen Schritt zurück, und das heiße Licht überflutete sie erneut. Sie kniff die Augen vor den grellen Sonnenstrahlen zusammen, die durch die Palmwedel fielen und den angenehm dunklen Kokon ihres Brautzeltes zerrissen. Verwirrt schloss sie die Augen, um ihren Traum einzufangen, sich auf die konkreten Einzelheiten zu konzentrieren, die ihn zurückbrächten, sich erneut in seine tröstliche Irrealität zu flüchten. Die wohligen Traumfetzen lösten sich auf wie Dunst in der aufgehenden Sonne. Die Decke, dachte sie erschrocken und wollte sich wieder an die vorbeiziehenden Kamele und die sternförmigen Blumenmuster klammern. Einen Augenblick lang spürte sie noch die kühle weiche Baumwolle und das Relief der Muster unter den Fingerspitzen. Und dann fiel ihr plötzlich ein, wo sie diese prächtige Stickerei das letzte Mal gesehen hatte. Im Zelt ihrer Tante Dassine im Aïr-Gebirge, in jener Nacht, als Rhossi ag Bahedi versucht hatte, ihr Gewalt anzutun. Dort lag die Decke wahrscheinlich heute noch. Sie hatte sie nicht zum Adagh mitgenommen. Auf ihrer Flucht durch die Tamesna mit Amastans Mutter Rahma hatte sie kaum etwas einpacken können.

Amastan …

Als sie an ihn dachte, durchfuhr sie sein Verlust erneut mit einer solchen Wucht, dass sie aufschrie und in bittere Tränen ausbrach.

Atisi ag Baye schreckte zurück. Trotz seines langen Lebens hatte er nur wenig Erfahrung mit Frauen. Als Mann, der an das einfache Leben in der Wüste gewöhnt war, verwirrten ihn ihre Gefühlsausbrüche nur. Daher stellte er in einiger Entfernung seine Kohlenpfanne auf, um Tee zu kochen. Nach seiner Erfahrung konnte ein Glas süßen Tees wahre Wunder bewirken: Es war eines von Allahs Geschenken an die Menschheit.

Als er zurückkehrte, hatte sich Mariata beruhigt, obwohl die Spuren ihrer Tränen auf ihren Wangen noch sichtbar waren. Schweigend reichte er ihr das Glas, und sie bedankte sich mit einem schwachen Nicken. Sie trank und starrte düster auf den Boden. Nach einer Weile sagte sie: »Ich muss dir etwas erzählen. Es ist weder angenehm noch schön, und wenn du davon erfährst, kann es sein, dass du es dir doch noch anders überlegst.« Ihre Stimme war heiser. Sie hielt inne und nahm sich zusammen.

Atisi saß da und wartete. Seine Kamele hatten ihn gelehrt, sich in Geduld zu üben, denn nach den Frauen waren es wohl die heikelsten Wesen, die Gott auf Erden geschaffen hatte. Zudem ahnte er eine Geschichte hinter ihrer Ankündigung und wusste, dass alle Geschichten ihre Zeit brauchen.

Schließlich erzählte Mariata dem alten Mann von ihrem Schicksal. Als sie schilderte, wie die Kel Asuf Amastan verhext hatten, zog Atisi die grauen Augenbrauen bis zum Rand seines Turbans und berührte verstohlen die kleinen Amulette aus Leder, die an einer Schnur um seinen Hals hingen. Sie beschrieb das Ritual, mit dem sie ihm die bösen Geister ausgetrieben hatte, betonte jedoch, dass nicht sie ihn geheilt hatte, sondern wahrscheinlich der *enad* des Dorfes.

»Ein *enad?* Ja, die *inadan* sind Männer von großer Macht«, nickte Atisi nachdenklich. »Sie können in der Tat die Geister manipulieren.«

»Stimmt, allerdings war dieser *enad* kein Mann«, klärte Mariata ihn auf.

»Ein weiblicher *enad*?« Das konnte nicht sein! Frauen durften nicht mit Eisen hantieren, das war verboten. Eisen zu bearbeiten hieß, Macht über die Geister zu besitzen, die im Feuer lebten, und konnte sich negativ auf die Fruchtbarkeit der Frauen auswirken. Zudem würde alles, was sie anrührten, mit Sicherheit fehlerhaft sein. Der Schlüssel würde nicht ins Schloss passen oder darin stecken bleiben, das Werkzeug abbrechen, die Axt vom Stiel springen und ein Tier oder gar ein Kind verletzen, das Schwert oder die Lanze im unpassendsten Augenblick zerbrechen. Das wusste jeder.

Mariata wirkte unbehaglich. »Nicht … wirklich.«

»Du meinst, weder Mann noch Frau?« Atisi lehnte sich zurück, während es ihm langsam dämmerte. »Ich erinnere mich an einen *enad* und seine Frau, die ein Kind bekamen; es war weder Junge noch Mädchen, sondern beides. Sie waren mit den Kel Tedele unterwegs. Vielleicht …«

»Sie, ich habe sie immer als sie betrachtet, hieß Tana und war einer der bemerkenswertesten Menschen, die ich je kennen gelernt habe. Aber sie lebte bei den Kel Teggart.«

Der alte Händler sah ihr in die Augen. »So wie du?«

Mariata nickte.

»Ich habe gehört … dass dem Stamm etwas Schreckliches zugestoßen ist.«

Mariata öffnete den Mund, brachte jedoch kein Wort heraus. Es war, als hätte sie einen Kloß im Hals, der ihr den Zugang zu ihren Gefühlen versperrte. Stattdessen stiegen ihr erneut die Tränen in die Augen.

Atisi wandte den Blick ab. »Ich muss nach den Kamelen sehen«, sagte er unbeholfen.

Als das Zwielicht ihr Gesicht verbarg, suchte Mariata ihn auf. »Du bist ein Mann von wenigen Worten«, erklärte sie, »und ich bin eine stolze Frau, frag also nicht nach mehr, als ich dir zu erzählen bereit bin. Das Kind, das ich trage, ist kein Kind der Schande, sondern das meines verstorbenen Mannes, Sohn des *amenokal* der Aïr, später Angehöriger der Kel Teggart. Er hieß Amastan ag Moussa, und er war mir Mond und Sterne.« Ihre Stimme überschlug sich. Es war das erste Mal, seit sie ihn hatte sterben sehen, dass sie seinen vollen Namen ausgesprochen hatte, und allein der Klang machte alles so viel wirklicher. »Ich werde sein Kind nicht in Schande von einem Schlachter erziehen lassen. So, jetzt habe ich dir alles gesagt, was es zu sagen gibt.«

Atisi schwieg lange, dann seufzte er. »Wahrlich, du musst viel Neid erweckt haben, um den bösen Blick auf dich zu ziehen. Möge sich mit jedem Schritt, den du weiter in die Wüste gehst, die Entfernung zwischen dir und deinem Unglück vergrößern. *Insha'allah*.«

Während sie warteten, dass sich die Nacht über das Land senkte, öffnete Mariata zum ersten Mal seit ihrer Hochzeit Amastans Amulett und ließ das Papierröllchen in ihre Hand fallen. Im Licht des aufgehenden Mondes las sie den Zauber, den Tana ihr gegeben hatte, doch die feineren Federstriche waren unleserlich, und sie konnte nur ihren und Amastans Namen erkennen. Schließlich gab sie auf. Welchen Zauber es auch enthielt, er hatte nicht vermocht, Amastans Leben zu schützen. Er war nutzlos gewesen. Sie fühlte sich verraten und wollte das Röllchen schon wegwerfen. Doch dann schloss sie die andere Hand darüber. Den Zauber hier im Reich der Kel Asuf wegzuwerfen, brächte wahrscheinlich noch mehr Unglück, also rollte sie das Papierchen wieder zusammen, steckte es in das Geheimfach ihres Amuletts und verschloss es.

Die schmale Sichel des zunehmenden Mondes stieg langsam vor ihnen höher, als sie durch eine dunkle felsige Landschaft zu der Straße hinabritten, die durch das umkämpfte Gebiet führte. Für Mariata war die asphaltierte Straße bloß ein Streifen Piste im Nichts, etwas blasser als der Boden rechts und links davon, von Menschenhand geebnet und begradigt, ein künstlicher Eingriff in die Natur. Nichts bewegte sich darauf, so weit sie sehen konnte, doch als sie die letzten Felsen vor der Straße erreichten, tauchten in der Ferne Scheinwerfer auf. Ein unerwarteter Lichtkegel streifte Atisis Gesichtshälfte, und sie sah, wie etwas in seinen Augen aufflammte, das sie nicht deuten konnte. Er lenkte den Kopf des Kamels in ihre Richtung. »Versteck dich hinter den Felsen drüben, rasch! Dort ist Platz genug für dich und zwei Kamele, aber nicht für uns alle. Wenn sie anhalten, werde ich mit ihnen sprechen. Sorg dafür, dass Moushi ruhig bleibt, und komm nicht aus dem Versteck, egal, was passiert.«

Moushi wollte sich nicht von ihrem Herrn trennen, und Mariata musste mit aller Macht an ihrem Halfter zerren, um es hinter die Felsen zu führen. Mit einem Mal dröhnten die Fahrzeuge über die kleine Anhöhe und kamen mit atemberaubender Geschwindigkeit auf sie zu. Mariata beobachtete aus ihrem Versteck, wie der alte Händler von dem dritten Kamel abstieg und den Schleier löste. Tat er dies aus Verachtung für die Soldaten, fragte sie sich, oder damit sie sich nicht vor ihm fürchteten?

Einen Augenblick sah es so aus, als hätten sie den Alten mit seinem Kamel gar nicht gesehen oder würden sich nicht darum kümmern, doch dann bremste der erste Jeep mit quietschenden Reifen ab.

»Wer bist du und was machst du hier?«, schrie ein Mann und richtete seine Waffe auf Atisi. »Zeig mir deine Papiere!«

Atisi riss die Augen auf. »Papiere?«, fragte er mit einem rauen bäuerlichen Akzent.

Der Mann befahl zwei Soldaten auszusteigen. »Bringt mir seine Papiere!«

Die beiden Soldaten lachten. »Ist doch nur ein alter Mann, der hat sich bestimmt in der Wüste verirrt.«

»Niemand kommt hier ohne Papiere durch. Was, wenn er ein marokkanischer Spion ist? Und durchsucht mir seine Sachen. Wir wollen nicht, dass sich das Fiasko von letzter Woche wiederholt.«

Die Soldaten betasteten pflichtbewusst Atisis Gepäck und stocherten mit einem Stock darin. »Keine Waffen«, rief der eine schließlich.

»Dummkopf«, sagte der andere und nahm das Gewehr, das von der Seite des Kamels hing. »Hier ist seine Flinte.«

Das Mondlicht schimmerte auf den alten Kolben, das ziselierte Silber und die von einem längst verstorbenen Schmied eingeritzten Zaubersprüche. Die Soldaten reichten die Waffe herum. »So ein vorsteinzeitliches Ding kann man wohl kaum als Waffe bezeichnen. Wahrscheinlich würde es einem beim Abfeuern den Kopf wegpusten«, lachte einer von ihnen.

Atisis Kinn straffte sich, doch er schwieg und hob den Blick nicht vom Boden.

»Also, Alter, wo hast du deine Papiere?«

»Ich habe keine Pa… pa-piere«, stotterte er.

»Jeder hat Papiere.«

Atisi zuckte die Achseln. »Ich nicht. Ich bin nur ein armer alter Mann, der von seiner Karawane getrennt wurde. Eines meiner Tiere wurde krank, und ich fiel zurück.«

»Allein?«

Atisi sah ihm in die Augen, ohne mit der Wimper zu zucken. »Ja.«

»Schöne Kameraden hast du …«, lachte einer der Soldaten.

»Lassen wir ihn ziehen, Ibrahim. Ansonsten müssen wir einen Bericht schreiben, und das wird die ganze Nacht dauern.«

Ibrahim saß im Jeep und kniff die Augen zusammen. »Was hat er in seinen Bündeln? Irgendwas … Brauchbares?«

Der andere Soldat zog eine Fratze. »Gerste, etwas Trockenfleisch, Datteln und so was. Armseliges Zeug.«

»Kein Bier?«

Atisi sah ihn verächtlich an. »Nein!«

Ibrahim warf ihm einen scharfen Blick zu. »Du hast Glück, wir haben keine Zeit, um uns um alte Nomaden zu kümmern.« An seine Untergebenen gewandt, befahl er: »Nehmt ihm die Waffe ab.«

»Nein!«, schrie Atisi auf. »Das Gewehr gehörte meinem Großvater.«

Als er versuchte, dem Soldaten die Waffe aus den Händen zu reißen, drehte der sich um und schlug ihm lässig, aber mit bewusster Härte den Kolben gegen die Stirn, woraufhin der Alte stöhnend zu Boden stürzte.

Im gleichen Moment durchbrach Moushis Brüllen die Stille der Nacht. Dann machte Mariatas Kamel einen Satz, sie wurde aus dem Sattel geworfen, blieb mit dem Fuß in der Satteldecke hängen und landete inmitten eines Durcheinanders von Stoffen auf dem harten Boden. Moushi lief auf ihren Herrn zu, während das andere Tier nervös den Hals zurückwarf und sich von seinem Halfter befreien konnte. Dann lief es mit in alle Richtungen gespreizten Beinen auf die von dem grellen Licht der Fahrzeuge erleuchtete Straße.

Schüsse fielen.

Einen Moment lang lag Mariata benommen neben dem Felsen, bis die Panik sie aufrüttelte. Die Bilder vom Überfall auf ihr Dorf, die sie an diesem Abend schon einmal erfolgreich unterdrückt hatte, überfielen sie nun mit aller Macht. Wieder sah sie den Angriff der uniformierten Männer, das Aufblitzen ihrer Gewehre in der Dunkelheit, Rahmas Kleider, die Feuer fingen, die Soldaten, die Tana niederschlugen. Die dunklen Gesichter zwischen den lodernden Flammen waren von Lust und Hass verzerrt. Immer wieder sah sie, wie sich der dunkle Fleck auf Amastans prächtigem Hochzeitsgewand ausbreitete, und spürte die rätselhafte Nässe auf ihren eigenen Händen, als ihr Vater sie von der Leiche ihres Mannes wegzerrte. Panik ergriff sie. Sie robbte sich seitwärts in einen schmalen Spalt zwischen den Felsen, machte sich so klein wie möglich und horchte. Das Geschrei der Soldaten und das Brüllen der Kamele verschmolzen zu einem einzigen unverständlichen Lärm, der nur von Gewalt und Brutalität zeugte. Ein Schrei erhob sich in ihrem Innern. Ein Teil von ihr, der Teil, der vernünftig war und um jeden Preis überleben wollte, wusste, dass sie ihn unterdrücken musste, doch ein anderer, ein wilderer Teil versuchte sich durchzusetzen. Nicht zu schreien war eine so ungeheure Anstrengung, dass ihr die Augen aus dem Kopf zu quellen drohten. Sie stopfte sich einen Zipfel ihres Kopftuchs in den Mund. Was war mit dem alten Mann geschehen? Hatten sie ihn erschossen? Sie wagte nicht, den Kopf zu heben, aus lauter Angst, man könnte sie entdecken. Wenn sie einem schutzlosen alten Mann so etwas antaten, was würden sie dann mit ihr anstellen?

Schritte näherten sich. Sie knirschten im Geröll, und dann hörte sie Stimmen nur wenige Meter entfernt.

»Was ist das da drüben?«

Mariata schloss die Augen, doch in ihrem Kopf gab es kein Versteck. Sie sah, wie die Soldaten Tanas Kleidung zerfetzten, wie ihre Hände nach ihren Brüsten fassten … Wenn sie Glück hatte, würden sie sie umbringen. Das Amulett pulsierte zwischen ihren Fingern, heiß in der Hand, als brannten sich die kleinen roten Steine in ihre Haut ein. *Lass nicht zu, dass sie mich entdecken …*

Ein Bein kam in Sicht, dann eine Hand und ein Kopf mit

einem Käppi. Die Gestalt bückte sich, die Hand hob etwas auf. »Eine alte Ledertasche. Sie muss von dem Kamel gefallen sein, als es weglief.« Sie hörte, wie Gegenstände zu Boden fielen. Ein Stiefel stieß sie hin und her.

»Was ist drin?«

»Nichts, bloß nutzloses Zeug, was diese Leute so mit sich führen. Ein paar Kerzen, ein Stück Kordel, Steine, ein schmutziger alter Lumpen, ein Feuerzeug und ein altes Messer.«

»Ein Messer? Können wir es gebrauchen?«

»Es ist mit ihren magischen Zeichen bedeckt.«

»Sind doch bloß Zeichen, du abergläubischer Esel. Zeichen sind keine Magie.«

»Trotzdem, ich rühre das Ding nicht an. Ich habe gehört, dass die Messer der Tuareg Flüche enthalten. Man erzählt sich von Messern, die plötzlich lebendig werden und einem, ehe man sich versieht, die Kehle aufschlitzen.«

»Mein Gott! Lass mal sehen.« Eine zweite Gestalt tauchte auf und ging in die Hocke, mit dem Rücken zu Mariata. Es folgte eine Pause, während der Mann die Gegenstände auf dem Boden untersuchte. »Es ist stumpf. Nichts als Plunder.« Das Messer fiel scheppernd wieder zu Boden. »Offensichtlich war er tatsächlich allein.«

»Und weshalb war das zweite Kamel gesattelt? Willst du mir das verraten, wenn du so klug bist?«

Pause. »Du hast doch selbst gesehen, wie diese Viecher reagieren. Wer will schon mitten in der Wüste ohne ein zweites Tier dastehen, wenn das erste plötzlich wie von der Tarantel gestochen durchgeht?«

Nur widerstrebend ließ sein Kamerad diese Logik gelten. »Lass uns zurückgehen. Hier kriegt man ja das Gruseln. Ich meine, ich hätte vorhin jemanden atmen hören.«

Mariata hielt den Atem an.

»Jeder weiß, dass die Wüste seltsame Geräusche macht. Die Steine wärmen sich während des Tages auf und kühlen in der

Nacht ab. Sie bersten, platzen und schwitzen. Wahrscheinlich hast du das gehört.«

Der andere Soldat schien nicht überzeugt zu sein, aber die Stimmen entfernten sich allmählich, und dann konnte sie nicht mehr verstehen, was sie sagten. Kurz darauf heulten die Motoren der Jeeps auf, die Scheinwerfer verloren sich in der Dunkelheit, und eine gespenstische Stille breitete sich aus. Nach einer Ewigkeit kroch Mariata voller Panik vor dem, was sie erwartete, aus ihrem Versteck.

Moushi lag reglos in einer Blutlache auf dem Asphalt, doch von Atisi ag Baye und dem Packtier fehlte jede Spur. Als hätten die *djenoun* sie verschluckt. Mariata sah sich um, doch wohin sie auch blickte, überall war dieselbe Leere. Ein finsteres Nichts, kaum vom Licht des Mondes gestreift, der sich hinter einer Wolkendecke verzogen hatte.

Warum hatte sie nicht versucht, dem Alten zu helfen? Jetzt war er verschwunden, wahrscheinlich tot, und sie hatte sich wie ein Feigling versteckt. Er hat dir gesagt, dass du dich verstecken sollst, erinnerte sie ihre innere Stimme, trotzdem schämte sie sich. Benommen hob sie die Ledertasche auf, die letzte Verbindung mit ihrem früheren Leben. Sie war leer, der Inhalt von den Soldaten gedankenlos verstreut, doch nach kurzer Suche fand sie alles wieder: die Kordel, die drei Kerzen und das Messer, das dem einen so viel Angst gemacht hatte. Ein Mondstrahl etwas weiter weg führte sie zu ihrem Kreuz des Südens. Dann fand sie die verstreuten Kräutersträußchen und schließlich das, was sie für die Feuersteine hielt, doch wie sollte man sie von den vielen anderen scharfen Steinen, die hier herumlagen, unterscheiden? Am Ende fand sie auch den silbernen Zylinder, den die Soldaten als Feuerzeug bezeichnet hatten. Sie warf ihn wieder in die Tasche, und er machte ein deutlich schepperndes Geräusch, das in der Stille der Nacht unnatürlich laut klang. Aber wo war der Fetzen Indigotuch? Plötzlich wurde es unglaublich wichtig, dass sie ihn wiederfand. Sie tastete mit beiden Händen den steinigen Boden ab, ohne auf versteckte Skorpione zu achten, als hinge ihr Leben und auch das, was sie in sich trug, davon ab. Sie brauchte lange, bis sie ihn schließlich auf einem Dornbusch aufgespießt fand. Sie drückte ihn ans Gesicht, atmete den leicht muffigen unverkennbaren Geruch ein, küsste ihn und verstaute ihn vorsichtig in der Tasche.

Dann richtete sie sich im Fersensitz auf und blickte die Straße entlang, die nach Süden führte. Dahinter lagen die Tinariwen, die vielen Wüsten, tausend Meilen Ungewissheit, eine Wildnis aus Steinen und Staub, die weder Schatten noch Nahrung bot, Sand, der mit den Gebeinen von Toten übersät war – von verirrten Legionen, von ihren Ahnen und von unvorsichtigen Eroberern –, eine gewaltige Welle nach der anderen in einem Meer von Dünen, mächtige Ergs, Brunnen, von denen nur die erfahrenen Karawanenführer wussten, Flüsse, die so tief unter der Oberfläche verliefen, dass die Menschen ihr Wasser nie zu Gesicht bekamen, und all das gehörte den Dämonen der Wüste, den Kel Asuf. Jetzt stand nichts mehr zwischen ihr und der Einsamkeit, kein Führer, kein Kamel, nicht einmal Vorräte. Da draußen lauerten Wahnsinn und Verzweiflung.

Hinter ihr lag das Bekannte. Obwohl sie jetzt zu Fuß und allein war, hätte sie den Weg zurückgehen können, den sie mit dem alten Atisi gekommen war. Wenn sie wieder in Imteghren war und ihrer Stiefmutter in die Hände fiel, würde man sie zwingen, den dummen Schlachter zu heiraten, seine Zweitfrau und Sklavin zu werden, aber sie würde überleben, und auch ihr Kind. Sie hatte keine andere Wahl.

Mariata stand auf und schlang sich die Ledertasche über die Schulter. Dann wandte sie das Gesicht entschlossen gen Süden und trat ihren Gang ins Ungewisse an.

ACHTUNDZWANZIG

Draußen flog die Welt mit einer Geschwindigkeit an dem Geländewagen vorbei, die ich in dieser Einöde niemals für möglich gehalten hätte. Ich saß auf dem Beifahrersitz, drückte meine Nase gegen die kalte Scheibe und starrte in die finstere Nacht. Die Dunkelheit wurde nur von den blassen Lichtkegeln der Scheinwerfer zerrissen, wenn sie für den Bruchteil von Sekunden die Umrisse der kleinen Felsen, der Sandhügel oder der merkwürdigen riesigen Pflanzen anstrahlten. Gelegentlich rutschten die Reifen zur Seite weg, als schlitterten wir über eine Schneedecke, und der Fahrer korrigierte beiläufig die Richtung, doch die meiste Zeit über trat er fest auf das Gaspedal und fuhr geradeaus, als würde er jeden Stein in der Wüste kennen, was vermutlich auch zutraf. Es war der Anführer selbst, der den Wagen steuerte; auf dem Rücksitz saßen zwei seiner Männer. Taïb hatte in den zweiten Wagen einsteigen müssen, der uns in einigem Abstand folgte.

Nachdem er die Sonnenbrille abgesetzt hatte, konnte ich das Alter des Mannes etwas besser einschätzen. Tiefe Falten hatten sich um seine Augen eingegraben, seine Brauen waren grau meliert. Ich schätzte ihn zwischen fünfundfünfzig und maximal fünfundsechzig. Ansonsten wirkte er fit und kräftig wie ein Mann, der mit sich und seiner Umgebung im Einklang lebt, ein ausgebleichtes Stück Holz in der Wüste, dem die Sonne den letzten Tropfen Lebenssaft genommen und in ihrer glühenden Hitze zu Eisen geschmiedet hatte. Ein Mann, vor dem man sich fürchten musste. Als er mir einen Blick von der Seite zuwarf, hatte ich das Gefühl, als durchbohrte er mich mit seinen Augen wie ein Raubvogel seine Beute.

»Sind Sie reich, Isabelle?«

Ich sah ihn an, verdattert über eine so offenherzige Frage. »Warum fragen Sie?«

Er unterdrückte ein müdes Lächeln. »Ich will nur wissen, ob Ihre Familie ein ordentliches Lösegeld zahlen wird, um Sie zurückzubekommen.«

»Zurückbekommen?«, fragte ich. »Wie meinen Sie das?«

»Wenn Ihre Familie Sie heil wiederhaben will, wird sie möglicherweise ein Lösegeld zahlen müssen.«

Lösegeld? Allein der Gedanke war absurd, er klang wie aus einem Märchen. Wer um alles auf der Welt wäre bereit, Lösegeld für mich zu zahlen? Aber was anderes als eine Entführung konnte es sein, wenn man mitten in der Wüste von bewaffneten Männern in einen Wagen gezwungen und in ein unbekanntes Lager gebracht wird? Schließlich dämmerte es auch mir. Wir wurden entführt. Gekidnappt. Festgehalten, um ein Lösegeld zu erpressen. »Wollen Sie sagen, dass wir jetzt Ihre Geiseln sind?«

Der *trabandiste* lächelte vage. »So könnte man es nennen. Ich habe noch nicht entschieden. Und Sie haben meine Frage noch nicht beantwortet, Isabelle Treslove-Fawcett. Verzeihen Sie, wenn ich nicht ganz *au fait* mit den Feinheiten der britischen Gesellschaft bin, aber deutet der doppelte Nachname nicht darauf hin, dass Sie … sagen wir, aus einer gehobenen Gesellschaftsschicht kommen? Zu den oberen Zehntausend gehören?«

Diesmal musste ich ein bitteres Lachen unterdrücken. »Ich fürchte, da haben Sie Pech. Meine Angehörigen sind tot.«

»Alle?«

Er sah mich neugierig an, und einen Augenblick lang hatte ich das komische Gefühl, diese Augen schon einmal gesehen zu haben. Ich wandte den Blick ab. Irgendetwas an ihnen kam mir vertraut vor. Mir lief es eiskalt über den Rücken. War es Angst, was ich spürte? Angesichts der Umstände schien dies nur logisch, aber wenn es Angst war, dann war es nicht dasselbe Gefühl, das ich bei früheren Gelegenheiten empfunden hatte, wenn ich Panik bekam. An einem kritischen Punkt einer Steilwand, vor einer Prüfung oder als ich klein war und Schritte auf der Treppe hörte … Ich schob den Gedanken rasch beiseite, sogar jetzt, im Anblick einer echten Gefahr waren es Kindheitserinnerungen, die mir den Angstschweiß auf die Handfläche trieben.

»Es gibt niemanden, der dafür zahlen würde, mich zurückzubekommen.«

»Das kann ich nicht glauben, Isabelle. Nicht einen Augenblick.«

»Meine Mutter starb an Krebs, als ich vierzehn war. Mein Vater ist vor ein paar Wochen gestorben. Geschwister habe ich keine.«

»So jung die Mutter zu verlieren ist schwer, und der Verlust Ihres Vaters tut mir leid.« Er hielt inne, und als ich schon glaubte, er würde es dabei belassen, sagte er: »Trotzdem gibt es immer jemanden, der zahlt. Sind Sie nicht verheiratet?«

Ich wandte den Blick ab und sah aus dem Fenster. Die weite Leere draußen war um vieles angenehmer als die angespannte Atmosphäre hier im Wagen. Vielleicht sollte ich anfangen zu lügen, um meine Haut zu retten, dachte ich entsetzt. Wenn es niemanden gab, der bereit war, ein Lösegeld für mich zu zahlen, würden sie mir vielleicht eine Kugel in den Kopf jagen und meine Leiche wie Ballast in den Sand werfen. Doch irgendwie konnte ich mich nicht dazu durchringen. »Nein«, sagte ich schließlich leise. »Ich bin nicht verheiratet.«

»Ist Ihr Mann auch gestorben?«, bohrte er nach.

»Ich hatte nie einen Mann.«

Er runzelte die Stirn. »So eine hübsche Frau ist nicht verheiratet? Das überrascht mich.«

Hübsch? Für hübsch hatte ich mich noch nie gehalten. »Ich habe nie die Möglichkeit gehabt.«

»Eine ungepflückte Rose«, sagte er nachdenklich. Ich hoffte inbrünstig, dass er nicht das dachte, was ich vermutete.

»Das wäre übertrieben«, erwiderte ich mit meinem schärfsten britischen Akzent.

»Egal. Ich bin sicher, dass die britische Regierung für Sie zahlen wird.«

»Meine Mutter war Französin, ich besitze die doppelte Staatsangehörigkeit, also werden beide Länder ihre Hände in Unschuld waschen. Außerdem nehmen europäische Regierungen mittlerweile eine harte Haltung ein, wenn es um Entführung und Verbrechen geht. Sie können sich doch nicht erpressen lassen, oder?«

Ich sah, wie seine Wange zuckte, hätte aber nicht sagen können, ob aus Ärger oder Erheiterung.

»Sie werden sehen, dass zwischen dem, was die Regierung dem Volk sagt, und dem, was sie insgeheim tut, Welten liegen, Miss Fawcett.« Er klang belustigt. »Obwohl ich gestehen muss, dass die britische Regierung härter zu knacken ist als die französische. Öffentlich erklären sie, niemals mit Terroristen zu verhandeln, so nennen sie uns, und trotzdem werden wir uns stets unter der Hand einig. Ein kleines *bakshish*, und schon sieht die Welt anders aus.«

Terroristen? Allein das Wort ließ mich erschauern. Diese Männer kamen mir nicht wie religiöse Fanatiker vor, doch dann wurde mir bewusst, dass der Ausdruck auf verhängnisvolle Art von der Sicht meiner Kultur auf die Ereignisse des 11. Septembers gefärbt war, von Taliban mit Sturmgewehren und jungen Pakistanern mit britischem Pass, die von fanatischen Imamen einer Gehirnwäsche unterzogen worden waren. Oder gehörten sie einer politischen Terrororganisation wie der Farc in Kolumbien an, die Ingrid Betancourt sechs Jahre lang gefangen gehalten und sie und die anderen Geiseln furchtbar gequält hatte? Mein Herz raste. »Und was, wenn Sie sich nicht einig werden?«, fragte ich leichthin, aber das Zittern in meiner Stimme verriet mich.

Er warf mir einen Blick zu. »Das wäre … sehr bedauerlich für Sie.«

Also werden sie mich umbringen, wenn keiner zahlt, dachte ich nüchtern. Es war so surreal, dass ich um ein Haar laut gelacht hätte. »Sieht so aus, als wäre es nicht das erste Mal, dass Sie Menschen entführen.«

»Geld ist für unsere Sache sehr wichtig.«

»Für Ihre Sache?«, wiederholte ich und musste lachen. »Sie tun gerade so, als wäre das eine Wohltätigkeitsveranstaltung, nicht ein Verbrechen!«

»Mir ist es egal, wie Sie nennen, was wir tun oder wer wir sind. Man hat uns oft als Wüstenpiraten bezeichnet. Wohlhabende um ihren unverdienten Reichtum zu bringen, war schon immer eine unserer Lieblingsbeschäftigungen.«

Ich wollte gerade auf diese merkwürdige Behauptung antworten, als einer der Männer hinter mir etwas sagte. Der gerade noch entspannte Anführer wurde augenblicklich ernst und fuhr ihn aggressiv an. Ich hörte, wie hinten jemand telefonierte, dann sagte lange Zeit niemand etwas, und die Stille im Wagen kam mir spitz wie Stacheldraht vor. Nach einer Weile gerieten die undeutlichen Umrisse einer Ansammlung von niedrigen Zelten in einer Mulde zwischen den Dünen in die Kegel der Scheinwerfer, und die Wagen hielten an.

Gleich nach unserer Ankunft strömten dunkel gekleidete Gestalten aus dem Lager auf uns zu. Der *trabandiste* rief einige scharfe Befehle, und zwei Männer führten mich in eines der Zelte. Ich musste mich tief bücken, um durch den Eingang zu schlüpfen. Im Innern konnte ich nichts anderes tun, als auf einer Schilfmatte zu sitzen und meine Wächter anzusehen.

»Könnten Sie mir wenigstens meine Tasche und etwas Wasser bringen?«, fragte ich, aber die beiden starrten mich nur verständnislos an. Ich schämte mich für das Zittern in meiner Stimme, für die Panik, die mich jetzt befallen hatte, da mir der Ernst der Lage bewusst wurde.

In der nächsten Stunde versuchte ich, meine Angst im Zaum zu halten, indem ich mich in meinem kleinen Gefängnis einrichtete und mit den kleinen Teppichen und Decken, die in einer Ecke lagen, ein warmes Lager für die kalte Wüstennacht baute. Dann starrte ich durch die schmale Zeltöffnung auf die unzähligen Sterne, die hell und kalt am violetten Himmel funkelten, und versuchte, trotz ihrer ungewohnten überwältigenden Fülle vergebens die Konstellation zu erkennen. Ich hatte seit jeher ohnehin nur die drei in einer Reihe stehenden Gürtelsterne des Orion, die geschwungene Linie des Großen Wagens und die blinkenden Plejaden erkennen können, und da draußen waren Myriaden von funkelnden Lichtern, Tausende, vielleicht Millionen, mehr, als ich zu sehen gewohnt war. Jetzt fühlte ich mich noch fremder und verlorener. Jenseits davon war nur grenzenlose Weite, und ich war nicht mehr als ein unbedeutendes Staubkorn in einem unendlichen, gleichgültigen Universum. Es gab nichts mehr, was mich identifizierte, ich trieb haltlos durch den Schwarzen Kontinent, Lichtjahre von dem entfernt, was mich als Isabelle Treslove-Fawcett definiert hatte: meine schöne ruhige Wohnung mit der geschmackvollen Einrichtung und den sorgfältig ausgesuchten Gemälden, elegante Kostüme und hochhackige Schuhe, mein Job in der City, das Geld und die Anerkennung, die er mir eingebracht hatte. Jetzt hatte ich nichts mehr als die Sachen, die ich am Leib trug, und die rochen nach Schweiß.

Ich versuchte zu schlafen, aber die kratzigen Decken stanken nach Ziege, und der Boden unter mir fühlte sich hart an. Viele Gedanken schossen mir durch den Kopf, ein Wirrwarr von Bildern aus den letzten Tagen. Männer in langen Gewändern, die Hand in Hand durch die Hauptstraße von Tafraout spazierten, Frauen mit schweren Bündeln Viehfutter auf dem

Rücken, Lallawa, unter den dunklen Augen der Krähen sterbend auf der Matratze im Salon in Tiouada, Kinder, die auf dem Fest tanzten, Taïbs kräftige Arme, als er mich getragen hatte … Ich war gerade dabei einzudösen, als ich mich an den Sturz vom Löwenkopf erinnerte und sah, wie der rote Boden unter mir immer näher kam, und im nächsten Augenblick war ich wieder hellwach. Mein Herz pochte in meiner Brust wie ein Gummiball, der eine Steintreppe hinunterhüpft.

Erst da packte mich echte Angst und riss mich mit sich fort, noch ehe ich Zeit hatte, mich vor der Wahrheit zu schützen. Ich war allein in einem namenlosen, trostlosen Teil der Welt, eine Gefangene von Männern, die eine völlig fremde Sprache sprachen, ihre Identität hinter einem Schleier verbargen, halbautomatische Waffen trugen, als seien es Spazierstöcke, sich selbst Piraten nannten und beim Wort Terrorist nicht einmal mit der Wimper zuckten. Niemand wusste, wo ich war, und in Wahrheit war es allen egal, mit Ausnahme von Taïb vielleicht, aber er war selbst ein Gefangener. Sie würden ein Lösegeld von der britischen Regierung für meine Freilassung fordern, die würde sich weigern, und nach einigen Wochen, wenn alle diplomatischen Bemühungen gescheitert wären – falls sie überhaupt stattfanden –, würde ich vermutlich vergewaltigt und getötet werden und nicht einmal die halbherzige Bestattung erhalten, die wir für Lallawa ausgerichtet hatten. Wie konnte mir das passieren? Ich hatte in meinem Leben immer klar definierte Grenzen gehabt, hatte nach dem sichersten und konservativsten Weg gesucht und nur Risiken auf mich genommen, die in meiner eigenen Gesellschaft mehrheitlich akzeptiert wurden, oder solche mit klaren Gesetzen und Verhaltensregeln. Wäre ich doch bloß nicht auf den Köder meines Vaters reingefallen, dachte ich bitter. Hätte ich die verdammte Büchse der Pandora im Dachgeschoss nicht geöffnet, wäre nichts von alledem passiert. Ich wäre immer noch die Isabelle, die ich seit zwanzig Jahren gewesen war, eigenständig, erfolgreich und selbstbewusst, die sich niemals auf irgendwen verließ, um ja nicht enttäuscht zu werden.

Doch dann sagte eine leise Stimme, du bist in all den Jahren nur vor deinen Erinnerungen geflüchtet, Izzy, hast alles begraben, was dich ausmachte. Du bist eine Maschine deiner Firma geworden, hast deine Individualität, deine Spontaneität und dein Gewissen verdrängt. Du hast deine Wildheit verloren und damit die Person, die du hättest sein sollen. Und jetzt, da du vielleicht einen Mann gefunden hast, der dir helfen könnte, wieder die Izzy von früher zu werden, wird man dich umlegen und ihn wahrscheinlich auch.

Tränen liefen mir über die Wangen, Tränen des Selbstmitleids und der Angst um mich und um Taïb, Tränen der Trauer über alles, was hätte sein können. Überrascht stellte ich fest, dass ich nicht sterben wollte, dass ich darum kämpfen musste, am Leben zu bleiben, und aus irgendeinem unerfindlichen Grund machte mich das noch verzweifelter. Ich zog das Amulett hervor, hielt es an meine Wange und heulte wie ein verirrtes Kind. Und so lag ich schluchzend in meiner stinkenden Decke, als ich plötzlich eine Hand auf meiner Schulter spürte und vor Schreck hochfuhr.

»Izzy.«

Ich sah auf und erkannte im trüben Licht des Zelts undeutlich Taïbs Gesicht. Was für eine Erleichterung! »Du lebst!« Wieso duzte ich ihn plötzlich?

Seine Zähne strahlten im Dunkeln. »Hast du geglaubt, ich wäre tot?«

Ich wischte mir mit der Hand über die Nase und spürte den zähen Schleim. Noch nie im Leben hatte ich so geheult. Wo war die kaltschnäuzige Isabelle Treslove-Fawcett, wenn ich sie am dringendsten brauchte? »Ja … nein … Ich weiß nicht, was ich gedacht habe.« Ich richtete mich auf und fuhr mir mit der Hand durch das zerzauste Haar. »Ist alles in Ordnung? Haben sie dich verletzt?«

»Sie waren ein bisschen rau, nichts Schlimmes. Sieht so aus, als würden sie uns glauben. Es tut mir so leid, Isabelle, es ist meine Schuld. Ich hätte dich niemals mitnehmen sollen, das war wirklich dumm von mir. Naiv.«

»Ich wollte ja unbedingt mit«, sagte ich leise. »Ich habe das Risiko auf mich genommen.«

»Ohne dich auszukennen. Ich hätte dich warnen müssen, statt den großen Zampano zu spielen.«

»Was meinst du damit?«

»Die Sache mit dem Sprit in der Oase. Das war ein bisschen übertrieben. Du solltest glauben, dass wir ohne Benzin in die Wüste unterwegs waren, und dann rufe ich die Schmuggler wie ein Magier seine Geister. Ich hätte wissen müssen, dass diese Bande über ein weit verbreitetes Kommunikationsnetz verfügt.«

»Was soll das heißen?«

Er seufzte. »Auch wenn es so aussieht, kann man illegales Benzin nicht einfach herbeizaubern. Man braucht eine hohe kriminelle Energie und eine Menge Organisation, um es zu stehlen, zu schmuggeln und zu verkaufen. Ich kannte die Männer in der Oase eigentlich gar nicht, obwohl ich schon einmal mit ihnen zu tun gehabt hatte. Anscheinend stecken sie mit unseren Entführern unter einer Decke. Sie müssen ihnen berichtet haben, wohin wir unterwegs waren. Wärst du nicht dabei gewesen, wäre das nicht passiert. Du bist für sie so etwas wie ein Sechser im Lotto, eine reiche Frau aus einem reichen europäischen Land. Das ideale Faustpfand.«

Was für ein Witz, dachte ich. Ich war mir noch nie so nutzlos und uneuropäisch vorgekommen.

Ein Streichholz flammte im Dunkeln auf. Ich wandte mich ab, um mein verheultes Gesicht zu verstecken, doch er fasste mich am Kinn und drehte mein Gesicht zu sich. Im Licht der kleinen Kerzenlaterne, die er auf die Matte zwischen uns gestellt hatte, beugte er sich vor und wischte mir wortlos die Tränen aus dem Gesicht. Dann strich er mir mit dem Finger über die Stirn. »Woher hast du diese Kerbe, Izzy?«, fragte er leise. Erneut berührte er die waagerechte Linie, und es fühlte sich an wie Feuer. »Und die hier? Sie ist so tief wie die Ackerfurche.« Sein Finger, weich wie eine Feder, folgte einer Falte, die von meiner Nase bis zum Mundwinkel führte. »Oder diese? Sie ist sehr traurig. Mal sehen, ob ich sie glätten kann.« Und dann beugte er sich weiter vor, um mich zu küssen.

Ich wich abrupt zurück. Taïb setzte sich wieder auf die Fersen zurück und wirkte verletzt. »Tut mir leid«, sagte er leise. »Ich habe mich selbst vergessen. Ich hätte das nicht tun sollen. Du kennst mich ja kaum, und hier in dieser schrecklichen Lage, in der wir sind, habe ich den Kopf verloren. Das war dumm …«

»Nein, mir sollte es leidtun. Es ist nur …« Ich schüttelte den Kopf. »Ich kann nicht aus meiner Haut. Das ist das Problem. Ich wünschte, ich könnte es, aber ich kann es nicht … kann nicht …«

Wieder kamen mir die lächerlichen Tränen, heiß und penetrant. Ich rieb mir wütend die Augen, als könnte ich sie mit Gewalt aufhalten.

Wie um dieser Autoaggression Einhalt zu gebieten, griff Taïb nach meiner Hand. »Alles wird gut, Izzy. Bestimmt. Es sind keine schlechten Menschen, auch wenn es so aussieht. Sie sind zwar grob und brutal und folgen ihren Überzeugungen, aber sie werden dir nichts antun, ganz sicher. Hör auf zu weinen, bitte. Ich kann dich nicht weinen sehen. Du bist eine Löwin, du bist stark. Ich habe gesehen, wie du auf dem Felsen geklettert, wie du gefallen und fast dabei umgekommen bist, und du hast nicht einmal geschrien. Du hast dich nicht davor gedrückt, eine alte Frau zu begraben. Du bist stark, und du weißt es.« Er drehte meine Hand um und küsste sie.

Zu einer anderen Zeit in meinem Leben, zu jeder anderen Zeit, hätte ich die Hand zurückgezogen, als hätte er versucht, sie zu verbrennen, nun aber ließ ich ihn gewähren, vielleicht, weil ich mich für meine vorherige Abfuhr schämte. Noch nie hatte ein Mann meine Handfläche geküsst oder mich so zärtlich berührt. Seit meiner Pubertät war ich Männern möglichst ausgewichen. Ehrlich gesagt, ich fürchtete mich vor ihnen. Ich blickte auf Taïbs schwarzes Haar, die kaffeebraune Haut und spürte … was? Es war keine Angst, sondern ein sehr angenehmes Gefühl. Ich zog die Hand zurück.

»Nein«, sagte er und hielt sie fest. »Sieh mal, du hast die Hand eines Wünschelrutengängers.«

Ich sah ihn an, als wäre er nicht bei Verstand.

»Siehst du das?« Sein Finger folgte der Linie, die sich klar erkennbar horizontal über meine Handfläche zog.

»Ja«, sagte ich und runzelte die Stirn.

»Hast du jemals so eine Linie bei einem anderen Menschen gesehen?«

»Normalerweise laufe ich nicht herum und untersuche die Hände anderer Leute«, erwiderte ich. Das Gespräch wurde allmählich absurd.

»Die Linie des Wünschelrutengängers wird in den meisten Fällen vererbt. In unserer Kultur genießt sie einen hohen Stellenwert. Sie soll Glück bringen.«

»Glück?« Ich lachte bitter. Ich dachte an die schönen zarten Hände meiner Mutter; meine waren dunkler und breit wie Spaten, ganz anders als ihre. Und die meines Vaters … ein verbotenes Bild, seine blasse Hand, die auf meinem Unterleib liegt und dann tiefer rutscht. Ich musste fast würgen, so lebendig war die Erinnerung. Wann immer sie aufkam, schob ich sie rasch beiseite, doch dieses Mal war sie stärker als sonst, oder vielleicht war ich schwächer. Ich schloss die Augen und war wieder vierzehn. Ich trug Shorts und ein T-Shirt, das ich hochgekrempelt und unter meinen Brüsten verknotet hatte wie ein Popstar auf einem Foto, das ich in einer Illustrierten gesehen hatte. Ich hatte in der Sonne gelegen, mein Körper war heiß und feucht von Schweiß und Sonnencreme, und ich war ins Haus gekommen, um im Schatten einen Orangensaft zu trinken. In der Küche hatte sich mein Vater an meinen Rücken geschmiegt und mich gegen die Spüle gedrückt, während das Wasser lief und den farbigen Limonadesirup im Glas verdünnte, bis die Flüssigkeit überschwappte. Ich spürte, wie etwas Hartes gegen meinen Po drückte, während sich seine Hand auf meinen Bauch legte und dann in meine Shorts rutschte. »O Izzy«, hauchte er mir ins Ohr. »Du bist so schön.« Und dann führte er mich in die Dachkammer …

Ich kämpfte gegen den Brechreiz an und versuchte, mich von Taïb zu lösen. Doch er ließ es nicht zu. »Was ist los?«, fragte er. »Es ist, als hättest du fürchterliche Angst vor mir.«

Ich schüttelte den Kopf in Panik vor den Erinnerungen. »Nicht vor dir«, stieß ich schließlich hervor. »Vor dir nicht.«

»Wovor dann?«

»Ich kann es dir nicht sagen.« Ich versuchte erneut, mich von ihm zu lösen. »Sieh mich nicht an, bitte.«

»Ich sehe dich gern an, Isabelle, du bist so schön.«

Plötzlich schrie ich auf wie ein verwundetes Tier. Und wie ein solches Tier wäre ich am liebsten in die Wüste hinausgelaufen mit meinen Wunden, hätte mich in den Sand gelegt und gewartet, bis mein Lebenssaft darin versickerte und ich einfach … aufhörte … zu existieren. Aber Taïb ließ es nicht zu.

»Sag es mir, Isabelle. Was ist es, das so wehtut? Ich ertrage es nicht, dich so zu sehen.«

»Ich kann es dir nicht sagen, ich habe es noch niemandem gesagt.« Ich lachte bitter. »Es war nie jemand da, dem ich es hätte sagen können. Nie ist einer da, wenn man ihn am meisten braucht. Das habe ich sehr jung gelernt. Und ich schäme mich so.«

»Ich werde dich nicht weniger mögen. Egal, was du mir sagst, es wird mich nicht schockieren.«

»Du kennst mich nicht. Du weißt nichts von mir. Würdest du die wahre Isabelle kennen, würdest du das nicht sagen. Du würdest mich verachten. Du würdest nicht in meiner Nähe sein wollen.« Die Worte sprudelten aus mir heraus, vereinten sich zu einem reißenden gefährlichen Strom. Ich versuchte, sie aufzuhalten, aber sie wurden von einer schrecklichen unbekannten Kraft in mir ausgespien.

Und dann erzählte ich ihm, was ich noch nie zuvor jemandem erzählt hatte. Das dunkle, beschämende Geheimnis, das mein Leben in jenem schrecklichen vierzehnten Sommer zerstört hatte. Vor diesem Sommer war ich nur die wilde, unschuldige Izzy gewesen, die lachte und schrie und nicht überlegte, bevor sie etwas sagte, die auf Bäume kletterte und von Mauern sprang und sich gedankenlos ins Leben stürzte, in der Gewissheit, unverwüstlich zu sein. Nach diesem Sommer gab es nur noch Isabelle, eine gebrochene, verängstigte Isabelle, die von einem Elternteil der Gnade, besser gesagt, der Ungnade des anderen überlassen worden war. Die Isabelle, die nicht einmal ihrer besten Freundin erzählen konnte, was mit ihr passierte, die gelernt hatte, für die Welt eine nichts sagende artige Maske aufzusetzen. Eine Maske, die sich auf dem Gesicht der Frau eingebrannt hatte, die jetzt die anderen kannten. Aus Abscheu vor mir selbst hatte ich alles aus meinem Leben verbannt, was mit dem wilden kleinen Ding zu tun gehabt hatte, das meinen Vater zu einem derart widerwärtigen Akt verleitet hatte, bevor er sich, entsetzt über das, was er getan hatte, aus dem Staub gemacht hatte. Ich war nur die Hälfte von dem, was ich hätte sein können, ich war verschlossen und gehemmt, ein emotionaler Krüppel, der Angst vor Nähe hatte, der sich keine Freude gönnte, und ich wusste nicht, wie ich diese zwei Hälften miteinander versöhnen sollte.

Taïbs ernster, nachdenklicher Blick ruhte die ganze Zeit auf mir. Er schreckte nicht ein einziges Mal zurück oder verzog das Gesicht, er unterbrach mich auch nicht oder versuchte, mich zu berühren. Er hörte nur zu, so wie mir noch nie jemand zugehört hatte.

Schließlich versiegte mein Wortschwall, und ich fühlte mich so leer wie eine Kalebasse, als bestünde ich nur aus Knochen, über die man das Fell einer Trommel gespannt hatte.

Taïb wandte den Blick ab und schwieg lange, sehr lange, den Blick zu Boden gesenkt, bis ich sicher war, dass er mein abscheuliches Geständnis genauso beschämend fand wie ich. Dann sagte er sanft: »Arme Isabelle, arme Izzy. Was für ein schrecklicher Verrat an Vertrauen und Unschuld, was für ein Missbrauch von Macht. Wie kann man einem Kind so etwas antun, noch dazu dem eigenen?« Sein Blick kreuzte den meinen, und ich sah, wie die Flamme der Kerze darin tanzte. »Und du hast dir für das, was er dir angetan hat, die Schuld gegeben und dich dafür gehasst.«

»Ich habe ihm Schuld gegeben, das kannst du mir glauben«, entgegnete ich böse. »Ich habe ihm die Schuld gegeben und ihn gehasst.«

»Aber gleichzeitig hast du auch dir die Schuld gegeben und dich gehasst.«

Und noch während er es sagte, wusste ich, dass es stimmte. Ich hatte mich ein Leben lang bestraft, alles Wilde in mir unterdrückt und ausgemerzt. Ich hatte mich den gesellschaftlichen Normen angepasst, mich in die Zwangsjacke der Mittelschicht mit ihrem ökonomischen Einheitslook pressen lassen und versucht, alles um mich herum zu kontrollieren. Mit bemerkenswertem Erfolg. Ich war vor allem davongelaufen, was außerhalb meiner Kontrolle lag, hauptsächlich jedoch vor mir selbst.

Jetzt nickte ich langsam. »Du hast Recht. Aber ich weiß nicht, wie ich das ändern kann.«

»In meinem Volk gibt es eine Redensart: Die Zeit schreitet nur voran, gestern ist Vergangenheit. Schau in die Zukunft, Izzy, lass, was gewesen ist, hinter dir.«

Ich warf ihm ein zittriges Lächeln zu. »Ich wünschte, es wäre so einfach.«

»Es ist nur dann schwer, wenn man es sich schwer macht.«

»Manchmal geschehen Dinge mit einem, auf die man keinen Einfluss hat.«

»Jetzt sprichst du schon wie meine Großtante! Wenn sie krank wurde, sagte sie, es sei Gottes Wille, *insha'allah*, sie könne nichts machen, und dann wurde sie immer kränker. Meine Großmutter, die du kennen gelernt hast, regte sich immer fürchterlich auf über diese *insha'allah*-Manie ihrer Schwester, wie sie sagte. ›Wir sind doch keine Marionetten!‹, schimpfte sie. ›Steh auf und mach einen Spaziergang, statt über Verstopfung zu jammern. Trink Wasser oder iss ein paar Feigen!‹«

Ich konnte nicht anders: Ich lachte laut los. Gerade erst hatte ich mich des dunkelsten und schlimmsten Geheimnisses meines Lebens entledigt, das mein gesamtes erwachsenes Dasein vergiftet hatte, und er kam mir mit der Verstopfung seiner Großtante. Als ich Taïb ansah, zwinkerte er mir zu, und da wusste ich, dass er mich nur auf andere Gedanken hatte bringen wollen.

Dann nickte er unmerklich und wurde wieder ernst. »Es stimmt, der Islam besagt, unser Leben sei von Gott vorbestimmt, weil er allwissend und allmächtig ist. Das heißt aber nicht, dass wir keine Freiheit zum Handeln und Reagieren hätten. Wir selbst sind dafür verantwortlich, wie wir leben, was wir mit den uns vorgegebenen Umständen anfangen. Wir sind in jeder praktischen Hinsicht frei und dürfen nicht das allwissende Schicksal dafür verantwortlich machen, dass wir selbst falsche Entscheidungen treffen. Wir müssen immer danach trachten, das Beste aus uns zu machen, in diesem und auch im nächsten Leben. Wer weiß, was dir für eine Zukunft bevorsteht, Isabelle? Sie könnte wunderschön sein.«

»Oder ziemlich kurz.« Trotz der düsteren Feststellung lächelte ich. Taïb erwiderte mein Lächeln, und mit einem Mal spürte ich, wie eine schwere Last von mir abfiel.

Ich blickte über seine Schulter. Draußen ging die Sonne

auf, ein blasser Streifen ihres himmlischen Lichts zeigte sich in dem Ausschnitt, den eine Lücke im Kreis der dunklen Zelte mir bot. Ich kroch nach draußen in den kühlen Sand und stand auf. Der glühende Rand stieg über die fernen Dünen und überflutete das traurige Grau mit weichen Pastellfarben und schimmerndem Gold, und dann füllten sich auch die Mulden dazwischen mit Farbe. Es war das Schönste, was ich je im Leben gesehen hatte. Ich spürte, wie sich mein Kopf leerte und alle alten Ängste und Erinnerungen aus mir herausströmten, bis ich so leicht war wie die leuchtende Luft und mich nichts mehr vom Himmel und vom Sand unterschied.

NEUNUNDZWANZIG

Mariata marschierte die ganze Nacht. Der Mond war ihr gewogen, trotzdem stolperte sie gelegentlich, und ein Mal stürzte sie und schrammte sich trotz des dicken Gewandes die Knie an den scharfen Steinen auf. Sie ging wie im Traum, als hätte sie keinen anderen Gedanken. Immer, wenn ihr Zweifel kamen, schob sie sie beiseite und ließ sich allein von der Bewegung ihres Körpers leiten. Trotzdem war es keineswegs so, dass sie nicht wusste, wo sie war oder in welche Richtung sie ging. Beim Anblick der Sterne, die über das Firmament zogen, riet ihr eine innere Stimme, sich am Schwanz des Skorpions zu orientieren, der sich immer weiter gen Südosten neigte.

Im Gehen sang sie leise alte Volkslieder, die sie in ihrer Kindheit von ihrer Großmutter und ihren Tanten gehört hatte. Lieder, die man am Lagerfeuer der Karawanen gesungen hatte, wenn die Händler von ihren langen Reisen oder die Krieger von einer Schlacht zurückkehrten, Fetzen von lange begrabenem Unsinn, die aus den tiefsten Winkeln ihres Unterbewusstseins aufstiegen.

Zwei kleine Vögel auf einem Baum
Einer wie du, der andere wie ich
Schwarz die Flügel, hell die Augen
Wirf einen Stein und sieh, wie sie fliegen …

Die Steine waren entsetzlich scharf. Sie wünschte, sie hätte nicht die leichten Sandalen angezogen, die sie aus dem Adagh mitgebracht hatte, sondern in ein paar richtige Stiefel aus rotem Leder investiert, wie sie die Frauen der Aït Khabbashi trugen. Stiefel mit Sohlen aus dickem Gummi, die die Knöchel schützten und am Schienbein fest zusammengeschnürt wurden. Das war das richtige Schuhwerk für diesen Marsch, wo jeder Schritt unberechenbar war und der Grund unter den Füßen knirschte, als ginge man über verbrannte Kohle. Sie schleppte sich einen Hügel hinauf und auf der anderen Seite wieder hinunter, schleifte einen Fuß hinter dem anderen her und spürte, wie Steine und Geröll unter ihrem Gewicht nachgaben.

Oh, mein Kamel, so groß und stark
Dein feiner Höcker schwer von Fett,
Lauf schnell, mein Schatz, lauf schnell …

Nein, das war nicht gut. Sie versuchte, nicht an Kamele zu denken, denn mit ihnen kamen auch die Angst und die Erinnerung an Atisi, wie er von den Soldaten misshandelt wurde. Was war auf dieser Straße geschehen? Hatten sie ihn bewusstlos geschlagen und gefangen genommen? Oder hatten sie ihn erschossen und seine Leiche verscharrt? Sie sah das Bild der toten Stute auf der Straße und das Packtier, das Hals über Kopf in die Dunkelheit floh, und plötzlich wurde ihr die Sinnlosigkeit ihrer Lage vollends bewusst, allein in der Wüste, mit nichts, nicht einmal Wasser zum Überleben. Dieses Bewusstsein ließ sich nicht mehr abschütteln. Provozierend legte es den Finger auf die Lücken zwischen den Liedern und Reimen, mit denen sie versuchte, es zu ersticken. *Du wirst sterben*, flüsterte es zwischen die Worte. *Du wirst sterben, und niemand wird dein Grab kennzeichnen.*

Mariata biss sich auf die Zähne. *Schweig*, rief sie. *Wir stehen erst am Anfang und haben noch einen weiten, sehr weiten Weg vor uns. Wenn du mir schon in der ersten Nacht mit dem Tod drohst, was bleibt dir dann für die zweite und dritte, die fünfte oder zwölfte?*

Die Stunden verstrichen, die Sterne zogen über den schwarzen Nachthimmel, und Mariata marschierte durch die endlose, von Geröll bedeckte Ebene. Die scharfen Steine zerfetzten ihre Sandalen, immer wieder knickte sie um, und ihre Wadenmuskeln schmerzten. Der Skorpion krabbelte über den Rand der Welt und verschwand im Nichts. Die Sterne verloren allmählich an Glanz, und schließlich gab sich auch der Mond geschlagen. Im fahlen Licht der Dämmerung zeigte sich eine traurige graue Welt. Farblos und blass erstreckte sich die Landschaft. Dinge, die bislang schemenhaft gewesen waren, offenbarten nun ihre trostlose, immer gleiche Gestalt. So weit das Auge reichte, eine flache von Steinsplittern übersäte Landschaft, die sich langsam graubraun färbte und schließlich, als die Sonne aufging, ein eintöniges, staubiges Braun annahm. Das Herz wurde ihr schwer. Das musste die Hamada du Guir sein, die riesige, Hunderte von Meilen umfassende Ebene zwischen den beiden Sandmeeren im Osten und im Westen. Wohin sie auch blickte, alles sah aus wie uraltes trockenes Brot. Keine Spur von den Oasen, die in den Geschichten der Karawanenteilnehmer erwähnt waren, nicht ein Flecken Grün.

Sie schloss die Augen und versuchte, sich daran zu erinnern, was sie von den Reisenden im *funduq* gehört hatte, durchsuchte es nach Informationen, die sie für eine solche Reise gespeichert hatte. Die Worte blubberten langsam an die Oberfläche wie unterirdische Quellen, die sich einen Weg durch die Wüste ihres Bewusstseins bahnten. *Die Steinwüste ist die gefährlichste von allen. Wenn du das Wasserloch nicht findest, ist dein Schicksal besiegelt. In Igli, Mazzer und Tamtert kannst du günstig Kamele kaufen. Die Sonne wird über deiner linken Schulter aufgehen. Suche den Felsen mit den zwei Hörnern und gehe zwischen den beiden Hörnern hindurch. Es heißt, ein Mensch könne eine Woche lang ohne Nahrung und Wasser überleben, aber nur, wenn es kalt und Gott ihm gnädig ist.*

Und dann hörte sie von weit her eine andere, eine weibliche

Stimme. *In der Hamada du Guir verlaufen die trockenen Flussbetten von Nordwest nach Südost, folge ihrem Lauf, und du wirst zum Tal der Oasen gelangen.*

Mariata schlug die Augen wieder auf, wandte das Gesicht der Sonne zu und marschierte weiter.

So ging es Meile um Meile, Stunde um Stunde, doch die Landschaft veränderte sich nicht. Der Horizont war genauso weit und unveränderlich wie zu Anfang im Licht der aufgehenden Sonne. Die Wadis, denen sie folgte, waren nicht mehr als flache Vertiefungen im bröckligen, zerklüfteten Boden, übersät mit abgeschliffenen Steinen. Vor langer Zeit war hier ein Fluss verschwunden und hatte nichts als trockene Felsbrocken hinterlassen. Selbst diese toten Wasserläufe hörten nach ein oder zwei Meilen plötzlich auf. Einmal entdeckte sie ein paar dornige grüne Pflanzen in der Ferne und beschleunigte ihre Schritte, doch der Boden, in dem sie wuchsen, war genauso trocken und staubig wie jeder andere Teil dieser unwirtlichen Einöde, und als sie einige Blätter pflücken wollte, stach sie sich in die Finger. Also ging sie weiter. Während sie versuchte, die schlimmsten Befürchtungen zu verscheuchen, wurde ihr Bauch mit jedem Schritt schwerer und der Schmerz in ihrem Rücken stärker. Es war erst einen halben Tag her, dass sie gegessen, dass sie getrunken hatte, sagte sie sich immer wieder. Sie konnte überleben, schließlich war sie eine Tochter der Wüste. *Man kann eine Woche ohne Nahrung und Wasser überleben*, wiederholte sie ständig im Geiste. Sie verscheuchte die schrecklichen Geschichten und erinnerte sich lieber an jene, die sich die Männer erzählt hatten, wenn sie um das Lagerfeuer saßen: von Reisenden, die überlebt hatten, nachdem ihre Kamele krank geworden waren oder Räuber sie bei Nacht bestohlen und ihnen nichts gelassen hatten. Sie glaubte fest daran, dass sie genauso zäh und entschlossen war wie diese Männer, obwohl sie ein Kind in sich trug. Ihr Wille würde sie retten. *Eine träch-*

tige Löwin ist das gefährlichste Tier auf Erden, hatte sie einmal einen Jäger sagen hören. Doch dann fiel ihr ein, wie die anderen es damit erklärt hatten, dass sich die Löwin eher auf ihre Verfolger stürzen und dabei umkommen würde, als sich und ihren Nachwuchs zu retten. Nach einigen Schritten erinnerte sie sich, dass die Männer gelacht hatten, als sie das sagten. Sie hatten sich über Alis schwangere Frau Ana lustig gemacht, die in letzter Zeit so gereizt war, dass sie ihm eines Abends, als er in ihr Zelt kam, einen Schuh an den Kopf geworfen hatte.

Entmutigt ließ sie sich im spärlichen Schatten eines Felsens nieder und döste ein, doch ihr Schlaf war unruhig und ihre Träume verwirrend, also stand sie erneut auf und marschierte weiter, obwohl die gleißende Nachmittagssonne wie Feuer auf ihren Kopf niederbrannte.

Als sie es sah, wusste sie nicht, was es war – eine kurze flimmernde Bewegung in der Ferne oder eine neue Farbe im graubraunen Spektrum –, doch dann erkannte sie, dass es ein Kamel war, und blieb wie vom Blitz getroffen stehen. Sie starrte darauf, traute ihren Augen nicht, glaubte an eine Fata Morgana, eine optische Täuschung von Licht und Schatten. Doch das braune Tier, das wie ein Kamel aussah, war da und schritt gemächlich mit gesenktem Kopf durch die Wüste, als suchte es vergeblich nach Grünzeug. Und es sah nicht nur so aus wie ein Kamel, es war eines, und als sie näher kam, erkannte sie auch weitere Einzelheiten. Die auffällige, rot-blau gestreifte Decke, die schwarzen Wasserschläuche, die weißen Säcke mit Reis und Mehl, das Strohbündel. Es war das Packtier, das Atisi ag Baye gehörte. Um ein Haar hätte sie aufgeschrien. Das Tier, das einen Tag zuvor ausgerissen war, hier mitten in der gottverlassenen Hamada wiederzufinden, kam einem Wunder gleich! Sie küsste ihr Amulett. *Danke*, flüsterte sie, obwohl sie nicht recht wusste, bei wem sie sich bedanken sollte, bei Tin Hinan oder den Geistern der Sah'ra. War sie, ohne es zu wissen, den

Spuren des Tieres bis hierher gefolgt, oder hatten sie beide zielsicher den gleichen Weg genommen? Wie auch immer, sie war in der Tat eine Tochter der Wüste, und die Wüste hatte sich ihrer erbarmt.

Mit neuer Kraft hob Mariata ihre Gewänder und ging schnellen Schrittes auf das Tier zu, in einem Winkel, aus dem es sie nicht sehen konnte. Nur noch zweihundert Meter trennten sie von dem Kamel, als sie erkannte, dass das Tier nicht allein war. Neben ihm stand ein Mann, nein, ein Junge. Trotz der Hitze bekam sie eine Gänsehaut. Dann ging sie entschlossen auf ihn zu. »He, du!«

Der Junge war dünn und sah sie mit aufgerissenen Augen an. Offensichtlich war er erschrocken über ihren Anblick. Sie konnte das Weiß um seine Pupillen sehen. Seine Haut war so dunkel wie die Steine ringsum.

»Das ist mein Kamel!«

Schneller als eine Ratte auf einen Felsen sprang der Junge auf den Hals des Tieres, schwang sich zwischen die Proviantsäcke und trieb es an.

»Halt!« Mariata lief ihm nach, doch der dicke Bauch behinderte sie, und die scharfkantigen Steine schnitten ihre Fußsohlen und Knöchel auf. »Komm zurück!«

Aber das Kamel lief so schnell, als wären sämtliche *afrit* der Wüste hinter ihm her. Die großen Füße peitschten den Sand auf, der Hals pendelte hin und her.

Mariata schrie, so laut sie konnte, bis sie heiser war. Doch bald waren das Kamel und der Junge nur noch ein Punkt in der Ferne, hinter dem eine Staubwolke aufwirbelte. Mariata stöhnte verzweifelt. Sie fühlte sich so schwer wie ein Elefant, langsam und träge, und jetzt war er ihr entwischt. Wütend mit sich und dem Dieb folgte sie seiner Spur. Irgendwann müssten sie sich ausruhen, irgendwo in der Nähe musste es ein Lager geben. Der Junge sah aus wie ein *harratin* oder ein *iklan*-Kind, das sich vor der Arbeit drückte. Wenn das Lager in der Nähe war, würde sie großmütig auf die Entschädigung für den Diebstahl und die Strapaze, die sie auf sich hatte nehmen müssen, verzichten. Schließlich konnte sie es sich leisten, denn bestimmt erwartete sie dort die traditionelle Gastfreundschaft. Tee, ein gutes Essen. Wenn sie erfuhren, wem das Kamel gehörte, wenn sie ihnen von ihrer vornehmen Abstammung erzählte, würden sie ihr zu Ehren bestimmt eine Ziege schlachten, vielleicht sogar ein Schaf. Mariata fasste wieder Mut und schritt erhobenen Hauptes und mit langen Schritten voran. Jedes Mal, wenn sie einen Felsen sah, kletterte sie hinauf, in der Hoffnung, dahinter das Lager zu finden, eine Oase mit frischem Wasser, lächelnde Frauen, respektvolle verschleierte Männer. Vielleicht waren sie unterwegs in den Süden zum Hoggar, und sie konnte sich ihnen anschließen.

Stunden vergingen, erfüllt von solchen angenehmen Vorstellungen, doch von dem Jungen und dem Kamel war weit und breit keine Spur, abgesehen von dem aufgewühlten Boden, dort, wo die Steine verrutscht waren und man im Sand darunter den typischen gespaltenen Fußabdruck des Tieres sah. Inzwischen wirkte das Terrain nicht mehr ganz so unwirtlich. Jetzt konnte sie auch in der von Kratern und Geröll übersäten Landschaft eine gewisse düstere Schönheit erkennen und über die Veränderungen staunen, während die Sonne sich am Himmel herabsenkte und das pulvrige Graubraun der Erde zuerst ockerfarben wie das Fell einer Gazelle und schließlich blutrot färbte. Als die Felsen in der untergehenden Sonne lange Schatten warfen, war sie völlig erschöpft und ausgetrocknet. Deshalb hätte sie vor Freude fast geschrien, als sie auf einen kleinen Hügel kletterte und dahinter drei niedrige Zelte aus schwarzem Fell erkannte. Sie überließ sich der Schwerkraft und lief den Sandhügel hinab, bis ihr plötzlich klar wurde, dass es nur drei Zelte waren. Wo steckte der Rest des Clans? In der zunehmenden Dunkelheit kniff sie die Augen zusammen und machte nur eine Hand voll Ziegen aus statt eine große

Herde wie in einem richtigen Lager. Eine Hand voll Ziegen und ein einsames Kamel. War es eine Vorhut des Stammes, oder waren es Ausgestoßene? Unsicher verlangsamte sie ihre Schritte.

Dann schlugen die Hunde an, ein halbes Dutzend langbeiniger Köter, unter deren Fell man jeden Knochen sah. Jahrelange Inzucht und kärgliches Futter hatten sie aggressiv und misstrauisch gegenüber Fremden gemacht. Mariata trat nervös einen Schritt zurück. Ihr eigener Stamm hatte auch Jagdhunde gehabt, schlanke elegante Tiere, die gehorsam neben ihrem Herrn herliefen; die Kel Teggart dagegen hatten kaum sich selbst ernähren können, geschweige denn ein Rudel Wildhunde. Mit tief gesenkten Köpfen kamen die Hunde auf sie zu. Sie blieb reglos stehen. Dann hob sie einen Stein auf und warf ihn auf das Tier, das ihr am nächsten gekommen war. Er traf es an der Schulter, woraufhin es mit einem Jaulen zurückwich. Mariata hob weitere Steine auf und bewarf die Hunde, die wütend hin und her liefen. Sie bellten noch lauter als zuvor, hielten jetzt aber Abstand.

Schließlich trat ein Mann aus einem der Zelte. Er war schlank und dunkel wie die Nacht. Ein *iklan*, dachte Mariata erleichtert. »Ruf deine Hunde zurück!«, rief sie herrisch. Wo es Sklaven gab, gab es immer auch einen Herrn.

Der Mann warf ihr einen misstrauischen Blick zu und rief die Hunde, woraufhin diese sich um ihn versammelten, während sie sich immer wieder umsahen, als erwarteten sie weitere Steinwürfe. Das Bellen hatte auch die anderen Bewohner aus den Zelten gelockt. Doch unter ihnen befand sich kein Herr, es war ein kunterbunter Haufen, und niemand trug einen Schleier. *Baggara*, ausgestoßene Bettler, zerlumpte Nomaden, die sich abseits der Gesellschaft durchschlagen mussten. Wie es schien, nicht besonders erfolgreich. Unter ihnen erkannte sie auch den Jungen wieder, der sich mit ihrem Kamel aus dem Staub gemacht hatte. Der Mann, der die Hunde zurückgerufen hatte, bückte sich wieder ins Zelt hinein, und kurz darauf trat ein anderer Mann heraus, gefolgt von einer Frau mit einem kleinen Kind auf dem Arm. Sie blickten auf die Stelle am Felsen, wo Mariata wie angewurzelt stehen geblieben war. Einen Augenblick lang kreuzten sich die Blicke der beiden Frauen, und Mariata spürte einen Schwall reinen, fast greifbaren Mitgefühls, als wäre ihre Seele eine Perle, die an einer straffen Schnur zwischen ihnen entlangglitt.

Doch plötzlich schrie die Frau: »Ein Geist! Der Geist, der mir mein Kind genommen hat!« und lief mit vor Wut und Schmerz verzerrtem Gesicht auf sie zu. Mariata sah, wie Arme und Beine des Kleinen bei jedem Schritt hin und her schlenkerten, und plötzlich wurde ihr mit Schrecken klar, dass das Kind tot war und die Frau sie im Zwielicht, wenn die Kel Asuf sich am stärksten bemerkbar machen, für einen *djinn* hielt.

Doch ehe sie Mariata zu nahe kam, hatten die Männer sie eingeholt. Einer riss ihr den leblosen Kleinen aus den Armen und trug ihn wieder in das Zelt, während sie mit ausgestreckten Armen hinter ihm herlief, als könnte sie es nicht ertragen, von ihrem toten Kind getrennt zu werden. Der zweite Mann regte sich nicht von der Stelle und sah Mariata an.

»Ich bin kein *djinn*!«, rief sie, doch ihre Flüsterstimme klang so heiser und unheimlich, dass die Hand des Mannes zu seinen Amuletten fuhr. Sie schluckte, befeuchtete mit der trockenen Zunge die Lippen und versuchte es erneut. »Ich bin kein *djinn*«, rief sie und ging auf ihn zu. »Ich bin eine Frau aus Fleisch und Blut, eine Kel Taitok. Du musst dich nicht fürchten. Gestern Nacht ist mir mein Kamel entlaufen. Ich bin ihm den ganzen Tag gefolgt. Der Junge dort«, sie zeigte mit dem Finger auf ihn, »hat es mitgenommen. Vielleicht glaubte er, es sei herrenlos oder sein Besitzer gestorben, vielleicht wollte er sich nur darum kümmern. Wie auch immer, ich bin gekommen, um mein Kamel und die Waren, die es geladen hatte, zu holen, und ich wäre euch dankbar für etwas Wasser und eine

Stelle, wo ich die Nacht verbringen kann. Morgen ziehe ich mit meinem Kamel weiter.«

Der Mann antwortete nicht, er ging nur in die Hocke. Es war eine alte Geste, die sie nicht verstand, bis sie sah, wie er sich wieder aufrichtete. Dann flog der erste Stein an ihrer Schulter vorbei und prallte gegen den Felsen hinter ihr. Der zweite traf sie am Arm, und sie schrie nicht vor Schmerz, sondern vor Schreck auf.

»Was soll das? Ich habe dir nichts getan!«

Der Mann hob einen weiteren Stein auf. »Das Kamel gehört nun uns, verschwinde!«

»Ihr seid Diebe!«

»Verschwinde, oder wir töten dich!«

»Hast du keine Ehre? Trittst du die Gesetze der Wüste mit Füßen?«

»Das einzige Gesetz der Wüste ist der Tod.«

»Mögen die Geister dich verfolgen, wenn du mich fortjagst!«, rief Mariata und schwenkte ihr Amulett. »Ich werde euch verfluchen, und ihr werdet alle sterben, wenn ihr mich wegschickt!«

»Wir sterben ohnehin!« Die Augen des Mannes waren stumpf. »Verschwinde jetzt!«

Der Aufprall des dritten Steins wurde von ihrem dicken Gewand gedämpft, doch er war schon dabei, neue Steine zu sammeln, und die Hunde bellten steifbeinig vor aufgestauter Aggression. Mariata wandte ihnen den Rücken zu und ging davon.

Stundenlang lag sie im Schutz einiger Felsen und überlegte, was sie machen sollte. Dass ihr Kamel so nah und doch so unerreichbar war, wurmte sie. Sie konnte es den *baggara* nicht einfach überlassen, aber sie wusste auch nicht, wie sie es zurückholen sollte. Kochend vor Wut ersann sie die ganze Nacht tausend Pläne, die sie anschließend wieder verwarf. Sie hätte die kühlen Nachtstunden nutzen können, um eine ordentliche Wegstrecke zurückzulegen, doch das Wissen darum, dass nur wenige hundert Meter sie von ihrem Kamel, ihrem Wasser und ihrem Proviant trennten, lähmte sie. Irgendwie spürte sie, dass sie sterben würde, wenn sie diese Gelegenheit nicht beim Schopf ergriff. Und sie wäre selbst schuld. Für das verschleierte Volk waren List, Schläue und Einfallsreichtum mindestens so wichtig wie die Ehre. Sich von ein paar schäbigen Wegelagerern um Hab und Gut bringen zu lassen, kam einer schändlichen Niederlage gleich. Hatte die Mutter ihres Volks jemals eine derartige Erniedrigung erfahren? Sie konnte es sich nicht vorstellen. Was hätte ihre hoch angesehene Vorfahrin gemacht? »Tin Hinan«, flüsterte sie in die Dunkelheit, »leite mich mit deiner Weisheit und Stärke.« Sie drückte das Amulett an die Stirn und spürte das kalte Metall auf der Haut.

Wie lange sie so dagelegen hatte, vermochte sie nicht zu sagen, doch nach einer Weile hörte sie ein leises Geräusch in den Felsen zu ihrer Linken. Zu Tode erschrocken hielt sie den Atem an. Waren sie ihr gefolgt, um sie zu töten, wie der Mann angedroht hatte? Sie griff geräuschlos in die Ledertasche, holte das kleine Messer heraus und wartete.

Es war ein sehr leises, kaum vernehmliches Geräusch wie etwas, das am Gestein entlangstreifte, eine Art Hoppeln oder Schlurfen. Es kam näher. Mariata biss sich auf die Zähne und wappnete sich. Sie würde sich nicht einfach abschlachten lassen; auch auf der anderen Seite würde Blut fließen.

Als plötzlich ein Hase vor ihr auftauchte, sah sie ihn verdattert an. Mit seinen langen aufgerichteten Ohren starrte er überrascht zurück, alle Muskeln angespannt, um sofort die Flucht zu ergreifen. Doch sie war schneller und hatte ihn gepackt, noch ehe sie wirklich wusste, was sie tat. Sie spürte, wie er mit seinen kräftigen Beinen um sich trat, während sich ihre Hände in das weiche Fell krallten. Er fühlte sich so warm und entschlossen, so schockierend lebendig an, dass sie ihn um ein Haar losgelassen hätte, doch dann war irgendein uralter Instinkt stärker. Wenig später lag das Tier leblos am Boden, und ihre Hände waren schwarz vor Blut.

Es war ein stattliches Tier, und Mariata musste gegen die Tränen ankämpfen, als sie es mit seinem seidig glänzenden Fell, den kräftigen Hinterbeinen und den riesigen Ohren im Mondschein betrachtete. Dann nahm sie sich zusammen und tat, was zu tun war.

Vom Rücken ihres Kamels aus, meilenweit vom Lager der Nomaden entfernt, beobachtete Mariata den Sonnenaufgang. Das Tier schwitzte trotz der Kühle des Morgengrauens, so wie sie auch. Doch die Euphorie ließ sie jede Erschöpfung vergessen. Sie hatte alles riskiert und gewonnen. Ein kalter Schauer lief ihr über den Rücken, als sie sich daran erinnerte, wie die Hunde den Hasen, den sie ihnen zugeworfen hatte, in Stücke gerissen hatten, wie die zerbrechlichen Knochen unter ihren scharfen Zähnen zerbarsten und eine wilde Rauferei um das beste Stück, den Schädel, ausbrach, woraufhin die Männer aus ihren Zelten gelaufen waren und sie mit Stockhieben zur Ruhe gebracht hatten. Währenddessen hatte sie sich in den Pferch geschlichen und erstaunt festgestellt, dass man das Kamel bloß lose an den Füßen gefesselt und seine Ladung samt Sattel und Decke zu einem Haufen an der Seite gestapelt hatte. Nur der Sack mit dem Mehl und das Brot fehlten, sie konnte ihr Glück kaum fassen. Der Reissack stand daneben, einige weiße Körner waren in den Sand gerieselt und leuchteten im Schein des Mondlichts wie winzige Perlen. Mariata stopfte das Loch im Sack mit einem Bündel Stroh, prüfte, ob die Wasserschläuche voll waren, und warf sie sich über die Schulter.

Das Kamel beobachtete sie missmutig, warf den Kopf hoch und rollte die Augen, als sie sich ihm näherte. Ich bin weit genug gelaufen, sagte sein Blick unzweideutig. Glaub bloß nicht, du kriegst mich wieder auf die Beine. Mariata wusste, dass Kamele halsstarrige Tiere waren, aber auch, dass sie sich am Ende einer festen Hand beugten. Sie ging auf das Tier zu und erinnerte sich, wie Rahma in der Nacht, als sie vor den Soldaten in der Oase geflohen waren, ihrem Kamel mit einem Tuchfetzen das Maul verbunden hatte, bevor es seinen Unmut mit lautem Brüllen hatte äußern können. Das Tier war derart überrascht, dass Mariata noch Zeit hatte, es mit ihrem Hab und Gut zu beladen, ehe sie auf seinen Rücken stieg. Es warf den Kopf zurück und sah sie kummervoll an, doch Mariata erwiderte den Blick entschlossen und zwang es allein durch ihre Willenskraft auf die Beine und in einen trägen Galopp.

Jetzt lachte sie laut und klopfte sich auf den Bauch. »Du bist der Sohn der Tuareg, vergiss das nie! Du wirst ein Abenteurer werden, denn du erbst das Beste von deiner Mutter und von deinem Vater. Dich werden diese schändlichen *baggara* weder bestehlen noch übers Ohr hauen, denn du wirst alle besiegen mit dem Segen der Geister und deiner eigenen Kraft!«

Sie gab dem Kamel einen festen Schlag auf den Hinterkopf. Murrend ging es in die Knie und ließ sie absteigen. Im rosigen Licht der Morgendämmerung nahm sie ihm das Tuch ab und fesselte ihm sorgfältig die Füße, damit es nicht noch einmal davonlaufen konnte. Danach aß sie und trank etwas Wasser, ehe sie sich im Schatten einer einsamen Akazie eine verdiente Ruhepause gönnte.

DREISSIG

Mariatas Euphorie war nicht von Dauer. Seit Tagen rieten ihr ihre Instinkte, in Richtung Osten zu gehen, doch sie ignorierte sie, weil sie davon überzeugt war, alles andere als der Süden sei falsch. So kam es, dass sie, ohne es zu wissen, genau zwischen den Oasen von Ougarta und Aguedal hindurchkam. Sie hatte den Schatten des Jebel El-Kabla gesucht und aus Versehen einen Gebirgspass genommen, der nur in einen weiteren langen Arm der knochentrockenen Hamada du Guir führte. Das Terrain, durch das sie nun ritt, wechselte zwischen bröckligen Erhebungen aus rotem Gestein und Gegenden, die von einer seltsamen Patina überzogen waren, einer spröden Art Glasur, die matt in der Sonne glänzte und unter den breiten Füßen des Kamels zerbarst. Hier wuchs kein bisschen Grün, nicht einmal die zähesten Kakteen oder Euphorbien. Wann immer sie rasteten, machte das Kamel seinem Unmut mit einem lauten Brüllen Luft und verrenkte sich den Hals, um etwas von dem Bündel mit Viehfutter auf seinem Rücken zu stibitzen, das stetig abnahm. Es hungerte, sie wusste es. Sein Höcker war bereits schlaff und weich, seine Fettreserven waren fast gänzlich aufgebraucht.

»Nein, du stacheliges Etwas«, befahl sie ihm. Es war nicht ihre Absicht gewesen, sich mit dem Tier anzufreunden – schließlich war es ein gewöhnliches Packtier, ein Mittel zum Zweck, so wie ihre Füße –, aber da sie nun einmal Tag und Nacht mit ihm verbrachte und sie denselben Weg hatten, entwickelte sie eine unerwartete Zuneigung für das stinkende, schlecht gelaunte und widerborstige Tier. Die Anrede hatte sich von selbst ergeben. Das Tier war genauso stachelig wie eine Akazie. Wäre diese zähe, dornige Pflanze in der Lage gewesen, sich auszudrücken, würde sie sicher genauso brüllen, grunzen und spucken wie ihr Kamel. »Wenn du jetzt alles auffrisst, wirst du später nichts mehr haben und deine Gier bereuen. Sei stark und geduldig, ertrage dein Leid ohne Klage, und du wirst belohnt werden.«

Stärke, Geduld und Starrsinn waren die drei Eigenschaften, die ihr Volk am meisten bewunderte. Niemand klagte über die Strapazen der Wüste, ihr Stolz erlaubte es nicht. Wer es tat, war kein Mann. Stattdessen wetteiferten sie darum, wer die schlimmsten Proben bestanden hatte. Wer die meisten Sandkäfer zwischen den Zähnen geknackt und zu einer bitter schmeckenden Paste zerkaut, die meisten Schlangen roh verzehrt und in der Not den eigenen Urin getrunken hatte. Sie erinnerte sich an die fast legendäre Geschichte von einem Kaufmann, der auf dem Weg nach Sidschilmasa den Anschluss an seine Karawane verloren hatte und zufällig von der eines verfeindeten Stammes gefunden worden war, als er fast kein Wasser mehr hatte. Dem Gesetz der Wüste entsprechend hatten ihm die Händler ihre Gastfreundschaft angeboten: ein wenig Trockenfleisch vom Kamel und Wasser aus ihren Schläuchen. Er hatte gelächelt, auf sein Bündel geklopft, gesagt, er hätte alles, was er bräuchte und sie seinerseits zum Tee eingeladen. Die Lage war beiden Seiten klar gewesen, doch niemand hatte den Reisenden bloßstellen wollen, indem er die Einladung annahm, also war die Karawane weitergezogen, und der Kaufmann war einen Tag später verdurstet. Fünfhundert Jahre später lebte seine Geschichte immer noch fort. Ist es nicht besser, in Ehren zu sterben, statt die Hilfe deines Feindes anzunehmen?, fragten die Männer der Kel Ahaggar.

Mariata war nicht sicher, ob sie auch so standhaft wäre. Selbst wenn es Rhossi ag Bahedi wäre, der mit einer duftenden Lamm-*tajine* und Aprikosen plötzlich vor ihr auftauchte, würde sie sich vermutlich eher darüber hermachen und alles bis auf den letzten Bissen verzehren, ehe sie sich an den Luxus ihres Stolzes erinnerte, also konnte sie dem armen Tier seinen versuchten Mundraub nicht wirklich übel nehmen. Sie spürte, wie sich die Speicheldrüsen in ihrem Mund zusammenzogen. Sie war so ausgetrocknet, dass sie keine Feuchtigkeit mehr bildeten. Seit die Sonne untergegangen war, hatte sie keinen Schluck mehr getrunken. Ein schlaffer leerer Schlauch aus schwarzem Ziegenleder hing bereits über dem Rücken des Kamels und verwandelte sich allmählich in eine trockene Schwarte, und das Wasser aus dem zweiten schmeckte warm und brackig, als hätte es sich wieder in Blut verwandelt. In diesem Moment begann das Baby gegen ihre Bauchwand zu treten, wie um sich ebenfalls über mangelnde Ernährung zu beklagen, einmal, zweimal. Sie legte die Hand auf den Bauch und spreizte die Finger. »Nur die Ruhe, kleiner Mann. Vom Treten wird es auch nicht besser.«

Am dreizehnten Tag war das Viehfutter so gut wie aufgebraucht, und das bisschen Flüssigkeit in dem Schlauch reichte gerade aus, um damit die Nüstern des Kamels zu befeuchten, wobei das undankbare Tier sein Bestes versuchte, sie zu beißen. Es schnupperte an ihren Sandalen, doch die waren zu wertvoll, also gab sie ihm die Schilfmatte, auf der sie schlief, und das Kamel begann, sie in mühevoller Kleinarbeit mit seinem langen Kiefer zu einem Brei zu zermahlen. Als sie selbst versuchte, rohe Reiskörner zu essen, hätte sie sich fast die Zähne ausgebissen. Selbst wenn sie sie mit einem Stein zu einem Pulver zerstieß, das eine dicke Schicht in ihrem Mund bildete, konnte sie es ohne Wasser nicht herunterschlucken. Jetzt verstand sie, warum Atisi zwei Stuten mitgebracht hatte. Ihre Milch hätte sie gerettet. Dann fiel ihr die arme Moushi wieder ein, und sie verfluchte ihr Pech, nur ein männliches Tier behalten zu haben. Sie hatte von Händlern gehört, die die Halsadern ihrer Kamele anzapften und deren Blut tranken, aber als sie sich ihrem Tier mit dem kleinen Messer in der Hand näherte, fletschte es die gelben Zähne, als wollte es sagen, dass es ihr einen Arm abbeißen würde, wenn sie auch nur einen Schritt näher kam. Das zumindest folgerte sie aus seinem wütenden Brüllen. Also redete sie sich ein, so schlimm sei ihre Lage noch nicht.

Trotzdem stellte sie am selben Tag während einer Rast zum hundertsten Mal die Ledertasche auf den Kopf und untersuchte die Gegenstände darin. Vielleicht hatte sie etwas übersehen, was ihr von Nutzen sein konnte. Enttäuscht schob sie sie hin und her. Gerade als sie alles wieder in die Tasche stecken wollte, fiel ihr ein gestreifter Stein auf. Er war blaugrün mit einem einzigen waagerechten weißen Streifen in der Mitte, ganz anders als die roten und braunen. Mariata hob ihn auf. Er fühlte sich glatt in ihrer Hand an und so winzig wie ein Vogelei. Sie wischte die Sandkörner darauf weg und legte ihn, ohne nachzudenken, unter die Zunge, wo er sich gut anfühlte. Innerhalb kürzester Zeit wurde ihr Mund von Speichel überflutet, den sie dankbar herunterschluckte. Sie begann, den Stein zu lutschen und von einem Mundwinkel in den anderen zu schieben, und stellte fest, dass er ihren Mund feucht hielt und den schlimmsten Durst minderte. Eine kleine Entdeckung mit großer Wirkung, zumindest für den Moment.

Bis zum Einbruch der Dunkelheit mied sie, wann immer möglich, die Sonne und marschierte im Schatten der Felsen, danach zog sie im Licht des zunehmenden Mondes über das von Steinsplittern bedeckte Plateau Richtung Südosten weiter und fand nur ausgetrocknete Flussläufe und kaum ein Blatt, das nicht zu Staub verdorrt war. Das Kamel wurde immer langsamer und hielt den Kopf gesenkt, bis es plötzlich in die Knie ging und sich weigerte aufzustehen. Mariata wartete geduldig, doch es sah sie nicht einmal an. Sie versuchte, es mit der letzten Hand voll Futter zu ködern, woraufhin es ihr einen vorwurfsvollen Blick zuwarf und den Kopf abwandte, als wollte es sagen: zu spät! Jetzt wird es dir leidtun, dass du mich so schlecht behandelt hast. Sie zog es am Halfter, doch das machte es nur noch bockiger. Schließlich setzte sie sich neben das Tier und stimmte ein Lied an, das ihre Großmutter ihr vorgesungen hatte, als sie klein war. Das Kamel schnaubte, gurgelte kehlig und wirbelte trotzig Sand mit dem Schwanz auf, ohne sich von der Stelle zu bewegen.

Mariata erhob sich, pflanzte sich vor ihm auf und stemmte die Arme in die Hüften. Das Kamel tat so, als wäre sie Luft. Mariata versperrte ihm die Sicht, sodass es eine Anstrengung machen musste, um wegzuschauen. Das Tier sah sie mit matten Augen an. »Ja, ich verstehe, du brauchst eine Pause. Ich übrigens auch. Aber hier können wir nicht anhalten, wir müssen weiter, bis wir eine Oase oder eine Wasserstelle finden. Dann können wir eine Rast einlegen, und du kannst deinen Kopf in kühles Wasser tauchen, nach Herzenslust trinken und dir den Bauch mit Datteln vollschlagen. Aber dazu musst du auf die Beine kommen, sonst wirst du sterben. Und wenn du stirbst, sterbe auch ich.« Sie hielt inne und fuhr sich über den dicken Bauch. »Und mein Kind ebenfalls.«

Schließlich, als das Tier ihre flehentlichen Blicke nicht länger ertragen konnte, erhob es sich, und Mariata schlurfte neben ihm her. Es war unmöglich, die Gedanken an den Tod zu vertreiben. Sie kreisten darum wie Raubvögel über ihrer Beute. Sie erreichten ein Tal, in das der Wind einen weichen blassen Sandteppich geweht hatte. Doch aus der sanften Mulde stach etwas hervor. Sobald das Kamel es sah, scheute es zurück und brüllte erbärmlich. Mariata starrte auf die von der Sonne ausgebleichten Knochen, die der sandige Wind glatt poliert hatte, und spürte, wie ihr eigenes Herz gegen ihre Rippen schlug. War von dem letzten Reisenden, der hier durchkam, nur so viel übrig geblieben? Blühte ihr und ihrem Kamel das gleiche Schicksal? Plötzlich sah sie ein schreckliches Bild vor sich, ein

Skelett, das auf der Seite lag, halb von Sand bedeckt, die Knie angewinkelt, wie um ein winziges Skelett zu schützen, das unter seinen Rippen lag.

Dieses Schreckensbild setzte neue Kräfte in ihr frei. »Verdammt noch mal!«, fuhr sie das erschöpfte Kamel an. »Nimm dich zusammen. Wir schaffen es!«

Die Ermahnung galt ihr ebenso wie dem Tier. Mariata straffte das Kinn und marschierte mit dem Kamel im Schlepptau weiter, obwohl sie erschöpft war, so erschöpft, dass sie jetzt die Richtung wechselte und direkt nach Osten ging. Warum sie das tat, wusste sie nicht zu sagen, doch ihre Hand juckte und brannte, und in ihrem Kopf summte irgendein verstecktes Wissen. Irgendwo da draußen lag das Tal der Oasen, von dem die Kaufleute im *funduq* gesprochen hatten, jenes lang gezogene Tal, das sich von Norden nach Süden erstreckte, mit seinen vielen Wasserstellen und Oasen, durch die seit Tausenden von Jahren die alte Karawanenstraße geführt hatte. Sie würde es finden oder sterben.

Die Hamada ging in ein Erg über – ein großes Sandmeer aus riesigen sichelförmigen Dünen, deren Kämme vom unbarmherzigen Wind messerscharf geschliffen worden waren. Sie blickte auf die endlosen Dünen, die sich vor ihr ausbreiteten. Ihre hellen Ränder kontrastierten mit den dunklen Mulden und lagen wie die gestreiften Schwingen eines Falken über der Landschaft. Da wusste sie, dass sie sich am Rand des großen Westlichen Ergs befanden und keine Chance hatten zu überleben, wenn sie nicht bald Wasser fanden.

Am folgenden Tag brach das Packtier zusammen. Seine Knie gaben plötzlich nach, und es sackte zu Boden, wobei eine Wolke entsetzlichen Gestanks aus Maul und Rektum gleichzeitig entwich. Dann lag es nur noch da und starrte ins Leere, als könnte es darin seinen nahenden Tod erkennen, einen Fleck am Horizont, der mit jedem Schritt unbarmherzig näher rückte. Mariata schrie das Tier an, warf sich an seinen Hals und vergrub ihr Gesicht in seinem Fell. »Steh auf!«, flehte sie es an. »Steh auf!«

Die Panik machte sie aggressiv. Sie schlug mit der Faust auf das Tier ein, doch es ertrug ihre Peinigungen mit stoischer Gelassenheit. Sie trat nach ihm und schluchzte trocken, trotzdem rührte es sich nicht von der Stelle. Ihr blieb nichts anderes übrig, als sich neben das Tier zu legen und so lange zu warten, bis es von einem Augenblick auf den anderen zu atmen aufhörte. Und auch dann kippte es nicht zur Seite, sondern blieb reglos wie eine Sphinx liegen. Unmöglich, den genauen Zeitpunkt seines Todes zu bestimmen, denn es hatte sich nichts Wesentliches verändert. Mariata hielt ihm die Hand vor das Maul und sah, dass es nicht mehr atmete. Sie horchte mit einem Ohr an seinen hohlen Rippen und vergewisserte sich, dass das Herz nicht länger schlug. Sie zupfte an seinen langen Wimpern, und es zuckte nicht einmal. Am Ende musste sie die schreckliche Wahrheit anerkennen. Das Tier war tot, und sie war allein und viel zu weit gegangen, um kehrtzumachen und Hilfe zu suchen. Jetzt glaubte sie nicht mehr, dass sie an diesem Ort überleben würde. Sie lehnte sich mit dem Rücken gegen das tote Tier und starrte mit leerem Blick auf die Sanddünen. Hier also würden sie und ihr ungeborenes Kind sterben. Ein düsteres Ende. Doch zumindest würden sie wie echte Angehörige des verschleierten Volks in den Tod gehen, hier in der Wüste, wo sie hingehörten.

In dieser Nacht kamen die *djenoun*, um ihre Seele zu holen. Sie hörte sie im Wind, der am Abend auffrischte und den Sand von den Gipfeln der Dünen peitschte. Anfangs war ihr Lied leise, ein dumpfes Beben, das durch ihre Knochen summte und ihre Rippen vibrieren ließ, dann aber war es überall um sie herum, in der Luft, im Boden unter ihren Füßen. Es war der langsame Trommelschlag des Lebens, der schon immer da gewesen war, noch vor den Dünen und vor der üppig bewachsenen Graslandschaft, durch die Gazellen und Giraffen gezogen waren, als Gott die *djenoun* aus rauchlosem Feuer erschaffen hatte. Das Lied verwandelte sich in ein Tosen und dann in ein Heulen. Abwechselnd erschrocken und fasziniert ließ sich Mariata von seinem Klang betören. Die Kel Asuf, die Geschöpfe der Wildnis, sangen für sie, weil sie sie als eine der ihren anerkannten, als eine, die mit niemandem spricht und allein durch die weite Leere wandert. Sie waren gekommen, um sie zu holen. Irgendwie war sie erleichtert. Sie musste nicht länger gegen ihr Schicksal ankämpfen, das Leben war ihr aus der Hand genommen. Sie stand auf und überließ sich Sand und Wind.

Als sie am nächsten Morgen aufwachte, hatte sie das Gesicht an den Bauch des toten Kamels gepresst. Sie lagen unter einer Sandwehe, in der eine Blase aus fauliger, aber lebenserhaltender Luft entstanden war. Zweifellos hatte das tote Tier ihr das Leben gerettet. Sie krabbelte heraus und staunte über den blassblauen Himmel und die golden schimmernden Dünen. Der nächtliche Wind war so stark gewesen, dass sie die Landschaft nicht wiedererkannte, als wären ihre Mulden und Kurven von der Hand eines Riesen verschoben worden. Einen Moment lang war sie nur enttäuscht, weil ihre Qualen auf dieser Welt noch kein Ende gefunden hatten, doch dann trat das Leben, das immer noch in ihr war, heftig gegen ihren Bauch. Und plötzlich musste Mariata trotz all ihrer Verzweiflung lachen. »Hallo, mein Kleiner, du glaubst wohl, ich hätte dich vergessen, was?«

Mit frischer Kraft nahm sie Tanas kleines Messer aus der Ledertasche auf ihrem Rücken, wetzte es an dem Schleifstein, bis die Klinge scharf wie eine Sichel war, und machte sich daran, das tote Tier zu zerlegen. Sie zapfte seine Halsschlagader an und füllte ihre Schläuche mit dem Blut, dann nahm sie das Tier aus, häutete es, schnitt ihm anschließend die wenigen Fettreserven aus dem Höcker und legte das Fleisch aus den Keulen und Schultern in langen Streifen zum Trocknen in die Sonne. Bald waren von dem armen *mehari* nur noch die Knochen, die Füße und der große traurige Kopf übrig. Viele hätten sie dafür getadelt, dass sie den Schädel mit dem nahrhaften Hirn und den saftigen Augen nicht angerührt hatte, doch aus schierer Sentimentalität schreckte sie davor zurück, den Kopf eines guten Freundes zu zerlegen, der eine gewaltige Anstrengung auf sich genommen hatte, um ihr Leben zu retten. So tätschelte sie ihm unbehaglich den Hinterkopf, strich eine Stelle im Boden glatt und schrieb mit der Klinge ein Gebet in den Sand. Möge dein Geist durch kühle *gueltas* und üppige Weidegründe wandern, möge der kühle Schatten deine Seele erleichtern. Mariata ult Yemma dankt dir. Amastan ag Moussas Sohn dankt dir. Kein Windhauch verwischte die schlichten Tifinagh-Zeichen.

Mit den letzten getrockneten Kotfladen als Brennstoff und dem rauen Schwanzhaar des Kamels als Zunder entfachte sie ein stinkendes Feuer und schmorte darüber das Herz und die Leber des Tieres. Da sie so lange nichts zu sich genommen hatte, brauchte sie sehr lange für diese Aufgabe. Es war ein eigenartiges Gefühl, sich mit Fleisch vollzustopfen, doch sie wusste, je mehr sie aß, umso besser wäre sie für den langen Marsch gewappnet. Da der Wind die Decke mitgenommen hatte, schlief sie unter dem abgezogenen blutigen Fell des Tieres. Sie war über sich selbst erstaunt. Sie hatte nicht gewusst, dass sie all diese praktischen Fähigkeiten besaß, allerdings war sie auch noch nie im Leben so auf sich allein gestellt gewesen.

Zwei weitere Tage blieb sie bei dem toten Kamel, schmorte und aß so viel Fleisch wie möglich und trank das Blut, ehe es gerann. Die Kräuter, die Tana ihr mitgegeben hatte, ermöglichten ihr, weiterzuessen, obwohl sie nicht mehr konnte, ohne dass ihr von dem vielen Fleisch schlecht wurde. Als am dritten Tag die Sonne unterging, steckte sie das Trockenfleisch in einen Beutel, den sie aus dem Magen des Kamels gemacht hatte, und schnallte ihn sich auf den Rücken. Er war schwer und sperrig, aber er bedeutete Überleben. »Jetzt trage ich den Höcker des Kamels, er wird mir seine Kraft verleihen«, sagte sie sich zuversichtlich und legte sich die Wasserschläuche um den Hals.

Von den Sternen geleitet, stapfte sie durch die Nacht, mal nach Süden, mal nach Osten. Sie befand sich in einer flachen Ebene aus festem Sand, den der Wind zu Tausenden kleinen Wellen geriffelt hatte. Das Muster war so elegant in seiner vollkommenen Monotonie, dass es beruhigend und tröstlich wirkte, daher bedauerte sie es, als erneut hohe Sandhügel auftauchten und sie bis zu den Knöcheln im weichen Sand versank. Doch wenig später flachten die Dünen wieder ab, und sie stand in einer kamelfarbenen Landschaft, die sich vor ihr erstreckte, so weit das Auge reichte. Ein jungfräuliches helles Braun, das nur von vereinzelten dunklen Steinen, so groß wie eine Kinderfaust, unterbrochen war. Während einer kurzen Rast hob sie einen dieser Steine auf und spürte, wie er ihrer Hand Gewicht und Bedeutung gab. Er kam ihr viel schwerer vor als ein gewöhnlicher Stein. Sie untersuchte ihn neugierig. Er war braun gesprenkelt, wie von einem Feuer versengt, und sah eher nach Metall aus. Da erinnerte sie sich, wie Amastan ihr von den Donnersteinen erzählt hatte, die vom Himmel fielen. Sie hatten auf einem der hohen Felsen gesessen, die den Weg aus der Tamesna zum Lager des Stammes bewachten, und die silbernen Schweife der Sternschnuppen am Himmel beobachtet. »Ich bin durch einen Ort gekommen, an dem die Herzen dieser Sterne zu Hunderten niedergegangen waren«, hatte er gesagt, und sie hatte ungläubig das Gesicht verzogen.

»Noch eins von deinen verrückten Märchen!«, hatte sie geschimpft, obwohl sie den Klang seiner Stimme liebte, egal, welche Dummheiten er von sich gab.

»Möge Gott dir einen solchen Ort ersparen. Viele haben versucht, die Ebene zu durchqueren, aber Al Djumsjab, der finstere Atem des Ergs, der Freunde trennt und ganze Karawanen verschwinden lässt, hat sie alle verschlungen. Jetzt sind von ihnen nur die von der Sonne ausgebleichten Knochen übrig, die Seelen aber wandern mit den Kel Asuf durch die endlose Weite und spielen Ball mit den eisernen Herzen, die vom Himmel fielen.«

Sie hatte es für eine seiner poetischen Anwandlungen gehalten, doch jetzt erinnerte sie sich, wie er sie einmal gefragt hatte, ob sie glaubte, dass die Sterne am Himmel die Seelen der Toten seien. Daraufhin warf sie den Stein weg, stand auf und lief, so schnell sie konnte, über das Feld mit den Donnersteinen, wobei ihr die Angst im Nacken saß.

Als sie am nächsten Tag auf eine steile Düne stieg, rutschte sie aus und purzelte den ganzen Weg hinab. Die linke Hand schmerzte. Keuchend lag sie im Sand und warf einen Blick auf die brennende Hand. Genau in der Mitte, wo eine lange gerade Linie die Handfläche teilte, hatte sich ein Stachel so tief ins Fleisch gebohrt, dass nicht einmal das Ende aus der Haut ragte. Um die Stelle herum hatte sich das Blut gestaut. Der Schmerz durchzuckte sie noch stärker, als sie das Fleisch ringsum zusammenpresste. Vergeblich. Dann versuchte sie, den Stachel mit der Spitze des kleinen Messers herauszuschneiden, doch dabei bohrte er sich noch tiefer ins Fleisch. Wäre sie dazu im Stande gewesen, hätte sie vor Schmerz und Verzweiflung geweint, doch hinter ihren Augen war nichts als ein heißer Druck.

Am nächsten Tag war die Hand rot und geschwollen. Bei jedem Schritt pochte sie und fühlte sich so schwer an, als schleppte sie einen Donnerstein mit sich herum. Bald hatte sie das Gefühl, als wäre die Wunde ihr Mittelpunkt, ein rohes pulsierendes Herz, der Rest hingegen so unwirklich wie ein rauchloses Feuer, das durch einen Zauber in einen Menschen verwandelt worden war, bereit, sofort wieder aufzuflammen, wenn der Fluch gebrochen wurde. Als die Oase auftauchte, war sie fast im Delirium. Zuerst hielt sie es für eine Spiegelung aus Hitze und Dunst, die sie in die Irre führen sollte, obwohl es noch hell war. Doch je näher sie kam, desto deutlicher sah sie alles vor sich, nach dem eintönigen Braun und Rot der Wüste war das Grün der Palmen beinahe schmerzhaft. Der Himmel spiegelte sich im Wasser, das still war wie ein Stein. Plötzlich sah sie sich klar wie in einer Halluzination die brennende Hand bis zum Gelenk in das Wasser tauchen. Die Kühle war eine solche Wonne, dass sie sich nur mit den berauschendsten Augenblicken in Amastans Armen messen konnte. Traum und Wirklichkeit verschmolzen in einem langen Schwindel erregenden Sturz. Erst als sie zu trinken begann, kam sie wieder zu sich, denn es war alles andere als angenehm. Ihre Kehle war so trocken, dass sie kaum schlucken konnte, sondern würgte und krächzte. Schließlich gelang es ihr, ein paar Schlucke hinunterzubringen, dann sammelte sie ihre Sachen ein und verkroch sich wie ein sterbendes Tier im kühlen Schatten einer Palme, wo sie sofort einschlief.

Als Stimmengewirr sie weckte, fuhr sie hastig und erschrocken auf. Am Wasserloch tranken drei Kamele mit weit gespreizten Beinen und gebeugten Hälsen, und etwas weiter weg am anderen Ende füllten drei Männer ihre Wasserschläuche auf. Offensichtlich hatten sie sie nicht gesehen. Mit ihrem dunklen Gewand war sie im Schatten gut getarnt gewesen. Sie wollte schon um Hilfe rufen, doch dann gewann ihre Vorsicht die Oberhand. Sie drückte sich tiefer ins Gebüsch und beobachtete, wie zwei der Männer sich im Schatten einer Palme ausruhten, während der dritte ungeduldig auf und ab ging und vergebens versuchte, sie zur Fortsetzung ihrer Reise zu bewegen. Schließlich setzte auch er sich in den Schatten, mit dem Rücken gegen eine Palme gelehnt, und schien bald darauf eingeschlafen zu sein. Trotzdem wagte Mariata es nicht, sich zu regen.

Bei Anbruch der Dunkelheit zündeten die Männer ein Lagerfeuer an und bereiteten Tee und ein Abendessen zu. Als der Duft über das stille Wasser zu ihr herüberwehte, hörte sie, wie ihr Magen knurrte. Sie nahm ein Stück getrocknetes Kamelfleisch aus dem Beutel und kaute darauf, während sie von dem Geschmack des grünen, stark gesüßten Tees träumte. Im brodelnden Feuer konnte Mariata deutlich sehen, dass zwei der Männer die Tracht der Hoggar trugen und verschleiert waren, was ihr den Mut verlieh, sie sich näher anzusehen. Vorsichtig schlich sie über die herabgefallenen trockenen Palmwedel bis zum Rand ihres Verstecks, hockte sich hin und horchte.

Der Mann, der seine Kopfbedeckung nur lose trug, wirkte unzufrieden. Er konnte nicht still sitzen und regte sich über die Gelassenheit seiner Begleiter auf. »Ich verstehe nicht, wieso wir hier Rast machen!«, wiederholte er zum zweiten Mal. »Schließlich bin ich es, der euch bezahlt, also solltet ihr das tun, was ich sage!«

Der größere der beiden verschleierten Männer warf ihm einen gleichgültigen Blick zu. »Die Kamele sind erschöpft und wir ebenfalls.«

Mariata stockte das Herz. Sie kannte die Stimme, es war ihr Bruder Azaz.

»Sie könnte noch vor uns sein, vielleicht hat sie eine Abkürzung genommen.«

Azaz seufzte. »Es gibt keine Abkürzung. Jeder Reisende weiß, dass das Tal der Oasen der einzige sichere Weg durch diesen Teil der Wüste ist. Wer davon abweicht, ist so gut wie tot.«

Mbarek Aït Ali hob die Hände, als wollte er ein Übel abwehren. »Bei Allah, es wäre jammerschade um so ein hübsches Ding.«

Bei diesen Worten stand die zweite verschleierte Gestalt auf und trat mit unterdrückter Wut das Feuer aus. »Sind wir denn auf einer Hasenjagd?« Mariata kannte auch diese kieksige Stimme: Es war ihr jüngerer Bruder Baye.

»Der Windsturm muss ihre Spuren verwischt haben, oder sie hat irgendeinen Zauber gewirkt, damit man sie nicht sieht«, faselte der Schlachter.

»Meine Schwester ist keine Hexe. Du darfst nicht auf die Frau meines Vaters hören.«

»Wo ist sie denn dann? Hat sie sich in Luft aufgelöst, oder ist sie davongeflogen? Nach Douira, wo sie noch in Begleitung des zerlumpten Händlers war, hat sie niemand mehr gesehen.«

»Vielleicht sind sie nicht mehr zusammen.«

»Oder sie sind schneller als wir vorangekommen«, beharrte der Schlachter. »Wie auch immer, ich bin fest entschlossen, sie zu finden. Ich werde nicht ohne sie zurückkehren. Ich kann mich doch nicht zum Narren halten lassen! Ein oder zwei Tage reiten wir noch weiter. Wir finden sie.«

Azaz und Baye sahen sich wortlos an. Schließlich antwortete Baye kopfschüttelnd: »Meine Schwester ist ein verwöhntes Ding, sie würde nie die Wüste durchqueren. Wahrscheinlich ist sie längst wieder in Imteghren, schlägt sich den Bauch mit *couscous* voll und lacht sich ins Fäustchen. Wir sollten aufgeben.«

»Wir sind weiter gegangen, als abgemacht war. Dafür hast du uns nicht bezahlt. Wenn uns die algerische Armee findet, bekommen wir eine Menge Ärger«, fügte Azaz hinzu.

»Ich dachte, ihr Nomaden schert euch einen Dreck um Grenzen!«, höhnte der Schlachter.

»Aber nicht um unser Leben«, entgegnete Azaz ruhig.

Der Schlachter schlug sich mit der geballten Faust in die Handfläche. »Vielleicht können weitere hundert Dirham euch die Sache schmackhafter machen!«

Azaz schüttelte den Kopf. »Es ist nicht das Geld. Wir haben nicht genügend Vorräte, um weiter in die Wüste vorzustoßen.« Mariata kannte den Ausdruck, mit dem er den Schlachter ansah. Schon als Dreijähriger hatte Azaz einen starken Willen gehabt. Wenn ihm etwas nicht passte, bekam er einen Wutanfall, und man konnte ihn noch weit vom Lager entfernt schreien hören.

Die beiden Männer starrten sich an, bis der Schlachter als Erster den Blick abwandte. »Ich hätte geglaubt, dass ihr eure Schwester vor dem sicheren Tod bewahren wollt.«

Azaz wandte dem Mann schroff den Rücken zu. »Es gibt Schlimmeres auf der Welt, als in der Wüste zu sterben«, sagte er leise, doch Mariata hörte es trotzdem.

Als die Männer fest eingeschlafen waren, schlich sie näher heran und fand in einem der *tassoufras* ein Bündel Datteln. Sie schmeckten so süß, dass beim ersten Biss Schmerzen durch ihren ganzen Körper jagten. Sie konnte sich nicht beherrschen und aß sie alle auf. Dann sammelte sie die klebrigen Steine in ihrem Rock, um sie zwischen den Wurzeln der Palmen zu verstecken. Sie spielte mit dem Gedanken, ihnen eins der Kamele zu stehlen, doch ihre Brüder waren hervorragende Fährtenleser und würden sie schnell finden. Wie sehr sie sie auch liebten, niemals würden sie den Willen ihres Vaters missachten. Obendrein standen sie in der Schuld des Schlachters, der sie bezahlt hatte. Doch nachdem sie den widerwärtigen Mann erneut gesehen hatte, war sie noch entschlossener als zuvor. Sie würden sie nicht kriegen. So nah sie dem Tod auch gewesen war, er war ihr immer noch lieber als ein solcher Mann.

Am nächsten Morgen sickerte langsam Licht über den Horizont wie sprudelndes Wasser auf einer unsteten Flamme. Einem dumpfen Graublau folgte ein dunkel glühendes Orange, das allmählich aufhellte, sich wie eine Flut über den Nachthimmel ausbreitete und einen Stern nach dem anderen löschte. Azaz stand als Erster auf. Er schlug seine Decke zurück und ging schnurstracks zu den Vorräten. Als er den *tassoufra* aufhob, in dem sie die Datteln verstaut hatten, wunderte er sich. Hinter ihm tauchte jetzt auch Baye auf. Er bückte sich, untersuchte den grobkörnigen Sand und sah zu seinem Bruder auf. Azaz nickte und legte den Finger auf die Lippen. Beide warfen einen Blick zu dem schnarchenden Mbarek hinüber. Azaz glättete den Sand, um die Spuren zu verwischen. Dann nahm er einen *tassoufra*, ging zu einer Palme und befestigte ihn außer Sichtweite an einem der Wedel, wobei er sich immer wieder nach allen Seiten umsah. Schließlich ging er zu den ausgestreckten

Kamelen und löste die Fußfesseln des kleinsten. »Wenn er aufwacht, sagst du ihm, eins der Kamele hätte sich in der Nacht befreit und wäre entlaufen. Ich würde versuchen, es einzufangen, und später zu euch stoßen. Brecht rasch das Lager ab und reitet denselben Weg zurück, den wir gekommen sind. Wartet am Hügel neben dem Wadi mit den blauen Steinen auf mich.« Damit zog er den Kopf des Kamels zu sich herab, schwang ein Bein über seinen Hals und zwang es auf die Beine. »Wenn ich bis zum Mittag nicht da bin, zieht weiter.« Kurz darauf waren er und das Kamel verschwunden.

Baye kratzte sich am Kopf und machte sich ans Teekochen.

Der Schlachter murrte gewaltig, weil sie nun zurückmussten und obendrein ein Tier verloren hatten, doch eine Stunde später waren Baye und er verschwunden und hatten Mariata allein in der Oase zurückgelassen. Aber nicht für lange. Plötzlich tauchte in der Ferne eine einsame Gestalt auf einem Kamel auf.

»Mariata!«, rief sie.

Sie gab weder eine Antwort, noch zeigte sie sich.

Azaz ritt bis an den Rand des Wasserlochs und ließ das Tier trinken. Anschließend füllte er seinen Wasserschlauch und genehmigte sich einen kräftigen Schluck. »Ich weiß, dass du da bist«, sagte er leise. »Ich habe deine Fußspuren heute Morgen neben unseren Vorräten gesehen, die Datteln waren verschwunden. Es sei denn, ein Affe hätte dir die roten Sandalen gestohlen …«

Mariata kam aus ihrem Versteck hervor und trat in die Sonne. »Ich werde nicht mit dir zurückkehren, also versuch es gar nicht erst.« Ihre Stimme, die früher so zart gewesen war, dass Männern die Tränen kamen, wenn sie sang, klang nun heiser wie die einer Krähe.

Azaz musterte die zerlumpte Gestalt vor ihm. »Die Wüste hat dich nicht gut behandelt, Schwester.«

»Besser, als der Schlachter es je könnte.«

»Wie geht es dem Kind?«

Es war das erste Mal, dass einer ihrer Brüder sie auf ihren Zustand ansprach. In Imteghren hatten sie den Blick gesenkt und nicht ein Wort darüber verloren.

Mariata legte die Hände auf den Bauch, und wie auf ein Stichwort trat das Kind nicht einmal, sondern gleich zweimal kräftig zu. Lächelnd sah sie hinab, und in diesem Augenblick stellte sie schockiert fest, wie abgemagert sie war. Der Handrücken bestand nur noch aus Haut und Knochen, und sie wusste, dass unter dem Kleid ihre Rippen und Beckenknochen genauso deutlich sichtbar wären. Was hätte Amastan dazu gesagt, der sie so gern unter dem nachsichtigen Blick des Mondes entkleidet und ihre üppigen Kurven liebkost hatte? Die Wüste war dabei, sie zu häuten, Schicht für Schicht wie eine Zwiebel. Bald wäre nur noch das kleine grüne Herzstück übrig. »Es geht uns beiden gut!«, antwortete sie.

»Und wohin willst du?«

»Nach Hause. Ich will mein Kind im Land der Kel Ahaggar zur Welt bringen.«

»Bis zum Hoggar ist es ein langer Weg, Schwester, und du bist allein. Zwei hätten bessere Chancen.«

»Wir sind bereits zu zweit.« Sie lächelte, gerührt von seinem versteckten Angebot. »Geh zu den anderen zurück und erzähle nichts von mir.«

Azaz packte das Kamel am Riemen. »Das ist für dich. Und drüben hinter der Palme findest du Proviant. Unser Vater hätte es so gewollt, wenn er hier wäre. Niemand darf eine Frau des verschleierten Volks gegen ihren Willen verheiraten.«

Mariata standen die Tränen in den Augen. Sie senkte den Kopf, damit er sie nicht weinen sah. »Wird man dich nicht bestrafen, weil du das Kamel verloren hast?«

Sie konnte das Lächeln in seiner Stimme hören. »Mach dir deswegen keine Sorgen. Östlich von hier verläuft die Straße nach Timimoun und Tindouf. Die darfst du nicht nehmen wegen der Patrouillen der Soldaten, aber präge dir ihren Verlauf gut ein. Wenn du den Felsen mit den drei Hörnern siehst, überquere sie bei Nacht, und du erreichst die Ebene von Tidikelt, dann reite drei Tage weiter in Richtung Osten. Abends, wenn der Wind auffrischt, halte ihm entgegen. Der Führer wird über deiner linken Schulter aufgehen und sich vor dich stellen, folge ihm. In den Stunden, in denen er unter dem Rand der Erde verschwindet, behalte den Nordstern im Rücken und die Töchter vor dir. Auf dem Weg wirst du Wasserstellen finden, aber es sind nur wenige, und sie liegen weit auseinander. Das Land steigt stetig an, folge seinen Umrissen, sie werden dich nach Abalessa bringen. Die Stute heißt Takama. Normalerweise ist sie sanftmütig, aber sie kann auch störrisch sein. Jedenfalls passt sie gut zu dir.«

Takama, so hatte auch die Dienerin geheißen, mit der ihre Urahnin die Wüste durchquert hatte. Mariata sah auf, verwundert über die makabre Ironie oder die unerwartete Erfindungsgabe ihres Bruders. Tränen rannen ihr über die Wangen. »Tin Hinan kann stolz auf die Männer ihrer Nachfahren sein.« Sie griff nach dem geflochtenen Riemen, als hinge ihr eigenes Leben daran. Er lag fest und angenehm in ihrer Hand, und dieses Gefühl verlieh ihr neue Kraft.

»Aber auch auf die Frauen.«

Ihre Hände berührten sich, dann drehte sich Azaz um und machte sich mit aufrechtem Rücken und schlenkernden Armen auf den Weg. Minuten später sah man nur noch eine winzige Gestalt, die rasch durch den Sand marschierte.

EINUNDDREISSIG

Drei Tage saßen wir in dem Lager fest, während um uns ein Sandsturm tobte. Paradoxerweise waren es die drei schönsten Tage meines Lebens. Taïb und ich waren die ganze Zeit allein, was ich in einer anderen Zeit meines Lebens als Katastrophe empfunden hätte, doch jetzt war meine Angst vor Nähe, die mich verfolgt hatte, seit ich erwachsen war, wie weggeblasen. Vielleicht hatte auch das Halbdunkel des Zeltes dabei geholfen, es bot eine perfekte Kulisse für Geständnisse und Enthüllungen. Wir lagen auf dem Rücken, starrten in die Dunkelheit und unterhielten uns über Dinge, die nur wichtig sind, wenn man weiß, dass der andere eine bedeutende Rolle im eigenen Leben spielen wird, eine herrliche Mischung aus tiefen Wahrheiten und absurden Spinnereien. Ich wollte von Taïb wissen, warum er nie geheiratet hatte, wie oft er sich verliebt hatte und was schiefgelaufen war, ob er an einem Leben nach dem Tod glaubte, ob er sich jemals Kinder gewünscht hatte, was er aus den Fehlern, die er begangen hatte, gelernt hatte, welche Musik er gern hörte, fragte nach seiner Lieblingsspeise, seinen schönsten Erinnerungen und dem lustigsten Witz, den er kannte. Wir lagen nebeneinander, ohne uns zu berühren, lachten, murmelten und dösten. Er fragte nach meinem Leben in London und meiner Kindheit, und ich erzählte ihm von meinem Zelt im Garten, den Kriegsspielen mit meinen Freunden und wie wir halb nackt herumgelaufen waren und mit Stöcken gegeneinander gekämpft hatten.

»Du warst wohl ein ganz schön wildes kleines Ding«, sagte er grinsend.

»Ja, stimmt«, entgegnete ich leise. »Aber das ist sehr lange her.«

»Gleich und Gleich gesellt sich gern, Izzy. Ich sehe das Wilde in deinen Augen, wenn du in die Wüste schaust. Wilde Orte ziehen das Wilde in dir an. Kletterst du deshalb, bist du deshalb nach Marokko gekommen?«

So hatte ich es noch nicht gesehen, aber irgendwie hatte er Recht. »Ich bin wegen der Kiste hier.«

»Welcher Kiste?«

Ich erzählte ihm vom Erbe meines Vaters auf dem Dachboden und wie ich es mit Eve zusammen geöffnet hatte. Dann fuhr ich plötzlich hoch. »Eve!«

Er sah mich mit großen Augen an. »Was ist mit Eve?«

»Sie macht sich bestimmt furchtbare Sorgen. Wahrscheinlich hat sie schon die ganze marokkanische Polizei in Bewegung gesetzt!« Ich wühlte in meiner Tasche, bis ich das Handy fand, und drückte hektisch auf die Tasten. »Scheiße!« Der Akku war leer. Ich schleuderte es wütend quer durch das Zelt, es prallte gegen die Wand und fiel mit einem dumpfen Geräusch auf den Boden.

Taïb nahm wortlos sein Handy aus der Tasche und reichte es mir. Erstaunlicherweise gab es sogar hier in der tiefsten Wüste Empfang, obwohl er schwach war. Ich musste Eves Nummer dreimal eintippen, dann klingelte und klingelte es. Schließlich sagte eine ferne Stimme: »Wer ist da?«

»Eve, ich bin es, Izzy.«

»Iz! Wo zum Teufel steckst du?«

Ich hatte mich anfangs gefragt, warum unsere Entführer uns die Handys nicht abgenommen hatten, doch jetzt wurde es mir klar. Was sollte ich darauf antworten? »Gute Frage. Ich habe nicht die geringste Ahnung. Irgendwo in der Sahara.«

Ihr Aufschrei war so laut, dass sogar Taïb ihn hören konnte. Ich hielt das Handy etwas vom Ohr weg, bis sie sich beruhigt hatte, dann erzählte ich ihr hastig, was uns passiert war.

»Entführt? Mein Gott, Izzy! Was soll ich machen, soll ich die Botschaft benachrichtigen?«

Ich überlegte noch, als ein Mann gebückt ins Zelt kam. Als er sah, dass ich telefonierte, riss er mir das Handy aus der Hand, schaltete es aus und schrie mich in seiner aggressiven Sprache an, doch alles, was ich verstand, war *»veck moi«*. Die Geste, die er mit der Waffe machte, war unmissverständlich. Hilflos sah ich zu Taïb hinüber. »Geh mit ihm«, war alles, was er sagte, und allein sein Blick genügte, um mich bis ins Innerste mit Wärme zu erfüllen.

Draußen schien sich der Sandsturm gelegt zu haben, obwohl noch alles grau und gelb war. Auf den Seiten der Zelte türmte sich der Sand wie bei einer Schneeverwehung, die Luft war stickig, aber man konnte atmen. Ich folgte dem Wächter in das größte Zelt. Es war schwarz und so niedrig, dass ich mich ganz klein machen musste, um durch den Eingang zu passen. Der Anführer lag auf einen Ellbogen gestützt ausgestreckt auf einer roten Matte. Wie ein Feldherr oder Kaiser der Antike, nur die ärmliche Kulisse passte nicht dazu. Er hatte die verstaubte Tarnkleidung, die er getragen hatte, als er uns gefangen nahm, gegen ein langes dunkles Gewand und eine weite Baumwollhose mit komplizierter Stickerei eingetauscht. Die braunen Füße waren nackt; man sah lange knochige Zehen und die breiten Fersen eines Kindes, das selten Schuhe getragen hatte. Sein Kopf jedoch war immer noch mit dem Stammesschleier verhüllt, sodass nur die dunklen funkelnden Augen sichtbar waren. Auf dem Boden vor ihm standen zwei dampfende Gläser auf einem Tablett, eine verbeulte blaue Teekanne aus Aluminium, ein Stapel mit Fladenbroten und eine Schale Öl. Er deutete mir an, Platz zu nehmen, und ich ging nicht gerade graziös in die Hocke.

»Tja, offensichtlich behaupten die Briten, Sie seien französische Staatsbürgerin, und die Franzosen, Sie seien britische Staatsbürgerin.« Er fand das Ganze sehr lustig. Mit der freien

Hand schob er mir ein Glas Tee zu, und erst da fiel mir auf, dass er in der anderen ausgerechnet ein nagelneues, modernes Satellitentelefon hielt. »Scheint so, als wollte Sie niemand haben, Isabelle Treslove-Fawcett.« Dann warf er mir mit einer verächtlichen Geste den britischen Pass zu, als wollte er sagen, da kannst du sehen, was der wert ist.

Ich steckte ihn ein, obwohl ich mir in der Tat nichts Nutzloseres in dieser Gegend vorstellen konnte. Da ich nicht wusste, was ich sagen sollte, wandte ich meine Aufmerksamkeit dem Tee zu, doch der war so süß und stark, dass ich fast zusammenzuckte.

»Egal. Das gehört zum Spiel. Ich mache einen Zug, und sie versuchen, Zeit zu schinden, um uns ausfindig zu machen und zu überlegen, was sie als Nächstes tun … immer dasselbe alte Muster. Sie geben sich desinteressiert, aber glauben Sie mir, sie haben panische Angst, dass wir uns an die Medien wenden.«

Er schob mir auch den Korb mit dem Brot zu, und so saßen wir beide da und aßen ein paar Minuten schweigend. Ich beobachtete fasziniert, wie er das Brot unter dem Schleier zum Mund führte und sich von mir abwandte, wenn er aß, als wäre es ein intimer Akt, den ich nicht sehen durfte.

Plötzlich läutete das Satellitentelefon; er drückte auf einen Knopf und lauschte aufmerksam. Dann knurrte er eine hastige Antwort, beendete das Gespräch und rief seine Wächter. Wo zuvor alles ruhig gewesen war, brach jetzt organisierte Hektik aus. In aller Eile wurden die Zelte abgebaut und auf den Dachgepäckträgern der Wagen verstaut. Mich schubsten sie so hastig in den Touareg, dass ich nicht einmal die Möglichkeit hatte, mich nach Taïb umzusehen. Und dann holperten wir bereits über die staubigen Wüstenpisten, alle in verschiedene Richtungen.

Mit einer Hand am Lenkrad manövrierte der Anführer den Wagen durch das tückische Terrain, in der anderen hielt er sein Telefon und brüllte Befehle. Einmal fuhren wir durch weichen Sand und wirbelten eine riesige Staubwolke auf; als wir dann wieder über die mit Steinsplittern übersäte Ebene rasten, prallten die Steine wie Geschosse gegen die Karosserie. Armer Taïb, dachte ich in meiner typisch westlichen Art, der schöne schwarze Lack an seinem Wagen wird völlig hin sein. Und einen kurzen gehässigen Augenblick lang war ich froh, dass es nicht mein Wagen war. Ein lautes Dröhnen über uns riss mich aus meinen Gedanken. Ein Militärjet mit bleicher Unterseite und getarnten Flügeln donnerte über uns hinweg und verschwand augenblicklich wieder in der Ferne.

Der *trabandiste* grinste spöttisch, und die Runzeln um seine Augen wurden zu tiefen Falten. »Ha! Sie glauben, sie könnten uns Angst einjagen. Solange Sie in unserer Gewalt sind, werden sie sich hüten, uns anzugreifen. Das wäre äußerst schlechte Publicity für sie!«

Er ließ mir Zeit, um zu verdauen, dass einem rauen Wüstenbewohner das Konzept von Publicity keineswegs fremd war, dann schaltete er den Allradantrieb zu, fuhr die Böschung eines steilen Flussbetts hinauf und bretterte anschließend über eine noch steinigere Piste, die von fedrigen Tamarisken gesäumt war.

»Würde Ihnen etwas zustoßen, würden sie natürlich einfach uns verantwortlich machen. Von Terroristen ermordet, würden sie sagen. Aber wir haben auch in den Medien Sympathisanten.« Er warf mir einen kurzen Blick zu. »Kennen Sie Journalisten, Isabelle?«

Ich starrte ihn an. »Ich? Nein!«

»Kennen Sie niemanden bei der Londoner *Times* oder der BBC? Bei *Le Monde*?«, beharrte er.

Ich zuckte die Achseln. »Ich verkehre nicht in solchen Kreisen.«

»Macht nichts. Sie können selbst etwas auf die Website der BBC schreiben, wenn wir im nächsten Lager sind, und wir stellen ein paar Fotos von Ihnen ins Netz.«

Er tat so sicher, dass ich auf stur schaltete. »Sie haben mich und meinen Freund entführt, haben seinen Wagen gestohlen und bringen uns weiß Gott wohin, und dann erwarten Sie von mir, dass ich Ihnen helfe?«

»Wenn Sie das, was ich Ihnen zeigen will, gesehen haben, werden Sie sich ein Bein ausreißen, um unsere Sache zu unterstützen.« Für ihn war es eine Tatsache, ich aber schüttelte den Kopf, blickte aus dem Fenster und versuchte, nicht zu lachen. Meine ganze Wut hatte sich mit einem Mal in Luft aufgelöst. Und je mehr uns die Wüste verschluckte, desto weniger machte es mir aus, wohin sie uns brachten oder was mit mir geschehen würde. Es lag nicht mehr in meiner Hand, es war nicht meine Verantwortung. Ich fühlte mich weder bedroht, noch war ich traurig, irgendwie hatte ich mich mit meinem Schicksal versöhnt. Ich wurde so ruhig, wie ich noch nie gewesen war. Wie seltsam. Hatte ich mich etwa mit der *insha'allah*-Manie infiziert? Offenbar hatte ich eine ordentliche Dosis abbekommen. Taïbs Großmutter würde toben. Taïb, ich brauchte nur an ihn zu denken, um in mich hineinzulächeln. Warum nur?

Nach einer Weile erreichten wir eine flache,sandige Ebene mit ein paar runden schwarzen Steinen und vereinzelten Bäumen mit breiten Kronen. Unter einem dieser Bäume hielt der *trabandiste* an, und wir stiegen in der gleißenden Hitze aus. Die beiden Wächter, die auf dem Rücksitz gesessen hatten, gingen ein paar Schritte zur Seite, um zu pinkeln, und ich folgte ihrem Beispiel und verzog mich diskret hinter einer Akazie in einigem Abstand vom Wagen. Als ich zurückkehrte, hielt der Anführer einen Stein in der Hand. Er warf ihn mir lässig zu, als spielten wir Ball, und ich fing ihn auf, ließ ihn aber sofort wieder fallen, da er viel schwerer war, als ich erwartet hatte. Ich bückte mich und untersuchte die rostfarbene verbrannte Oberfläche.

»Es ist ein Meteorit, mein Volk nennt sie Donnersteine«, sagte er. »Sie sollen Glück bringen.«

»Aber nur, wenn man nicht getroffen wird«, gab ich spitz zurück, woraufhin er lachen musste.

»Sehen Sie, das ist die richtige Tuareg-Einstellung, Isabelle Treslove-Fawcett! Selbst unter den schlimmsten Umständen behalten Sie Ihren Humor.«

Tuareg! Wieso war ich nicht früher darauf gekommen? Wo war ich mit meinen Gedanken gewesen? Ich hatte die ganze Zeit geglaubt, er vermummte sich, weil er ein Verbrecher war und nicht erkannt werden wollte, nicht aus kulturellen Gründen. Plötzlich sah ich ihn mit anderen Augen, obwohl es mir erneut kalt über den Rücken lief. Als Taïb mir von seinen Tuareg-Vorfahren erzählt hatte, hatte mich die Exotik fasziniert, jetzt aber erinnerte ich mich an bestimmte Lektionen in Geschichte, die ich von meiner Mutter erhalten hatte. Es ging um eine französische Expedition unter Oberst Flatters, die 1881 eine mögliche Route für die Transsaharien, eine Eisenbahnlinie quer durch den Hoggar erkunden sollte. Die Truppe war von den Tuareg in einen Hinterhalt gelockt und bis auf einen Mann niedergemetzelt worden. Auch von dem waghalsigen Angriff vierhundert berittener Tuareg auf die spätere, besser bewaffnete Lamy-Foureau-Expedition hatte sie mir erzählt. Die Reiter waren bis auf den letzten Mann von Maschinengewehrsalven niedergestreckt worden. Als Kind hatte ich mir die Tuareg wie die Cherokee oder die Sioux vorgestellt, die einen mutigen, aber vergeblichen Kampf gegen die Moderne und den Fortschritt führten. Im Kino war ich immer auf Seiten der Rothäute gewesen, also war es keine Frage, dass ich jetzt für die Tuareg und gegen die verknöcherten Franzosen Partei ergriff, die die wilde Welt zähmen wollten, so wie meine Mutter mich. Doch im Nachhinein musste ich zugeben, dass diese wilden Wüstenkrieger immer etwas Düsteres ausgestrahlt hatten, eine kalte Rücksichtslosigkeit, in der nichts wichtiger war als ihre Ehre und ihre Freiheit. Und jetzt war ich selbst eine Gefangene dieser endlosen Auseinandersetzung zwischen der alten und der neuen Welt, ein Spielball der Mächte. Das *insha'allah*-Gefühl, das mich noch vor einer Stunde erfüllt hatte, war mit einem Schlag verflogen.

»Sie wissen, wie ich heiße«, sagte ich nach einer Pause, »aber Sie haben mir Ihren Namen nicht genannt. Wollen Sie mir diese Höflichkeit verweigern?«

»Manche Leute nennen mich Fennek, nach dem Wüstenfuchs, andere Tachelt, das bedeutet Hornviper«, erklärte er. Beides trug nicht gerade zu meiner Beruhigung bei.

»Haben Sie keinen richtigen Namen?«, fragte ich und erinnerte mich, dass ich einmal gelesen hatte, wie wichtig es für Geiseln war, eine emotionale Beziehung zu ihren Entführern aufzubauen, damit sie sie nicht nur als Gefangene sahen, sondern als Menschen. Angeblich wuchs damit die Wahrscheinlichkeit, nicht kaltblütig ermordet zu werden.

»Mein Kel-Tamaschek-Name geht Sie nichts an. Ich habe ihn seit einer Ewigkeit nicht mehr benutzt.«

»Das klingt, als schämten Sie sich Ihres Namens«, sagte ich verwegen, vielleicht auch allzu verwegen, denn ich sah, wie seine Augen vor Zorn funkelten und er unter dem Schleier das Kinn straffte.

»Schämen? Niemals! Wir Tuareg sind unendlich stolz auf unsere Abstammung, und die tragen wir in unseren Namen. Mein Stolz ist intakt, ungeachtet der Demütigungen, die mein Volk ertragen muss. Aber meinen Namen und meine Herkunft behalte ich für mich. Mein Stamm hat genug gelitten. Ich will nicht, dass er meinetwegen verfolgt wird.«

Offensichtlich hatte ich einen wunden Nerv getroffen. »Verfolgt?« In meiner Naivität fragte ich mich, wie man einen Wüstenstamm verfolgen konnte, der sich nie lange an einem Ort aufhielt und daher eine schlechte Zielscheibe bot. Sollte man jedenfalls meinen. Ich sah ihn fragend an, doch seine Augen waren entrückt, voller Schmerz und Bitterkeit, und dann wandte er sich von mir ab und rief seinen Männern zu, sie sollten mir Wasser bringen.

Minuten später saßen wir wieder im Wagen, und kurz darauf schlossen sich uns zwei weitere Fahrzeuge an, sodass wir uns nun im Konvoi einen Weg durch die Wüste bahnten wie Segelschiffe, auf allen Seiten von riesigen Wellen umgeben.

Es war bereits Nacht, als wir wieder Halt machten. Ich war mit dem Kopf ungemütlich ans Fenster gelehnt eingedöst, und als ich aufwachte, sah ich absolute Dunkelheit, die nur von vereinzelten kleinen Feuern unterbrochen wurde. Es schien eine ganz andere Art von Lager zu sein als das, was wir heute Morgen verlassen hatten. Hunde bellten, und überall waren Menschen, vor allem Kinder, die trotz der späten Stunde noch hellwach herumliefen. Ich sah auch Frauen, aber sie hielten Abstand. In unmittelbarer Nähe hörte man Zicklein blöken, die man von ihren Müttern getrennt hatte, um deren Milch nicht zu verlieren. Ich hatte keine Ahnung, woher ich das wusste, aber es bestand kein Zweifel, und deshalb lief mir ein kalter Schauer über den Rücken.

Fenneks Männer führten mich zu einem abgelegenen Zelt. Am Eingang fand die übliche Begrüßungszeremonie statt, dann traten sie zur Seite und machten mir ein Zeichen, einzutreten. Ich kroch buchstäblich auf allen vieren in das Zelt, nicht gerade ein würdiger Auftritt vor den ersten Tuareg-Frauen in meinem Leben. Ich starrte sie an, und sie starrten zurück, während wir uns an die seltsame Erscheinung der jeweils anderen gewöhnten. In Tafraout hatten sich die Frauen von Kopf bis Fuß in ihre schwarzen Gewänder gehüllt und ihre Gesichter vor Fremden verborgen. Sie hatten mir nie in die Augen geschaut. Diese Frauen hingegen starrten mich mit unverhohlener Neugier an, und als ich zurückblickte, grinsten sie und plapperten so heftig drauflos, dass ihr Schmuck hin und her schwang und im Kerzenlicht schimmerte. Sie saßen in einer Reihe wie die Figuren eines mittelalterlichen Gemäldes, das die drei Lebensalter darstellt. Eine junge, auffallend hübsche Frau, eine mittleren Alters und eine Alte mit einer Nase wie ein Falke. Ich fragte mich, ob sie verwandt waren; sie gingen so vertraut miteinander um. Was hielten sie bloß von mir in meinem zerknitterten, schmutzigen Leinenhemd, meinen Designerjeans und teuren Sandalen, meiner Longines-Uhr und den diskreten, fast unsichtbaren Ohrringen? Sie selbst trugen riesige schwere Klunker aus Silber mit deutlichen geometrischen Formen, ziemlich unbequem für mein Gefühl, sie aber empfanden sie offensichtlich als federleicht. Außerdem waren sie mit ähnlichen Amuletten wie meinem geschmückt, dutzendfach und alle verschieden. Sie steckten an ihren dunklen Gewändern, an den bestickten Blusen, den kunstvollen Kopfbedeckungen oder hingen an einem Band oder einem geflochtenen Riemen um den Hals, so wie bei mir.

Ich berührte mein Amulett unter dem Hemd und spürte meinen Herzschlag, als wüsste irgendetwas in mir, noch ehe es mir bewusst wurde, dass ich auf etwas wirklich Bedeutendes gestoßen war, das mein Leben von Grund auf verändern würde. Es war, als hätte mich das Schicksal an einen Wendepunkt geführt, zum Geheimnis meines Lebens, und jetzt, da ich kurz davor stand, es zu lüften, hatte ich Angst davor, was es bergen könnte. Halb und halb wollte ich das Amulett hervorziehen und es diesen ikonenhaften Frauen zeigen, doch irgendetwas hielt mich davon ab. Sie zu dieser späten Stunde und bei unserer ersten Begegnung unvorbereitet damit zu konfrontieren, kam mir zu brutal vor. Stattdessen sah ich zu, wie sie mir auf einem niedrigen Bett aus geknüpften Seilen mit bunten Wolldecken ein Lager bauten, und ehe ich mich versah, lag ich unter den Decken. Ich döste langsam weg, mein Kopf wurde ruhig, meine Gedanken lösten sich auf, meine Muskeln entspannten, ich nahm alles nur noch unbewusst wahr. Ich hörte ihre leisen

Stimmen, wie vom Wind verweht, wie das Rascheln von Blättern oder kleinen Wellen, die gegen das Ufer schwappen, und dann verschmolzen die Geräusche zu einem immer wiederkehrenden Wort: »Lallawa.«

ZWEIUNDDREISSIG

Als ich die Augen aufschlug, war überall Licht, und ich war allein im Zelt. Ich streckte mich aus und spürte ein ungewohnt wohliges Gefühl in den Gliedern. Seit Jahren hatte ich nicht mehr so gut geschlafen. Ich krabbelte aus dem Zelt und sah mich um. Wir befanden uns in einem ausgetrockneten Tal, durch den der nicht mehr existente Fluss eine breite Schneise gezogen hatte. Dutzende von Zelten erhoben sich hier, die vermutlich von Hunderten von Menschen bewohnt wurden. Alte Männer, deren wogende Gewänder und voluminöse Turbane kaum die spindeldürren Beine oder die gespannte Haut über den Schädelknochen verbergen konnten. Kinder mit geschwollenen Bäuchen und riesigen Augen, die Köpfe bis auf ein oder zwei Zöpfe kahl geschoren. Einige alte Frauen bewachten die Kochtöpfe über einem offenen Feuer, die Jüngeren zerstampften in großen hölzernen Mörsern etwas, das ich nicht erkannte.

Jetzt erklang hinter mir ein Dröhnen, und ich sah eine Reihe von staubigen Lastwagen in der Ferne, die auf uns zukamen. Die Frauen legten ihre Stößel weg, hoben ihre Röcke und gingen sehr aufrecht auf sie zu. Es hatte etwas Würdevolles, diese Entschlossenheit, nicht zu rennen. Männer standen auf den Ladeflächen und begannen, Säcke mit Nahrung herunterzureichen – Getreide und Reis, ein Sack mit Gemüse, Speiseöl und Datteln –, und die Frauen warteten geduldig, bis sie an der Reihe waren.

»Guten Morgen, Miss Fawcett. Ich hoffe, Sie haben gut geschlafen.«

Ich drehte mich um. Vor mir stand der Tuareg-Anführer und neben ihm Taïb. Er sah mich an; seine Augen strahlten wie Sterne. »Wie geht es dir, Izzy?«

Ich war so froh und erleichtert, dass ich kaum ein Wort herausbekam. Am liebsten hätte ich ihn berührt und mich überzeugt, dass er echt war, aber Fenneks Anwesenheit hinderte mich daran. Ich hoffte, dass mein Lächeln meine Gefühle einigermaßen wiedergab. »Gut, danke.« Wir konnten beide unsere Blicke nicht voneinander lösen. Schließlich riss ich mich zusammen und fragte den Anführer: »Wo sind wir hier? Es sieht aus wie ein Flüchtlingslager.«

»So könnte man es nennen. Diese Menschen brauchen tatsächlich eine Zuflucht.«

»Haben sie ihre Häuser verloren?«

»Sie haben alles verloren. Alles bis auf ihr Leben und ihre Würde, aber Hunger und Dürre bedrohen auch das. Kommen Sie, ich möchte Ihnen ein paar Leute vorstellen.«

Er führte uns auf eine Seite des Lagers, wo eine Frau, die vielleicht so alt war wie ich, mit einer Hand und einem Fuß Wolle kämmte. Ihre andere Hand war nur noch ein Stumpf, die braune Haut endete dort in einem obszön leuchtenden Violett. Gesicht und Hals waren mit tiefen Narben übersät, ein Auge permanent geschlossen. Fennek ging in die Hocke, woraufhin die Frau die Wolle beiseitelegte und die gesunde Hand ausstreckte. Ihre Finger streiften kurz die Handfläche des anderen in einer formellen und zugleich zärtlichen Begrüßung. Dann deutete sie Taïb und mir mit einer Geste an, Platz zu nehmen, wie eine Königin, die eine Audienz gewährt.

»Jouma wird Ihnen ihre Geschichte selbst erzählen«, sagte Fennek. »Unser Volk lernt von Kindesbeinen an, sich nicht zu beklagen oder Schwäche zu zeigen, sie wird also nicht übertreiben. Es liegt an Ihnen, zwischen den Zeilen zu lesen.«

Jouma begann, in langen rhythmischen Sätzen zu sprechen; es klang fast wie ein Gesang. Sie schlug mit ihrer noch verbliebenen Hand auf den Boden, um die Worte zu betonen, während sich ihre melodische Stimme hob und senkte. Fennek, der für mich übersetzte, bildete den Kontrapunkt. »Ich komme aus einem Stamm, der seit Menschengedenken seine Weidegründe im Tamazalak hatte. Eines Tages kamen Soldaten und nahmen uns alle Kamele weg. Sie behaupteten, dass sie Papiere hätten, die ihnen das Recht gaben, sie zu beschlagnahmen. Als einige der jungen Männer protestierten, nahmen sie sie in ihren Fahrzeugen mit. Wir sahen sie nie wieder. Später kehrten die Soldaten zurück, und es waren nur Frauen, Kinder und Alte im Lager, doch das hielt sie nicht davon ab, uns zu schlagen. Sie sagten, unser Dorf sei eine Brutstätte für Rebellen, und warfen zwei Kinder in den Brunnen. Es waren die Söhne meiner Cousine Mina. Wir hörten sie schreien, als ihre Knochen brachen. Ich höre sie heute noch, wenn ich mich schlafen lege. Diejenigen von uns, die den Überfall überlebten, flohen mit den Tieren, die uns noch blieben, in die Wüste. Doch es herrschte eine große Dürre, und die Tiere starben eins nach dem anderen. Schließlich kam ich hierher, *alhemdulillah*.«

Ich saß wie gelähmt da, als Fennek ihr dankte und Taïb betroffen ihre Hand berührte. »Danke«, sagte ich. »*Merci bien* und *choukran*«, und sie lächelte heiter, nickte kurz, als wollte sie uns entlassen, und nahm ihre Arbeit wieder auf.

Als Nächstes brachte Fennek uns zu einer Frau mit einem hellen Turban mitten in einer Gruppe von Frauen in dunklen Gewändern. Nach der Begrüßung erzählte sie, wie man ihren Mann aus dem Lager verschleppt und ermordet hatte, weil man ihn verdächtigte, den Rebellen anzugehören. »Das passiert immer wieder«, schloss sie mit einem leichten Achselzucken, doch ich sah trotz ihrer gespielten Lässigkeit den Schmerz in ihren dunklen Augen, als sie von ihrem toten Mann sprach, den man an einem Baum im Schatten des Berges Tamjak aufgehängt hatte.

Wir verabschiedeten uns, und Fennek führte uns weiter.

»*C'est l'enfer*«, sagte Taïb mit einem Gesicht, das von unterdrückten Gefühlen angespannt war. Während wir dem Tuareg folgten, streckte er plötzlich die Hand aus und berührte mit den Fingern meine Handfläche. Es war die leichteste, verstohlenste Berührung meines Lebens, doch sie fühlte sich an wie ein Feuer, das meinen ganzen Arm erfasste.

Während wir durch das Lager gingen, zeigte Fennek auf andere Bewohner. »Khabte ist ein Waisenkind. Seine ganze Familie wurde in Adagh des Iforas umgebracht, Nama wurde von Soldaten verschleppt und in der Kaserne vergewaltigt, sie lag wochenlang im Koma. Schließlich setzten sie sie in der Wüste aus, aber die Wüste kümmert sich um ihre Kinder; wir fanden sie und brachten sie hierher. Moktar gehört dem Stamm an, der von den Franzosen aus seinem angestammten Gebiet vertrieben wurde, als in Arlit Uran gefunden wurde. Seinen Stamm gibt es nicht mehr, man hat ihm die Lebensgrundlage weggenommen. Einige Stammesbrüder flohen nach Algerien und wurden später von dort vertrieben, jetzt betteln sie in den Straßen von Bamako. Viele Menschen dort hassen uns. Sie sagen, ihre Vorfahren seien unsere Sklaven gewesen, und jetzt hätten sie den Spieß umgedreht. Sie vollziehen ihre Rache mit unglaublicher Grausamkeit.«

Er zeigte auf einen einäugigen Mann mit verstaubter Kampfuniform und einem schwarzen Turban, der neben den Lastern stand. »Elaga hat das Massaker von Tchin-Tabaradene überlebt«, erklärte er und durchbohrte uns mit seinem Blick. »Haben Sie schon mal von Tchin-Tabaradene gehört?«

Taïb sah aus, als würde ihm schlecht. »Ich ja«, sagte er leise. »Aber ich habe noch nie jemanden getroffen, der dabei war.«

Ich schüttelte den Kopf und lehnte mich an eins der Fahrzeuge. Mir war heiß und kalt zugleich.

»Wenn Sie über uns schreiben wollen, Isabelle, dann sollten Sie unsere Geschichte besser kennen«, sagte Fennek, ohne mich anzusehen. Stattdessen musterte er die vielen Frauen, die mit ausgestreckten Armen um etwas zu essen bettelten. Er seufzte. »Wir waren einmal das freieste Volk auf Erden, jetzt sind wir eines der ärmsten und unterdrücktesten. Man hat uns von unseren Weidegründen vertrieben und von einem Ort zum anderen gejagt. In Dürrezeiten, wenn wir verhungern und die Hilfsorganisationen uns Nahrungsmittel schicken, behalten die Regierungen sie ein und verkaufen sie auf den Schwarzmärkten. Deshalb ziehe ich es vor, dass wir uns selbst helfen. Überall im Land unserer Vorfahren wird Uran abgebaut und Öl gefördert. Man beraubt die Wüste ihrer Reichtümer, und nirgends hat man uns dafür entschädigt. Stattdessen werden die Minen bei Arlit von fremden Soldaten bewacht, die auf jeden schießen, der sich ihnen nähert. Und von all dem Profit, den man mit unseren Bodenschätzen macht, sehen wir keinen müden Cent. Für unser Volk werden weder Schulen noch Krankenhäuser gebaut, wir bekommen keine Jobs und haben nicht einmal Vertreter in den Regierungen von Mali oder Niger. Unsere jungen Männer haben wir entweder begraben, oder sie sind freiwillig gegangen, damit Frauen und Kinder das Wenige zu essen bekamen, was da ist. Elaga und ich wurden *ishumar*, entwurzelte Arbeitslose, die niemand will. Wir waren schlecht beraten, als wir Gaddafis Einladung annahmen, nach Libyen zu kommen und am Aufbau einer ›Tuareg-Republik‹ mitzuarbeiten. Das war in den Achtzigerjahren. Elaga war noch jung, ich dagegen alt genug, ich hätte es besser wissen müssen. Aber ich hatte einen Traum, denselben wie mein Vorfahre Kaocen, dass sich eines Tages alle unsere Stämme vereinigen und die Azaouad gründen werden – eine Republik, in der alle in Frieden ihrem Tuareg-Leben nachgehen können. Gaddafis Versprechen war eine Illusion, aber eine Zeit lang glaubte ich an Illusionen. Ich kämpfte in seiner Armee in der Westsahara, im Tschad und im Libanon – ich war so wütend auf die Welt, dass ich nur noch kämpfen konnte. Ihm hingegen ging es nur um seine Eitelkeit; er wollte sich einen Namen machen, indem er seinen arabischen Cousins bei ihrem Kampf seine eigene Privatarmee zur Verfügung stellte, doch am Ende ging es nur um Geld und Gefallen, und die Tuareg hatten weder von dem einen noch dem anderen etwas. Die großen Versprechen lösten sich in Luft auf, eigentlich kein Wunder. Ich hätte daran denken sollen, was Kaocen immer sagte, dass die Tuareg keine Verbündeten auf dieser Welt haben.

1990 vertrieben sie uns aus Algerien, zusammen mit dem Rest meines Volks, doch niemand wollte uns aufnehmen. Mali behauptete, es sei Nigers Problem, Niger behauptete, es sei Malis Problem. Am Ende wurde Niger so lange bekniet, bis es sich bereit erklärte, achtzehntausend seiner eigenen Staatsbürger wieder aufzunehmen. Wir glaubten, wir könnten in unsere alte Heimat im Aïr und in die Tamesna zurück, stattdessen wurden wir in ein Flüchtlingslager nach Tchin-Tabaradene gebracht.

Das Lager war schrecklich: überfüllt, schmutzig, von Krankheiten verseucht. Wir wurden dort übel behandelt. Das Militär rieb sich die Hände, endlich waren die gefürchteten Tuareg-Krieger von seiner Gnade abhängig. Es gab Prügel, Vergewaltigungen und systematische Erniedrigung. Alten Männern wurden mitten auf der Straße die Schleier abgerissen, zum ersten Mal im Leben war ihr Gesicht der Öffentlichkeit preisgegeben, Jugendliche mussten zur Belustigung der Soldaten wie Hunde auf allen vieren kriechen.«

Er sah mir in die Augen. »Wenn ich höre, was im Westen für ein Aufstand wegen Abu Ghraib oder Guantánamo gemacht wird, kann ich nur lachen. Hätte der Westen auch nur einen Bruchteil dessen, was in Tchin-Tabaradene geschah, zur Kenntnis genommen, müsste er sich in Grund und Boden schämen, dass in unserer sogenannten zivilisierten Welt so etwas noch möglich ist. Aber Afrika ist der vergessene Kontinent, und wir sind das vergessene Volk.«

Ich ertappte mich dabei, wie ich das Amulett unter meinem

Hemd umklammerte, denn ich hatte das Gefühl, in ein verstecktes Minenfeld getappt zu sein. Die Worte, die um mich herum explodierten, hatten die Kraft, einen Menschen zu verstümmeln oder gar zu töten.

»Wir durften weder das Lager verlassen noch unsere Kinder zur Schule schicken. Schließlich protestierten einige junge Männer vor der Polizeistation. Ein Soldat wurde mit seiner eigenen Waffe getötet. Auf diesen Vorwand hatten die Behörden nur gewartet. Wir waren unbewaffnet, erschöpft, starben an Krankheiten und Hunger, aber wegen eines einzigen toten Soldaten riefen sie den nationalen Notstand aus und schickten eine ganze Armee, Tränengas, Fallschirmspringer. Lager wurden dem Erdboden gleichgemacht, Brunnen vergiftet oder zugemauert. Sie kamen nachts mit Macheten und Benzinkanistern …«

Er stockte, und als ich ihm einen kurzen Seitenblick zuwarf, sah ich Wut, die wie harte Diamanten in seinen Augen funkelte. Taïb stand reglos wie eine Statue da und wartete, was als Nächstes kam.

»Mir gelang mit ein paar anderen die Flucht. Bis heute fühle ich mich schuldig, dass ich nicht geblieben bin, aber ich hatte schon Ähnliches erlebt und wusste, was kommen würde. Elaga blieb. Er hatte eine Frau und drei Kinder. Ich hatte nichts, für mich war es leicht wegzulaufen. Kämpft wie Schakale, hatte Kaocen immer gepredigt, und das hatte ich ihnen auch gesagt. Es war besser, anzugreifen und sich wieder zurückzuziehen, als wie ein Löwe zu kämpfen, Auge in Auge. Aber viele von uns können sich mit dieser Art der Kriegsführung nicht anfreunden. Für sie ist das Feigheit, nicht Pragmatismus. Und so ritten sie 1963 auf ihren Kamelen gegen die Panzer aus Mali an und wurden wie Heu niedergemäht. Eine heldenhafte Geste, aber nicht mehr, sinnlos und tödlich. Ich erhielt keinen Dank dafür, dass ich sie darauf aufmerksam machte. Jene, die geblieben waren, starben oder wurden schwer verwundet. Elaga verlor seine

Familie, ein Auge und um ein Haar auch sein Leben. Und in dem darauffolgenden Ausbruch von Gewalt kamen noch viel mehr um. Danach begann die offizielle Vernichtung. Sie nannten es sogar Endlösung – ja, ja, es waren dieselben Worte –, sie sprachen davon, dass man die Tuareg aussondern und aus der Gesellschaft ausmerzen musste. Hunderte von uns wurden auf Laster in die Wüste Richtung Bilam gebracht. Wir kannten die Route sehr gut: In alten Zeiten hieß sie die Salzstraße. Und die meisten, die man als Gefangene mit Militärfahrzeugen dorthin schaffte, sahen wir nie wieder.«

»Mein Gott!«, flüsterte Taïb. »Das wusste ich nicht.« Er fuhr sich mit der Hand über das Gesicht, und ich sah, wie die Tränen auf seinen Fingern glänzten.

»Wir hatten knapp zweitausend Tote zu beklagen, und die Behörden behaupteten, es seien nur sechzig gewesen. Diejenigen von uns, die geflohen waren, schlossen sich zusammen. Wir schickten eine Protestnote an die alten Kolonialmächte, doch Frankreich zeigte uns die kalte Schulter. Die Franzosen wollten es sich nicht mit den Uran- und Ölproduzenten verderben, selbst als sich die UNO auf unsere Seite stellte. Unter diplomatischem Druck veranstaltete Niger schließlich einen Schauprozess, aber das war nur eine Farce. Als der oberste Folterer von Tchin-Tabaradene in den Zeugenstand gerufen wurde, brüstete er sich damit, einen alten Mann eigenhändig erwürgt zu haben, und der ganze Gerichtssaal klatschte vor Begeisterung. Direkte Aktionen waren unsere letzte Hoffnung. Wir hatten versucht, innerhalb des Systems zu arbeiten, wir hatten den bewaffneten Kampf aufgegeben, aber letztlich hatte man uns gezwungen, ihn wieder aufzunehmen. Der diplomatische Weg hatte uns nichts genutzt. Einige Jahre habe ich eine Widerstandsbewegung in den Bergen angeführt, doch unsere Überfälle waren nur kleine Nadelstiche für den Feind.« Er seufzte tief. »Seitdem hat es immer wieder brüchige Waffenruhen gegeben und Versuche, uns zu integrieren, aber im Großen und Ganzen hat sich an unserer Lage nichts geändert. Jetzt tue ich das Wenige, was ich kann, um meinem Volk zu helfen und die Weltöffentlichkeit auf sein Leid aufmerksam zu machen.«

Er sah mich fest an. »Vielleicht verstehen Sie jetzt, warum ich das tue, Isabelle Treslove-Fawcett, und nehmen mir meine rauen Methoden nicht mehr so übel.«

Mit einem Mal brach ich in Tränen aus, überwältigt von dem, was er gesagt hatte, aber auch von meiner eigenen Zerrissenheit. Im Vergleich mit der schrecklichen jüngeren Geschichte der Tuareg waren meine Leiden geradezu unbedeutend, trotzdem fühlten sie sich riesig und ungeheuerlich an, als wäre mit der großen Flut von Mitleid in meinem Innern noch etwas anderes an die Oberfläche gespült worden.

Fennek sah verlegen weg. Dann wandte er sich mir plötzlich wieder zu, sah mir aber nicht ins Gesicht, sondern starrte auf einen Knopf an meinem Hemd, der von dem ständigen Tasten nach dem Amulett aufgesprungen war. Gerade als ich ihn wieder zuknöpfen wollte, um den Anstand zu wahren, packte er mit einer Hand meine Schulter und mit der anderen das Amulett.

»Woher haben Sie das?« Seine Augen funkelten vor Wut, dann sah er Taïb an. »Habt ihr es der alten Frau abgenommen, die ihr begraben habt?«

»Nein, nein, natürlich nicht!«, antwortete Taïb, entsetzt über diese Unterstellung. »Es gehört Isabelle. Erzähl es ihm, Izzy.«

Als Fennek das Amulett ganz herauszog, trat ich einen Schritt zurück, und auf einmal riss das Band – dasselbe Band, das mir das Leben gerettet hatte, als ich von der Felswand am Kopf des Löwen gestürzt war –, und das Amulett fiel auf den staubigen Boden neben meine Füße. Trotz seines Alters kam mir Fennek zuvor. Blitzschnell bückte er sich danach, hielt es in der Hand und drehte es hin und her. Dann öffnete er das Geheimfach im hinteren Teil, als wüsste er genau, wie es ging. Die kleine Papierrolle fiel auf seine Handfläche.

»Woher haben Sie das?«, fragte er erneut mir heiserer Stimme.

»Mein ... mein Vater hat es mir vererbt«, stotterte ich. Dann erzählte ich ihm von der Kiste auf dem Dachboden und ihrem seltsamen Inhalt. »Mein Vater war Archäologe, wissen Sie. In meiner Tasche sind die Papiere, die er in der Kiste aufbewahrt hatte.«

Er warf mir einen finsteren Blick zu, aber nur flüchtig, denn er konnte den Blick nicht von dem Amulett nehmen. Nachdem er es lange nachdenklich angestarrt hatte, ging er plötzlich mit schnellen Schritten los. »Kommen Sie«, rief er über die Schulter, als wäre es ihm gerade eingefallen.

Ich trabte hinter ihm her und fühlte mich ohne das Amulett furchtbar nackt und so leicht, als könnte ich wie ein Samenkorn davongeweht werden.

In Fenneks Zelt – bis ins kleinste Detail dasselbe wie das vom Morgen, als wäre es auf wundersame Weise hierher gebeamt worden – lud er uns mit einer Handbewegung ein, Platz zu nehmen, kramte in einer Truhe und fand schließlich meine Handtasche. Er warf sie mir zu. »Da, zeigen Sie mir die Papiere.« Nervös fuhr er sich immer wieder mit der Hand über das Gesicht.

Ich nahm die gefalteten Papiere heraus und reichte sie ihm. Als er sie aufschlug, fiel das unleserliche grüne Dokument auf den Boden. Er hob es auf und untersuchte es. »Was ist das?«

»Ich habe wirklich keine Ahnung«, sagte ich offen.

Fennek warf es weg und konzentrierte sich auf das getippte Blatt, über dem er so lange brütete, dass es mir vorkam wie eine Ewigkeit. Schließlich warf er es mir zu und zeigte mit dem Finger vorwurfsvoll auf zwei Wörter. »Tin Hinan! Was steht hier über Tin Hinan?«

Da wurde mir plötzlich klar, dass er nur diese beiden Wörter erkannt hatte, und auch die nur mit größter Mühe, also übersetzte ich ihm grob den Text meines Vaters. Bei den Wörtern

»Totenbahre«, »Karneol« und »Amazonit« stockte ich, weil mir die französischen Begriffe nicht einfielen; seltsamerweise schien Taïb sie aber zu kennen.

»Das Amulett wurde also in Tin Hinans Grab gefunden?«

»Zumindest steht es so da.« Mir wurde allmählich mulmig. Offensichtlich hatte mein Vater einen historisch wichtigen Fund aus dem Grab der Tuareg-Königin gestohlen. Er war ein Grabräuber und ich die Tochter eines Grabräubers. »Es tut mir leid«, sagte ich. »Ich habe keine Ahnung, warum er es mir hinterlassen hat. Mein Vater liebte Rätsel und Geheimnisse und zog Menschen gern mit seinem überlegenen Wissen auf.« Und dann erzählte ich ihm von dem Brief, den er mir geschrieben hatte, seiner letzten tyrannischen Manipulation. »Er wusste genau, dass ich es nie dabei belassen könnte.« Ich hielt inne und lehnte mich vor. »Verstehen Sie die Inschrift? Können Sie Tifinagh lesen?«

»Selbstverständlich«, antwortete er entrüstet und warf Taïb einen herausfordernden Blick zu. »Alle echten Tuareg-Kinder lernen Tifinagh von ihren Müttern.« Er trat hinaus, ging vor dem Zelt in die Hocke und strich mit der Hand den sandigen Boden glatt. Dann kritzelte er mit dem Wagenschlüssel einige Zeichen in den Sand und verglich sie mit denen auf dem Blatt. Nach kurzer Zeit schüttelte er den Kopf, murmelte etwas und wischte das, was er geschrieben hatte, wieder aus. Er drehte das Papier auf die Seite, untersuchte es aufmerksam und begann von Neuem. Nach mehreren fehlgeschlagenen Versuchen brummte er frustriert, sprang auf und zertrat die Zeichen im Sand. »Kommen Sie!«, befahl er herrisch, und einmal mehr folgten wir ihm wie zwei Hunde bei Fuß durch das Lager. Im Schatten eines Baums fand er die alte Frau aus dem Zelt, in dem ich die Nacht verbracht hatte. Sie stürzten sich in ein extra langes Begrüßungsritual, angesichts dessen ich ihm das Amulett und das Papier am liebsten aus der Hand genommen und beides der Frau vor die Nase gehalten hätte. Zum Glück besann ich mich noch rechtzeitig auf meine britische Zurückhaltung und guten Manieren und wartete, ungeduldig von einem Bein auf das andere tretend. Schließlich kam Fennek auf sein Anliegen zu sprechen, und es folgte eine lange Pantomime, bei der sich die Alte das Amulett bis ins kleinste Detail ansah, die eingravierten Zeichen, die roten Steine, das erhabene Mittelteil und sogar das kunstvoll geflochtene zerrissene Band. Als Fennek ihr zeigte, wie man das Geheimfach öffnete, schnatterte sie wie ein kleines Kind, hielt es vor ihr Auge und schob den Deckel fasziniert auf und zu. Dann unterhielten sie sich ausführlich über seine Herkunft und kunstvolle Bearbeitung, und schließlich strich er die kleine Papierrolle glatt und zeigte sie ihr. Sie schnalzte mit der Zunge, drehte den Kopf erst auf die eine, dann die andere Seite und murmelte vor sich hin. Mit einem Finger folgte sie einer Zeile, die von unten nach oben führte. Es gab drei solcher Zeilen, die wiederum von drei horizontalen Zeilen gekreuzt waren.

»Mariata«, sagte sie, und Fennek atmete erleichtert auf, als hätte er eine Ewigkeit den Atem angehalten. Sie fuhr mit dem Finger über die zweite Zeile. »Amastan«, sagte sie.

Keines der beiden Worte sagte mir etwas, doch die Luft war dermaßen mit Emotionen aufgeladen, dass ich spüren konnte, wie sich meine Nackenhaare sträubten, und plötzlich wusste ich, was in der dritten Zeile stand. »Lallawa«, flüsterte ich, und alle starrten mich an. Mir wurde heiß und kalt, ich schwankte.

»*Ey-yey*«, sagte die alte Frau, und ihre Stimme klang, als käme sie von weit her. »Lallawa.«

Taïb schlang einen Arm um mich, als wollte er mich stützen, und als ich seinen warmen Atem am Hals spürte, wäre ich um ein Haar ohnmächtig geworden. »Hast du das lesen können, oder hast du nur geraten?«

Ich schüttelte wortlos den Kopf. Ich hatte keine Ahnung.

Fennek war sehr nervös. Ich sah, wie seine Hände zitterten, als die Alte das Papier um neunzig Grad drehte. Doch egal, aus welchem Blickwinkel sie es betrachtete, es schien ihr ein Rätsel zu sein. Am Ende warf sie die Hände hoch, so wie alle Leute auf der Welt es tun, wenn sie sich geschlagen geben, und ließ eine lange Klage vom Stapel. Fennek versuchte, das Papier wieder zusammenzurollen, doch seine Hände waren zu zittrig, sodass die Alte ihm zu Hilfe kam, es vorsichtig zusammenrollte, in das kleine Fach zurücksteckte und den Deckel wieder schloss. Ein Geheimnis, das ungelöst blieb.

Wir gingen so schnell durch das Lager, dass ich völlig außer Atem war, als wir Fenneks Zelt erreichten. »Was oder wer ist Mariata?«, fragte ich.

Der Mann kniff die grauen Augenbrauen zusammen, als wollte er die Frage abwehren, wandte sich von uns ab und vergrub das Gesicht in den Händen. Und dann brach dieser *trabandiste* und Rebell, ehemalige Widerstandskämpfer, Tuareg-Anführer und vieles mehr, der mir noch eben ohne die geringste Gefühlsregung die schrecklichsten Geschichten von Verfolgung und Verbrechen erzählt hatte, in lautes Schluchzen aus. Erschütternde Klagelaute drangen durch die gespreizten Finger und erfüllten das kleine Zelt mit seinem gewaltigen Schmerz.

Ich war schockiert, ja, hatte Angst, in einem so beengten Raum mit einem derart ungehemmten Gefühlsausbruch konfrontiert zu werden. Am liebsten wäre ich weggelaufen, aber irgendetwas hielt mich dort fest. Ich erinnerte mich, wie er gesagt hatte, dass sein Volk dazu erzogen wurde, nie zu klagen, nie Schwäche zu zeigen, und fragte mich, wie um alles in der Welt ein kleines Amulett mit einem verborgenen Zauberspruch eine solche Wirkung haben konnte. Doch noch während ich mir diese Frage stellte, wurde mir etwas bewusst, was ich schon von Anfang an geahnt hatte: dass mein Amulett eine besondere, magische Kraft besaß und dass sich dahinter eine tragische Geschichte verbarg.

DREIUNDDREISSIG

Die Haut meines Liebsten glänzt wie Regen
auf hohen Felsen
Wie Regen auf hohen Felsen
Wenn schwere Wolken sich ergießen
Mit Blitz und mit Donner
Glänzt die Haut meines Liebsten wie Kupfer
So hell wie Kupfer
Das von den inadan *über dem Feuer bearbeitet wird*
Ah! Ich liebe den Glanz auf seinen Wangenknochen
Scharf wie die Klinge eines Messers im Abendlicht
Wenn er nur für mich seinen Schleier abnimmt.

Mariata stockte bei der letzten Zeile und spürte, wie ihr die Tränen kamen. Was für eine Verschwendung von Flüssigkeit, dachte sie wütend und begann von Neuem. Zudem durfte sie keine Schwäche vor ihrem Kind zeigen. Sie war sich seiner jetzt stets bewusst, sie spürte, wie es bereits die ersten Anstalten machte, aus dem engen Gefängnis ihres Bauchs auszubrechen. Sie sang den Vers immer wieder, zuerst im Flüsterton, dann wie einen Singsang, bis er zu einer Art Mantra wurde und sie beide fast in Trance versetzte. Unter sich spürte sie den langsamen rhythmischen Gang des Kamels. Die *Haut* meines *Liebsten* glänzt wie *Reg*en auf hohen *Felsen*.

Sie hatte dieses Lied für Amastan geschrieben, als sie im Mondlicht am Ufer gelegen und die Frösche am lautesten gequakt hatten. In der Nacht, in der sie das Kind gezeugt hatten. Weshalb sie so sicher war, konnte sie nicht sagen, aber sie wusste es. Ihre Augen brannten, doch sie waren zu heiß und zu trocken, um Tränen hervorbringen zu können. Sie schmerzten zwar, aber nicht so sehr wie ihr Herz.

»Genug!«, sagte sie streng und stimmte ein anderes Lied an.

Lass uns weg von den Siedlungen der Menschen ziehen
Auch wenn sie Wasser im Überfluss haben
Denn Wasser macht den weisesten Mann zum Sklaven
Und ich bin erst einundzwanzig.

Bei diesen Worten erstarrte sie. *Einundzwanzig*. Wie alt war sie? Jetzt, da sie darüber nachdachte, war sie sich nicht sicher. Die Frauen ihres Stammes markierten jeden Sommer, der verging, mit einem neuen Rand an einem handgewebten Teppich oder einer neuen Gravur in einem Amulett, doch Mariata hatte nie lange genug an einem Ort gelebt, um Dinge zu tun, die Mädchen normalerweise tun, wenn sie die Jahre zählen. Jetzt wurde ihr bewusst, dass sie vergessen hatte, wie alt sie war. Mit einem Mal flößte ihr diese Vorstellung eine große Unruhe ein, es war, als hätte sie kein Gefühl mehr für sich selbst, keine Identität. Es war nicht schwer, in dieser endlosen Weite das eigene Ich zu verlieren. Unter dem nächtlichen Sternenhimmel fühlte sie sich wie das unbedeutendste Wesen der Welt, wie einer der langbeinigen Käfer, die über die Dünen kletterten, wobei ihre Füße kaum die heiße Erde berührten und nur eine feine federartige Spur im Sand hinterließen. Und selbst diese Spuren wurden vom ersten kleinen Windstoß verwischt. Ja, genauso kam sie sich vor, als könnten die Spuren ihrer Existenz auf der Welt ganz einfach verwischt werden.

Um ihre verlorene Identität zu finden, wenn auch nur für sich selbst, versenkte sich Mariata tief in ihre Erinnerungen. Sie dachte an ihren siebten Geburtstag, als sie das Laichen der Frösche in der *guelta* beobachtet hatte, wo sie den Sommer verbrachten. Als sie acht wurde, hatte ihr die Schwester ihrer

Großmutter die Sterne gezeigt, während sie auf der Wolfsnase über dem Outoul-Tal saßen. Mit zwölf hatte sie den Wettbewerb der Dichter gegen den gegnerischen Stamm gewonnen und dabei Wörter benutzt, die kaum jemand zuvor gehört hatte. Ihre wunderbaren Übergänge und verkappten Sticheleien hatten die Mitglieder ihres Stammes vor Entzücken aufschreien lassen. Und während sie unermüdlich weiterritt, tauchten immer neue Bilder aus ihrer Kindheit auf. Sie musste laut lachen, als ihr einfiel, wie sie ihrer kleinen Cousine Alina beigebracht hatte, Feigen aufzufangen. Sie hatte die Früchte so hoch in die Luft geworfen, dass die Kleine von der Sonne geblendet wurde, wenn sie ihre Bahn verfolgte und versuchte, sie nach Gefühl zu fangen. Und dann hatte sich die Fünfjährige kichernd mit einer Feige aus dem Staub gemacht und sie in einem Stück aufgegessen, ehe Mariata sie ihr wegnehmen konnte, und wäre um ein Haar erstickt. Feigen … Ihr lief das Wasser im Mund zusammen, das Verlangen nach einer dieser Früchte war so stark, dass es körperlich schmerzte und sie um ein Haar ohnmächtig geworden wäre. Sie musste eine Feige essen, jetzt sofort! Das letzte Mal hatte sie im Hoggar welche gehabt, und das auch nur, wenn sie an den von den *harratin* bewirtschafteten Gärten vorbeikamen, in deren Schatten die Bäume mit der silbernen Rinde üppig gediehen.

Doch hier gab es keine Feigen. Weder hier noch vermutlich im Umkreis Hunderter Meilen. Sie wusste, dass es eine Tatsache war, doch irgendetwas in ihr – vielleicht das Kind, das genauso unvernünftig und fordernd war wie alle Babys auf der Welt – wollte es einfach nicht wahrhaben. Feigen, sie musste welche haben, egal zu welchem Preis. Wenn das Kind nicht das bekam, wonach es verlangte, konnte es sein, dass sich nach seiner Geburt eine dunkle Abbildung der Frucht auf seinem Rücken oder, noch schlimmer, in seinem Gesicht zeigte. In den Lagern sah man häufig Kinder mit solchen Makeln, und alle werdenden Mütter wussten, dass es sich nur vermeiden ließ, indem man aß, wonach das Kind verlangte, egal, ob es Asche, Salz oder Kameldung war.

Sie wühlte in dem Sack, den Azaz ihr mitgegeben hatte, und nahm die letzten Datteln heraus, die sie seit Tagen aufgehoben hatte. Alles andere war bereits aufgebraucht, abgesehen von dem Trockenfleisch des armen Kamels, das mittlerweile so hart war, dass sie Angst hatte, sich die Zähne daran auszubeißen. Stell dir einfach ganz fest vor, dass die Dattel eine Feige ist, sagte sie sich, vielleicht gelingt es dir, das Kind zu täuschen. Erinnere dich, wie eine Feige schmeckt, wie sich die Schale zuerst hart anfühlt und den Zähnen trotzt, ehe sich dein Mund mit dem süßen saftigen Fleisch der Frucht füllt, erinnere dich an die weichen Kerne …

»Und jetzt lass mich in Ruhe mit Feigen«, sagte sie dem Kind nach einer Weile. »Sie sind alle.«

Bislang war ihnen das Glück hold gewesen. Auf der windgeschützten Seite einer Düne waren sie auf einen Flecken mit frischem Gras gestoßen, unberührt von früheren Reisenden. Tamaka hatte den ganzen Tag zufrieden vor sich hin gegurgelt, während ihre langen Kiefer sich von einer Seite auf die andere schoben und das trockene Gras zu einem widerlichen grünen Brei zermahlten. Sie hatten auch Wasser gefunden, sogar kleinste Wasserlöcher, die so versteckt waren, dass man sie nur entdeckte, wenn man zufällig darüberstolperte. Mariata hatte sich an die Anweisungen ihres Bruders gehalten, sich nach den Sternen gerichtet und war mit dem Gesicht gegen den Wind geritten, doch sie hatte sich auch von ihren Instinkten leiten lassen und gestattet, dass die Füße sie dahin trugen, wo die Linie auf ihrer Handfläche sie hinführte. Trotzdem hatten sie nur so viel Wasser dabei, wie eine Kamelstute und eine hochschwangere Frau tragen konnten. Zwar war Tamakas Höcker fest und prall, doch sorgte sich Mariata ständig um das Wohl des Tieres. Mehr als um ihr eigenes, um die Wahrheit zu sagen. Wenn die Sonne im Zenit stand und sie sich eine kurze

Rast gönnten, lag sie auf dem Boden, legte die Hände auf den geschwollenen Bauch und betastete den fleischigen Knoten, der normalerweise darin verborgen war. »Dein kleiner Wüstenbrunnen«, hatte Amastan immer gesagt und ihre Hüften geleckt, sodass die Nachtluft sich kühl auf den Spuren seiner Zunge anfühlte, ehe er sie in ihrem Nabel vergrub und sie sich vor Lachen wand. »Eines Tages wird ein Kind an einem solchen Nabel hängen, so wie du an dem deiner Mutter gehangen hast. Dieses Kind wird von mir sein, und kein anderes auf der Welt wird so schön sein und so geliebt werden.«

Sie fragte sich, was er von ihrem Körper halten würde, wenn er jetzt ihren aufgedunsenen Bauch und die Haut sehen konnte, die so straff war wie das Fell einer Trommel, ihre kleinen festen Brüste, prall und schwer wie die Euter einer Kuh, ihre Beine, so dick wie der Stamm einer Palme, und ihre Knöchel, die wie Säcke aussahen ... Doch solche Gedanken führten zu nichts. Erschöpft schleppte sie sich vorwärts und setzte einen Fuß vor den anderen, während Tamaka ihr gelassen folgte.

Mehr als ein Mal donnerten Flugzeuge über sie hinweg, so schnell, dass das laute Dröhnen ihnen vorauseilte und gleichzeitig noch lange nachhallte. Dem Kamel schienen sie nichts auszumachen, doch Mariata kamen sie unheilvoll vor, als gehörten sie weder der Erde noch dem Himmel an. Sie überquerte die Straße, wie Azaz gesagt hatte, in den frühen Stunden einer mondlosen Nacht, als die ganze Welt schwarz und weit und breit kein Scheinwerferlicht zu sehen war. Sie ließ Tanezrouft hinter sich und folgte den Sternen durch das Erg el-Agueiba, dessen Namen sie nicht kannte. Als die Sonne aufging, breitete sich die gottverlassenste Gegend vor ihr aus, die sie je gesehen hatte: eine endlose Ebene aus Sand mit ausgetrockneten braunen Salzpfannen und einer dornigen Vegetation, die Takama beharrlich mied, obwohl sie bislang keine der typischen Neurosen anderer Kamele gezeigt hatte.

Ein paar Tage südlich der Salzwüste gelangten sie zu einem

breiten ausgetrockneten Flussbett und folgten drei weitere Tage lang seinem Lauf, bis Mariatas Sandalen endgültig auseinanderfielen und sie gezwungen waren, Rast zu machen. Sie setzte sich auf einen Felsen und untersuchte die Blasen auf ihren Fußsohlen. Einst war sie stolz auf ihre zierlichen Füße mit den langen knochigen Zehen gewesen. Als man sie für die Hochzeit mit Henna bemalte, hatten alle ihre Schönheit bewundert. Seitdem hatte die Wüste einen schweren Tribut gefordert. Anfangs waren die Blasen geplatzt und die Wunden nach einer Weile verheilt, um sofort wieder neue Blasen zu bilden. Jetzt lag eine Schicht von Narbengewebe über der anderen, und die dicke Hornhaut hatte die schmalen Sandalen immer mehr ausgedehnt, bis sie am Ende geplatzt waren. Rasch verband sie die Füße mit Stoffstreifen, die sie aus ihrem Kleid riss, ohne sich die Wunden näher anzusehen, und dachte, dass sie wohl lange Zeit nicht mehr barfuß tanzen würde. Ihr Mund verzog sich zu einem flüchtigen bitteren Lächeln.

Jetzt achtete sie beim Gehen auf das Wetter, denn in den letzten Tagen hatten sich Wolken am Horizont zusammengezogen, und sie wusste, dass die Regenzeit bevorstand. »Mehr Menschen ertrinken als verdursten in der Wüste«, hatte ihr Amastan erzählt, und sie hatte gelacht und geantwortet, ob er sie wirklich für so dumm hielt, solchen Unsinn zu glauben. »Du wirst schon sehen«, sagte er nur. Am nächsten Tag hatte er den alten Azelouane geholt, der das Märchen bestätigt hatte. »Wenn es in der Wüste regnet, dann gewittert es so heftig, dass der Boden das viele Wasser gar nicht aufnehmen kann, es sammelt sich in den Wadis und verwandelt die ausgetrockneten Flussbetten in reißende Ströme. Wenn Wolken aufziehen, sucht man sich besser eine höher gelegene Stelle und wartet ab.«

Sie war skeptisch gewesen und hatte geglaubt, Amastan hätte den alten Kameltreiber dazu überredet, ihr diesen Unfug aufzutischen, jetzt aber erinnerte sie sich an seine Worte. Gegen Abend führte sie Tamaka die steinigen Hänge des felsigen Tals hinauf. Hier kamen sie langsamer vorwärts, weil sie ständig Felsbrocken und größeren Steinen ausweichen mussten, doch sie stellte bald fest, dass Tamaka ein Gespür für den leichtesten Weg hatte. Sie stieg auf das Kamel und ruhte ihre müden Knochen aus. Die letzten Tage waren sie Seite an Seite marschiert, denn Mariata war inzwischen einfach zu schwerfällig, um sich in den Sattel zu schwingen, und jetzt war sie froh, dass sie das Tier geschont hatte. Tamaka bewegte sich mit äußerster Vorsicht und Intelligenz, ein Zeichen, dass sie noch in guter Verfassung war. Ihr Instinkt hatte sie nicht im Stich gelassen; gegen Abend fielen die ersten schwarzen Tropfen auf die sandigen Felsen, und bald darauf regnete es in Strömen, sodass sie unter einem Felsvorsprung Zuflucht suchen mussten. Von ihrer Anhöhe aus beobachtete Mariata erstaunt, wie eine riesige Wasserwand durch das Wadi rollte, eine gewaltige Lawine aus schäumendem braunem Wasser, Sand und Erde, die durch das Flussbett donnerte. Wäre sie jetzt da unten gewesen, hätte der Strom sie mitgeschleift. Ein kalter Schauer lief ihr über den Rücken, doch hätte sie nicht zu sagen vermocht, ob es an dem Temperatursturz oder an der grausigen Vorstellung lag, was passiert wäre, wenn sie das Wadi nicht verlassen hätten.

Mit dem Regen entstand überall neues Leben. Aus allen Erd- und Felsspalten streckten die Pflanzen ihre Köpfe in die Welt hinaus, die Takama gierig abzupfte. In der Überfülle von Leben ringsum schien das wachsende Kind Mariata die letzte Energie zu rauben. Ihr Bauch schwoll an wie aufgehende Hefe, obwohl sie gedacht hatte, noch dicker könne er einfach nicht werden. Sie überlegte, wann das riesige Kind, das sie in sich trug, gezeugt worden war, fand jedoch nicht die Kraft, Tage, Wochen und Monate zu zählen, die seit Amastans Tod vergangen waren. Erschöpft sank sie auf dem Sattel zusammen, hielt sich mit beiden Händen an dem Zwiesel aus geschnitztem Holz fest und überließ sich dem rhythmischen Schlingern des Tieres. Noch nie im Leben war sie so müde gewesen.

Eines Tages, als sie wieder zu Fuß unterwegs war, spürte sie plötzlich einen Schwall von Wasser zwischen den Beinen. Zuerst dachte sie, es sei Urin, obwohl sie in den letzten Wochen kaum noch gepinkelt hatte, doch im nächsten Augenblick krümmte sie sich vor Schmerz zusammen. Eine Minute später war er verschwunden, doch es dauerte nicht lange, ehe die nächste Wehe einsetzte und die übernächste.

Mariata brachte ihr Kind in den Hügeln des Adrar N'Ahnet zur Welt. Sie hatte sich geistig darauf vorbereitet und verlor nicht die Nerven. Was hätte es auch gebracht? Hier gab es niemanden, der ihr hätte helfen können. Sie zog sich aus und sang die Lieder, die die *djenoun* von ihren empfindlichsten Körperteilen fernhalten würden. Sie hockte sich in eine sandige Mulde zwischen rotem Gestein, allein, bis auf das geduldige Kamel, nackt unter der sengenden Sonne, presste und betete und schwitzte, und als der Mond über dem Berg Tinnîret aufging, flutschte das Kind aus ihr heraus in die Nacht, wo die Schakale heulten.

Zitternd vor Erschöpfung machte Mariata einen Knoten in die Nabelschnur und schnitt sie durch, so wie sie es bei den anderen Frauen ihres Stammes gesehen hatte. Sie war lang und dick wie eine Schlange. Mariata hängte sie zum Trocknen über einen Busch. Dann vergrub sie die Nachgeburt im Sand, damit die Schakale sie nicht witterten. Ein winziges Stückchen davon aß sie, so wäre ein Teil des Kindes stets bei ihr, und sie könnte seine Seele vor den Kel Asuf schützen.

Das Kind war kräftig, aber still. Es lag im Sand und strampelte, als wollte es bereits aufstehen und laufen. Mariata fuhr ihm mit der Hand über das geschwollene Gesicht, die geschlossenen Lider und das dichte schwarze Haar, das im kühlen Wind der Nacht trocknete. Sie rieb es mit Sand ab, legte es auf die weiche Tasche, die Tana ihr geschenkt hatte, und bohrte das Messer neben ihm in den Sand, um die bösen Geister fernzuhalten. Bis zum Ritual der Namensgebung am sechsten Tag nach der Geburt drohte Gefahr von den *djenoun*. Sie reinigte sich selbst, so gut es ging, und verteilte mit dem Fuß sauberen Sand über die Stelle der Geburt. Anschließend zog sie ihr zerfetztes Gewand wieder an, legte sich hin und schmiegte sich schützend um das neue Leben, das Amastan und sie gezeugt hatten.

Das Baby trank rasch und kräftig und beklagte sich nie, als wüsste es um die schwierigen Umstände und wollte keine *djenoun* anlocken. Während der nächsten Tage ruhte sich Mariata aus, um wieder zu Kräften zu kommen. Stundenlang verbrachte sie damit, das Kind zu betrachten. Sie hätschelte es und sang ihm alle Kinderlieder aus dem Hoggar vor, an die sie sich erinnern konnte, auch die traurigen und die Kriegslieder. Wenn es die Augen aufschlug, waren sie dunkel wie Schatten, und Mariata empfand einen Augenblick lang Angst, doch ob vor dem Baby oder um das Baby, hätte sie nicht zu sagen vermocht.

Als sie am dritten Tag in sengender Hitze Wasser aus dem Schlauch holen wollte, der über dem Busch hing, unter dem sie die Nachgeburt vergraben hatte, flatterten mit einem Mal Tausende von durchsichtigen weißen Teilchen in den blauen Himmel auf. Wie gebannt starrte sie ihnen sekundenlang nach, bis ihr bewusst wurde, dass es winzige Schmetterlinge waren, deren feine Flügel in der Sonne fast transparent erschienen. Sie lächelte und flüsterte: »Wenn ihr an diesem Ort überleben könnt, dann können wir es auch.«

Am Abend des sechsten Tages stand Mariata auf und ging feierlich drei Mal um das Kind und das Kamel. Es war das, was einem Zelt am nächsten kam. Es gab kein Lamm und auch keinen *enad*, der es als Opfergabe für ein Fest hätte schlachten können, daher ritzte Mariata vorsichtig die Halsschlagader ihres Kamels auf und zapfte ihm etwas Blut ab. Doch als sie dem Baby den Finger mit einem Tropfen Blut an den Mund hielt, wandte es den Kopf ab und schlug mit den Ärmchen, als wehrte es sich gegen den salzigen Geschmack. Mariata wartete geduldig, bis es schließlich doch etwas davon leckte, denn das würde die Kel Asuf von seinem Mund fernhalten. Dann malte sie mit einem feinen Ästchen Gänsefüße in seine Augenwinkel und Schwimmhäute auf seine Stirn, um Augen und Geist zu stärken. Als das Blut getrocknet war, drehte sie das Kind um und malte auf seinen Rücken Zeichen, die Kraft und Schutz schenken sollten. Sie schrieb seinen Namen auf die Leber und rief ihn sechs Mal laut in die Welt hinaus, damit jeder wusste, wer seine Vorfahren waren und welchem Stamm es angehörte und dass es Nachfahre von Tin Hinan war. Dann nahm sie ihr Amulett ab, fischte das Papierröllchen heraus und schrieb mit zusammengebissenen Zähnen in winzigen Buchstaben den Namen des neuen Lebens neben den der beiden, die es gezeugt hatten.

Anschließend schlug sie mit größter Konzentration die getrocknete Nabelschnur gegen einen Felsen, bis sie schön flach war, schnitt sie in drei Streifen und flocht sie zu einem so kunstvollen Band, dass selbst Tana sie dafür gelobt hätte. Sie nahm das Amulett von der hübschen Perlenkette, an der es bislang befestigt gewesen war, und band sie sich wieder um den Hals. Dann streifte sie das Amulett über das neue Band, wickelte es um das Baby und bettete beide in die große Tasche. Es war nun das mächtigste Amulett, das sie sich vorstellen konnte, und wenn das ihr Kind nicht beschützen konnte, dann gar nichts.

Am siebten Tag löste sie die Fußfesseln des Kamels und führte es durch das lange trockene Flussbett in die Ebene. Im Tal stießen sie auf den Brunnen von Azib Amelloul und ein paar Nomaden. Sie fragten nach *isalan*, Neuigkeiten, und bewunderten das hübsche Kind. Es waren freundliche, einfache Menschen, die darauf bestanden, eine Ziege für sie zu schlachten, obwohl sie bettelarm waren. Zwei Tage lang durfte Takama mit ihren Tieren grasen, und Mariata wurde wie eine Königin behandelt. Die Frauen sprachen einen anderen Dialekt des Tamaschek als Mariata; ihre Intonation war hart und nasal, und sie zogen die Vokale in die Länge. Sie wollten wissen, warum sie allein war und wohin sie ging.

»Ich bin in die Wüste gekommen, um mein Kind zur Welt zu bringen«, erzählte sie ihnen, und sie nickten zustimmend: So war es alter Brauch.

Sie luden sie ein, sich ihnen anzuschließen, ein Neugeborenes brachte Glück, doch sie waren nach Adrar Tissellîlîne im Norden unterwegs. »Es ist gefährlich für eine Frau, allein zu reisen«, sagten sie. »Zwischen Tamanrasset und In Salah sind viele Banditen und Soldaten unterwegs. Wenn du schon unbedingt allein reisen willst, so meide wenigstens die Straßen. Diese Menschen halten sich nicht an unseren Kodex, sie achten die Frauen nicht.«

Mariata dankte ihnen, und am nächsten Tag trennten sich ihre Wege. Sie wartete, bis die letzte Ziege nur noch ein Punkt in der Ferne war, dann band sie sich ihr Kind auf den Rücken und griff nach Takamas Halfter, um aufzusteigen. Die Nomaden hatten ihr Gewand gewaschen und den zerfetzten Saum, so gut es ging, mit einer bunten neuen Borte ausgebessert. Sie hatten ihr eine frische, saubere Windel für das Baby geschenkt, einen neuen Schleier und ein Paar Schuhe, die ihr beinahe passten. Auch Datteln, etwas Hirse, Ziegenmilch und Käse hatte sie bekommen. Und bei jeder dieser Gaben waren ihr die Tränen in die Augen gestiegen. Diese Menschen waren so gut, obwohl sie Fremde waren. Sie hatte die Sachen nicht annehmen wollen, da sie wusste, wie sehr sie sie selbst brauchten, doch sie hatten gekränkt reagiert. Am Ende fühlte sie sich reich wie eine Prinzessin.

Zwei Tage ritt sie nach Osten, bis am Horizont die unverwechselbaren schroffen Gipfel der Vulkanberge des Hoggars vor der untergehenden Sonne auftauchten. Mariata jubelte vor Freude. Sie hatte es geschafft! Sie hatte allen Widrigkeiten zum

Trotz nach Hause gefunden. Sie nahm das Kind in die Arme und wandte sein Gesicht den Bergen zu. »Dort drüben liegt deine Heimat, mein Lämmchen, mein Herz.« Dann ritten sie weiter, und Mariata erzählte ihm die Legenden des Ahaggar. Vom Sanoussi-Aufstand, als die Kel Taitok sich gegen die Eroberer erhoben, von der berühmten Dichterin Dassine, der Edelmänner aus nah und fern den Hof machten und die den Antrag des mächtigsten Mannes ablehnte, weil er hässlich war, von dem Massaker in Tit, von hinterhältigen Räubern und tapferen Kriegern. Sie erzählte von den Malereien in Tougogine und Mertoutek, wo anmutige Gazellen über die Felsen tanzen, und vom Berg der Geister, dem Garet El-Djenoun.

»Bald werden wir bei unserem Volk sein, und alle Frauen werden dich feiern und vergöttern, weil du das einzige Baby bist, das die Große Wüste durchquert hat.«

Doch am Ende des nächsten Tages schien das Bergmassiv noch keinen Schritt näher gekommen zu sein. Sie durchquerten das Oued Tirahart, füllten ihre Schläuche am Brunnen Anou In Arabit und staunten über die vielen Spuren dort, nicht nur von Ziegen, Schafen und Kamelen, sondern auch von Eseln und Maultieren. »Wenn es hier Esel gibt, dann sind wir bald zuhause«, erklärte sie dem Kind, als wollte sie sich selbst Mut machen. Takama gurgelte laut und warf den Kopf vor und zurück, als wollte sie ihr zustimmen.

Sie durchquerten die Flussläufe unterhalb des einsamen Gipfels des Ti-n-Adjar. Dahinter lagen Abalessa und das Tal Outoul, darüber die Hügel ihres Volks. Das Land stieg stetig an und führte durch phantastisch bizarre Felsformationen, die im Laufe des Tages dramatisch ihre Farbe veränderten, von einem blassen Ocker am Mittag über ein glühendes Umbra zu einem flammenden Scharlachrot, wenn die Sonne hinter ihnen am Horizont versank. Staunend berührte Mariata die Felsen, und ihr Herz füllte sich mit Freude. Sie schienen voller Energie zu sein, genauso wie sie.

Im Morgengrauen des nächsten Tages tauchte im Norden hinter ihnen eine dunkle Staubwolke auf. Mariata seufzte. Weit und breit gab es nirgendwo Schutz vor einem Sandsturm. Am besten ritten sie so rasch wie möglich weiter. Sie zwang Takama auf die Knie, verstaute das Kind sicher in der Tasche auf ihrem Rücken und schwang sich wieder in den Sattel. Trotz des herannahenden Sturms lachte sie. Sie fühlte sich so herrlich leicht, nach der langen Zeit, in der sie schwanger gewesen war. Sie kamen schnell voran, doch der Sturm hatte sie bald eingeholt und bewarf sie mit Sand. Trotz des Schleiers spürte Mariata, wie er zwischen den Zähnen knirschte. Er wurde immer mehr, immer schlimmer, bis sie schließlich einsah, dass es zwecklos war. Sie mussten irgendwo Unterschlupf finden, bis der Sturm vorbeigezogen war. Durch die Sandwolken, die in ihren Augen brannten, erkannte sie einen kleinen Hügel und etwas, das aussah wie eine Höhle. Sie lenkte Takama darauf zu und klopfte ihr auf den Nacken, damit sie in die Knie ging. Dann kletterte sie den bröckligen Hang hinauf. Es war tatsächlich eine Höhle, dem Himmel sei Dank! Vorsichtig bettete sie das Kind auf den Boden und stieg anschließend noch einmal hinunter, um dem Kamel die Füße zu fesseln, während der Sand ihr in Augen und Gesicht peitschte. Doch Takama war bereits in die Hocke gegangen, das Hinterteil trotzig dem Sturm zugewandt.

Zurück in der Höhle, nahm Mariata das Kind wieder auf und legte es an die pralle Brust. Bislang hatten sie so viel Glück gehabt, als wachte Tin Hinan persönlich über ihr Wohl. Draußen heulte der tosende Sturm wie tausend hungrige *djenoun*, aber hier in der Höhle waren sie sicher. Mariata zündete eine Kerze aus Tanas Tasche an, hielt die Flamme ans Ende einer zweiten und steckte diese auf einen Stein auf. Dann tat sie dasselbe mit der anderen. Und als es in der Höhle hell wurde, entpuppte sich diese als etwas ganz anderes. Es war keine natürliche Höhle. Mariata sah sich verwundert um. Sie stand in einem Steingewölbe, das offensichtlich von Menschenhand geformt worden war. Ein Schauder lief ihr über den Rücken. Es war eine Gruft oder der Eingang zu einem Grab, denn von der Vorkammer, in der sie stand, führten Türeingänge ab. Als ihr das bewusst wurde, wollte sie nur noch weg von hier, auch wenn draußen der Sandsturm tobte. Doch das Kind hinderte sie daran, es schrie und streckte die Händchen aus, als würde es in der Luft nach etwas greifen, das unsichtbar war. In diesem Augenblick war Mariata überzeugt, dass ein *djinn* in die Höhle eingedrungen war oder wahrscheinlich hier auf unvorsichtige Reisende gewartet hatte. »Geh weg! Fort mit dir!«, schrie sie, doch ihre Stimme verlor sich im heulenden Wind. Schließlich verbrannte sie den Rest der Kräuter, die ihr Tana gegeben hatte, mischte die Asche mit einem Tropfen ihres Blutes zu einer Paste und schrieb damit einen Zauberspruch auf die Steinmauer und auch auf die Papierrolle in dem Amulett, quer über die Namen, sodass die Zeichen jeweils ein Symbol der vertikalen Linien aufnahmen und ein kompliziertes Muster bildeten. Zufrieden steckte sie das Papierchen wieder in das Amulett zurück und legte es dem Kind auf die Brust. »Das wird dich vor allen Übeln schützen!«, versprach sie ihm und brach gleichzeitig in Tränen aus bei dem Gedanken, dass kein Zauber auf der Welt Amastan hatte retten können.

Am nächsten Morgen hatte der Sturm nachgelassen, doch der Himmel hing immer noch gelb und düster über dem Hoggar und verhüllte seine berühmten Gipfel. Er würde erneut auffrischen, dessen war sie sicher, sie durften keine Zeit verlieren. Aber das Kind war an diesem Tag ungewöhnlich bockig und wollte partout nicht trinken. Schließlich verlor Mariata die Geduld. »Na schön, wenn du nicht trinken willst, dann musst du eben hungern!« Sie wickelte es fest in sein Tuch, sodass es nicht strampeln konnte, und ging hinaus, um nach Takama zu sehen.

Die Stute war verschwunden. Mariata schrie und befragte die Landschaft, doch vergebens. Nicht einmal ihre Spuren waren noch zu sehen, der Wind hatte alles verwischt. Sie seufzte. Na schön, sie hatte schon längere Strecken bewältigt als das Stück, das noch vor ihr lag. Es war bloß noch ein Katzensprung, zudem war sie sicher, dass sie Takama unterwegs finden würde. Trotzdem wurde ihr Herz schwer, sie hatten so viel miteinander erlebt, dass es ihr nicht leichtfiel, auf das Tier zu verzichten.

Gerade als sie ihren Schleier abnahm, um eine Schlinge für den Transport ihres Babys daraus zu machen, hörte sie, wie sich ihnen jemand näherte. Sie drehte sich um und sah drei Männer auf Kamelen, die ein viertes Tier an einem Seil hinter sich herzogen. Takama! Sie wollte bereits den Hang hinablaufen, als sie sich eines Besseren besann. Es waren Kel Tamaschek: Sie waren verschleiert. Es wäre unziemlich, wie eine verrückte Bettlerin auf sie zuzulaufen. Und es waren auch keine gewöhnlichen Tuareg, denn sie ritten auf großen weißen *meharis* und trugen nicht nur Gewehre, sondern auch die traditionellen *taboukas*. Was für ein herrlicher Anblick, wie sie aus der Sonne kommend auf sie zuritten. Sie setzte sich auf den Rand des Grabhügels und wartete.

Der Anführer näherte sich langsam, bis er vor der Frau mit dem Kind stand, deren Gesicht im hellen Licht des Tages strahlte. Er sah sie lange an und sagte dann: »Ein erbärmliches Kamel aus Mauretanien kann die beiden *meharis*, die du mir gestohlen hast, kaum ersetzen, aber ich nehme es trotzdem als Anzahlung auf deine Schulden. Ich weiß auch schon, wie du den Rest begleichen kannst.«

Mariata war, als hätte man ihr ein eisiges Messer in den Unterleib gestoßen. Ihr Herz schlug so heftig, dass es schmerzte. Sie konnte nicht einmal Luft holen, geschweige denn sprechen.

Die drei Reiter stiegen ab und kamen über den Hang auf sie zu. Der Größte warf dem in den Schleier gewickelten Kind einen angewiderten Blick zu. »Den Wurm kannst du wieder in den Sand legen, wo er hingehört«, sagte Rhossi ag Bahedi. »Du wirst ihn nicht mehr brauchen.«

Sie kämpfte, sie schrie, sie biss und kratzte, doch sie waren stärker als sie. Sie zerrten sie aus der Gruft, in die sie geflüchtet war, und fesselten sie wie eine erlegte Gazelle. Dann warfen die Männer sie auf Takamas Rücken und führten sie mit sich fort. Auf den ersten dreihundert Metern schrie Mariata noch nach dem Kind, doch als ihr bewusst wurde, dass sie nicht umkehren würden, nahm sie sich zusammen und konzentrierte sich mit aller Kraft, um sich an jeden Schritt erinnern zu können, den sie machten, jeden Stein und an jede Pflanze, an denen sie vorbeikamen. Sie merkte sich, wenn sie die Richtung wechselten, achtete auf die Muster, die der Wind in den Sand gezeichnet hatte, und darauf, wie die Schatten fielen. Monate in der Wüste hatten ihr vieles beigebracht, vor allem aber hatte sie gelernt, stark zu sein.

Kurz vor dem Lager warf Rhossi sie wie einen Sack Reis auf den Boden und blickte auf sie herab. Dann grinste er. »Wenn du schreist oder einen Aufstand machst, wirst du es bereuen. Du bist eine arme, alleinstehende Reisende, die wir gerettet haben. Ich nehme dich als Zweitfrau zu deinem eigenen Schutz und aus reiner Güte.«

Mariata ließen seine Worte kalt. Sie bedeuteten ihr nichts, sie dachte nur an das Kind. Sie hatte einen Plan, doch sie musste sich gedulden. Was dazwischen geschah, war unwichtig. Sie ließ sich ungewöhnlich folgsam ins Lager führen. Sie kamen an Kamelen mit gefesselten Füßen vorbei, an einer Gruppe von rauchenden Männern und auch zwei ramponierten khakifarbenen Jeeps und ein paar Leuten, die europäische Kleidung trugen.

»Sieh nicht zu ihnen hinüber«, mahnte Rhossi leise. »Die

würden dir ohnehin nicht helfen. Sie interessieren sich nur für Erde und Knochen, die Lebenden sind ihnen egal.«

Sie gingen an weiteren Zelten und Menschen vorbei, meist Frauen, nur wenige Kinder. Sie starrten sie gleichgültig an, und Mariata wandte den Blick ab. Hinter sich hörte sie, wie die Jeeps die Motoren anließen und holpernd davonfuhren. Die Lagerbewohner schienen sich mehr für den Aufbruch der Fremden als ihre Ankunft zu interessieren. Bis sie in ein niedriges schwarzes Zelt gestoßen wurde, in dem eine schwarze Frau mit einem bösen kleinen Mund und fliehendem Kinn wartete. Sie warf nur einen Blick auf Mariatas zerlumptes Gewand und die besitzergreifende Hand des Mannes, die auf ihr lag, und ließ einen Schwall von Beschimpfungen los. »Was hast du dir dabei gedacht, mir eine *baggara* ins Zelt zu bringen? Sie wird voller Ungeziefer sein, das sieht doch jedes Kind. Schaff sie fort von hier, bevor sie mir das ganze Zelt verseucht!«

Rhossi lachte laut und stieß Mariata grob auf die andere Frau zu. »Beruhige dich, Weib, oder sollte ich jetzt lieber ›Erstfrau‹ sagen? Das ist … Mina.« Es war der erstbeste Name, der ihm eingefallen war. Er würde reichen. Niemand sollte wissen, dass ihm eine Frau der mächtigen Kel Taitok über den Weg gelaufen war. »Sie wird meine Zweitfrau sein, da du mir bisher keinen Sohn geboren hast. Und von der hier weiß ich wenigstens, dass sie fruchtbar ist!« Woher er das wusste, erklärte er nicht, doch allein das genügte, damit die Frau Mariata voller Abscheu ansah, ehe sie ihr einen Tritt versetzte. »Sorg dafür, dass sie sauber ist, wenn ich bei Sonnenuntergang zurück bin, sonst kannst du was erleben.« Er schenkte ihr ein strahlendes Lächeln, woraufhin sie den Kopf senkte. Sie wusste nur allzu gut, was das bedeutete.

Hana, die Erstfrau, ließ ihre Wut an »Mina« aus, auch wenn sie sie nicht mit Namen ansprach, sondern so tat, als redete sie mit der Luft. »Hat man jemals so verfilztes und schmutziges Haar gesehen? Man sollte sie einfach kahl scheren und basta!« Oder: »Ist mir schleierhaft, was er an ihr findet, sie ist dünn wie eine Bohnenstange und stinkt wie ein Ziegenbock.« Mariata ließ alles geduldig mit sich geschehen und gab keinen Mucks von sich, als Hana ihr das Haar kämmte und ihr dabei so weh wie möglich tat. Nichts war wichtig, nur dass sie ihr Kind rettete, es wurde zu einem Mantra in ihrem Kopf, während der kurzen Zeremonie vor dem *marabout* und auch bei den flüchtigen und gedämpften Feierlichkeiten danach, die obendrein verkürzt waren. Rhossi ag Bahedi war nicht beliebt; viele Gäste schienen mit seiner Erstfrau verwandt zu sein und empfanden die Tatsache, dass er sich nun eine zweite erlaubte, als Kränkung ihres Clans. Außerdem war es sehr ungewöhnlich, dass sich der Anführer eines Stammes eine Zweitfrau nahm, vor allem in solcher Hast. Doch die alten Sitten und Gebräuche lösten sich auf, überall gab es Konflikte und Unsicherheit. Die Männer jedenfalls waren sich einig: Am besten, man nahm sich, was man konnte. Wer wusste schon, ob man den morgigen Tag noch erlebte. Außerdem mussten sie zugeben, dass die neue Frau eine Augenweide war, nachdem sie gebadet, neu eingekleidet und mit Hochzeitsschmuck behängt worden war, auch wenn alles nur geliehen war. Jedenfalls um einiges attraktiver als die arme Hana. Sie war nur dünn, sehr dünn, darüber herrschte Einigkeit. Doch sie würde schon bald etwas Fleisch auf die Knochen bekommen, und dann wäre sie eine wahre Schönheit. Obendrein hatte er keinen Brautpreis zahlen müssen. Was für ein Glückspilz!

Die Frauen dachten ganz etwas anderes, doch sie hielten den Mund. Lieber die Wüste als Rhossis Zweitfrau. Oder überhaupt seine Frau. Sie hatten Hanas blaue Flecken gesehen, auch wenn sie sich alle Mühe gab, sie zu verstecken. Sie hatten die Mädchen der *harratin* gesehen, die Rhossi missbraucht hatte. Obwohl die Menschen Hochzeitsfeiern mit ihrem Gesang und den Trommeln mehr als alles andere liebten, waren sie mit ihren Herzen an diesem Abend nicht wirklich bei der Sache, und als Rhossi mit seiner neuen Frau im Zelt verschwand, löste sich die Feier bald auf.

Als er sie auszog und ihren abgemagerten Körper begaffte, die von Milch prallen Brüste, den schlaffen Bauch und die dünnen Beine, versetzte sich Mariata durch reine Willenskraft woanders hin. Als er gewaltsam in sie eindrang, wobei er sie verhöhnte und genüsslich an den Überfall erinnerte, der ihr Amastan genommen hatte, starrte sie an das dunkle Zeltdach, als könnte sie die Sterne dahinter sehen. Eine Stunde später, als er schnarchte, warf sie ihre Gewänder um, schlich aus dem Zelt, fand Takama und verschwand in der unheimlich mondlosen Nacht.

Wie sie zurückfand, wusste sie nicht zu sagen. Hinter dem Schleier der Nacht sah alles so anders aus, doch als die Sonne aufging, erkannte Mariata die Umrisse des Grabhügels in der Ferne. Sie wartete nicht, bis Takama auf die Knie gegangen war, sondern sprang ab und rannte mit nackten Füßen den steinigen Hang hinauf. »Hier bin ich! Ich bin gekommen, um dich zu holen!«, schrie sie, doch das Kind gab keinen Ton von sich. Sie lief in das Grab hinein, aber es war leer. Ihr Schrei hallte als Schwall von Echos durch den Raum und gegen die Steinwände. Sie stürmte wieder nach draußen und kroch auf allen vieren um den Grabhügel, bis ihre Hände und Knie nur noch rohes, blutiges Fleisch waren. Kein Zweifel: Ihr Baby war verschwunden.

VIERUNDDREISSIG

Drei Tage und drei Nächte lang war Fennek wie ein Wahnsinniger gerast und hatte den Touareg über Wüstenpisten und steinige Ebenen gelenkt. Die Welt huschte in einem Wisch an uns vorbei, die Landschaft löste sich in verschiedene Farbstreifen auf wie in einer Zentrifuge. Gelegentlich führte die Strecke über eine asphaltierte Straße, doch das war noch nervenaufreibender. Fennek fuhr so dicht an die Laster heran, ehe er ausscherte und sie überholte, dass ich den Fuß ständig auf einem imaginären Bremspedal hatte.

Auf den Pisten wurden wir hin und her geworfen, hüpften auf und ab, das Amulett schlug gegen mein Schlüsselbein, die Aufhängung ächzte und klapperte. Nach einem besonders heftigen Stoß blickte ich zu Taïb hinüber, doch der war ungerührt wie immer, als hätte der teure Wagen ihn nicht zwei Jahresgehälter gekostet. Wie gewonnen, so zerronnen. Fenneks Leutnant wirkte weitaus weniger entspannt. Mit aufgerissenen Augen beobachtete er, wie die Piste unter uns entlangflog.

»Wo bringen Sie uns hin?«, hatte ich am ersten Tag gefragt. Selbst das Sprechen war gefährlich, denn man riskierte, sich die Zähne auszuschlagen, wenn man den Mund aufmachte.

»Zu jemandem, den ich kenne.«

Was soll diese Geheimniskrämerei, dachte ich. »Wollen Sie mir nicht verraten, wozu?«

»Das werden Sie erfahren, wenn wir da sind.« Mehr sagte Fennek nicht, bis er den Wagen unter einer großen Akazie anhielt und zwei Anrufe tätigte. Den auf Französisch hatte ich trotz der vielen Flüche und der Umgangssprache, bei der ich nur raten konnte, halbwegs verstanden. Offenbar ging es um eine Zahlung, die durch einen Dritten erfolgen sollte. Bei dem anderen Gespräch benutzte er eine derart fremde Sprache, dass ich es gar nicht erst versuchte, sondern nur Taïb ansah. »Hast du eine Ahnung, worum es geht?«, fragte ich ihn leise.

»Für das Lager, in dem wir waren, zahlt er dem Kommandeur der Militärgarnison *pourboire*. Er wollte sich vergewissern, dass es in den nächsten Tagen keinen unerwarteten Personalwechsel gibt, und dem Mann versichern, dass das Geld unterwegs ist. Von dem anderen Gespräch habe ich nur hin und wieder ein Wort verstanden. Es ging um Polizeiposten und Kontrollen.« Er zuckte die Achseln.

Nicht gerade beruhigend.

Aber am Ende waren wir weder Polizisten noch Soldaten begegnet, und ich hatte mich dem Gang der Ereignisse und meiner Müdigkeit überlassen. Das *insha'allah*-Mantra hatte einiges für sich, fand ich und war eingenickt.

Als ich aufwachte, war die Welt wieder zum Stillstand gekommen, und eine blasse träge Sonne lugte über den Rand eines Berges, der mit bizarren Gesteinsformationen geschmückt war. Man brauchte nicht viel Phantasie, um sich einen hockenden Hasen, einen Adler, einen sitzenden Mann, einen riesigen Pilz oder eine lange Hundeschnauze vorzustellen.

»Wo sind wir?«, fragte ich Taïb. Natürlich hatte er keine Ahnung. Wir ließen den Wagen im Schatten eines Felsens stehen und gingen zu Fuß weiter. Fennek marschierte vor uns her, als wollte er den Boden mit seinen Stiefeln verschlingen. Mit jedem Schritt wurde der Abstand, der ihn von seinem Ziel trennte, kleiner. Ich stellte mir vor, wie erbittert dieser Mann im Kampf sein musste, wie unbeugsam und konzentriert. Und ich war froh, dass seine wilden scharfen Augen nur den Weg vor sich im Blick hatten und nicht mich, denn ich hatte Mühe mitzuhalten und musste beinahe rennen. Taïb ging locker neben mir, als könnte er diesen ungeheuren Rhythmus den ganzen Tag durchhalten, der Leibwächter dagegen quälte sich. Ich hörte, wie seine Raucherlungen pfiffen; immerhin musste er sein halbautomatisches Sturmgewehr und die Wasserflasche schleppen.

Der Anführer wusste genau, wo er war und wohin er ging. Jedes Mal, wenn wir zu einer Kreuzung kamen, von der unzählige Pfade wie ein Fächer zwischen den Steinen in alle Richtungen zeigten, wusste er, welchen er einschlagen musste, und zögerte nicht eine Sekunde. Nachdem wir eine Stunde zumeist bergauf marschiert waren, erreichten wir den Rand eines steinigen Steilhangs. Tief unter uns glitzerte Wasser zwischen den Felsbrocken, ich sah einen Flecken Sand, etwa ein Dutzend schwarze Zelte und eine kleine Hütte, aus deren Schornstein Rauch in den Himmel stieg.

Fennek lief den Hang hinunter auf das Lager zu und löste dabei eine kleine Lawine aus. Ich war unzählige Felswände und Hänge hinabgeklettert und hielt mich für ziemlich schnell und sicher auf den Beinen, aber ich hatte noch nie jemanden gesehen, der so flink und wendig war: wie eine Bergziege! Als wir Übrigen unten ankamen, war er wie vom Erdboden verschluckt, dafür hatte sich eine Menschenmenge versammelt, die uns neugierig anstarrte. Furchtlose Kinder grinsten uns durch ihre Zahnlücken an, liefen hinter uns her und berührten unsere Kleidung oder Arme, als wäre es eine Mutprobe, nur um dann kichernd zu ihren Freunden zurückzulaufen. Sie zeigten auf meine Jeans, die sie offensichtlich besonders komisch fanden. Sie hängten sich an Taïb, kletterten an seinen Beinen hoch und wollten sich tragen lassen. Sie lachten über den armen schwitzenden Leibwächter mit der »Kalasch«, und einige Jungen hoben Stöcke auf und taten so, als wollten sie ihn zu einer Schießerei herausfordern. Ein kleines Mädchen mit riesigen Augen und zwei tanzenden Zöpfen fand Gefallen an meiner Uhr und wollte meine Hand nicht mehr loslassen, fasziniert von dem Sekundenzeiger, der sich im Kreis bewegte, und dem in der Sonne funkelnden Diamanten. In einer anderen Zeit und in einem anderen Raum hatte er mich fast zwei Riesen gekostet. Eine lächerlich hohe Summe für etwas, das einem die Zeit anzeigte, wenn man doch bloß auf die Sonne achten musste oder die Länge der Schatten. Ich konnte mir an diesem Ort nichts vorstellen, was nutzloser hätte sein können, außer vielleicht das Papiergeld, mit dem sie gekauft worden war. Lächelnd öffnete ich das Lederband und ließ zu, dass sie mit der Uhr weglief, während ihre Freundinnen hinter ihr her rannten.

Taïb hob fragend die Augenbrauen. »Das war eine Longines, oder?«

Der Leibwächter machte ein derart entsetztes Gesicht, dass ich lachen musste. Nur Fenneks Auftauchen konnte verhindern, dass die Heiterkeit in Hysterie umschlug. »*Venez avec moi*«, sagte er und drehte sich abrupt um.

Wir gingen an allen Zelten vorbei, vor denen bunte Teppiche zum Lüften lagen, Frauen das Essen vorbereiteten oder Stoffe webten, Männer bunt gefärbte Lederstücke zusammennähten oder -flochten. Am Ende einer Umzäunung kamen wir zu der Hütte mit dem rauchenden Schornstein. Als wir im Innern waren, wurde mir bewusst, dass es eine Art Schmiede war. Überall hingen Werkzeuge, es gab Hämmer in allen Größen, einen Amboss, einen kunstvoll verzierten Blasebalg. Der Junge, der damit hantierte, sah uns mit großen Augen an und lief schnell hinaus. Dann erkannten wir eine Gestalt, die vor dem Feuer hockte. Die Flammen fielen auf ein vom Wetter gezeichnetes Gesicht mit tiefen Furchen, hellen Augen und kurzem weißem Haar, das einen schockierenden Kontrast zu der dunklen Haut bildete. Als sich der Mann erhob, war er fast so groß und beeindruckend wie Fennek. Und für einen so alten Mann hatte er einen überaus kräftigen Händedruck.

Fennek schickte den Leibwächter mitsamt seiner Waffe weg und führte uns aus dem verqualmten Raum in einen Hof dahinter, der mit Pflanzen und Blumen geschmückt war. Ich erkannte Tomaten, Pfefferschoten, Fenchel, Orangen, Dotterblumen und Bougainvillea. Ein Wunder, eine Oase des Überflusses.

»Wie ich sehe, gefällt Ihnen mein Garten«, sagte der Schmied mit hoher melodischer Stimme, die gar nicht zu seiner Statur passte. »Verzeihen Sie, wenn ich keinen Schleier trage, es ist nicht aus mangelndem Respekt, ich müsste ja ohnehin nur die Hälfte meines Gesichts verbergen.« Fennek war offenbar belustigt, doch mein verblüffter Blick hatte mich wohl verraten, denn der Schmied erklärte mir in einwandfreiem Französisch: »Ich heiße Tana, manche Leute bezeichnen mich als Mannweib. Ich selbst verstehe mich eher als Letzteres.«

Mir blieb die Spucke weg, und das nicht nur, weil ich noch nie im Leben einen Hermaphroditen gesehen hatte. »Sie sprechen perfekt Französisch«, sagte ich, um von meiner Verwunderung abzulenken. »Wo haben Sie es gelernt?«

»Ich habe vieles gelernt. Ich beherrsche sogar etwas Songhai. Es ist hilfreich, wenn man mit den örtlichen Behörden und den Hilfsorganisationen in ihrer Sprache verhandeln kann.«

Mit einer Handbewegung lud sie uns ein, auf einer bunten Decke um einen kleinen silbernen Tisch Platz zu nehmen. Etwas davon entfernt stand eine Kohlenpfanne, auf der bereits eine silberne Teekanne wartete. Der Tisch war wunderschön mit filigranen Gravuren verziert, in der Mitte standen vier Teegläser, als hätte sie gewusst, dass wir kommen. Vielleicht hatte sie aber auch nur vier Gläser, und sie standen immer da. Sie bereitete den Tee zu, zeremoniell, wie es die Tradition erforderte, und niemand sagte ein Wort, um das heilige Ritual nicht zu stören.

Zu guter Letzt beugte sich Tana zu mir herüber. »Ich habe gehört, dass Sie ein Amulett besitzen.«

Ich sah Fennek an, der mir streng zunickte. »In seinem Innern befindet sich eine Rolle aus Papier mit einer Inschrift in Tifinagh.«

»Ach ja, die Rolle.« Die Schmiedin sah mir in die Augen. »Was wissen Sie über Tifinagh?«

So gut wie nichts, musste ich einräumen.

Sie schlug die Decke, auf der wir saßen, etwas zurück und zeichnete einige Zeichen in den Sand. »Unsere Sprache handelt von der Welt, in der wir leben. Das ist natürlich in allen Kulturen so, nur unsere stellt die fundamentalen Dinge unseres Lebens viel direkter dar als andere Sprachen. Sehen Sie die vielen geraden Linien? Das sind die Stöcke, sie stellen die Beine von Menschen und Tieren dar, deren Leben untrennbar miteinander verbunden sind. Ziegen, Schafe, Kamele, Gazellen, Schakale, Löwen. Die Kreuze symbolisieren die Wege, die wir gehen können, die Pfade, die wir durch die Wüste unseres Lebens einschlagen, die Routen, die uns Sonne, Mond und Sterne vorgeben. Wir sagen, dass alle wichtigen Dinge vom Herzen ausgehen und sich kreisförmig ausbreiten wie der ewige Kreislauf des Lebens, so wie der Horizont um den Stamm und die Herde kreist. Doch er kommt immer wieder zum Herzen zurück, verstehen Sie. Liebe ist die stärkste Kraft auf Erden.« Sie öffnete das Geheimfach in meinem Amulett, ließ die kleine Rolle in ihre Handfläche fallen und betrachtete sie lange. Dann lächelte sie, steckte sie in das Fach zurück und ließ den Deckel mit einer endgültigen Geste zuschnappen. »Ich hätte nie geglaubt, dass ich dieses Amulett jemals wieder zu Gesicht bekomme, aber ich bin froh, auch wenn es unendlich viel Leid gesehen hat.« Sie durchbohrte mich mit ihren dunklen Augen. Dann wandte sie sich Fennek zu. »Armer Mann. Vierzig Jahre in der Wildnis, vierzig Jahre, in denen du der Liebe den Rücken gekehrt hast, den Dingen, die am meisten schmerzen. Vierzig Jahre hast du nicht sehen wollen, dass das Herz die Mitte der Welt ist. Du hast sie nie gefunden, nicht wahr? Und deshalb bist du nach all den Jahren mit diesem Ding zurückgekommen. Versteh mich nicht falsch, wir waren dankbar für alles, was du für uns getan hast, für das Geld, die Geschenke und die Hilfe. Trotzdem wäre es schön gewesen, wenn du dich gelegentlich hättest blicken lassen. Und wenn du Kontakt gehalten hättest, hätte ich dir vielleicht zwei erbärmliche Jahre ersparen können.« Sie lächelte gequält. »Warum muss immer die arme alte Tana alle Fäden in der Hand halten? Nun ja, wir werden die Geschichte zu Ende knüpfen, so rätselhaft sie auch sein mag.« Sie klopfte mir auf die Hand. »Das kommt Ihnen bestimmt alles sehr merkwürdig vor, mein Kind. Ich kann es sehen. Und ich fürchte, dass es noch schlimmer für Sie kommt.« Wie ein junges Ding sprang sie auf und trat gebückt durch den niedrigen Eingang zurück in die Hütte.

»Was meint sie?«, fragte ich Fennek, erhielt jedoch keine Antwort. Er starrte in die glühende Kohle der Pfanne, als könnte er dort eine Antwort finden. Und er zitterte.

Ich warf Taïb einen Blick zu, und er strich mir mit dem Finger über die Hand. »Es scheint hier ein großes Geheimnis zu geben, aber ich glaube, wir sind kurz davor, es zu lüften, Izzy. Hab Geduld.«

Am Eingang bewegte sich etwas, und dann tauchte Tana in Begleitung einer kleineren Frau auf, deren langes schwarzes Haar von weißen Strähnen durchsetzt und zu kunstvollen Zöpfen und Spiralen geflochten war. Sie trug silberne Ohrringe, die ihr fast bis auf die Schultern reichten, abwechselnd schwere Ringe und auf den Kopf gestellte Dreiecke. An den Fingern und Armen schimmerte noch mehr Silber, die Kopfbedeckung war von schweren Silberstücken gesäumt, das dunkelblaue Gewand mit kunstvoll gearbeiteten Spangen geschmückt. Beide Hände und auch der Mund waren mit dunklen Hennamustern bedeckt, die einen harten Kontrast zu der blassen Haut bildeten. Ich hatte noch nie eine so beeindruckende Frau gesehen. Sie sah genauso aus, wie ich mir die Königin der Wüste in all ihrer Pracht vorgestellt hatte. Doch die Königin der Wüste war längst Vergangenheit, diese Frau hingegen sehr lebendig. Die Augen, mit denen sie uns anblickte, waren dunkel wie eine

Gewitterwolke, obwohl ich auch einen Funken Humor entdeckte und eine Klugheit, die von praktischer Lebenserfahrung zeugte. Sie hatte eine lange gerade Nase und buschige Brauen; ihr Kinn strahlte eine Entschlossenheit aus, die an Eigensinn grenzte. Als hübsch hätte man sie nicht bezeichnet, dachte ich. Dafür war sie zu frappierend. Aber attraktiv, ja, das traf eher zu.

Sie heftete ihren direkten Blick zuerst auf mich, ziemlich lange, und ich meinte zu sehen, dass ihr Kinn unmerklich bebte. Dann sah sie Taïb an, nickte zustimmend und zuletzt Fennek.

»Amastan«, sagte sie laut und deutlich.

Und seine Antwort war kaum mehr als ein Seufzer: »Ah, Mariata …«

Es waren die Namen auf meinem Amulett. Ich richtete meinen Blick von einem zum anderen und versuchte, mir einen Reim darauf zu machen. Tana beugte sich vor und berührte mich am Arm. »Sie haben sich seit vierzig Jahren nicht gesehen, und beide hielten den anderen für tot. Vierzig Jahre sind eine lange Zeit, wenn man jemanden im Herzen behält, nicht aber in den Armen. Kommen Sie. Sie haben zwar nur Augen füreinander, trotzdem sollten wir sie allein lassen.«

Wir verließen den Hof durch einen Spalierbogen mit Kletterrosen, in dem die Bienen summten, und gelangten zu einem breiten trockenen Flussbett, in dem vereinzelte Wasserpfützen zwischen den glatten weißen Steinen glitzerten. »Als ich klein war, führte dieser Fluss immer Wasser«, sagte Tana wehmütig. »Es gab Schilf, Frösche und Vögel, die unablässig sangen, und Oleanderbüsche mit wunderschönen rosafarbenen Blüten. Vielen Kindern musste ich Holzkohle zu essen geben, weil sie sich am Oleander vergiftet hatten …« Sie schüttelte den Kopf. »Aber so ist das Leben, die schönsten Dinge sind auch die gefährlichsten. Nehmen Sie nur die beiden im Hof. Sie waren das schönste Paar weit und breit. Amastan war groß und stark – na ja, das ist er immer noch –, und er hatte sehr ausdrucksvolle

Augen, Dichteraugen, nannte ich sie. Aber Sie haben gesehen, was aus ihm geworden ist: ein verbitterter alter Mann. Es ist nicht verwunderlich, dass er so wurde. Er hatte bereits als Kind, ehe er hierherkam, zu viel gesehen. Und wenn man die erste große Liebe mit neunzehn und die zweite mit dreiundzwanzig verliert, dann passiert etwas mit der Seele. Er hat sich von hier bis zu den Ländern des östlichen Mittelmeerraums durchgekämpft, aber was hat es ihm gebracht?«

Es war eine rein rhetorische Frage. Taïb drückte meine Hand, und meine Finger schlossen sich um seine, es war, als würden wir miteinander verschmelzen.

»Und Mariata, nun ... sie war eine kleine Prinzessin, als sie zu uns kam. Sie behauptete, eine direkte Nachfahrin von Tin Hinan zu sein, wer weiß. Die Kel Taitok übertreiben gern ein wenig. Ich sage immer, es ist besser, man selbst zu sein, als tausend Vorfahren auf dem Rücken zu schleppen, aber unsere Kultur war schon immer so. Sie kann auch ein Hindernis sein.« Einen Augenblick wirkte sie nachdenklich und senkte den Kopf wie eine intelligente Drossel, die einen Wurm befragt. »Anderseits gibt sie einem den Rückhalt, den man braucht, um mit solchen Situationen fertigzuwerden. Man kann es so oder so sehen. Amastans Mutter hatte sie hergebracht.« Und dann erzählte sie uns von einer gewissen Rahma, die glücklich mit einem Stammesfürsten verheiratet gewesen war, bis dieser sich eine Zweitfrau genommen hatte. »Das kommt sehr selten vor in unserem Volk«, sagte sie leise. »Vielehe. Ein Mann, eine Frau. Ein Herz, ein Augenpaar, eine Seele. So ist das in der Gesellschaft der Tuareg, und so ist es am besten. Das mit den vielen Frauen kam aus dem Osten und brachte nur Ärger. Frauen wollen ihre Männer nicht teilen, und Männer verstehen das nicht. Wie auch immer, nachdem Rahma sich von ihrem Mann Moussa getrennt hatte, behielt sie nur Amastan, das einzige Kind, das überlebt hatte. Sie liebte diesen Jungen über alles. Als er den Verstand verlor, musste ich etwas unternehmen, sonst wäre auch sie wahnsinnig geworden. Also schickte ich sie in den Aïr, um Mariata zu holen. Sie brauchte eine Beschäftigung, und ich glaubte, dass es ihr helfen würde. Wir Schmiede hören Dinge, die andere nicht hören, und wir erkennen Zeichen, die andere übersehen. Keins der Mädchen hier war hübsch oder attraktiv genug, um Amastans Aufmerksamkeit zu wecken, nicht nach dem, was er durchgemacht hatte. Mariata dagegen war etwas Besonderes – ist es immer noch, wie Sie sich selbst überzeugen konnten. Etwas Besonderes, nicht unbedingt schön, aber sehr attraktiv, und das hält länger als Schönheit. Ein markantes Gesicht und ein dazu passender starker Wille. Wie hätte er ihr widerstehen können? Heute wünschte ich, dass ich damals auch den Rest der Zeichen um diese Verbindung gelesen hätte, aber ich glaubte, das Richtige zu tun. Ich hatte nicht weit genug in die Zukunft geblickt, und als ich es schließlich tat, waren die beiden bereits unzertrennlich. Die Liebe ist stärker als das Schicksal, ist das nicht erstaunlich? Manche sagen sogar, sie sei stärker als der Tod, aber, den Sternen sei Dank, hatte ich bisher noch keine Gelegenheit, das herauszufinden.«

Und dann erzählte sie uns von den außergewöhnlichen Ereignissen, die den Mann, den ich unter dem Namen Fennek kannte und den sie fast so stolz wie eine Mutter Amastan nannte, und die Wüstenfrau Mariata voneinander getrennt hatten.

»Die Soldaten kamen in ihrer Hochzeitsnacht. Aber die beiden hatten schon seit Wochen miteinander geschlafen – wahrscheinlich seit Monaten –, das wusste jeder. Das verschleierte Volk drückt in solchen Dingen beide Augen zu. Lass dich bloß nicht dabei erwischen, aber wenn doch, dann erfinde eine gute Geschichte, mit der du uns unterhalten kannst. Als sie heirateten, war sie längst schwanger. Am selben Tag geheiratet und zur Witwe geworden, zumindest glaubte sie das jahrelang. Arme Mariata. Armer Amastan! Es war nicht die Kugel eines Soldaten, die ihn fast umbrachte, sondern der Schlag auf den Kopf. Das Geschoss traf ihn hier«, sie legte die Hand knapp über das Herz, »aber als er fiel, schlug er so unglücklich mit dem Kopf auf, dass er um ein Haar gestorben wäre. Er war wochenlang ohnmächtig. Doch Gott hatte Mitleid mit ihm. Er hatte bereits ein Massaker erlebt, er musste nicht sehen, was ich zu sehen bekam …« Sie schauderte. »Es war eine schreckliche Nacht!«

»Wie haben Sie überlebt?« Taïbs Augen erforschten ihr Gesicht.

Die Schmiedin verzog das Gesicht zu einer Grimasse. »Sie vergewaltigten und töteten jede Frau, die ihnen über den Weg lief, aber als sie zu mir kamen …«, sie hielt inne. »Nun, sagen wir, so etwas wie mich hatten sie noch nie gesehen. Sie waren so erschrocken, dass sie einfach davonliefen. Und ich war nie glücklicher, so auf die Welt gekommen zu sein.«

»Sie waren es also, die Fennek das Leben gerettet hat?«, fragte ich.

Sie lachte über den Namen. »Was für ein Romantiker! Er konnte seinen Namen nicht mehr hören, nachdem sie weg war. Ich dachte, er würde sie suchen und zurückbringen, aber das Leben ist nicht wie Wasser, das immer den Weg des geringsten Widerstands sucht, nicht wahr? Er brauchte lange, um sich von der Schusswunde und dem Schlag auf den Kopf zu erholen, Monate. Als er wieder auf die Beine kam und in der Lage war, klar zu denken, war sie längst verschwunden. Zuerst hatte ihr Vater sie mit ins Tafilalet genommen, und später war sie in die Wüste geflohen. Sie durchquerte die Sahara von Südmarokko bis zum Hoggar, mehr als tausend Meilen. Eine ungeheure Leistung für jeden, ganz zu schweigen von einer schwangeren Frau.«

Ich sah sie ungläubig an. »Sie hat die Wüste durchquert? Allein?«

»Und schwanger.« Tana nickte entschieden. »Wie gesagt, sie hat einen starken Willen. Als Amastan endlich herausfand, wohin man sie gebracht hatte, und nach Imteghren ritt, um sie zu holen, war sie nicht mehr da. Er fand das Haus, in dem sie gelebt hatte, und klopfte an die Tür. Die Frau, die Mariatas Vater geheiratet hatte, öffnete, sonst war niemand zuhause. Als sie den zerlumpten Nomaden sah, der nach ihrer Stieftochter fragte, wusste sie sofort Bescheid. Sie erzählte ihm, das Mädchen sei an einer Krankheit gestorben, und knallte ihm die Tür vor der Nase zu. Er fragte in der Stadt nach, aber alle erzählten ihm dasselbe. Das, was noch von seinem Herzen übrig war, muss damals endgültig zerbrochen sein. Er kam hierher zurück, konnte aber nicht sesshaft werden und ging in die Berge, um sich den Rebellen anzuschließen.«

»Und wann fanden Sie heraus, dass sie noch lebte?«, fragte Taïb.

»Vor wenigen Jahren erst. Auch sie hatte ihren Namen geändert. In der Wüste jemanden zu finden, ist schwer genug, aber wenn er auch noch seinen Namen ändert?« Sie schnalzte mit der Zunge und schüttelte den Kopf. »Obwohl ich wusste, dass sie nicht tot war, hier wusste ich es …« Ihre Hand fuhr zum Herz. »Und ich hatte es auch in den Knochen gelesen, aber was hätte es gebracht, wenn ich es ihm gesagt hätte? Er hätte mir nie geglaubt.«

»Warum hatte auch sie ihren Namen geändert?«, fragte ich neugierig.

Tana lehnte sich zurück und schloss die Augen. »Das Schicksal kann hinterhältig, ja, unendlich grausam sein. Am Ende ihrer langen Wanderung wurde sie von dem Mann gefangen genommen, den sie am meisten auf der Welt hasste: Rhossi ag Bahedi, dem Erben des Aïr-Stammes. Hinter vorgehaltener Hand erzählt man sich, er sei derjenige gewesen, der damals die Soldaten auf unseren Stamm gehetzt hat. Das Gerücht ist nie bestätigt worden. Aber immerhin hatte Rhossi unbehelligt fliehen können …« Sie seufzte. »Nun, wie auch immer, ein Jahr später hatte er, was er wollte. Mariata. Er nahm sie zur Frau, zur Zweitfrau, um genau zu sein. Die Arme. Sie war so stolz auf ihre Abstammung, ein so tiefer Fall muss schrecklich für sie gewesen sein, und Rhossi wird es ihr ständig vor Augen gehalten haben. Vielleicht verstehen Sie jetzt, warum sie ihren Namen änderte. Am Ende hatte sie ihren Willen, mehr oder weniger. Er konnte sie nicht schwängern und musste mit dieser Schande leben.«

»Und das Kind? Hat Mariata das Kind bekommen? Hat es überlebt?«, fragte Taïb neugierig. Er schien dieses Enthüllungsspielchen mehr zu genießen als ich. Irgendetwas nagte an mir, tief in meinem Innern, etwas, wofür ich keinen Namen hatte und von dem ich nicht sicher war, ob ich es wissen wollte.

Tana wog das Amulett in der Hand. »Drei Namen stehen in der Inschrift. Amastan, dem es zuerst gehörte, dann Mariata, der er es geschenkt hat …«

»… und Lallawa.«

Sie nickte. »Bravo. Und Lallawa. Ja, Mariata bekam das Kind, es war zu ihrer großen Überraschung ein Mädchen. Das Baby war so lebhaft gewesen, dass sie sicher war, es müsse ein Junge sein, sie hatte es im Geiste bereits Amastan genannt. Doch es war ein Mädchen, daran gab es keinen Zweifel, also nannte sie es Lallawa, Geist der Freiheit. Lallawa ult Mariata ult Yemma ult Tofenat. Zurück bis zu Tin Hinan. Sie verzeichnete den Namen ihres Neugeborenen auf der Inschrift, um es zu schützen, und verband ihn mit dem besten Zauberspruch, den ich je gesehen habe. Sie vereinigte die Seelen der Eltern, um das Kind zu beschützen, indem sie die Worte kunstvoll ineinander verwob und so ein sicheres Netz schuf, das alle drei Seelen zusammenhielt. Sie glaubte, dies gelte nicht für diese Welt, sondern nur für die Sterne, aber manchmal macht das Schicksal etwas wieder gut und schreibt sein eigenes hübsches *conte de feé*.«

Sie beugte sich vor. »Sagen Sie, Kind, wie sind Sie an das Amulett gekommen?«

Ich erzählte es ihr und sah, wie sie lange und zufrieden lächelte.

»Das ist also die Geschichte, die man Ihnen erzählt hat. Ich werde Ihnen eine andere erzählen. Mariata bekam ihr Kind, und es war ein Mädchen, sie schrieb den Namen auf das Papier des Amuletts und band es dem Mädchen um. Rhossi wollte Söhne. Ein Mädchen, das obendrein von einem anderen Mann stammte, wollte er nicht. Er ließ es zurück, damit es starb. Noch in der Hochzeitsnacht kehrte sie dorthin zurück, wo sie das Kind zurückgelassen hatten, zum Grab von Tin Hinan – ah, die Muster, die Leben und Tod weben, sind unergründlich. Doch das Baby war verschwunden, sie entdeckte nur Fußabdrücke und Reifenspuren. Abdrücke von Schuhen, die es weder in Mali noch im Niger gab. Ein Mann und eine Frau, erzählte sie mir. Der Mann war viel schwerer als die Frau, die so kleine Füße hatte wie ein Kind.«

Ich konnte meinen Blick nicht von ihr lösen. Mein Herz raste, und ich dachte so etwas Lächerliches wie: Das hätten die Füße meiner Mutter sein können, sie hatte Größe 36. Und noch während ich es dachte, wusste ich, dass mit diesem Satz irgendetwas nicht stimmte.

Tana legte mir die Hand auf die Stirn. »Sie haben denselben ernsten Blick wie sie, wenn sie sich auf etwas konzentrierte. Ihre Brauen standen ganz eng zusammen, und Sie zupfen die Ihren, um das zu vermeiden, wie ich sehe. Ja, mein Kleines, egal, was sie Ihnen erzählt haben, Sie waren nicht ihr Kind. Sie haben Sie nicht gezeugt. Sie haben Sie in einem Grab gefunden und mitgenommen.«

Ich spürte, wie sich die Welt um mich drehte. Ich blinzelte und schluckte und versuchte, mich zu konzentrieren.

»Sie sagen, Ihre Mutter war Französin, ja?«

Ich nickte.

»Sie müssen Sie irgendwie aus dem Land geschmuggelt haben«, sagte Tana nachdenklich. »Ich kann mir vorstellen, dass es da Mittel und Wege gab, vor allem für reiche Europäer … Der Sandkrieg dürfte kein Hindernis gewesen sein, so etwas tangiert die Europäer nicht, sie leben in einer anderen Welt.«

»Die Geburtsurkunde, Izzy«, sagte Taïb plötzlich, und seine warmen braunen Augen füllten sich mit Verwunderung. Er nahm das zusammengefaltete grüne Papier aus der Hosentasche. Ich starrte darauf; als ich es das letzte Mal gesehen hatte, war es durch Fenneks Zelt geflogen. »Ich wusste sofort, dass es eine marokkanische Geburtsurkunde ist. Siehst du den Stempel?« Er zeigte auf das undeutliche Dreieck unten auf dem Blatt. »Das ist Hassan II., unser alter König. Man kann ihn kaum sehen, aber jeder Marokkaner würde ihn erkennen.« Er lachte. »Du hast eine marokkanische Geburtsurkunde!«

Eine gefälschte Geburtsurkunde, die von irgendeinem korrupten Beamten für ein kleines Schmiergeld ausgestellt worden war. »Nein«, flüsterte ich. »Das ist nicht meine Geburtsurkunde, ich habe keine.« Trotzdem spürte ich, wie meine Verwirrung Freude wich, wie sich die Zweifel in meinem Innern langsam auflösten, als sie an die Oberfläche kamen wie ein Eimer Wasser aus der Tiefe eines dunklen Brunnens.

»Tana sagte mir, dass du kommen würdest.«

»Wie konnte sie das wissen?«

»Du kennst sie besser als ich. Sie weiß so viel.« Pause. »Weißt du, ich habe dich all diese Jahre in meinem Herzen getragen, besser gesagt, über meinem Herzen.« Sie nahm die silberne Brosche von ihrer Brust und löste das Lederband, das sie verschloss. Aus der Brosche nahm sie einen eng zusammengefalteten blauen Tuchfetzen mit einem rostbraunen Fleck. Sie sah ihn einen Augenblick liebevoll an und ließ ihn dann zwischen ihnen auf den Boden flattern. »Ein Stück von deinem Ärmel, als sie mich von dir fortzerrten. Ich dachte, es wäre das letzte Blut deines Lebens, bis ich merkte, dass ich dein Kind in mir trug.« Ihre Augen strahlten. »Hast du unsere Tochter nicht erkannt, als sie zum ersten Mal vor dir stand?« Sie kicherte. »Stell dir vor, du hast deine eigene Tochter entführt!«

Er schüttelte den Kopf. »Wie hätte ich sie erkennen sollen? Ich wusste nicht einmal, dass es ein Kind gab, wie hätte ich darauf kommen können, obendrein unter diesen Umständen ...« Der Satz verebbte. Es war absurd. »Natürlich habe ich sie nicht erkannt.« Er schwieg und dachte nach. »Trotzdem hatte sie etwas, das mich an dich erinnerte.«

»Ich habe sie sofort erkannt, ich hätte sie unter tausend Frauen wiedererkannt. Sie hat deine Augen.«

Amastan spürte, wie ihm die Tränen kamen, doch er wischte sie mit dem Handrücken weg. Der *asshak*-Kodex schrieb vor, dass man als Mann keine Schwäche zeigen durfte, nicht einmal vor der eigenen Frau. Aber die Tränen waren zu stark, und schließlich liefen sie ihm über das Gesicht in den baumwollenen *tagelmust*.

Mariata fuhr ihm mit der Hand über die Wange. »Ich möchte dich sehen. Lass mich dein schönes Gesicht sehen.« Sie nahm ihm den Schleier ab und betrachtete hungrig jeden seiner Züge, jede einzelne Falte. »Mir ist die Zeit, die uns trennte, egal, sie bedeutet nichts. Du bist immer noch derselbe, mein Amastan. Und ich bin deine Mariata. Versprich mir, dass du mich nie wieder verlässt.«

Amastan brachte kein Wort heraus, doch er nickte und presste ihre Hände an sein Herz.

ZWEI JAHRE SPÄTER

Die Wüstensonne schien vom blassblauen Himmel auf eine Gruppe von Menschen in einem Lager am Fuß der Berge. Die Landschaft war beeindruckend. Auf einer Seite schroffe vulkanische Berggipfel, die den Horizont zerrissen, auf der anderen ein endloses Meer von Sanddünen, deren Gipfel und Mulden aussahen, als wären sie in der Zeit erstarrt. Auf einem Stück Weideland – das sich wie grüner Smaragd gegen das allgegenwärtige Rot absetzte – grasten Kamele. Manche lagen einfach nur da und starrten in die Leere, während sich ihre langen Kiefer zufrieden von einer Seite auf die andere bewegten. Unten am Silberstreifen eines Flusses hüpfte eine Herde schwarzer Ziegen von Fels zu Fels. Junge Böcke maßen ihre Kräfte. Das Meckern, mit dem die Leittiere sie für ihr frühreifes Gebaren zur Ordnung riefen, hallte von den roten Felswänden wider. Jenseits einer Umzäunung ganz am Ende des Lagers, noch hinter ein paar verstaubten Wagen, hatte sich eine Gruppe von Kindern vor einem niedrigen Zelt versammelt und hörte aufmerksam zwei Männern zu, die lange Gewänder und den traditionellen Schleier trugen. Der Ältere hatte ein markantes, zerfurchtes Gesicht und einen wachsamen Blick. Im Moment ruhte er auf dem Jüngeren, der enthusiastisch nickte, sich vorbeugte und mit einem Stock lange, verschlungene Linien in den Sand zeichnete. Er lehnte sich zurück und betrachtete sein Kunstwerk, dann verschwand er und kam kurz darauf mit einem Haufen Steine im Schoß seines Gewandes zurück. Darunter trug er enge Jeans im französischen Stil. Er ließ die Steine in den Sand fallen, woraufhin eine

Staubwolke aufwirbelte und die Kinder niesten und schrien. Der alte Mann sagte etwas, bei dem alle lachten und für einen kurzen Augenblick in ein Gesicht blickten, dessen Züge nicht mehr ganz so Furcht erregend wirkten. Der junge Mann legte einen runden roten Stein auf die Linie eine der Ellipsen, die er gezeichnet hatte, und einen anderen, etwas größeren und helleren, ein bisschen weiter weg. Dann wurden weitere Steine auf die konzentrisch verlaufenden Linien gelegt. Die Kinder verfolgten das Ganze fasziniert, aber auch verwirrt. Er sprach lebhaft, zeigte zuerst auf die Steine, dann auf den Himmel, dann auf die Wüste, und schließlich machte er eine weit ausholende Bewegung, die sie alle in das Muster im Sand einschloss.

Etwas entfernt von dieser lebendigen Unterrichtsstunde saßen zwei Frauen und sahen mit einer Mischung aus Zärtlichkeit, Stolz und Belustigung zu. Ihre Profile hätten Spiegelbilder sein können, die verschwenderischen Strahlen der Sonne hatten die Runzeln auf dem Gesicht der einen geglättet und die Details auf dem der anderen verwischt. Wäre nicht der Kontrast zwischen ihren Zöpfen gewesen – die einen silbern, die anderen schwarz –, hätten sie Schwestern oder vielleicht Cousinen sein können. Beide trugen leichte blaue Gewänder wegen der Hitze, bunte Kopfbedeckungen, Silberschmuck und *khol* um die dunklen ausdrucksvollen Augen. Eine besaß eine Uhr, aber sie war kein Statussymbol, sondern ein billiges Ding aus Plastik. Sie warf einen Blick darauf, stand auf, stemmte die Hände in die Hüften und streckte sich wie eine Katze. Dann ging sie auf die Kinder zu. Die andere Frau berührte ein Amulett – ein großes viereckiges Stück geätztes Silber mit leuchtend roten Steinen geschmückt –, das sie stolz auf der Brust trug, dann stand auch sie auf, warf das lange Ende ihrer Kopfbedeckung zurück und folgte ihr.

»Und was ist das?«, fragte der junge Mann und zeigte auf einen weißen Kieselstein. Die Kinder reckten die Köpfe.

»*Tellit*?«, fragte einer von ihnen und blickte den älteren Mann feierlich an.

Amastan strahlte. »*Tellit*«, bestätigte er.

»Der Mond«, sagte Taïb. »*La lune*.« Er berührte einen rosafarbenen Granitstein, den er neben die elliptischen Ringe gelegt hatte. »Und kann sich noch jemand daran erinnern, wie dieser hier heißt?«

Ein Mädchen, das sein Haar zu einem halben Dutzend Zöpfen geflochten hatte, flüsterte etwas. Taïb hielt eine Hand hinter das Ohr, und sie wiederholte es schüchtern.

»Der rote Stern. Ja, genau. Mars. Sehr gut, Tarichat.«

Dann ließ er sie eigene Ellipsen zeichnen und die Planeten und den Mond an die richtigen Stellen legen, während er in einem Kauderwelsch aus Englisch, Französisch und Tamaschek Fragen stellte und beantwortete. Am Ende stolperte jemand über die Venus, stürzte und brachte die Erde aus ihrer Bahn, woraufhin alle lachten und anfingen, neue Sterne und Asteroiden einzufügen, wo vorher keine gewesen waren. In diesem Augenblick fiel ein großer Schatten über den Sand und alle drehten sich um.

Einer der Jungen lachte, schrie etwas, und Amastan lachte mit. Seine weißen Zähne strahlten durch die schwarzen Falten des *tagelmust*. »Er sagt, du hättest eine Sonnenfinsternis ausgelöst!«

Taïb trat zu seiner Frau und schlang den Arm um ihre breiten Hüften. »Wie sollen wir den Kindern beibringen, wo ihr Platz im Universum ist, wenn meine riesige Frau das ganze Sonnensystem durcheinanderwürfelt?«

Izzy versetzte ihm einen zärtlichen Klaps auf den Arm; das fanden die Kinder zum Totlachen.

Mariata schüttelte den Kopf. »Ihr Männer seid immer so besorgt um euren Platz in der Welt. Uns Frauen beschäftigen ganz andere Dinge.« Ihre schwarzen Augen funkelten liebevoll und herausfordernd zugleich. Amastan lächelte ihr vage zu. Sie hielt seinem Blick einen langen Herzschlag stand, dann wandte sie sich ihrer Tochter zu und legte ihr die Hand auf den Bauch. »Hast du schon entschieden?«

Izzy warf ihrer Mutter einen warnenden Blick zu, doch Mariata ließ sich nicht beirren.

»Wo soll das Kind zur Welt kommen?«

»Keine Frage. Die Geburt findet in Paris statt«, erklärte Amastan, der jetzt nicht mehr lächelte. »Meine Tochter soll ihr Kind in einem modernen, sauberen Krankenhaus zur Welt bringen, wo es keine Komplikationen geben kann.«

Taïb wirkte genauso entschlossen. »Ja, Izzy, auf jeden Fall. Das haben wir bereits besprochen! Du kannst das Baby nicht hier bekommen, das wäre Wahnsinn.«

»Wahnsinn!«, pflichtete ihm Amastan bei.

Schulter an Schulter standen sie da, zwei Hälften desselben Eis. Izzy dachte belustigt über diesen Ausdruck nach. Meinte sie nicht eigentlich, dass sie sich glichen wie ein Ei dem anderen? Manchmal ertappte sie sich dabei, Ausdrücke zu benutzen, die sie nie gekannt hatte, oder etwas zu wissen, was sie angesichts ihrer Erziehung gar nicht wissen konnte. Es war seltsam und gleichzeitig ziemlich normal. Sie war dabei, sich daran zu gewöhnen.

»Ich kenne das Pro und Kontra, und ich bin mir über die Gefahren im Klaren, aber du weißt selbst, dass Frauen seit Tausenden von Jahren ihre Kinder in der Wüste geboren haben! Nein, sag jetzt nichts. Ich habe noch nicht entschieden. Aber vergiss nicht, dass Jean und Anne-Marie hier sein werden.« Das waren die beiden französischen Ärzte, die von ihrer Stiftung bezahlt wurden. Taïb und Isabelle hatten sie mit dem Geld aus der Abfindung, des Verkaufs ihrer beiden Häuser in London und den Einnahmen aus Taïbs schwunghaftem Handel bezahlt. Europäische und amerikanische Sammler bezahlten gutes Geld für speziell in Auftrag gegebene Kunstgegenstände. Tana hatte ihr Wissen an die jüngere Generation weitergegeben, allerdings nicht, ohne einige ihrer Geheimnisse für sich zu behalten. Die Resultate waren beeindruckend und viel gefragt.

Mariata warf ihrer Tochter einen durchtriebenen und zugleich belustigten Blick von der Seite zu. Izzy wusste, was er bedeutete. Es ist deine Entscheidung, hör nicht auf die Männer, was wissen sie schon von solchen Dingen? Wir sind Bewohnerinnen der Wüste, uns ist bewusst, worauf wir uns einlassen. Da sie wusste, dass sie ihren Willen bekommen würde, wechselte sie klugerweise das Thema. »Und wie willst du sie nennen? Hast du schon einen Namen für sie?«

»Wieso bist du so sicher, dass es ein Mädchen wird?«, fragte Amastan ein bisschen streitsüchtig.

Mariata verzog glückstrahlend den Mund. »Ich weiß es. Ich habe die Zeichen gelesen.«

Taïb schüttelte den Kopf. »Du weißt immer alles, ohne uns ein Wort zu sagen. Ich weiß nicht, warum du überhaupt fragst. Izzy und ich haben das Ganze gestern besprochen und eine Lösung gefunden.«

»Solange ich lebe, werden Frauen mir ein Rätsel sein.« Amastan seufzte gespielt. Dann warf er seiner Frau einen ernsten, vielleicht sogar ehrfürchtigen Blick zu. Einen Augenblick lang hielten sich ihre Augen gegenseitig fest.

Vierzig Jahre, dachte Izzy. Auch nach zwei Jahren hatte sie sich immer noch nicht daran gewöhnt, dass sie die Tochter solcher Eltern war. Es war, als wäre sie in die Haut eines anderen geschlüpft, wie im Märchen. Aber einem Märchen, das schöner war als die von Perrault oder den Gebrüdern Grimm. Wäre die Liebe, die Taïb und sie verband, nach so langer Zeit noch genauso lebendig?, fragte sie sich. Die Vorstellung war unwirklich, absurd, aber auch angenehm. Denk nur, wie alt wir dann wären! Bei dem Gedanken lächelte sie und hob den Kopf, und als sie sah, wie ihr Mann sie auf seine aufmerksame Art betrachtete, spürte sie ein warmes Flattern im Bauch. Oder war es das Strampeln des Kindes? Da, noch einmal!

»Lallawa«, sagte sie leise und legte die Hand auf ihren dicken Bauch. »Ich habe das Gefühl, dass ich der Welt eine Lallawa schulde, für die, die ihr Leben der Wüste schenkte, und für das Mädchen, das nie die Möglichkeit hatte, mit diesem Namen aufzuwachsen.«

ANMERKUNGEN

Dieser Roman wurde von zwei Geschichten inspiriert. Die erste war die Entdeckung, dass die Familie meines Mannes von mauretanischen Nomaden abstammte, deren Karawanen Silber, Gewürze und Salz aus den südlich der Sahara gelegenen Ländern durch die Wüste zu den Märkten von Marokko brachten.

Die zweite war die Begegnung mit einer Französin, die auf der Suche nach ihrem Vater in das entlegene Berberdorf gekommen war, in dem wir leben. Er war ein Tuareg gewesen, mit dem ihre Pariser Mutter in den Sechzigerjahren eine Affäre gehabt hatte. Erst auf dem Totenbett hatte sie ihr davon erzählt, nachdem es ihr ganzes Leben ein schändliches Geheimnis geblieben war. Im Gegensatz zu Abdellatif hatte sie ihr ganzes Leben lang das Gefühl gehabt, keine eigene Identität zu haben, nur ein halber Mensch zu sein, der in der Welt, in der er lebte, nie heimisch geworden war. Es ist nicht an mir, den Rest ihrer Geschichte zu erzählen, aber ich muss ihr für die Inspiration danken, ohne die ich dieses Buch nie geschrieben hätte.

DANKSAGUNG

Ich danke meinem Mann, weil er mich in eine geheimnisvolle Kultur einführte, die ich ohne ihn nicht verstanden hätte, und weil er mir das uralte Amulett schenkte, auf dem diese Geschichte basiert. Ich danke Mohamed und der Schule in Tiouada, Hassan, unserem Wüstenführer und den Kamelen, die mein Gewicht und meine eklatante Unerfahrenheit stoisch ertrugen, und allen, die meine vielen Fragen über das Leben der Tuareg geduldig beantworteten. Danke an Emma, Karen und Philippa für ihre Unterstützung während der Arbeit an diesem schwierigen Buch, Venetia und Jenny von King Penguin für ihre Entschlossenheit und Leidenschaft und Danny Baror für seinen unermüdlichen Glauben und seine Ermutigung.

Ich bin weder Anthropologin noch Sprachwissenschaftlerin und daher meinen Quellen zu großem Dank verpflichtet. Für etwaige Fehler übernehme ich die alleinige Verantwortung. Und für alle, die sich mit diesem faszinierenden Thema näher beschäftigen wollen, füge ich im Anhang eine Liste mit Quellen bei, die ich benutzt habe.

GLOSSAR

adhan	moslemischer Ruf zum Gebet
afrit	böser Geist
ag	Sohn von
asfar	Tamaschek-Ausdruck für »hellhäutig«
ahal	ein Tuareg-Fest
Amazigh	Berber, das Freie Volk (pl. *Imazighen*)
amenokal	Anführer einer Stammesgruppe
amghrar	Stammesführer
anet ma	Onkel mütterlicherseits, wichtiger als ein Elternteil
asshak	Tuareg-Kode von Ehre und gegenseitigem Respekt
azalay	zum Salzhandel bestimmte Expedition oder Karawane
babouches	handgearbeitete Slipper aus Leder
baggara	Wanderer, Bettler
baqal	Kramladen
baraka	Glück
barchan	eine geschwungene, halbmondförmige Düne
bokaye	Hexer oder Schamane, Westafrika
choukran	danke
djellaba	ein Gewand mit Kapuze
djinn	Geist, häufig böse (pl. *djenoun*)
enad	Tuareg-Schmied, häufig mit Kenntnissen in Magie und Ritual (pl. *inadan*)
erg	Sandmeer
fesh-fesh	Treibsand

fichta	Berberfest
funduq	eine Unterkunft für Kamele und Reisende
ghûl	böser Geist
guedra	ritueller Tanz der Frauen
guelta	natürliches Wasserbecken
haik	traditionelles Frauengewand
hamada	Steinwüste
harratin	Landarbeiter
Iboglan	aristokratische Klasse der Tuareg
iklan	Zeltsklaven
kasbah	Festung oder Befestigungsanlage
Kel Asuf	Geister der Wildnis
khol	dunkle Augenschminke aus Antimon
ma'allema	Lehrerin für Religion und handwerkliche Fertigkeiten wie Stickerei
madugu	Anführer eines Kamelzuges oder einer Karawane
marabout	ein umherziehender Heiliger oder Religionslehrer
mechoui	am Spieß geröstetes Lamm
mehari	edle weiße Kamelrasse, häufig bei Wettrennen eingesetzt
msmen	Berber-Pfannkuchen
niqab	Gesichtsschleier
oued	ausgetrocknetes Flussbett oder Wadi
qareen	persönlicher Dämon
redjem	Erhebung oder Grabhügel
Sah'ra	arabischer Begriff für »braun« oder »graubraun«
sehura	Hexe
sif	klingenartige, lang gezogene Düne
souq	Markt
tagelmust	der von Tuareg-Männern getragene Schleier

tajine	ein Tontopf und das Gericht, für das er verwendet wird
takouba	Tuareg-Schwert
Tamaschek	gesprochene Tuareg-Sprache
tamerwelt	Hase
tassoufra	Proviantbeutel
tcherot	Amulett
tefok	Sonne
tehot	der böse Blick
Tifinagh	das alte geschriebene Alphabet der Tuareg
ult	Tochter von

QUELLEN UND BIBLIOGRAFIE

Enfants des Sables, Moussa ag Assarid & Ibrahim Ag Assarid (Presses de la Renaissance, 2008)
Amazigh Arts in Morocco, Cynthia J. Becker (University of Texas, 2006)
Men of Salt, Michael Benanav (Lyon Press, 2006)
Les Touaregs, Edmond Bernus (Editions Vents de Sables, 2002)
French Lessons in Africa, Peter Biddlecombe (Little Brown, 1994)
Sahara. Geheimnisse der Wüste, Philippe Bourseiller (Knesebeck, 2004)
Himmel über der Wüste, Paul Bowles (Goldmann, 2000)
Tuareg – Porträt eines Wüstenvolks, Hélène Claudot-Hawad (Horlemann, 2007)
Die Tuareg-Tragödie, Mano Dayak (Horlemann, 1996)
Civilizations, Felipe Fernandez-Armesto (Free Press, 2002)
Afrika im Schmuck, Angela Fisher (Dumont, 1988)
The Sword and the Cross, Fergus Fleming (Granta, 2003)
Sahara, Rene Gardi (Harrap, 1970)
Tikatoutin, Marceau Gast (Editions de la Boussole, 2004)
Veil: Modesty, Privacy, and Resistance, Fadwa El Guindi (Berg Publishing, 2003)
Tuareg Jewelry, Helene E. Hagan & Lucile C. Myers (Xlibris, 2006)
Sahara Man, Jeremy Keenan (John Murray, 2001)
Desert Divers, Sven Lindqvist (Granta, 2002)
The Pastoral Tuareg, Johannes Nicolaison (Thames & Hudson, 1997)

Sahara, Michael Palin (Weidenfeld & Nicholson, 2002)
The Blue People, Karl G. Prasse (Museum Tusculanum Press, University of Copenhagen, 2005)
The Tuaregs, Karl G. Prasse (Copenhagen, 1985)
In Quest of Lost Worlds, Byron de Prorok (The Narrative Press, 2003)
Those Who Touch: Tuareg Medicine Women in Anthropological Perspective, Susan J. Rasmussen (Northern Illinois University Press, 2006)
Contes et Legendes Touareg du Niger, Laurance Rivaille & Pierre-Marie Decoudras (Karthala, 2003)
Desert Travels, Chris Scott (Traveller's Bookshop, 1996)
Art of Being Tuareg, T. R. Seligman & Krystine Loughran, Hrsg. (University of Washington Press, 2006)
The Tuaregs, Kenneth & Julie Slavin (Gentry Books, 1973)
Sahara, Marq de Villiers & Sheila Hirtle (Walker, 2002)
The Rise of Amazigh Nationalism and National Consciousness in North Africa, Dr. Larry A. Barrie, Strategic Studies Dept, 4th Psycological Operations Group (Airborne, 1998)
Mali's Peace Process: Context, Analysis and Evaluation, Kåre Lode, 2002
Unrest in the Sahara: Niger's nomads fight for rights, Alex Schmer & May Welsh, Al Jazeera Report 2008

www.amazighworld.org
www.mondeberbere.com

Geschrieben zum Soundtrack von Tineriwen, Tidawt und Etran Finatawa

Weitere Informationen unter: www.janejohnsonbooks.com